译文名著精选

YIWEN CLASSICS

希腊神话

[俄] 尼·库恩 著　朱志顺 译

Н.А.Кун

Легенды и Мифы Древней Греции

上海译文出版社

图书在版编目(CIP)数据

希腊神话 / (俄)库恩著;朱志顺译.
—上海:上海译文出版社,2011.5(2024.9 重印)
(译文名著精选)
书名原文:ЛЕГЕНДЫ И МИФЫ ДРЕВНЕЙ ГРЕЦИИ
ISBN 978-7-5327-5351-2

Ⅰ.①希… Ⅱ.①库… ②朱… Ⅲ.①神话—作品集
—古希腊 Ⅳ.①I545.73

中国版本图书馆 CIP 数据核字(2011)第 026074 号

Н. А. Кун
ЛЕГЕНДЫ И МИФЫ ДРЕВНЕЙ ГРЕЦИИ

希腊神话
〔俄〕库恩 编著 朱志顺 译

上海译文出版社有限公司出版、发行
网址:www.yiwen.com.cn
201101 上海市闵行区号景路 159 弄 B 座
浙江新华数码印务有限公司印刷

开本 890×1240 1/32 印张 14.75 插页 2 字数 324,000
2011 年 5 月第 1 版 2024 年 9 月第 17 次印刷
印数:62,401-65,400 册

ISBN 978-7-5327-5351-2/I·3099
定价:40.00 元

译本序

无论是目不识丁的老农，还是牙牙学语的孩童，都听过神话故事。牛郎织女，嫦娥奔月，白蛇传，西游记，封神演义，聊斋志异……你好歹都听说过一两个。不用说，人人都知道几个神话故事，可是要给神话下个确切的定义，那就比较困难了。

神话是反映古代人们对世界起源、自然现象和社会生活的原始理解的故事和传说……神话往往表现了古代人民对自然力的斗争和对理想的追求。

中国的神话极为丰富，是世界各民族神话的重要组成部分，也是世界各国人民争相了解、阅读的领域。从整个世界范围来看，世界神话成系列的主要有中国神话、埃及神话、印度神话、希腊神话、日耳曼和斯堪的纳维亚神话及斯拉夫神话。

希腊神话源远流长，有比较完整的体系和独特的文学魅力，为欧洲乃至全世界所关注。希腊神话在古代自然也是民间口头流传的故事，随着民族的融合，历代人们的收集、加工、整理，逐步形成今天这样举世瞩目的规模。

希腊神话主要由神的故事和英雄的传说组成。神的故事包括天地的开辟、神的产生、神的谱系、神的活动和人类的起源。希腊神话中神分老神和新神，老神以盖亚和乌拉诺斯为代表，新神就是以宙斯为主宰的奥林波斯众神（十二主神等）。希腊神话里的英雄大都是神和凡人女子所生的半神。他们都有坎坷的经历和非凡的业绩。珀耳修斯、赫拉克勒斯、伊阿宋、俄耳甫斯、忒修斯、阿喀琉斯等英雄的传说，构成了希腊神话的重要组成部分。

希腊神话的重要意义难以估量。自公元前八世纪起，它就先后成为希腊、罗马艺术的基础，文艺复兴时期开始，成为整个欧洲文学艺术的不竭源泉。历代不少文学艺术大师往往以希腊神话中的人物、事件为题材开始自己的艺术创作。盲歌手荷马在神话传说的基础上创作了《伊利亚特》（又译《伊利昂纪》）和《奥德赛》（又译《奥德修纪》）。埃斯库罗斯著有悲剧《阿伽门农》，索福克勒斯创作了《俄狄甫斯王》、《埃阿斯》。欧里庇得斯的悲剧《美狄亚》充满了人情味。莎士比亚以希腊神话为题材写下了脍炙人口的《特洛伊罗斯与克瑞西达》和《维纳斯与阿多尼斯》。拉辛著有悲剧《伊菲革尼亚》。普希金写有《阿里翁》。达·芬奇、提香、鲁本斯、伦勃朗、伊万诺夫等艺术家以希腊神话为题材的绘画、雕塑作品给了人们极大的艺术享受。

在现当代的许多文学作品中涉及希腊神话的数不胜数，凡传世之作几乎都会引用出自希腊神话的典故。无产阶级革命导师马克思、恩格斯在自己的论著中经常引用希腊神话中的情节来阐明道理。连反对“言必称希腊”的毛泽东同志也以希腊神话中的安泰(安泰俄斯)为例，教育共产党人要与人民结合，以获取战胜敌人的力量。

时至今日，中外交往更趋频繁。外国人渴望更多地了解中国，中国人对西方的科学技术、文学艺术、风俗习惯、思想方法也更加关注。作为西方文化源头的《圣经》、希腊神话等经典，则是我们必须了解和阅读的作品。

比较完整的《圣经》译本在我国早就出现，而希腊神话(成体系的)的翻译、出版和阅读则是近半个世纪的事情。罗念生先生和楚图南先生在介绍希腊文学，特别是希腊神话方面作出了重大贡献。楚图南先生翻译的《希腊神话与传说》是国内最早出版的最完整和最成体系的希腊神话，在很长一个时期成了国内文学翻译、编辑、出版工作者案头必备的工具书。国内很多读者正是读了楚图南先生的这本书，对希腊神话才有了比较全面的了解，从而在很大程度上清除了在阅读西方文学作品、社科论著时经常会遇到的典故性障碍，对西方流传至今的绘画、雕塑等造型艺术作品也有了更深刻的理解。

这本《希腊神话》是根据俄罗斯作家、翻译家尼·库恩编撰的《希腊神话和传说》翻译的。该书在苏联和现俄罗斯联邦反复重版，被苏联和俄罗斯联邦定为中学生外国文学主要课外读物之一。该书在取材和编排体例上与楚图南先生翻译所据的德国施瓦布编撰的《希腊神话与传说》大体相仿，但内容更为精练，文字也更浅显易懂，更适合青少年读者阅读。本书的各类专名依据罗念生、楚图南先生的希汉专名翻译规则和商务印书馆出版的《神话辞典》翻译。

朱志顺

二〇〇六年春

目 录

第一部 神祇与英雄

第二部　古希腊史诗

第一部　神祇与英雄

神　祇

世界的起源与神祇的来历

关于神祇及其与巨灵、提坦神的战争的神话，主要根据赫西俄德[①]的长诗《神谱》转述。另有一些故事则援引荷马[②]史诗《伊利亚特》、《奥德赛》和罗马诗人奥维德[③]的长诗《变形记》的内容。

天地未辟之前，世界只是一片无边无际、永远黑暗的混沌。世上一切生命的源泉就包容在这片混沌之中。整个世界和永生的神祇都起源于这无边无际的混沌。混沌中先诞生了地神盖亚。她广阔无边，威力无穷，她给予后来在她身上生活和生长的一切以生命。在深不可测的大地底下，在那像缥缈的光明的天空离开我们那样遥远的地方，诞生了阴森森的塔尔塔罗斯——永远黑暗的可怕的深渊。后来从生命的源泉——混沌之中又诞生了力量强大、能使一切充满活力的爱神厄洛斯。世界由此创建了。在茫茫的混沌之中还诞生了永久黑暗之神埃瑞波斯和夜神尼克斯。他俩生下永久光明之神埃忒耳和快乐的白昼之神赫墨拉。从此世界上充满光明，也出现了黑夜与白昼的交替。

丰饶强大的地神又生出蔚蓝的、无边无际的天神乌拉诺斯，于是天空笼罩在大地之上。地神所生的一座座高山高傲地耸入天空，广阔的大海永不平静地喧闹。天空、高山和大海都是地神这位母亲所生，可是它们都没有父亲。

天神乌拉诺斯统治着世界。他将美丽的地神盖亚娶为妻子。乌拉诺斯和盖亚生了六个儿子和六个女儿，他们是力大无穷、性格暴躁的提坦神。其中一个儿子是大洋神俄刻阿诺斯，他像茫茫无涯的大河环绕着大地流动。他和女神忒堤斯生下了世上所有的大江大河和一群大洋神女，那条条江河推着波浪注入大海。提坦神许珀里翁和提坦女神忒亚又为世界生了几个子女，他们是太阳神赫里阿斯，月神塞勒涅，晨光女神厄俄斯。阿斯特赖俄斯和厄俄斯生下了所有在黑暗的夜空闪烁的星辰及四个风神：暴虐的北风神玻瑞阿斯，东风神欧洛斯，湿润的南风神诺托斯，能带来大片雨云的、温和的西风神仄费洛斯。

除了十二个提坦神之外，地神盖亚还生了三个额上只长一只眼睛的独目巨人和三个高大如山、各有五十个脑袋和一百只手的百臂巨人。这六个巨人个个力大无穷，任何力量都不能与之匹敌。

乌拉诺斯仇视自己六个巨人儿子，他将他们关在地神腹内的黑暗中，不许他们见天日。母亲地神十分痛苦，腹内沉重的负担使她不堪忍受。她把六个儿子叫到面前，劝他们起来反对乌拉诺斯，可是他们都不敢同父亲争斗。只有狡猾的小儿子克罗诺斯[4]用计谋推翻了父亲，夺取了权力。

为了惩罚克罗诺斯，夜神又生了一大群可怕的神：死神塔那托斯，纷争女神厄里斯，欺骗之神阿帕忒，毁灭之神刻瑞斯，睡神许普诺斯和噩梦神，残酷无情的报复女神涅墨西斯，以及其他许多神。这些神给占据着父亲宝座的克罗诺斯统治下的世界带来了惨祸、纷争、欺骗、争斗和不幸。

宙　斯[5]

宙斯的诞生

克罗诺斯对于自己能否永远执掌统治大权没有信心。他担心儿子

---

①赫西俄德(约前8世纪)，古希腊诗人。著有长诗《农作与日子》、《神谱》等。

②荷马(约前9—前8世纪)，古希腊诗人，相传《伊利亚特》、《奥德赛》为他所作。

③奥维德(前43—约后17)，古罗马诗人，著有《爱的艺术》、《变形记》等。

④克罗诺斯被视为时间之神。

⑤宙斯相当于罗马神话中的朱庇特。

们起来造反，使他遭受与父亲乌拉诺斯同样的命运。他害怕子女，因此吩咐妻子瑞亚将生下的子女都给他，而他毫不怜惜地将他们一一吞噬了。看到亲生子女遭受这样悲惨的命运，瑞亚十分害怕。克罗诺斯已经吞食了五个子女：赫斯提亚①、得墨忒耳②、赫拉、哈得斯和波塞冬③。

瑞亚不愿失去即将出世的最后一个儿子，她听从父亲乌拉诺斯和母亲盖亚的劝告，逃到克里特岛，在岛上一个深幽的山洞里生下小儿子宙斯。瑞亚把宙斯藏在山洞里，不让凶残的克罗诺斯看见，她用包布裹上一块细长的石头充作儿子，送给克罗诺斯吞食。而克罗诺斯并未察觉受了妻子的欺骗。

宙斯在克里特岛上渐渐长大。神女阿德拉斯忒亚和伊得爱抚年幼的宙斯，她们用山羊阿玛尔忒亚的奶喂养宙斯。蜜蜂从高高的狄克塔山的悬崖上采来花蜜送给小宙斯。每当小宙斯啼哭的时候，守在洞口的年轻祭司库勒忒斯们④就用剑敲击盾牌，不让克罗诺斯听见宙斯的哭声，以免他再遭到与哥哥姐姐同样的命运。

宙斯推翻克罗诺斯。奥林波斯诸神与提坦神的战争

宙斯已长大，成了强健英俊的神。他起来反抗父亲，强迫克罗诺斯吐出被他吞食的哥哥和姐姐，让他们生还。克罗诺斯只得逐个吐出腹中的子女，他们都是美好光明的神祇。他们回到世上，开始了与克罗诺斯及提坦神争夺世界统治权的战争。

这场战争残酷而又持久。克罗诺斯的子女据守在高高的奥林波斯山上。有好几个提坦神站在他们一边，最先支持他们的是大洋神俄刻阿诺斯，他的女儿斯堤克斯及女儿的子女“勤勉”、“威力”和“胜利”。

---

① 女灶神。相当于罗马神话中的维斯塔。
② 司丰产和农业之女神。相当于罗马神话中的刻瑞斯。
③ 相当于罗马神话中的普路同、涅普顿。
④ 库勒忒斯们均是女神瑞亚的祭司。

这场战争对于奥林波斯众神来说艰险异常，因为他们的对手提坦神十分强大和凶猛。不过，独目巨人们赶来帮助宙斯，他们为宙斯制造了霹雳和闪电，宙斯将霹雳投向提坦神。战争已持续了整整十年，然而双方势均力敌，谁胜谁负难见分晓。最后宙斯决定放出地下的百臂巨人，请他们来助战。高大如山、凶猛可怖的百臂巨人冲出地面，奔向战场。他们从山上掰下整块整块的山岩，向提坦神掷去。提坦神一靠近奥林波斯山，成千上万的岩石就飞滚下来，向他们迎面砸去。大地在呻吟，天空在轰鸣，四周的一切都在动荡颤抖，连地狱最深处的塔尔塔罗斯也为之震动。宙斯投出一道接一道的火光四射的闪电，一个接一个的震耳欲聋的隆隆霹雳。地面上大火熊熊，大海也沸腾了，到处都是浓重的烟雾和焦臭。

强大的提坦神最后终于动摇。他们精疲力竭，被击败了。奥林波斯诸神给他们钉上镣铐，将他们投入地狱最深处的塔尔塔罗斯，打入永恒的黑暗。塔尔塔罗斯不可摧毁的铜门有百臂巨人把守，他们严密监视，不让强大的提坦神逃出塔尔塔罗斯。从此，提坦神统治世界的时代一去不复返了。

宙斯与堤丰的战争

然而，战争并未就此结束。地神盖亚很生奥林波斯诸神的气，因为宙斯对她那些被打败的儿子提坦神的处置过于严厉。她与塔尔塔罗斯结合，生下可怕的百首怪物堤丰。长着一百个龙首的庞然大物堤丰从地底下来到地面。他那撕心裂肺的咆哮使空气为之震动。这吼声似人喊，似犬吠，如公牛怒叫，如雄狮大吼。熊熊烈火伴随着堤丰，他那沉重的脚步使大地颤抖。众神惊惧得发抖。但是雷神宙斯勇猛地向他冲去，激烈的战斗开始了。宙斯手中的雷电发出道道闪光，响起了隆隆的雷声，大地和天空震颤不止。遍地烈焰，火光冲天，那情景就像上次与提坦神大战的场面。堤丰一接近大海，海水就沸腾。宙斯那成千上万的闪电的火箭四下飞射，火光照得连空气和雷声隆隆的黑沉沉的乌云仿佛也燃烧了。宙斯把堤丰的一百个脑袋统统烧成灰烬，堤丰轰然倒地，他那炽热的躯体引起的大火将四周的一切都烧化了。宙斯举起堤丰的尸体，将他投入他的出生之地——黑暗的塔尔塔罗斯。但是即使到了地狱最底层，堤丰还威胁诸神和一切生灵。他唤来风暴，引发火山。他和女首蛇身的厄喀德那生了一只可怕的双头狗，即地狱的看门狗刻耳柏洛斯，还生了勒耳那水蛇和怪异的精灵喀迈拉。此外，堤丰还常常摇动大地。

奥林波斯众神打败了敌人，现在再无对手会来反抗他们的统治，他们可以安安稳稳地统治世界了。诸神之中最强大的宙斯统治天空，波塞冬掌管海洋，而哈得斯主宰死人灵魂所居的地下王国，大地则由他们三兄弟共同管辖。尽管克罗诺斯的三个儿子对世界的统治权作了这样的划分，但是天空的主宰宙斯位居波塞冬和哈得斯之上，他统治全人类和永生的神祇，世上的一切均属他管辖。

奥林波斯山

在巍峨光明的奥林波斯山，众神簇拥的宙斯当起了君王。他的妻子赫拉，金发的阿波罗及其孪生姐姐阿耳忒弥斯，美丽的阿佛洛狄忒，宙斯最有力量的女儿雅典娜，以及其他许多神也都住在这里。奥林波斯山的入口有三位美丽的时序女神守卫，当众神要下山去地面或上山去宙斯的宫殿的时候，她们就撩起遮蔽大门的浓云。奥林波斯山上空是广阔无际、缥缈无底的蓝天，就从这蓝天上泻下金色的光芒。在宙斯统治的王国里既不下雨，也不下雪，这里永远是明媚宜人的夏天。下方浮云飘动，有时乌云聚集，遮盖了遥远广阔的大地，这时在下界的大地上，秋冬就替代春夏，痛苦和哀愁替代喜悦和快乐。当然，众神也有悲愁的时刻，不过这种悲愁转瞬即逝，不一会儿奥林波斯山上又会显得喜气洋洋。

众神常在宙斯的儿子赫菲斯托斯为他们建造的金碧辉煌的宫殿里

欢宴。神王宙斯端坐在高大的金宝座上。他那俊美的脸上露出威严和自尊的神色，他意识到自己权力的强大和稳固。在他的宝座两边站着和平女神厄瑞涅和有翼的胜利女神——宙斯形影不离的旅伴尼刻。这时候进来美丽端庄的女神、宙斯的妻子赫拉。宙斯敬重自己的妻子，奥林波斯山上所有的神也都敬重婚姻的庇护神赫拉。当衣着华贵、容貌艳丽的赫拉走进宴会厅的时候，在场诸神无不起立向雷神宙斯的妻子鞠躬行礼。而赫拉位尊自傲，径直走向金宝座，坐到诸神和人类至尊的君王宙斯身边。在赫拉的宝座旁边站着她的有翼使者彩虹女神伊里斯，她准备随时执行赫拉的命令，拍动彩虹翅膀，迅速飞向天涯海角。

众神在举行盛宴。宙斯的女儿、青春年少的赫柏和深受宙斯宠爱并由此得到永生的特洛伊国王的儿子伽倪墨得斯在为众神斟仙酒，端神食。众多的美惠女神和缪斯载歌载舞为众神的宴会助兴。她们手挽手跳起环舞，众神欣赏着她们轻盈优美的舞姿和妙不可言、永葆青春的面容，奥林波斯众神的宴会进入欢乐的高潮。众神就在这样的宴会上决定一切事情，决定世界的前途和人类的命运。

宙斯在奥林波斯山上向人们分送礼物，确立地面上的秩序和法律。宙斯掌握着人类的命运；幸福和不幸、善与恶、生与死，这一切都掌握在他的手中。在宙斯宫殿的大门口两旁摆着两口大缸，一口缸盛着善，一口缸盛着恶。他从这两口缸中舀出善与恶，送给人类。如果这位雷神从盛恶的缸中舀出礼物送给谁，谁就会遭殃。当然，谁破坏他在世上确立的秩序，谁不遵守他制定的法律，谁也要倒霉。克罗诺斯这位儿子威严地皱起浓密的眉毛，乌云就会遮住天空。伟大的宙斯一发怒，他的头发就会令人可怖地竖起，他的双目就会射出使人无法忍受的光芒。要是他一挥右手，整个天空就会电闪雷鸣，连巍峨的奥林波斯山也会为之震动。

捍卫法律的不光是宙斯，他宝座旁就站着护法女神忒弥斯。她时常奉宙斯之命，在光明的奥林波斯山上召集诸神的会议，在地面召集公民大会，监督秩序的保持和法律的执行。在奥林波斯山上还有宙斯的女儿狄刻女神负责监督公正的裁判。一旦女神狄刻向宙斯报告法官执法不公，宙斯便严厉惩罚不公正的法官。女神狄刻是正义的捍卫者，是欺诈的仇敌。

宙斯维护着世上的秩序和正义，给人们送去幸福和苦难。尽管幸福和苦难由宙斯分发，但是确定人们各自命运的还是住在奥林波斯山上的心肠铁石的命运三女神，就连宙斯自己的命运也掌握在她们手中。命运之神掌握着凡人和神祇的祸福。任何人都逃避不了心肠铁石的命运三女神的支配。没有任何力量，没有任何权力能丝毫改变凡人和神祇已被注定的命运，面对命运只能俯首帖耳。只有命运三女神知道命运。命运女神克罗托纺织人的生命线，决定这个人的寿命长短。生命线一断，他的生命也就终止。命运女神拉刻西斯闭着双眼抽签，抽出的签决定了某人一生的祸福。无人能改变命运女神决定的命运，因为第三位命运女神阿特洛波斯将她两个姐姐确定的某人一生的遭遇都记入长长的卷宗，而命运一旦记入卷宗，怎么也无法逃避。伟大而严厉的命运三女神心肠铁石，不为任何哀求所动。

在奥林波斯山上还有一位司命运的女神堤刻，她是司幸福和好运的女神。她用丰裕之角，即那只用自己的乳汁哺育过宙斯的神羊阿玛尔忒亚的角给人们分发礼物。谁在自己一生的道路上遇见幸运女神堤刻，谁就幸福，但是这样的机会十分难得。即便遇到了，可是当堤刻女神刚刚给他礼物就转身离去的时候，他又该是多么不幸！

人类和众神之王宙斯在奥林波斯众神的围绕下就这样统治着整个世界，维护着全世界的秩序和正义。

波塞冬与诸海神

在深邃的海底矗立着宙斯伟大的兄弟、大地的震撼者波塞冬的华丽的宫殿。波塞冬统治着大海，他手持三叉戟，只要他的手微微一动，海浪就得听从。在大海深处与波塞冬一起生活的有他美丽的妻子安菲特里忒，她是能预兆凶吉的老海神涅柔斯的女儿，被大海的伟大主宰波塞冬从她父亲身边抢去的。有一次，波塞冬看见她与姐妹们——海神涅柔斯的女儿们一起在那克索斯岛的岸边跳舞。波塞冬被安菲特里忒的美貌所倾倒，当即就想把她拉上车带走。但是安菲特里忒躲到用强壮的双肩扛着天宇的提坦神阿特拉斯身后，波塞冬久久未找到涅柔斯的这个美丽的女儿。后来海豚将她躲藏之处透露给波塞冬，为此波塞冬将海豚安排为天上的星座。波塞冬从阿特拉斯身边抢来涅柔斯的美丽的女儿，并与她成亲。

安菲特里忒从此就与丈夫波塞冬一起生活在水下宫殿中。宫殿上方高处海浪在喧哗。整群海神围着波塞冬，服从他的意志，听从他的吩咐。其中有他的儿子特里同，特里同吹响螺号，能唤起可怕的风浪。在这群海神中间还有安菲特里忒的姐妹，即美丽的海中神女涅瑞伊得斯。波塞冬主宰着大海，当他乘坐神奇的海马拉的车在海上奔驰的时候，永远喧闹的海浪纷纷退避，为他让路。这位与宙斯一样英俊的海神，在浩瀚无边的大海上疾驰，成群的海豚在他四周戏嬉，一群群鱼儿从深处浮上海面，聚集在他的大车周围。当波塞冬挥起他那可怕的三叉戟，海上就会腾起高大如山、泡沫飞溅的巨浪，出现惊心动魄的风暴。这时候，排空巨浪轰鸣着撞击海岸的巉岩，摇撼着整个大地。但是，只要波塞冬将三叉戟伸向海浪上方，波涛就会平息。风暴一过，大海又平静如镜，隐隐听得见蔚蓝浩瀚的大海轻轻地拍击海岸。

在宙斯伟大的兄弟波塞冬身边有许多海神，其中有能预兆凶吉的老海神涅柔斯，他知道未来一切珍贵的秘密。涅柔斯从不撒谎，从不欺骗别人，他只向神祇和人类揭示真理。这位老海神提供的建议总很英明。涅柔斯生有五十个美丽的女儿。年轻美貌的涅瑞伊得斯们在波浪间快乐地嬉戏，她们的花容月貌在浪涛间闪现。她们手拉着手，一个接一个鱼贯浮出海面，来到岸边，在平静的大海轻柔的拍岸声中跳起环舞。这时候，海边的山岩回响着她们柔美的歌声，那歌声就像大海隐隐约约的隆隆声。这些海中神女是航海家的保护神，她们能保证航行顺利。

在诸多海神之中还有一位老海神普罗透斯，他的相貌像大海一样时时变化，他能随心所欲地变成各种动物和怪物。他也是一位能预知未来的神。只要你突然出现在他面前，抓住他，制服他，他就会说出有关未来的秘密。在大地的震撼者波塞冬的伴随者之中还有水手和渔民的保护神格劳科斯，他也有预测未来的本领。他常常从大海深处浮上海面，向凡人预告未来，为凡人提供英明的建议。海洋诸神威力强，权力大，但是他们都受宙斯的兄弟波塞冬管辖。

各个大海和所有陆地都被大洋神——提坦神俄刻阿诺斯环绕，大洋神和宙斯本人齐名，受到一样的尊敬。他居住在遥远的世界边缘，不受世上的琐事干扰。他有三千个儿子，他们都是河神，还有三千个女儿，她们是大洋神女、山溪和泉水神女。伟大的大洋神的子女们的终年流淌的活水给凡人带来幸福和欢乐，他们浇灌着大地，为一切生物提供水源。

哈得斯的冥国

深深的地下由宙斯那个心肠铁石的忧郁的兄弟哈得斯统治。他统治的冥国阴森可怖，一片黑暗。明亮的、令人愉快的太阳光从来照不到那里。地面上一个个无底深渊通往哈得斯的悲哀的冥国，一条条冥河在冥国流动，冰冷、神圣的斯堤克斯河也在那里流淌，诸神常常以这条河的河水发誓。

波浪滚滚的科库托斯河和阿刻戎河也在冥国，死者灵魂哀怨的呻吟在两岸回响。在地下王国的勒忒河源头流动着涓涓细流，喝了这里的水会忘却世上的一切。在哈得斯冥国长满苍白的野郁金香花的黑暗的原野上，死者无形体、无重量的幽灵在游荡。他们在抱怨这没有光明、没有希望的悲惨的生活。他们的怨声很低微，勉强能听见，宛如秋风吹动枯叶的沙沙声。从来没有谁能离开这个悲哀的冥国回到地面，哈得斯的一只三头狗刻耳柏洛斯把守着冥国的出口。这只狗的脖子上缠有许多嗞嗞作响的毒蛇。为死者的灵魂摆渡的艄公卡戎很严厉，他不会让任何灵魂渡过阿刻戎河返回生命的阳光照耀的那个世界。死者的灵魂注定永远在哈得斯的冥国毫无欢乐地生存下去。

在这个没有阳光，没有人间生活那种喜怒哀乐的王国，掌权的是宙斯的兄弟哈得斯。他和妻子佩耳塞福涅端坐于金宝座上。铁石心肠的复仇女神们为他效劳。这些可怕的女神手执长鞭、带着毒蛇去追捕罪犯，她们不让罪犯有片刻的安宁，用良心的谴责折磨他们。任何罪犯都不能逃避复仇女神的追捕，她们总能找到追捕的目标。在哈得斯的宝座旁边坐着死亡王国的法官弥诺斯和拉达曼堤斯。手持宝剑、身披黑袍、长有巨大的黑色双翼的死神塔那托斯也站在哈得斯的宝座旁边。每当死神塔那托斯飞到濒临死亡者的床头，用剑割取他的一绺头发，再带走死者的灵魂的时候，他的双翼就扇起冰冷的死亡的阴风。塔那托斯身旁还有一群阴森的精灵刻瑞斯。他们鼓动两翼飞驰在战场上。看到一批批作战的英雄倒地死亡，他们兴高采烈，将自己血红的嘴唇贴在死者的伤口上，贪婪地吮吸阵亡英雄的热血，并将死者的灵魂带走。

在哈得斯的宝座旁边还有一个英俊少年，那是睡神许普诺斯。他无声地拍动翅膀，飞翔在大地上空，手持一束罂粟花和一只角，将角里的安眠药水往外泼洒。他用神奇独特的权标轻轻碰一下凡人的眼皮，使其轻轻地合上，使他沉入甜甜的酣梦。睡神许普诺斯威力强大，无论凡人和神祇都无法抵挡，甚至连宙斯对他也无可奈何，许普诺斯能将宙斯威严的双眼合上，叫他沉沉入梦。

在哈得斯黑暗的冥国还有一群梦神，其中一些梦神能给人带来预示未来和使人愉快的好梦，另一些则使人做可怕的折磨人的噩梦。还有一些睡神，他们用花言巧语诱人进入迷途，常常送人性命。

哈得斯的冥国一片黑暗，骇人可怖。黑暗之中游荡着长驴腿的面目狰狞的精灵恩浦萨。她在夜间使伎俩将人骗到偏僻的地方，先吸光人的血，再吞噬仍在抖动的人体。冥国还有女妖拉弥亚，她在夜间潜入母亲们的卧室，偷走她们的孩子，吸孩子们的血。所有这些幽灵和妖魔都受女神赫卡忒管辖。赫卡忒女神有三个身躯和三个头颅。在月黑无光的深夜，她带着一帮跟有恶狗的狰狞可怕的侍从，游荡在大路上和坟墓间。她给世上带来恐怖和噩梦，并危害人类。赫卡忒能促使魔法灵验，同时她又是能使人摆脱魔法的唯一的神，只要人们敬重她，在三岔路口为她摆上献祭的狗。

哈得斯的冥国阴森可怕，人们都痛恨它。

赫　拉

持神盾的宙斯的妻子赫拉是婚姻的保护神，她捍卫神圣的婚姻关系的稳固。她给一对对夫妇送来许许多多子女，并在生育时为母亲祝福。

自从被宙斯打败的克罗诺斯吐出赫拉以及宙斯的兄弟姐妹之后，母亲瑞亚就把赫拉送到大地的边缘，送到大洋河的岸边，由海中神女忒提斯来教养。赫拉在远离奥林波斯山的僻静之地生活了很久。后来雷神宙斯看见她，对她一见钟情，将她从忒提斯身边抢走。众神为宙斯和赫拉举行了豪华的婚礼。伊里斯和美惠诸女神给赫拉穿上华丽阔绰的衣服，赫拉容光焕发地坐在诸神和人类的君王宙斯身边的金宝座上。众神都给王后送礼物，地神盖亚将自己培育的一棵能结金苹果的神奇的苹果树送给赫拉作礼物。自然界的一切都为王后赫拉和君王宙斯表示祝贺。

赫拉也是奥林波斯山上的统治者。她和丈夫宙斯一样，也是霹雳和闪电的主宰，也能聚散乌云、呼风唤雨。

女神赫拉异常美丽，有一双安详的大眼睛，臂膀洁白如百合，一头秀美的鬈发犹如波浪从花冠下边泻出。她双目炯炯，流露出威严而安然的神情。众神敬重赫拉，丈夫宙斯也尊重她，常常与她商讨事情。但是宙斯与赫拉之间也时常发生争吵。在众神的会议上，赫拉常常反驳宙斯，与他争论。这时候宙斯就会发怒，扬言要惩罚妻子。赫拉只得沉默，压下心头的怒火。她还记得宙斯曾经鞭打她，用金链捆住她，将她悬挂在天地之间，还在她脚上拴上两个沉重的铁砧。

赫拉权倾诸神，没有哪个女神能与她相比。她雍容华贵，身穿雅典娜为她制作的华丽的长衣，常常乘坐两匹神马拉的马车从奥林波斯山下来。她的马车整个车身用白银铸成，车轮用纯金制造，而轮子的辐条用光灿灿的铜制成。赫拉所到之处，在地面上洒下一片芳香，所有生灵都向奥林波斯山的伟大的王后行礼。

伊　俄

根据奥维德的长诗《变形记》转述。

赫拉经常受到丈夫宙斯的欺侮。有一次，宙斯爱上美丽的伊俄，为了瞒住妻子，他把伊俄变成一头母牛。可是雷神这样做救不了伊俄。赫拉看到这头雪白的母牛，就要求宙斯把母牛送给她，宙斯无法拒绝赫拉的这个要求。赫拉得到母牛，将它交给百眼巨人阿耳戈斯看管。不幸的伊俄在受苦受难，却无法向任何人诉说，因为变成母牛之后便丧失了说话的能力。从不睡觉的百眼巨人阿耳戈斯看守着伊俄，伊俄无法逃脱他的管束。宙斯目睹伊俄在受苦受难，于是召来儿子赫耳墨斯，吩咐他去把伊俄带回来。

赫耳墨斯飞速来到百眼巨人看守伊俄的那座山的山巅，对阿耳戈斯念起咒语。阿耳戈斯的一百只眼睛都合上之后，赫耳墨斯立即抽出自己那把弯曲的利剑，挥剑砍下了阿耳戈斯的头颅。伊俄获救了，但是她还没摆脱赫拉的愤恨。赫拉派出一只巨大的牛虻，牛虻伸出可怕的尖刺，将被折磨得发呆的可怜的受难者伊俄从一个国家赶到另一个国家。伊俄无论跑到哪里都不得安宁。伊俄发疯似的奔跑着，跑得越来越远，然而牛虻紧跟着她，用尖刺蜇她的身体。牛虻的尖刺像炽热的铁针，烧灼着伊俄。伊俄跑遍了世界各地，跑遍了所有国家。经历了长期颠沛之后，她最后跑到遥远的极北方，来到斯库提亚人的国家，来到普罗米修斯被锁住的山岩边。普罗米修斯告诉不幸的伊俄，只有跑到埃及她才能摆脱苦难。伊俄在牛虻的追逐下继续奔跑。她遭受了千难万险，经历了千辛万苦，最后终于跑到了埃及。在美丽富饶的尼罗河边，宙斯让她恢复了原形，她生下儿子厄帕福斯。厄帕福斯成了埃及第一任国王，他是伟大的一代英雄的始祖，希腊最伟大的英雄赫拉克勒斯就属于这一代。

阿 波 罗

阿波罗的诞生

金发拳曲的光明之神阿波罗出生在得罗斯岛。他的母亲勒托被好妒的赫拉所驱逐，到处找不到栖身之所。赫拉派巨蟒皮同追逐勒托，勒托四处奔逃，最后躲到当时还在波涛汹涌的大海中漂浮不定的得罗斯岛上。勒托刚踏上得罗斯岛，从海底升起许多巨大的石柱，将这座荒凉的小岛固定住了。从此它毫不动摇地屹立在海中，至今还在原地。得罗斯岛四周是喧嚣的大海，岛上毫无生气地耸立着光秃秃的山岩。只有海鸥在山岩上找到了栖身之处，它们悲愁的叫声在山岩之间回荡。瞧，光明之神阿波罗诞生了，于是岛上到处光芒四射。金子般的阳光洒遍了得罗斯岛的山岩。海边的岩石、铿托斯山、山谷、大海，以及所有一切出现了生气和光彩。女神们纷纷来到得罗斯岛，高声赞美新生的神，给他送来神食和仙酒。周围的山山水水和女神们一起欢乐同庆。

阿波罗与巨蟒皮同决战。得尔福神示所建立

光辉灿烂的少年阿波罗手捧竖琴，肩背银弓，在蔚蓝的天空急驰，金箭在箭筒里叮当作响。骄傲欢乐的阿波罗在大地上空飞驰，对一切恶势力，对由黑暗孕育的一切来说无疑是个威胁。他急急驰往追逐过他母

亲勒托的可恶的巨蟒皮同的栖息之处，他要为母亲遭受的苦难向皮同复仇。

阿波罗很快就来到巨蟒皮同栖息的黑暗的峡谷。峡谷两边是直插天空的山岩，山谷中一片昏暗。谷底有一条水流湍急、浪花飞溅的山溪，溪流上方飘浮着团团浓雾。可怕的皮同爬出洞穴。它那遍身鳞甲的巨大的身子在岩石之间盘成一圈又一圈，多得不计其数。岩石和山体在它身体的重压下不住地颤抖。凶狠的皮同毁灭着一切，它向周围散布着死亡。山林水泽神女和一切生灵吓得四散奔逃。强大凶恶的皮同直起身子，张开骇人的大嘴，想把阿波罗一口吞掉。就在这时候，银弓的弓弦响了，从不虚发的金箭如同火星在空中一闪，紧接着一支又一支。金箭像急雨一样飞向皮同，它瘫倒在地咽了气。阿波罗战胜了巨蟒皮同，高声唱起胜利的凯歌，金竖琴的琴弦伴随着他的歌声鸣响。阿波罗把皮同的尸体埋入圣地得尔福的地下，就在得尔福修建了神庙和神示所，以便在此向人们预示他父亲宙斯的旨意。

阿波罗站在高高的海岸上，远远看见海中有克里特航海家的船只，于是他变成海豚跃入蓝色的大海。他追上船，又像一颗光芒四射的星星，从浪涛中跃上船尾。他弹奏起金竖琴，将船引到克里斯[①]的码头，再经过丰饶的谷地，把航海家带到得尔福，让他们做了神庙的首批祭司。

达　佛　涅

根据奥维德的长诗《变形记》转述。

开朗快乐的阿波罗也有悲愁，他也遇到过痛苦。在战胜皮同之后不久，他就尝到了痛苦的滋味。阿波罗满怀胜利的豪情，站在中箭死亡的怪物旁边的时候，他看见了年少的爱神厄洛斯正弯弓搭箭站在附近。阿

---

①科林斯湾的滨海城市，得尔福的港口。

波罗笑着对厄洛斯说：

“孩子，你那可怕的武器有什么用处？还是看我射几支有威力的金箭吧，我刚刚用这种箭射杀了皮同。你难道想和我这神箭手比高低吗？也许你还想超过我？”

受了屈辱的厄洛斯高傲地回答阿波罗：

“阿波罗，你的箭百发百中，能射中每一个人，可我的箭只射中你一人。”

厄洛斯一拍翅膀飞上巍峨的帕耳那索斯山，他从箭筒中取出两支箭，一支箭射中之后能唤起爱情，他用这支箭射阿波罗的心；另一支箭能毁灭爱情，他用这第二支箭射河神珀纽斯的女儿达佛涅的心。

阿波罗一遇上美丽的达佛涅，立即就爱上了这位神女。但是达佛涅看见金发拳曲的阿波罗，扭头像一阵风似的逃跑了，因为厄洛斯那支能扼杀爱情的箭曾射中她的心。阿波罗赶忙去追达佛涅。

“美丽的神女，停一停，”阿波罗大声喊道。“你为什么像羔羊逃避恶狼一样逃避我？你像鸽子躲避鹞鹰一样急急飞奔！我又不是你的敌人！当心刺花李的尖刺扎伤你的脚。喂，等一等，快停下！我是阿波罗，雷神宙斯的儿子，不是凡间普通的牧人。”

然而，美丽的达佛涅越跑越快，阿波罗也像长了翅膀似的跟在她后边飞奔。他越追越近，眼看就要追上了。达佛涅都感觉得到他呼吸了。达佛涅已经没有力气，她向父亲珀纽斯呼救：

“父亲珀纽斯，快来救救我！大地啊，快裂开一道缝，把我吞没！啊，快消除我的这副容貌，它只会给我带来灾难！”

刚说到这里，她的四肢立即麻木了。她那娇柔的身体裹上了树皮，一头秀发变成树叶，朝天伸着的双手变成树枝，她整个儿变成了一棵月桂树。悲伤的阿波罗久久地站立在这棵月桂树旁，最后他悄声说道：

“以后就用你的枝条编成的桂冠装饰我的头颅，用你的绿叶装饰我的竖琴和箭筒。啊，月桂树，愿你的枝叶永不枯萎！愿你永远苍翠！”

月桂树浓密的枝叶发出轻柔的沙沙声，似在对阿波罗作答，绿色的树冠微微低垂，似在答应阿波罗的请求。

阿波罗为阿德墨托斯效力

阿波罗因射杀皮同需要赎罪，同时他还要为杀人的凶犯赎罪。根据宙斯的决定，他远走忒萨利亚，来找高尚贤明的国王阿德墨托斯。他在忒萨利亚为国王放牧，以此为自己赎罪。阿波罗在牧场上边放牧边吹奏芦笛或弹拨金竖琴，猛兽为美妙的乐声所迷醉，纷纷走出密林。凶猛的豹子和狮子在畜群中间安闲地走动。鹿和羚羊听见笛声也纷纷跑来，周围呈现出一片欢乐与祥和。阿德墨托斯的王国开始变得安宁和幸福：五谷丰登，牛羊肥壮，在忒萨利亚首屈一指。所有这一切都是阿波罗的功劳。阿波罗帮助阿德墨托斯娶来伊俄尔科斯国王珀利阿斯的女儿阿尔刻斯提斯。阿尔刻斯提斯的父亲珀利阿斯曾允诺，谁能让狮子和熊套车并乘坐这样的车子来迎亲，他就把女儿嫁给谁。阿波罗赋予他的宠人阿德墨托斯以非凡的力量，使他满足了珀利阿斯提出的条件。阿波罗为阿德墨托斯效力八年，赎罪期满后回到得尔福。

春夏两季阿波罗居住在得尔福。当秋天来临，鲜花凋谢、树叶枯黄的时候，当寒冬临近，帕耳那索斯山将要大雪覆盖的时候，阿波罗坐上雪白的白天鹅驾的车，驰往没有严冬、四季如春的极北族人的乐土。他在那里要住上整整一冬。当得尔福的四野再度转绿，当充满活力的春的气息催开百花，五彩缤纷的鲜花、野草覆盖克里斯山谷的时候，阿波罗又坐着白天鹅拉的车返回得尔福，向人们宣示雷神宙斯的旨意。这时候，得尔福的人们就聚集起来，欢庆阿波罗归来。春夏时节，阿波罗住在得尔福，他常常去探望故乡得罗斯岛，得罗斯岛上也有他的豪华的神庙。

阿波罗与缪斯

春天和夏天，阿波罗和九位缪斯女神常在马泉的泉水淙淙流淌的森林茂密的赫利孔山的山坡上，在巍峨的帕耳那索斯山，在卡斯塔里亚圣泉清澈的水边跳舞。这九位年轻貌美的缪斯是宙斯和谟涅摩辛涅女神[①]的女儿，是阿波罗经常相随的伴侣。阿波罗为她们领唱，弹起金竖琴为她们伴奏。他头戴桂冠，庄严地走在前头，所有九位缪斯女神跟在他后边。这九位女神是：司史诗的卡利俄珀，司抒情诗的欧忒耳珀，司情歌的埃拉托，司悲剧的墨尔波墨涅，司喜剧的塔利亚，司舞蹈的忒耳西科瑞，司历史的克利俄，司天文的乌拉尼亚，司圣歌的波吕许尼亚。她们的合唱庄严、洪亮，自然界的一切仿佛被吸引住了，都在倾听她们美妙动听的歌声。

当阿波罗在九位缪斯女神的陪伴下来到光明的奥林波斯山上的众神中间，当他拨动琴弦，琴声响起，缪斯放声歌唱的时候，奥林波斯山上其他一切都寂然无声了。这时候，战神阿瑞斯忘却了浴血拼杀的喧嚣，乌云聚散者宙斯手中的雷电不闪亮，众神也不再争吵，奥林波斯山一片和平和宁静。就连宙斯的神鹰也垂下强劲有力的双翼，闭上敏锐的双目，静静地站在宙斯的权杖上打盹，再也听不见它的可怕的嘶叫声。寂静之中唯有阿波罗的竖琴的琴弦在悠扬地鸣响。当阿波罗兴致勃勃地叩击起竖琴的金琴弦的时候，诸神欢聚的宴会厅中便跳起欢乐的环舞。缪斯女神、美惠女神、永远年轻的阿佛洛狄忒、阿瑞斯和赫耳墨斯都翩然起舞，跳在最前面的是阿波罗的姐姐、端庄美丽的阿耳忒弥斯。所有这些青春年少的神祇沐浴着金色的阳光，合着阿波罗竖琴的节拍尽情地跳着。

阿罗欧斯的儿子

远射之神阿波罗一旦发怒，着实可怕，这时他的金箭也就残酷无情。他的金箭射死了许多人。阿罗欧斯的两个儿子俄托斯和厄菲阿尔忒斯，自恃力大无穷，不肯服从任何人，结果死于阿波罗的金箭。早在

---

①系记忆女神。

童年，俄托斯和厄菲阿尔忒斯身材高大、力大无穷、英勇无畏、名闻遐迩。还在少年时期，他们就威胁奥林波斯众神：

“嘿，让我们快长大，让我们超自然的力量快长足。到那时候，我们就把奥林波斯山、珀利翁山和俄萨山[①]摞起来，沿着摞起来的三座山登上天。我们要从你们奥林波斯众神手中抢夺赫拉和阿耳忒弥斯。”

阿罗欧斯这两个桀骜不驯、像提坦神一样的儿子就这样口吐狂言，威胁奥林波斯众神。他们倒是会这么做的。以前他俩就曾用锁链锁住威严的战神阿瑞斯，让阿瑞斯在铜栅栏的监牢里足足蹲了三十个月。要不是行动敏捷的赫耳墨斯搭救这位好战成性、可眼下又无反抗能力的战神，那他还得蹲下去。俄托斯和厄菲阿尔忒斯的确威力强大，可阿波罗绝不听任他们威胁。这位远射之神拉满银弓，两支金箭如火星一般在空中一闪，俄托斯和厄菲阿尔忒斯便已中箭身亡了。

玛耳绪阿斯

阿波罗曾严厉惩罚佛律癸亚的半人半神玛耳绪阿斯，因为玛耳绪阿斯胆敢与他比赛奏乐。弹竖琴的能手阿波罗不能容忍玛耳绪阿斯如此胆大妄为。有一次，玛耳绪阿斯在佛律癸亚的原野上漫游，拾到一支芦笛。这支芦笛是雅典娜丢弃的，她发现吹奏自己制作的这支芦笛有损自己美丽端庄的形象，便将芦笛扔了，并诅咒道：

“谁拾到这支芦笛，就叫谁受到严厉惩罚。”

玛耳绪阿斯不知道雅典娜作过这样的诅咒，他捡起了芦笛，并且很快就学会吹奏。他吹得颇为出色，以致单独演奏也使人人听得出神。玛耳绪阿斯甚是骄傲，竟要与音乐的保护神阿波罗比赛。

阿波罗身穿豪华长衣，头戴桂冠，手捧金竖琴，如约前来比赛。

身居森林田野中的玛耳绪阿斯手持不起眼的芦苇制的笛子，在器宇

---

①这三座山均是希腊忒萨利亚地区濒爱琴海的大山。

轩昂的阿波罗面前显得多么渺小！他用芦笛怎能吹出缪斯领袖阿波罗的竖琴金琴弦奏出的美妙动听的声音！阿波罗获胜了。阿波罗因玛耳绪阿斯的挑战而怀恨，他下令捆住不幸的玛耳绪阿斯的双手，将他吊起来，活剥了他的皮。玛耳绪阿斯为自己的贸然行为付出了如此沉重的代价。他的皮挂在佛律癸亚的刻莱奈的一个山洞里。后来传说，每当佛律癸亚的芦笛声传入山洞，那张皮就像跳舞一样飘动，而当竖琴庄严的声音响起，它就一动不动。

阿斯克勒庇俄斯

阿波罗不只是个复仇者，不是光用金箭散布死亡的神，他还能医治疾病。他的儿子阿斯克勒庇俄斯就是医生和医术的保护神。聪慧的马人喀戎曾在珀利翁山麓教养阿斯克勒庇俄斯。阿斯克勒庇俄斯在喀戎的教导下，成了一位医术高超的医生，他的医术甚至超过了老师。阿斯克勒庇俄斯不仅能医治各种疾病，而且还能起死回生。但是他这样做激怒了冥国主宰哈得斯和雷神宙斯，因为他破坏了宙斯亲自制定的人间法律和秩序。大怒的宙斯投下闪电，击死了阿斯克勒庇俄斯。然而人们仍将阿波罗的儿子敬奉为医神。人们为他修建了很多神庙，其中最著名的是建在厄庇道洛斯的阿斯克勒庇俄斯神庙。

全希腊都敬奉阿波罗。希腊人将他敬为能洗刷人们身上血污的阳光之神，敬为能宣示他父亲宙斯的旨意，能对人实施惩罚，能致病和去病的神。希腊的青少年将他视为自己的保护神。阿波罗还是航海家的保护神，他帮助人们建立新的移民区和城市。画家、诗人、歌唱家和乐师则受到缪斯的领袖阿波罗的特殊保护。阿波罗像雷神宙斯一样受到希腊人的普遍崇拜。

阿耳忒弥斯

永远年轻美丽的女神阿耳忒弥斯和她的弟弟阿波罗同时诞生在得

罗斯岛上。他们是一对孪生姐弟。真诚亲密的情谊将姐弟俩紧密相连，他们也深深爱着母亲勒托。

阿耳忒弥斯赋予一切以生命。她关心人间生存的一切，关心森林中和原野上生长的一切。她关怀野兽、家畜和人类。她促使花草树木成长，为婚姻生育祝福。希腊妇女常常向宙斯的这位光荣的女儿，向能为婚姻祝福和带来幸福，能给人治病和使人致病的阿耳忒弥斯敬献丰盛的祭品。

阿耳忒弥斯女神能永葆青春，像阳光明媚的白天一样艳丽。她肩背弓和箭筒，手持狩猎用的标枪，在稠密的森林中和阳光普照的田野上狩猎。在一伙喧嚷的神女伴随下，这位光彩照人的女神，身穿仅及膝盖的短猎装，飞奔在山林中。她箭无虚发，无论胆小的麋鹿、扁角鹿，还是躲在芦苇丛中的凶猛的野猪，都逃不过她的箭。她的女伴们在她后边匆匆奔跑。快乐的笑声、喊声、猎犬的叫声在山林间远远地传播，引起阵阵响亮的山谷的回音。她狩猎疲劳了，就带着神女们匆匆前往得尔福，去找她心爱的弟弟阿波罗。在那里她一边歇息，一边在阿波罗金竖琴的伴奏下，和缪斯女神及神女们跳起环舞。身材匀称、娇艳多姿的阿耳忒弥斯舞在最前面，她比所有神女和缪斯女神都美，而且要高出她们一头。阿耳忒弥斯也喜欢在远离凡人的藤蔓遮掩的阴凉的山洞中休息。这时谁打扰她的安宁，谁就会大祸临头。忒拜国王卡德摩斯的女儿奥托诺厄年少的儿子阿克泰翁，就因为打扰阿耳忒弥斯而不幸身亡。

阿 克 泰 翁

根据奥维德的长诗《变形记》转述。

有一天，阿克泰翁和伙伴们一起在喀泰戎山的森林中狩猎。时值炎热的正午，疲乏的猎手们都在浓密的林荫中休息，只有年轻的阿克泰翁离开众人到喀泰戎山谷里寻找凉爽的处所。他来到绿草如茵、鲜花盛开的哈耳伽菲亚谷地①，这是女神阿耳忒弥斯的圣地。谷地里到处长着悬铃木、香桃木和冷杉，挺拔的柏树像乌黑的箭一样高高耸立，绿油油的草地上开满五彩缤纷的鲜花。清澈的溪水在山谷里淙淙流淌，真是幽静、安宁和清凉的好地方。阿克泰翁看见陡峭的山坡上有个藤遮蔓掩的绝妙的山洞。他不知道山洞常常是宙斯的女儿阿耳忒弥斯休息的地方，就朝山洞走去。

阿克泰翁来到山洞口的时候，阿耳忒弥斯刚进洞不久。阿耳忒弥斯把弓箭交给一位神女，自己准备沐浴。神女们帮她脱下鞋子，挽起头发，刚要出洞到溪边为她汲取冰凉的溪水，突然洞口出现了阿克泰翁。神女们看见阿克泰翁走进洞来，不禁高声喊叫。她们围住阿耳忒弥斯，不让凡人的目光落到她的身上。犹如初升的太阳烧红了云彩，愤怒的红晕布满了女神的脸，她的双眼闪射着愤怒的光芒，这时女神显得愈发美丽了。阿耳忒弥斯对阿克泰翁打扰她的安宁大为恼火，一怒之下把可怜的阿克泰翁变成了一只鹿。阿克泰翁头上长出了枝枝丫丫的角，手和脚变成了纤细的鹿腿，脖子变长，耳朵变尖，全身披上了有梅花斑点的鹿皮。胆怯的鹿撒腿急急逃跑。阿克泰翁看见自己映在溪水中的倒影，他想大喊：“啊，糟啦！”可是喊不出来，他丧失了说话能力。泪水从他的眼中夺眶而出，但是眼睛也已变成鹿的眼睛。只有人的智慧还保留着。怎么办呢？往哪儿跑呢？

阿克泰翁的猎犬嗅出了鹿的踪迹，可是它们不知道它是自己的主人，反而狂叫着向他扑去。美丽的鹿仰着头，像一阵风似的沿着喀泰戎山的陡坡、峭壁跑出山谷，穿过森林，在田野上狂奔，一群猎犬在后面紧紧追赶。猎犬越追越近，终于追上了，尖利的犬牙咬住了不幸的阿克泰翁变成的鹿的身子。阿克泰翁想喊：“啊，可怜可怜我吧，我是阿克

---

①位于玻俄提亚，与泉水同名。

泰翁，是你们的主人呀！”但是从鹿胸中发出的只是呜呜的叫声，这种叫声听起来倒像人的呻吟。鹿跪倒在地，眼睛里流露出忧伤、恐惧和哀求的神情。但死亡已无法避免，凶狠的猎犬将鹿撕成了碎块。

匆匆赶来的阿克泰翁的伙伴们感到遗憾，因为在如此幸运的时刻阿克泰翁竟不在场。猎犬捕到了一头美丽的鹿，可是伙伴们不知道这头鹿就是阿克泰翁。

阿克泰翁因为打扰了女神阿耳忒弥斯的安宁，就这样死了，但他毕竟是亲眼看到宙斯和勒托的女儿绰约风姿的唯一凡人。

雅 典 娜

雅典娜的诞生

雅典娜是宙斯亲生的女神。雷神宙斯知道智慧女神墨提斯将生育两个孩子，一个是女儿雅典娜，另一个是智慧超群、膂力过人的儿子。命运女神摩伊赖告诉宙斯，女神墨提斯生下的儿子将要推翻他的王位，夺取统治世界的大权。宙斯害怕了。为了逃避命运女神给他注定的可怕的厄运，他用甜言蜜语麻痹墨提斯，在她还未生下女儿雅典娜之前便将她吞噬了。过了一些时日，宙斯头痛欲裂。他叫来儿子赫菲斯托斯，吩咐他劈开自己的头颅，以摆脱难以忍受的疼痛和耳鸣的折磨。赫菲斯托斯挥起斧子猛地一砍，劈开了宙斯的颅骨，但没伤着他要害。这时强大的女勇士雅典娜便从雷神的头颅里出生了。她全身披挂，头戴闪闪发光的战盔，手持长枪盾牌，出现在目瞪口呆的奥林波斯众神面前。她威严地抖了抖光闪闪的长枪。她那气势汹汹的喊声在天空震荡，光明的奥林波斯山也被震得摇摇欲倾。艳丽娇美的雅典娜站在众神面前，一双淡蓝色的眼睛闪射着智慧卓越的光芒，全身显现出俊美绝伦、令人倾倒的艳丽。众神赞美从宙斯头颅中诞生的可爱的女儿，她是城市的保护神，是智慧和知识的女神，是不可战胜的女战神。

雅典娜是希腊英雄的保护神，她常常为希腊英雄出一些充满智慧的主意，在危难时刻这位所向无敌的女神常常帮助他们摆脱困境。她守护城市、要塞及城墙。她传授智慧和知识，教人们掌握各种技能和手艺。希腊姑娘因为雅典娜教她们手工技艺而敬奉她。无论凡人和女神，在编织技巧上谁也无法超过她。谁都知道，与雅典娜比赛编织技艺是十分危险的。伊德蒙的女儿阿拉克涅因为要和雅典娜在编织技艺上比个高低而付出了极其沉重的代价。

阿 拉 克 涅

根据奥维德的长诗《变形记》转述。

阿拉克涅的编织技艺享誉整个吕狄亚[①]。神女们常常从特摩罗斯山麓和产金的帕克托罗斯河边赶来欣赏她的手艺活儿。阿拉克涅用细如薄雾的纱线织出轻如空气的透明的布匹。她很骄傲，世上无人能在编织技艺上与她相比。有一天，她大声说：

“让雅典娜来和我比赛吧！她绝对赢不了我，这一点我丝毫不担心。”

女神雅典娜变成一个白发苍苍、弯腰驼背的老太婆，拄着拐杖来到阿拉克涅面前，对她说：

“阿拉克涅，年老给人带来的不只是灾难，流逝的岁月会给人以经验。听我忠告吧：努力使自己的编织技艺超过凡人，但是别去向女神挑战。恭敬地恳求女神宽恕你的狂言滥语，女神会饶恕向她恳求的人的。”

阿拉克涅放下手中的细线，双目闪射出愤怒的光芒。她深信自己的技艺，大胆地说道：

“老太婆，你真蠢。年老使你丧失了理智。你去对自己的儿媳和女

---

① 小亚细亚的国家。公元前 6 世纪被波斯人所毁。

儿进行这样的说教吧，可别来打搅我。我会给我自己出主意。我既然说了，就由它去了。为什么雅典娜不来？她为什么不愿和我比赛？”

“阿拉克涅，我已经来了！”女神恢复了原形，高声说道。

众神女和吕狄亚的妇女们深深地鞠躬，向宙斯的爱女致敬和赞颂。只有阿拉克涅一人默不作声，无动于衷。就像晨光女神厄俄斯拍动闪光的双翼飞上天空时，天空变得一片殷红一样，雅典娜的脸上泛起了绯红的怒色。阿拉克涅不改初衷，仍然渴望与雅典娜比赛。她没有预感到即将到来的死亡。

比赛开始了。女神雅典娜在布的中央织出了雄伟的雅典卫城图案，图案描绘了她与波塞冬争夺阿提刻统治权的场面。奥林波斯山的十二位主神，其中包括她的父亲宙斯，端坐在那里，担任这场争论的裁判。波塞冬举起三叉戟往山岩上刺了一下，顿时不毛的山岩上涌出一股咸泉。头戴战盔、手执盾牌的雅典娜抖了抖长枪，再深深地扎进地里，地里马上长出一棵橄榄树。众神判定雅典娜得胜，认为她给阿提刻的礼物更珍贵。图案的四角上还反映出众神惩罚人类对神不恭的场面，四边还织上了橄榄树叶组成的花环。阿拉克涅在布上织出了众神生活的许多场面，其中一些神显得软弱无力，被人类各种强烈的情感所困扰。阿拉克涅在四周织上由常春藤缠绕的花朵组成的花边。她的织品非常精美，美的程度不亚于雅典娜的织品，但是她织出的图形表现了对神的不敬，甚至是蔑视。雅典娜狂怒，撕碎了阿拉克涅的织品，还用梭子打她。可怜的阿拉克涅忍受不了这种耻辱，搓了一根绳子，打了绳套，便上吊了。雅典娜把阿拉克涅从绳套中救下来，对她说：

“活着吧，不恭顺的女人。但是你得永远悬在空中，永远不停地织布，而且你的后代也必须遭受这种惩罚。”

雅典娜给阿拉克涅全身洒上神奇的草汁，她立即全身蜷缩，浓密的头发脱落了，她变成了一只蜘蛛。从此阿拉克涅变成的蜘蛛悬在空中，永远不停地编织蛛网，就像原先织布一样。

赫耳墨斯

众神的使者、宙斯和迈亚的儿子赫耳墨斯诞生在阿耳卡狄亚的库勒涅山的一个山洞里。他脚蹬插翅靴，手执铁的盘蛇杖，以思维那样敏捷的速度从奥林波斯山驰往世界的尽头。赫耳墨斯是道路的保护神，在古希腊的道路旁边、十字路口和住宅的门口处处可见到为他竖立的石柱。他保护旅人一生旅途平安，他伴送死者的灵魂去哈得斯的冥国。他用神奇的权杖合上人们的眼睛，使他们入睡。赫耳墨斯既是道路和旅人的保护神，又是商业和商人的保护神。他能使商人在买卖中获得利润，取得财富。赫耳墨斯发明了度量衡、数字和文字，并将这一切都教给人们。他还是雄辩之神，同时又是狡狯和欺骗之神。他的机敏、狡诈无人可比，他是一个灵巧非凡的窃贼，他的盗窃技术首屈一指。他曾开玩笑偷走了宙斯的权杖、波塞冬的三叉戟、阿波罗的弓箭和阿瑞斯的剑。

赫耳墨斯偷走阿波罗的牛群

赫耳墨斯在库勒涅山阴凉的山洞里刚出生，立即想到要干他的第一个勾当。他决定去偷阿波罗放牧的牛群，阿波罗当时正在马其顿的庇厄里亚谷地为众神放牧牛群。赫耳墨斯背着母亲悄悄挣脱襁褓，跳出摇篮，溜到洞口。他看见洞口有只乌龟，便捉住乌龟，用龟板和三根树枝制作了第一把竖琴，又绷上音质优美的琴弦。赫耳墨斯偷偷回到山洞，把竖琴藏在摇篮里，然后又溜出来，像阵旋风似的朝庇厄里亚跑去。到了那里，他从阿波罗放牧的牛群中偷来十五头牛，在牛腿上捆上芦苇和树枝，以便牛走起来扫去脚印，然后赶着牛群奔向伯罗奔尼撒。黄昏时分，他赶着牛群经过玻俄提亚，遇到了还在自己葡萄园里干活的一个老头儿。

“我给你一头牛，”赫耳墨斯对老头儿说，“但你不要告诉任何人，说看见我赶着牛群经过这里。”

老头儿得到如此慷慨的馈赠，喜不自胜，他答应赫耳墨斯，绝不说出他赶着牛群经过这里、去了何方。赫耳墨斯继续赶路，他刚走出没多远，马上想到要试试这个老头儿是否遵守诺言。他把牛群赶进树林，自己变成另一副模样，回去问老头儿：

“告诉我，是否见到一个男孩赶着一群牛经过这里？如果你能告诉我他赶着牛群去了何方，我就给你一头公牛和一头母牛。”

老头儿很想再得到一头公牛和一头母牛，所以没有多犹豫，就将赶牛孩子的去向指给了赫耳墨斯。老头儿不遵守诺言，这使赫耳墨斯很生气，他一怒之下把这个老头儿变成不能说话的岩石，让他永远沉默，永远牢记必须遵守自己的诺言。

此后赫耳墨斯又回树林，赶着牛群急急前行。最后他把牛群赶到皮罗斯。他用两头牛献祭众神，及时清除了祭礼的痕迹，再把其他牛赶进一个山洞。他让牛倒退着进去，这样牛的足迹看上去不是进洞，而是出洞。

赫耳墨斯干完这一切之后，悄悄地回到母亲迈亚住的山洞，裹上襁褓，躺进摇篮。

迈亚早就发现儿子曾溜出山洞，她责备赫耳墨斯：

“你干的可是件坏事。为什么要去偷阿波罗的牛？他会发怒的。你也知道，阿波罗发起怒来是多么可怕。难道你就不怕他的百发百中的箭？”

“我不怕阿波罗，”赫耳墨斯回答，“让他发怒吧。要是他来欺侮你或我，那我就报复，洗劫他在得尔福的神庙，偷光他的所有三脚供桌、金银和衣服。”

阿波罗发现丢了牛，便四处寻找，但是哪儿也找不到。后来报信鸟把阿波罗带到皮罗斯，但即使到了这里，他还是未找到丢失的牛群。他没有走进藏牛的山洞，因为他看见的牛蹄印不是进洞的蹄印，而是出洞的蹄印。

阿波罗长时间寻找都无结果，后来他来到迈亚的山洞。赫耳墨斯听见阿波罗的脚步声，便深深躲进摇篮里，紧紧裹着襁褓。怒气冲冲的阿波罗进入迈亚的山洞，看见赫耳墨斯脸上挂着天真无邪的神色躺在摇篮里。阿波罗责备赫耳墨斯偷了他的牛，要求把牛还给他。但是赫耳墨斯矢口否认。他让阿波罗相信，他根本想都没想过要偷他的牛，而且压根儿就不知道什么地方有他的牛。

“听着，男孩！”阿波罗愤怒地高声吼道。“要是你不把牛还给我，我就把你打入地狱，让你的父亲和母亲都救不了你。”

“哦，勒托的儿子，”赫耳墨斯说，“我没见到过你的牛，不知道也没听别人说你有牛。难道我会干这种事？现在我有别的事要干，有别的事要操心。我关心的只是睡觉、吃奶，还有襁褓。我发誓，我连偷你牛的贼也没看见过。”

无论阿波罗生多大的气，他从狡猾机巧的赫耳墨斯口中什么也没有得到。末了，阿波罗把赫耳墨斯拖出摇篮，强迫他裹着襁褓去见他们的父亲宙斯，让宙斯解决这场争执。他俩来到奥林波斯山。无论赫耳墨斯怎样狡辩耍滑，宙斯还是命令他把偷去的牛还给阿波罗。

赫耳墨斯领着阿波罗下了奥林波斯山，向皮罗斯走去，一路上他随身带着龟板做成的竖琴。到了皮罗斯，他把藏牛的地方指给阿波罗。在阿波罗从山洞里往外赶牛的时候，赫耳墨斯坐在洞口旁边的石头上，弹起了竖琴。美妙的琴声响彻了山谷，传到海边的沙滩上。阿波罗陶醉了，兴致勃勃地听赫耳墨斯弹奏。阿波罗就用这群牛换赫耳墨斯的竖琴，因为他太爱听这种琴声了。赫耳墨斯为了今后在放牛时能自娱自乐，又发明了芦笛，这种芦笛大受希腊牧人的喜爱。

迈亚和宙斯的儿子善辩、机巧，能像思想那样迅疾地驰骋于世界，早在童年时代他就显示出机智和灵巧，成了青春活力的化身。希腊各地学校的操场上都竖立着他的雕像。赫耳墨斯是年轻竞技家的保护神。在摔跤和跑步比赛开始之前，竞技家们都要先向他祈求保佑。

在古希腊，旅行家、演说家、商人、竞技家，甚至还有窃贼，有谁不敬奉赫耳墨斯啊！

阿瑞斯、阿佛洛狄忒、厄洛斯和许墨奈俄斯

阿　瑞　斯

狂暴的战神阿瑞斯是宙斯和赫拉的儿子。宙斯不喜欢他，常常对他说，在奥林波斯众神中，他是最可恨的一个。宙斯之所以不喜欢阿瑞斯，是因为他太凶残。如果阿瑞斯不是宙斯的儿子，宙斯早就把他打入黑暗的地狱，让他和提坦神一起受苦。凶悍的阿瑞斯的心只有残酷的战斗能使之欢乐。阿瑞斯常常全身披挂，手执巨大的盾牌，在交战双方兵器相击的叮当声中，在呐喊和呻吟声中奔突。他的两个儿子得摩斯和福波斯紧随其后。与他们一起厮杀的还有纷争女神厄里斯和女战神厄倪俄。战斗激烈，喊声震天，阿瑞斯兴高采烈，战士们呻吟着倒毙。阿瑞斯可怕的利剑砍倒战士，热血在地面流淌，这时候他便得意洋洋。他不加辨别地左劈右砍，残酷的战神四周尸体堆积如山。

阿瑞斯凶残、狂暴、勇猛，但胜利不总是伴随着他。他在战场上常常败给宙斯英勇的女儿雅典娜。雅典娜能量力而行，用智慧和冷静战胜阿瑞斯。有时候，凡人英雄与阿瑞斯交战也能占上风，尤其是在雅典娜助凡人英雄一臂之力的时候。例如在特洛伊城下，英雄狄俄墨得斯的铜长枪曾刺中阿瑞斯，这当然是雅典娜亲自助战的结果。受伤的战神那可怕的喊声在特洛伊和希腊双方军队上空远远传开。身披铜盔甲的阿瑞斯因疼痛而发出的喊声如此之大，简直就像千军万马投入激烈的战斗时一齐发出的呐喊。希腊人和特洛伊人都害怕得发抖。满身血污的阿瑞斯裹着浓云急急去找父亲宙斯，告雅典娜的状。但是父亲根本不听阿瑞斯诉说，他不喜欢这个光干内讧、战争和杀戮勾当的儿子。

在阿瑞斯与雅典娜之间厮杀得昏天黑地的时刻，即使最美丽的女神、阿瑞斯的妻子阿佛洛狄忒赶来支援丈夫，雅典娜照样还能获胜。骁勇善战的雅典娜只需一击就能将司爱情的绝美女神阿佛洛狄忒打倒在地。永远年轻、美艳绝伦的阿佛洛狄忒只会满面泪痕地跑往奥林波斯山，而雅典娜则对着她的背影得意地大笑和鄙视地讥讽。

阿佛洛狄忒

娇柔轻盈的女神阿佛洛狄忒并不愿意干预血腥的厮杀。她只管在神祇和凡人心中激起情爱。由于具有这一权力，她也是整个世界的统治者之一。

甚至包括神祇在内，谁都不能逃避她的管束。只有雅典娜、赫斯提亚和阿耳忒弥斯不服从她的权力。阿佛洛狄忒身材高挑匀称，面庞线条柔和，金发柔软拳曲，就像美丽的头上戴着一顶王冠。阿佛洛狄忒是绝伦美色和永不凋谢的青春的体现。当她容光焕发，身穿飘香的衣衫款步走来的时候，阳光会更明亮，花朵会更鲜艳。她走在森林中，各种野兽会从密林中跑到她身旁，成群的小鸟会飞来，在她头上飞来飞去。狮子、豹和熊温顺地和她亲热。阿佛洛狄忒为自己光彩照人的美丽而骄傲，泰然自若地走在它们中间。美丽优雅的时序女神和美惠女神伴随她，侍候她。她们为她穿上华丽的衣服，替她梳理金发，替她戴上金光闪闪的头饰。

乌拉诺斯的女儿阿佛洛狄忒诞生在库忒瑞岛附近的海中，是从海浪的白色泡沫中出生的。温和轻柔的海风将她送到塞浦路斯岛上。在塞浦路斯岛上，时序女神们纷纷围住了这位从海浪中诞生的女爱神。她们给她穿上金丝织成的衣服，戴上芳香的鲜花编成的花冠。阿佛洛狄忒所到之处百花盛开，香气扑鼻。厄洛斯和希墨洛斯把这位绝美的女神送到奥林波斯山。山上的众神齐声欢迎。从此，永葆青春的、最美丽的女神阿佛洛狄忒一直生活在奥林波斯众神之间。

皮格玛利翁

根据奥维德的长诗《变形记》转述。

阿佛洛狄忒能给为她忠诚服务的人带来幸福。比如，她曾赐予塞浦路斯伟大的雕刻家皮格玛利翁幸福。皮格玛利翁仇视妇女，他离群索居，逃避婚娶。有一天，他用洁白光亮的象牙雕刻了一尊美丽非凡的姑娘的雕像。这雕像栩栩如生地站在他的工作室里。它似乎能呼吸，看上去马上就要移动，要走，要说话。雕刻家一连几个钟头都在欣赏自己的作品，最后他爱上了自己创作的这尊雕像。他给雕像戴上贵重的项链、手镯和耳环，穿上华丽的衣服，又戴上花冠。皮格玛利翁常常悄声说：

“啊，要是你是活的，能和我说话，那我该多么幸福啊！”

然而雕像不能说话。

阿佛洛狄忒的祭日到了，皮格玛利翁向女爱神献上一头牛角包金的白色小母牛作祭品。他朝女神伸出双手，轻声祈祷：

“啊，永生的神祇和善良的阿佛洛狄忒，如果你们能满足祈祷者的要求，那就赐予我一个像我亲手雕刻的姑娘一样美丽的妻子。”

皮格玛利翁不敢恳求众神赐予他的雕像以生命，他怕这样的请求会惹怒奥林波斯众神。这时女神阿佛洛狄忒塑像前面的圣火忽然一亮，女神似乎用这种方式告诉皮格玛利翁，诸神已接受他的祈求。

雕刻家回家了，他走到雕像跟前。啊，多么幸福！多么欢乐！雕像果然活了！她的心脏在跳动，她的双眼闪着生命的光辉。就这样，女神阿佛洛狄忒赐予了皮格玛利翁一个美丽的妻子。

那耳喀索斯

根据奥维德的长诗《变形记》转述。

谁要是对阿佛洛狄忒不敬，拒绝她的礼物，违抗她的管束，那么她就会毫不仁慈地惩罚谁。她曾经严厉惩罚过河神刻菲索斯和水泽神女利里俄珀的儿子，英俊、冷漠、自负的那耳喀索斯。那耳喀索斯除了自己谁都不爱，他认为只有自己值得爱。

有一次，他在密林中狩猎迷了路。回声神女厄科看见他，可是神女不能主动和那耳喀索斯说话。女神赫拉给了神女这样的惩罚：厄科必须保持缄默，回答问题只能重复问题的最后一个词。厄科躲在密林里，怀着喜悦的心情望着体格匀称的英俊少年。那耳喀索斯环顾四周，不知该往哪里走，他高声喊道：

“喂，谁在这里？”

“这里！”神女厄科高声回答。

“到这里来！”那耳喀索斯又喊道。

“来！”厄科回答。

英俊的那耳喀索斯困惑地朝四周张望，但是不见任何人。他感到惊奇，于是又高声喊道：

“快到我跟前来！”

厄科也愉快地高声作答：

“到我跟前来！”

神女厄科伸出双手，从密林中匆匆来到那耳喀索斯跟前。但是英俊的那耳喀索斯恶狠狠地将她推开。他匆匆离开神女，消失在黑压压的树林中。

神女遭到拒绝，躲进难以通行的密林。那耳喀索斯走了，厄科深受相思的折磨，从此再也不在人前露面。每当有人大声呼喊时，可怜的厄科才伤心地应声作答。

那耳喀索斯依然像以往一样妄自尊大、骄傲自负。他一概拒绝所有女性的求爱。他的自负伤了很多神女的心。有一次，一位遭到拒绝的神女大声说：

“那耳喀索斯，让你也爱！让你将来所爱的人对你不以爱相报！”

这位神女的愿望实现了。女爱神阿佛洛狄忒因为那耳喀索斯拒绝她的赠礼很生气，并惩罚了他。有一年春天，那耳喀索斯狩猎来到一条山溪边，他打算喝几口清凉的溪水。这条小溪的水牧人和羊群从没来喝过，枯枝从未掉进小溪，连风也从不把花瓣刮到小溪中。溪水清澈见底，水面像镜子一样反映出四周的景物，映照出两岸丛生的灌木、挺拔的柏树和蔚蓝的天空。那耳喀索斯双手支着露出水面的石头，俯身对着溪水。水中映出他俊俏的神采。这时阿佛洛狄忒对他实施惩罚了。那耳喀索斯非常吃惊地看着水中自己的倒影，心中充满了强烈的爱。他那充满爱情的双眼望着倒影，朝倒影招手、呼叫，向它伸出双手。那耳喀索斯朝如镜的水面俯下身去，亲吻自己的倒影。可是他吻到的只是冰凉清澈的溪水。这时候，那耳喀索斯忘却了一切，寸步不离小溪，目不转睛地盯着水面，一味顾影自怜。他不吃不喝也不睡，最后终于彻底绝望，朝倒影伸出双手，高声说道：

“啊，有谁遭受过如此残酷的折磨！我们之间并无高山大海阻挡，相隔的仅是一泓清水，然而我们却无法相聚。你从溪中出来吧！”

那耳喀索斯望着水中倒影沉思。突然他脑海中出现一个可怕的念头，于是他贴着水面对影子悄声说道：

“啊，太不幸了！我真担心，我是否爱上了我自己？要知道，你就像我自己呀！我是爱上我自己了。我感到自己活不了多久了。我刚刚开花就要枯萎，就要去死亡的冥国。不过我不怕死，死亡会结束我相思的痛苦。”

那耳喀索斯全身无力，面色苍白，他已感到死神临近，但是他的目光仍然直勾勾地盯着自己的倒影。那耳喀索斯哭了，泪珠掉进清澈见底的溪水里，平静的水面漾起一圈圈波纹，美丽的倒影不见了。那耳喀索斯恐惧地大喊：

“喂，你在哪儿？快回来！别离开！别撇下我！这太残酷啦！唉，你就让我再看你一眼吧！”

水面又恢复平静，倒影又出现了，那耳喀索斯又目不转睛地望着自己的倒影。他像炎热的阳光下的花朵上的露珠一样消瘦了。可怜的神女厄科看着那耳喀索斯在受苦受难。她还像以往一样爱着那耳喀索斯，他的痛苦使她的心也疼得揪紧了。

“啊，痛苦！”那耳喀索斯喊道。

“痛苦！”厄科应声回答。

最后，痛苦至极的那耳喀索斯望着水中的倒影有气无力地说道：

“别了！”

神女厄科用更轻微的、勉强听得见的声音重复道：

“别了！”

那耳喀索斯一头倒在溪边绿色的草地上，死亡的暗影合上了他的双眼，他死了。树林中的年少的神女们都哭了，厄科也哭了。神女们为年轻的那耳喀索斯修筑了坟墓，可是她们去搬他的尸体的时候，发现尸体不见了。在他一头栽倒的草地上长出一朵芬芳的小白花，那是死亡之花，人们称它为那耳喀索斯①。

阿多尼斯

根据奥维德的长诗《变形记》转述。

如此严厉惩罚那耳喀索斯的女爱神阿佛洛狄忒自己也尝过爱情的痛苦，她不得不为她钟爱的阿多尼斯之死而哀哭。她曾爱上塞浦路斯国王的儿子阿多尼斯。凡人中没有人比阿多尼斯更英俊，他甚至比奥林波斯山的诸神更俊美。阿佛洛狄忒因为阿多尼斯而忘却了帕特摩斯岛和鲜花盛开的库忒瑞岛。在阿佛洛狄忒看来，阿多尼斯比光明的奥林波斯山更可爱。她一直和英俊青年阿多尼斯在一起。她与阿耳忒弥斯一样，

---

①即水仙花。

和阿多尼斯一起在塞浦路斯岛上的高山密林中狩猎。阿佛洛狄忒忘了金首饰，不再关心修饰打扮。在炎热的阳光下，在急风暴雨中，她都去狩猎。她只猎捕野兔、胆小的鹿和羚羊，不去猎捕凶猛的狮子和野猪。她请求阿多尼斯也别去捕捉狮子、黑熊和野猪，以免发生危险。她很少离开王子阿多尼斯，如果暂时别离，每次临走都要叮嘱他不要忘记她的告诫。

有一次，阿佛洛狄忒不在，阿多尼斯的猎犬忽然发现了一头巨大的野猪的脚印。它们把野猪轰起来，狂叫着追了上去。阿多尼斯对猎捕如此庞大的野猪甚是感兴趣，他没有料到这成了他一生中最后一次狩猎。猎犬的叫声越来越近，只见巨大的野猪在灌木丛中闪现了一下。阿多尼斯刚要用长枪去扎狂怒的野猪，野猪突然扑向阿多尼斯，长长的獠牙将阿佛洛狄忒的心上人咬成致命伤。阿多尼斯终于伤重丧命了。

阿佛洛狄忒得知阿多尼斯身亡的噩耗，怀着难以形容的哀痛，亲自到塞浦路斯岛上的群山中寻找心爱的年轻人的尸体。她在陡峭的山坡上，在幽暗的峡谷中，在无底的深渊边寻找着。尖利的石块和荆棘扎破了女神一双娇嫩的脚。血滴在地上，在她走过的地方留下了血迹。最后她找到了阿多尼斯的尸体，对着夭亡的英俊青年悲痛地大哭。为了永远纪念阿多尼斯，女神吩咐在阿多尼斯的血迹上长出柔嫩的银莲花，而女神脚上伤口流出的血所滴之处长出一株株像女神的血一样鲜红的玫瑰。宙斯也同情女爱神阿佛洛狄忒。他吩咐自己的兄弟哈得斯及其妻子佩耳塞福涅每年让阿多尼斯从凄凉的冥国回地面一次。从此以后，阿多尼斯半年待在哈得斯的冥国，半年在地上与女神阿佛洛狄忒一起生活。每当阿佛洛狄忒的年轻而又英俊的心上人阿多尼斯返回阳光普照的地面的时候，整个自然界都为之欢腾。

厄洛斯

阿佛洛狄忒也参与世界的统治。和宙斯一样，她也有自己的使者，通过使者来实现自己的意志。阿佛洛狄忒的使者就是她的儿子厄洛斯。厄洛斯是个快乐、顽皮、狡猾，有时还很残酷的男孩。他拍击闪闪放光的金翅膀，飞驰在陆地和大海上空，又快又轻盈，就像轻拂的微风。他手持小小的金弓，肩挎一筒箭，这些金箭谁都无法抵挡。厄洛斯箭无虚发，百发百中。他的箭术比起箭神阿波罗来也毫不逊色。射中目标之后，他的双眼就闪耀出喜悦的光辉，他的头发拳曲的脑袋就得意洋洋地高高扬起，并且纵声大笑。

厄洛斯的箭能带来幸福和快乐，但常常也带来爱情的煎熬和痛苦，有时甚至是死亡。这些箭还曾给阿波罗和宙斯造成不少痛苦。

宙斯事先就知道，阿佛洛狄忒的儿子会给世界带来许多痛苦和灾难，所以在厄洛斯出生的时候，他就打算扼杀厄洛斯。但是母亲阿佛洛狄忒怎能容许他这么干！阿佛洛狄忒把厄洛斯藏在无法通行的密林中，让两头凶猛的母狮子用自己的乳汁喂养他。厄洛斯长大了，英俊少年在世界上到处飞翔，用自己的箭在世界上散布幸福与痛苦，散布善与恶。

许墨奈俄斯

阿佛洛狄忒还有一位助手和旅伴——年少的司婚姻之神许墨奈俄斯。他拍击着雪白的翅膀，往往飞在迎亲队伍的前头。他手中的婚礼火炬烧得通亮。在婚礼进行的时候，载歌载舞的姑娘们请来许墨奈俄斯，请求他为年轻人的婚姻祝福，使他们生活欢乐。

赫菲斯托斯

宙斯和赫拉的儿子赫菲斯托斯，是一位火神和锻冶之神，他的锻冶技术无人可比。赫菲斯托斯出生在奥林波斯山上，生下来的时候身体羸弱，而且跛足。女神们将这个身子瘦小、相貌丑陋的儿子抱给母亲看的时候，赫拉发火了。她抓起婴儿，就把他从奥林波斯山朝遥远的地面上扔去。

可怜的婴儿在空中飞落了好久，最后掉在无边无际的大海的波涛中。大洋神俄刻阿诺斯的女儿欧律诺墨和未卜先知的老海神涅柔斯的女儿忒提斯可怜这个婴儿，她们抱起掉入海里的赫菲斯托斯，把他带到灰蒙蒙的大洋河深处。她俩在蓝莹莹的山洞里抚养赫菲斯托斯。赫菲斯托斯长大之后也不漂亮，照旧跛足，不过他有一双强劲的手，有宽阔的胸膛和肌肉发达的脖子。他成了锻冶技术卓绝的艺术家。他用金银为自己的抚育者欧律诺墨和忒提斯打造了许多精致华美的饰品。

赫菲斯托斯将自己对母亲赫拉的愤恨久久埋藏在心底，后来他拿定主意要报复，因为母亲将他扔下奥林波斯山。他铸造了一把华丽无比的金椅子，送到奥林波斯山，作为献给母亲的礼物。宙斯的妻子看到这一奇特的礼物，欣喜若狂。的确，只有诸神和人类的王后才能坐这样华丽的椅子。可是太可怕了！赫拉刚落座，立即就有许多挣不断的绳索将她缚住，使她在椅子上起不来了。众神赶忙上去帮忙，可是全都徒然，谁也无法把王后解脱出来。众神明白，只有铸造这把金椅子的赫菲斯托斯能解脱自己的母亲。

他们立即派众神的使者赫耳墨斯去找赫菲斯托斯。赫耳墨斯飞速驰往世界的边缘，来到大洋河的岸边。一眨眼他就越过陆地和大海，来到赫菲斯托斯干活的山洞。赫耳墨斯向赫菲斯托斯恳求了许久，请他一起去奥林波斯山，将王后赫拉解脱出来。可是锻冶之神断然拒绝，他没有忘记母亲对他的虐待。赫耳墨斯好说歹说都无效，这时快乐的酒神狄俄尼索斯赶来帮忙。狄俄尼索斯给赫菲斯托斯端上一杯又一杯美酒。赫菲斯托斯喝醉了，现在可以随便领他去哪儿都行。赫菲斯托斯听从酒神狄俄尼索斯随意摆布了。赫耳墨斯和狄俄尼索斯将赫菲斯托斯扶上驴背，驮往奥林波斯山。赫菲斯托斯摇摇晃晃骑着驴，在他四周欢快地跳跃着头缠常春藤、手执酒神杖的狂女迈那得斯们，醉醺醺的萨堤洛斯们①也在笨拙地蹦跳着。火炬在冒烟，铙钹在鸣响，铃鼓在铿锵，中间夹杂着

① 最低级的林神、司丰收的精灵，是狄俄尼索斯的随从。

笑声。酒神狄俄尼索斯头戴常春藤编的冠冕，手持酒神杖，走在最前头。队伍在欢乐地行进。最后来到奥林波斯山。赫菲斯托斯片刻之间就解开了母亲身上的绳索，此时他忘却了昔日的恩怨。

赫菲斯托斯在奥林波斯山住了下来。他为诸神建造了许多金碧辉煌的金宫殿，又用金银和青铜为自己造了一座宫殿。他和妻子卡里斯——一个美丽热情的美惠女神就生活在里面。宫殿中设置了赫菲斯托斯的铁匠铺，他大部分时间都是在这充满神奇色彩的铁匠铺里度过的。铁匠铺中央竖着一个大铁砧，一角有炉火熊熊的火炉和风箱。这风箱更奇妙，不需要拉，它听赫菲斯托斯的话，会自动送风。赫菲斯托斯一发话，风箱就送风，将炉中的火煽得烈焰腾腾。锻冶之神大汗淋漓，满身黑灰，在铁匠铺里不停地干活。赫菲斯托斯打造的物件别提有多精美，其中有锐利的兵器，有金银饰品，有酒碗和高脚杯，有三脚供桌。这三脚供桌安有金轮子，能自动移动，就跟活的一样。

干完活，赫菲斯托斯在香气洋溢的浴室里洗去汗水和烟灰，然后瘸着无力的双脚，摇摇晃晃地来到众神的宴会上，来到父亲宙斯身边。心地善良、彬彬有礼的赫菲斯托斯常常能劝阻宙斯与赫拉行将激化的争吵。看到跛足的赫菲斯托斯一瘸一拐地绕着餐桌走动，给众神斟上香气扑鼻的仙酒，众神无不大笑，笑声使众神忘却了争吵。

但是赫菲斯托斯有时也很厉害。许多人尝到过他的火和巨大的铁锤的威力。他甚至用自己的火制服了特洛伊城外汹涌的克珊托斯河和西摩伊斯河的浪涛。凶悍的赫菲斯托斯还曾用自己的铁锤击败过强大的巨灵们。

伟大的火神、手艺高超的锻冶之神赫菲斯托斯能给人们带来温暖和快乐，他虽热情、彬彬有礼，但也严厉地惩罚别人。

得墨忒耳和佩耳塞福涅

女神得墨忒耳威力强大。她能使大地丰产，没有她的创造力，无论茂密的森林、草地，还是肥沃的良田都不可能有任何出产。

哈得斯掳走佩耳塞福涅[①]

女神得墨忒耳有一个年轻美丽的女儿佩耳塞福涅。佩耳塞福涅的父亲就是克罗诺斯的儿子宙斯。有一天，美丽的佩耳塞福涅和女伴大洋神女们一起在鲜花盛开的倪萨山谷[②]里无忧无虑地游玩。得墨忒耳的女儿像轻盈的蝴蝶，飞奔在花丛中间。她采摘着华丽的玫瑰、芬芳的紫罗兰、雪白的百合花和红彤彤的风信子。她跑啊，跳啊，尽情地玩乐，不知道父亲宙斯已经给她安排了命运。佩耳塞福涅没想到，她将不会很快再见到明媚的阳光，不会很快再欣赏鲜花和再呼吸芬芳的花香。宙斯将她许配给了他的兄弟，冥国的统治者哈得斯，她必须与哈得斯一起生活在没有光明的地下王国。

哈得斯看见佩耳塞福涅在倪萨山谷嬉戏，决定立即将她掳走。他请求地神盖亚长出一枝特别美丽的花，盖亚答应了，马上山谷里长出一枝美丽异常的花。这枝花醉人的香气远远地飘向四面八方。佩耳塞福涅看见这枝花，伸手揪住花茎，就要摘这朵花。突然大地迸裂，冥国的主宰哈得斯乘着黑马拉的金马车从地底下来到山谷。他抓住佩耳塞福涅，把她抱上车，顷刻驱车回到地下。佩耳塞福涅只来得及大喊一声。得墨忒耳女儿那凄惨的喊声传得很远，传到了海底深渊，传到了光明的奥林波斯山。可是除了太阳神赫里阿斯，谁都没有看到哈得斯掳走佩耳塞福涅这一幕。

得墨忒耳听见女儿的喊声，急急来到倪萨山谷。她到处寻找，向女儿的女伴大洋神女们打听，但是哪儿也不见她的人影。大洋神女们不知道佩耳塞福涅的去向。

---

① 根据荷马颂诗转述。
② 位于墨伽拉地区，萨罗尼加湾的海边。

得墨忒耳丢失了唯一的心爱的女儿，心中充满了沉重的悲伤。她丝毫不想别的，穿上黑色的衣服，流淌着痛苦的泪水，在大地上奔波了九天。她到处寻找，逢人便求助，然而无人能帮助她解除痛苦。到了第十天，她来找太阳神赫里阿斯，含泪向他恳求：

“啊，光辉的赫里阿斯，你乘着金车在高高的天空，驰过整个大地和所有海洋，你能看见一切，任何事情都躲不过你的眼睛。如果你对我这个不幸的母亲稍有一点怜悯之心，那就告诉我，我的女儿佩耳塞福涅在哪里，告诉我我该去哪里寻找她！我听见过她的喊声，她是被人掳走的。告诉我谁掳走了她。我到处都找遍了，就是找不到她。”

赫里阿斯回答：

“伟大的女神，你知道我多么敬重你。你瞧，看到你不幸，我多么悲伤。告诉你，宙斯把你的女儿嫁给了他的兄弟、冥国的主宰哈得斯。哈得斯掳走了佩耳塞福涅，把她带到悲惨的地下王国。女神，你要克制沉重的哀伤，你女儿的丈夫也很伟大，你的女儿成了伟大的宙斯强大的兄弟的妻子。”

听了这席话，得墨忒耳更加悲伤。她痛恨宙斯不经她同意就把佩耳塞福涅嫁给哈得斯。她撇下众神，离开光明的奥林波斯山，换上凡人女子的面貌，裹着黑衣服，在人间久久地奔波，边走边淌着痛苦的泪水。

地面上万物都停止生长。树上的叶子枯黄、飘落。树木顿时变得光秃秃的。青草泛黄，花朵萎蔫凋零。果园里不见果实，绿色的葡萄藤干枯，藤上不见沉甸甸的多汁的葡萄。原先肥沃的土地变得空旷荒凉，连一棵草也不长。大地冻结了，没有一丝生机。到处都在闹饥荒，到处都听得见哭声和呻吟。死亡威胁着全人类。但是得墨忒耳视而不见，听而不闻，她沉浸在失去爱女的悲伤中。

最后得墨忒耳来到厄琉西斯城。她走到城墙根，坐到橄榄树下的“贞女井”旁的一块“悲伤石”上。她坐在那里一动不动，就像一尊石像。她那黑色的衣衫的直裥一直垂到地面。她低垂着头，泪珠从眼眶中一颗接一颗地滚落到胸襟上。她就这样独个儿悲痛难抑地坐了很久。

厄琉西斯国王刻勒俄斯的几个女儿看见了得墨忒耳。她们看见这个穿黑衣的女人坐在泉边哭泣，感到很奇怪，于是走到她跟前，同情地询问她是什么人，但是得墨忒耳并不告诉她们自己的真实身份。她对她们说，自己名叫得俄，出生在克里特岛，后被强盗掳去。她从强盗手中逃脱，经过长期流浪才流落到厄琉西斯。得墨忒耳请求刻勒俄斯的女儿将她带回家，她愿做她们母亲的女仆，为她教养子女，愿在刻勒俄斯宫中干活。刻勒俄斯的女儿们把得墨忒耳领回家去见她们的母亲墨塔涅拉。

刻勒俄斯的女儿们没料到，她们领回家的是伟大的女神。她们将得墨忒耳带进家门的时候，得墨忒耳以头顶蹭了一下门框上端，于是屋内便充满奇异的光辉。墨塔涅拉起身迎接得墨忒耳，她知道女儿带来的不是普通的凡人。刻勒俄斯的妻子向陌生的女人深深地鞠躬行礼，请她坐到王后的位置上。得墨忒耳拒绝了，她默默地坐到女仆坐的凳子上，依旧漠然地对待周围的一切。墨塔涅拉快活的女仆伊阿巴看到陌生女人满腹忧愁，就竭力为她排忧解愁。她满面堆笑地侍候得墨忒耳及自己的主人墨塔涅拉，高声地说笑逗乐。自从女儿佩耳塞福涅被哈得斯掳走以来，得墨忒耳第一次露出了笑容，第一次答应进食。

得墨忒耳在刻勒俄斯宫中住了下来。她教育刻勒俄斯的儿子得摩福翁。她拿定主意要让得摩福翁得到永生，她将婴孩得摩福翁抱在怀里，让他坐在自己膝上，让婴孩吸入女神永生的气息。得墨忒耳将神食搽在婴孩的身上，夜间当刻勒俄斯全家入睡之后，她把得摩福翁裹在襁褓里，放到熊熊燃烧的火炉里。可是得摩福翁并未得到永生，因为有一次墨塔涅拉看见儿子躺在火炉里，吓得要命，她恳求得墨忒耳不要这样干。得墨忒耳很生气，把得摩福翁从炉中抱出来，对墨塔涅拉说：

“啊，你真蠢！我想让你的儿子永生，让他不受任何伤害。告诉你吧，我就是能赋予凡人和神以力量、喜悦的得墨忒耳。”

得墨忒耳向刻勒俄斯和墨塔涅拉公开了自己的身份，同时恢复了自己女神的面貌。国王刻勒俄斯的内室充满了奇异的光辉。美丽端庄的女神得墨忒耳站着，她的金发披散在双肩，眼中放射出智慧的光芒，衣服散发着阵阵香气。国王夫妇赶忙跪倒在她面前。

得墨忒耳女神吩咐在厄琉西斯的卡利科拉泉边建造一座神庙，她就留居在神庙中。在这座神庙里她亲自创立了祭典仪式①。

失去爱女的悲痛仍然压在得墨忒耳心头，对宙斯的愤恨也未消除。大地依然什么也不长。农民的土地上不长半棵禾苗，饥馑愈来愈严重。农夫的公牛徒然地拉着沉重的犁杖，它们的耕作得不到任何收获。人们整部落整部落地死亡。饥民的哀号直冲云天，但是得墨忒耳仍然不予理会。最后大地上再也没有祭神的袅袅香烟。死亡威胁着一切生灵。伟大的宙斯不希望凡人统统死亡，他派众神的女使者伊里斯去找得墨忒耳。伊里斯拍动着彩虹翅膀急急飞往位于厄琉西斯的得墨忒耳神庙，恳求女神返回奥林波斯山，回到众神中间。但是得墨忒耳并不为她的恳求所动。宙斯又派其他几位神去请得墨忒耳，可是她仍不肯回奥林波斯山，除非哈得斯将她的女儿佩耳塞福涅还给她。

宙斯只得派赫耳墨斯去找自己的兄弟哈得斯。赫耳墨斯来到可怖的冥国，来到端坐于金宝座上的死者灵魂的主宰哈得斯面前，向他传达宙斯的旨意。

哈得斯同意让佩耳塞福涅回到她母亲身边，不过事先给佩耳塞福涅吃了一个象征婚姻的石榴。佩耳塞福涅坐上丈夫的金车，和赫耳墨斯一起出发了。哈得斯的不受任何阻挡的神马撒腿奔驰，转眼就到了厄琉西斯。

得墨忒耳高兴得忘却了一切，迎着女儿扑上前去，将女儿紧紧搂在怀中。心爱的女儿佩耳塞福涅终于又回到她身边。得墨忒耳带着女儿

---

① 指厄琉西斯秘密祭典。

回到奥林波斯山。这时宙斯决定，佩耳塞福涅每年三分之二时间和母亲一起生活，三分之一时间待在丈夫哈得斯身边。

伟大的得墨忒耳使大地恢复了肥力，一切都重又发绿、绽开花朵。嫩绿的树叶重又覆盖森林，青翠繁茂的草地繁花似锦。肥沃的农田里很快庄稼抽穗，果园里又是花香扑鼻，阳光下的葡萄园泛着翠绿的光泽。整个自然界苏醒了。所有生灵都在欢呼，都在赞颂伟大的女神得墨忒耳及其女儿佩耳塞福涅。

但是佩耳塞福涅每年都得告别母亲，每次得墨忒耳都要陷入悲痛，重新穿上黑色的衣服。这时整个自然界也为佩耳塞福涅的离去而悲伤。树上的叶子渐渐枯黄，秋风吹来，纷纷掉落，花朵凋谢，大地变得空荡荡的，冬天就要降临。大自然沉睡了，待来年春光明媚的时候再苏醒，那时候佩耳塞福涅又从毫无欢乐的哈得斯的冥国回到母亲身边。女儿一回来，伟大的丰产女神就慷慨地向人们传授技能，祝福农夫的劳动获得丰硕的成果。

特里普托勒摩斯

伟大的女神得墨忒耳赋予大地以肥力，她又亲自教人们如何耕种土地。她把麦种送给厄琉西斯国王年轻的儿子特里普托勒摩斯，特里普托勒摩斯是第一个在厄琉西斯三遍翻耕土地、再将种子播进地里的人。得墨忒耳亲自祝福过的土地长出累累硕果。特里普托勒摩斯按照得墨忒耳的嘱咐，乘上有翼巨蟒驾的华丽的车子走遍所有国家，到处向人们传授农业技术。

特里普托勒摩斯来到遥远的斯库提亚，来见国王林科斯，向他传授农业技术。但是骄傲的国王想抢夺特里普托勒摩斯的农耕祖师的荣誉，想将它占为己有。林科斯决定等特里普托勒摩斯熟睡后杀死他。可是得墨忒耳不允许这种罪恶阴谋得逞。她决定惩罚国王，因为他要破坏热情待客的风俗，想对她所选中的人下毒手。

当国王夜间悄悄溜进特里普托勒摩斯安睡的卧室，举起短剑要行刺的时候，得墨忒耳将国王变成了大山猫。

变成大山猫的林科斯躲进黑沉沉的森林，而特里普托勒摩斯则离开斯库提亚人的国家，乘着华丽的车子，奔波于各国之间，继续向人们传授得墨忒耳教给他的农业技术。

厄律西克同

女神得墨忒耳不光惩罚了斯库提亚人的国王林科斯，还惩罚了忒萨利亚的国王厄律西克同。厄律西克同目空一切，亵渎神祇。他从不祭神。他渎神的气焰嚣张到了胆敢粗暴地冒犯女神得墨忒耳的地步。他打定主意要砍得墨忒耳圣林中的一棵百年老橡树。这棵橡树是得墨忒耳宠爱的护林神女的托身树。可是无论怎样劝阻，厄律西克同仍坚持砍树。

“即使这不是得墨忒耳的宠神，而是她本人，”这个渎神的家伙高叫，“我照样要砍这棵橡树！”

厄律西克同从仆人手中夺过斧子，对着大树猛地砍了一斧子。橡树发出痛苦的呻吟，树皮下涌出鲜血。站在橡树旁边的仆人们个个都惊呆了。其中一个壮起胆上前劝阻厄律西克同，盛怒的厄律西克同砍死了这个仆人，并且吼叫道：

“这就是对你敬神的奖赏！”

厄律西克同砍倒了这棵百年古树，橡树发出宛若呻吟的呼叫声倒了下来，托身其中的护林神女也殒命了。

圣林中其他神女穿上黑衣服，纷纷来找得墨忒耳，恳求她惩罚杀害她们尊敬的女友的凶手厄律西克同。得墨忒耳闻讯大怒，当即派出一位神女去找饥饿女神。使者坐上得墨忒耳那辆由有翼巨蟒拉的车，飞速驰往斯库提亚，驰往高加索山。她在不毛的荒山中找到了饥饿女神。这位女神两眼凹陷，面色苍白，头发披散，皮肤粗糙，瘦得皮包骨。神女向饥饿女神转达了得墨忒耳的意愿，饥饿女神听从了得墨忒耳的吩咐。

饥饿女神来到厄律西克同家，给他灌输难以忍受的饥饿感，使他饿得五脏六腑像在燃烧。厄律西克同吃得越多，饿得越厉害。他把自己的家产统统用来换取各种山珍海味，可是这些食物只是加重他本来就已无法忍受的饥饿感。最后厄律西克同一无所有，只剩下一个女儿。为了弄钱和填饱肚子，他又把女儿卖作奴隶。但是他的女儿曾向海神波塞冬学得变化的本领，她或者变成飞禽，或者变成牛马，每次都从买主手中逃脱。厄律西克同将女儿卖过多次，但是卖得的钱很少。饥饿越来越厉害地折磨着他，饥饿的折磨越来越难以忍受。最后厄律西克同啃食自己的身体，极其痛苦地死了。

夜神、月神、晨光女神和太阳神

夜神尼克斯乘坐黑马拉的车在天上缓缓行进。她用深色的外衣遮盖大地，四周的一切随之都为黑暗所笼罩。她的车子的周围聚集着一群群星星，它们向大地洒下闪烁、隐约的星光。这些星星都是晨光女神厄俄斯和阿斯特赖俄斯的年幼的儿子。它们为数众多，布满整个黑暗的夜空。东方露出一抹淡淡的辉光，渐渐的这辉光愈来愈明亮。原来是月神塞勒涅升上天空。犄角陡直的公牛拉着她的车慢慢地在天空走着。月神头戴饰有月镰的帽子，身穿白色的长衣，安详端庄地乘车缓行。她静静地照亮熟睡的大地，将一切都洒上银光。月神巡视过整个天宇之后，就进入卡里亚①的拉特穆斯山的一个深深的山洞。在这个山洞里英俊的恩底弥翁永远在酣睡。塞勒涅爱恩底弥翁。她俯身抚摩他，低声对他说着情话。但是永远沉睡的恩底弥翁听不见她说的话，所以月神塞勒涅非常忧伤，连她在夜间洒向大地的光也是忧伤的。

黎明已经临近。月神离开天空已经很久。东方微微发亮。晨光女

---

①小亚细亚国家，濒地中海。

神厄俄斯的先驱——启明星在东方发出明亮的光辉。刮起了一阵轻风。东方越来越亮。这时候，玫瑰肤色的晨光女神厄俄斯打开大门，光辉灿烂的太阳神赫里阿斯很快将会走出门来。身穿鲜艳的番红花色的衣服的晨光女神拍动着玫瑰色的双翼，飞上映满玫瑰色的霞光的天空。女神将装在金钵里的露水洒向大地，于是花草上缀满像钻石一样闪闪发光的露珠。大地上的一切都在散发芳香，到处飘着一股股馨香。苏醒的大地喜盈盈地迎接太阳神赫里阿斯。

光辉灿烂的太阳神乘着赫菲斯托斯为他制造的、由四匹长翼的马拉的金车从大洋河边驰上天空。初升的太阳照亮了群山的峰峦，山巅像裹着大火高高地耸立。群星看见太阳神，匆匆逃离天宇，一颗紧跟一颗躲进黑夜的怀抱。赫里阿斯的金车越升越高。他头戴光芒四射的冠冕，身穿熠熠闪亮的长衣，乘坐金车在天空行进，将充满生气的阳光洒向地面，给大地送来光明、温暖和活力。

太阳神走完一天的路程之后就降落到神圣的大洋河边。那里有一条金船等着他。他乘坐金船返回东方，回到有华丽宫殿的太阳国。夜间太阳神在宫中歇息，以便第二天能像头天那样光彩夺目地踏上旅程。

法　厄　同

根据奥维德的长诗《变形记》转述。

但是有一次，世界上这种既定的秩序被破坏了，这一天太阳神没有乘马车驰上天空，没有给人类送去光明。事情是这样的，太阳神赫里阿斯与海中神女忒提斯的女儿克吕墨涅生有一个儿子，名叫法厄同。有一天，法厄同的亲戚——宙斯的儿子厄帕福斯讥笑法厄同：

“我不相信你是太阳神赫里阿斯的儿子。你母亲说的不是真话。你是普通凡人的儿子。”

法厄同很生气，脸上涌起了恼羞的红晕。他跑回家扑到母亲怀中，流着眼泪向母亲诉说所受的羞辱。母亲指着光辉灿烂的太阳高声说道：

“啊，我的儿子！我当着能看见我们、能听见我们说话，而且你现在也亲眼看见的赫里阿斯发誓，他是你的父亲！如果我说的不是实话，那就让他的阳光照不到我。你自己去找他吧，他的宫殿离我们不远。他会向你证实我说的话。”

法厄同当即去找父亲赫里阿斯。他很快就来到金光、银光和宝石的亮光交相辉映的赫里阿斯的宫殿。整座宫殿闪耀着彩虹的各种色彩，锻冶之神赫菲斯托斯将这座宫殿装饰得着实华美。法厄同走进宫殿，看见身穿紫红色衣服的赫里阿斯端坐在宝座上。但是法厄同不敢走近光辉灿烂的太阳神，因为他这双凡人的眼睛受不了赫里阿斯头上的冠冕射出的光芒。太阳神看到法厄同，问道：

“我的儿子，什么事情驱使你来到我的宫殿？”

“啊，全世界的光明！啊，我的父亲赫里阿斯！不过，我能称你为父亲吗？”法厄同大声说道。“请你向我证明你是我的父亲。我恳求你去除我心中的疑点。”

赫里阿斯摘下头上光芒四射的冠冕，让法厄同走到跟前，然后搂住他说：

“是的，你是我的儿子。你母亲克吕墨涅说的是实话。为使你往后不再生疑，你现在可以向我要你想要的东西，我以神圣的斯堤克斯河的水起誓，我会满足你的要求。”

赫里阿斯刚说完，法厄同立即请求赫里阿斯允许自己代他驾着金车驶向天空。太阳神不禁惊骇万分。

“你疯了，怎么提出这样的要求！”赫里阿斯惊喊道。“啊，但愿我能违背我的誓言！法厄同，你的要求是无法满足的，这件事你是无法胜任的，因为你是凡人。难道这是凡人干的事吗？即使是永生的神祇在我的车上也站不稳。就是伟大的宙斯也驾驭不了这辆车，而谁能比宙斯更强大呢！你想想，开头一段路是那样陡峻，就是我的这些有翼的神马登起来也很费劲。中途的路离地面那样高，我朝下看一眼广阔的陆地和大海，心中也会充满恐惧。最后一段路直插神圣的大洋河岸，要不是我有娴熟的驾车技术，金车就会飞滚下去摔得粉碎。你可能以为一路上会遇到许多美妙的东西。不，一路上处处有危险、灾难和凶猛的野兽。而且道路很狭窄，要是稍稍走偏，那么等待你的是可怕的金牛的牛角，威胁你的是马人的弓箭、发怒的狮子、蝎子和巨蟹[①]。天空的道路上到处都有灾难。你相信我吧，我不愿成为致你死亡的灾星。要是你的目光能看透我的心，能看到我多么为你担心，那该多好啊！你看看自己周围，瞧瞧世界，世界上有多少美好的东西！你向我要别的任何东西，我都不会拒绝你，只是不能提这个要求。因为你要求的不是一种奖赏，而是可怕的惩罚。”

可是这些话法厄同根本听不进去，他双手搂着赫里阿斯的脖子，请求父亲满足他的要求。

“好吧，我满足你的要求。你不用担心，因为我已经以斯堤克斯河的河水发过誓。你可以做你要求做的事情。不过，我希望你理智些，”赫里阿斯忧伤地说道。

他把法厄同领到停车处。法厄同欣赏起太阳车，这整辆车子都是用金子制造的，闪耀着各种宝石的光彩。赫里阿斯那些用玉食琼浆饲养的有翼神马牵来了，套上了车。玫瑰肤色的厄俄斯打开太阳神的大门。赫里阿斯在法厄同的脸上抹了圣油膏，免得他被太阳的火焰灼伤，接着又给他戴上熠熠闪光的冠冕。最后，赫里阿斯叹息着，满腹忧愁地告诫法厄同：

“我的孩子，记住我最后的告诫，如果可能，就照着做。你不要策马疾驰，要尽量握紧缰绳。我的马自己会跑，要勒住它们却很困难。看见原先的车辙，你就知道路线，车辙横贯整个天空。你不要升得太高，免得把天空烧得太热；也不要降得太低，否则你会把整个大地烤焦。记

① 指“金牛”、“半人马”、“狮子”、“天蝎”、“巨蟹”等星座。

住，不要走偏了，既不要偏右，也不能偏左。道路正好在巨蛇和天坛[①]之间。其他一切我都托付给命运了，我就指望命运了。该起程了，黑暗已离开天空，厄俄斯已升上天穹。握紧缰绳！不过，现在你也许还能改变主意，因为死亡威胁着你。还是让我去照亮大地吧！你别毁了自己！”

可是法厄同匆匆跳上车，抓住了缰绳。他满心喜悦，高声欢呼，谢过父亲赫里阿斯之后便上路了。神马的马蹄得得敲响，鼻孔中喷着火焰，一齐轻快地拉起车，穿过雾霭，沿着陡峻的通天之路急速朝前奔驰。神马觉得车子比平常轻得多。现在它们已奔驰在天上，它们离开赫里阿斯通常所走的路线，盲目奔跑起来。法厄同不知道路在何方，也驾驭不了神马。他从天顶朝地面望了一眼，吓得脸都发白了，地面离他多么遥远。他双腿颤抖，两眼发黑。他后悔不该央求父亲让他驾车。怎么办呢？他已走了许多路程，可是前面的路还很长。法厄同驾驭不了神马，他不知道这些马的名字，又无力勒住这些马。他看见四周都是可怕的天上的野兽，心中更是害怕。

天上有一处躺着一只巨大可怕的蝎子，这些马拉着法厄同直奔天蝎。可怜的法厄同看见周身沾满黑色毒汁的蝎子朝他伸出能置人于死命的钩子，简直吓呆了，连手中的缰绳也掉了。这时候神马觉得自由了，奔驰得更快。它们一会儿冲到星星近旁，一会儿又骤然下降，几乎贴着地面飞驰。赫里阿斯的姐妹塞勒涅瞧着很惊讶，他兄弟的马怎么会无人驾驭，离开道路在天空左冲右撞呢？由于马车驶得离地面太近，大地被火焰吞噬，一座座繁华的城市在毁灭，一个个部落在消亡。覆盖着森林的群山在燃烧，双峰的帕耳那索斯山、郁郁葱葱的喀泰戎山、绿色的赫利孔山、高加索山、特摩罗斯山、伊得山、珀利翁山、俄萨山[②]都

---

① 希腊人所称的两个星座。

② 喀泰戎山在阿提刻与玻俄提亚之间，赫利孔山在玻俄提亚西南部，特摩罗斯山在吕狄亚，伊得山在小亚细亚的佛律癸亚，珀利翁山和俄萨山均在忒萨利亚，濒爱琴海。

在燃烧。周围一切被浓烟笼罩，法厄同在浓烟中也不知道自己眼下所处的位置。大江小河里的水都在沸腾，神女们在哭泣，一个个吓得都躲进深深的山洞。幼发拉底河、奥龙特斯河、阿尔甫斯河、欧洛塔斯河①和其他江河也在沸腾。大地烤得开裂了，太阳光透进了哈得斯的黑暗王国。大海渐渐干涸，海神们在遭受酷热的折磨。这时候伟大的地神盖亚起来高声呼喊：

“喂，最伟大的雷神宙斯！难道我该死亡？难道你兄弟波塞冬的王国也该死亡？难道一切生灵都该死亡？你看，阿特拉斯已是勉强承受着天宇的重负。天和众神的宫殿都要倒塌了。难道一切又要回到最初的混沌之中吗？救救幸存者吧，将他们救出火海！”

宙斯听见女神盖亚的哀求，威严地扬起右手，投下一道道耀眼的闪电，将地面的大火击灭了。宙斯又用闪电击碎太阳车。赫里阿斯的神马四散逃窜。整个天空飞散着金马车的碎片和挽具。

法厄同头上的鬈发烧着了，他像陨落的流星划过天空，最后掉入远离故乡的厄里达诺斯河的波浪中。神女赫斯珀里得斯姐妹捞起他的尸体，将其埋葬。法厄同的父亲赫里阿斯悲痛难忍，他捂住脸，整整一天没有在蓝天中露面，这一天只有熊熊大火的火光映照着大地。

法厄同可怜的母亲克吕墨涅久久寻找着儿子的遗体，最后总算在厄里达诺斯河边找到了，不过不是遗体，而是他的坟墓。悲痛欲绝的母亲在儿子坟上痛哭，克吕墨涅的女儿——赫利阿得斯姐妹们也为死去的兄弟痛哭。她们的哀痛绵无尽头。伟大的神祇把哀哀痛哭的赫利阿得斯姐妹变成了杨树。这些杨树长在河边，垂在厄里达诺斯河面上，它们的树脂像泪珠掉进清凉的河水中。树脂凝结后变成了晶莹剔透的琥珀。

法厄同的朋友库克诺斯对他的死也很悲痛。他的悲叹在厄里达诺

---

①奥龙特斯河在叙利亚，阿尔甫斯河在伯罗奔尼撒西部，欧洛塔斯河在拉科尼亚，斯巴达城即建在欧洛塔斯河边。

斯河两岸远远传开。众神看到他如此悲哀，便将他变成一只雪白的天鹅。库克诺斯变成的天鹅从此就在水上生活，在江河和清澈的大湖泊中游来游去。天鹅怕火，因为他的朋友法厄同就死于大火。

狄俄尼索斯

狄俄尼索斯的诞生与教养

宙斯爱上忒拜国王卡德摩斯美丽的女儿塞墨勒。有一次，他向塞墨勒保证，无论她提出什么要求，他都满足她，并以斯堤克斯河神圣的河水发誓，决不食言。但是女神赫拉仇视塞墨勒，想害死她。赫拉对塞墨勒说：

"你就要求奥林波斯众神之王宙斯拿出雷神的全副威严的仪仗来见你。如果他真心爱你，他就不会拒绝你这个要求。"

塞墨勒信了赫拉的话，她要求宙斯满足她这个要求。因为宙斯以斯堤克斯河的河水发过誓，所以他无法拒绝塞墨勒。宙斯拿出他众神和人类之王的全部仪仗，显示全部荣耀的光辉来见塞墨勒。宙斯手中的雷电亮光闪闪，他的霹雳震撼着卡德摩斯的王宫。雷电将周围的一切都烧着了。大火包围了王宫，一切摇晃着，倒塌了。塞墨勒吓得瘫倒在地，火焰在烧灼她。她知道自己不可能得救，知道是赫拉害了自己。

塞墨勒临死生下羸弱不堪、难以存活的儿子狄俄尼索斯。看来这个婴儿也要葬身火海。但是难道宙斯的儿子会死吗？突然，就像魔杖在召唤似的，四周的地上立即长出了浓密的绿色常春藤。常春藤的绿枝挡住大火，保护了不幸的婴儿，使他免遭死亡。

宙斯抱起得救的儿子，可是他太小、太瘦弱，难以存活，于是宙斯将他缝进自己的髀肉。狄俄尼索斯在父亲躯体内长结实后，又从宙斯髀肉中第二次降生。这时候，众神和人类之王召来另一个儿子，即众神快捷的使者赫耳墨斯，吩咐他将幼小的狄俄尼索斯送到塞墨勒的姐姐伊诺和姐夫阿塔玛斯家，由他们抚养狄俄尼索斯。

女神赫拉因为伊诺和俄耳科墨诺斯[①]的国王阿塔玛斯收养了她所仇视的塞墨勒的儿子，勃然大怒，决计要惩罚他们。她先让阿塔玛斯得了疯病。阿塔玛斯由于疯病发作而杀死自己的儿子勒阿耳科斯。伊诺和另一个儿子墨利刻耳忒斯赶忙逃跑，勉强逃得性命。但是阿塔玛斯出来追赶她，眼看就要追上。眼前是陡壁悬崖，下方是喧嚣的大海，后有发疯的丈夫追赶，伊诺眼看已无生路。绝望之中她与儿子从海边的悬崖上跳进大海。海中神女们救了伊诺和墨利刻耳忒斯。狄俄尼索斯的抚养人伊诺和她的儿子墨利刻耳忒斯成了海神，从此他们生活在海底深渊。

赫耳墨斯从发疯的阿塔玛斯手中救出狄俄尼索斯。他一眨眼工夫便把狄俄尼索斯送到倪萨山谷，交给那里的神女们抚养。狄俄尼索斯渐渐长大，成了英俊强健的酒神，他能给人们带来力量和喜悦，带来丰收。宙斯为了奖赏抚养狄俄尼索斯的诸位神女，将她们接到天上。在黑暗的繁星闪烁的夜晚，她们在其他星座中间闪亮，被人们称为许阿得斯姐妹[②]。

狄俄尼索斯及其随从

狄俄尼索斯领着一群头戴荆冠的快乐的迈那得斯狂女和萨堤洛斯醉汉在世上到处游逛，从这个国家走到另一个国家。他头戴葡萄藤编成的冠冕，手持常春藤缠绕的酒神杖，走在前头。年轻的狂女们围着他飞快地旋转跳跃，又唱又喊，那些长有羊尾巴和羊腿的醉醺醺的醉汉也在笨拙地蹦跳。在这支吵吵闹闹的队伍后边，跟着骑在驴背上的老头儿西勒诺斯，他是狄俄尼索斯的聪明的老师。他醉得厉害，扶着面前的皮酒囊，勉强骑着毛驴。常春藤编的藤冠歪戴在他的秃头上。他摇摇晃晃地骑着，温和地微笑着。年轻的萨堤洛斯醉汉们走在小心翼翼地移动着脚

---

① 玻俄提亚的城市，位于卡帕伊斯湖边。

② 即毕星团。

步的驴子旁边，悉心扶持着老头儿，免得他跌下来。在笛声和铙钹声的伴奏下，吵吵嚷嚷的这一行人喜气洋洋地行进在山间密林中和绿色的草地上。狄俄尼索斯喜盈盈地在大地上到处走动，让一切人都服从他的权力。他教人们种植葡萄，用一串串沉甸甸的成熟的葡萄酿酒。

吕枯耳戈斯

狄俄尼索斯的权力不是到处都承认的。他不时遇到反抗，常常不得不用武力去征服一些国家和城市。可是谁能与宙斯的儿子、伟大的酒神抗衡呢？谁敢反抗他，不承认他的权力，不把他当神敬奉，他就严厉惩罚谁。他在色雷西亚第一次受到怠慢，当时他和旅伴迈那得斯狂女们在乐声和歌声伴随下喝醉了，快乐地大吃大喝，又蹦又跳，埃多涅人的残暴的国王吕枯耳戈斯突然袭击狄俄尼索斯。狂女们扔下狄俄尼索斯的器皿惊恐地四下逃散了，连狄俄尼索斯自己也逃跑了。他纵身跃入大海才摆脱吕枯耳戈斯的追击，海中神女忒提斯保护了他。狄俄尼索斯的父亲宙斯惩罚了敢于欺侮酒神的吕枯耳戈斯，宙斯弄瞎了吕枯耳戈斯的双眼，还减短了他的寿命。

弥倪阿斯的女儿们

根据奥维德的长诗《变形记》转述。

在俄耳科墨诺斯和玻俄提亚，人们不愿立即承认酒神狄俄尼索斯的权力。狄俄尼索斯的祭司来俄耳科墨诺斯城，召唤所有的姑娘和妇女到森林中和山里去参加敬奉酒神的快乐的祭典。弥倪阿斯国王的三个女儿不去参加祭典，因为她们不愿承认狄俄尼索斯是神。全城的妇女都离城去密林，她们在林中载歌载舞欢迎酒神。她们全身缠上常春藤，手持酒神杖，像迈那得斯狂女一样高声喊叫，满山奔跑，颂扬狄俄尼索斯。只有俄耳科墨诺斯国王的三个女儿待在家中安然地纺纱织布，关于酒神狄俄尼索斯的事她们压根儿不愿听。太阳下山，夜晚来临，而三个公主仍在干活，她们无论如何要在当天赶出这些活儿。突然，她们眼前出现了奇迹。宫中响起了铙钹声和芦笛声，纱线变成了葡萄藤，藤上挂着一串串沉甸甸的葡萄。织布机变成绿色，因为机上缠满了常春藤。到处散发着香桃木和鲜花的芳香。三个公主惊奇地望着这一切。突然，暮色笼罩的整座宫殿被不祥的火炬的光照得通亮。宫中响起猛兽的吼叫。所有内室里都出现了狮子、豹子、大山猫和黑熊。它们威严地咆哮着在宫中到处乱闯，眼中射出凶狠的光芒。三个公主吓得躲进最里边、最黑暗的房间，以免看见火炬的光亮，听见野兽的吼声。但是这一切都是徒然，她们无法躲避野兽。狄俄尼索斯的惩罚并不到此为止。三个公主身体变小，全身长出黑乎乎的鼠毛，双手变成有薄膜的双翼，最后她们都变成了蝙蝠。从此以后，白天她们避开日光，躲在黑暗潮湿的废墟中和山洞里。狄俄尼索斯就这样惩罚了国王的三个女儿。

第勒尼安海的海盗

根据荷马的颂诗和奥维德的长诗《变形记》转述。

狄俄尼索斯还惩罚过第勒尼安海的海盗，不过不只是因为他们不承认他是神，主要还是因为他们将他当作普通凡人打算冒犯他。

有一次，年轻的狄俄尼索斯站在湛蓝的大海边。海风轻柔地拂动着他的深色鬈发，微微吹动着他的披在匀称的双肩上的紫红色斗篷的褶子。远处海面上出现一艘船，那船朝海岸高速驶来。船近海岸后，船员即第勒尼安海的海盗们看见空旷的海岸上站着一个英俊小伙子。他们赶忙停船靠岸，跳到岸上，抓住狄俄尼索斯，将他押上船。海盗们不曾想到他们抓的是一位神。他们欢呼雀跃，因为如此值钱的猎物已落入他们手中。海盗们深信，将这样英俊的小伙子卖作奴隶，一定可以卖得许多金子。上船以后，他们用沉重的铁链锁住狄俄尼索斯，可是铁链从他的手脚上自动脱落了。他平静地微笑着坐在那里望着众海盗。舵手看到他的手上没锁铁链，惊惧地对伙伴们说：

“我们这些不幸的人啊，我们都干了些什么！难道我们想缚住神吗？你们瞧，甚至我们的船都承受不住他呢！这不会是宙斯，不会是银弓之神阿波罗，不会是大地震撼者波塞冬吧？是的，他不像凡人！这是来自奥林波斯山的一位神。赶快放了他，送他上岸。但愿他别唤来狂风，掀起可怕的巨浪啊！”

可是船长恶狠狠地对聪明的舵手说：

“你真蠢！你瞧，眼下正刮着顺风！我们的船在这无边的大海上乘风破浪一路疾驶呢。关于这小伙子回头再计较。等我们船到埃及、塞浦路斯或极北族人的遥远的国家，我们再把他卖了，让他到那里寻找朋友和兄弟吧。别管他，是神把他送给我们的！”

海盗们缓缓张起风帆，船已驶到外海。突然奇迹出现了：船上到处飘洒着喷香的葡萄酒，空气中充满了酒香。众海盗惊呆了。接着船帆上长出绿色的葡萄藤，藤上挂着沉甸甸的葡萄串；深绿色的常春藤缠绕着桅杆；到处都是悦目的果实；桨柄上也缠满了花瓣。海盗们看到这一切，立即央求舵手赶快将船开回岸边。可是晚了！那个小伙子变成一头雄狮，站在甲板上，可怕地吼叫着，双眼射出凶光。甲板上还出现一头毛茸茸的母熊，龇着牙，张着血盆大口。海盗们吓得跑到船尾，围在舵手身边。雄狮猛地纵身一跃，扑到船长身上，把他撕成碎块。众海盗看到获救无望，纷纷跳进大海。狄俄尼索斯把他们统统变成海豚，只饶恕了舵手一人。狄俄尼索斯恢复了本来的面貌，亲切地微笑着对舵手说：

“别害怕！我喜欢你。我是狄俄尼索斯，是雷神宙斯与卡德摩斯女儿塞墨勒的儿子。”

伊卡里俄斯

狄俄尼索斯对那些敬奉他的人都给予奖赏。他奖赏热情接待他的阿提刻的伊卡里俄斯。狄俄尼索斯赠给他一根葡萄藤，于是伊卡里俄斯成了在阿提刻栽培葡萄的第一人。不过，后来他的命运很悲惨。

有一次，他将葡萄酒送给牧人们喝，牧人们喝醉了，以为伊卡里俄斯要毒死他们。他们杀了伊卡里俄斯，将他的尸体埋在山里。伊卡里俄斯的女儿厄里戈涅找父亲找了很久，最后靠她的猎犬迈拉领路才找到父亲的坟墓。可怜的厄里戈涅陷入绝望，吊死在父亲坟墓边的一棵树上。狄俄尼索斯将伊卡里俄斯、厄里戈涅和她的猎犬迈拉接到天上。从那时候起，他们在晴朗的夜空闪烁，他们就叫牧夫座、室女座和大犬座这三个星座。

弥　达　斯

根据奥维德的长诗《变形记》转述。

有一次，快乐的狄俄尼索斯领着迈那得斯狂女和萨堤洛斯醉汉这吵吵闹闹的一群在佛律癸亚的特摩罗斯山的林木繁茂的山崖上游逛。只是这群人中不见了西勒诺斯。原来他喝醉了，一步三摇跌跌撞撞地在佛律癸亚的田野上走着。农夫们看见他，用花辫将他捆起来，带到弥达斯面前。弥达斯一眼就认出他是狄俄尼索斯的老师，于是恭恭敬敬地接他到宫中，一连九天设宴款待。第十天弥达斯亲自带他去找狄俄尼索斯。狄俄尼索斯看见老师西勒诺斯被送回来，心中无比高兴。为了奖励弥达斯对他老师的恭敬，狄俄尼索斯要教弥达斯一种本领，并让他自己挑选要学哪一种。弥达斯高声说道：

“啊，伟大的狄俄尼索斯，你就命令我碰过的一切都变成闪闪发光的纯金吧！”

狄俄尼索斯满足了弥达斯的愿望，只是为他未能为自己挑选更理想的本领而惋惜。

弥达斯喜气洋洋地走了。他为自己获得这种本领而心花怒放。他从橡树上折下一根绿树枝，树枝在他手中当即变成金树枝。他揪下地里长的几个麦穗，麦穗也变成金的，穗上的麦粒也都金灿灿的。他摘了一个苹果，苹果变成了金苹果，就跟赫斯珀里得斯姐妹果园里的金苹果一模一样。弥达斯接触过的一切立即都变成了金子。他洗手的时候，手上滴下来的水珠也是金的。弥达斯乐坏了。他回到王宫，仆人们为他准备了丰盛的饭菜，弥达斯兴冲冲地坐到桌边。这时他突然醒悟，他向狄俄尼索斯要来的是一种多么可怕的本领。凡是弥达斯接触过的东西都变成了黄金。连他口中的食物和葡萄酒也变成金的。这时候弥达斯才明白，他只得饿死了。他举起双手伸向青天，大声恳求道：

“啊，狄俄尼索斯，开开恩吧！饶恕我吧！我恳求你发发慈悲，将我这个本领收回去吧！”

狄俄尼索斯来了，对弥达斯说：

“快到帕克托罗斯河[①]去，用河水洗去你身上这个本领及罪过。”

弥达斯听从狄俄尼索斯吩咐，来到帕克托罗斯河，跳进清澈的河水中。帕克特罗斯河的河水金光闪耀，将弥达斯要来的本领洗去了。从此以后，帕克特罗斯河成了一条含金的河。

潘

在狄俄尼索斯的随从中常常能看到伴神潘。伟大的潘诞生后，母亲德律俄珀神女看了一眼，吓得拔腿就跑。潘生下来就有羊脚、羊角和长长的胡须。但是他的父亲赫耳墨斯看见儿子，很高兴，他抱起儿子，来到光明的奥林波斯山，走到众神面前。众神都为潘的诞生而高兴，看到潘他们都笑了。

潘没有留在奥林波斯山与众神住在一起。他离开奥林波斯山，来到高山密林中，在那里吹奏芦笛，放牧畜群。神女们听见潘的美妙笛声，

① 吕狄亚的一条河，注入格耳姆河（今格迪兹河）。

立即成群结队跑来，围在他身边。她们在潘的芦笛伴奏下，在幽静的苍翠山谷中欢快地跳起环舞。潘自己也喜欢和神女们一起跳舞。潘高兴起来，山谷两边的树林中会腾起一片欢乐的喧闹。神女们、萨堤洛斯醉汉们和长羊脚、好热闹的潘一起又蹦又跳。每当炎热的正午来临，潘就躲进茂密的树丛或阴凉的山洞里休息。这时候要是谁打搅他，那就危险了。潘生性易怒，发怒时他就会让别人做噩梦，然后他突然将打扰他的人惊醒。他甚至会使人吓得魂魄俱丧，在森林中、高山上、悬崖边慌不择路地奔逃，不知道这样盲目奔逃随时都可能丧生。潘曾经使整整一支军队产生这样的恐惧，以至全军一发不可收地溃逃。潘发起怒来非常可怕，所以不能激怒他。但是不发怒的时候，他宽厚、善良。他给牧人带来很多利益。迈那得斯狂女环舞的参加者、酒神狄俄尼索斯常随的伴神潘还能保护希腊人的畜群。

潘和绪任克斯

伟大的潘没能躲过长金翅膀的厄洛斯的箭。潘爱上了美丽的神女绪任克斯。神女绪任克斯很骄傲，拒绝所有人对她的爱。像勒托的女儿阿耳忒弥斯一样，绪任克斯也喜爱狩猎这项活动。年轻的神女身着短衫，肩挎箭筒，手持角弓，显得那样漂亮，以致常常被误认为是阿耳忒弥斯。她和阿耳忒弥斯就像两滴水一样像，只是她的弓是用角做的，而阿耳忒弥斯使用的是金弓。

有一次，潘看到绪任克斯，就朝她走去。神女看了潘一眼，吓得拔腿就逃。潘竭力追赶，勉强跟上。这时前方出现一条河，神女无路可走。绪任克斯双手伸向河流，恳求河神救救她。河神接受了她的请求，将她变成了芦苇。潘上前想拥抱绪任克斯，可是抱住的是一根柔软的发出微微沙沙声的芦苇。潘站在那里，忧伤地叹息着，芦苇轻微的沙沙声在他听来仿佛是美丽的绪任克斯说的告别语。潘割下几节芦苇，用蜡将这几节长短不一的芦苇粘在一起，制成一把音质优美的芦笛。为了纪念这位神女，他把这种芦笛命名为绪任克斯。从此以后，伟大的潘喜爱在僻静的森林中吹奏绪任克斯芦笛，芦笛的悠扬动听的声音荡漾在四周的山林中。

潘与阿波罗比赛

潘为自己吹奏芦笛的高超技巧而骄傲。有一次，他竟要与阿波罗比赛。比赛定在特摩罗斯山的山坡上进行，裁判就是这座山的山神。阿波罗身披紫色斗篷，头戴桂冠，手捧金竖琴来参加比赛。潘先吹芦笛，这种牧人吹的芦笛发出的只是普通的笛声，笛声在山间缓缓传开。他吹奏完毕，当笛声的回音消失之后，阿波罗叩击了一下竖琴的金琴弦，顿时响起了悦耳动听的仙乐。四周的一切如痴如醉地倾听着阿波罗的琴声。金琴弦激越地鸣响着，整个大自然寂然无声，唯有充满着绝妙的美的旋律像宽广的波浪在这寂静中滚滚流淌。阿波罗弹奏完毕，竖琴的余音也终于消失。特摩罗斯山的山神判阿波罗得胜。大家齐声赞扬伟大的竖琴手阿波罗，只有弥达斯一人不称赞阿波罗的弹奏，而夸奖潘的平凡的吹奏。阿波罗大怒，揪住弥达斯的两只耳朵往上拉。从此弥达斯的耳朵成了驴耳朵。他竭力将这双驴耳朵藏在硕大的头饰里。与阿波罗比赛失败之后，潘很忧伤，他躲进更偏僻的山中，密林深处常常响起他那充满忧愁的轻柔的芦笛声，年轻的神女们十分喜爱听这种芦笛声。

英 雄

五个时代

根据赫西俄德的长诗《农作与日子》转述。

居住在光明的奥林波斯山上的永生的神祇创造的第一代人是幸福的一代。这个时代就是黄金时代。那时候克罗诺斯在天上统治着世界。在这个时代，人们就像安闲的神一样无忧无虑地生活，也不需要劳动。这一代人不会衰老，他们的手脚永远强壮有力。他们没有疾病的幸福的一生就在不断的吃吃喝喝中度过。他们活了很久之后，死亡才降临，而这种死亡就像安然平静的睡眠。他们在生一切都很富足。大地自动为他们提供丰富的果实，他们不必付出辛劳去耕种田地和侍弄果园。他们的牲畜数不胜数，畜群安静地在牧草繁茂的牧场上吃草。黄金时代的人生活安逸，没有纷争。神祇亲自来与他们商量事情。可是大地上的黄金时代结束了，这个时代的人没有一个生存下来。黄金时代的人死后就成为幽灵，成为人类后代的保护神。他们驾着云雾，在大地上到处转悠，主持正义，惩罚邪恶。他们死后受到宙斯的奖励。

第二个时代和第二代人已不像第一代那样幸福。第二个时代是白银时代，这个时代的人无论力量和智慧都不能与黄金时代的人相比。他们在老家待上一百年还是不明事理，一旦长大成人，立即离开母亲。成年之后他们剩下的寿命已很短暂，因为他们不聪明，生活中会遇到许多不幸和痛苦。白银时代的人桀骜不驯，他们不服从永生的神祇，不愿在祭坛上为众神焚烧祭品。克罗诺斯伟大的儿子宙斯消灭了地面上的这一代人。他很生他们的气，因为他们不服从居住在奥林波斯山上的众神。宙斯将他们打发到黑暗的地下王国。他们在那里生活，既没有欢乐，也没有悲伤，但后人仍敬重他们。

天父宙斯创造了第三代人和第三个时代——青铜时代。这个时代的人不同于白银时代的人。他们强大、令人可怕，是宙斯用矛杆创造出来的。青铜时代的人很骄横，喜爱充满痛苦、呻吟的战争。他们不事农耕，也不食大地、即果园和农田出产的果实。宙斯赋予他们高大的身躯和不可摧毁的力量。他们的心脏跳得强劲有力，不可遏止，他们的双手不可制服。他们的武器是用青铜铸造的，房屋也是用青铜铸造的，他们用青铜铸造的工具劳动。当时还没有黑铁。青铜时代的人互相残杀，很快他们都到可怕的哈得斯的冥国去了。无论他们原先多么强大，到底都被黑色的死神劫走，永远告别明亮的阳光。

这一代人刚去鬼魂所居的冥国，伟大的宙斯又创造了第四个时代和新一代靠大地养活的人。这一代人比较高尚，比较公正，是与神祇相仿的半神英雄。但他们后来都死于凶残的战争和可怕的血腥厮杀。有一些为争夺俄狄浦斯的继承权而死在有七座城门的忒拜城下，死在卡德摩斯的国家。另一些则倒毙在特洛伊城下，他们为了夺回美丽的海伦而乘船横渡宽阔的大海前往特洛伊。所有这些半神英雄统统被死神夺走之后，宙斯把他们打发到远离活人的大地尽头。他们在汹涌的大洋河中的极乐岛上过着幸福的、无忧无虑的生活。那里富饶的大地每年三茬为他们提供甘甜如蜜的果实。

最后一代人生活的第五个时代是黑铁时代。这一时代在大地上一直延续到现在。人们白天黑夜不断地遭受忧愁和沉重的劳作的折磨。众神给人们带来痛苦的烦恼。诚然，众神也在作恶中掺和了行善，但是作恶更多，到处都给人带来痛苦。这一代人的子女不敬父母，朋友互不忠诚，主人不热情待客，兄弟间也不相亲相爱。这一代人不遵守自己的誓言，不崇尚正义和善良。他们互相毁灭对方的城市，到处充满暴力。人们只看重荣誉和力量。良心和正义女神已与人们告别。她们身披白袍飞回巍峨的奥林波斯山，回到永生的众神中间，留给人类的只有深重的灾难，而这些灾难人们没有能力抵御。

丢卡利翁和皮拉（洪水）

青铜时代的人犯下了许多罪孽。他们目空一切，亵渎神祇，不服从奥林波斯众神。宙斯痛恨他们，而阿耳卡狄亚[①]的吕科苏拉国的国王吕卡翁尤其使宙斯痛恨。有一次，宙斯变成普通凡人来到吕科苏拉国。他将自己的表征展示给该城居民，让他们认出他是一位神，让全体居民都跪倒在他面前叩拜，将他敬奉为神，只有吕卡翁不愿敬奉宙斯，而且还挖苦所有敬奉宙斯的人。吕卡翁打算试一试宙斯是不是神。他杀死一个押在宫中的人质，将一部分人肉煮了，将另一半人肉烤了，作为食物端给宙斯吃。宙斯骤然大怒，用闪电击毁吕卡翁的王宫，将吕卡翁变成一只嗜血的狼。

人们变得愈来愈对神不敬，伟大的宙斯决定毁灭整个人类。他决定降一场特大的暴雨，将大地上的一切淹没。他禁止刮其他风，只许湿润的南风神诺托斯把黑乎乎的雨云赶到天上。倾盆大雨泻向大地。大海和江河的水位越涨越高，渐渐将周围的一切淹没。城市的城墙、房舍、庙宇都已没入水中，连城墙上高耸的塔楼也不见了。洪水渐渐淹没森林茂密的冈丘和巍峨的群山。全希腊都被波涛汹涌的大海吞没。波涛中只露出双峰的帕耳那索斯山的山顶。原先农夫耕作的田地、果实累累的葡萄园现在已是鱼群游动的地方，而被洪水淹没的森林已是海豚戏水的场所。

青铜时代的人就这样消亡了。在这场全人类的大灾难中只有两人幸免于难，那就是普罗米修斯的儿子丢卡利翁及其妻子皮拉。丢卡利翁根据父亲普罗米修斯的嘱咐，造了一个巨大的木箱，在木箱中放足食物，和妻子一起钻入箱里。箱子在淹没整个陆地的大海波涛中漂了九天

---

① 伯罗奔尼撒中部地区。

九夜，最后波浪将箱子冲到帕耳那索斯山顶旁边。宙斯降下的暴雨停了。丢卡利翁和皮拉走出箱子，向在波涛中保护他俩的宙斯献上表示谢意的祭品。洪水消退了，大地又从波涛下露出，但已是空荡荡的，就像是一片荒漠。

这时候，宙斯派众神的使者赫耳墨斯去找丢卡利翁。赫耳墨斯在空荡荡的大地上空高速飞驰，转眼来到丢卡利翁面前，对他说：

“众神和人类的主宰宙斯知道你虔诚，让你挑选一项奖励。你说说自己的愿望吧，克罗诺斯的儿子会满足你的愿望。”

丢卡利翁回答说：

“啊，伟大的赫耳墨斯，我只求宙斯一件事：让他使大地上重新住满人。”

快疾的赫耳墨斯回到光明的奥林波斯山，向宙斯转达了丢卡利翁的请求。伟大的宙斯吩咐丢卡利翁和皮拉捡起石头，从头顶抛到身后，抛时不要转身。丢卡利翁夫妇照宙斯的吩咐做，结果丢卡利翁抛的石头都变成了男人，而皮拉抛的石头变成了女人。就这样，洪水退了之后大地上又有了居民，新一代由石头变的人又住遍了大地。

普罗米修斯

关于宙斯下令将普罗米修斯锁在悬崖上的神话，系根据埃斯库罗斯的悲剧《被缚的普罗米修斯》转述。

在大地的最边缘，在斯库提亚人的国家有一片不毛的荒漠。峻峭的山岩那尖尖的顶峰直插云霄。四周没有林木，连草都不见一根，到处都是光秃秃、阴森森的。到处耸立着黑黝黝的突兀的巨石。大海在喧哗，巨浪拍击山脚的岩石，发出隆隆的轰响，咸涩的浪花高高飞溅。泛起的泡沫遮掩了近岸的礁石。在峭壁后边的远方显现着高加索山脉裹着薄雾的、白雪覆盖的山峰。可怕的乌云渐渐遮挡了遥远的地方，也遮蔽了山峰。天空中乌云越升越高，连太阳都被遮没了。周围的一切变得更加阴森。这是一片毫无快乐的严酷的大地，从来没有人到过这里。宙斯的仆人将捆住的普罗米修斯带到这里，带到这大地的边缘，准备用牢固的铁链将他锁在悬崖顶上。宙斯的两个不可制服的仆人——“力量”和“权力”押着普罗米修斯。这两个仆人巨大的身躯像是由花岗岩雕成。他们毫无怜悯之心，他们的双眼从来不曾露出同情的目光，他们的脸就像周围的岩石一样森严。悲愁的锻冶之神赫菲斯托斯拿着一把沉重的铁锤，低低地垂着头，走在他们后边。他面临着一件犯难可怕的事情，他得亲手把自己的朋友普罗米修斯钉在悬崖上。赫菲斯托斯为朋友的命运深感悲伤，可是他又不能违抗父亲宙斯的命令。他知道，宙斯会严厉惩罚违抗他的命令的人。

“力量”和“权力”将普罗米修斯押到悬崖顶上，催促赫菲斯托斯赶快动手。他们残酷无情的催促更使赫菲斯托斯为朋友难过。但是他必须服从，无可奈何地拿起巨大的铁锤。“力量”又催逼他：

“快点，快给他戴上镣铐！快挥起铁锤用力敲打，把普罗米修斯锁到悬崖上。你为他悲伤那是枉然，你这是为宙斯的敌人悲伤。”

“力量”用宙斯的愤怒威吓赫菲斯托斯，威逼他将普罗米修斯牢牢锁住，使他无法挣脱。赫菲斯托斯用牢固的铁链将普罗米修斯的手脚锁在山岩上。他现在是多么痛恨自己的技艺啊，正因为有这个技艺，他才被迫将朋友钉在这里长期受折磨。宙斯那两个心肠铁石的仆人一直监视着他。

“铁锤砸得重一些！将镣铐钉得再紧些！你可别钉得太松！普罗米修斯诡计多端，他寻找摆脱绝境的办法可熟练了，”“力量”说。“再锁得牢靠一些，看他在这里再怎么欺骗宙斯。”

“这些刻毒的话语与你严厉的面貌是多么相似啊！”赫菲斯托斯感叹道。他着手干了。

山岩在他铁锤沉重敲击下颤抖不已，强有力的铁锤的敲击声从大地的这一头传到那一头。最后普罗米修斯被锁住了。但是事情并没有完，还必须用一根尖利坚硬的钢钎穿透普罗米修斯的胸膛，将他钉在岩石上。赫菲斯托斯迟疑了。

“普罗米修斯，看到你受如此折磨，我是多么痛苦啊！”赫菲斯托斯大声叹息道。

“你又磨蹭了！”“力量”朝赫菲斯托斯怒吼。“你总是为宙斯的敌人悲伤！当心，别轮到为你自己悲伤！”

最后，一切都干完了，一切都如宙斯所吩咐的那样。提坦神普罗米修斯被锁住了，一根钢钎穿透他的胸膛。“力量”讥笑普罗米修斯说：

“嗯，在这里随你怎样骄傲都行，你像从前那样骄傲吧！现在你再把神的东西偷去送给凡人吧！我们倒要看看凡人有没有能力帮助你。你只得独自想法如何解脱这镣铐了。”

普罗米修斯一直自尊地沉默着。在赫菲斯托斯将他往山岩上钉的整个过程中，他没有说一个字，也没有哼一声，他丝毫没有表露自己的痛苦。

宙斯的仆人“力量”和“权力”走了，悲伤的赫菲斯托斯也离去了。只剩下普罗米修斯孤身一人，现在只有大海和乌云能听见他的声音。也只是现在，强大的提坦神从被扎透的胸腔里迸发出一声痛苦的呻吟，只是现在他才开始抱怨自己不幸的命运。

普罗米修斯高声呼喊，喊声中充满难以述说的痛苦和悲伤：

“啊，神圣的太空，还有你们，快疾的风！啊，河流的源泉和永不平息的大海的波涛！啊，大地，天神和凡人的始祖！啊，绕大地奔跑、无所不见的太阳！我请你们作证！你们看，我遭受的是什么！你们会看到，未来数不清的岁月中我将背负什么样的耻辱！唉，痛苦啊，痛苦！我现在痛苦地呻吟，我还得呻吟许许多多世纪！怎样才能找到痛苦的尽头？我现在还能说什么！因为我原先就知道后来发生的一切。这些苦难并非骤然降临我头上。我知道可怕的命运无法逃避。我必须忍受苦难！因为什么？因为我把伟大的火种送给了凡人，为此我必须忍受如此难以忍受的折磨，我无法逃脱这些苦难。痛苦啊，痛苦！”

这时传来类似翅膀扇动的轻微的声音，仿佛轻巧物体的飞行引起空气波动。原来是大洋神女们从遥远的大洋河边，从阴凉的山洞出来，乘着马车，带着一股轻风来到悬崖跟前。她们听到赫菲斯托斯铁锤的敲击声，普罗米修斯的呻吟也传到她们的耳中。当她们看到强大的提坦神被锁在悬崖上，她们美丽的眼睛模糊了，泪水像一层厚幕遮住了眼睛。普罗米修斯是大洋神女们的亲戚。普罗米修斯的父亲伊阿珀托斯是她们的父亲大洋神俄刻阿诺斯的兄弟，而普罗米修斯的妻子赫西俄涅则是她们的姐妹。大洋神女们围在悬崖边，她们为普罗米修斯深深地悲伤。但是普罗米修斯咒骂宙斯和奥林波斯众神的话又使她们恐惧。她们担心宙斯会加重提坦神的苦难。至于他为什么遭受这样的惩罚，大洋神女们并不知道。她们满怀同情，请求普罗米修斯告诉她们，宙斯为什么惩罚他，他怎么惹怒了宙斯。

普罗米修斯告诉她们，自己曾经帮助宙斯与提坦神作战，曾说服母亲忒弥斯和伟大的地神盖亚支持宙斯。宙斯战胜了提坦神，又根据普罗米修斯的建议，将他们打入可怕的地狱。宙斯夺得了世界的统治权，并与奥林波斯众神分享，而原先帮助过他的那些提坦神却得不到半点权力。宙斯仇视提坦神，害怕提坦神的强大的力量。宙斯不信任普罗米修斯，仇恨他这个提坦神。在普罗米修斯保护那些早在克罗诺斯统治时期就已存在、而宙斯却想把他们消灭的无辜的凡人的时候，宙斯那仇恨的烈火燃烧得更猛烈了。普罗米修斯可怜这些没有智慧的凡人，不希望他们不幸地进入哈得斯黑暗的冥国。他给凡人带来了从未有过的希望，还为他们盗来神火，尽管他知道这样做要遭受什么样的惩罚。可怕的死刑的威胁并不能扼杀这位骄傲而强大的提坦神要帮助人类的愿望。他母亲——能预见未来的忒弥斯的警告也不能将他阻止。

大洋神女们战战兢兢地听普罗米修斯讲述。这时候，大洋神俄刻阿诺斯乘坐有翼的快车亲自来到悬崖上。他试图说服普罗米修斯向宙斯屈服，他认为普罗米修斯应该懂得，与战胜过强大的皮同的宙斯抗衡是不会有好结果的。俄刻阿诺斯可怜普罗米修斯，看到普罗米修斯受苦，他心里也很难受。这个有预见能力的老神准备赶往奥林波斯山，恳求宙斯饶恕这位提坦神，哪怕这种求情会招来宙斯对他自己的愤恨。他相信，睿智的辩护词常常能化干戈为玉帛。然而，俄刻阿诺斯的恳求根本不必要，普罗米修斯高傲地对他说：

“不必啦，你还是救救你自己吧。我真担心，你对我的同情会害了你自己。我会把命运给我的苦酒喝光。你啊，俄刻阿诺斯，当心为我求情招来宙斯的愤怒。”

“哦，我知道，”俄刻阿诺斯忧郁地对普罗米修斯说，“你想用这些话逼我一无所获地回去。相信我吧，普罗米修斯，我到这里来只是出于对你命运的关心，出于对你的爱！”

“不！快走吧！快离开这里！不要管我！”普罗米修斯大喊。

大洋神俄刻阿诺斯怀着痛苦的心情离开了普罗米修斯。他乘上有翼的快马车驰去了，普罗米修斯又向大洋神女们讲述自己为人类做了哪些事情，如何违背宙斯的意志为人类造福。他从楞诺斯岛的摩斯科斯山上自己的朋友赫菲斯托斯的火炉中为人类盗来神火。他向人们传授各种技艺和知识，教会人们计算、阅读和书写。他让人们识别各种金属，教会他们开采、加工地下的矿藏。普罗米修斯为人们驯服了野牛，给牛套上牛轭，教人们利用畜力耕地。普罗米修斯将马套上大车，让马听从人们驾驭。这位聪明的提坦神建造了世界上第一艘船，给船装上各种索具，张上亚麻布的帆，以便它能载着人们在无边无际的大海上高速航行。以前人们不懂医药，不能治病，无法抵抗疾病的侵害，普罗米修斯告诉人们各种药物的功效，使人们能够制服各种疾病。他将一切能减轻生活痛苦，使生活变得较为幸福、愉快的技能、知识、方法都传授给人类。就因为这个原因，雷神宙斯要惩罚他。

但是普罗米修斯不会永远遭受折磨。他知道，厄运也会降临宙斯头上。宙斯逃避不了这个厄运。普罗米修斯知道，宙斯的王国不是永恒的，他将从巍峨威严的奥林波斯山上被推翻。这位能预见未来的提坦神知道宙斯怎样才能摆脱厄运的重大秘密，但是他不会向宙斯揭示这个秘密。任何力量，任何威胁，任何折磨都不能逼迫骄傲的普罗米修斯说出这个秘密。

普罗米修斯说完了自己的经历。大洋神女们怀着惊异的心情听完他的叙述。她们惊讶这位敢于反抗宙斯的提坦神的伟大智慧和坚不可摧的精神力量。她们听到普罗米修斯以某种命运威胁宙斯之后，心中又充满了恐惧。她们知道，如果这种威胁传到奥林波斯山，那么宙斯绝对不会罢休，除非告诉他那个不祥的秘密。想到严酷的厄运不可避免，大洋神女们大受震动，她们满含泪水望着普罗米修斯。悬崖上一片沉默，只有大海永不停息的喧哗打破这种寂静。

突然，远处传来隐约可辨的无比痛苦和悲伤的呻吟。这呻吟越来越近，越来越响。原来是阿耳戈利斯的首任国王、河神伊那科斯不幸的女儿伊俄变成的母牛被赫拉派来的一只硕大的牛虻追逐着，她浑身是血，满嘴泡沫，在发疯似的狂奔。长期的奔波使她疲乏至极，牛虻的尖刺蜇得她痛苦不堪，现在她站在被缚的普罗米修斯面前，大声地呻吟着，述说自己所受的苦难，并向能预见未来的提坦神恳求：

“普罗米修斯啊，当我漂泊到这个极限之地，我恳求你告诉我，我的痛苦什么时候才能到头，究竟什么时候我才能重获安宁。”

“伊俄啊，请你相信我，”普罗米修斯回答。“你不知道比知道更好。你还要经过许多国家，一路上还要遇到很多不测。你路途艰难，要穿越斯库提亚人的国家，要翻过高高的、积雪的高加索山，要穿过阿马宗女人国，再到博斯普鲁斯海峡。你横渡这个海峡后，人们将以你的名字命名这个海峡以纪念你。此后你还得在亚细亚跋涉很久。你还得经过会给人带来死亡的戈耳工女妖居住的地方，这些女妖头上没有头发，却缠绕着一些咝咝作响的蛇。你要提防她们。你还须提防鹰首狮身的格里芬怪物和独眼的阿利马斯普人[①]，因为途中你会遇到他们。最后你会走到比布里山，尼罗河源源的水都来自这座山。在尼罗河灌溉的这个国家，在尼罗河口，你最终才能找到安宁。在那里宙斯将恢复你原先美丽的容貌。你会生个儿子叫厄帕福斯。你的儿子将统治全埃及，他将是一代光荣的英雄的始祖。在这一代人中会出现一个凡人，他会把我从桎梏中解救出来。伊俄，这些便是我那能预见未来的母亲忒弥斯告诉我的有关你的命运。”

伊俄高声喊道：

“痛苦啊，痛苦！厄运注定我还要受多少苦难！我胸膛里的心脏吓得都在战抖。疯狂又要攫住我，火辣辣的尖刺又要扎进我这已遍体鳞伤的身体，我还要被剥夺说话的能力！痛苦啊，痛苦！”

伊俄毫无理性地转动着眼珠，发疯似的逃离悬崖。她就像被旋风裹着向远方急驰而去。牛虻嗡嗡地大声叫着追逐她，尖刺火一般地烧灼着可怜的伊俄。伊俄消失在滚滚的烟尘中，从普罗米修斯和大洋神女们的视野中消失了。传到悬崖上的伊俄痛苦的惨叫声越来越轻，最后变成像微弱的悲伤的呻吟，消失在远方。

普罗米修斯和大洋神女们都默不作声，在为可怜的伊俄悲伤。突然普罗米修斯愤怒地喊道：

“雷神宙斯啊，无论你怎样折磨我，总有一天你会被推翻，变得微不足道。你的王国将被剥夺，你也会被打入冷宫。那时候你父亲克罗诺斯的诅咒会兑现。没有一位神知道如何使你避免这一厄运！只有我知道！现在你强大，待在光明的奥林波斯山，不时投掷霹雳和闪电，到时候它们也帮不了你的忙，它们在不可避免的厄运面前无能为力。等你变成灰烬，你就会知道权力和奴役之间有什么差别！”

---

①神话传说中的民族，与格里芬怪物毗邻而居，常与之争斗，永不停息。

恐惧使大洋神女们眼睛模糊，惊骇驱走了她们美丽面颊上的红晕。最后大洋神女们向普罗米修斯伸出白得像海水泡沫的手，大声说道：

“你发疯啦？如此威胁众神和人类之王宙斯，你怎么不害怕？哎，普罗米修斯，他会给你施加更痛苦的折磨！你想想自己的命运，可怜可怜自己吧！”

“我准备忍受一切！”

“但是智者应在劫运面前低头！”

“哼，你们去哀求吧，去乞求怜悯吧！跪着爬到暴君面前去吧！可对于我，宙斯算得了什么？我为什么要怕他？我命不该死！随他宙斯怎么办好了。他统治众神的日子长不了啦！”

普罗米修斯刚说完这番话，众神的使者赫耳墨斯像空中的陨星一样急速飞来，威严地站在普罗米修斯面前。宙斯派他来要求提坦神说出秘密：谁将推翻宙斯？如何避免这个厄运？赫耳墨斯威胁他，如果他不说，就给他处以更可怕的惩罚。但是坚强的提坦神毫不屈服，他以讥讽的口吻回答赫耳墨斯：

“你想从我口中打听出点什么，那你这娃娃还太小、太幼稚。告诉你吧，我宁愿受苦也不愿像奴隶一样为宙斯效力。我认为锁在这里的悬崖上比当暴君宙斯的忠实走卒强。宙斯用任何刑罚、任何折磨都不能吓倒我，休想从我嘴里掏出半个字。是的，暴君宙斯打听不到逃避厄运的办法，他永远不会知道谁会夺取他的权力。”

“普罗米修斯，那么你听着，如果你拒绝服从宙斯的意志，等待你的将是什么。”赫耳墨斯对提坦神说。“他要用闪电将这山岩连同你一起打入黑暗的无底深渊。你将在许多许多世纪都不见一丝阳光的石砌牢房里忍受黑暗的折磨。过了若干世纪，宙斯再把你从深渊中提到世上来，但不是将你提上来享乐。那时宙斯派鹰每天来用尖利的爪子和嘴啄食你的肝脏，但是你的肝脏会一次次地长合，你的痛苦将变得愈来愈惨烈。你将在悬崖上一直吊着，直到有人自愿代你去哈得斯的冥国。普罗米修斯，你考虑考虑吧，不如服从宙斯吧？你也知道，宙斯说到做到，从不空口吓唬人！”

骄傲的提坦神仍不屈服。难道他会被恐吓吓破胆吗？大地突然战抖，周围的一切都在摇晃，响起了震耳欲聋的滚滚雷霆，打起了使人炫目的闪电。黑色的旋风发疯似的怒号。海上掀起了像山一样高大的、泡沫飞溅的排空巨浪，悬崖摇晃了。在狂风呼啸中，在霹雳闪电中，在大地抖动的隆隆声中，响起了普罗米修斯可怕的怒吼：

“宙斯为了引起我心中的恐惧，给我施加了什么样的打击啊！啊，最敬爱的母亲忒弥斯！啊，光芒四射的太空！你们看，宙斯对我的惩罚是多么不公！”

普罗米修斯连同悬崖在可怕的轰响声中崩塌了，跌入深不可测的无底深渊，坠入永恒的黑暗之中。

若干世纪过去后，宙斯将普罗米修斯从黑暗提到世上。但是他的苦难并未结束，甚至比原先更深重。他戴着镣铐仍然被钉在岩石上，摊手摊脚地躺在高高的悬崖上。炽热的阳光炙烤他的肉体，狂风吹打他，暴雨和冰雹抽打他消瘦不堪的身体。而冬天，一团团雪花落在他身上，严寒冻住了他的四肢。但折磨远不只这些！每天一只巨鹰拍击着强劲的翅膀飞到悬崖上，落在他胸部，用钢刀一样锋利的爪子撕开他的胸膛，用喙撕啄他的肝脏。他鲜血直流，染红了山岩，鲜血在悬崖脚下凝结成黑色的血块。在阳光暴晒下，血块腐败了，将四周的空气熏得臭不可闻。每天早晨巨鹰飞来血腥地啄食，一夜之间伤口又愈合了，肝脏长好了，又可以在第二天为鹰提供新的食物。这样悲惨的折磨一年一年、一世纪一世纪地持续着。坚强的提坦神普罗米修斯被折磨得奄奄一息，但是苦难并不能摧垮他崇高的精神。

其他提坦神早就与宙斯妥协，都服从了他。他们承认宙斯的权力，宙斯将他们从黑暗的地狱释放了。现在这些高大强壮的提坦神来到大地尽头，来到被缚的普罗米修斯躺卧的悬崖旁。他们站在四周，劝说普罗米修斯向宙斯屈服。普罗米修斯的母亲忒弥斯也来了，她央求儿子克制自己骄傲的性情，不要再与宙斯对抗。她请求儿子可怜可怜她这个母亲，因为看到儿子受苦，她也痛不欲生。宙斯自己已忘却了原先的愤怒。现在他的王国很强大，任何力量都动摇不了它，任何事情都不能使他恐惧。再说，他已不再像暴君那样统治国家，他保护国家，维护法律。他保护人类，主持正义。只有一件事仍然使雷神感到不安，那就是只有普罗米修斯知道的那个秘密。宙斯已做好准备，只要普罗米修斯向他透露秘密，他就饶恕普罗米修斯。普罗米修斯结束苦难的日子已经不远了。命运注定前来解救普罗米修斯的英雄已经诞生，并且正在成长。不屈的普罗米修斯虽然已被折磨得心力交瘁，但仍坚守着秘密，不过他的力量在渐渐消失。

注定要来解救普罗米修斯的伟大英雄终于在漫游途中来到这大地的尽头。这位英雄就是赫拉克勒斯，他是人间力量最强大的、像神一样威力无穷的英雄。他惊讶而愤慨地看到普罗米修斯受苦的惨状，心中充满了同情。提坦神对赫拉克勒斯讲述了自己的悲惨遭遇，并向他预言，他赫拉克勒斯还将建立哪些伟大的功绩。赫拉克勒斯聚精会神地听普罗米修斯述说。不过他还未看到普罗米修斯受苦受难的全部惨景。远处传来强劲翅膀的拍击声，那只巨鹰飞来准备进行血腥的啄食。它在普罗米修斯头上高高地盘旋，准备落到他的胸部上。赫拉克勒斯不让它飞落下来撕啄普罗米修斯。他举起弓，从箭筒中取出一支致命的箭，念念有词地请箭神阿波罗保佑他一箭命中，然后将箭射出。弓弦咚的一声响，箭飞出去，巨鹰中箭坠入悬崖脚下波涛汹涌的大海。解放的时刻来到了。快捷的赫耳墨斯从奥林波斯山飞驰而来。他对普罗米修斯说了一番温存体贴的话，他保证，只要普罗米修斯说出宙斯如何能逃避厄运的秘密，立即就释放他。强大的提坦神终于同意向宙斯透露秘密，他说：

“叫雷神宙斯别与海中神女忒提斯成亲，因为命运诸女神给忒提斯抽了这样一支签：不管谁做忒提斯的丈夫，他们生下的儿子比父亲强大。让众神把忒提斯嫁给英雄珀琉斯，忒提斯和珀琉斯生的儿子将是全希腊最伟大的英雄。”

普罗米修斯公开了这个重大的秘密。赫拉克勒斯挥起大棒槌砸碎了镣铐，又将穿过普罗米修斯的胸膛钉在山岩上的坚硬的钢钎拔出来。提坦神站起身来，现在他终于自由了。苦难的日子结束了，凡人会来解救的预言应验了。其他提坦神为普罗米修斯获得解放而齐声欢呼。

从此普罗米修斯戴着镶嵌石头的铁戒指，这石头就取自他在其上忍受多少世纪苦难的悬崖。

聪明的马人喀戎答应代替普罗米修斯去死人灵魂所居的冥国，以此摆脱赫拉克勒斯无意之中给他造成的不可愈合的箭伤的折磨。

潘　多　拉

自从普罗米修斯盗来神火送给凡人，教会人们各种技能和手艺，传授给他们各种知识以后，大地上人们的生活变得较为幸福了。普罗米修斯这些举动激怒了宙斯，他严厉惩罚了普罗米修斯，同时又给大地上的人类降下灾难。他吩咐锻冶之神赫菲斯托斯将土掺些水，捏出一个美丽的姑娘。这个姑娘必须具有人的力量，女神所具有的甜润的嗓音和目光。宙斯的女儿雅典娜必须为她织一件华丽的衣衫，美丽的女爱神阿佛洛狄忒必须使她具有无法用语言描绘的美貌，赫耳墨斯必须赋予她狡猾的头脑和随机应变的本领。

众神立即按宙斯的吩咐做了。赫菲斯托斯用泥土捏了一个美丽的姑娘，众神使她活了。雅典娜和美惠女神给她穿上像阳光一样灿烂的衣衫，给她戴上金项链。时序女神在她松软美丽的秀发上戴了一顶用芬芳的春花编成的花冠。赫耳墨斯往她嘴里塞进各种花言巧语。众神将她起名为潘多拉①，因为她的一切都是众神所赐。潘多拉必须给人类带来

①潘多拉，希腊语的原意为“被赐予一切的”。

不幸。

人类的灾星制作完工了，这时宙斯派赫耳墨斯把潘多拉送往大地，送给普罗米修斯的兄弟厄庇墨透斯。英明的普罗米修斯多次预先提醒不聪明的兄弟，告诫他不要接受宙斯的礼物。他担心宙斯送的礼物会给人类带来灾难。可是厄庇墨透斯不听普罗米修斯劝告。他被潘多拉的美貌所倾倒，将她娶为妻子。厄庇墨透斯不久就明白，潘多拉给人类带来了多少灾难。

厄庇墨透斯家中放着一个大匣子，沉重的匣盖关得严严实实，谁也不知道匣内放着什么，谁也不敢打开，因为谁都知道一打开就意味着灾难。好奇的潘多拉偷偷打开了匣盖，结果从前关进匣里的灾难飞出来，以致大地上到处都是灾难。只有“希望”留在这个大匣子的底层。匣盖啪的一声合上了，“希望”未能飞出厄庇墨透斯的家。这一点倒不是宙斯所希望的。

人们原先生活得较为幸福，没有灾难，无须进行繁重的劳动，也没有害人的疾病。现在不计其数的灾难布满了人间，陆地上和大海中到处都是灾祸。现在无论白天黑夜，灾难和疾病都可能随时突然降临，给人们带来痛苦。它们脚步轻轻，悄然来临，因为宙斯剥夺了它们的说话能力，宙斯创造的灾难和疾病是不会说话的哑巴。

埃阿科斯

根据奥维德的长诗《变形记》转述。

宙斯掳走了河神阿索波斯的漂亮女儿，将她带到厄诺庇亚岛。从此该岛以阿索波斯的女儿埃癸娜命名。埃癸娜和宙斯的儿子埃阿科斯就出生在这个岛上。埃阿科斯长大成人后，做了该岛的国王。他热爱真理，主持正义，在全希腊都很出名。奥林波斯众神对埃阿科斯都很器重，常常推他作众神纷争的裁判。埃阿科斯死后也像弥诺斯和拉达曼堤斯一样，按照众神的意志，当了冥国的判官。

只有女神赫拉仇视埃阿科斯。赫拉给埃阿科斯的王国降下巨大的灾难。她让大雾笼罩埃癸那岛，整整四个月不散。后来南风驱散了大雾，可是南风并未使埃癸那岛摆脱灾难，反而给它带来了死亡。毒雾过后，埃癸那岛上的池塘、泉水和溪流中爬满了不计其数的毒蛇，它们毒化了一切。岛上出现了可怕的大规模的瘟疫，所有生灵都死绝了，只有埃阿科斯及其儿子幸存下来。绝望的埃阿科斯双手伸向苍天，高声喊道：

“啊，伟大的宙斯，如果你真是埃癸娜的丈夫，如果你真是我的父亲，而且你不想为自己的后代害臊的话，那么你或者把我的人民还给我，或者赶快把我送进黑暗的坟墓！”

宙斯给埃阿科斯降下兆示，说明他已接受请求。万里无云的晴空突然电光闪闪，雷声隆隆。埃阿科斯知道宙斯已听见他的祈求。就在埃阿科斯向宙斯祈求的地方有一棵宙斯的圣树，树的根部有个蚂蚁窝。埃阿科斯的目光偶然落到这个有成千上万只勤劳的蚂蚁的蚂蚁窝上。埃阿科斯久久地看着蚂蚁们忙忙碌碌地在建筑蚂蚁城，说：

“啊，仁慈的父亲宙斯，这个蚂蚁窝中有多少蚂蚁，你就还给我多少勤劳的人民吧。”

埃阿科斯话音刚落，橡树的枝叶就在寂然无风中发出簌簌的响声。这是宙斯给埃阿科斯的又一个神示。

黑夜来临。埃阿科斯做了一个怪梦，梦见宙斯的圣橡树上爬满了不计其数的蚂蚁。当橡树摇动的时候，树枝上的蚂蚁就像密密细雨似的纷纷下落。蚂蚁落到地面后越变越大，最后用两条后腿站起来，挺直身子，褪去黑颜色，改变外形，渐渐变成了人。埃阿科斯醒来了，他不信这个梦也是一个预示，甚至还抱怨众神不帮助他。可就在这时，外边突然传来高声喧闹。埃阿科斯听见了久已不闻的脚步声和人的嗓音。“这不是梦吧，”他心想。突然又跑进他的儿子忒拉蒙，忒拉蒙跑到父亲面前，喜气洋洋地说道：

“父亲，你快出来！你会看到意想不到的伟大的奇迹！”

埃阿科斯走出卧室，看见梦见过的人一个个生龙活虎。由蚂蚁变成的人高声欢呼，称他为国王，而埃阿科斯就称他们为密耳弥多涅人[①]。从此埃癸那岛又住满了居民。

达那伊得斯姐妹

主要根据埃斯库罗斯的悲剧《乞援人》转述。

宙斯和伊俄的儿子厄帕福斯生有一个儿子，名叫柏罗斯。柏罗斯又生了两个儿子——埃古普托斯和达那俄斯。埃古普托斯统治着由水量丰富的尼罗河灌溉的整个国家，这个国家叫埃及，以国王的名字命名的。达那俄斯则统治着利比亚。众神赐予埃古普托斯五十个儿子，让达那俄斯生了五十个美丽的女儿。埃古普托斯的儿子们迷恋于达那伊得斯姐妹的美貌，想娶这些美丽的姑娘，但是达那俄斯和达那伊得斯姐妹都不同意。于是埃古普托斯的儿子们集结了一支庞大的军队，向达那俄斯发动了战争。达那俄斯被侄子们打败了，只得撇下王国逃跑。在女神雅典娜的帮助下，达那俄斯建造了第一艘配有五十支桨的大船。他和五十个女儿登上大船，驶向无边无际、永远喧闹的大海。

达那俄斯的大船在波涛滚滚的大海上航行了很久，最后来到罗得岛，并在此作逗留。他和女儿们一起离船登岸，在岛上为自己的保护神雅典娜建造了一座神庙，并向她供上大量的祭品。达那俄斯不敢在罗得岛久留，他担心埃古普托斯的儿子们追到这里来。他带上女儿们继续航行，驶向希腊，驶往阿耳戈利斯[②]，即曾祖母伊俄的故乡。在无边无际的大海上，在充满艰险的航行中，宙斯亲自保护大船的安全。经过长期航行，大船终于靠上了阿耳戈利斯富饶的海岸。达那俄斯及其女儿们期

① 意为蚂蚁变成的人。

② 阿耳戈利斯系伯罗奔尼撒东北部的一个地区。

望在这里获得保护，摆脱与埃古普托斯的儿子们该诅咒的婚姻。

达那伊得斯姐妹扮成乞援者，手执橄榄枝，登上了海岸。岸上不见一个人影。后来远处出现了滚滚的尘云。尘云越来越近，已经看得见尘云中闪闪发光的盾牌、头盔和长枪，听得见战车的辚辚车轮声。原来是帕勒克同的儿子、阿耳戈利斯的国王珀拉斯戈斯率领军队冲来了。珀拉斯戈斯得知大船靠岸的消息，带着军队赶到海边。他遇到的不是敌军，而是老头儿达那俄斯和他的五十个美丽的女儿。她们手持橄榄枝迎上前，向他请求保护。她们向珀拉斯戈斯伸出双手，双眼含泪，恳求帮助她们抵抗埃古普托斯骄横的儿子们。达那伊得斯姐妹们以乞援人强大的保护神宙斯的名义恳求珀拉斯戈斯千万不要出卖她们。因为她们在阿耳戈利斯也不是外人，阿耳戈利斯是她们曾祖母伊俄的故乡。

珀拉斯戈斯仍在犹豫，他害怕与埃及的强大的统治者们交战。他该怎么办呢？不过他更怕违反宙斯的法规，拒绝以宙斯的名义乞求保护的人们，从而惹怒宙斯。最后他建议达那俄斯亲自去阿耳戈斯城，把橄榄枝摆在众神的祭坛上，以示请求保护。珀拉斯戈斯本人决定去召集公民，请他们出出主意。他答应达那伊得斯姐妹们，他一定尽力说服阿耳戈斯城的公民为她们提供庇护。

珀拉斯戈斯走了。达那伊得斯姐妹们忐忑不安地等待着全城公民大会的决定。她们知道埃古普托斯的儿子们桀骜不驯，他们厮杀起来非常凶残。她们也明白，一旦埃及人的船靠上阿耳戈利斯的海岸，她们将面临什么样的威胁。如果阿耳戈斯城的公民不给她们提供栖身之所和保护，叫她们这些无依无靠的姑娘怎么办呢？灾难已经近在眼前。埃古普托斯儿子们的使者已经来到。他扬言用武力将达那伊得斯姐妹们掳到船上去，他抓住了达那俄斯一个女儿的手，并吩咐奴仆把达那俄斯的其他女儿都抓起来。正在这时，国王珀拉斯戈斯回来了。他担负起了保护达那伊得斯姐妹的义务，他不怕埃古普托斯儿子们的使者的战争威胁。

帮助达那俄斯及其女儿们的决定给珀拉斯戈斯和阿耳戈利斯城的居民带来了毁灭。珀拉斯戈斯在浴血奋战中失败了，被迫逃往广阔的领土的最北端。虽然达那俄斯被选为阿耳戈斯的国王，可是为了向埃古普托斯的儿子们求得和平，他仍必须把自己美丽的女儿们嫁给他们。

埃古普托斯的儿子们与达那伊得斯姐妹们举行了热闹的婚礼。他们不知道这个婚姻会给他们带来什么样的命运。热闹的婚宴结束了，婚礼的颂歌停止了，婚礼的火炬熄灭了，夜幕笼罩着阿耳戈斯城。沉睡中的城市寂然无声。沉静之中突然响起一声惨叫，接着一声又一声。在夜幕掩盖下，达那伊得斯姐妹们犯下了弥天大罪。她们在各自的丈夫刚刚合眼入睡的时候，用父亲给她们的短剑将丈夫杀死。埃古普托斯的儿子们就这样惨死了，只有林叩斯一人幸免于难。达那俄斯的小女儿许珀耳涅斯特拉可怜林叩斯，不忍心将短剑刺入丈夫的胸膛。她将林叩斯唤醒，偷偷放他出宫。

达那俄斯得知许珀耳涅斯特拉违抗他的命令，不禁大怒。他给女儿戴上沉重的铁链，投入牢房。阿耳戈斯城的元老们组成一个法庭，审判违抗父命的许珀耳涅斯特拉。达那俄斯打算将女儿处死。这时女爱神阿佛洛狄忒亲临法庭，她为许珀耳涅斯特拉辩护，使她免除了残酷的刑罚。达那俄斯这个富有怜悯心和爱心的女儿成了林叩斯的妻子。众神赐予这对夫妇人数众多的整整一代伟大的英雄。希腊永生的英雄赫拉克勒斯就是林叩斯家族中的一员。

宙斯不愿其他达那伊得斯姐妹都死。根据宙斯的吩咐，雅典娜和赫耳墨斯清洗了她们身上的血污。国王达那俄斯举办大型的竞技比赛，以表示对奥林波斯众神的尊敬。作为奖赏，竞技得胜者可以娶达那俄斯的女儿为妻。

但是达那伊得斯姐妹犯了杀夫之罪，仍然未能免除惩罚。她们死后在哈得斯的冥国接受惩罚。达那伊得斯姐妹必须往一个巨大的无底桶里倒水。她们不停地从冥河中打来水，倒入这个无底桶。眼看水桶就要满了，可是很快又流光，转眼又空空如也。达那伊得斯姐妹只好立即再去冥河打水，倒入无底桶。她们就这样无止境地重复着这项无效劳动。

珀耳修斯

根据奥维德的长诗《变形记》转述。

珀耳修斯的诞生

林叩斯的孙子、阿耳戈斯的国王阿克里西俄斯有一个美如天仙的女儿达那厄。预言家曾对阿克里西俄斯说，他将死于达那厄的儿子之手。为了逃避这个厄运，阿克里西俄斯在很深的地底下建造了几间用青铜和石块砌成的、宽大的地下室，把达那厄关在那里，不让任何人看见她。

可是雷神宙斯爱上了她，他变成金雨潜入达那厄的地下室，阿克里西俄斯的女儿成了宙斯的妻子。这次结合使达那厄生下一个漂亮的男孩。母亲给这个孩子起名珀耳修斯。

小珀耳修斯和母亲在地下室里没住多久。有一天，阿克里西俄斯听到小珀耳修斯的说话声和愉快的笑声。他下到地下室问女儿，为什么会有孩子的笑声。当他看到一个漂亮的小男孩，感到十分奇怪。得知这是达那厄和宙斯生的儿子，他简直吓坏了。他立即想起预言家对他说过的话。他不得不重新考虑如何逃避厄运。最后，阿克里西俄斯吩咐制作一个大木箱，把达那厄和珀耳修斯装进木箱，钉上箱盖，然后下令将木箱投入大海。

木箱在咸涩的大海的波涛中漂浮了很久。死亡威胁着达那厄母子。波浪将箱子东抛西掷，一会儿推上高高的波峰，一会儿抛入深深的浪谷。最后永远喧哗的海浪将木箱冲到塞里福斯岛[①]。这时候，渔夫狄克堤斯正在海边捕鱼。他刚刚将渔网撒进海中，箱子裹进渔网，狄克堤

① 爱琴海基克拉泽斯群岛的一个岛屿。

斯连网带箱一起拖到岸上。他打开箱子，不由得大吃一惊，箱子里有一位美丽惊人的妇女和一个漂亮的男孩。他将母子二人带去见他的兄弟、塞里福斯国王波吕得克忒斯。

珀耳修斯就在国王波吕得克忒斯宫中长大，长成一个身强力壮、体格匀称的小伙子。他在塞里福斯青年中间像颗星星显示出独特的俊美，在相貌、力量、机灵和胆识诸方面无人可与他相比。

珀耳修斯杀死蛇发女妖墨杜萨

波吕得克忒斯妄图强娶美丽的达那厄，但是达那厄痛恨暴虐的国王波吕得克忒斯。珀耳修斯也为母亲鸣不平。波吕得克忒斯很生气，从此天天琢磨如何谋害珀耳修斯。最后残暴的波吕得克忒斯决定派珀耳修斯去取三个蛇发戈耳工女妖中的墨杜萨的头。他叫来珀耳修斯，说：

“如果你真是雷神宙斯的儿子，那么你就不会拒绝建立伟大的功绩，你的心也不会在任何危险面前颤抖。请你向我证明宙斯是你的父亲，你去把蛇发女妖墨杜萨的头给我取来。我相信宙斯会帮助自己的儿子！”

珀耳修斯骄傲地瞥了一眼波吕得克忒斯，平静地回答道：

“好吧，我去把墨杜萨的头给你取来。”

珀耳修斯踏上遥远的征途。他必须走到大地西方的尽头，即夜神和死神塔那托斯管辖的国家。三个可怕的戈耳工女妖就居住在那里。她们全身遍长坚硬如钢的光闪闪的鳞甲。任何锋利的剑都砍不碎这种鳞甲，只有赫耳墨斯的弯剑才能砍碎。戈耳工女妖长有粗壮的铜手，手上还有尖利的钢爪。她们头上长的不是头发，而是咝咝作响的毒蛇。戈耳工女妖的巨齿像短剑一样锋利，双唇像鲜血一样通红，双眼放射灼热的凶光，凑成的一副面孔是如此狰狞可怕，只要朝她们看上一眼，任何人都会立即变成石头。戈耳工女妖拍击着长有金羽毛的闪光的双翼在空中高速飞行。人要是遇上她们就得遭殃！戈耳工女妖会用铜手将他撕碎，喝他的热血。

艰难的、人力所不及的功绩等待珀耳修斯去建立。不过，奥林波斯众神不会坐视宙斯的儿子死亡。众神的使者赫耳墨斯和宙斯的爱女雅典娜赶来帮助珀耳修斯。雅典娜送给他一面铜盾牌，这面铜盾牌光洁可鉴，能像镜子一样照出一切。赫耳墨斯送给他一把锋利的剑，这把剑砍最硬的金属如同切柔软的蜂蜡。众神的使者还给年轻的英雄指出寻找戈耳工女妖的途径。

珀耳修斯要走的路很遥远。他经过了许许多多国家，遇见过许许多多民族，最后来到年老的格赖埃三姐妹居住的黑暗的国家。她们三姐妹只有一只眼睛和一颗牙齿。她们轮流使用这只眼睛和这颗牙齿。当其中一个格赖埃使用这只眼睛的时候，另外两个姐妹就成了瞎子，有眼的就领着两个无眼的姐妹行走。在这个格赖埃将眼珠摘下来交给下一个姐妹的过程中，她们三个都成了瞎子。这三姐妹守卫通向戈耳工女妖住地的路，只有她们三姐妹知道那条路。珀耳修斯在黑暗之中悄悄走到她们跟前，按赫耳墨斯预先的嘱咐，在她们传接眼睛的当口，从一个格赖埃的手中抢来这只眼睛。三姐妹吓得失声大叫，现在她们三姐妹都成了瞎子。三个无能为力的瞎子怎么办呢？她们恳求珀耳修斯看在众神面上无论如何将眼睛还给她们。只要珀耳修斯还给她们这只宝贝眼睛，她们愿为英雄干任何事情。这时候，珀耳修斯要她们指出去找戈耳工女妖的路，这样他才肯把眼睛还给她们。三姐妹犹豫了好久，但是为了恢复视力，最终还是说出了那条路。就这样，珀耳修斯问明了上戈耳工女妖所居岛屿的路线，然后又急急上路。

在下一段路程中，珀耳修斯遇见了几位神女。他从神女手中得到三样礼物：冥国主宰哈得斯的一顶头盔；戴上这顶头盔便能成为隐身人；一双有翼的鞋子，穿上这双鞋便可以在空中疾速飞行；一个神奇的革囊，这个革囊可大可小，随囊内东西的大小变化。珀耳修斯穿上有翼鞋，戴上哈得斯的头盔，将神奇的革囊搭在肩上，腾空而起，向戈耳工女妖所居的岛屿飞去。

珀耳修斯飞在高空。下方伸展着一块块绿色的谷地，谷地上逶迤着一条条银带似的江河。下方看得见一座座城市，城中众神的神庙闪耀着白色大理石的光辉。远方耸立着林木苍翠的群山，积雪的山巅像宝石一样在阳光照耀下放射出光彩。珀耳修斯如同旋风不停地向远方飞去。他飞得很高，鹰即使竭力拍击强劲的翅膀也飞不了这么高。远方的大海像熔化的黄金突然一闪。转眼他已飞行在大海上空，大海的涛声隐约可闻。陆地已经看不见了。珀耳修斯举目望去，四周都是平展展的大海。蔚蓝的远方终于出现了状如黑带的海岛。海岛越来越近。这就是戈耳工女妖居住的海岛。岛上不知什么在阳光下闪耀着刺眼的光芒。珀耳修斯略略降落下来，他像一只雄鹰在海岛上空盘旋，看见岩石上睡着三个可怕的戈耳工女妖。睡梦中她们伸着铜手，身上的钢鳞甲和金翅膀在阳光下放射出火一般的光芒。她们头上的毒蛇在睡梦中缓缓蠕动。珀耳修斯赶忙回过头去，他害怕看见她们的狰狞面目，因为看上一眼自己就会变成石头。他取出雅典娜送的盾牌，盾牌就像明镜照出了三个女妖。哪一个是墨杜萨呢？她们三个像得就同三滴水珠。三个戈耳工女妖当中只有墨杜萨是肉身，只有她能被杀死。珀耳修斯犹豫不决了。这时赫耳墨斯赶来帮助珀耳修斯。他将墨杜萨指给珀耳修斯看，并轻声说道：

“珀耳修斯，快！大胆地降下去。瞧，最靠近大海的就是墨杜萨。快去砍下她的头。记住，别朝她看！瞧上一眼你就完了！快去，趁女妖还没醒！”

珀耳修斯就像对准目标俯冲的鹰，扑向熟睡的墨杜萨。他望着光洁的盾牌，以便准确地砍中墨杜萨。墨杜萨头上的毒蛇嗅到敌人的气味，咝咝叫着昂起头来。睡梦中的墨杜萨动弹了一下。她已微微睁开眼睛。正在这千钧一发之际，锋利的剑犹如一道闪电猛地一击，珀耳修斯一剑就砍下了墨杜萨的头。她的黑血喷洒在岩石上，从她的尸体中飞出一匹带血的飞马珀伽索斯和一个巨人克律萨俄耳。珀耳修斯赶忙捡起墨杜萨的头，装进革囊。墨杜萨的尸体还在作垂死挣扎，从山岩上滚进大海。尸体落水的轰响惊醒了墨杜萨的两个姐妹——斯忒诺和欧律阿勒。她俩一拍翅膀飞到空中，凶光毕露的眼睛扫视着四周。两个女妖在空中嗖嗖飞着，可是杀死墨杜萨的凶手已经无影无踪。无论岛上还是远处的大海上，都看不见一个活人。珀耳修斯戴着哈得斯的头盔，成了隐身人，在喧闹的大海上空急急飞行。转眼他飞到利比亚沙滩上空，墨杜萨头上的血渗出革囊，大滴大滴地掉在沙滩上。从这些血滴中长出了毒蛇。所有生灵看到毒蛇都吓得逃跑，毒蛇使利比亚成了沙漠。

珀耳修斯和阿特拉斯

珀耳修斯离戈耳工女妖居住的岛屿越来越远。他就像狂风驱赶的乌云在天空急驰。最后他飞到提坦神伊阿珀托斯的儿子、普罗米修斯的兄弟阿特拉斯管辖的国家。阿特拉斯的原野上放牧着成千上万只细毛绵羊、犄角陡直的公牛和母牛。在他的土地上有一座豪华阔绰的花园，园中长着一棵金枝金叶的苹果树，树上结的苹果也是金的。阿特拉斯像保护眼睛一样保护着这棵金苹果树，这苹果树是他最珍爱的宝贝。女神忒弥斯曾对他预言，说将来有一天，宙斯的儿子会来偷他的金苹果。阿特拉斯很担心这件事。他在长金苹果树的花园四周筑起高高的围墙，派一条喷火的巨龙守门。阿特拉斯不许外乡人进入他的领土，担心宙斯的儿子混在其中进来。现在珀耳修斯脚蹬有翼鞋飞到这里，对他说了以下热情友好的话：

“哦，阿特拉斯，请你在自己家中把我当客人招待吧。我是宙斯的儿子，是杀死戈耳工女妖墨杜萨的珀耳修斯。让我在建立了伟大的功绩之后到你家歇一歇。”

阿特拉斯一听是宙斯的儿子，立即想起女神忒弥斯的预言，于是他粗暴地回答珀耳修斯：

“你快滚吧！什么伟大的功绩，什么宙斯的儿子，这些谎话帮不了你的忙。”

阿特拉斯想把珀耳修斯赶出门去。珀耳修斯知道自己不能与这个强大的巨人交手，于是主动退到门外。珀耳修斯胸中怒火升腾。阿特拉斯不仅不招待他，而且还斥骂他，这使他愤怒无比。

珀耳修斯愤恨地对阿特拉斯说：

“好吧，阿特拉斯，你驱逐我！那么你至少该接受我给的礼物吧！”

珀耳修斯匆匆掏出墨杜萨的头，转过身，把女妖的头拿给阿特拉斯看。阿特拉斯立刻变成了一座山，他的胡子和头发变成了枝叶扶疏的树林，手和肩变成了高耸的山岩，头颅变成了直插云天的山峰。从此，阿特拉斯山支撑着整个天宇及其上面的星座。

珀耳修斯在启明星升上天空的时候又继续赶路了。

珀耳修斯拯救安德洛墨达

珀耳修斯经过长时间飞行，来到位于大洋河边埃塞俄比亚①境内的刻甫斯王国。他看见被锁在海边悬崖上的刻甫斯国王的女儿、美丽的安德洛墨达。她必须为她的母亲卡西俄珀亚赎罪。卡西俄珀亚惹怒了海中神女。卡西俄珀亚以自己的美丽而骄傲，她曾说，她这位王后比任何美女都漂亮。海中神女们听了很生气，她们请求海神波塞冬惩罚刻甫斯和卡西俄珀亚。波塞冬接受了神女们的请求，派出一头状如大鱼的海怪。海怪从大海深处浮上来，将刻甫斯的土地劫掠一空。刻甫斯的整个王国充满了哀号和呻吟。最后他去位于阿蒙②的宙斯的神示所，请教摆脱灾难的办法。预言家给了他这样的答复：

“把你的女儿安德洛墨达送给海怪撕食，那时候波塞冬对你们的惩

---

①希腊人认为，埃塞俄比亚是位于大地最南端的国家。希腊人及后来的罗马人把埃及以南所有非洲地区都称为埃塞俄比亚。

②位于埃及西部利比亚沙漠的绿洲里。

罚才能结束。”

百姓得到预言家的答复，逼迫国王把安德洛墨达锁在海边的悬崖上。吓得面色苍白的安德洛墨达戴着沉重的镣铐站在悬崖脚下，满怀难以言表的恐惧望着大海，等待海怪来撕食。她泪水夺眶而出，一想到自己在这朝气蓬勃、充满青春活力的美好年华，还未体验生活的欢乐就得死去，心中不禁充满了恐惧。珀耳修斯看见的就是这个安德洛墨达。要不是海风吹散她的头发，要不是她美丽的双眼淌出大颗大颗的泪珠，珀耳修斯真可能当她是一尊白色的大理石雕像。年轻的英雄满怀喜悦地望着安德洛墨达，心中涌起了强烈的爱情。珀耳修斯迅即降落在她身旁，亲切地问道：

“啊，美丽的姑娘，告诉我，这是谁的国家？你叫什么名字？为什么你被锁在这悬崖上？”

安德洛墨达叙述了自己为母亲的罪过而遭受苦难。美丽的姑娘不希望英雄以为她在为自己赎罪。安德洛墨达还未述说完，大海突然沸腾了，浪涛中出现了一个海怪。海怪高昂着头，张着巨大的嘴。安德洛墨达吓得一声大叫。刻甫斯和卡西俄珀亚悲痛欲绝，发疯般冲向海边。他们搂住女儿放声痛哭。女儿没救了！

这时候，宙斯的儿子珀耳修斯开口说道：

“你们以后淌眼泪的时间有的是，可眼下救你们女儿的时间不多了。我是宙斯的儿子，是杀死戈耳工女妖墨杜萨的珀耳修斯。如果你们肯把女儿嫁给我，我就能救她。”

刻甫斯和卡西俄珀亚欣然答应了。只要能救女儿，什么要求他们都答应。刻甫斯甚至许诺，只要他救出安德洛墨达，他愿将自己的整个王国作陪嫁。海怪已经逼近。它用那宽阔的胸部劈开波浪，飞速朝悬崖游来，简直就像众多年轻力壮的桨手奋力划动下、劈波斩浪飞速前进的大船。海怪距悬崖已不到一箭之遥，这时珀耳修斯高高地飞上天空。他的阴影投在海面上，海怪凶猛地扑向英雄的影子。珀耳修斯果断地从高空冲向海怪，他手中的弯剑深深地刺进海怪的脊背。海怪觉察到受了重伤，高高地跃出波涛。它在海上奔突，就像被狂吠的猎犬围住的野猪。它一会儿潜入深深的海底，一会儿浮上海面。它疯狂地用尾巴拍打海水，水珠纷纷溅到近岸的山岩顶上。大海上覆盖了一层海浪的白沫。海怪张开血盆大口扑向珀耳修斯，珀耳修斯穿着插翅鞋，像海鸥一样敏捷地飞到空中。他向海怪刺了一剑又一剑。海怪受了致命伤，鲜血和海水从口里涌出。珀耳修斯鞋子上的翅膀被血水喷湿了，英雄勉强在空中飞。达那厄强大的儿子赶紧飞到突兀在海面的岩石上，他左手抱住岩石，右手挥剑对准海怪宽阔的胸部深深地刺了三剑。惊心动魄的搏斗结束了，海岸上响起了欢呼声。大家都在赞颂强大的英雄。安德洛墨达身上的锁链解除了，获胜的珀耳修斯带着未婚妻朝刻甫斯的王宫走去。

珀耳修斯的婚礼

珀耳修斯向父亲宙斯及雅典娜、赫耳墨斯敬献了丰厚的祭品。刻甫斯宫中欢乐的婚宴开始了。许墨奈俄斯和厄洛斯点燃芬芳的火炬。王宫中摆满了青藤和鲜花。竖琴在悠扬地奏鸣，传来阵阵婚礼的歌舞声。宫门大敞着，宴会厅内金碧辉煌。刻甫斯、卡西俄珀亚与一对新人在开怀畅饮，全体百姓也在痛饮。到处呈现欢腾的场面。席间珀耳修斯在讲述自己建立功绩的经过，突然宴会厅外响起兵器相击的可怕的声音。宫中到处喊声震天，就像狂风卷起巨浪撞击海边高大的山岩发出的轰鸣。原来是安德洛墨达的第一个未婚夫菲纽斯率领一支庞大的军队冲进王宫。

菲纽斯晃动着手中的长枪冲进王宫，高声吼叫道：

“拐骗未婚妻的家伙，你要遭殃了！你那双长翅的鞋子救不了你，就连雷神宙斯也救不了你！”

菲纽斯刚要把长枪投向珀耳修斯，国王刻甫斯立即喝道：

“你要干什么？什么事情使你如此疯狂？你就这样来奖励珀耳修斯

吗？这就是你送给他的结婚礼物？难道珀耳修斯抢走了你的未婚妻？不！当你的未婚妻被押去锁在悬崖上，当你的未婚妻走向死亡的时候，她就被抢走了。为什么那时候你不去救她？现在你想从胜利者手中抢夺奖品吗？为什么当初安德洛墨达锁在悬崖上你不去救她？为什么那时你不去向海怪夺回安德洛墨达？”

菲纽斯无言以对，他恶狠狠地望望刻甫斯，又看看宙斯英俊的儿子，突然他使出全部力量，将长枪投向珀耳修斯。长枪从珀耳修斯身边飞过，扎在椅子上。珀耳修斯用强有力的手拔出长枪，从座位上跃起身来，猛地投出长枪。要不是菲纽斯躲到祭坛后边，他准被刺中致命。结果长枪投中了英雄瑞忒斯的头，他倒地身亡。激烈的搏斗开始了。雅典娜从奥林波斯山迅速赶来支援她的兄弟珀耳修斯。她用神盾掩护珀耳修斯，并鼓起他无坚不摧的勇气。珀耳修斯勇猛地投入战斗，他手中那把曾经杀死墨杜萨的利剑像闪电一样在闪耀。他接二连三砍倒了跟随着菲纽斯的一个个英雄。淌血的尸体在珀耳修斯面前堆成了山。他双手抓起宴会上调酒用的青铜大钵，砸到英雄欧律托俄斯头上。英雄如遭雷击，即刻倒地，他的灵魂飞往哈得斯的冥国去了。虽然这些英雄接连倒地死去，可是菲纽斯带来的人实在太多，而珀耳修斯在刻甫斯王国是个外来人，搏斗中帮手不多，几乎是单枪匹马在与大群敌人对阵。他的许多伙伴都已在这场激烈搏斗中死亡。原先弹奏竖琴、以自己甜美的歌声为宴会助兴的歌手被长枪刺中身亡了。歌手倒下时碰到竖琴的琴弦，琴弦发出如同垂死呻吟的响声，但是被刀剑的撞击声和垂死者的呻吟所淹没。箭矢如密集的冰雹一样飞射。珀耳修斯背靠廊柱，以雅典娜闪光的盾牌作掩护，与敌人拼杀。敌人四面围住他，战斗愈来愈激烈。眼看他难以避免死亡，达那厄的儿子高声喊道：

“我要从被我杀死的敌人身上寻求援助！是你们逼迫我这么干的！谁是我的朋友，赶快转过身去！”

珀耳修斯从神奇的革囊中取出墨杜萨的头，高高地举在自己头顶上方。向珀耳修斯袭来的英雄一个个都变成了石像。有些英雄是在举剑刺向对方胸膛时石化了，另一些是在挥舞尖利的长枪时石化了，还有一些正好在用盾牌遮挡的瞬间石化了。他们一看到墨杜萨的头，立刻变成大理石雕像。不一会儿整个宴会厅满是大理石雕像。菲纽斯看见自己的朋友都变成石像，感到无限恐惧。他跪倒在地，伸出双手向珀耳修斯哀求：

“珀耳修斯，你赢了！唉，你快把墨杜萨可怕的头颅收起来，我恳求你快收起来！啊，宙斯伟大的儿子，你全都拿去吧，一切都归你，只求你留我一条性命！”

珀耳修斯讥讽地回答菲纽斯：

“别害怕，可怜的胆小鬼！我不会用剑砍你。我要给你一个永恒的奖励！我让你永远站在刻甫斯的宫中，以便我的妻子看到她第一个未婚夫的形象，能得到安慰！”

珀耳修斯将墨杜萨的头递到菲纽斯面前。尽管菲纽斯竭力不看这颗可怕的头颅，最后目光还是落到墨杜萨头上，他立即变成了一尊石像。菲纽斯的石像如同一个奴隶，跪在珀耳修斯面前。石像的双眼永远保持着恐惧和奴性地哀求的眼神。

珀耳修斯返回塞里福斯岛

浴血搏斗之后，珀耳修斯在刻甫斯的王国没有久留。他带上美丽的安德洛墨达，回塞里福斯岛去见国王波吕得克忒斯。珀耳修斯回来见到母亲达那厄在受苦。母亲为了逃避波吕得克忒斯，只得在宙斯的神庙里寻求庇护。她一刻都不敢离开神庙。珀耳修斯大怒，他来到波吕得克忒斯宫中，看见波吕得克忒斯正和一帮狐群狗党在纵饮取乐。波吕得克忒斯没想到珀耳修斯能活着回来，他以为英雄早已在和戈耳工女妖搏斗中丧生了。塞里福斯的国王看到珀耳修斯站在自己面前，感到无比惊讶，而珀耳修斯平静地对国王说：

“你的命令我已执行，我给你带来了墨杜萨的头。”

波吕得克忒斯根本不相信珀耳修斯能建立如此伟大的功绩。他讥笑这位如神的英雄，称他为吹牛家。波吕得克忒斯的那帮同伙也嘲笑珀耳修斯。珀耳修斯怒不可遏，他不能忍受这样的侮辱。他瞪起可怕的双眼，掏出墨杜萨的头，大声喊道：

“波吕得克忒斯，如果你不信，那么给你看这个证据！”

波吕得克忒斯朝女妖的头看了一眼，即刻变成了石头。与国王一起饮宴的人们也没有逃脱这个厄运。

珀耳修斯在阿耳戈斯

珀耳修斯把塞里福斯岛的统治权交给波吕得克忒斯的弟弟、曾经救过他们母子的狄克堤斯，自己领着达那厄和安德洛墨达出发去阿耳戈斯。珀耳修斯的外祖父阿克里西俄斯听说外孙来到，立即想起了预言家的话，于是他朝北方逃跑，逃往遥远的拉里萨城。珀耳修斯着手治理故乡阿耳戈斯。他把头盔、有翼的鞋和神奇的革囊归还神女，把锋利的剑还给赫耳墨斯。他把墨杜萨的头献给雅典娜，雅典娜把它固定在胸前，固定在闪闪发光的胸甲上。珀耳修斯从此幸运地管辖着阿耳戈斯。

珀耳修斯的外祖父没能逃脱注定的命运。有一次，珀耳修斯举办热闹的竞技比赛，许多英雄都赶来参加。年迈的阿克里西俄斯也坐在观众席上。在铁饼比赛时，珀耳修斯强有力的手掷出铁饼，铁饼高高地飞上云端，落地时以巨大的力量砸中阿克里西俄斯的头，将他砸死了。预言就这样应验了。珀耳修斯满怀悲痛，安葬了阿克里西俄斯，他悲叹自己身不由己地成了杀害外祖父的凶手。珀耳修斯不愿再当被自己杀害的外祖父的王国的国王，他离开阿耳戈斯去提任斯[①]，在那里当了多年国王。珀耳修斯把阿耳戈斯送给了自己的亲戚墨伽彭忒斯。

---

①希腊古城，位于阿耳戈利斯。

西叙福斯

根据荷马史诗《伊里亚特》和
奥维德的长诗《列女志》转述。

主宰风的风神埃俄罗斯的儿子西叙福斯是科林斯城的奠基人。远古时期，科林斯这个地方则叫埃菲拉。

西叙福斯狡猾奸诈、诡计多端，在全希腊都是首屈一指的。他凭着狡猾在科林斯聚敛了难以计数的财富，关于他家的珍宝远近都有传闻。

死神塔那托斯来到西叙福斯家，准备引他去哈得斯的冥国。西叙福斯早就知道死神要来，他狡猾地欺骗了死神，给死神戴上镣铐。这时候地上的人都不再死了，哪里都不举行葬礼，也不向冥国的神祇献祭。宙斯制定的人间的秩序被破坏了。于是宙斯派强大的战神阿瑞斯去找西叙福斯。阿瑞斯解救了塔那托斯，塔那托斯夺走了西叙福斯的灵魂，将他带往鬼魂所居的冥国。

即使到了冥国，奸诈的西叙福斯仍有办法解救自己。他嘱咐过妻子，不要埋葬他的遗体，也不要给冥国诸神献祭。妻子听从了丈夫。哈得斯和佩耳塞福涅夫妇久久地等待着葬礼的祭品，然而始终没等来。最后西叙福斯来到哈得斯的宝座跟前，对这位冥王说：

“啊，鬼魂的主宰，伟大的哈得斯，你像宙斯一样强大，你放我去光明的地面。我去吩咐妻子给你敬献大量的祭品，然后就回冥国。”

西叙福斯就这样把哈得斯给骗了。哈得斯放他回地面。西叙福斯当然不肯回哈得斯的冥国。他在豪华的宫殿里大吃大喝，他为自己庆幸，他是唯一从黑暗的冥国回来的凡人。

哈得斯大怒，他又派死神塔那托斯去勾西叙福斯的灵魂。塔那托斯来到世间最狡猾的西叙福斯的宫中，正好遇上他在丰盛的筵席上吃喝。众神和人类所痛恨的死神夺走了西叙福斯的灵魂，这一次西叙福斯的灵魂一去就不复返了。他在冥国为生前所犯的狡猾奸诈的罪孽遭到沉重的惩罚。他被判罚往陡峭的高山顶上推滚一块巨石。他使出全身的力气推着，沉重的劳动累得他汗如雨下。眼看山顶近在眼前，再使一把劲他就可以大功告成了。可是突然巨石从他手下滑脱，轰隆隆滚下山去，扬起一片尘云。西叙福斯只得从头开始。

西叙福斯向山上永远推着巨石，但永远也推不到山顶。

柏 勒 洛 丰

根据荷马史诗《伊利亚特》和品达罗斯的诗歌转述。

西叙福斯有个儿子叫格劳科斯，父亲死后他成了科林斯的国王。格劳科斯生了一个儿子叫柏勒洛丰，他是希腊众多伟大英雄中的一员。柏勒洛丰英俊似神，他的胆识和气概也可与永生的神相比。还在青少年时期，柏勒洛丰就遇到不幸，他无意中伤害了科林斯的一位公民，只得逃离故乡。他逃到提任斯国王普洛托斯处，普洛托斯极为敬仰这位英雄，热情招待他，为他洗刷血污。但是柏勒洛丰在提任斯无法久留。普洛托斯美丽的妻子安忒亚倾心于柏勒洛丰英俊的相貌，可是柏勒洛丰拒绝了她的爱恋。王后安忒亚恼羞成怒，决心除掉柏勒洛丰。她对丈夫普洛托斯说：

“啊，国王，柏勒洛丰粗暴地侮辱了你！你应当杀了他。他追求你的妻子，他向我求爱。这就是他对你盛情款待的报答！”

普洛托斯大怒，可是他不敢亲自动手杀自己的客人，怕惹怒要求热情待客的宙斯。他为如何杀死柏勒洛丰久久地思索着，最后决定派柏勒洛丰去给安忒亚的父亲、吕喀亚[1]的国王伊俄巴忒斯送一封信。普洛托斯在这封折成对折、盖上印的信中写了柏勒洛丰严重侮辱他的事，并请

---

① 小亚细亚西南部的国家。

伊俄巴忒斯为他报仇。柏勒洛丰带着这封信去吕喀亚找伊俄巴忒斯，他丝毫没想到自己面临着什么样的危险。

经过长途跋涉，柏勒洛丰来到吕喀亚。伊俄巴忒斯亲切接待年轻的英雄，一连九天设宴款待。最后伊俄巴忒斯问起柏勒洛丰来吕喀亚的目的。柏勒洛丰平静地把普洛托斯的信交给了吕喀亚国王。伊俄巴忒斯接过这封折成对折、盖了印的信，打开来阅读。看到信的内容，他感到害怕了。他必须杀死这位英雄，可是九天的相处使他喜爱上了英雄。伊俄巴忒斯和普洛托斯一样，不敢违背热情待客这一神圣风俗。于是，为了害死柏勒洛丰，他派英雄去冒九死一生的危险。他让柏勒洛丰去杀可怕的怪物喀迈拉。喀迈拉是可怕的堤丰和高大的厄喀德那所生，是一头狮首、羊身、龙尾的怪物，有三张喷吐烈焰的大嘴。凡是遇上喀迈拉，谁都无法逃脱，凡是接近喀迈拉，谁就必死无疑。

危险并不能使柏勒洛丰却步，坚强的英雄无畏地去建立这一伟大的功勋。他知道，要想战胜喀迈拉，必须抓到从被珀耳修斯杀死的戈耳工女妖墨杜萨的尸体中飞出来的飞马珀伽索斯[1]，但先要知道在哪里能找到这匹神奇的飞马。珀伽索斯常常降临阿克洛科林斯山[2]上，喝波瑞涅泉的泉水。于是，柏勒洛丰就去阿克洛科林斯山，他到达泉眼边的时候正好遇见珀伽索斯从云端下来，喝水晶般透明的清凉的波瑞涅泉的泉水解渴。柏勒洛丰真想立刻抓住它。可是他费尽心机、绞尽脑汁、日夜追捕却不能很快遂愿。珀伽索斯就是不肯向柏勒洛丰屈服。年轻的英雄刚接近飞马，它立即一拍强劲的翅膀像一阵风飞上云端，像雄鹰一样高高地盘旋。后来柏勒洛丰根据预言家波吕伊多斯的建议，在波瑞涅泉边雅典娜的祭台旁，即他首次看见珀伽索斯的地方躺下睡觉，他希望神在梦中给他谕示。果然他梦见宙斯的爱女雅典娜来教他如何抓住飞马，雅

---

① 飞马星座即以此命名。后来珀伽索斯成了诗人的坐骑，诗人骑上它前往帕耳那索斯山，去见阿波罗和缪斯。

② 科林斯的卫城就建在此山上。

典娜给了他一副金笼头，还吩咐他向海神波塞冬献祭。柏勒洛丰醒来，惊异地发现身旁果然有一副金笼头。柏勒洛丰衷心感谢伟大的女神。现在他知道很快就能抓到飞马珀伽索斯了。

不一会儿，神奇的飞马拍着雪白的翅膀飞到波瑞涅泉边。柏勒洛丰果断地跃起身，给它戴上金笼头。飞马驮着他风驰电掣般地在空中飞了很久，最后驯服了，从此恭顺地为柏勒洛丰效力。

柏勒洛丰骑着珀伽索斯，驰往怪物喀迈拉所在的吕喀亚山区。威严可怖的喀迈拉嗅到敌人临近，从黑暗的山洞里爬出来。炽烈的火焰从它三张大嘴中喷出，团团浓烟遮蔽了四周的一切。珀伽索斯驮着柏勒洛丰飞上高空，柏勒洛丰从空中向喀迈拉射出一支接一支的箭。喀迈拉愤怒地撞击着山岩，将一块块山岩撞崩了。它疯狂地在山中奔跑着，所到之处一切都被它喷出的火焰焚毁。柏勒洛丰骑着飞马始终紧追不舍。喀迈拉无论跑到哪里都躲不过英雄准确的箭。柏勒洛丰终于射死了可怕的怪物喀迈拉，光荣地去向国王伊俄巴忒斯复命。

可是伊俄巴忒斯又交给他一项任务。他派柏勒洛丰去征讨英勇善战的索吕摩人①。许多英雄在与索吕摩人作战中丢了脑袋，可是柏勒洛丰战胜了他们。这样的功绩当然不会使伊俄巴忒斯满意，因为他的目的是要害死英雄。于是他又派柏勒洛丰去征讨不可战胜的阿马宗人。然而柏勒洛丰再次取胜。伊俄巴忒斯派出吕喀亚最强壮的一批勇士去堵截胜利归来的柏勒洛丰，让他们出其不意地冲上去，将所向无敌的柏勒洛丰杀害。吕喀亚勇士将英雄诱入埋伏，可是这一次柏勒洛丰依旧安然无恙，所有前去伏击的勇士都死在强大的英雄手下。伊俄巴忒斯这时才明白，他款待的客人是一位多么伟大的英雄。伊俄巴忒斯恭恭敬敬地迎接英雄凯旋归来。他将女儿嫁给英雄，还以半个王国作陪嫁。吕喀亚人也划出最肥沃的良田，送给柏勒洛丰作礼物，给他

①居住在吕喀亚北部边境的民族。

做领地。

从此柏勒洛丰定居吕喀亚，生活在崇敬和赞颂的氛围中。可是他的结局很不幸。他骄傲了，想成为与奥林波斯众神一样荣耀的人，伟大的功绩使他变得如此狂妄自大！他决定骑着飞马珀伽索斯飞上奥林波斯山，飞到众神中间去。宙斯惩罚了柏勒洛丰的狂妄自大。在柏勒洛丰骑上飞马准备去奥林波斯山的时候，宙斯让飞马发狂，将他摔到地上，强大的英雄摔成了傻子。疯疯癫癫的柏勒洛丰在“迷谷”久久地流浪，直到死神塔那托斯拍动着黑色的翅膀飞来勾走他的灵魂。就这样，伟大的英雄柏勒洛丰也进了凄凉的冥国。

坦塔罗斯

根据荷马史诗《奥德赛》转述。

在吕狄亚的西皮罗斯山附近有一座富足的城市，该城也以西皮罗斯命名。众神的宠人、宙斯的儿子坦塔罗斯就是这座城市的主宰。众神赐给他许许多多的财物。世上没有人比西皮罗斯的国王坦塔罗斯更富有、更幸运。西皮罗斯最丰富的金矿为他提供了难以计数的财富。他的良田比任何人的都肥沃，他从果园和葡萄园里收获的果品比任何人收获的都丰实。众神的宠人坦塔罗斯的牧场上放牧着大群大群的羊毛细软的绵羊，犄角陡直的公牛、母牛和疾驰如飞的骏马。坦塔罗斯样样都很富足，他本可以这样幸福、美满地生活到暮年，可是过分的骄横和罪孽葬送了他。

众神将其宠人坦塔罗斯与自己视作平等。奥林波斯众神常常到坦塔罗斯的金碧辉煌的王宫里与坦塔罗斯一起开怀畅饮。坦塔罗斯也不止一次地应众神之邀登上凡人不能光顾的光明的奥林波斯山。他在奥林波斯山上出席众神的聚会，在父亲的宫殿里与众神一起同席吃喝。如此特殊的幸运使坦塔罗斯变得非常骄傲。他认为自己和宙斯一样尊贵。在离开奥林波斯山的时候，他常常将神食和仙酒带走，带回去与他的凡人朋友一起享用。就连众神在奥林波斯山上聚会时对世界命运所作的决定，他都告诉人们，他对宙斯出于信任而告诉他的种种秘密不能守口如瓶。有一次，在奥林波斯山举行的宴会上，伟大的宙斯对坦塔罗斯说：

“我的儿啊，你期望的一切，我都可以满足。告诉我，你还想要什么？出于我对你的爱，我一定满足你的任何要求。”

坦塔罗斯忘了自己是一个凡人，自负地对父亲宙斯说：

“我不需要你的恩典。我什么都不需要。我的命运比永生的神的命运更美好。”

听了儿子的话，雷神什么也没说。他威严地皱起了眉头，不过他还是克制住了怒火。尽管儿子如此骄傲，他仍爱儿子。可是不久，坦塔罗斯两次粗暴地侮辱了永生的众神，只是到这时，宙斯才惩罚目空一切的儿子。

在雷神宙斯的故乡克里特有一只金狗。它曾守护过新生儿宙斯和哺育宙斯的母山羊阿玛耳忒亚。宙斯长大，夺取了克拉诺斯手中的对世界的统治权之后，他将这只狗留在克里特岛上守卫自己的神庙。厄斐索斯的国王潘达瑞俄斯被这只金狗的美丽和力量所迷醉，偷偷来到克里特，将金狗装上船带走。可是把这只神奇的狗藏到哪儿去呢？潘达瑞俄斯在归途中久久地思考着，最后决定将金狗交给坦塔罗斯藏匿。坦塔罗斯将这只神奇的生物藏起来，不让众神知道。宙斯勃然大怒。他叫来众神的使者赫耳墨斯，派他去找坦塔罗斯要回金狗。赫耳墨斯转眼就从奥林波斯山来到西皮罗斯，站在坦塔罗斯面前，对他说：

“厄斐索斯的国王潘达瑞俄斯偷走了克里特岛宙斯神庙的金狗，交给你藏匿。奥林波斯众神已知道一切详情，凡人干的任何事情都瞒不过众神！快把金狗还给宙斯。当心招来宙斯的愤怒！”

坦塔罗斯对众神的使者这样回答：

“你用宙斯发怒来吓唬我，那是枉然。我没看见金狗。是众神搞错了，我家没有这只狗。”

坦塔罗斯指天发誓，称自己说的都是实话。他的发誓愈发激怒了宙斯。这是坦塔罗斯对众神的第一次侮辱。即使这时候，宙斯也未惩罚他。

招来众神惩罚的是坦塔罗斯第二次对众神的侮辱和他的罪恶行径。奥林波斯众神来坦塔罗斯宫中赴宴，坦塔罗斯想试试神是否真的无所不知。西皮罗斯的这位国王不相信众神无所不知。他为众神准备了一道可怕的菜肴。他杀掉自己的儿子珀罗普斯，用人肉做成丰美的菜肴，端到桌上供众神享用。众神当即识破坦塔罗斯的险恶用心，谁也不碰这菜，只有女神得墨忒耳因失去爱女佩耳塞福涅过分悲伤而未察觉周围的情形，误食了珀罗普斯的一个肩膀。众神撤掉这道菜，把珀罗普斯的肉和骨头都放进锅里，搁在熊熊燃烧的火上煮。赫耳墨斯施法术使这个男孩复活。珀罗普斯马上站在众神面前，显得比原来更英俊，只是缺了一个肩膀，那个肩膀被得墨忒耳吃掉了。赫菲斯托斯根据宙斯的吩咐，当即用象牙为珀罗普斯制作了一个肩膀。所以，珀罗普斯的后代右肩都呈白色。

坦塔罗斯的罪行终于超出了众神和人类之王宙斯所能容忍的极限。雷神宙斯将坦塔罗斯打入哈得斯的冥国，让他在那里接受可怕的惩罚。坦塔罗斯站在清澈的河水中遭受干渴和饥饿的折磨。河水深及他的下巴，要想解除难以忍受的干渴，只要低下头就喝得到。可是他刚低下头，河水就不见了，脚下只剩下一片干燥的黑土地。坦塔罗斯头顶上方悬着果实累累的枝条，多汁的无花果、红通通的苹果、石榴、梨和橄榄低低地悬在他头顶上，熟透的一串串葡萄几乎擦到他的头发。饿得衰竭的坦塔罗斯伸手去摘水果，可是一阵狂风袭来，刮走了果实累累的枝条。坦塔罗斯不仅要忍受干渴和饥饿的折磨，他的心还要忍受永恒的恐惧。在他头顶上方悬着一块巨石，那巨石摇摇欲坠，随时都可能掉下来将他砸死。西皮罗斯的国王、宙斯的儿子坦塔罗斯就这样在可怕的哈得斯的冥国永远遭受恐惧、饥饿和干渴的折磨。

珀罗普斯

根据奥维德的长诗《变形记》和品达罗斯的诗歌转述。

坦塔罗斯死后，被众神救活的珀罗普斯成了西皮罗斯的国王。可是珀罗普斯在西皮罗斯统治的时间不长。特洛伊的国王伊罗斯向珀罗普斯发动了战争，这场战争对珀罗普斯来说是一场大灾难，他被特洛伊强大的国王打败了。珀罗普斯被迫逃离故乡。他把所有珍宝装上快船，带着忠实的随从踏上遥远的海上旅途，前往大海彼岸的希腊。珀罗普斯来到希腊最南端的半岛，在这里住了下来。从此这个半岛就以他的名字命名为伯罗奔尼撒。

有一次，珀罗普斯在新故乡看到皮萨①国王俄诺玛俄斯美丽的女儿希波达弥亚。英雄为希波达弥亚的美貌所倾倒，决心娶她为妻。

向希波达弥亚求婚很难成功。俄诺玛俄斯曾听预言家说过，他将死在女婿手中。为预防这一厄运降临，他决定不让女儿出嫁。可这怎么能行呢？如何拒绝向他女儿求婚的人呢？许多英雄都曾来找俄诺玛俄斯，向他的女儿求婚。如果无缘无故拒绝，那就会伤害他们。最后俄诺玛俄斯想出一个办法，他宣布，哪位英雄能在与他比赛驾车中取胜，他就把女儿嫁给哪位英雄，如果他本人获胜，那么失败者就得付出生命的代价。俄诺玛俄斯之所以决定这样做，是因为他的驾车技术在全希腊无人能与他相比，而且他的马奔驰起来比风神玻瑞阿斯猛烈的北风还要快。皮萨国王坚信，没有一位英雄能战胜他。可是，对于可能死于残暴的俄诺玛俄斯之手、丢掉性命的恐惧并不能阻止希腊许多英雄的求婚。他们

---

① 伯罗奔尼撒西部阿尔甫斯河谷中的一个城市。

纷纷来到国王宫中，准备与他赛车，他们一心想娶希波达弥亚，因为她实在太美丽了。然而他们一一遭到厄运，全都被俄诺玛俄斯杀害了，他们的头颅都被钉在他的宫门上。国王想让后来的英雄在看到如此众多英雄的头颅之后，早一点明白自己所面临的厄运。可是这阻止不了英雄珀罗普斯。珀罗普斯打定主意，不惜一切代价要得到希波达弥亚，于是他去见残酷无情的国王俄诺玛俄斯。

俄诺玛俄斯态度严厉地对待珀罗普斯，说：

“你想娶我的女儿希波达弥亚？难道你没看见那么多名声显赫的英雄为了她在危险的比赛中丢了脑袋？等着瞧，你也逃脱不了与他们同样的命运！”

“你别想用那些死亡英雄的命运来吓唬我，”珀罗普斯说。“我相信奥林波斯众神会帮助我！有他们帮助，我一定能娶到希波达弥亚。”

俄诺玛俄斯嘴上掠过恶毒的微笑，他多次听过类似的言语。

“听着，珀罗普斯，”国王说，“这就是比赛的条件：比赛路线的起点是皮萨城，穿过伯罗奔尼撒全境，直达伊斯特摩斯[①]，终点就是海神波塞冬的祭台。这个祭台离科林斯不远。如果你先到祭台，那你就是胜者，要是我在半路追上你，那你就遭殃！那时我的长枪将把你扎透，就像扎许多已被扎死的英雄，那时你就很不光彩地去哈得斯冥国。我只给你一个优惠条件，这个条件我也给过以往那些英雄，即你可以先于我出发，我先向伟大的雷神献祭，此后我才上车出发。你可以趁我献祭的时候尽可能多赶些路。”

珀罗普斯离开俄诺玛俄斯走了。他明白只能使用计谋才能战胜残暴的国王。珀罗普斯找到一个帮手。他悄悄去找俄诺玛俄斯的车夫、赫耳墨斯的儿子密耳提罗斯，许给他丰厚的酬劳，请他拔掉俄诺玛俄斯车子车轴上的轴销，使车轮飞脱，使俄诺玛俄斯耽搁于途中。密耳

---

①伊斯特摩斯系伯罗奔尼撒与希腊中部相连的地峡。

提罗斯犹豫再三，最后为珀罗普斯优厚的酬劳所诱惑，答应了他的要求。

早晨，初升的玫瑰色肤体的厄俄斯把天空染成了金色。光芒四射的赫里阿斯驾着金马车出现在天空。比赛即将开始。珀罗普斯先向大地的震撼者波塞冬祈祷，请求他帮助，然后登上车。国王俄诺玛俄斯走到宙斯的祭坛跟前，示意珀罗普斯可以出发。珀罗普斯策马全速飞奔，车轮碾过石铺的路面发出隆隆轰鸣。马匹像鸟一样飞驰，他很快就消失在团团飞扬的尘土之中，对希波达弥亚的爱和对自己生命的担忧驱使着他。这时后面远远传来俄诺玛俄斯马车急驰而来的隆隆声，响声越来越清晰。俄诺玛俄斯向坦塔罗斯的儿子追来了。他的马疾驰如风，车轮扬起的尘土像旋风一样飞舞。珀罗普斯也用皮鞭抽打马匹，马跑得更快了。飞马狂奔，珀罗普斯两耳只听见风声呼啸，可是他能逃脱俄诺玛俄斯的追逐吗？国王的马奔驰起来比北风还要快！俄诺玛俄斯越追越近。珀罗普斯已经感觉得到俄诺玛俄斯的马喷出的热烘烘的鼻气了。他一回头，看见国王得意洋洋地笑着举起了长枪。珀罗普斯赶忙向波塞冬祈祷，大海的主宰接受他的祈祷。俄诺玛俄斯马车上的轮子飞脱了，车子翻了，残酷无情的皮萨国王跌在泥地上。俄诺玛俄斯摔死了，死亡的阴影合上了他的双眼。

珀罗普斯满怀胜利的喜悦回到皮萨城，娶了希波达弥亚，接管了俄诺玛俄斯的整个王国。俄诺玛俄斯的车夫密耳提罗斯来找他要半个王国的酬劳，可是珀罗普斯舍不得给他。坦塔罗斯这个狡猾奸诈的儿子施计将密耳提罗斯骗到海边，乘其不备，将他从高高的悬崖上推下汹涌的大海。在坠落过程中，密耳提罗斯诅咒珀罗普斯及其后代。无论珀罗普斯后来如何竭力去打动密耳提罗斯愤怒的灵魂，无论他怎样去缓解密耳提罗斯的父亲赫耳墨斯心中的愤恨，一切均属徒劳。密耳提罗斯的诅咒应验了。从此以后，无穷无尽的灾难落到了珀罗普斯的后代的头上，这是他们自己的恶行招来众神的惩罚。

欧 罗 巴

根据摩斯科斯[①]的长诗《田园诗》转述。

腓尼基富足的西顿城的国王阿革诺耳生有三个儿子和一个女儿。这个女儿像永生的女神一样美丽，年少的美人名叫欧罗巴。有一次，欧罗巴做了一个奇怪的梦，梦见亚细亚和与亚细亚隔海相望的另一块大陆变成两个妇女来争夺她。她俩都想将欧罗巴占为己有。最后生她、养她的亚细亚输了，只得将欧罗巴让给另一位妇女。欧罗巴吓醒了，她弄不明白这个怪梦意味着什么。欧罗巴虔诚地祈求众神为她免除不幸，如果这个梦预示着某种危险的话。然后她穿上金线织成的紫袍，和女伴们一起去绿草如茵、鲜花盛开的海边草地。西顿姑娘们在那里嬉戏，采摘鲜花，装进金花篮里。她们采摘颜色洁白、芳香浓郁的水仙花，色彩鲜艳的番红花、紫罗兰和百合花。阿革诺耳的女儿在女伴们中间显得如此娇美出众，就像被美惠女神们簇拥着的阿佛洛狄忒。欧罗巴只采鲜艳的玫瑰花，将玫瑰花装到篮子里。姑娘们采够了鲜花，随后伴着笑声跳起了欢乐的环舞。她们的欢声笑语在开满鲜花的草地上，在蔚蓝的大海上空远远地飘荡，盖住了大海轻柔的拍溅声。

美丽的欧罗巴享受这种无忧无虑的生活为时并不长。宙斯看见了欧罗巴，决定把她抢走。为了不惊吓年少的欧罗巴，宙斯变成一头漂亮的公牛。这头公牛全身的毛像金子一样闪闪发光，唯有脑门上一块银白色的斑点像月亮一样闪耀着银光。公牛的一对金角就像红彤彤的晚霞中初现的新月一样弯曲。漂亮的公牛来到草地上，迈着轻快的步子，蹄子微微触动着青草，走到姑娘们身边。西顿姑娘们丝毫不怕这头公牛，她们围住漂亮的公牛，轻轻地抚摸它。公牛走到欧罗巴跟前，舔她的

① 摩斯科斯，古希腊诗人，约生活在公元前 3 世纪。

手，与她亲热。公牛的气息散发出神食的香气，空气中弥漫着这种芳香。欧罗巴柔嫩的手抚摩着金牛毛，她搂住牛头吻着。公牛在美丽的姑娘欧罗巴脚边卧倒，似乎在请她骑到它背上。

欧罗巴笑盈盈地坐到宽阔的牛背上，其他姑娘也想坐上去。突然，公牛跃起身，急速奔向大海。它拐到了想要的姑娘。西顿姑娘们吓得大喊大叫。欧罗巴向女伴们伸出双手，请求她们帮助，可是女伴们帮不了她的忙。金角公牛像阵风似的飞驰着。它跃进大海，像海豚一样在蔚蓝的大海中飞快地游动。海浪为公牛辟开一条路，水珠像金刚石一样从公牛身上滚落下来，并不溅湿欧罗巴。美丽的海中神女们从海的深处浮上水面，聚在公牛四周，跟着它游动。海神波塞冬在众多海神簇拥下，坐车驰在最前头，他用三叉戟削平浪头，为兄弟宙斯铺平海上通途。欧罗巴坐在牛背上，吓得瑟瑟发抖。她一只手紧握金牛角，另一只手提起紫袍的下摆，免得被海浪打湿。其实她是白白担心，大海发出温和的涛声，咸涩的水花飞不到她身上。海风吹拂着她的鬈发，飘动起她身上薄软的衣衫。海岸愈来愈远，转眼消失在天蓝色的远方。四周只有大海和蓝天。不久，远处出现了克里特岛。公牛驮着珍爱的美人迅速游到岸边，上了岸。欧罗巴成了宙斯的妻子，从此一直居住在克里特。她与宙斯生了三个儿子，即弥诺斯、拉达曼堤斯和萨耳珀冬。宙斯这三个力量强大、智慧超群的儿子的英名在全世界到处传颂。

卡德摩斯

根据奥维德的长诗《变形记》转述。

宙斯变成公牛，拐走了欧罗巴，她的父亲、西顿城的国王阿革诺耳悲痛欲绝。他叫来福尼克斯、喀利克斯和卡德摩斯三个儿子，打发他们去寻找欧罗巴。阿革诺耳警告儿子，如果找不到欧罗巴，他们就不要活着回去。阿革诺耳的三个儿子出发去寻找了。福尼克斯和喀利克斯很快就与卡德摩斯分手。他俩建立了两个王国，福尼克斯建立了腓尼基亚[①]，喀利克斯建立了喀利喀亚[②]。

卡德摩斯独自继续寻找欧罗巴。他在世界上到处漫游，逢人便打听欧罗巴的下落。可是宙斯将欧罗巴藏匿起来，不让别人发现，他怎么能找得到呢？最后卡德摩斯寻找无望，但又不敢回家，只得决定在异国他乡永远定居。他来到得尔福神示所，请教阿波罗的祭司，该在哪里安家，该在何处建立城市。阿波罗的祭司对卡德摩斯说：

"在偏僻的草地上你会看见一头母牛，这头母牛从未套过牛轭。你跟着它走，它在哪里躺下，你就在哪里筑城，并将国家定名为玻俄提亚。"

卡德摩斯讨得主意，便离开得尔福神示所。他刚走到门外，就看见一头雪白的母牛在草地上吃草，周围也无人看管。卡德摩斯和忠实的西顿仆人们赞颂着伟大的阿波罗，跟着母牛走了。他们走过刻菲斯河[③]谷，母牛突然停下来，冲天昂起头，大声叫着，然后回头望了一眼勇士们，安然地躺到绿草地上。卡德摩斯满怀对阿波罗的感激之情，跪倒在地，亲吻新故乡的土地，请求众神为这尚不知名的高山和谷地祝福。他用石块匆匆堆了一个祭坛，准备向宙斯献祭。可是他没有制作祭品用的水，只得派那些忠诚的西顿人去取水。

不远处有片樵夫的斧子从未砍过的古老的树林。树林中央有一个很深的山洞，山洞旁边灌木丛生，山洞四周有许多乱七八糟的巨石。洞中涌出一股晶莹清澈的泉水，在这些巨石之间淙淙流淌。洞中栖息着战神阿瑞斯的一条毒龙。它的双眼闪着火光，长着三排尖利毒牙的血盆大口中吐出三叉的芯子，龙首上的金冠可怕地抖动着。当卡德摩斯的仆人

---

①位于地中海东海岸。其最大城市是提耳和西顿。
②位于小亚细亚南部。
③玻俄提亚的一条河流，注入科帕伊斯湖。

来到泉边，刚把水罐浸入清凉的泉水中，毒龙便发出可怕的咝咝声，从洞中爬出来。它那巨大的身子蜿蜒于巨石之间。仆人们吓得面无人色，手中的水罐也掉了，四肢僵硬，不能动弹。毒龙尾巴着地，直起身来，大张着嘴，龙首高过密林中的参天古树。没等这些西顿人明白，可怕的毒龙就向他们扑去。卡德摩斯的仆人都遇难了。

卡德摩斯久久等候仆人们。太阳西斜，地上的影子变得更长了，可是仍然不见仆人们归来。阿革诺耳的儿子感到奇怪了，这些人去哪儿了呢？他们怎么那么慢呢？最后他披上狮皮，挎上利剑，手执长枪，沿着仆人的足迹朝树林走去。英雄的英勇无畏的气概则是比枪剑更可靠的武器。卡德摩斯走进树林，看见忠诚的仆人们被撕碎的尸体，一条巨龙压在他们的尸体上。卡德摩斯悲愤地喊道：

“我忠诚的仆人们啊，我要为你们报仇！我要么为你们报仇成功，要么和你们一起同赴冥国！”

卡德摩斯抓起一块像山岩一样大的巨石，猛地砸向毒龙。被这样的巨石砸中，就连坚固的城堡塔楼都会倒塌，可是毒龙却安然无恙，覆盖全身的坚硬如钢的鳞甲保护了它。这时候，阿革诺耳的儿子一挺长枪，使足全身的力量朝怪物刺去。毒龙的钢甲挡不住卡德摩斯的长枪，长枪扎进毒龙身子，只露一截枪杆子。巨龙扭过头来咬住长枪，想把枪从身上拔出来。可是它的一切努力皆属徒劳。锋利的枪尖深深地留在体内，枪杆子被阿瑞斯的毒龙折断了。由于毒液和狂怒的作用，毒龙的颈部膨大了，泡沫从它嘴中喷出，猛烈的咝咝声传遍了大地，空气中充满了毒龙喷出的臭气。毒龙时而在地上盘成一圈又一圈，时而陡直地冲天挺立。它将树木连根拔起，又用尾巴卷起巨石甩向四面八方。毒龙想张开有毒的大嘴咬卡德摩斯，可是卡德摩斯以狮皮当盾牌掩护自己，并挥剑猛砍毒龙。毒龙用牙齿去咬锋利的剑，可是尖牙碰到钢铁便变钝了。

最后卡德摩斯朝巨龙的颈部猛地刺了一剑，将龙钉在橡树上。强大的英雄这一剑刺得着实有力！

百年老橡树被巨龙沉重的身子压弯了。卡德摩斯惊讶地望着被他刺死的巨龙，这条龙如此之大，实在令人惊异。这时候，突然传来一个陌生的声音：

“阿革诺耳的儿子，你干吗望着被你杀死的毒龙惊讶？不久人们也会望着你变的巨龙惊讶！”

卡德摩斯环顾四周，弄不明白这神秘的声音来自何方。冷不丁听到这样的预言，英雄吓得一哆嗦，连头发都竖起来了。他恍恍惚惚，站在死龙旁边。这时候宙斯的爱女雅典娜来到卡德摩斯面前。她吩咐卡德摩斯拔下龙牙，作为种子插进翻耕过的地里。

卡德摩斯依照女战神雅典娜的吩咐做了。他刚把龙牙插进泥土，奇迹立即出现。地里先是露出长枪的枪尖，转眼头盔出土，高出田垄，接着是武士的头、肩、穿着铠甲的胸部和执着盾牌的手破土而出，最后龙牙竟长出了整整一队全副武装的战士。看到这群新出现的敌人，卡德摩斯又握起剑。这时从地里长出来的一个战士高声对卡德摩斯说：

“别拿剑！当心卷入这场自相残杀的战斗！”

战士之间可怕的血腥拼杀开始了。他们互相用剑砍，用枪刺，一个接一个倒在刚刚从中出生的土地上。最后只剩下五个人。这时候，其中一个听从了雅典娜的吩咐，将武器扔在地上以示和解。于是五个战士结成亲密的兄弟。龙牙长成的这五个战士后来都成了卡德摩斯的助手，帮助他建成了卡德墨亚城堡，即有七座城门的忒拜城。

卡德摩斯建成了名城忒拜，向居民颁布了法律，建立了完整的国家。奥林波斯众神将阿瑞斯和阿佛洛狄忒的美丽女儿哈耳摩尼亚嫁给卡德摩斯。忒拜城伟大的奠基者卡德摩斯的婚礼无比豪华隆重。奥林波斯众神全都出席了这个婚礼，并赠给新郎新娘大量礼物。

从此以后，卡德摩斯成了希腊最强大的国王之一。他的财产数不胜数。他的军队人数众多，战无不胜，为首的是那五位龙牙长成的战士。看起来，卡德摩斯的家庭应该永远幸福和欢乐，然而奥林波斯众神赐给他的不光是幸福。卡德摩斯不得不遭受了许多痛苦。他眼睁睁地看见女儿塞墨勒和伊诺死掉。不错，她俩死后被接纳到奥林波斯山的众神中间，但是卡德摩斯毕竟失去了心爱的女儿。他的外孙子，即他的女儿奥托诺厄的儿子阿克泰翁成了阿耳忒弥斯怒火的牺牲品。他还不得不为孙子们先死而哀哭。

到了暮年，被沉重的苦难折磨得郁郁寡欢的卡德摩斯离别了有七座城门的忒拜，带着妻子哈耳摩尼亚四处流浪，最后来到遥远的伊吕里亚[①]。卡德摩斯痛心地回忆起家族所遭的种种不幸，想起自己与巨龙的搏斗，记起当初那个陌生的嗓音说的话。

“被我用剑刺死的那条巨龙是众神的龙吗？”卡德摩斯说。“如果众神因为它的死而如此严厉地惩罚我，那么最好让我自己变成龙。”

刚说到这里，卡德摩斯的身体变长了，并长出鳞甲，他的双脚长合在一起，变成了弯弯曲曲的长长的龙尾。他惊恐地向哈耳摩尼亚伸出还未变化的双手，满含泪水地向她呼唤：

“啊，哈耳摩尼亚，快到我跟前来！摸摸我，摸摸我的手，趁我还未完全变成龙！”

他在呼唤哈耳摩尼亚，他还有许多话要对她说，可是他的舌头分叉了，变成龙舌头在口中摆动，从他嘴里发出的只是咝咝声。哈耳摩尼亚向他跑来。

“啊，卡德摩斯！”她惊呼道。“快摆脱这种模样！众神啊，你们为什么不把我也变成龙呢？”

变成巨龙的卡德摩斯缠绕在忠贞的妻子身上，用分叉的舌头舔她的脸。哈耳摩尼亚忧伤地抚摩长满鳞甲的龙背。于是众神又将哈耳摩尼亚变成龙，现在有两条龙了。

卡德摩斯和他忠诚的妻子都变成了龙，以此结束了自己的生命。

---

① 亚得里亚海东岸的国家。

仄托斯和安菲翁

在忒拜城里住着河神阿索波斯的女儿安提俄珀。雷神宙斯爱上了安提俄珀，安提俄珀生下一对孪生子，起名为仄托斯和安菲翁。安提俄珀害怕父亲因她和宙斯秘密结合而发怒，因此将两个年幼的儿子放在篮子里送到山里去。安提俄珀深信，宙斯不会让自己的儿子死亡。果然，宙斯很关心他俩，他派一个牧人来到仄托斯和安菲翁躺卧的地方。牧人发现两个婴儿，将他们抱回家抚养。两兄弟就在牧人家中渐渐长大。还在孩提时期，两兄弟的性格就迥然不同。仄托斯是个有力气的男孩，很早就开始帮牧人放牧畜群。安菲翁性格温和热情，酷爱音乐。兄弟俩长大之后，仄托斯成了强壮的武士和勇敢的猎手。他膂力过人，机智灵巧，无人可比。他喜好刀枪震响的战斗和捕捉猛兽的狩猎。而阿波罗所宠爱的安菲翁只喜好弹奏阿波罗亲自送给他的金竖琴，弹琴能使他欢乐。安菲翁弹出的琴声悦耳动听，连树木和山岩也会随着他的琴声微微晃悠。

两个青年仍然生活在牧人家，他们不知道谁是他们的父母。那时候他们的母亲安提俄珀正受到忒拜国王吕科斯及王后狄耳刻的虐待，戴着沉重的锁链，关在不见阳光的黑牢里。宙斯将她救出来。她身上的锁链自动脱落，牢门自动敞开，她跑到山里，躲到收养她儿子的牧人的茅舍中。

牧人刚收留安提俄珀，残暴的狄耳刻就来到牧人家。狄耳刻和一群忒拜妇女来山里庆贺酒神狄俄尼索斯的节日。狄耳刻头戴常春藤冠，手执酒神杖，在山间游荡，偶然来到牧人的茅舍。狄耳刻一见到安提俄珀，心中便升腾起无法遏制的愤怒。她决计要杀死可怜的安提俄珀。狄耳刻叫来仄托斯和安菲翁，竭力诋毁安提俄珀，并说服两兄弟把阿索波斯无辜的女儿绑到野牛的角上，让野牛将她撕碎。仄托斯和安菲翁准备按狄耳刻的吩咐做，他们抓来野牛，捉住安提俄珀，幸亏这时牧人赶到。牧人看见安提俄珀两个亲生儿子要把她绑到狂怒的野牛的牛角上，急得高声大喊：

“不幸的人啊，你们要犯多么可怕的罪行！你们不知道自己干的是什么事，你们竟要残酷地处死自己的亲生母亲啊！要知道她是你们的母亲啊！”

当仄托斯和安菲翁知道自己听从残暴的狄耳刻的唆使，几乎干出弑母的可怕暴行，简直吓呆了。两兄弟愤怒地抓住诽谤他们母亲的狄耳刻，将她绑到野牛的牛角上，并且说：

“你自己就照你原先置我们母亲于死地的那种法子去死吧！就让这种死亡作为对你残暴、诽谤的应有惩罚吧！”

狄耳刻痛苦地死了。仄托斯和安菲翁又为母亲向吕科斯报了仇，他们杀了吕科斯，夺取了忒拜的统治权。

两兄弟当了忒拜的主宰，他们决定加固忒拜城池。原先只有卡德摩斯建的卡德墨亚城堡有高高的城墙防卫，其他城区均无城墙。两兄弟亲自建筑了环忒拜的城墙。他俩的干活方式截然不同。像提坦神一样强大的仄托斯使出全身力量，扛来一块块巨石，垒成城墙。而安菲翁并不需要去扛巨石，那些巨石听从他金竖琴的召唤，自动移动过来堆成坚不可摧的高高的城墙。仄托斯和安菲翁这两位英雄的美名在全希腊广为传播，甚至传到了希腊境外。众神的宠人坦塔罗斯将女儿尼俄柏嫁给了安菲翁，而仄托斯娶了厄斐索斯的国王潘达瑞俄斯的女儿埃冬。可是尼俄柏和埃冬给安提俄珀的两个儿子带来了不幸。

尼 俄 柏

根据奥维德的长诗《变形记》转述。

忒拜国王安菲翁的妻子尼俄柏生了七个儿子和七个女儿。坦塔罗斯的女儿为自己的七儿七女骄傲。她的子女个个英俊美丽得像青春年少的神祇。众神赐给尼俄柏幸福、财富和俊秀的子女，可是尼俄柏并不感激众神。

有一次，盲预言家忒瑞西阿斯的女儿，即能预见未来的曼托走在忒拜城内的街道上，她呼吁忒拜的所有妇女向勒托及其孪生子女阿波罗和阿耳忒弥斯献祭。忒拜的妇女们听从曼托的号召，戴上桂冠来到众神的祭坛边。只有尼俄柏自恃强大，并以众神赐予的幸福自傲，不肯去向勒托献祭。

尼俄柏说的那些傲慢无礼的话语很使忒拜的妇女们发窘。尽管如此，她们还是举行了献祭礼仪。忒拜的妇女虔诚地祈求伟大的女神勒托不要发怒。

女神勒托已经听见尼俄柏傲慢无礼的话语。她叫来阿波罗和阿耳忒弥斯，向他俩诉说尼俄柏的无礼：

"坦塔罗斯的女儿粗暴地侮辱我，侮辱你们的母亲。她不相信我是女神！尼俄柏不承认我的权威，尽管我的尊贵只逊色于宙斯的妻子赫拉。你们身为我的子女，难道就听任她这样侮辱而不加报复吗？如果你们听任她恣意妄为而不加惩罚，那么人们以后不会再将我当女神敬奉，还会捣毁我的祭坛。再说坦塔罗斯的女儿还侮辱你们呢！她将你们两个永生的神与自己的凡人子女相提并论。她这样狂妄，简直与她父亲坦塔罗斯一个样！"

阿波罗打断了母亲的话，说：

"快别说了！什么都别说了！因为你的抱怨只会耽误惩罚的时间！"

"行啦，别说了！"愤怒的阿耳忒弥斯高声说道。

姐弟俩驾着云从铿托斯山[①]山顶飞速驰往忒拜。金箭在他俩的箭筒里叮当作响。他俩驰抵有七座城门的忒拜城下，隐身的阿波罗停在城墙边的平地上，这里是忒拜青少年习武的场所。阿波罗披着云彩站在城墙边，这时尼俄柏的两个儿子伊斯墨诺斯和西皮罗斯身披紫色斗篷，跨着烈马奔驰而来。突然伊斯墨诺斯一声惨叫，阿波罗的一支金箭射中了他

---

①得罗斯岛上的一座山。

的胸部。他松脱缰绳，栽下马来死了。西皮罗斯听见阿波罗弓弦可怕的响声，他想策马迅速逃离危险的境地。西皮罗斯骑着马在田野上全速飞奔，就像水手张起所有船帆在海上飞速航行，以逃避可怕的乌云。可是致命的箭追上了西皮罗斯，扎进他的肩窝。尼俄柏的另外两个儿子淮狄摩斯和坦塔罗斯[①]正扭在一起角力。只见空中金箭一闪，转眼两人被同一支箭穿透。他们一声惨叫倒在地上。死神同时熄灭了他俩眼中生命的光芒，他俩同时呼出了最后一口气。他们的兄弟阿尔斐诺耳冲过来，想把他们抱起来。他刚扶起两个变凉的躯体，阿波罗的箭又深深地扎进了他的心脏，他倒在兄弟的尸体上咽了气。阿波罗又发一箭射中尼俄柏第六个儿子达玛西克同的大腿，达玛西克同想拔出金箭，可是又有一支箭嗖的一声扎进他的喉咙。尼俄柏最后一个儿子，即年少的伊利俄纽斯举起双臂，对着天空向众神祈求：

“奥林波斯众神啊，发发慈悲吧！”

他的哀求打动了严厉的阿波罗的心。可是太晚了！金箭已经离弦，无法再收回来。它射中了尼俄柏最后一个儿子的心脏。不幸的消息很快传到尼俄柏的耳中。仆人满含热泪将这个噩耗也告诉了安菲翁。

安菲翁无法忍受丧子的哀痛，他拔出利剑刺进自己的胸膛。

尼俄柏俯在丈夫和儿子的尸体上号啕大哭。她吻着他们已经冰冷的嘴唇。极度的悲痛使她的心都要碎了。可怜的尼俄柏绝望地朝天伸出双手。不过她并不乞求怜悯，痛苦并未软化她的心肠。她愤怒地喊道：

“残忍的勒托，你该高兴了吧！你得意了吧，直到你幸灾乐祸个够！作为对手，你赢了！哦，不，我在说什么呀？你还没有赢！我这可怜人的孩子还是比你这幸运者的要多！尽管我四周躺了好多我儿子已停止呼吸的躯体，但是我仍胜过你，我剩下的孩子还是比你多！”

尼俄柏话音刚落，可怕的弓弦又响了。周围所有的人都惊恐无比，

---

① 与外祖父同名。

只有尼俄柏独自镇定自若，不幸反而给了她勇气。

阿耳忒弥斯的弓弦并非徒然作响。尼俄柏那些站在兄弟尸体四周的极度悲痛的女儿之中有一人倒下了，她被阿耳忒弥斯的箭射中。弓箭又响了一下，又有一个女儿倒地。六支金箭从阿耳忒弥斯的弓弦上一支接一支射出，尼俄柏的六个美丽年轻的女儿一一倒地咽了气。现在只剩下最小一个女儿。小女儿扑向母亲，躲在母亲的两膝之间，躲在她的衣褶里面。

悲痛摧毁了尼俄柏骄傲的心。

“伟大的勒托，你就把最小的女儿给我留下吧！”满怀悲痛的尼俄柏哀求道。“就给我留这一个吧！”

可是女神并不怜悯她，阿耳忒弥斯的箭又射中了她的小女儿。

尼俄柏默然站着，周围躺着她女儿、儿子和丈夫的尸体。她好像被痛苦折磨得麻木了，僵硬了。风吹不动她的头发，她脸上没有一丝红晕，两眼没有生命的光芒，胸中的心脏也不跳动，只有悲哀的泪水仍在流淌。她的四肢变成了冰冷的石头。一阵旋风突然刮起，把尼俄柏送回故乡吕狄亚。变成石头的尼俄柏立在高高的西皮罗斯山上，永远流淌着悲伤的泪水。

赫拉克勒斯

关于赫拉克勒斯的神话系据索福克勒斯的悲剧《特拉喀斯少女》、欧里庇得斯的悲剧《赫拉克勒斯》及鲍萨尼阿斯的《希腊道里志》中的故事转述。

赫拉克勒斯的诞生与培养

国王厄勒克特律翁统治着迈锡尼[①]。以邻国国王普忒瑞劳斯的儿子

---

①迈锡尼是希腊古代城邦，位于伯罗奔尼撒的阿耳戈利斯。

们为首的忒勒玻埃人[①]抢走了他的畜群。厄勒克特律翁的儿子想夺回被抢的畜群，结果却被忒勒玻埃人打死。这时国王厄勒克特律翁宣布，谁能为他夺回畜群，为他报杀子之仇，他就把自己美丽的女儿阿尔克墨涅嫁给谁。英雄安菲特律翁不经交战就夺回了畜群，将牲口还给了厄勒克特律翁。因为忒勒玻埃人的国王普忒瑞劳斯将抢来的畜群交给厄利斯[②]的国王波吕克塞诺斯看守，而后者又把畜群交给了安菲特律翁。安菲特律翁将畜群归还厄勒克特律翁，得到了阿尔克墨涅。安菲特律翁在迈锡尼并未待多久。在婚宴上，因为畜群发生了争执，安菲特律翁打死了厄勒克特律翁，只得带上妻子阿尔克墨涅逃离迈锡尼。阿尔克墨涅跟随新婚丈夫去异乡，事先她提出一个条件：他必须为她被杀的兄弟向普忒瑞劳斯的儿子们复仇。因此，安菲特律翁来到忒拜找国王克瑞翁，在他那儿找到栖身之所后，就率领军队去进攻忒勒玻埃人。宙斯贪图阿尔克墨涅的美色，在安菲特律翁出征期间变成他的模样，来找阿尔克墨涅。不久安菲特律翁回来了。这样，阿尔克墨涅必然要为宙斯和安菲特律翁生下一对孪生子。

在宙斯和阿尔克墨涅的伟大的儿子将要降生这一天，诸神聚集在巍峨的奥林波斯山上。持盾的宙斯为儿子即将诞生而高兴，他对众神说：

“诸位男女神祇听着，我要告诉你们，我的心要求我告诉你们。一位伟大的英雄将在今天诞生，他将统治他的所有亲人，即我儿子珀耳修斯的后裔。”

宙斯的妻子、威严的赫拉痛恨宙斯娶凡人阿尔克墨涅为妻，她决定施计谋剥夺阿尔克墨涅的儿子对珀耳修斯后裔的统治权。宙斯的儿子还未出生，赫拉就已对他怀恨在心。赫拉将自己的阴谋隐藏在心底，她

---

① 忒勒玻埃人，居住在中希腊西部阿卡耳那尼亚的民族。

② 厄利斯，伯罗奔尼撒西北部地区。

对宙斯说：

“伟大的雷神，你说的不是真话！你永远不会履行自己的诺言！你给我立下这样一个庄严的、不可违背的神的誓言：珀耳修斯家族今天首先出生的婴儿将统治自己的所有亲属。”

司欺骗的女神阿忒控制了宙斯的理智，雷神宙斯对赫拉的阴谋并未察觉，他立下了不可违背的誓言。赫拉立即离开光明的奥林波斯山，坐上金马车驰往阿耳戈斯。到了那里，她促使珀耳修斯的儿子斯忒涅罗斯的像女神一样美丽的妻子提前生产，于是斯忒涅罗斯病弱的儿子欧律斯透斯就在这一天来到世上。赫拉匆匆赶回光明的奥林波斯山，对伟大的乌云聚散者宙斯说：

“投掷闪电的宙斯啊，请听我细说！现在在光荣的阿耳戈斯诞生了斯忒涅罗斯的儿子欧律斯透斯。他是今天第一个出生的婴儿，他应该统治珀耳修斯的所有后代。”

伟大的宙斯犯愁了，现在他才知道赫拉所干的全部勾当。他痛恨蒙住他理智的司欺骗女神阿忒，一怒之下他揪住阿忒的头发，将她从奥林波斯山扔了下去。众神和人类的主宰不准她再回奥林波斯山。从此司欺骗女神阿忒就一直生活在人间。

宙斯改善了自己儿子的命运。他与赫拉订立了不可违反的协定，他的儿子不是终生受欧律斯透斯统治。他的儿子只需按欧律斯透斯的派遣建立十二件伟大的功绩，此后不光摆脱欧律斯透斯的统治，而且要获得永生。雷神知道他的儿子不得不去克服千难万险，所以他吩咐自己心爱的女儿雅典娜帮助阿尔克墨涅的儿子。后来，当看到自己的儿子为胆小无能的欧律斯透斯效力时承受着巨大的艰辛，他常常感到悲伤，可又不能违背当初对赫拉立下的誓言。

在斯忒涅罗斯的儿子出生这一天，阿尔克墨涅生下了一对孪生子。大儿子是宙斯的儿子，出生后起名为阿尔喀得斯，小儿子是安菲特律翁的儿子，起名为伊菲克勒斯。阿尔喀得斯成了希腊最伟大的英雄。后来女预言家皮提亚赐给他赫拉克勒斯[1]这一名字。赫拉克勒斯名扬天下，获得永生，列位于奥林波斯众神的行列。

自从赫拉克勒斯诞生之日起，赫拉就迫害他。得知赫拉克勒斯出生后裹着襁褓与伊菲克勒斯躺在一起，她就派出两条毒蛇去谋害新生的英雄。时值深夜，两条毒蛇双眼闪着凶光爬进阿尔克墨涅的卧室。它们悄悄爬到躺着孪生婴儿的摇篮旁边，刚想去缠住幼小的赫拉克勒斯，将他勒死，这时赫拉克勒斯醒了。他伸出一双小手，抓住蛇颈，将两条蛇当即扼死了。阿尔克墨涅吓得从床上跳了起来，她卧室里的女仆们看到摇篮中的蛇，一个个惊呼大喊，冲向阿尔喀得斯的摇篮。安菲特律翁听见女仆们的呼喊，手执出鞘的利剑匆匆跑了进来。人们围着摇篮，看到了难以置信的奇迹：幼小的新生儿赫拉克勒斯双手握着两条已被他扼死的巨蟒，那巨蟒还在他稚嫩的手中微微挣扎呢。安菲特律翁对自己养子的力量大感惊讶，他请来预言家忒瑞西阿斯，询问他新生儿日后的命运。能预见未来的盲老头告诉他，赫拉克勒斯将建立若干伟大的功绩，并预言，赫拉克勒斯在生命结束时将获得永生。

安菲特律翁得知阿尔克墨涅生下的大儿子可望获得巨大的光荣，于是他对赫拉克勒斯施以英雄应有的教育。他不光关心赫拉克勒斯体力的发展，而且关心他智力的培养。他请人教他读书、写字、唱歌、弹琴。可是赫拉克勒斯在知识和音乐方面的成绩远远不及在摔跤、射箭、击剑和投掷长枪诸方面所显示的才能。音乐教师——俄耳甫斯的兄弟利诺斯常常生他这位学生的气，有时甚至不得不处罚赫拉克勒斯。有一次，在授课时赫拉克勒斯不愿学习，利诺斯气得打了他一下。赫拉克勒斯一时性起，抓起竖琴朝利诺斯的脑袋上就是一下。年轻的赫拉克勒斯不曾料到这一下的力量有多大。竖琴砸上去的力量如此之大，利诺斯竟倒地身亡了。赫拉克勒斯因杀人罪被传唤到法庭。阿尔克墨涅的儿子

---

① 赫拉克勒斯，原文的意思是“因受赫拉迫害而建立功绩者”。

在法庭上为自己辩护说：

“最公正的法官拉达曼堤斯说过，任何人挨打时都可以还手。”

诸位法官认为赫拉克勒斯无罪，可是他的养父安菲特律翁担心他今后再惹出类似事件，就打发他到森林茂密的喀泰戎山去放牧畜群。

赫拉克勒斯在忒拜

赫拉克勒斯在喀泰戎山的森林中渐渐长大，成了一个强壮的小伙子。他的身材高出别人一头，而他的体力更是远远超过常人。乍一看就知道他是宙斯的儿子，他的那双眼睛尤其特别，闪耀着一种异乎寻常的神的光芒。赫拉克勒斯在军事操练中所显示的机警灵巧无人可与他相比，而他射箭和投掷长枪的技术更是精湛，从来都不偏离目标。还在青少年时期，他就打死过出没于山巅的凶猛的喀泰戎狮子。年少的赫拉克勒斯偶然遇上这头猛狮，他将狮子打死，还剥下狮皮。他把狮皮当作斗篷披在自己强健的双肩上，用狮爪的皮在胸前打上结，而狮首的皮成了他的头盔。赫拉克勒斯在涅墨亚树林里连根拔起一棵木质坚硬似铁的梣树，做了一根又长又粗的大棒槌。赫耳墨斯送给他一把利剑，阿波罗送给他弓和箭，赫菲斯托斯为他制作了金铠甲，雅典娜亲自为他织制了衣衫。

成年之后，赫拉克勒斯打败了俄耳科墨诺斯的国王厄耳癸诺斯，原先忒拜每年都得向他大量进贡。交战之中赫拉克勒斯打死了厄耳癸诺斯，从此每年向弥倪埃人的俄耳科墨诺斯国征收相当于原先忒拜进贡的两倍的贡品。因为赫拉克勒斯立了这个大功，忒拜国王克瑞翁将女儿墨伽拉嫁给了他，而众神赐给他三个英俊的儿子。

赫拉克勒斯在有七座城门的忒拜幸福地生活。可是女神赫拉对宙斯儿子的仇恨依然如故。她让赫拉克勒斯得了可怕的疾病，伟大的英雄丧失了理智，他疯了。疯病发作，他打死了自己的三个儿子及他弟弟伊菲克勒斯的儿子。疯病过后他满怀悲伤和哀痛。他洗刷了不由自主杀人时溅在身上的血污，离开忒拜，前往得尔福神示所，请教阿波罗，他该怎么办。阿波罗谕示他返回先祖的故乡提任斯，为欧律斯透斯效力十二年。阿波罗借预言家之口告诉赫拉克勒斯，如果他能服从欧律斯透斯的命令，建立十二件伟大的功绩，他就能获得永生。

赫拉克勒斯为欧律斯透斯效劳

赫拉克勒斯定居提任斯，成了软弱、胆怯的欧律斯透斯的一名奴仆。欧律斯透斯害怕这位强大的英雄，不许他来迈锡尼。他的所有命令均由使者科普柔斯去提任斯传达给宙斯的儿子赫拉克勒斯。

涅墨亚狮子(第一件功绩)

赫拉克勒斯不久就接到国王欧律斯透斯的第一项任务。国王命令他除掉涅墨亚城[①]附近的一头狮子。这头狮子是堤丰和厄喀德那所生的大得出奇的怪物。它出没于涅墨亚城附近，四郊的一切都被它毁坏殆尽。赫拉克勒斯果断地踏上了创建功绩的艰险旅途。他一到涅墨亚，立即进山寻找狮子的洞穴。时已正午，赫拉克勒斯爬上山坡。到处不见人影，既看不到一个牧人，也看不到一个农夫。当地的所有生物都因害怕凶猛的狮子而逃往他乡。赫拉克勒斯在山坡上的森林中，在峡谷里久久地寻找狮子的洞穴，太阳偏西的时候，他终于在一条深幽的峡谷里找到了狮子的洞穴。这是一个很大的山洞，共有两个洞口。赫拉克勒斯搬来巨石堵死其中一个洞口，然后躲在石头后边等待狮子到来。天已傍晚，暮色渐浓，披着长长的、乱蓬蓬的鬣毛的巨大而可怕的狮子终于出现了。赫拉克勒斯弯弓搭箭朝狮子连发三箭，可是箭碰到坚硬如钢的狮皮都弹飞了。狮子骇人地怒吼着，吼声就像滚滚的惊雷在山中回荡。狮子站在峡谷中环顾四周，瞪着暴怒的双眼搜寻胆敢朝他放箭的人。它看见

---

① 阿耳戈利斯的一座城市，位于伯罗奔尼撒半岛的东北部。

了赫拉克勒斯，猛地向赫拉克勒斯扑来。赫拉克勒斯手中的棒槌如电光一闪，重重地击在狮子的头上。狮子受了这沉重的一击，昏倒在地上。赫拉克勒斯冲上去。一双强劲有力的手死死抓住狮子，将狮子勒死了。他将狮子扛上肩，返回涅墨亚城，给宙斯献祭，并创立涅墨亚竞技会①，以纪念他建立的第一件功绩。赫拉克勒斯扛着狮子来到迈锡尼，欧律斯透斯看到庞大的狮子，吓得脸都发白了。这位国王现在明白，赫拉克勒斯具有非凡的力量。从此他甚至不许赫拉克勒斯再走近城门，后来赫拉克勒斯每次携带立功物证来迈锡尼，欧律斯透斯只是站在高高的迈锡尼城墙上胆怯地看上一眼。

勒耳那水蛇（第二件功绩）

在赫拉克勒斯建立第一件功绩之后，欧律斯透斯又命令他去斩除勒耳那水蛇。勒耳那水蛇是一条蛇身上长九个蛇首的怪物。它和涅墨亚狮子一样，也是堤丰和厄喀德那所生。水蛇居住在勒耳那城②附近的沼地，它常常爬出沼地，残害成群的牲畜，使勒耳那四郊变得一片荒凉。要除掉这条九首水蛇非常艰险，因为水蛇九首之中有一个头是不死的。赫拉克勒斯带着伊菲克勒斯的儿子伊俄拉俄斯，踏上了通往勒耳那的道路。车抵勒耳那城郊的沼地，赫拉克勒斯让伊俄拉俄斯和马车等在近旁的树林中，自己去寻找水蛇。他发现水蛇躲在沼泽环绕的洞穴中，于是他将自己带的箭烧得通红，然后一支接一支地射向水蛇。水蛇被赫拉克勒斯的箭激怒了，扭动着弯弯曲曲的、覆盖着光闪闪的鳞片的身子，爬出黑黝黝的洞穴，尾部着地可怕地直立起来，就要扑向英雄，可是宙斯的儿子一脚踩住蛇身，将蛇踏在地上。水蛇用蛇尾缠住赫拉克勒斯的双

---

①全希腊性的一项庆祝活动，两年一度于仲夏时节在阿耳戈利斯的涅墨亚山谷举行。竞技会持续数日，项目包括赛跑、摔跤、拳击、铁饼、标枪及赛车等。竞技会期间全希腊停止一切战争。

②阿耳戈利斯的一座城市，位于阿耳戈利斯湾的岸边。

脚，竭力想把他卷倒。英雄稳如大山，巍然屹立，挥舞沉重粗大的棒槌，将蛇头一个个打落在地。棒槌在空中如狂风呼啸，蛇头纷纷飞落，可水蛇仍然活着。这当儿赫拉克勒斯发现，蛇头一掉落，蛇身上又长出两个新蛇头。水蛇还来了一个帮凶。沼泽中爬出一只巨虾，它用虾螯钳住赫拉克勒斯的脚。这时候赫拉克勒斯也请伊俄拉俄斯来助战。伊俄拉俄斯打死了巨虾，点燃附近的部分树木，用燃烧的树干去烫被赫拉克勒斯刚刚打掉蛇头的蛇颈。这下水蛇再也长不出新蛇头。它对宙斯儿子的反抗越来越无力。最后，那颗不死的蛇头也被打掉了。巨大的水蛇战败了，轰然一声倒在地上。赫拉克勒斯将不死的蛇头深埋了，还在上边压了一块巨石镇住它，免得它再出来为害。接着，伟大的英雄将水蛇的蛇身剖开，把箭的箭头浸在水蛇有毒的胆汁中。从此以后，被赫拉克勒斯的箭射中，伤口无药可治。赫拉克勒斯怀着胜利的喜悦，兴高采烈地回提任斯去了。然而欧律斯透斯的新的命令已在等待他。

斯廷法利斯湖怪鸟(第三件功绩)

欧律斯透斯派赫拉克勒斯去消灭斯廷法利斯湖怪鸟。这群怪鸟几乎把阿耳卡狄亚的斯廷法罗斯城的四郊糟蹋成一片荒芜。它们不分人畜，一概袭击，并用铜爪铜喙将人畜撕成碎块。最可怕的是这些怪鸟的坚硬的铜羽毛。谁想袭击怪鸟，怪鸟就飞到空中，抖落身上的羽毛，这些羽毛能像利箭一样将人射死。赫拉克勒斯要完成欧律斯透斯的这项使命的确不易。女战神雅典娜赶来相助。她送给赫拉克勒斯两面由赫菲斯托斯铸造的铜钹，吩咐他爬到斯廷法利斯湖怪鸟营巢栖息的树林旁边的高坡上，敲响两面铜钹。待怪鸟惊飞起来，就放箭射杀。赫拉克勒斯按女神的吩咐做了。他登上高坡，敲起铜钹，钹声震耳欲聋，怪鸟惊得成群地飞到树林上空，在树林上空惊惶地盘旋。它们撒下像箭一样尖利、像雨一样密集的羽毛，但是这些羽毛落不到站在高坡上的赫拉克勒斯身上。赫拉克勒斯举起弓，向怪鸟射出一支支致命的箭。怪鸟吓得飞上云端，从赫拉克勒斯的视野中消失了。它们远远地飞往希腊境外，飞到攸克辛海[①]的岸边，永远不再返回斯廷法罗斯城郊。赫拉克勒斯完成了欧律斯透斯赋予的使命，返回提任斯，可是他不得不立即又出发去建立更难建立的功绩。

刻律涅亚山的赤牝鹿（第四件功绩）

欧律斯透斯知道，在阿耳卡狄亚有一只美丽的赤牝鹿，这只鹿是女神阿耳忒弥斯派来惩罚人类的。赤牝鹿毁坏了农田。欧律斯透斯派赫拉克勒斯去捕捉赤牝鹿，活着送到迈锡尼。这只鹿金角铜腿，美丽非凡。它在阿耳卡狄亚的高山深谷奔跑如飞，从来不知疲倦。赫拉克勒斯对这只赤牝鹿整整追逐了一年。赤牝鹿翻越高山，穿过平原，跨过深涧，越过江河，往北越跑越远。赫拉克勒斯也脚不停步，紧追不舍。最后赫拉克勒斯追到了极北方，来到极北族人居住的地方，来到依斯忒耳河[②]源头。赤牝鹿跑到这里停下脚步。英雄想抓住它，可它逃脱了，回头箭也似的朝南跑去。赫拉克勒斯只得继续追赶。一直追到阿耳卡狄亚才追上赤牝鹿。经受如此漫长的追逐后，赤牝鹿仍然很有力气。赫拉克勒斯对活捉赤牝鹿而不加伤害已感无望，只得使用自己百发百中的箭。他射中金角鹿的一条腿，这才将它抓住。赫拉克勒斯扛起美丽的赤牝鹿，刚要迈步去迈锡尼，怒容满面的阿耳忒弥斯已出现在他面前。阿耳忒弥斯对他说：

"赫拉克勒斯，难道你不知道这是我的鹿？你为什么射伤我的鹿？你为什么这样欺侮我？难道你不知道我绝不宽恕欺人太甚的人？或许你以为你比奥林波斯山的众神更强大？"

赫拉克勒斯极其恭敬地向美丽的女神鞠躬致礼，接着回答道：

---

① 希腊人以往对黑海的称呼。

② 即多瑙河。古希腊人缺乏地理知识，以为多瑙河源头在大地的最北端。

“勒托伟大的女儿，请你别怪罪我！我从来不敢欺负居住在光明的奥林波斯山的永生的神祇，我总是向天上的居民敬献丰富的祭品，我从来都不敢将自己与他们相比，尽管我是雷神宙斯的儿子。我追捕你的赤牝鹿是身不由己，是因为受欧律斯透斯的差遣。众神吩咐我为他效劳，我不敢不服从欧律斯透斯的命令！”

阿耳忒弥斯宽恕了赫拉克勒斯的罪过。雷神宙斯的伟大的儿子终于把刻律涅亚山的赤牝鹿活捉到迈锡尼，将它交给了欧律斯透斯。

厄律曼托斯山的野猪。与马人的战斗（第五件功绩）

猎捕铜腿赤牝鹿耗时整整一年，此后赫拉克勒斯并未休息多久，欧律斯透斯又交给他新任务：必须杀死厄律曼托斯山的野猪。这头野猪力大异常，出没于厄律曼托斯山①，它经常将普索菲斯城②四周的一切毁坏殆尽。它对人类毫不留情，常常用它那又粗又长的獠牙将人们咬死。赫拉克勒斯出发去厄律曼托斯山。途中他拜访了聪明的马人福罗斯。福罗斯热情接待宙斯的伟大的儿子，设宴款待赫拉克勒斯。席间马人福罗斯打开一个大酒坛，热情地款待英雄。醇美的酒香四处飘溢。其他马人也闻到了酒香。他们十分生气，因为福罗斯私自打开酒坛。这醇酒并不属于福罗斯一人所有，而是所有马人的共同财产。马人们冲到福罗斯的住处，向头戴常春藤冠正在开怀畅饮的福罗斯和赫拉克勒斯俩发起突然袭击。赫拉克勒斯并不惧怕这群马人。他从坐垫上跃起身来，捡起冒烟的木头朝来袭的马人掷去。马人们逃跑了，赫拉克勒斯继续用毒箭射杀马人。他将马人一直追到玛勒亚半岛。马人们躲进了赫拉克勒斯的朋友、最聪明的马人喀戎的山洞。赫拉克勒斯跟在他们后边也冲进了山洞。他愤怒地弯弓搭箭，只见箭在空中一闪，已射中一个马人的膝盖。

---

①该山及同名城市均在伯罗奔尼撒的阿耳卡狄亚。

②阿耳卡狄亚的城市。

可是射中的不是敌人，而是自己的朋友喀戎。英雄发现自己射中的竟是朋友喀戎，心中顿时悲痛万分。赫拉克勒斯赶忙为他清洗和包扎伤口，可是无济于事。赫拉克勒斯知道，一旦被浸过水蛇有毒的胆汁的箭射中，伤口是不可治愈的。喀戎也明白，眼下自己面临着痛苦的死亡。为了少受伤痛的折磨，喀戎后来主动前往哈得斯的冥国。

赫拉克勒斯忍痛告别喀戎，很快来到厄律曼托斯山。他在茂密的森林里找到了那头可怕的野猪，高声喊叫着将它逐出密林。赫拉克勒斯久久地追逐着，最后在山顶深深的雪地上追上了野猪。野猪陷在雪地里，赫拉克勒斯冲上去，把它捆起来，活着带往迈锡尼。欧律斯透斯看见这头巨大可怕的野猪，吓得赶紧躲进一口青铜大缸里。

奥吉亚斯国王的牛圈①（第六件功绩）

欧律斯透斯很快又给赫拉克勒斯下达了一项新任务。赫拉克勒斯必须为太阳神赫里阿斯的儿子、厄利斯国王奥吉亚斯清扫牛圈。太阳神给了他儿子数不胜数的财产，奥吉亚斯的牲畜更是不计其数。其中有三百头腿脚洁白如雪的公牛，两百头毛色红得像西顿红②的公牛，另有十二头献给赫里阿斯的洁白似天鹅的神牛，其中一头俊美绝伦，灿若星辰。赫拉克勒斯对奥吉亚斯说，如果他肯将牲口的十分之一作为报酬送给他，那他在一天之内将所有牛圈都清扫干净。奥吉亚斯答应了，他认为一天之内要干完这个活儿是不可能的。赫拉克勒斯拆掉牛圈两边的围墙，引来阿尔甫斯河和珀涅俄斯河的河水。这两条河的河水一天之内将牛圈里的牛粪冲刷得干干净净，尔后赫拉克勒斯又将围墙砌好。英雄去找奥吉亚斯要酬劳，可是骄横的国王不肯给他原先答应给他的十分之一的牲口，无奈赫拉克勒斯只得两手空空回提任斯。

---

① 一译马厩，按所据俄文版原书应译为牛圈。
② 西顿出产的一种朱红色颜料。

伟大的英雄对厄利斯的国王作了残酷的报复。数年之后他为欧律斯透斯效劳结束，带着庞大的军队侵入厄利斯，经过浴血拼杀，打败了奥吉亚斯，并用致命的箭将奥吉亚斯射死。得胜之后赫拉克勒斯将军队和大量的战利品集中在皮萨城边，他向奥林波斯众神敬献了祭品，并创立了奥林匹克竞技会。从此以后，希腊人每四年举行一次竞技会，会址就在赫拉克勒斯为女神雅典娜亲自栽植的橄榄树围着的圣地内。

赫拉克勒斯还向奥吉亚斯的所有盟国复仇，皮罗斯国王涅琉斯因此也遭受了极其惨重的损失。赫拉克勒斯率领军队来到皮罗斯，攻陷了城池，杀死了涅琉斯及其十一个儿子。其中一个儿子珀里克吕墨诺斯，虽有海神波塞冬亲授的能变成狮子、蛇和蜜蜂的本领，结果也未逃脱死亡。他变成蜜蜂，叮在赫拉克勒斯座车的辕马上，被赫拉克勒斯拍死了。涅琉斯只有一个儿子涅斯托耳活下来，后来他战功卓著，智慧超群，在希腊名闻遐迩。

克里特公牛(第七件功绩)

为了完成欧律斯透斯赋予的第七项任务，赫拉克勒斯不得不离开希腊，前往克里特岛。欧律斯透斯命令他把克里特公牛牵到迈锡尼。这头公牛是大地震撼者波塞冬送给欧罗巴的儿子、克里特国王弥诺斯的，弥诺斯本应将公牛作为祭品献给波塞冬。可是弥诺斯舍不得将这么美丽的公牛作为祭品奉献，他把这头公牛留在自己的牛群里，从牛群中另选了一头公牛献祭。波塞冬对弥诺斯极为愤恨，他让这头来自海中的公牛发狂了。公牛在岛上到处横冲直撞，所到之处一切都被摧毁。伟大的英雄赫拉克勒斯逮住了公牛，并将它制服。他骑在宽阔的牛背上，从克里特渡海返回伯罗奔尼撒。赫拉克勒斯把公牛牵到迈锡尼，可是欧律斯透斯不敢将波塞冬的牛留在自己的牛群中，他将公牛放了。公牛重获自由，疯狂地奔跑，穿过伯罗奔尼撒全境，直往北方跑去，最后跑到阿提刻的马拉松田野，被雅典英雄忒修斯打死。

狄俄墨得斯的烈马（第八件功绩）

赫拉克勒斯制服克里特公牛之后又奉欧律斯透斯之命前往色雷西亚，去找比斯托涅斯人的国王狄俄墨得斯。这位国王有一群俊美异常、力量超凡的烈马。烈马被铁链锁在单马栏中，因为任何别的缰绳绊索都拴不住它们。国王狄俄墨得斯用人肉喂养这些烈马。那些因为风暴所驱赶来城边落脚的外乡人都被他抛给烈马撕食。现在赫拉克勒斯带着随从来找这位色雷西亚的国王。他夺取了狄俄墨得斯的烈马，将马拉到自己的船上。狄俄墨得斯亲自率领好战的比斯托涅斯人在岸边追上了赫拉克勒斯。赫拉克勒斯将马群交给赫耳墨斯的儿子、自己的宠人阿布得洛斯看守，自己投入与狄俄墨得斯的战斗。赫拉克勒斯虽然势孤力单，但仍然打败了狄俄墨得斯，狄俄墨得斯死于这场厮杀。赫拉克勒斯看见自己的宠人阿布得洛斯已被烈马撕碎，于是为他举行了隆重的葬礼，在他坟上堆起高大的坟丘，又在坟墓附近筑起一座新城，并命名为阿布得拉，以示纪念。赫拉克勒斯将狄俄墨得斯的这群烈马拉去交给欧律斯透斯，而欧律斯透斯吩咐将马统统放了。烈马跑到森林茂密的吕刻翁山①，都被凶猛的野兽撕食了。

赫拉克勒斯与阿德墨托斯

主要根据欧里庇得斯的悲剧《阿尔刻斯提斯》转述。

在乘船渡海去色雷西亚海岸夺取国王狄俄墨得斯的马群的时候，赫拉克勒斯就打定主意拜访斐赖②的国王阿德墨托斯，因为他要经过斐赖城。

赫拉克勒斯选择的时间正是阿德墨托斯最痛苦的时候。斐赖国王家庭遭受了巨大的不幸。阿德墨托斯的妻子阿尔刻斯提斯注定要死

---

①位于伯罗奔尼撒。

②忒萨利亚的古城。

去。从前某个时候，命运诸女神摩伊赖因阿波罗的请求决定，如果在阿德墨托斯临死时刻有人自愿代他去哈得斯的冥国，那么他就可以免死。死亡时刻来临了，阿德墨托斯请求自己年迈的双亲，让他俩中有一人代他去死，可是他们都拒绝了。斐赖全城没有一人自告奋勇代国王阿德墨托斯去死。这时候年轻貌美的阿尔刻斯提斯决定献出自己的生命，换取心爱的丈夫的生命。在阿德墨托斯注定要死的这一天，他的妻子做好了死的准备。她洗净身子，穿上寿衣，戴上首饰，走到灶边，向保护家庭幸福的女灶神赫斯提亚热切地祈求：

"啊，伟大的女神！我这是最后一次跪在你面前。我恳求你保护我可怜的孤儿，我今天就必须去哈得斯的冥国。你可不能让他们像我这样过早离开人世啊！你要保佑他们在这里、在自己的故乡生活得幸福和富裕。"

接着她走到众神的一个个祭坛前，为他们装饰上桃金娘。

最后她回到卧室，两眼垂泪，躺在自己的眠床上。她的一子一女跑进来，扑在她的怀中号啕大哭。阿尔刻斯提斯的众女仆也都欷歔不已。阿德墨托斯绝望地搂住年轻的妻子，恳求她不要撇下他。阿尔刻斯提斯已做好了死的准备，为众神和凡人所仇视的死神塔那托斯迈着无声的脚步逼近斐赖国王的王宫，准备用剑割取阿尔刻斯提斯头上的一绺头发。金发鬈曲的阿波罗亲自请求死神推迟他的宠人阿德墨托斯的妻子的死亡时间，可是塔那托斯心肠铁石，毫不通融。阿尔刻斯提斯感觉到死亡临近，她吓得惊呼道：

"啊，配有双桨的卡戎的大船临近了，为死者的鬼魂摆渡的艄公划着船冲我威严地高喊：'你还磨蹭什么？快！快！时间不等人！别再耽搁我们。都准备好了！快走吧！'啊，放我走吧！我的双腿越来越软弱无力。死亡来临了。黑夜就要蒙住我的双眼！啊，孩子，孩子！你们的母亲就要死了！但愿你们生活得幸福！阿德墨托斯，我珍爱你的生命胜过我自己。宁愿让阳光照耀你而不照耀我。阿德墨托斯，你爱我们的孩子不亚于我。你可别为他们娶继母，免得他们受继母虐待！"

可怜的阿德墨托斯十分痛苦。

“阿尔刻斯提斯，你把生活的一切欢乐都带走了！”他高声呼喊着。“从此我将终生因思念你而痛苦。众神啊，众神，你们夺走了我多好的妻子啊！”

阿尔刻斯提斯用勉强听得见的声音说道：

“永别了！我的双眼永远合上了！永别了，孩子！现在我要走了。永别了，阿德墨托斯！”

“你再看一眼吧！别扔下孩子！啊，让我也一起去死吧！”阿德墨托斯涕泪滂沱地呼喊道。

阿尔刻斯提斯双眼合上了，身体渐渐变凉，她死了。阿德墨托斯对着已死的阿尔刻斯提斯抑制不住地恸哭，痛苦地抱怨自己的命运。他吩咐为妻子准备隆重的葬礼。吩咐全城居民为杰出的妇女阿尔刻斯提斯服丧八个月。斐赖全城一片哀痛，因为大家都敬爱善良的王后。

就在准备将阿尔刻斯提斯的遗体送往墓地的时候，赫拉克勒斯来到斐赖城。他朝王宫走去，在宫门口遇上了朋友阿德墨托斯。阿德墨托斯恭敬地接待持盾的宙斯的伟大儿子。阿德墨托斯不愿让客人忧伤，竭力不让客人知道自己的不幸。但是赫拉克勒斯很快就发现自己的朋友满腹忧愁，于是就向他询问，为何如此悲伤。阿德墨托斯含含糊糊作了回答，赫拉克勒斯断定，阿德墨托斯在父亲辞世后收留的一位远房女亲戚死了。阿德墨托斯吩咐仆人们将赫拉克勒斯领到客房，并为他备办丰盛的饭菜，把通往女眷内室的门统统关上，免得赫拉克勒斯听见悲伤的呜咽。赫拉克勒斯没有猜到朋友遇到什么不幸，欢欢喜喜地在阿德墨托斯宫中开怀畅饮。他大杯大杯地喝着。仆人们心情沉重地侍候着快快乐乐的客人，因为他们知道敬爱的女主人已经不在人世。尽管他们遵奉阿德墨托斯的命令竭力掩饰内心的悲痛，赫拉克勒斯仍然发现他们眼中的泪水和满脸的愁容。他叫一位仆人与他同饮，并说美酒能使他忘却苦恼，能使额上忧虑的皱纹舒展开，可是仆人拒绝了。这时候赫拉克勒斯才猜到阿德墨托斯家遇到巨大的灾难。他询问仆人，朋友家中究竟发生了什么事情，最后仆人对他说：

“外乡人啊，阿德墨托斯的妻子今天去了哈得斯的冥国。”

赫拉克勒斯顿时忧伤之极。他感到难过的是，他竟头戴常春藤冠，坐在遭了大难的朋友家中大吃大喝。赫拉克勒斯决定报答高尚的阿德墨托斯，因为他尽管遭到不幸，仍然热情款待自己。赫拉克勒斯头脑中很快酝酿成熟一个主意，他要从死神塔那托斯手中夺回阿尔刻斯提斯。

赫拉克勒斯从仆人口中打听到墓地在哪儿，立即匆匆赶去。他躲在坟墓后边，等待塔那托斯飞来墓地喝作为祭品的血的那一时刻。不一会儿，传来塔那托斯扇动黑色翅膀的响声，刮起了冷飕飕的阴风。死神飞到坟墓旁，嘴唇贪婪地贴在祭品的血上。赫拉克勒斯跳了出来，扑向塔那托斯。他用强有力的双手抓住死神，他们展开猛烈的搏斗。赫拉克勒斯鼓起全身的力量，与死神拼搏。塔那托斯一双瘦骨嶙峋的手按住赫拉克勒斯的胸部，向他吹一口口冷气，翅膀朝他扇起死亡的寒风。但是雷神宙斯强大的儿子最后还是战胜了死神塔那托斯。他将死神捆绑起来，要死神放回阿尔刻斯提斯，以此作为释放条件。塔那托斯只得将阿德墨托斯妻子的生命交给赫拉克勒斯，伟大的英雄又把她送回她丈夫的宫中。

阿德墨托斯安葬了妻子，返回宫中，他为自己无法弥补的损失而痛哭不已。呆在空荡荡的宫中他感到极其痛苦。该去哪儿呢？他真羡慕死者，他对生活感到厌恶了。他在召唤死亡。他的一切幸福都被塔那托斯抢去，被带到哈得斯的冥国去了。有什么能比失去爱妻更使人痛苦的呢？阿德墨托斯感到惋惜，阿尔刻斯提斯不让他和她一起死，否则死亡就可以把他们两个连结在一起；哈得斯收走的就不是一个灵魂，而是两个互相忠诚的灵魂，那么这两个灵魂也就可以双双共渡阿刻戎河了。突然在哀伤不已的阿德墨托斯面前出现了赫拉克勒斯。赫拉克勒斯拉着头蒙盖帕的妇人的一只手走进来。他请求阿德墨托斯将这位他经过生死搏斗夺来的妇女收留宫中，待他从色雷西亚返回后再作处置。阿德墨托斯拒绝了，他请赫拉克勒斯将这位妇人送到别处，在他失去所爱的妻子之后，在自己宫里看见别的妇女会使他痛苦。赫拉克勒斯一再要求，希望阿德墨托斯亲自将她领到寝宫，还不许阿德墨托斯的仆人碰这位妇女。最后阿德墨托斯实在无法拒绝朋友的恳求，挽起妇人的手将她带回宫里。赫拉克勒斯对他说：

“阿德墨托斯，你终于收留她了！你就好好保护她吧！现在你可以说，宙斯的儿子是个可信赖的朋友。你瞧瞧这位妇女！她不像你的妻子阿尔刻斯提斯吗？别再忧郁了！你该对生活感到心满意足！”

“啊，伟大的众神！”阿德墨托斯揭开妇女的盖帕，不禁失声惊呼。“是我的妻子阿尔刻斯提斯！啊，不，这只是她的阴魂！她默默地站着，没吐一个字！”

“不，这不是阴魂，”赫拉克勒斯说，“这是阿尔刻斯提斯。我与灵魂的主宰塔那托斯拼死相搏才夺回她。在她未向地下众神献上赎身的祭品，未摆脱他们的控制之前，她会继续沉默。她还要沉默三天三夜，此后她才能开口说话。阿德墨托斯，就此告别了！愿你幸福，望你永远遵守我父亲亲自推崇的热情待客的高尚风俗！”

“啊，宙斯的伟大的儿子，你又给了我生活的乐趣！”阿德墨托斯欣喜地喊道。“叫我怎么报答你呢？留在我家继续做客吧。我要吩咐我所有领地上的居民颂扬你的胜利，吩咐他们向众神敬献丰富的祭品。你留下来和我在一起吧！”

赫拉克勒斯并未在阿德墨托斯宫中继续逗留，伟大的功绩又在等待他去建立，他必须去完成欧律斯透斯交给的任务，去夺取狄俄墨得斯国王的烈马。

希波吕忒的腰带（第九件功绩）

赫拉克勒斯要建立的第九件功绩是远征阿马宗女人国，夺取其女王希波吕忒的腰带。这根腰带是战神阿瑞斯送给希波吕忒的，她将腰带作为统治阿马宗人的权标系在身上。女神赫拉的女祭司、欧律斯透斯的女儿阿德墨忒无论如何要得到这根腰带。为了满足女儿的愿望，欧律斯透斯派赫拉克勒斯去夺取腰带。宙斯的伟大儿子召集为数不多的一群英雄，登上一条大船，踏上了遥远的征途。尽管这支队伍不大，但有许多出名的英雄，阿提刻的伟大英雄忒修斯就是其中之一。

英雄们面临的旅程十分遥远。他们必须到达攸克辛海最远的海岸，因为建都忒弥斯库拉的阿马宗女人国坐落在那里。途中赫拉克勒斯及其随从在弥诺斯的儿子管辖的帕洛斯岛①停靠，弥诺斯的儿子们杀死了赫拉克勒斯的两名随从。赫拉克勒斯被激怒，当即向弥诺斯的儿子宣战。他杀死了岛上许多居民，其余的被迫逃进城里。赫拉克勒斯的队伍围住该城，直到被围者派出使节来见赫拉克勒斯，请求他收下两名人质，以赎杀死他两位随从之罪。这时候，赫拉克勒斯才撤除包围，并押走作为人质的弥诺斯的两个孙子——阿尔开俄斯和斯忒涅罗斯。

赫拉克勒斯离开帕洛斯岛，来到密西亚②，受到国王吕科斯的盛情款待。吕科斯突然遭到柏布律喀亚人的国王进攻，赫拉克勒斯率领自己的队伍打败了柏布律喀亚人的国王，将他们的都城夷为平地，将他们的所有国土都送给了吕科斯。吕科斯将这片国土称为赫拉克勒亚，以纪念赫拉克勒斯。赫拉克勒斯立了这一功之后，又踏上征程，最后来到阿马宗人的城市——忒弥斯库拉。

关于宙斯的儿子建立了许多伟大功绩的消息早已传到阿马宗人的国家。所以赫拉克勒斯的船停靠在忒弥斯库拉城边后，阿马宗人簇拥着女王出城来见这位英雄。她们惊讶地望着在随行的英雄中显得如此出类拔萃、像永生的神一样的伟大英雄。女王希波吕忒问赫拉克勒斯：

“宙斯伟大的儿子，告诉我，什么事情使你来到我们的城市？你给

① 爱琴海上基克拉泽斯群岛中的一个岛，自古以盛产大理石而著称。

② 小亚细亚西海岸国家，其主要城市为珀耳伽摩斯。

我们带来的是和平还是战争？”

赫拉克勒斯这样回答女王：

“女王，我率领军队横渡波涛汹涌的大海，长途航行来到这里，并非出于自愿，而是受迈锡尼的君主欧律斯透斯的派遣。他的女儿阿德墨忒想要战神送给你的那根腰带。欧律斯透斯派我来取你的腰带。”

希波吕忒无法拒绝赫拉克勒斯。她刚打算自愿把腰带交给赫拉克勒斯，可是这时候女神赫拉为了坑害她所仇视的赫拉克勒斯，装成一个阿马宗人，走到人群中，鼓动英勇好战的阿马宗人向赫拉克勒斯的军队发起进攻。

“赫拉克勒斯撒谎，”赫拉对阿马宗人说，“他来我们这里另有卑鄙的企图，他想把我们的女王希波吕忒抢去当他家的女奴。”

阿马宗人听信了赫拉的谗言，拿起武器向赫拉克勒斯的军队发起进攻。冲在最前头的是快如旋风的埃拉。她像狂风一样首先攻击赫拉克勒斯。伟大的英雄击退了她的进攻，并迫使她望风而逃。埃拉企图以飞跑逃脱英雄的追击。可是她虽然疾跑如飞，赫拉克勒斯仍然追上她，挥起闪光的利剑，将她砍死了。普洛托厄也在激战之中倒下了。这位女将亲手杀死了赫拉克勒斯手下的七位英雄，但她最终没有躲过宙斯儿子的箭。这时候，七位阿马宗人同时进攻赫拉克勒斯，她们本是阿耳忒弥斯的随从，其投掷长枪的技术无人可比。她们用盾牌作掩护，向赫拉克勒斯投出一支支长枪，可这一回长枪都飞了，没有命中目标。英雄挥舞棒槌向她们打去，她们一个个轰然倒地而亡，甲胄闪耀着光芒。率领军队参战的阿马宗女将墨拉尼珀被赫拉克勒斯生擒，同时被他活捉的还有安提俄珀。最勇猛善战的阿马宗战将都被打败，她们的军队溃逃了，许多人又被追击的英雄杀死。阿马宗人与赫拉克勒斯讲和了。希波吕忒女王以自己的腰带为代价，赎回英勇善战的墨拉尼珀，安提俄珀则被英雄们带走。赫拉克勒斯把她送给忒修斯，作为对他英勇作战的奖励。赫拉克勒斯就这样得到了希波吕忒的腰带。

赫拉克勒斯拯救拉俄墨冬的女儿赫西俄涅

在离开阿马宗女人国返回提任斯途中，赫拉克勒斯的军队坐船来到特洛伊城。他们在离城不远的海岸边停靠的时候，一幅凄惨的景象映入英雄的眼帘。他们看见特洛伊国王拉俄墨冬美丽的女儿被锁在紧靠海边的山岩上。她和安德洛墨达一样，将要被海中爬上来的怪物吞噬。这头海怪是波塞冬派来惩罚拉俄墨冬的，因为他拒付波塞冬和阿波罗为他修筑特洛伊城墙的报酬。不仅如此，骄横的国王还威胁这两位接受宙斯判决而为他效劳的神，说如果他俩再向他索取报酬，他就割掉他俩的耳朵。阿波罗勃然大怒，让拉俄墨冬统治的国家瘟疫盛行，而波塞冬派来海怪，毫不留情地将特洛伊城四郊毁为荒漠。拉俄墨冬只有献出女儿的生命，方能使全国摆脱可怕的灾难。结果他迫不得已将女儿赫西俄涅锁在海边的山岩上。

赫拉克勒斯看见这不幸的姑娘，自愿挺身相救，而拯救赫西俄涅的报酬是拉俄墨冬交出几匹马。这些马是雷神宙斯作为赎回他儿子伽倪墨得斯的条件送给拉俄墨冬的，因为宙斯的鹰掠走了伽倪墨得斯，将他带到了奥林波斯山。拉俄墨冬答应了赫拉克勒斯的条件。伟大的英雄吩咐特洛伊人在海岸边筑起一道土堤，他就躲在土堤后边。赫拉克勒斯刚刚在土堤后边藏好，海中就冒出海怪，那海怪张着大嘴朝赫西俄涅扑过去。赫拉克勒斯一声大吼，从土堤后边跃起身来，冲向海怪，将一把双刃利剑深深刺进海怪的胸部。赫拉克勒斯救下了赫西俄涅。

当宙斯的儿子要拉俄墨冬支付他亲口答应的酬劳的时候，国王又舍不得与这些骏马分离，没有将马送给赫拉克勒斯，甚至还以威逼手段将赫拉克勒斯赶出特洛伊。赫拉克勒斯强压胸中的怒火，离开拉俄墨冬的领地。眼下他不能向言而无信的国王报仇，因为手下的人马太少，不能期望迅即攻破坚固高大的特洛伊城。而在特洛伊城下又不能耽搁过久，因为他必须尽早把希波吕忒的腰带送到迈锡尼去。

革律翁的牛群(第十件功绩)

赫拉克勒斯远征阿马宗人国家归来之后不久，立即又出发去建立新的功绩。欧律斯透斯命令他去把克律萨俄耳和大洋神女卡利洛厄所生的儿子、巨人革律翁的牛群赶回迈锡尼。去革律翁的住地路途甚为遥远。赫拉克勒斯必须走到大地西边的尽头，即太阳神赫里阿斯从天空降落的地方。赫拉克勒斯独自踏上遥远的征途。他穿过阿非利加，走过寸草不长的利比亚沙漠，经过一个个野人国，最后来到大地的边缘。他在这里狭窄的海峡两岸竖起两根高大的石柱①，作为对自己功绩的永久纪念。

赫拉克勒斯又走了很长时间，才走到灰蒙蒙的大洋河岸。他坐在永远喧闹的大洋河边苦苦思索：怎样才能到达革律翁放牧牛群的厄律提亚岛呢？时近傍晚。这时候，太阳神赫里阿斯的太阳车驰来了，正朝大洋河的水面降落。赫里阿斯明亮的光线使赫拉克勒斯眼都花了，他周身感到难以忍受的灼热。赫拉克勒斯怒气冲冲地站起身，拿起可怕的弓箭，可是光明的赫里阿斯并不生气，他朝英雄亲切地微笑，他喜欢宙斯伟大的儿子的不同寻常的勇气。赫里阿斯主动请赫拉克勒斯乘坐他的金船去厄律提亚岛，太阳神每天傍晚连马带车都是乘坐这条金船从大地的西端返回大地的东端，返回自己的金宫殿。满心欢喜的英雄大胆地跳上金船，很快就抵达厄律提亚岛的海岸。

赫拉克勒斯刚刚抵达岸边，可怕的双头狗便嗅到了，狂叫着扑向英雄。赫拉克勒斯挥起棒槌，只一下就把它打死了。可是守护革律翁的牛群的不光是这只双头恶狗。赫拉克勒斯不得不再与革律翁的牧人、巨人欧律提翁搏斗。宙斯的儿子很快又将巨人结果了，然后赶着革律翁的牛群朝停在海岸边的赫里阿斯的金船走去。革律翁听见牛群的哞哞叫声，循声朝牛群跑去。看见自己的双头狗和巨人欧律提翁都被打死，他赶紧

---

①希腊人认为，直布罗陀海峡两岸的山岩为赫拉克勒斯所立。

去追抢劫牛群的赫拉克勒斯，他在海边追上了赫拉克勒斯。革律翁是一个三头、三个身躯、六臂、六腿的庞然大物。他在战斗时用三张盾牌掩护自身，能同时向敌人投出三支长枪。现在赫拉克勒斯不得不和这样一个巨人厮杀，好在女战神雅典娜赶来帮助。赫拉克勒斯一见巨人，立即朝他射出致命的一箭。这支箭射中巨人其中一个脑袋的一只眼睛。紧接着他又射出两支箭。赫拉克勒斯挥舞起棒槌，棒槌如电光闪闪，所向无敌，英雄终于把革律翁打死了，三个身躯的革律翁倒在地上咽了气。赫拉克勒斯将革律翁的牛群赶到太阳神赫里阿斯的金船上，离开厄律提亚岛，渡过波涛滚滚的大洋河，然后把金船还给赫里阿斯。现在他的这件功绩已经成功了一半。

可是往后的困难还很多，他必须把牛群赶到迈锡尼。赫拉克勒斯赶着牛群穿过西班牙全境，翻越比利牛斯山，走过高卢地区，越过阿尔卑斯山，来到意大利。可是在意大利南部的瑞癸翁城附近，有一头牛离开牛群，游过海峡，游往西西里岛。西西里国王、波塞冬的儿子厄律克斯见到这头牛，将它占为己有。赫拉克勒斯寻找了很久，最后他将牛群托给赫菲斯托斯照管，自已渡海去西西里，终于在厄律克斯的牛群中找到了丢失的那头牛。国王厄律克斯不肯归还那头牛，他自恃力大，要求赫拉克勒斯与他单独决斗，这头牛就作为胜者的奖品。要与赫拉克勒斯这样的对手决斗，厄律克斯真是不自量力。宙斯的儿子将国王死死抱住，厄律克斯竟憋死了。赫拉克勒斯牵回这头牛，又赶着牛群继续往前走。在爱奥尼亚海边，女神赫拉使群牛发了狂，发疯的牛群四下跑散了。赫拉克勒斯费了九牛二虎之力方在色雷西亚将大部分牛赶到一起，最后他总算把这些牛赶到迈锡尼，交给欧律斯透斯。欧律斯透斯将这些牛作为祭品献给伟大的女神赫拉。

地狱恶狗刻耳柏洛斯（第十一件功绩）

赫拉克勒斯刚刚回到提任斯，欧律斯透斯又派他去建立新的功绩。

这是赫拉克勒斯为欧律斯透斯效力期间要建立的第十一件功绩。在建立这一功绩的过程中，赫拉克勒斯要克服难以想象的困难。他必须下到黑暗的、充满悲惨景象的哈得斯的冥国，将地下王国的卫士、可怕的恶狗刻耳柏洛斯牵回来给欧律斯透斯。刻耳柏洛斯有三个头，它脖颈上长着一条条毒蛇，尾部顶端是一个张着血盆大口的龙首。赫拉克勒斯起程前往拉科尼亚，经由泰那戎海角①附近的无底深渊前往黑暗的冥国。在哈得斯冥国的大门旁，赫拉克勒斯看见长合在岩石上的英雄忒修斯和忒萨利亚国王珀里托俄斯。他俩曾想劫走哈得斯的妻子佩耳塞福涅，因此遭到众神的惩罚。忒修斯向赫拉克勒斯恳求道：

“啊，宙斯伟大的儿子，救救我吧！你看见我在受折磨！现在只有你一人能够使我摆脱苦难！”

赫拉克勒斯向忒修斯伸出援助之手，将他放下来。当他准备再解救珀里托俄斯的时候，大地猛一抖动，赫拉克勒斯明白，众神不愿放珀里托俄斯。赫拉克勒斯服从众神的意志，继续朝永夜的黑暗走去。诸神的使者、死者灵魂的引导者赫耳墨斯带领赫拉克勒斯前往哈得斯的冥国，而宙斯宠爱的女儿雅典娜亲自护送伟大的英雄。赫拉克勒斯进入哈得斯的冥国，死者的阴魂吓得四下飞散。只有英雄墨勒阿格洛斯的阴魂看见赫拉克勒斯后并不逃避。他向宙斯伟大的儿子恳求道：

“啊，伟大的赫拉克勒斯，凭着我们的友情我求你一件事：可怜可怜我那孤苦伶仃的妹妹、美丽的得伊阿尼拉！我死后她就无依无靠。伟大的英雄，你娶她吧！做她的保护人吧！”

赫拉克勒斯答应了朋友的请求，跟着赫耳墨斯继续走去。迎面出现可怕的戈耳工女妖墨杜萨的阴魂，她威胁地伸出一双铜胳膊，扇动起一对金翅膀，她头上的无数毒蛇也开始摆动。无畏的英雄绰起了利剑，但是赫耳墨斯阻止他说：

---

①伯罗奔尼撒最南端的海角。

“赫拉克勒斯，不必握剑！这不过是没有肉体的阴魂！它不会威胁你的生命！”

一路上赫拉克勒斯还见到许许多多悲惨的景象，最后他来到哈得斯的宝座跟前。冥国的主宰及其妻子佩耳塞福涅看到雷神宙斯伟大的儿子无所畏惧地来到黑暗悲惨的冥国，心中无比喜悦。赫拉克勒斯站在哈得斯宝座跟前，仪表堂堂，神情自若，手拄粗大的棒槌，身披狮皮，肩背一张弓。哈得斯亲切地欢迎自己兄弟宙斯的儿子，问他为什么离开阳光照耀的世界，来到黑暗的冥国。赫拉克勒斯躬身回答：

“啊，死者灵魂的主宰，伟大的哈得斯，万能的神，听了我的请求你可别生气！你也知道，我来你的王国，来向你请求，都不是出自我的意愿。请允许我，哈得斯君王，把你的三头狗刻耳柏洛斯带往迈锡尼。欧律斯透斯命令我这么做，我奉奥林波斯众神命令为欧律斯透斯效劳。”

哈得斯对英雄说：

“宙斯的儿子，我满足你的请求。不过你必须不用武器制服刻耳柏洛斯。如果你能徒手将它制服，那我允许你把它带往迈锡尼。”

赫拉克勒斯在冥国久久寻找刻耳柏洛斯，最后在阿刻戎河边找到它。赫拉克勒斯张开像钢钳一样强劲的臂膀紧紧抱住刻耳柏洛斯的脖子。哈得斯的狗发出威胁的狂叫，可怕的叫声响彻整个地下王国。刻耳柏洛斯竭力想挣脱赫拉克勒斯的勒抱，可是赫拉克勒斯那双强有力的手将狗脖颈死死勒住。刻耳柏洛斯的尾巴缠住英雄的双脚，毒龙的利牙咬住了他的身体，然而这一切都属徒劳。强健的赫拉克勒斯将狗脖颈勒得越来越紧，憋得半死不活的刻耳柏洛斯终于倒在英雄脚下。赫拉克勒斯制服了三头狗，带着它离开哈得斯的冥国，前往迈锡尼。刻耳柏洛斯怕见阳光，浑身直冒冷汗，三张嘴中吐出有毒的涎沫，滴落在地。涎沫滴落之处长出了一棵棵毒草。

赫拉克勒斯将刻耳柏洛斯带到迈锡尼城墙脚下，胆小如鼠的欧律斯透斯看了一眼可怕的恶狗，吓坏了，几乎下跪哀求赫拉克勒斯赶快把刻耳柏洛斯送回哈得斯的冥国。赫拉克勒斯满足了他的要求，把可怕的看门狗刻耳柏洛斯送还给哈得斯。

赫斯珀里得斯姐妹的苹果(第十二件功绩)

在为欧律斯透斯效力期间，赫拉克勒斯最难建立的是最后的第十二件功绩。他必须去找肩扛天宇的伟大的提坦神阿特拉斯，从阿特拉斯女儿赫斯珀里得斯姐妹照管的果园中摘取三个金苹果。这些苹果长在一棵金苹果树上，这棵苹果树是地神盖亚培植的，在赫拉和宙斯举行婚礼那一天作为礼物送给赫拉。要建立这一功绩，首先必须打听明白，去赫斯珀里得斯姐妹的果园的路径。而她们的果园还有一条日夜永不合眼打盹的巨龙守卫着。

谁都不知道去赫斯珀里得斯姐妹和阿特拉斯处的路。赫拉克勒斯在亚细亚和欧罗巴久久地寻觅，走遍了原先赶革律翁牛群走过的所有国家，到处打听去那儿的路，可是无人知道。在寻找道路过程中他来到极北方，来到浩瀚无际、奔腾不息的厄里达诺斯河①边。在这里美丽的神女恭敬地迎接宙斯伟大的儿子，为他如何寻找去赫斯珀里得斯姐妹的果园的路出主意。神女吩咐他，当能预见未来的老海神涅柔斯从海底深渊来到岸上，他就突然冲上去抓住海神，向海神打听去赫斯珀里得斯姐妹处的路。除了涅柔斯，谁都不知道这条路。为找涅柔斯，赫拉克勒斯又花了很长时间，最后终于在海边发现了涅柔斯。赫拉克勒斯朝海神冲上去。与这位海神斗法真不容易。涅柔斯为了挣脱赫拉克勒斯铁钳般的勒抱，变成各种各样的形态，但是英雄最终还是没让他逃脱。他把筋疲力尽的涅柔斯捆绑起来，海神为了重获自由，只得将去赫斯珀里得斯姐妹果园的路这个秘密告诉了赫拉克勒斯。宙斯的儿子得知这一秘密后，放了老海神，又踏上遥远的路途。

---

①神话传说中的河流。

赫拉克勒斯必须再度穿越利比亚。在利比亚他遇上了海神波塞冬和地神盖亚的儿子安泰俄斯。安泰俄斯强迫所有来利比亚的旅人和他角斗，并毫不留情地将所有斗败的旅人杀死。现在巨人安泰俄斯要与赫拉克勒斯角斗。在此以前还没有人战胜安泰俄斯，谁都不知道他在角斗时从何获得一股又一股新的力量。这个秘密原来是这样，当安泰俄斯感到体力不支时，他就触摸一下他的母亲大地，于是又获得了新的力量。他是从他的母亲、伟大的地神身上吸取力量。但是，只要将他抱起来，举到空中，他的力量立即就消失。赫拉克勒斯与安泰俄斯搏斗了很久，多次把对方摔倒在地，可是反而使安泰俄斯增添了力量。拼搏之中赫拉克勒斯骤然将他高高举起，盖亚的儿子立即力气耗尽，于是赫拉克勒斯把他扼死了。

赫拉克勒斯又继续上路，来到埃及。由于长途跋涉，疲乏的赫拉克勒斯在尼罗河边一片不大的树林的树荫下睡着了。波塞冬和厄帕福斯的女儿吕西阿那萨所生的儿子、埃及国王部西里斯看见了熟睡的赫拉克勒斯，吩咐将英雄捆起来。他打算将赫拉克勒斯作为祭品献给宙斯。埃及已经连续九年歉收，来自塞浦路斯的预言家佛拉西俄斯预言，如果部西里斯每年用一个外乡人作祭品敬献宙斯，灾荒就会停止。部西里斯下令捉住预言家佛拉西俄斯，首先将他献祭宙斯。从此以后，残暴的国王把所有来埃及的外国人都杀了献祭雷神。赫拉克勒斯被拉到祭坛旁，但是伟大的英雄挣断了身上的绳索，打死了站在祭坛边的部西里斯及其儿子安菲达玛斯。埃及残暴的国王受到了应有的惩罚。

赫拉克勒斯一路上还遇到许多艰难险阻，最后他终于来到伟大的提坦神阿特拉斯立身的大地的尽头。英雄惊讶地望着用宽阔的双肩扛着整个天宇的强大的提坦神。

“啊，伟大的提坦神阿特拉斯！”赫拉克勒斯对他说。“我是宙斯的儿子赫拉克勒斯。黄金堆积如山的迈锡尼的国王欧律斯透斯派我来找你。欧律斯透斯命令我向你要三个从赫斯珀里得斯姐妹果园中金苹果树上摘的金苹果。”

“宙斯的儿子，我一定给你三个苹果，”阿特拉斯说。“在我去取苹果的时候，你必须站在我的位置上，替我扛着天宇。”

赫拉克勒斯答应了。他站到阿特拉斯的位置上，沉重得令人难以置信的天宇落到他的肩上，他鼓起全身的力量扛着天宇。沉重的天宇可怕地压在他的双肩上，他的腰被压弯了，身上的肌肉暴突得像一座座山，汗水湿透了全身，但是他有超人的神力，有女神雅典娜的帮助，他扛着天宇直到阿特拉斯捧着三个金苹果归来。阿特拉斯回来后对英雄说：

“赫拉克勒斯，瞧，三个苹果。如果你愿意，我亲自把苹果送到迈锡尼，你扛着天宇等我回来，回来后我再来换你。”

赫拉克勒斯识破阿特拉斯的诡计，他知道提坦神想永远逃避原先所承担的艰苦的劳动，于是他将计就计。

“行啊，阿特拉斯，我同意，”赫拉克勒斯回答。“不过，你先让我去弄个垫肩，垫在肩上，免得天宇压得肩膀生疼。”

阿特拉斯又站到原先的位置上，将沉重的天宇扛到自己肩上。赫拉克勒斯捡起弓和装满箭的箭筒，提着大棒槌，捧着金苹果，说：

“再见吧，阿特拉斯！你去取赫斯珀里得斯姐妹的金苹果，我可以代你扛天宇，可是让我永远扛着沉重的天宇，我可不愿意。”

说罢，赫拉克勒斯就离开提坦神走了，阿特拉斯只得像从前那样以宽阔的肩膀扛着天宇。赫拉克勒斯来到欧律斯透斯跟前，将三个金苹果交给他。欧律斯透斯把苹果奖给了赫拉克勒斯，赫拉克勒斯又把金苹果送给自己的保护神、宙斯的女儿雅典娜。雅典娜把金苹果还给了赫斯珀里得斯姐妹，让它们永远留在她们的果园里。

赫拉克勒斯完成了第十二件功绩之后，再也不必为欧律斯透斯效劳了，现在他可以返回有七座城门的忒拜。但是宙斯的儿子在忒拜城并未逗留多久。新的功勋等待他去建立。他把自己的妻子墨伽拉嫁给自己的朋友伊俄拉俄斯，然后又去了提任斯。

然而等待他的不光是胜利，还有深重的灾难，因为女神赫拉依然如故，仍在迫害赫拉克勒斯。

赫拉克勒斯与欧律托斯

在优卑亚岛上的俄卡利亚城，国王欧律托斯执掌着政权。欧律托斯是一位箭术超群的弓箭手，名闻整个希腊。弓箭手阿波罗曾亲任他的教师，并送给他弓箭。赫拉克勒斯在青少年时期曾拜欧律托斯为师，学习射箭技术。就是这位国王普告全希腊，谁若能与他比赛射箭获胜，他就把美丽的女儿伊俄勒嫁给谁。刚刚结束为欧律斯透斯效力的赫拉克勒斯闻讯前往俄卡利亚城参加射箭比赛，希腊许多英雄都已聚集在该城。赫拉克勒斯轻而易举地战胜了欧律托斯，于是要求国王将女儿伊俄勒嫁给他。可是欧律托斯并不践约，甚至忘却热情待客的神圣风俗，肆意侮辱伟大的英雄。他声称，绝不把女儿嫁给欧律斯透斯的奴隶。最后欧律托斯及其傲慢无礼的儿子竟将在席上喝醉的赫拉克勒斯赶出王宫，赶出俄卡利亚城。深深爱着美丽的伊俄勒的伟大英雄，满腹悲伤地离开优卑亚岛。他将对侮辱自己的欧律托斯的仇恨埋在心底，回到了提任斯。

过了一段时间，赫耳墨斯的儿子、希腊最刁滑的奥托吕科斯偷走了欧律托斯的牛群。欧律托斯怪罪于赫拉克勒斯。俄卡利亚的国王认为，赫拉克勒斯偷走他的牛群，以此为昔日所受的侮辱报复。只有欧律托斯的大儿子伊菲托斯不相信伟大的赫拉克勒斯会偷他父亲的牛群。伊菲托斯与赫拉克勒斯情同手足，为了证明赫拉克勒斯清白无辜，他自愿去寻找牛群。在寻找牛群期间，伊菲托斯来到提任斯。赫拉克勒斯热情接待朋友。有一天，他们俩站在建在高峻的山岩顶上的提任斯城堡的高高的城墙上，赫拉克勒斯突然想起女神赫拉，激起了难以抑制的满腔怒火。愤怒中他想起了欧律托斯父子对他的侮辱，再也无法克制自己，他抓起伊菲托斯，将他从城堡的高墙上扔了下去。不幸的伊菲托斯摔得粉身碎骨。赫拉克勒斯失手犯下杀人罪，激怒了宙斯，因为他破坏了热情待客的神圣风俗，破坏了友谊的神圣。伟大的雷神为惩罚自己的儿子，让他得了重病。

赫拉克勒斯长期受病痛折磨，心力交瘁，最后他去得尔福神示所，请求阿波罗谕示，他该如何摆脱神对他的这种惩罚。但是女预言家皮提亚并不回答他。她甚至将赫拉克勒斯赶出神庙，因为他已被杀人的罪过玷污。赫拉克勒斯义愤填膺，偷走了皮提亚作预言时用的三脚供桌。这事又惹怒了阿波罗。金发拳曲的阿波罗来到赫拉克勒斯面前，要他把三脚供桌送回神庙，但是赫拉克勒斯拒绝了。于是在宙斯的两个儿子——永生的神阿波罗和最伟大的凡人英雄赫拉克勒斯之间展开了残酷的搏斗。宙斯不希望赫拉克勒斯死亡，他从奥林波斯山投下闪闪的雷电，投在两个儿子中间，将他俩隔开，制止了这场搏斗。兄弟俩和解了。这时候，皮提亚才对赫拉克勒斯作这样的答复：

“你必须卖身为奴三年，方能治愈疾病。卖身所得的钱都给欧律托斯，以赎你杀死他儿子伊菲托斯之罪。”

赫拉克勒斯又被剥夺了自由。他被卖给吕狄亚的女王，伊阿耳达诺斯的女儿翁法勒做奴隶。赫耳墨斯亲自把卖赫拉克勒斯所得的钱送给欧律托斯。但是俄卡利亚骄傲的国王不收钱，他一如既往继续与赫拉克勒斯为敌。

赫拉克勒斯与得伊阿尼拉

当初欧律托斯把赫拉克勒斯逐出俄卡利亚后，伟大的英雄来到埃托利亚的城市卡吕冬。统治该城的国王是俄纽斯。赫拉克勒斯来到俄纽斯面前，请求俄纽斯将女儿得伊阿尼拉嫁给他，因为他曾在冥国答应过墨勒阿革洛斯，要娶得伊阿尼拉。可是赫拉克勒斯在卡吕冬遇到了可怕的情敌。许多英雄都在竭力向美丽的得伊阿尼拉求婚，其中之一就是河神阿刻罗俄斯。最后俄纽斯决定，谁在角斗中获胜，谁就娶得伊阿尼拉为妻。所有来求婚的英雄都不敢与强大的河神阿刻罗俄斯角斗，场上只剩下赫拉克勒斯一人。赫拉克勒斯不得不与河神角斗了。阿刻罗俄斯看到赫拉克勒斯横下一条心要与自己较量，于是对他说：

“你说你是宙斯与阿尔克墨涅的儿子？你在撒谎，竟说宙斯是你父亲！”

阿刻罗俄斯肆意挖苦宙斯的伟大儿子，甚至还出言污辱他的母亲阿尔克墨涅。赫拉克勒斯皱起眉头，严厉地瞥了阿刻罗俄斯一眼，双眼闪耀着愤怒的火光，他说：

“阿刻罗俄斯，我的双手比舌头更管用！就算你说赢了，可我一定会打败你。”

赫拉克勒斯迈着坚定的步伐走到阿刻罗俄斯跟前，伸出强劲有力的双手抱住了河神。然而高大的阿刻罗俄斯稳稳地站立着，无论赫拉克勒斯怎样使劲都不能将他摔倒。他岿然屹立，犹如毫不动摇的山岩，任凭喧嚣的海浪撞击。赫拉克勒斯和阿刻罗俄斯就像两头公牛，弯弯的牛角交叉在一起，面对面地展开搏斗。赫拉克勒斯三次进攻都未得手，第四次他挣脱阿刻罗俄斯的双手，从背后抱住河神。他像沉重的大山将河神按向地面。阿刻罗俄斯竭尽全力勉强挣脱大汗淋漓的双手，可是接下去无论他再怎么使劲，赫拉克勒斯仍然越来越强有力地将他按向地面。阿刻罗俄斯呻吟着，他的腰躬了，腿弯了，头触到地面。为了免遭失败，阿刻罗俄斯开始斗智：他变成一条蛇。阿刻罗俄斯刚刚变成蛇从赫拉克勒斯怀抱中滑脱，赫拉克勒斯便呵呵笑着，高声说道：

“还在摇篮里我就学会对付蛇！当然，你比别的蛇厉害，但与勒耳那水蛇无法相比。尽管勒耳那水蛇砍掉一个头马上长出两个头，我还是将它打败了。”

赫拉克勒斯抓住蛇颈，双手就像铁钳，死死扼住。阿刻罗俄斯拼命想挣脱英雄的双手，可是挣脱不了。于是他变成公牛，又向赫拉克勒斯冲来。赫拉克勒斯抓住公牛的两角，将它掀翻在地。赫拉克勒斯使的力量太大，竟折下一只牛角。阿刻罗俄斯失败了，俄纽斯把得伊阿尼拉嫁给了赫拉克勒斯。

婚礼之后赫拉克勒斯在俄纽斯的王宫里住了下来，不过他并未住多久。有一天在宴会上，阿耳喀忒罗斯的儿子欧诺摩斯将用于洗脚的水洒在赫拉克勒斯的手上，赫拉克勒斯打了他一下。不曾想到出手重了，小男孩被打倒在地咽了气。赫拉克勒斯颇感忧伤，尽管阿耳喀忒罗斯原谅他失手打死儿子，可他仍然带上妻子得伊阿尼拉离开卡吕冬，回提任斯去了。

途中他们夫妻二人来到欧厄诺斯河[①]边。马人涅索斯在此用自己宽阔的马背将人背过这滔滔的大河，并收取渡费。涅索斯主动搭话要背得伊阿尼拉过河，赫拉克勒斯将妻子扶到马人的背上。英雄把棒槌和弓扔到对岸，自己涉水过河。赫拉克勒斯刚刚上岸，就听见得伊阿尼拉在高声喊叫。她在向丈夫呼救。马人迷恋她的美色，想把她掳走。宙斯的儿子朝马人吼道：

“你往哪里逃？你以为你的双脚能救你？不，你跑不了！无论你跑得多快，我的箭总是能追上你！”

赫拉克勒斯拉开弓，箭从绷紧的弦上飞了出去。致命的箭追上了涅索斯，扎进了他的背部，箭矢从他胸口穿出。受了致命伤的涅索斯跪倒在地。沾上勒耳那水蛇毒液的鲜血像河水一样，从他的伤口中滚滚涌出。涅索斯不报此仇死不甘心，他将自己的血收集起来，送给得伊阿尼拉，他说：

“啊，俄纽斯的女儿，我把你最后一个人送过滚滚的欧厄诺斯河去。你把我的血拿去保存好！如果以后赫拉克勒斯对你变心，这血会使他回心转意，他对你的珍爱会超过对任何其他女人，只要你将我的血涂在他的衣服上。”

得伊阿尼拉接过涅索斯的血藏好。涅索斯死了。赫拉克勒斯带着

---

①位于希腊中西部埃托利亚地区。

得伊阿尼拉回到提任斯，住了下来，直到他不由自主地摔死朋友伊菲托斯，不得不离开光荣的故乡。

赫拉克勒斯与翁法勒女王

赫拉克勒斯因为害死伊菲托斯而被卖给吕狄亚女王翁法勒做奴隶。他在骄横的吕狄亚女王家服役期间所受的痛苦是前所未有的。这位最伟大的英雄不断地遭受女王的侮辱。看来翁法勒女王在作弄宙斯儿子。她给赫拉克勒斯穿上妇女的衣裙，强迫他和女仆们一起纺纱织布。这位英雄曾经挥舞粗重的大棒打死勒耳那水蛇，曾经从哈得斯的冥国牵走可怕的地狱恶狗刻耳柏洛斯，曾经赤手空拳扼死涅墨亚狮子，曾经双肩扛起沉重的天宇。可是这样一位令敌人闻风丧胆的伟大英雄，现在必须弯腰躬背摆弄织布机，或者用他握惯利剑、善开硬弓、挥舞大棒槌杀敌的双手去纺羊毛。而翁法勒却披上赫拉克勒斯的狮皮（狮皮遮盖住她的全身，拖在身后的地上），穿上他的金盔甲，腰间佩着他的利剑，费力地扛起他的大棒槌，站在宙斯儿子面前，肆意挖苦侮辱他这位奴隶。翁法勒似乎有这样一个目的，就是要耗尽赫拉克勒斯身上不可战胜的体力。赫拉克勒斯必须忍受这一切，因为他现在是翁法勒的毫无权利的奴隶，而且这种奴隶地位必须持续漫长的三年。

翁法勒女王很少放英雄出宫。有一天，赫拉克勒斯走出翁法勒的王宫，躺在厄斐索斯[1]城郊的树林的林荫下睡着了。在他睡着的时候，一群矮小的刻耳科珀斯人悄悄地走到他身旁，想偷走他的武器。正当小矮人们扛起他的弓和箭的时候，他醒了。赫拉克勒斯逮住小矮人，捆住他们的手脚，用一根大木杆穿在他们被捆住的双脚中间，将他们扛到厄斐索斯城。可是刻耳科珀斯小矮人们装腔作势，将赫拉克勒斯逗得前仰后合地大笑，于是伟大的英雄把他们统统放了。

---

① 小亚细亚西海岸的城市。

在为翁法勒女王服役期间，赫拉克勒斯曾去奥利斯[①]找国王绪琉斯。绪琉斯强迫所有来找他的外乡人像奴隶一样在他的葡萄园里劳动。他也强迫赫拉克勒斯劳动。英雄一怒之下拔掉了绪琉斯的所有葡萄藤，打死了这个不遵守热情待客神圣习俗的国王。在为翁法勒服役期间，赫拉克勒斯还参加了阿耳戈船英雄的远航。最后，宙斯伟大的儿子受罚期满，重新获得了自由。

赫拉克勒斯攻克特洛伊城

赫拉克勒斯为翁法勒女王服役期限一满，立即率领由英雄组成的庞大军队，乘坐十八艘大船，前往特洛伊，打算向曾经欺骗过他的特洛伊国王拉俄墨冬报仇。船到特洛伊后，他吩咐俄伊克勒斯率一小队守护大船，自己率领大军开赴特洛伊城下。赫拉克勒斯带着军队离船不久，拉俄墨冬就来袭击俄伊克勒斯，打死了俄伊克勒斯及其属下大部分人员。赫拉克勒斯听到船边厮杀的呐喊声和兵器的撞击声，赶忙回援，击溃了拉俄墨冬，将他赶回特洛伊城内。围城不久，英雄们便攀上高大的城墙，攻入特洛伊城内。首先入城的是英雄忒拉蒙。赫拉克勒斯是最伟大的英雄，他不能容忍任何别人超过自己。他抽出佩剑，朝冲在他前面的忒拉蒙扑去。忒拉蒙发现不可避免的死亡威胁着自己，赶紧弯下腰，开始捡石头。赫拉克勒斯惊讶地问道：

“忒拉蒙，你在干什么？”

“啊，宙斯最伟大的儿子，我在为胜利者赫拉克勒斯堆砌祭坛！”机智的忒拉蒙回答，这个回答平息了宙斯之子的怒火。

在攻取特洛伊城过程中，赫拉克勒斯用箭射死了拉俄墨冬及其所有儿子，只放过了他的小儿子波达耳刻斯。赫拉克勒斯把拉俄墨冬美丽的女儿赫西俄涅送给骁勇善战的忒拉蒙做妻子，并允许她选择一个俘虏释

---

①希腊中部滨海城市，与优卑亚岛隔海相望。

放。赫西俄涅选择了她的弟弟波达耳刻斯。

“他是所有俘虏中应该成为奴隶的第一人！”赫拉克勒斯高声说道。“不过如果你肯为他交付赎金，他可以被释放。”

赫西俄涅摘下头上的绣帕，作为赎弟弟的赎金。从此以后人们称波达耳刻斯为普里阿摩斯(即“被赎”)。

赫拉克勒斯将特洛伊的统治权交给普里阿摩斯，自己率领军队去建立新的功勋。

赫拉克勒斯带着军队离开特洛伊城，经海上返回的时候，女神赫拉想害死她所仇视的宙斯的儿子，让海上刮起巨大的风暴。为使宙斯不发现儿子面临巨大的危险，赫拉说服睡神许普诺斯向持盾的宙斯催眠。最后风暴将赫拉克勒斯刮到科斯岛①。

科斯岛的居民将赫拉克勒斯的船误认为海盗船，纷纷朝船上投掷石块，不让船靠岸。夜间赫拉克勒斯离船上岛，打败了科斯岛的居民，打死他们的国王、波塞冬的儿子欧律皮罗斯，并将全岛劫掠一空。

宙斯醒来，得知儿子赫拉克勒斯遭到如此巨大的危险，简直大怒欲狂。愤怒中他给赫拉戴上坚固的金镣铐，将她悬挂在天地之间，并在她的脚上系了两个沉重的铁砧。奥林波斯众神中凡是想去救援赫拉的，都被盛怒的宙斯扔下巍峨的奥林波斯山。宙斯久久寻找睡神许普诺斯，要不是夜神隐匿起睡神，睡神早被众神和凡人的这位君王扔下奥林波斯山了。

赫拉克勒斯和诸神大战巨灵

宙斯派爱女雅典娜去科斯岛找赫拉克勒斯，召这位伟大的英雄来支援他们对巨灵作战。这些巨灵都是地神盖亚沾了被克罗诺斯推翻的乌拉诺斯的血滴而生下的。他们是龙尾代足的可怕的巨人，个个长着一头

---

①小亚细亚沿海斯波拉提群岛中的一个岛屿。

乱蓬蓬的长发，下巴长着乱蓬蓬的大胡子。

巨灵们具有可怕的神力，他们自恃强大，妄图从奥林波斯众神手中夺取对世界的统治权。他们在卡尔喀斯半岛的帕勒涅的佛勒格拉原野上与众神展开大战。巨灵们根本不怕众神。他们的母亲地神盖亚给了他们一种药草，使他们能不受诸神武器的伤害。只有凡人能杀死巨灵，盖亚无法保护巨灵不受凡人的武器杀伤。盖亚满世界寻找能保护巨灵不受凡人武器杀伤的药草，可是宙斯禁止晨光女神厄俄斯、月神塞勒涅、太阳神赫里阿斯发光，他自己先去把这种药草割掉了。

巨灵毫不畏惧死于众神之手，他们勇猛地投入战斗。这场大战持续了很久。巨灵们向众神投掷大块大块的山岩和燃烧着的千年古树的树干。大战的喧嚣声响彻全世界。

最后赫拉克勒斯和雅典娜赶来参战。宙斯之子的可怕的弓弦响了，浸过勒耳那水蛇毒液的箭一闪，射中了最强大的巨灵阿尔库俄纽斯的胸脯，巨灵倒在地上，可是在帕勒涅，死亡不会降临他头上，他在这里是不死的。倒地之后过了一段时间，他又站起身来，变得比原先更有力量。赫拉克勒斯猛地将他扛到自己肩上，匆匆离开帕勒涅，出了这个地界，阿尔库俄纽斯才咽气。阿尔库俄纽斯死后，巨灵波耳费里翁又向赫拉克勒斯和赫拉进攻，他扯下了赫拉的盖帕，刚要抓赫拉，宙斯投下闪电，将他击倒在地，赫拉克勒斯又补上一箭，结果了他的性命。阿波罗的金箭射中了巨灵厄菲阿尔忒斯的左眼，赫拉克勒斯的箭射中了他的右眼，这个巨灵也完蛋了。狄俄尼索斯用酒神杖击死了巨灵欧律托斯，赫菲斯托斯向巨灵克吕提俄斯投去一大块烧得通红的铁块，将他砸死。女神雅典娜举起整座西西里岛，将它压到正在逃跑的巨灵恩刻拉多斯身上。

巨灵波吕玻忒斯想从海路躲避海神波塞冬的追捕，逃往科斯岛。海神用三叉戟叉起科斯岛的一部分，压到这个巨灵身上。尼西洛斯岛就此生成了。赫耳墨斯打死了巨灵希波吕托斯，阿耳忒弥斯结果了格赖提翁。命运女神摩伊赖挥起铜棒击毙了巨灵阿格里乌斯和福翁。其他巨灵都被雷神宙斯的闪电击中，赫拉克勒斯再用从不虚发的箭将他们一一射死。

赫拉克勒斯之死与登上奥林波斯山

根据索福克勒斯的悲剧《特拉喀斯少女》转述。

赫拉克勒斯因杀害伊菲托斯受罚，被迫卖给翁法勒为奴之后，得伊阿尼拉不得不带着孩子离开提任斯。忒萨利亚地方的特拉喀斯城的国王刻宇克斯收留了赫拉克勒斯的妻子。赫拉克勒斯与妻子分别已三年又三月。妻子得伊阿尼拉为丈夫的命运担忧。赫拉克勒斯已久无音讯。得伊阿尼拉甚至都不知道丈夫是死还是活。不祥的预感折磨着得伊阿尼拉。她叫来儿子许罗斯，对他说：

“我亲爱的儿子啊，你不去寻找自己的父亲，真是耻辱啊。他已经十五个月无消息了。”

“不知传闻是否可信，”许罗斯回答母亲说，“有人说，父亲为翁法勒服役三年期满之后，率领军队去优卑亚岛的俄卡利亚城，去向国王欧律托斯报受辱之仇。”

“我的儿啊，”母亲打断许罗斯的话，“你父亲以往与我告别去建立伟大的功绩的时候，都不像最后一次这样惴惴不安。临别之时他还交给我一块记有多多那[①]神示所的古老预言的木牌。预言说，如果赫拉克勒斯在外三年又三月，那么他或者丧命他乡，或者在荣归故里后能过上愉快而安宁的生活。临别之际他给我留话，他一旦身亡，他父亲留下的部分土地可作遗产由儿子们继承。丈夫的命运真令我担忧。他曾经与我说起过攻打俄卡利亚城的事，他说自己要么阵亡于俄卡利亚城下，要

---

①北希腊西部厄皮鲁斯的城市，古代建有著名的宙斯的神示所。

么攻取城池，而后幸福地生活。我的儿呀，我恳求你，去吧，去寻找你的父亲。”

许罗斯听从母亲的吩咐，踏上了去优卑亚岛、去俄卡利亚城的遥远征途，去寻找父亲。

许罗斯离别特拉喀斯城之后过了一段时间，报信人跑来向得伊阿尼拉报告，说赫拉克勒斯派来的使者利卡斯马上就要来到。利卡斯将带来喜讯。赫拉克勒斯活着，他打败了欧律托斯，攻陷并摧毁了俄卡利亚城，很快就会凯旋，回到特拉喀斯。紧跟报信人之后，利卡斯来见得伊阿尼拉。他带来了俘虏，其中有欧律托斯的女儿伊俄勒。得伊阿尼拉愉快地迎接利卡斯。赫拉克勒斯的使者告诉她，赫拉克勒斯依然强壮而健康。在离开优卑亚岛之前，他准备庆祝一番自己的重大胜利，向众神敬献丰富的祭品。得伊阿尼拉望着一群俘虏，发现其中有一位美丽的妇女，于是问利卡斯：

“利卡斯，告诉我，这个女人是谁？她的父母亲又是谁？她比别的俘虏更悲伤。她是不是欧律托斯的女儿？”

利卡斯回答：

“女主人，我不知道她是谁。这位妇女大概属于优卑亚的名门望族。一路上她不说一句话。自从离开她故乡的城市，她一直都在抛洒悲伤的泪水。”

“不幸的人儿，”得伊阿尼拉动情地叹道，“我不会在你现有的痛苦之上再增加新的苦难。利卡斯，你带俘虏进宫去，我随后就到。”

利卡斯带俘虏进宫去了。他刚走，一名女仆凑到得伊阿尼拉身边，对她说：

“等一等，女主人，你听我说。利卡斯对你说的不都是实话。他知道这位妇女是谁，她就是欧律托斯的女儿伊俄勒。赫拉克勒斯因为爱她曾经同欧律托斯比赛射箭。骄横的国王食言了，他未将女儿嫁给获胜的赫拉克勒斯，还侮辱伟大的英雄，将英雄驱逐出城。赫拉克勒斯就是为了伊俄勒而攻克俄卡利亚城，杀死欧律托斯。宙斯的儿子将伊俄勒送回来不是做女奴，他想娶她做妻子。”

得伊阿尼拉发愁了。她指责利卡斯对她隐瞒真情。利卡斯说了真情，赫拉克勒斯确实迷恋上伊俄勒的美色，想娶她做妻子。得伊阿尼拉悲伤了。赫拉克勒斯因与她长期分离而忘了她，现在他爱上别的女人。她这位不幸的人该怎么办呢？她爱宙斯的伟大儿子，不能把他让给别的女人。悲痛欲绝的得伊阿尼拉想起了马人涅索斯以前送给她的血，记起了马人临死对她说的话。得伊阿尼拉决定使用马人的血。因为马人曾经对她说：“只要你将我的血涂在赫拉克勒斯的衣服上，他就会永远爱你，他对你的珍爱将会胜过对任何其他女人。”得伊阿尼拉起先不敢使用马人的妖术，可是对赫拉克勒斯的爱和对失去他的恐惧最终战胜了这种担心。现在她取出涅索斯的血，这血她久久秘藏着，既不让它见阳光，也不让灶火把它烤干。得伊阿尼拉将血涂在她为赫拉克勒斯织的一件豪华的斗篷上，再把斗篷锁进一个密封的箱子里，然后叫来利卡斯，对他说：

“利卡斯，你赶快去优卑亚，把这个箱子交给赫拉克勒斯。箱子里有一件斗篷。在他要给宙斯献祭的时候，让他披上这件斗篷。告诉他，除了他自己，任何凡人都不能披这件斗篷，在他披这件斗篷之前，不能让斗篷见光，哪怕是光明的赫里阿斯的光。快去吧，利卡斯！”

利卡斯带上斗篷走了。他走后得伊阿尼拉惊恐不安。她进了屋，惊骇地发现，她用来蘸涅索斯的血往斗篷上涂的那块呢料已经完全腐烂了。得伊阿尼拉把这块呢料扔在地板上。阳光照在呢料上，将马人的被勒耳那水蛇的毒液毒化了的血晒热了。水蛇的毒液和马人的血发烫了，将呢料烧成灰烬，地板上出现了毒液的泡沫。得伊阿尼拉害怕极了，她担心赫拉克勒斯披上涂有毒液的斗篷也会死掉。可怕的预感越来越厉害地折磨着赫拉克勒斯的妻子，她预感到灾难难以避免。

利卡斯带着涂有毒液的斗篷去优卑亚之后又过了不长一段日子。

回特拉喀斯的许罗斯突然跑进宫来。他脸色发白，两眼垂泪。他望了望母亲，大声说道：

“啊，我多么希望看到三种情况中的一种：或者你已不在世上，或者不是我，而是别人喊你母亲，或者你能比现在更明智！你要知道，是你害死了自己的丈夫，害死了我的父亲！”

“啊，真不幸！”得伊阿尼拉恐惧地大声喊道。“你说什么呀，我的儿！是哪一个人对你说的？你怎能把这样的罪责加在我头上！”

“我亲眼目睹父亲遭难，不是听别人说的！”

许罗斯向母亲叙述了发生在俄卡利亚城边卡奈翁山上的事情。赫拉克勒斯筑好了祭台，准备向众神，首先是向他的父亲宙斯献祭，这时候利卡斯带着斗篷来了。宙斯的儿子披上斗篷——妻子的礼物，开始献祭。他首先向父亲宙斯献上十二头精选的公牛，他一共宰杀了一百头牛，作为敬奉奥林波斯众神的祭品。祭坛上燃起圣火，赫拉克勒斯虔诚地高举双手站立在祭坛前，呼唤着众神。祭坛上的圣火熊熊燃烧，烘烤着赫拉克勒斯的身体，他全身冒汗了。那件涂有毒液的斗篷突然粘在英雄的身上。赫拉克勒斯浑身颤抖。他感到剧烈的疼痛。他痛苦难忍，叫来利卡斯，问他为什么让他送来这件斗篷。无辜的利卡斯能回答什么呢？他只能告诉赫拉克勒斯，斗篷是得伊阿尼拉派他送来的。赫拉克勒斯因为剧烈的疼痛什么都不明白，他抓住利卡斯的一条腿，将他往滔滔海浪环绕的岩石上摔。利卡斯被摔得粉身碎骨。赫拉克勒斯倒在地上，难以忍受的痛苦折磨得他在地上翻滚挣扎。他那喊叫声在优卑亚远远地传开。赫拉克勒斯诅咒自己与得伊阿尼拉的婚姻。伟大的英雄叫来自己的儿子，痛苦地呻吟着说：

“我的儿啊，别将我抛弃于不幸之中，即使你受到死亡的威胁，你也不要离开我！把我扶起来！带我离开这里！带我到任何凡人都看不见的地方去！啊，如果你同情我，那就别让我死在这里！”

人们将赫拉克勒斯扶起来，安置在担架上，将他抬到船上，运回特拉喀斯。许罗斯对母亲说了这么些，最后他这样结束了话语：

“现在你们大家在这里就要看到宙斯的伟大儿子，他可能还活着，也可能已经死亡。母亲啊，让严厉的复仇女神们和正义女神狄刻惩罚你吧！你坑害了大地孕育的人类的最杰出者！往后你永远看不到这样的英雄了！”

得伊阿尼拉没说半个字，默默地走进宫里。她回宫后抽出一把两刃的利剑。老女佣发现得伊阿尼拉举止异常，赶紧喊许罗斯。许罗斯大步冲向母亲，可是她已将利剑刺进自己的胸膛。不幸的儿子哭号着扑向母亲，他抱住母亲，不停地吻着她已冷却的身体。

这时候奄奄一息的赫拉克勒斯被抬到宫门口。途中他一直昏睡着，可是担架一放到门口的地上，他就醒了。伟大的英雄被剧痛折磨得神志不清了。

“啊，伟大的宙斯！”他高声喊道。“我现在是在什么地方？希腊的男子汉们，你们都在什么地方？帮帮我吧！我为你们将大地和海洋上的怪物、恶魔都消灭了，可现在你们没有人肯用火或剑为我消除深重的苦难！伟大的哈得斯啊，你这宙斯的兄弟，你让我死吧，你让我赶快死吧！”

“父亲，你听我说，我求你啦，”许罗斯满含泪水央求父亲，“母亲她无意之中犯下这个罪孽。你何必渴望着报仇呢？她得知自己是你致死的罪魁祸首，已用利剑刺破自己的心脏！”

“诸神啊，她已身亡，我也无法向她报复了！奸诈的得伊阿尼拉她并非死在我的手下！”

“父亲，她是无辜的！”许罗斯说。“我的母亲看到家中来了欧律托斯的女儿伊俄勒，就想用妖术挽回你的情爱。她将被你用箭射死的马人涅索斯的血涂在斗篷上，她不知道涅索斯的血染上了勒耳那水蛇的毒。”

“命苦啊！命苦啊！”赫拉克勒斯大声呼喊。“我父亲宙斯的预言完全应验了！他曾对我说，我不会死在活人手中，我注定死于赴哈得斯冥国者的阴谋。瞧，正是被我杀死的涅索斯坑害了我！原来多多那神示所预示我的安宁竟是死亡的安宁！是的，的确是这样，死者不受惊扰！许罗斯，满足我最后一个要求吧！你和我那些忠实的朋友们一起，把我抬到高高的俄忒山[①]上，再在山顶堆起一堆火化用的篝火，将我置于篝火上，并点燃篝火。你快去办，快点结束我的痛苦！”

“父亲啊，你怜悯怜悯我吧，难道你要逼我当杀害你的凶手吗？”许罗斯向父亲哀求。

“不，你不是凶手，而是治愈我痛苦的大夫！我还有一个愿望，你要照办！”赫拉克勒斯请求儿子。“你要娶欧律托斯的女儿伊俄勒。”

可是许罗斯拒绝父亲的请求，他说：

“不，父亲，我不能娶害死我母亲的罪人！”

“许罗斯啊，你服从我的意志吧！不要再引发我心中业已消退的痛苦！你就让我死得安宁吧！”赫拉克勒斯苦苦央求儿子。

许罗斯的心软下来，他顺从地回答父亲：

“好吧，父亲。我就满足你临死的意愿。”

赫拉克勒斯催促儿子，让他赶快执行最后的请求。

“我的儿啊，你快点办吧！在我那难以忍受的病痛再次发作之前，赶快把我放到篝火上！快抬呀！许罗斯，永别了！”

赫拉克勒斯的朋友和许罗斯一起抬起担架，把赫拉克勒斯抬往高高的俄忒山。他们在山上堆起一个高大的柴堆，把最伟大的英雄放在柴堆上。赫拉克勒斯的疼痛越来越剧烈，勒耳那水蛇的毒液侵入他体内越来越深。赫拉克勒斯撕着身上的斗篷，可斗篷牢牢粘在身上，他将斗篷连同一块块皮肉一起撕了下来，结果原本的剧痛变得更加难以忍受。要摆脱这种非人的折磨，只有死亡一条路。被篝火的烈焰烧死也比受这种折

---

① 该山位于忒萨利亚，在特拉喀斯城附近。

磨轻松，可是英雄的朋友们没有一个敢点燃篝火。最后菲罗克忒忒斯来到俄忒山，赫拉克勒斯说服他，让他点燃了篝火，为此还将自己的弓和浸过勒耳那水蛇毒液的箭送给他。菲罗克忒忒斯点燃了篝火，熊熊的火光亮晃晃的，但是宙斯的闪电更加明亮。天上雷声隆隆。雅典娜[①]和赫耳墨斯乘坐金马车来到篝火旁，他们把最伟大的英雄赫拉克勒斯接往光明的奥林波斯山。赫拉克勒斯受到奥林波斯众神的欢迎，成了永生的神。女神赫拉忘却了仇恨，把自己的女儿、永葆青春的赫柏嫁给了赫拉克勒斯。赫拉克勒斯从此待在光明的奥林波斯山，生活在伟大的、永生的神祇中间。这是对他在地面上建立的许多伟大功绩的奖励，对他所受的所有巨大磨难的报偿。

赫拉克勒斯的后代

根据欧里庇得斯的悲剧《赫拉克勒斯的子孙》转述。

赫拉克勒斯死后，他的子女和他的母亲阿尔克墨涅都住在提任斯，住在他的长子许罗斯家。可是他们在提任斯没住多长时间。欧律斯透斯出于对赫拉克勒斯的仇恨，把赫拉克勒斯的子女驱逐出他们父亲的领地。不仅如此，无论他们躲到何处，欧律斯透斯还要继续迫害。他们在希腊境内到处流浪，最后被赫拉克勒斯的侄子、朋友——年老的伊俄拉俄斯收留。但是即使在这里，欧律斯透斯仍然不放过他们，因此他们只得和伊俄拉俄斯一起逃往雅典，当时在雅典执政的是忒修斯的儿子得摩福翁。

欧律斯透斯得知赫拉克勒斯的子女躲到雅典，于是派自己的信使科普柔斯去见得摩福翁，要求他交出赫拉克勒斯的后代。得摩福翁拒绝了科普柔斯，尽管科普柔斯威胁说，欧律斯透斯会亲率大军攻打雅典，摧

① 有些神话称乘金马车来的不是雅典娜，而是胜利女神尼刻。

毁雅典城。得摩福翁不愿破坏热情待客的习俗。

不久，欧律斯透斯果然率领大军入侵阿提刻。雅典人面临与庞大军队的一场恶战，他们请众神预示大战的结局，众神说雅典人只有用一个姑娘作为祭品奉献众神，才能取胜。赫拉克勒斯和得伊阿尼拉的长女玛卡里亚自愿充当敬神的祭品，她决定献出生命，以拯救自己的兄弟姐妹。

两军在战场上相遇了。许罗斯率领一队士兵来支援得摩福翁抵抗欧律斯透斯。交战之前先将玛卡里亚献祭众神。这场战斗空前残酷，双方死伤惨重，最后雅典人胜利了。欧律斯透斯逃跑了，许罗斯驾车追捕父亲的仇敌。

伊俄拉俄斯看到许罗斯在追捕欧律斯透斯，他央求许罗斯将战车让给他，赫拉克勒斯的这位年迈的战友想亲自向欧律斯透斯复仇，因为欧律斯透斯给他的朋友赫拉克勒斯造成了许多灾难。伊俄拉俄斯乘上战车，急急去追赶欧律斯透斯。眼看就要追上了，这时伊俄拉俄斯向奥林波斯众神祈祷，恳求众神把他的青春和昔日的力量只还给他一天。众神听见伊俄拉俄斯的恳求。两颗明亮的星星从天而降，一片黑云飘落到伊俄拉俄斯的战车上，黑云散去后，只见伊俄拉俄斯站在马车上，焕发出青春的光彩，显得强壮而英俊。伊俄拉俄斯追上了欧律斯透斯，并将他活捉。

伊俄拉俄斯怀着胜利的喜悦，押着被缚的欧律斯透斯回到雅典。赫拉克勒斯的母亲阿尔克墨涅看到儿子的仇敌，不禁怒火中烧。她不顾许罗斯和得摩福翁的阻拦，双手抠出欧律斯透斯的眼珠，并将他杀死。欧律斯透斯就这样死了。雅典人不会让自己的敌人失败之后暴尸荒野，他们把欧律斯透斯埋葬在阿提刻，埋葬在雅典娜的神庙附近。

刻克洛普斯、厄里克托尼俄斯和厄瑞克透斯

雄伟的雅典城和雅典卫城的奠基人是地神所生的刻克洛普斯。地

神生下他，他就是半人半蛇的模样。他躯体的下半截是一个巨大的蛇尾。刻克洛普斯在阿提刻建筑雅典城的时候，大地的震撼者、海神波塞冬正与宙斯的爱女战神雅典娜争夺全国的统治权。为了解决他俩的争端，以伟大的雷神宙斯为首的所有神祇都聚集在雅典卫城。众神和人类的主宰召来刻克洛普斯，让他决定，阿提刻的统治权应该属于谁。蛇尾代脚的刻克洛普斯应召来到法庭上。众神打算把阿提刻的统治权交给两者当中能给国家带来最珍贵的礼物者。大地的震撼者波塞冬用三叉戟在山岩上刺了一下，山岩上出现了一个冒咸涩海水的泉眼。雅典娜将那闪闪发光的长枪插进地里，地里长出一棵果实累累的橄榄树。这时候刻克洛普斯说：

“英明的奥林波斯众神，无边无际的大海里的咸涩的海水到处都在喧哗，可是哪儿都没有能结出丰硕果实的橄榄树。这种橄榄树是属于雅典娜的，它将给全国带来富裕，它将激励居民去从事农业劳动和耕种田地。雅典娜给阿提刻带来巨大的利益，掌管全国的权力就交给她吧。”

奥林波斯众神将刻克洛普斯建造的雅典城及整个阿提刻的统治权判给了雅典娜。从此以后，刻克洛普斯建造的城市就称为雅典城，以纪念宙斯的爱女雅典娜。刻克洛普斯在雅典城内为城市的保护神雅典娜及其父亲宙斯建造了第一座神庙。刻克洛普斯的女儿们成了雅典娜的第一批女祭司。刻克洛普斯给雅典人颁布法律，建立了完整的国家。随即他成了阿提刻的第一任国王。

火神赫菲斯托斯的儿子厄里克托尼俄斯是刻克洛普斯的王位继承人。他与刻克洛普斯一样，也是大地所生。他的诞生是极端秘密的。他出生后，女神雅典娜亲自当他的监护人，他就在雅典娜的神庙中成长。雅典娜把新生儿厄里克托尼俄斯放在紧紧盖着盖子的柳条筐里。两条蛇受命保护着厄里克托尼俄斯。刻克洛普斯的女儿也在保护他。雅典娜绝对严禁她们打开筐盖，她们不能看到秘密降生的大地的产儿。刻克洛普斯的女儿们被好奇心所折磨，她们多么想见厄里克托尼俄斯，哪怕只看上一眼也好。

有一天，雅典娜离开卫城内自己的神庙，去帕勒涅搬取一座山，准备将山放在卫城旁边作为屏障。她扛着山，走在回雅典的路上，迎面飞来一只乌鸦，乌鸦告诉她，刻克洛普斯的女儿们打开了筐盖，看见了筐内神秘的婴儿厄里克托尼俄斯。雅典娜勃然大怒，当即扔掉山，转眼回到卫城内自己的神庙。雅典娜严厉惩罚刻克洛普斯的女儿们，让她们都疯了。她们跑出神庙，糊里糊涂地从卫城的悬崖上跳下去，摔得粉身碎骨。从这时候起，雅典娜亲自守护厄里克托尼俄斯。雅典娜扔下的那座山仍然屹立在乌鸦向女神报信的地方，后来这座山取名为吕卡柏特山。厄里克托尼俄斯长大成人之后做了雅典国王，在位执政多年。他创立了纪念雅典娜的古老庆典泛雅典娜节。

厄里克托尼俄斯在雅典城第一个用马驾车，开创了雅典的赛车运动。

厄瑞克透斯是厄里克托尼俄斯的后代，在他任雅典王期间被迫与厄琉西斯城进行残酷的战争，当时厄琉西斯城有色雷西亚人的国王欧摩尔波斯之子伊玛拉德的支援。

这次战争对厄瑞克透斯来说是一场灾难。伊玛拉德率领的色雷西亚人步步进逼。最后厄瑞克透斯决定去得尔福阿波罗的神示所，打听用什么代价方能取得战争的胜利。女预言家皮提亚的回答令人胆寒。她对厄瑞克透斯说，他只有把自己的一个女儿献祭众神，才能战胜伊玛拉德。厄瑞克透斯带着这个可怕的答复离开得尔福。他的年少的女儿克托尼亚热爱祖国，得知皮提亚的答复之后，她宣告自己愿为亲爱的雅典城献出生命。尽管厄瑞克透斯深深地为女儿的命运悲伤，但仍将她献祭众神。拯救雅典的愿望迫使他作出这样的牺牲。

将克托尼亚献祭之后不久，双方进行了一次决战。在战斗最激烈的时刻，厄瑞克透斯和伊玛拉德相遇了，他们展开决斗。两位英雄久久地厮拼。他俩势均力敌，无论武艺和胆略都不分上下。最后厄瑞克透斯的长枪刺死了伊玛拉德。伊玛拉德的父亲欧摩尔波斯悲痛欲绝，恳求海神波塞冬为他儿子之死向厄瑞克透斯复仇。波塞冬乘着战车劈波斩浪飞驰到阿提刻。他挥起三叉戟，刺死了厄瑞克透斯。厄瑞克透斯为了保卫自己的祖国，就这样牺牲了。厄瑞克透斯的所有子女也都阵亡了，只有女儿克瑞乌萨一人活了下来，厄运只放过她一人。

刻法罗斯和普洛克里斯

根据索福克勒斯的悲剧《菲罗克忒忒斯》转述。

刻法罗斯是锻冶之神赫菲斯托斯与刻克洛普斯的女儿赫耳塞的儿子。全希腊都知道刻法罗斯是英俊绝伦和不知疲倦的好猎手。每天旭日东升之前，他早早起身告别年轻的妻子普洛克里斯，离开宫殿去许墨托斯山打猎。有一天，玫瑰肤色的晨光女神厄俄斯看见英俊的刻法罗斯，就把他拐走，带他到远离雅典的大地最尽头。刻法罗斯只爱普洛克里斯一人，他头脑里想念的只是她，开口不离她的名字。与妻子分离使他郁闷，他恳求晨光女神厄俄斯放他回雅典。厄俄斯大怒，对刻法罗斯说：

"好吧，回到普洛克里斯身边去吧，别再怨恨命运了！以后你会为有普洛克里斯这个妻子而懊悔，你甚至会后悔不该认识她！啊，我已预见到肯定会这样！"

厄俄斯放走了刻法罗斯。告别时她告诫刻法罗斯，要考验妻子对他是否忠诚。晨光女神改变了刻法罗斯的外貌，他回到雅典时谁都认不得他。刻法罗斯用计进了家门，看见妻子正沉浸在深深的忧愁之中。愁容满面的普洛克里斯反而显得更美丽。刻法罗斯与妻子搭话，想方设法引导她忘却自己的丈夫，抛弃丈夫而做他的妻子。普洛克里斯没认出眼前这个陌生人就是自己的丈夫。她一直不听这个陌生人说些什么，只是反复说：

"我只爱刻法罗斯，我要始终忠诚他。无论他走到哪里，无论他是死还是活，我都要永远忠于他！"

后来刻法罗斯给了她许许多多的礼物，终于使她动摇了。她打算答应他的请求，这时候刻法罗斯恢复了本来面目，冲她大喊道：

“不忠实的女人！我是你的丈夫刻法罗斯！我是你不忠实的见证人！”

普洛克里斯面对丈夫羞愧难言，她低下头，离开刻法罗斯家，进了森林覆盖的大山，成了女神阿耳忒弥斯的随从。女神送给她一支百投百中、且能自动返回投掷者手中的神奇的标枪，一只不会放过任何猛兽的猎犬。

刻法罗斯与普洛克里斯长期分离无法生活。他进森林去寻找妻子，找到以后便劝她回家。普洛克里斯回到丈夫身边，他们幸福地生活了很久。普洛克里斯将神奇的标枪和猎犬送给了丈夫，刻法罗斯仍像以往一样，天未破晓就出门打猎。刻法罗斯出门打猎不需帮手，他有妻子送的神奇的标枪和猎犬。有一天，他一大早就去打猎，中午天气炎热，他去寻找避暑的浓荫。他一边走，一边唱：

“啊，美妙的清凉，你快来我身边！为我敞开的胸膛散热！充满爱抚的清凉啊，你快来我身旁，驱散那逼人的暑气！天仙啊，你是我的快乐，你使我朝气蓬勃、体格健壮！啊，请允许我吸一口你那甜美的气息！”

一个雅典人听到刻法罗斯的歌声，他不知道歌词的含义，跑去对普洛克里斯说，她丈夫正在森林里召唤某个清凉仙女。普洛克里斯犯愁了，她断定刻法罗斯已经不爱她，刻法罗斯因为爱上别的女人而将她忘却。有一次，刻法罗斯又去狩猎，普洛克里斯悄悄走进森林，躲在稠密的树丛中等待丈夫到来。刻法罗斯在树林中间出现了。他高声唱道：

“啊，温柔体贴的清凉，快来呀，快来驱走我的疲劳！”

刻法罗斯突然停下脚步，他听见了沉重的喘息。刻法罗斯侧耳谛听，可是林中寂静无声，在这正午的暑热之中，树叶都纹丝不动。刻法罗斯又唱道：

“快来呀，我盼望的清凉！”

歌声刚落，树丛中不知什么悄悄地抖动了。刻法罗斯以为树丛中隐藏着什么野兽，便朝树丛投出必中的标枪。被击中胸部的普洛克里斯不由得高声惨叫。刻法罗斯听出是她的声音。他冲向树丛，找到了妻子。普洛克里斯胸口鲜血直流，她受了致命伤。刻法罗斯赶忙替她包扎伤口，然而终属徒劳。普洛克里斯眼看就要断气了。临死前她对丈夫说：

“刻法罗斯啊，为了我们神圣的婚姻，看在奥林波斯众神和我现在就要去见的冥界诸神的分上，看在我对你的爱情分上，我恳求你，别让你刚才呼喊的那个女人进我们的家门！”

刻法罗斯从行将咽气的普洛克里斯所说的这几句话中弄清了她误解的原因。他赶忙向普洛克里斯解释，她想错了。普洛克里斯渐渐衰竭了，她的双眼蒙上了死亡的阴影，她向刻法罗斯微笑着，在他怀中咽了气。随着诀别的吻，她的灵魂飞向哈得斯的冥国。

刻法罗斯久久不能排解内心的哀痛。由于犯了过失杀人罪，他只得离开故乡雅典，前往有七座城门的忒拜。他在忒拜帮助安菲特律翁猎捕极难捕捉的透墨索斯的恶狐。这只狐狸是波塞冬派来惩罚忒拜人的。每月都得给恶狐送一个男童，这样可以稍稍消除它的怒气。刻法罗斯放出猎犬去追捕狐狸。要不是雷神宙斯将恶狐和猎犬变成两块石头，猎犬将永远追逐恶狐。猎捕透墨索斯的恶狐活动结束后，刻法罗斯参加了安菲特律翁对忒勒玻埃人的战争。因为勇猛善战，他得到了刻法勒尼亚岛的统治权，这个岛就是根据他的名字命名的，他在岛上一直生活到生命终结。

普洛克涅和菲罗墨拉

根据奥维德的长诗《变形记》转述。

厄里克托尼俄斯的后代、雅典国王潘狄翁正在进行一场雅典保卫战。如果不是色雷西亚国王忒柔斯率领军队来支援，潘狄翁要击退人数众多的外国军队并守住雅典城是很困难的。忒柔斯战胜了敌军，把他们逐出阿提刻境外。为了奖励忒柔斯，潘狄翁将自己的女儿普洛克涅嫁给他。忒柔斯偕同新婚妻子返回色雷西亚。回家不久，普洛克涅生了一个儿子。看起来命运诸女神摩伊赖为忒柔斯夫妇安排了幸福的生活。

忒柔斯结婚之后过了五年。有一天普洛克涅向丈夫请求道：

“如果你还爱我，那就放我回去见见我的妹妹菲罗墨拉，或者你去把她接到我们家来。你去雅典接我妹妹，请求我父亲放她来，你就说她很快就能回去的。能看见我妹妹，这对我是莫大的幸福。”

忒柔斯作好驾船远航的准备，很快就起航离开了色雷西亚。他一路平安，顺利抵达阿提刻海岸。潘狄翁热情迎接女婿，将他接进王宫。忒柔斯尚未开口说他此行来阿提刻的目的，普洛克涅的妹妹、美若天仙的菲罗墨拉走了进来。菲罗墨拉的美貌使忒柔斯十分惊羡，他心中不禁升起对菲罗墨拉强烈的欲望。忒柔斯请求潘狄翁允许菲罗墨拉去她姐姐普洛克涅家做客。炽烈的情欲使得忒柔斯口齿伶俐，言之有理。菲罗墨拉不知道自己面临着巨大的危险，也请求父亲准许她去探望普洛克涅。潘狄翁终于同意了。在放菲罗墨拉起程去遥远的色雷西亚之前，潘狄翁对忒柔斯说：

“忒柔斯，我把女儿托付给你。我以永生的众神的名义请求你，要像父亲一样保护她。你要尽快打发她回来，她可是我晚年唯一的安慰。”

潘狄翁又对菲罗墨拉说：

“我的女儿，如果你爱你的老父亲，那就早点回来，别撇下我孤苦伶仃一个人。”

潘狄翁洒泪送别女儿。尽管不祥的预感压迫着他的心，他还是不能拒绝忒柔斯和菲罗墨拉的要求。

潘狄翁美丽的女儿登上了大船。桨手们协调一致地划起桨，大船轻快地驶向外海，离阿提刻海岸越来越远。忒柔斯兴高采烈，眉飞色舞，他呼喊道：

“我胜利啦！我最心爱的美人儿菲罗墨拉现在和我同在一条船上了。”

这一路上忒柔斯目不旁视，寸步不离地守着菲罗墨拉。色雷西亚海岸到了，旅途到了终点。色雷西亚国王忒柔斯并不把菲罗墨拉领到宫中，而是强行把她押到密林里，囚禁在牧人住的茅舍中。无论菲罗墨拉如何痛哭、苦苦哀求，他都丝毫不动恻隐之心。菲罗墨拉备受囚禁之苦，常常呼唤父亲和姐姐，常常呼唤奥林波斯众神，然而她的这种哀求和诉说均属徒劳。她绝望、懊悔、痛心，她抱怨自己的命运。

“心肠狠毒的野蛮人啊！”她高声呼喊道。“无论是我父亲的请求、眼泪，还是我姐姐对我的牵挂都不能触动你的心！你这么做要毁了自己家庭的神圣名誉！忒柔斯，你来剥夺我的生命吧，不过你要知道，伟大的众神看到了你的罪行，如果他们还有能力的话，那你一定会受到应得的惩罚。我要亲口把你的所作所为统统说出去！我要去见公众！如果你不让我走出森林，我就让森林响彻我的怨诉，让永恒的埃忒耳听见我的怨诉，让众神听见我的怨诉！”

听到菲罗墨拉的抗争，忒柔斯大怒欲狂。他抽出利剑，揪住菲罗墨拉的头发，将她捆绑起来，割掉了她的舌头，使潘狄翁这位可怜的女儿无法将他的罪行说出去。此后忒柔斯回去见普洛克涅。普洛克涅问丈夫，妹妹在哪里，忒柔斯对妻子说，她的妹妹死了。普洛克涅听了这个假消息，为菲罗墨拉恸哭了很久。

整整一年过去了。菲罗墨拉仍囚禁在森林里受苦，她无法将自己被忒柔斯囚禁的地址告诉父亲和姐姐。最后她终于想出了向普洛克涅报信的办法。她坐下织布，把自己可怕的经历织在头巾上，再偷偷把头巾寄给普洛克涅。普洛克涅展开头巾，惊骇地发现织在上边的妹妹的痛苦遭遇。普洛克涅并不哭泣，她像疯人似的昏昏沉沉地在宫中到处游荡，心中琢磨的只是如何向忒柔斯报仇。

这几天恰逢色雷西亚妇女庆祝酒神狄俄尼索斯的节日。普洛克涅和其他妇女一起前往森林。她在山坡上的密林中找到了丈夫囚禁菲罗墨拉的茅舍。普洛克涅救出妹妹，悄悄将她接回王宫。

“菲罗墨拉，现在不是流泪的时候，”普洛克涅说，“眼泪帮不了我们忙。我们不该流泪，应该拿起剑来报仇。只要能为你、为我自己报仇，再可怕的暴行我都敢干。我要叫他死个悲惨！”

普洛克涅正说着，儿子走进她的卧室。

“啊，你多么像你的父亲，”普洛克涅瞧了儿子一眼，惊叹道。

她突然紧锁起眉头不吭声了。她起意要干一件残忍的事，心中升腾的愤怒促使她去干这件事。可是儿子信赖地走到她身边，双手抱住母亲，仰起头来想亲吻她。霎时间普洛克涅的怜悯心苏醒了，眼中涌出了泪水，她赶忙转过脸去。可是目光接触到妹妹，她胸中又勃发了不可抑制的狂怒。普洛克涅抓起儿子的手，将他带到宫中稍远的内室。她拔出利剑，掉转身，将剑刺进儿子的胸膛。普洛克涅和菲罗墨拉把可怜的男孩剁成碎块，将一部分肉放在锅里煮，一部分肉用铁叉子叉起来烤，为忒柔斯准备了可怕的食物。普洛克涅亲自侍候忒柔斯用餐，而忒柔斯丝毫没有察觉，吃起用他亲爱的儿子的人肉制作的饭菜。进餐时忒柔斯想起了儿子，让人把儿子叫来。普洛克涅为自己报复成功而暗自高兴，她说：

“你要找的人就在你身上！”

忒柔斯不明白她的话，仍然坚持派人去叫儿子。这时候门帘后边突然走出菲罗墨拉，她把忒柔斯儿子血淋淋的头颅掷向忒柔斯的脸。忒柔斯吓得一哆嗦，现在他明白这顿饭是多么的可怕。他诅咒妻子和菲罗墨拉，推开桌子，站起身来，拔出利剑，追赶普洛克涅和菲罗墨拉，要亲手报杀子之仇，可是他未能追上。她们长出翅膀，变成了两只鸟，菲罗墨拉变成燕子，普洛克涅变成了夜莺。菲罗墨拉变成的燕子的胸部还留有忒柔斯儿子鲜血染成的红斑点。忒柔斯变成了长嘴大羽冠的戴胜。

戴胜头上的羽冠就像忒柔斯头盔上的羽饰。

玻瑞阿斯和俄瑞堤伊亚

不可制服的猛烈的北风神玻瑞阿斯威严可怖。他疾驰于陆地和大海上空的时候，他能卷起摧毁一切的风暴。有一天玻瑞阿斯飞过阿提刻，看见雅典国王厄瑞克透斯的女儿俄瑞堤伊亚，便对她一见钟情。玻瑞阿斯恳求俄瑞堤伊亚做他的妻子，并允许他将她带往自己位于遥远的北方的王国。俄瑞堤伊亚没有同意，她害怕神情威严的北风神。她的父亲厄瑞克透斯也拒绝玻瑞阿斯的求婚。无论玻瑞阿斯如何苦苦央求都无济于事。可怖的风神发怒了，他高声吼叫道：

“我在自找屈辱！我忘了自己有狂暴可怖的威力！难道我该这样低三下四地央求别人？我应该使用自己的力量！我能聚散天空可怕的乌云，我能翻江倒海掀起如山的巨浪，我能连根拔起千年古树，就像揪断几根枯草，我能用冰雹猛击大地，能将水冻成坚硬如石的冰，我能像一个毫无能耐的凡人去央求他们吗？我狂暴地驰过大地，大地为之摇晃，就连哈得斯的地下王国也抖动不已。我能像厄瑞克透斯的仆人那样去恳求他？我不该去央求俄瑞堤伊亚做我的妻子，该用武力夺取她！”

玻瑞阿斯拍击起他那强劲有力的双翼，大地上到处狂风大作，千年古树仿佛芦苇摇曳不止，海上浊浪排空，浪花四溅，密布的黑云遮蔽了整个天空。玻瑞阿斯抖开高过大山的黑色斗篷，顿时到处变得像北方一样严寒。玻瑞阿斯摧毁遇到的一切，急急驰到雅典，抓住俄瑞堤伊亚，盘旋而起，飞往北方的故乡。

俄瑞堤伊亚做了玻瑞阿斯的妻子。她一胎生下两个儿子——仄忒斯和卡拉伊斯。他们俩也像父亲一样长有翅膀。玻瑞阿斯的两个儿子都是伟大的英雄，他们参加了阿耳戈船英雄去科尔喀斯觅取金羊毛的远征，建立了许多伟大的功勋。

代达罗斯和伊卡洛斯

根据奥维德的长诗《变形记》转述。

厄瑞克透斯的后裔代达罗斯是雅典最伟大的画家、雕塑家和建筑师。人们传说他能用白色大理石雕刻出栩栩如生的精妙的雕像，看上去代达罗斯的雕像眼睛有视力，身子能活动。代达罗斯为了工作方便发明了许多工具，斧子和钻就是他发明的。代达罗斯名声远扬。

这位伟大的艺术家有一个外甥叫塔罗斯，是他姐姐珀尔狄刻的儿子。塔罗斯是他舅父的学生。早在少年时期他的天赋和创造力就令所有人惊叹。可以预料，塔罗斯将远远超过他的老师。代达罗斯嫉妒外甥的才华，决心置他于死地。有一天，代达罗斯和外甥站在悬崖边缘高耸的雅典卫城上。当时四周不见一个人影。代达罗斯看到只有他们二人，就将外甥推下悬崖。艺术家深信，他的罪行不会受到惩罚。塔罗斯坠下悬崖，摔得粉身碎骨。代达罗斯匆匆走下卫城，抱起塔罗斯的尸体，准备将尸体偷偷埋入地下，可是正当他挖墓坑的时候，被雅典居民遇上了。罪行败露了。阿瑞俄帕戈斯法庭将他判了死刑。

代达罗斯逃脱了死刑，跑到克里特岛，投奔宙斯和欧罗巴的儿子、强大的国王弥诺斯去了。弥诺斯很乐意保护希腊的这位伟大的艺术家。代达罗斯为克里特国王弥诺斯制作了许多精巧绝妙的艺术品。他还为弥诺斯建造了一座迷宫，这座著名的迷宫里小道迂回曲折，只要进入迷宫，就再也找不到出口。弥诺斯在迷宫中囚禁着他妻子帕西淮所生的可怕的牛首人身怪物弥诺陶洛斯。

代达罗斯在弥诺斯家住了许多年，可是国王仍不放他离开克里特岛，他只想独自享受伟大艺术家创作的艺术品。弥诺斯把代达罗斯当成俘虏软禁在克里特。代达罗斯为了逃离克里特思考了很久，最后终于想出了脱身的办法。

“如果从陆路、海路我不能摆脱弥诺斯的控制，那么天空总是为我敞开的，天空就是我的路！其他出路弥诺斯一概控制，只有空中这条路他不能控制！”代达罗斯高声说道。

代达罗斯着手做准备。他收集羽毛，用亚麻线和蜂蜡将羽毛粘在一起，制作四个大翅膀。代达罗斯在干活，他的儿子伊卡洛斯在他身旁玩耍，一会儿伸手去抓被风吹到空中的羽毛，一会儿又搓揉起蜂蜡。小男孩无忧无虑地玩耍，父亲的活计使他很开心。代达罗斯终于结束了手中的活计，四个翅膀已经制作完工。他把一对翅膀系在自己背上，双手伸进固定在翅膀上的两个绳套中，接着拍动起翅膀，平稳地飞到空中。伊卡洛斯惊奇地望着父亲像一只大鸟似的在空中飞翔。不一会儿，代达罗斯降落地面，对儿子说：

“我说，伊卡洛斯，现在我们就飞出克里特岛。飞行的时候你要小心。不能飞得太低，不能贴近海面，免得咸涩的浪花溅湿你的翅膀。也不能飞得太高，不能靠近太阳，要不太阳会晒化蜂蜡，羽毛就会散落。你跟在我身后飞，不要拉下。”

父子俩双手套上翅膀，轻巧地飞起来。人们看见他俩高高地飞在大地上空，都以为是两位神在蓝天上飞驰。代达罗斯时时回头瞧瞧飞在他身后的儿子。他俩飞越了得罗斯岛和帕洛斯岛，不停地往前飞。

高速飞行使伊卡洛斯感到很开心，他越来越大胆地拍击着翅膀。伊卡洛斯忘记了父亲对他的告诫，现在他再不是跟在父亲身后飞了。他用力地扑棱了一下双翅，飞上了高空，贴近了光芒四射的太阳。灼热的阳光烤化了粘羽毛的蜂蜡，羽毛纷纷脱落，被风吹得在空中远远地四下飘舞。伊卡洛斯挥动双手，可是再也没有翅膀了。他从高得可怕的空中急速坠向大海，终于溺死于波涛之中。

代达罗斯回首四顾，伊卡洛斯不见了。他高声呼喊儿子：

“伊卡洛斯！伊卡洛斯！你在哪儿？快回答！”

没有回答。代达罗斯看见从伊卡洛斯翅膀上掉下的羽毛漂浮在海浪间，他明白发生了什么事。代达罗斯痛恨自己的技艺，悔恨自己那天想出经由空中逃离克里特岛的办法。

伊卡洛斯的尸体在海浪中久久地漂浮，后来这片海域就因他的名字得名，叫伊卡里亚海[①]。最后海浪把伊卡洛斯冲到海岛边，赫拉克勒斯发现尸体，将他安葬。

代达罗斯继续朝前飞行，最后飞到西西里。他在国王科卡罗斯家安顿下来。弥诺斯得知这位艺术家的藏身之地，当即率领大军前往西西里，要科卡罗斯交出代达罗斯。

科卡罗斯的几个女儿不愿失去代达罗斯这位艺术家。她们决定施计杀死弥诺斯。她们说服父亲答应弥诺斯的要求，像接待贵宾一样在宫中款待弥诺斯。然后在弥诺斯洗澡的时候，科卡罗斯的女儿们将一锅沸水倾倒在他头上，弥诺斯被活活烫死了。代达罗斯在西西里一住就是许多年。他的暮年是在故乡雅典度过的，他成了光荣的雅典艺术世家代达罗斯家族的始祖。

忒修斯

根据普鲁塔克的《忒修斯》转述。

忒修斯的诞生与培养

潘狄翁的儿子埃勾斯与兄弟们一起将自己的一帮亲戚——非法篡权的墨提翁的儿子们逐出阿提刻，而后做了雅典的国王。埃勾斯安稳地统治着雅典，统治了很久。唯有一件事使他闷闷不乐：他没有子女。后来他去得尔福神示所找阿波罗的预言家，询问光明之神，为什么众神不赐予他子女。预言家给了他一个含糊不清的答复。埃勾斯久久地思索着，

---

① 萨莫斯岛、帕洛斯岛与小亚细亚海岸之间的海域。

竭力要猜透其中的含义，可是捉摸不透。末了，他去特洛曾城[1]找阿耳戈利斯的聪明的国王庇透斯，请他帮忙猜测阿波罗神示的秘密。庇透斯当即猜出了其中的含义。他知道埃勾斯一定会生一个儿子，儿子将来一定会成为雅典最伟大的英雄。庇透斯希望特洛曾城有幸能成为伟大英雄的故乡。于是他将自己的女儿埃特拉嫁给了埃勾斯。埃特拉做了埃勾斯妻子之后，果然生了一个男孩，可这是海神波塞冬的儿子，不是埃勾斯的儿子。新生儿取名为忒修斯。忒修斯出生不久，国王埃勾斯必须离开特洛曾回雅典。临走，埃勾斯把自己的剑和鞋放在特洛曾城附近山上的一块巨石下边，然后对埃特拉说：

"等我的儿子忒修斯能搬动这块巨石，拿到我的剑和鞋之后，你打发他带着剑和鞋来雅典找我。凭着剑和鞋，我便能知道他是我的儿子。"

忒修斯在十六岁之前一直在外祖父庇透斯家接受教养。智慧出众的庇透斯十分关心外孙子的教养，他看到外孙子各方面都超过同龄人，心中无比喜悦。转眼忒修斯已年满十六，这时候他的膂力、智慧和武艺都已无人可比。忒修斯长得也很英俊，个子高大，体格匀称，眸子明亮，一头黑发拳曲垂肩，不过额前的鬈发已剪下献给了阿波罗。这位青年英雄肌肉发达的身躯显然说明他有着巨大的力量。

忒修斯在去雅典途中的功绩

埃特拉看到儿子的体力超过所有的同龄人，于是把他带到藏有埃勾斯的剑和鞋的那块巨石旁边，对儿子说：

"儿啊，这块巨石下边放着你父亲的剑和鞋，你父亲就是雅典的君王埃勾斯。你搬开巨石，取出剑和鞋，这两样东西将是你们父子相认的信物。"

忒修斯推了一下巨石，轻松地将巨石移到一旁。他拿起剑和鞋，与

---

① 位于伯罗奔尼撒的阿耳戈利斯境内。

母亲和外祖父告别，踏上了去雅典的遥远的旅途。忒修斯没听母亲和外祖父的劝告，不走比较安全的海路，他决定走陆路，穿过伊斯特摩斯去雅典。

这条路充满艰险。路途中忒修斯必须排除许多艰难险阻，同时也就必然建立许多功绩。刚刚走到特洛曾的国境上的厄庇道洛斯城①附近，就遇上了赫菲斯托斯的儿子——巨人珀里斐忒斯。珀里斐忒斯和他的父亲赫菲斯托斯一样，也是跛足，但是人高马大，双手强劲有力。珀里斐忒斯十分残暴，没有一个旅人能通过他所居住的山区，这位巨人用他的铁棒将所有过往路人都打死。然而忒修斯轻而易举地战胜了珀里斐忒斯。这是忒修斯的第一件功绩，他拿上被他打死的珀里斐忒斯的铁棒，作为这次胜利的标志。

往后直到伊斯特摩斯，忒修斯都没有遇到危险。在伊斯特摩斯的松林——波塞冬的圣林里，忒修斯遇到了扳松贼辛尼斯。他是一个心狠手辣的强盗。他用异常残忍的手段杀害所有过路人。他先将两棵松树扳下来，使树冠相接，再把不幸的旅人捆绑在两棵树的树梢上，然后松开那两棵树。两棵树带着巨大的力量挺直树干，同时也就将不幸的旅人的身子撕成两半。忒修斯为所有遭受辛尼斯残害的旅人报了仇。他捆缚住强盗，强劲有力的双手扳下两棵巨松，再将辛尼斯绑在两棵松树的树梢上，然后松开两棵巨松。凶残的强盗就这样被处死了，用的就是他原先杀害无辜旅人所使用的方法。穿越伊斯特摩斯的道路现在畅通了。后来为了纪念这次胜利，忒修斯在战胜辛尼斯的地方创立了伊斯特摩斯竞技会②。

---

① 位于阿耳戈利斯的东海岸。

② 伊斯特摩斯竞技会，系全希腊性的庆祝活动，每两年在科林斯地峡的伊斯特摩斯举行一次。竞技会延续数日，竞技项目包括摔跤、赛跑、拳击、铁饼、标枪及赛车等。

忒修斯往后走的是经过克洛密翁城[1]的路。该城四郊被堤丰和厄喀德那所生的一头巨大凶恶的野猪糟蹋得一片荒芜。城中居民央求年轻的英雄为民斩除这头妖孽。忒修斯追上野猪，挥剑将它砍死。

忒修斯又继续上路。伊斯特摩斯最险恶的地方是在墨伽拉[2]边境，这里有高插云天的陡峭的山岩，悬崖脚下是涛声如吼、浪花飞溅的大海，忒修斯在这里又遇上新的危险。悬崖边缘住着强盗斯喀戎。他强迫经过此处的旅人替他洗脚，当旅人俯身刚要为他洗脚的时候，这个凶残的强盗猛踹一脚，将不幸的旅人踹下悬崖，掉入波涛汹涌的大海。旅人在突出水面的尖利的岩礁上摔死，尸体即被巨大的海龟吞噬。可是这一次斯喀戎刚想踹忒修斯，忒修斯一把抓住强盗的一只脚，将他扔进大海。

在离厄琉西斯城不远处，忒修斯被迫与刻耳库翁搏斗，就像赫拉克勒斯当初被迫与安泰俄斯搏斗一样。强大的刻耳库翁已经害死了许多人，可是忒修斯双手抱住刻耳库翁，像一把铁钳将他扼住，最后将他勒死了。这样，忒修斯也救了刻耳库翁的女儿阿罗珀，他把这个地方的统治权交给阿罗珀与波塞冬所生的儿子希波托翁。

过了厄琉西斯，来到阿提刻的刻菲索斯河谷。忒修斯去找强盗达玛斯忒斯，他的外号叫普洛克儒斯忒斯，意思是抻人匪。这个强盗想出一种特别残忍的方法来残害每一个过往的旅人。他有一张床，他强迫落到他手中的人躺到床上。如果床长人短，普洛克儒斯忒斯就把不幸的人抻长，直至他双脚触到床头。如果是床短人长，普洛克儒斯忒斯就砍掉不幸者的双脚。忒修斯把普洛克儒斯忒斯本人摔倒在床上。对于这个巨人来说，不消说，床显得太短了。于是忒修斯以其人之道，还治其人之身，将普洛克儒斯忒斯处死了。

---

① 该城位于伊斯特摩斯，距科林斯不远。
② 伊斯特摩斯北部地区，东接阿提刻。

这是忒修斯在去雅典途中建立的最后一件功绩。忒修斯不愿身上沾着辛尼斯、斯喀戎、普洛克儒斯忒斯等的斑斑血迹进雅典。他请求费塔利得斯家族的人①在仁慈的宙斯的祭坛旁，为他举行特殊的宗教洗礼仪式。费塔利得斯人十分热情地接待这位青年英雄。他们满足他的请求，为他清洗了身上的血污。现在忒修斯可以进雅典见自己的父亲埃勾斯了。

忒修斯在雅典

忒修斯穿着爱奥尼亚式的长衣，英姿焕发地走在雅典的大街上，蓬松漂亮的鬈发一直泻到肩上。年轻的英雄穿着长衣，不像已建立诸多伟大功绩的英雄，倒像一位姑娘。忒修斯路经阿波罗神庙的建筑工地，工匠们正在盖神庙的屋顶。他们看见英雄，误以为是姑娘，于是纷纷讥笑他。他们笑着大声喊道：

"瞧，一个姑娘无人陪伴独自在城内到处游荡！看哪，她披头散发招摇过市，可她的长衣却在清扫街上的灰尘。"

工匠们的取笑激怒了忒修斯，他跑到套着犍牛的牛车旁，解下犍牛，抓起牛车向高处抛去，牛车从站在神庙屋顶上的工匠们的头顶上空飞了过去。工匠们发现这不是姑娘，而是力量大得可怕的英雄，一个个都害怕了。他们等待着英雄严厉的报复，可是忒修斯只是平静地继续走自己的路。

最后忒修斯来到埃勾斯的宫中。他并不立即向年老的父亲说明自己的身份，只说自己是外乡人，来此寻求庇护。埃勾斯没有认出自己的儿子，可是女巫师美狄亚认出了他。女巫师美狄亚从科林斯跑到雅典，做了埃勾斯的妻子。狡猾的美狄亚许诺埃勾斯，用巫术恢复他的青春，因此她成了雅典王室中的主宰，连埃勾斯本人对她都是言听计从。贪权

① 在厄琉西斯创立纪念得墨忒耳的秘密祭典的费塔罗斯的后人。

的美狄亚明白，如果埃勾斯知道了他在宫中接待的这位英俊的外乡人的身份，这对她将是什么样的危险。为了不丧失权力，美狄亚决意害死英雄。她使年老的国王相信，这个青年是敌人派来的奸细，她说服国王一定要毒死忒修斯。年老力衰的埃勾斯担心别人抢夺他的权力，接受了美狄亚的恶毒主意。

宴会席上美狄亚在忒修斯面前放了一杯毒酒。正巧这时候忒修斯不知为什么拔出了剑。埃勾斯当即认出这是自己十六年前压在特洛曾附近一块巨石底下的利剑。他又朝忒修斯的脚一瞧，看见他穿的正是自己的鞋。现在他明白这个外乡人是谁了。埃勾斯打翻盛着毒酒的杯子，拥抱儿子忒修斯。美狄亚被逐出雅典，带着儿子墨冬跑往密细亚。

埃勾斯向雅典公民郑重宣布自己儿子归来，并介绍了儿子从特洛曾来雅典途中所建立的伟大功绩。雅典居民和埃勾斯同样欢欣鼓舞，他们高声欢呼，欢迎自己未来的国王。

埃勾斯儿子回到雅典的消息传到了埃勾斯兄弟帕拉斯的儿子们的耳中。随着忒修斯的到来，他们想在埃勾斯死后掌管雅典的希望落空了，因为埃勾斯现在有了法定继承人。冷酷的帕拉斯家族不肯放弃对雅典的统治权，他们决心用武力夺取统治权。帕拉斯家族的十五个兄弟以父亲为首前来攻打雅典。他们知道忒修斯力量强大，于是想出如下计策：部分帕拉斯家族的人公开进抵雅典城下，部分暗中埋伏，准备给埃勾斯以突然袭击。可是帕拉斯家族的报信人勒俄斯将他们的计划泄露给了忒修斯。年轻的英雄立即果断地决定采取行动，他先袭击设伏之中的帕拉斯人，将他们全数歼灭，无论武力还是计谋，都未能使他们免于一死。雅典城下的帕拉斯家族的兄弟们得知设伏的兄弟被歼，吓得立即狼狈逃窜。现在埃勾斯在儿子的保护下又能安稳地管理雅典了。

忒修斯不愿待在雅典无所事事。他决定去为阿提刻除害，打死蹂躏践踏马拉松四郊的一头野牛。这头野牛是赫拉克勒斯根据欧律斯透斯国王的命令，从克里特牵到迈锡尼，然后放到野外的。这头公牛跑到阿提刻，成了所有庄稼人的巨大灾难。忒修斯无所畏惧地起程去建立这一伟大功绩。他在马拉松遇见一位老妇人赫卡拉。她将英雄待为贵客，建议英雄在去建立新的功绩之前先向宙斯献祭，祈求宙斯在他与凶猛的野牛进行危险的搏斗之时保护他。忒修斯听从了赫卡拉的劝告。忒修斯很快就找到了野牛，野牛向英雄扑来，可英雄抓住了它的两角。野牛猛地前冲，但未能挣脱忒修斯强劲有力的手。他将牛头按在地上，捆住野牛，将其制服，然后牵往雅典。归途中忒修斯没有遇见年老的赫卡拉，她已经死了。忒修斯隆重祭奠了这位不久之前给他忠告和热情款待过他的赫卡拉。忒修斯把野牛牵到雅典，献祭阿波罗。

忒修斯远航克里特岛

忒修斯来到雅典的时候，整个阿提刻都深深地沉浸在悲愁之中。强大的克里特国王弥诺斯已经第三次派使者来催缴贡赋。这项贡赋既沉重而又使人感到屈辱。雅典人每九年必须给克里特送七个童男七个童女。送去之后他们被锁在巨大的迷宫里，供可怕的牛首人身怪物弥诺陶洛斯食用。弥诺斯强迫雅典人进贡是因为雅典人杀害了他的儿子安德洛革俄斯。现在是雅典人被迫第三次向克里特缴纳这可怕的贡赋。他们已经备好大船，船上挂着黑帆，以表示对即将受难的童男童女的哀悼。

看到人人都很悲痛，年轻的英雄忒修斯决定随同那些童男童女一起去克里特，他要解救他们并终止这种屈辱的进贡。要终止进贡只有先打死怪物弥诺陶洛斯。因此，忒修斯决心先去与弥诺陶洛斯作一次你死我活的厮拼。年老的埃勾斯根本就不愿让自己唯一的儿子离开雅典去克里特，可是忒修斯坚持自己的想法。他向航海家的保护神——得尔福的阿波罗献了祭，可是临起航，得尔福神示所传来神示，要他选择爱神阿佛洛狄忒作为此行的保护神。忒修斯祈求阿佛洛狄忒帮助他建立功绩，向她敬献了祭品，然后起航去克里特。

大船顺利抵达克里特岛。雅典的童男童女被带去见弥诺斯。强大的克里特国王弥诺斯立即注意上年轻英俊的英雄忒修斯。国王的女儿阿里阿德涅也发现了忒修斯，忒修斯的保护神阿佛洛狄忒在阿里阿德涅心中唤起了对忒修斯强烈的爱情。阿里阿德涅决定帮助忒修斯，她无法想象，这位青年英雄将会死在迷宫中，被弥诺陶洛斯撕成碎块。

在与弥诺陶洛斯搏斗之前，忒修斯被迫又建立了一件功绩。弥诺斯侮辱一个雅典姑娘，忒修斯挺身保护她。这时候以自己的出身而骄傲的克里特国王侮辱忒修斯，他很生气，一个普通的雅典人敢于顶撞他——宙斯的儿子。忒修斯则自豪地对国王说：

“你以宙斯的后代而自傲，可我也不是普通凡人的儿子，我的父亲是伟大的大地的震撼者、海神波塞冬。”

“如果你是海神波塞冬的儿子，那就拿出证据来。你去把海底深渊里的戒指捞上来。”说着弥诺斯就将一枚金戒指抛进大海。

忒修斯先向自己的父亲波塞冬做了祈祷，然后大无畏地从陡峭的海岸跃入大海波涛之中。咸涩的浪花高高地飞溅，大海的波涛淹没了忒修斯。人们都惊恐地望着吞没英雄的大海，大家都认为他一去就不复返了。阿里阿德涅满怀绝望地站在那里，她也深信忒修斯必定死了。

忒修斯入水后头顶上方的海浪一合拢，海神特里同立即接住他，一眨眼便把他送到波塞冬的水下宫殿里。波塞冬喜气洋洋地在奇妙的水晶宫里欢迎儿子，把弥诺斯的戒指交给他，波塞冬的妻子安菲特里忒为忒修斯的英俊和胆魄所折服，亲手在他蓬松的鬈发上戴上金冠。特里同又托起忒修斯，把他从海底深渊送到英雄入海处的海岸。忒修斯向弥诺斯证明，他是海洋的主宰波塞冬的儿子。弥诺斯的女儿阿里阿德涅为英雄从大海深处安然无恙地回到岸上感到高兴。

忒修斯面临着艰险异常的事业，他必须打死怪物弥诺陶洛斯。不过现在阿里阿德涅来帮助忒修斯了。她偷偷将父亲的利剑和一个线团交给忒修斯。人们把忒修斯和七对注定要让弥诺陶洛斯撕食的童男童女送往迷宫之后，忒修斯将线团的线头拴在迷宫的入口处，沿着迷宫中错综复杂、漫无尽头的通道向前走去。他边走边捯开线团，以便以后能沿着线原路返回，走出这座根本不可能找到出口的迷宫。忒修斯不停地向前走着，最后终于走到怪物弥诺陶洛斯所处的地方。怪物吼叫着，垂下长有巨大尖角的牛头朝年轻的英雄冲来，猛烈的搏斗开始了。弥诺陶洛斯好几次凶狠猛烈地扑向忒修斯，忒修斯每次都用利剑狠狠反击。最后忒修斯抓住怪物一只角，将利剑刺进它的胸膛。忒修斯宰了弥诺陶洛斯后，顺着原先布下的线走出了迷宫，并将七对雅典的童男童女也带出了迷宫。阿里阿德涅在迷宫门口迎接他们，欣喜地祝贺忒修斯。被忒修斯救出的少男少女们个个兴高采烈。他们戴上玫瑰花冠，唱歌赞颂忒修斯及其保护神阿佛洛狄忒，愉快地跳起了环舞。

现在必须考虑如何逃脱暴怒的弥诺斯的毒手。忒修斯先在自己的大船上做好开航的一切准备工作，再将拖到岸上的所有克里特人的船的船底凿了大洞，然后立即起航返回雅典。阿里阿德涅爱着忒修斯，她也跟随忒修斯去雅典。

回程途中忒修斯来到那克索斯岛。他和伙伴们在岛上休息，以消除旅途劳顿，忒修斯做了一个梦，梦见酒神狄俄尼索斯对他说，他必须把阿里阿德涅留在那克索斯岛荒凉的岸边，因为众神指定她做他酒神狄俄尼索斯的妻子。忒修斯醒来之后心中无比惆怅，他匆匆收拾停当又上路了。他不敢违抗诸神的意志。阿里阿德涅成了女神，做了狄俄尼索斯的妻子。狄俄尼索斯的旅伴们高声欢迎阿里阿德涅，为伟大的酒神的妻子唱起了赞美歌。

忒修斯的大船张着黑帆在蔚蓝色的大海上高速航行。现在远方隐约出现了阿提刻的海岸。正为失去阿里阿德涅而悲伤的忒修斯忘却了自己原先答应埃勾斯的事：如果他战胜弥诺陶洛斯并顺利返回雅典，则将船上的黑帆换成白帆。埃勾斯盼望着儿子归来。他站在海边高高的山崖上，凝视着大海的远方。这时候，远方出现了一个黑点，黑点渐渐变大，越来越近。这是他儿子的大船。大船越来越近，埃勾斯瞪起双眼细看，船上挂的到底是什么颜色的帆。啊，挂的不是在阳光下闪闪放光的白帆，而是黑帆。这么说，忒修斯死了！绝望的埃勾斯从高高的山崖跳进了浪涛滚滚的大海自尽了，随后海浪将他没有生命的尸体抛上了岸。从此以后，埃勾斯丧生的这片海域就叫作埃勾斯海，即爱琴海。忒修斯让大船靠上阿提刻的海岸，便向诸神献祭，突然他惊悉自己无意之中已成为父亲死亡的罪魁祸首。悲痛欲绝的忒修斯隆重地安葬了父亲，尔后继承了雅典的统治权。

忒修斯与阿马宗人

贤明的忒修斯出色地管理着雅典。可是他并不安于待在雅典，常常离开雅典，去参加希腊英雄们建功立业的各种重大活动。例如，他参加了卡吕冬狩猎，参加了阿耳戈船英雄觅取金羊毛的远征，参加了赫拉克勒斯征讨阿马宗人的战争。攻陷阿马宗女人国都城忒弥斯库拉之后，忒修斯带着作为英勇作战的奖赏的阿马宗人的女王安提俄珀回到雅典。到雅典后，安提俄珀成了忒修斯的妻子，忒修斯举办了豪华的婚礼，庆祝自己与阿马宗人的女王成婚。

阿马宗人为希腊人摧毁了她们的都城，决定向希腊人复仇，将女王安提俄珀从她们以为的忒修斯的沉重奴役下解救出来。阿马宗人庞大的军队进入了阿提刻。雅典人无奈藏在城墙后面躲避英勇的阿马宗人的攻击。可是阿马宗人攻入雅典城内，迫使雅典人躲进难以攻破的雅典卫城。阿马宗人在城内阿瑞俄帕戈斯小丘上安营扎寨，围困雅典人。为了驱逐英勇善战的暴烈的阿马宗人，雅典人曾数次出击。最后进行决战。

安提俄珀与丈夫忒修斯并肩作战，一起出击原先是她部下的阿马宗人。她不愿抛弃她所热爱的英雄丈夫。可是在这场决战中等待安提俄珀的却是死亡。一个阿马宗人投出的长枪在空中一闪，锐利的枪尖扎进了安提俄珀的胸膛，她倒在丈夫脚下死了。交战双方都惊恐地望着倒地身亡的安提俄珀。忒修斯对着妻子的尸体哀痛地俯下身子。血腥的战斗中止了。阿马宗人和雅典人都满怀悲痛，安葬了年轻的王后。阿马宗人撤离阿提刻，返回遥远的故乡。雅典城久久笼罩着悲哀的气氛，哀悼过早丧生的美丽的安提俄珀。

忒修斯和珀里托俄斯

在忒萨利亚居住着英勇强悍的拉庇泰人[①]，统治着他们的是强大的英雄珀里托俄斯。他听说所向无敌的英雄忒修斯胆略过人、力量超群，很想与他一比高低。为了向忒修斯挑战，珀里托俄斯来到马拉松，偷走了在牧草茂盛的牧场上放牧的忒修斯的牛群。忒修斯听到消息，立即就去追赶盗贼，很快就追上了珀里托俄斯。两位英雄相遇了。他们都穿着闪闪发光的甲胄，面对面地站立着，就像两个威严的神。他俩彼此都为对方的凛然的气概而惊讶，两人一样勇敢，一样强悍，一样英俊。他们扔掉武器，握手言和，结成亲密的联盟，建立了牢不可破的友谊，为此双方还交换了武器。忒修斯和珀里托俄斯两位英雄就这样成了朋友。

此次相逢之后不久，忒修斯前往忒萨利亚参加珀里托俄斯和希波达弥亚的婚礼。婚礼热烈、隆重，许多著名的英雄从希腊各地赶来参加婚礼。半人半兽的马人们也应邀前来贺喜。婚宴极为丰盛，整个王宫摆满了食桌，坐满了宾客，由于宾客过多，王宫里坐不下，部分来宾只得在一个凉爽的大山洞里吃喝。到处飘散着香气，婚礼的歌声和乐声不绝于耳，宾客欢乐的喊叫声此起彼伏。所有宾客不时地赞美新郎和新娘，而新娘在众人之中显得那样俊美绝伦，光耀夺目，简直就像天上的星星。

---

①神话传说中的民族。

宾客们快活地吃着、喝着，葡萄美酒流淌似河。席上的呼喊声一阵高过一阵。突然，最强悍、最野蛮的马人欧律托斯喝醉酒跳了起来，扑到新娘身上。他用强劲有力的双手抱起新娘，想抢走她。其他马人见了也纷纷扑向出席宴会的妇女，他们都想抢个妇女回去。忒修斯、珀里托俄斯和其他希腊英雄从筵席旁边跃起身来保护妇女。宴会中止，残酷的斗殴开始了。英雄们赤手空拳与马人拼搏，因为他们参加宴会都不带武器。现在一切都成了武器，沉重的酒杯，巨大的酒坛，桌腿，刚刚还是香烟缭绕的三脚供桌，这些都用上了。英雄们逐步将凶猛的马人逼到宴会大厅外边，到了大厅外，搏斗继续进行。现在诸位希腊英雄手执盾牌和兵器与马人厮杀。马人们连根拔起大树当作武器，并将大块大块的岩石投向英雄。冲杀在前面的英雄是忒修斯、珀里托俄斯、珀琉斯及其儿子涅斯托耳。他们身旁马人血污的尸体愈堆愈高，马人们接二连三倒地死亡。最后马人们终于支持不住，狼狈逃窜，躲进高高的珀利翁山的森林。希腊英雄战胜了凶猛的马人，在这场残酷的搏斗中幸存下来的马人为数不多了。

劫持海伦。忒修斯和珀里托俄斯试图劫取佩耳塞福涅。忒修斯之死

珀里托俄斯的妻子、美丽的希波达弥亚活了没多久，她死于花容月貌的盛年。哀悼亡妻之后过了一段时间，丧偶的珀里托俄斯决定再婚。他来雅典找自己的朋友忒修斯，两人决定去劫持美丽的海伦。海伦当时还是年少的姑娘，可是关于她的美貌全希腊远近都已闻名。忒修斯和珀里托俄斯悄悄来到拉科尼亚，这时海伦和女伴们一起正为庆祝女神阿耳忒弥斯的节日在欢快地跳舞，他们将海伦掳走了。他俩抓住海伦，匆匆跑到阿耳卡狄亚的山中，然后经由科林斯、伊斯特摩斯，将海伦带到阿提刻，带到雅典城。斯巴达人拼命追赶，但最终未能追上劫持者。忒修斯和珀里托俄斯先将海伦藏在雅典城里，然后抓阄决定，美丽非凡的姑

娘应当归谁，结果忒修斯得到海伦。不过这两个朋友事先已发誓，无论谁先得到秀发拳曲的海伦，都必须帮助另一人劫取妻子。

忒修斯抓阄得到海伦，珀里托俄斯要求他帮助自己劫取冥国鬼魂的主宰哈得斯的妻子佩耳塞福涅。忒修斯很是恐惧，可是他又有什么办法呢？他既然发过誓，就不能违背自己的誓言。他只得陪珀里托俄斯去冥国。朋友俩通过雅典附近的科隆村边深幽的裂罅下到地下王国。他们来到冥国，来到哈得斯面前，要求他把佩耳塞福涅送给他们。地下王国的主宰无比愤怒，但是他强压怒火，叫两位英雄坐到冥国入口处一把岩石凿成的宝座上。两位英雄刚入座，立即和宝座长合在一起，再也动弹不得。哈得斯对他们的无理要求作了这样的惩罚。

在忒修斯滞留冥国期间，美人海伦的两个哥哥卡斯托耳和波吕丢刻斯到处寻找妹妹。最后他们打听到海伦被忒修斯藏匿在雅典。于是他们立即围攻雅典，易守难攻的城堡也守不住了。卡斯托耳和波吕丢刻斯攻破城堡，救出了妹妹，并将忒修斯的母亲埃特拉掳走。卡斯托耳和波吕丢刻斯把雅典和整个阿提刻的统治权交给了忒修斯的夙敌墨涅斯透斯。忒修斯在哈得斯的冥国待了很久，忍受着痛苦的折磨，最后最伟大的英雄赫拉克勒斯拯救了他。

忒修斯又回到了阳光照耀的世界，可是回来之后并没有任何欢乐。难以攻破的雅典城已被摧毁，海伦被救走，母亲被俘，在斯巴达受奴役，两个儿子得摩福翁和阿卡玛斯被迫逃离雅典，权力落入仇敌墨涅斯透斯之手。忒修斯告别阿提刻，远走优卑亚岛，那里有他的领地。现在不幸伴随着忒修斯。斯库洛斯岛的国王吕科墨得斯不愿将领地交还忒修斯，他将伟大的英雄骗到高高的悬崖上，把他推下大海。阿提刻最伟大的英雄就这样死于阴谋之手。只是在墨涅斯透斯死后许多年，忒修斯的两个参加过特洛伊战争的儿子才返回雅典。两个儿子在特洛伊找到了忒修斯的母亲埃特拉。埃特拉是作为女奴和海伦一起被特洛伊国王普里阿摩斯的儿子帕里斯带到特洛伊的。

墨勒阿革洛斯

卡吕冬[1]国王、英雄墨勒阿革洛斯的父亲俄纽斯曾经得罪了伟大的女神阿耳忒弥斯。有一天，他在自家的果园和葡萄园里庆祝丰收，他向奥林波斯众神敬献了丰富的祭品，唯独没向阿耳忒弥斯献祭。阿耳忒弥斯为此严厉惩罚俄纽斯。她将一头凶猛的野猪派到俄纽斯的国家。巨大、凶残的野猪把卡吕冬四郊践踏得一片荒芜。它用巨大的獠牙连根掘起成片的大树，毁坏一座座葡萄园和鲜花盛开的苹果园。如果遇上人，它也决不放过。卡吕冬四郊疮痍满目，景象凄凉。俄纽斯的儿子墨勒阿革洛斯面对压在人们心头的悲愁，决定围捕并打死这头野猪。他召集希腊许多英雄来进行这项危险的狩猎。参加这次围捕的有斯巴达的卡斯托耳和波吕丢刻斯，雅典的忒修斯，斐赖国王阿德墨托斯，伊俄尔科斯的伊阿宋，忒拜的伊俄拉俄斯，忒萨利亚的珀里托俄斯，佛提亚的珀琉斯，萨拉弥斯[2]的忒拉蒙及其他许多英雄。疾步如飞、快似奔鹿的阿塔兰塔也从阿耳卡狄亚赶来参加卡吕冬狩猎。她从小生长于山林。她一降生，父亲就命令将她送到山中，因为他不喜欢女孩。在山谷里一头母熊喂养阿塔兰塔，她就在猎人中间渐渐长大，成了像阿耳忒弥斯一样的好猎手。

各路英雄在热情好客的俄纽斯家大吃大喝了整整九天。最后他们出发去猎捕野猪。四周山林响彻数不胜数的猎犬的狂吠。猎犬将野猪轰起来，朝野猪追去。被猎犬追逐的、奔跑似旋风的野猪终于出现在猎人的眼前。猎人们冲向野猪，各自急急投出手中的标枪，可是与巨大的野猪的这场搏斗艰险异常，它那可怕的獠牙的巨大力量没有一个猎人领教过。野猪用獠牙刺死了阿耳卡狄亚英勇无畏的猎手安开俄斯，当时他

---

① 中希腊西部城市，位于埃托利亚地区欧厄诺斯河河畔。
② 萨罗尼加湾中岛屿，离阿提刻海岸不远。

挥动两刃斧想劈死野猪。这时候阿塔兰塔拉开硬弓，朝野猪射出一支利箭。与此同时，墨勒阿革洛斯赶上前去，奋力投出标枪，将这头巨大的野猪结果了。狩猎结束了，所有猎人都为狩猎成功而高兴。

可是究竟应该奖励谁呢？许许多多英雄参加了这次狩猎，其中许多人投出的标枪都曾刺伤野猪。为争奖赏引起了一场争吵，女神阿耳忒弥斯又为这场争吵煽风点火，因为她恨墨勒阿革洛斯打死了她的野猪。

这场争吵最后酿成了卡吕冬居民埃托利亚人与邻近的普琉戎城的居民库勒忒斯人之间的一场战争。后来强大的英雄墨勒阿革洛斯参战加入埃托利亚人的队伍，埃托利亚人最终打赢了这场战争。

在战争最激烈的时候，墨勒阿革洛斯杀死了舅舅。他的母亲阿尔泰亚得知她最心爱的兄弟的死讯，感到无比哀痛。当她知道兄弟死在儿子手下，不禁怒火升腾。愤怒之中她恳求冥国国王哈得斯及其妻子佩耳塞福涅来惩罚儿子墨勒阿革洛斯。不仅如此，她在狂乱之中还请复仇女神们来惩罚儿子。墨勒阿革洛斯得知母亲期望自己亲生儿子死亡，心中无比愤慨，当即离开了战场。他双手抱头，忧伤地坐在他美丽的妻子克勒俄帕特拉的卧室里。墨勒阿革洛斯离开埃托利亚人的队伍，不再参战之后，埃托利亚人再也不能连连取胜。现在库勒忒斯人开始获胜了。他们已经围住了富裕的卡吕冬，卡吕冬面临着覆亡的危险。卡吕冬的老人们恳求墨勒阿革洛斯重返战斗的行列，可是白费口舌。他们答应给他以丰厚的奖励，可是英雄依然不为所动。现在墨勒阿革洛斯年迈的父亲俄纽斯亲自出马来到克勒俄帕特拉的卧室门外，他敲着紧闭的房门，央求儿子息怒，不计前嫌，因为生他养他的卡吕冬城已经危在旦夕。可是墨勒阿革洛斯连父亲的话也不听。墨勒阿革洛斯的姐妹、母亲、亲朋好友都来恳求他参战相助，可他依然铁石心肠，哀求不动。库勒忒斯人已经占领卡吕冬城的城墙，他们纵火焚烧城内的房屋，要把一切付之一炬。最后墨勒阿革洛斯所处卧室的墙壁也被敌兵冲击得摇动不已。这时他的妻子害怕得跪倒在他面前，哀求他拯救城市，使其免遭毁灭。克勒俄帕特拉让墨勒阿革洛斯设想一下城破国亡之后将要遭到的厄运，想想敌人取胜之后将把卡吕冬人的妻子、儿女劫去当奴隶的可怕景象。难道他希望这样的命运也落到她的头上吗？强大的墨勒阿革洛斯终于接受了妻子的请求。他匆匆穿上闪闪放光的盔甲，腰间佩上利剑，双手拿起巨大的盾牌和长枪。墨勒阿革洛斯冲上战场，击退了库勒忒斯人，挽救了卡吕冬。然而等待墨勒阿革洛斯的却是死亡。死亡王国的诸神听见了阿尔泰亚的祈求和诅咒。于是远射之神阿波罗射出一支金箭，将墨勒阿革洛斯射死在战场，墨勒阿革洛斯的灵魂飞往鬼魂所居的凄凉的冥国。①

库帕里索斯

根据奥维德的长诗《变形记》转述。

在刻俄斯岛②的卡耳透斯谷地有一头属于仙女的圣鹿。这头鹿长得美丽非凡。枝状的鹿角包覆着黄金，脖颈上戴着珍珠项链，耳朵上缀着珍贵的耳饰。鹿在人们面前丝毫不胆怯。它常常走进居民住宅，主动伸出脖子任人抚摩。当地所有居民都喜爱这头鹿，箭手阿波罗的朋友、刻俄斯岛国王的儿子库帕里索斯最喜爱它。库帕里索斯把鹿带到青草肥嫩的草地上，带到流水淙淙的小溪边，将用芳香扑鼻的鲜花编成的花冠戴在它的角上。与鹿嬉戏的时候，库帕里索斯常常笑着跳上鹿背，骑着它在鲜花盛开的卡耳透斯谷地里到处游荡。

一个炎夏的正午，炽热的太阳烘烤着大地，空气中热浪滚滚。鹿跑到浓荫下躲避正午的暑热，它躺在灌木丛中。库帕里索斯偶然到这头鹿

① 关于墨勒阿革洛斯之死另有一种神话传说：墨勒阿革洛斯出生后，命运诸女神来到他母亲阿尔泰亚跟前。其中一位女神对她说："等炉子里这块木头燃尽，你的儿子就要死亡。"听到这句话，阿尔泰亚当即熄灭木头上的火，将其装进匣子仔细收藏。墨勒阿革洛斯打死舅舅，阿尔泰亚记起命运女神的预言。她痛恨儿子，取出匣中的木头，将其烧毁。木头燃成灰烬，他当即死亡。

② 爱琴海基克拉泽斯群岛的岛屿之一。

躺卧的地方来打猎。由于枝叶遮掩着他心爱的鹿，他没有看清，投出锋利的标枪，误将鹿打死了。库帕里索斯发现误杀了心爱的鹿，他简直惊呆了。他哀痛不已，真愿随鹿一起死掉。阿波罗竭力安慰他，可是没有效果，库帕里索斯的悲痛是无法安慰的。他恳求银弓之神阿波罗让他永远这样哀伤，阿波罗满足了他的要求，让他变成一棵柏树。库帕里索斯的鬈发变成暗绿色的针叶，他的躯体覆盖了一层树皮。一棵挺拔的柏树耸立在阿波罗面前，树顶似箭，直指青天。阿波罗叹了口气，轻声说道：

“我将永远为你悲伤，英俊的少年。你将为别人的痛苦悲伤。你就永远与哀伤者在一起吧！”

从此以后，希腊人如遇家人去世，便在门边挂上柏枝；焚化死者遗体的篝火旁边也装饰柏枝，人们还在坟墓四周栽植一些柏树。

俄耳甫斯和欧律狄刻

根据奥维德的长诗《变形记》转述。

俄耳甫斯在冥国

伟大的歌手俄耳甫斯是河神俄阿格洛斯与缪斯女神卡利俄珀的儿子，他居住在遥远的色雷西亚。他的妻子是美丽的神女欧律狄刻。俄耳甫斯热爱妻子，可是他与妻子共同幸福生活的日子并不长。婚后不久的一天，美丽的欧律狄刻和活泼机灵的女伴们去绿色的山谷里采摘春天的鲜花。欧律狄刻不小心踩着了茂密草丛中的一条蛇，那蛇在俄耳甫斯妻子脚上咬了一口。欧律狄刻高声惨叫，倒在闻声赶来的女伴们的怀中。她脸色煞白，双目紧闭。毒蛇夺走了她的生命。欧律狄刻的女伴们又惊又怕，大声哭喊。俄耳甫斯远远听见哭声，匆匆跑向谷地，但是到那里他看到的只是温柔可爱的妻子冰冷的尸体。俄耳甫斯悲痛欲绝，他不甘心就此失去妻子。他为欧律狄刻之死哀哭了很久，整个大自然听到他悲痛的哭诉也随之悲哀动容。

最后俄耳甫斯决定去鬼魂所居的冥国，恳求冥国主宰哈得斯及其妻子佩耳塞福涅归还他的妻子。俄耳甫斯穿过泰那洛斯①一个深幽的洞穴，来到冥河斯堤克斯河岸边。

俄耳甫斯站在河岸上。可是怎样才能渡过冥河去对岸的哈得斯的冥国呢？他身边聚集着一群鬼魂，鬼魂的呻吟隐约可闻，就像深秋时节林中落叶的沙沙声。突然远处传来船桨击水的响声。这是为死者鬼魂摆渡的艄公卡戎划着船过来了。卡戎将船靠了岸。俄耳甫斯请求卡戎将他和死者鬼魂一起送到对岸，可是被严厉的艄公拒绝了。无论俄耳甫斯怎样央求，卡戎的答复始终是不行。

这时候，俄耳甫斯拨动金竖琴的琴弦，琴声犹如宽阔的波浪沿斯堤克斯河岸奔流而去。俄耳甫斯的琴声使卡戎迷醉了，艄公支起桨听歌手弹奏。俄耳甫斯弹着琴登上船，卡戎划船离岸，大船在冥河的黑水中向前驶去。卡戎将俄耳甫斯送到对岸。俄耳甫斯离船上岸，仍弹着金竖琴，走进鬼魂所居的冥国，走向哈得斯的宝座，他身边簇拥着许多听到琴声飞来的鬼魂。

俄耳甫斯弹着竖琴来到哈得斯的宝座跟前，朝哈得斯鞠了一躬。他猛地叩击琴弦唱了起来，他歌唱自己对欧律狄刻的爱情，歌唱他与妻子在阳光明媚的春日的幸福美好的生活。可是幸福的时日匆匆消逝，欧律狄刻已经逝世。俄耳甫斯又唱自己的不幸，爱情毁灭的痛苦，唱自己对亡人的思念。哈得斯的整个冥国都在倾听俄耳甫斯的歌声，大家都为他的歌声所陶醉。哈得斯垂首抵胸，在听俄耳甫斯歌唱。佩耳塞福涅头靠丈夫肩头也在凝神倾听，悲伤的泪水在她睫毛上颤动。迷人的歌声使坦塔罗斯忘却了饥渴的折磨。西叙福斯也停止了沉重、无效的劳动，坐在他正在推滚上山的那块巨石上，陷入深深的沉思。达那伊得斯姐妹陶醉于俄耳甫斯的歌声，将她们注水的无底桶也忘掉了。威严可怖的三首女

① 位于伯罗奔尼撒南端，即今马塔潘角。

神赫卡忒双手掩面，免得别人看到她眼中泪水涟涟。就连从来不知怜悯的命运三女神也被俄耳甫斯的歌声所打动，眼中也是泪光闪闪。可是金竖琴的声音越来越小，俄耳甫斯的歌声越来越低，最后就像隐隐约约的悲叹，终于消失了。

周围鸦雀无声，一片寂静。还是哈得斯打破了沉寂，他问俄耳甫斯为何来冥国，对他哈得斯有何要求。哈得斯像所有神祇一样凭斯堤克斯河水立下不可违背的誓言，一定满足这位杰出歌手的要求。这时俄耳甫斯对哈得斯说：

“强大的哈得斯啊，当我们凡人结束生命的时候，你把我们统统接纳进你的王国。可是我来此并非为了一睹冥国到处充斥的可怖景象，也不像赫拉克勒斯来此是为了牵走冥国卫士三头恶狗刻耳柏洛斯。我是来请求你放我的欧律狄刻回地上。请你让她复活，你看得出我为她的死多么痛苦！君王啊，你设身处地想一想，如果你的妻子佩耳塞福涅被夺走，你也会感到痛苦的。你放欧律狄刻走，她不是永远不回来。以后她还会回你的冥国。哈得斯啊，我们的夫妻生活很短暂。你就让欧律狄刻再体验体验生活的欢乐吧，因为她来你冥国的时候实在太年轻了！”

哈得斯沉吟了一阵，最后对俄耳甫斯说：

“好吧，俄耳甫斯，我把欧律狄刻还给你！你带她回阳间，带她去见阳光。但是你必须遵守一个条件：你跟着赫耳墨斯走在前面，赫耳墨斯领你走，欧律狄刻走在你后边。在冥国的路上你不能回头。切记！如果回头瞧一下，欧律狄刻立即就会离开你，并且永远留在我的冥国。”

俄耳甫斯答应了哈得斯提出的一切条件。他急于起程回家。快捷如思维的赫耳墨斯领来欧律狄刻的灵魂。俄耳甫斯欣喜地望着欧律狄刻的灵魂，一心想拥抱她，但是赫耳墨斯拦住他，说：

“俄耳甫斯，你要拥抱的只是影子。快走，路途艰难得很呢。”

他们一行上路了。赫耳墨斯走在最前面，接着是俄耳甫斯，其后是欧律狄刻的灵魂。他们匆匆走出哈得斯的冥国。卡戎用船将他们送过斯堤克斯河。现在面前是通向地面的小径。路途艰难。小径陡立，乱石当道。四周一片昏黑。走在前面的赫耳墨斯的身影若隐若现。这时前方远远闪出一点亮光，那是出口。现在近处似乎也变得不那么黑暗了。要是俄耳甫斯转过身来，他应能看见欧律狄刻。她是否跟在他们后边呢？她会不会还留在鬼魂所居的黑暗的冥国呢？她可能拉下了，因为路实在太难走！要是她掉在后边，她注定得在黑暗中永远徘徊。俄耳甫斯放慢脚步，侧耳细听。听不见任何声音。是啊，难道虚幻的影子会有脚步声？俄耳甫斯越来越为欧律狄刻担心了。现在他是走走停停。四周越来越明亮，现在俄耳甫斯应能看清妻子的影子了。他终于不顾一切，停下脚步，转身望去。他看见欧律狄刻的影子就在自己面前。俄耳甫斯朝她伸出双手，可是这当儿欧律狄刻的影子越离越远，最后隐没于黑暗之中。俄耳甫斯绝望至极，像石头似的呆立在那里。他不得不为欧律狄刻的再次死亡而痛苦，这样，妻子的再次死亡就得怪他自己了。

俄耳甫斯久久地呆立着，就像一尊没有生命的大理石雕像。最后他微微一动，挪了一步、两步，又朝斯堤克斯河边走去。他决定再去找哈得斯，再央求他归还欧律狄刻。但是老艄公卡戎不肯用他那快要腐朽的木船送俄耳甫斯过河，无论歌手怎么哀求，都触动不了卡戎的铁石心肠。悲愁的俄耳甫斯在斯堤克斯河边坐了七天七夜，他抛洒着悲伤的泪珠，不吃也不喝，只是一直抱怨冥界诸神。到了第八天他才决定离开斯堤克斯河边，回色雷西亚。

俄耳甫斯之死

欧律狄刻死后已经过去四年，俄耳甫斯对她依然一往情深。他不想与任何一位色雷西亚姑娘成亲。早春的一天，树枝上刚刚吐出一点新绿，伟大的歌手坐在一座不高的小丘上。他脚边摆着那把金竖琴。歌手拿起竖琴，轻轻地弹拨琴弦，开口唱了起来。自然界的一切马上都倾听他美妙的歌声。俄耳甫斯的歌声具有征服一切、吸引一切的巨大力量，使得各种猛兽着魔似的离开山林，聚集到他身旁。飞鸟也纷纷飞来听他歌唱。就连树木也离开原地围到他的身旁，橡树和杨树，挺拔的柏树和阔叶的梧桐，松树和杉树，统统围住他，听他歌唱，没有一根树枝，没有一片树叶抖动。整个大自然仿佛都沉醉在俄耳甫斯悦耳的歌声和动听的琴声中。突然远处传来响亮的欢呼声、铃鼓声和笑声。原来是喀孔涅斯妇女们在庆祝酒神巴克科斯欢乐的节日。过酒神节的妇女们走近前来，看见了俄耳甫斯，其中一人高声喊道：

"他就是仇恨女人的家伙！"

这个妇女举起酒神杖，掷向俄耳甫斯。但缠绕在酒神杖上的常春藤保护了歌手。另一个女人将一块石头砸向俄耳甫斯，可是石头被迷人的歌声征服，落在俄耳甫斯的脚边，好像在恳求宽恕。俄耳甫斯周围妇女们的喊声越来越响亮，歌声越来越嘹亮，铃鼓也轰响得愈加猛烈了。巴克科斯酒神节的喧闹盖过了歌手俄耳甫斯的歌声。妇女们像猛禽成群地朝他扑来，将他团团围住。酒神杖和石块犹如冰雹朝歌手纷纷砸来。俄耳甫斯徒劳地苦苦哀求，树木和山岩都曾听从他的声音，可是这些疯狂的女人却毫不理会。鲜血淋淋的俄耳甫斯倒在地上，他的灵魂飞走了。狂暴的妇女们用沾满鲜血的手将他的身体撕碎。他的头颅和竖琴被抛进水流湍急的赫布洛斯河①。喃，奇迹出现了！竖琴随波漂流，琴弦却发出轻轻的铮铮声，似乎在悲叹歌手的死亡，河岸也在应声呜咽。整个大自然在为俄耳甫斯痛哭，树木花草在哀泣，飞禽走兽在哀泣，就连默不作声的山岩也在流泪。它们悲痛的泪水汇入大河，连河水也上涨了。河川山林神女和护树神女们披散头发，穿上黑色衣衫以示哀悼。赫布洛斯河水带着俄耳甫斯的头颅和竖琴越漂越远，一直漂进辽阔的大

① 色雷西亚的河流，现为马里察河。

海，海浪又把竖琴冲到列斯博斯岛[1]的海岸边。从此岛上响起美妙动听的歌声。后来诸神把俄耳甫斯的金竖琴安置在天上的星系中间[2]。

俄耳甫斯的灵魂到了冥国，看到了他原先寻找欧律狄刻到过的地方。伟大的歌手终于和欧律狄刻团聚了，他爱怜地将妻子紧紧搂在怀中。他俩从此再也不分离。俄耳甫斯和欧律狄刻的灵魂在长满阿福花的黑暗的原野上游荡。现在俄耳甫斯可以毫无惧怕地转身察看欧律狄刻是否跟在他身后。

许阿铿托斯

根据奥维德的长诗《变形记》转述。

斯巴达国王年少的儿子许阿铿托斯像奥林波斯神一样俊秀洒脱。他是箭神阿波罗的朋友。阿波罗常常到欧洛塔斯河畔，到斯巴达城找他的朋友许阿铿托斯，他们一起到山坡上的密林中打猎，或者一起从事斯巴达人所热衷的竞技比赛，借以娱乐和消磨时光。

有一天，时近炎热的中午，阿波罗和许阿铿托斯在进行投掷铁饼比赛。铁饼一次又一次地飞上天空，一次比一次飞得高。现在强劲有力的阿波罗使出全力将铁饼掷了出去。铁饼飞上云端，然后又像闪烁的星星一样落向地面。许阿铿托斯跑向铁饼将要着地之处，他想早点捡起铁饼再投掷，好让阿波罗看看他这个少年竞技家在投掷铁饼方面丝毫不比他阿波罗这位神祇逊色。铁饼落地之后弹跳起来，带着一股可怕的力量击中了跑上前来的许阿铿托斯的头。许阿铿托斯一声惨叫跌倒在地。殷红的鲜血涌出伤口，染红了英俊少年黑色的鬈发。

惊惧不已的阿波罗跑上前去，俯身扶起朋友，将他满是鲜血的头搁在自己的膝盖上，竭力为他止血，可是没有成功。许阿铿托斯的脸色变

---

① 爱琴海岛屿，近小亚细亚海岸。

② 即天琴座，其中包括一等星织女一。

得苍白，一向炯炯有神的双眼暗淡了，他的头无力地低垂着，就像被正午的骄阳晒蔫的野花的花冠。阿波罗绝望地喊叫道：

“我亲爱的朋友，你要死了吗？哦，灾难啊，灾难！你是被我害死的呀！我为什么要掷铁饼？啊，我要是能赎罪，和你一起去毫无欢乐的冥国，那该多好啊！我为什么要永生？为什么不能跟你去呢？”

阿波罗将快要咽气的朋友紧紧搂在怀里，泪珠纷纷洒落在许阿铿托斯沾满鲜血的鬈发上。许阿铿托斯死了，他的灵魂飞向哈得斯的冥国。阿波罗站在死者遗体旁边轻声地说道：

“英俊的许阿铿托斯，你将永远活在我心中。你的英名也将永世流传。”

瞧，果真应了阿波罗说的这句话，从许阿铿托斯的血液中马上长出一朵鲜红的香花——风信子花，花瓣上印有阿波罗悲叹的叹词。人们怀念许阿铿托斯，在许阿铿托斯节期间，纷纷为他举行祭典仪式。

波吕斐摩斯、阿喀斯和伽拉忒亚

美丽的海中神女伽拉忒亚爱着西墨菲斯的儿子阿喀斯，阿喀斯也爱伽拉忒亚。可是爱恋上伽拉忒亚的不光是阿喀斯一个人。独目巨人波吕斐摩斯有一次看见她从蔚蓝色的大海的波浪中浮现出来，充满着青春的魅力，心中不禁勃发了对她强烈的爱情。啊，绝美的阿佛洛狄忒，你的威力是多么强大！一个不让任何人随便靠近、对奥林波斯众神都敢藐视的严酷的独目巨人，你却能激起他的爱情！波吕斐摩斯心中燃烧着爱情的烈焰，他已将自己的羊群和山洞忘却。粗野的独目巨人甚至注意起自己的修饰打扮来了。他用十字镐梳理自己乱蓬蓬的头发，用镰刀割短乱糟糟的胡须。现在他甚至变得不再那么野蛮和残酷了。

正巧这时候预言家忒勒摩斯来到西西里岛的海岸边，他向波吕斐摩斯预言：

“你额上这只唯一的眼睛将被俄底修斯挖掉。”

波吕斐摩斯朝预言家粗野地大笑，说：

“你是最愚蠢的预言家，你在胡扯！已经有一个女人占有了我这只眼睛。”

一座巉岩重叠的陡山远远突入大海，它陡直地插入永远喧闹的波涛之中。波吕斐摩斯常常赶着羊群来到这座山上。他在山上坐下来，将一根像桅杆一样粗长的大棒放在脚边，取出一支用一百根芦苇做成的芦笛，竭尽全力吹了起来。波吕斐摩斯那尖厉刺耳的笛声在大海上、在深山峡谷中远远地飘荡。笛声传到常常坐在离山不远的海岸的一个阴凉的山洞里的阿喀斯和伽拉忒亚的耳朵里。波吕斐摩斯吹上一阵芦笛，又唱一阵歌。突然他像一头暴烈的公牛跃起身来，他看见伽拉忒亚和阿喀斯正坐在海边的山洞中，他扯开喉咙高声大吼，连埃特纳火山都发出回声。

“我看见你们了！好啊，我让你们这次见面成为最后一次！”

伽拉忒亚吓得赶紧跳进大海，亲切的海浪保护她不受波吕斐摩斯侵犯。阿喀斯吓得赶紧逃命。他朝大海伸出双手，高声喊道：

“哎，伽拉忒亚，救救我！父母亲，救救我吧，把我藏起来！”

独目巨人追赶阿喀斯。他撕下一大块山岩，挥手砸向阿喀斯。波吕斐摩斯投出的山岩虽然只有一点边缘擦到阿喀斯的身体，可是这一点点边缘就压住了他的整个身体，阿喀斯被压死了。可怜的阿喀斯殷红的鲜血从岩石边缘底下流出来，鲜血的颜色愈来愈淡，渐渐褪尽殷红，变得像滂沱大雨之后的浑浊的河水。血色变得愈来愈淡，愈来愈清澈。突然，压在阿喀斯身上的岩石碎裂了，裂缝中长出一棵噼啪作响的芦苇，淌出一股湍急清澈的水流。水流中显露出少年的上半身，他头戴芦苇编成的荆冠，脸是淡蓝色的。这就是阿喀斯，他已变成河神。

狄俄斯库里兄弟——卡斯托耳和波吕丢刻斯

斯巴达国王廷达瑞俄斯的妻子是埃托利亚国王忒斯提俄斯美丽的

女儿勒达。勒达美丽出众，闻名全希腊。她曾是宙斯的妻子，她和宙斯生了两个孩子，一个是像女神一样艳丽的女儿海伦，另一个便是伟大的英雄波吕丢刻斯。勒达和廷达瑞俄斯也生了两个子女，即女儿克吕泰涅斯特拉和儿子卡斯托耳。

波吕丢刻斯继承了父亲的血统能够永生，而他的兄弟卡斯托耳却是普通的凡人。兄弟俩都是希腊的伟大英雄。卡斯托耳的驾车技术无与伦比，最难驾驭的烈马他都能制服。波吕丢刻斯是打遍天下无敌手的最杰出的拳击家。狄俄斯库里兄弟俩一起参与了希腊英雄建立许多功勋的重大行动。他们俩形影不离，最真挚的兄弟情谊将他俩紧密地连结在一起。

狄俄斯库里两兄弟有两个堂兄弟，他们是墨塞尼亚国王阿法柔斯的儿子林叩斯和伊达斯。伊达斯是力量强大的斗士，他的兄弟林叩斯则具有敏锐的视力，能看透地层，任何东西都躲不过他的目光。狄俄斯库里兄弟和他们的堂兄弟一道建立了许多功绩。有一次，他们大胆袭击了阿耳卡狄亚，从该地赶回一群公牛，并决定平分战利品。伊达斯受命分牛，可他只想和兄弟林叩斯俩侵吞战利品，于是他耍了一个花招。伊达斯宰了一头公牛，分成四份，每人各得一份。他提议，谁第一个吃完分得的那份牛肉，就给谁半群牛，而剩下的半群牛则给第二个吃完牛肉的人。伊达斯很快就将分得的牛肉吞下肚，又帮助亲兄弟林叩斯吃完牛肉。

卡斯托耳和波吕丢刻斯发觉伊达斯欺骗了他们俩，心中无比愤怒，他们决定向两个堂兄弟报复，尽管在此以前两对兄弟情同手足。卡斯托耳和波吕丢刻斯闯入墨塞尼亚，不仅抢走从阿耳卡狄亚赶来的牛群，而且还将伊达斯和林叩斯原有的部分牛群也抢走了。狄俄斯库里兄弟这样还不满足，他们还把两个堂兄弟的未婚妻也掳走了。

狄俄斯库里兄弟知道伊达斯和林叩斯不会善罢甘休，于是兄弟俩躲进一棵大树的树洞里，等候伊达斯和林叩斯。狄俄斯库里兄弟打算对他们来一个突然袭击。狄俄斯库里兄弟不敢与强壮有力的伊达斯正面交锋，因为这位伊达斯连阿波罗都不放在眼中，他曾和银箭之神阿波罗争夺美丽的玛耳珀萨①。然而狄俄斯库里兄弟躲不过林叩斯那双敏锐的眼睛。林叩斯站在高高的塔宇革特山②上看见了躲在树洞里的两兄弟。伊达斯和林叩斯向狄俄斯库里兄弟发起进攻。狄俄斯库里兄弟还未钻出藏身之处，伊达斯已向大树投出长枪，刺穿了卡斯托耳的胸部。波吕丢刻斯扑向伊达斯和林叩斯。他们抵挡不住波吕丢刻斯的猛烈进攻，只得拔腿奔逃。逃到父亲的坟墓旁边，就被波吕丢刻斯追上了。波吕丢刻斯打死了林叩斯，再与伊达斯展开生死搏斗。但宙斯中止了这场拼杀，他投出闪闪的电光，将伊达斯及林叩斯的尸体烧成灰烬。

波吕丢刻斯回到重伤致命的卡斯托耳躺卧的地方，看到死神已将他和兄弟分离，不禁痛哭失声。这时他向父亲宙斯哀求，请求让他和兄弟卡斯托耳一起死亡。雷神宙斯来到儿子跟前，让他对自己的未来作出选择：或者和诸神一起永远年轻地生活在奥林波斯山上，或者和卡斯托耳生活在一起，一天住哈得斯的冥国，一天住光明的奥林波斯山。波吕丢刻斯不愿与卡斯托耳分离，选择了与他同样的命运。从此以后，两兄弟一天在鬼魂所居的冥国的黑暗的原野上游荡，一天在持盾的宙斯的宫殿里与众神一起生活。希腊人将狄俄斯库里兄弟当神祇敬奉。狄俄斯库里兄弟成了人们在危急关头的保护神，人们无论在异乡还是在故土的旅途中都得到狄俄斯库里兄弟的保护。

阿特柔斯和堤厄斯忒斯

阿特柔斯和堤厄斯忒斯是伟大的英雄珀罗普斯的儿子。珀罗普斯

---

①伊达斯曾将玛耳珀萨装上波塞冬所赠飞车带走。阿波罗想从伊达斯手中夺走玛耳珀萨，双方因而争斗。宙斯阻止了这场厮杀，命玛耳珀萨自己选择丈夫。玛耳珀萨选择了伊达斯，因为她知道阿波罗不会永远爱她，待到她年老色衰，永生的阿波罗会将她抛弃。

②在伯罗奔尼撒南部。

背信弃义害死了国王俄诺玛俄斯的驭手密耳提罗斯，因而受到密耳提罗斯的诅咒，珀罗普斯的整个家族注定将自相残杀，归于覆亡。密耳提罗斯的诅咒威胁到阿特柔斯和堤厄斯忒斯。他俩犯下了许许多多的罪行。阿特柔斯和堤厄斯忒斯害死了神女阿克西俄涅与他们的父亲珀罗普斯所生的儿子克律西波斯。这桩杀人罪倒是因为他们母亲希波达弥亚的教唆。他们犯了杀人罪之后因害怕父亲发怒，逃出了父亲的王国，投奔珀耳修斯的儿子、迈锡尼国王、他们姐姐尼喀珀的丈夫斯忒涅罗斯。斯忒涅罗斯死后，他的儿子欧律斯透斯即位。欧律斯透斯被伊俄拉俄斯俘虏，死于赫拉克勒斯的母亲阿尔刻墨涅之手，这时阿特柔斯接管了迈锡尼王国，因为欧律斯透斯身后没有继承人。堤厄斯忒斯十分嫉妒阿特柔斯，决意无论如何要夺取阿特柔斯手中的权力。他在阿特柔斯的妻子埃洛珀的帮助下偷走了赫耳墨斯送给阿特柔斯的金毛羊。堤厄斯忒斯之所以要偷兄弟的金毛羊，是因诸神曾经说过："谁拥有这只金毛羊，谁就掌握迈锡尼的统治权。"偷到金毛羊之后，堤厄斯忒斯就去索要王权，因为金毛羊现在他手中。雷神宙斯对堤厄斯忒斯十分愤恨，他以天像向迈锡尼的居民们宣告，堤厄斯忒斯妄图篡夺王权。迈锡尼人拒绝承认堤厄斯忒斯为国王，堤厄斯忒斯为躲避阿特柔斯的惩罚，迫不得已逃离迈锡尼。为了向兄弟报复，堤厄斯忒斯悄悄带走阿特柔斯的儿子普勒斯忒涅斯。堤厄斯忒斯在异乡像教养亲生儿子一样悉心培养普勒斯忒涅斯，使他对阿特柔斯产生了刻骨的仇恨。恶毒的堤厄斯忒斯想把普勒斯忒涅斯作为向兄弟阿特柔斯复仇的一件武器。普勒斯忒涅斯长大成人了，堤厄斯忒斯派他去迈锡尼杀死阿特柔斯。普勒斯忒涅斯去了，却被父亲亲手杀死。阿特柔斯得知自己所杀的这个青年的身份之后，感到震惊和愤慨。他发誓要向兄弟报复，于是想出了一个恶毒而残酷的复仇计划。为了实现这个计划，阿特柔斯假装要与兄弟和解。他派人去找堤厄斯忒斯，请他返回迈锡尼。堤厄斯忒斯回到迈锡尼，他又和阿特柔斯的妻子埃洛珀狼狈为奸，一心只想杀害阿特柔斯。阿特柔斯知道这一情况，更加坚定了向恶毒的兄弟报复的决心。他吩咐仆人偷偷抓来堤厄斯忒斯的儿子普勒斯忒涅斯[1]和坦塔罗斯，并将他们杀死。阿特柔斯用他俩的人肉为兄弟准备了一顿可怕的饭菜。

他请堤厄斯忒斯赴宴，在他面前摆上用他儿子的人肉制作的美味食物。这时天上响起了宙斯的滚滚惊雷。雷神对阿特柔斯的罪恶勾当极为愤恨。光辉灿烂的太阳神赫里阿斯也惊讶得发抖了，他驱赶着长翼的神马掉转车头返回东方，免得看见父亲饱啖亲生儿子人肉这可怕的一幕。堤厄斯忒斯毫无觉察，他坐到桌边，安然吃了起来。堤厄斯忒斯吃饱了。突然他心中涌起一股隐隐的对巨大不幸的预感，他向阿特柔斯打听自己两个儿子的下落。阿特柔斯叫来仆人，吩咐他们把普勒斯忒涅斯和坦塔罗斯的头、脚拿给堤厄斯忒斯看。堤厄斯忒斯看到两个儿子都已身亡，不禁号啕大哭。他恳求阿特柔斯归还儿子的尸体，以便安葬。阿特柔斯回答，说他已亲自将儿子安葬，不过不是葬在地下，而是葬在自己腹内。惊讶愤怒的堤厄斯忒斯现在明白自己刚刚吃的是什么东西了。他掀翻桌子，尖声号叫着倒在地上。他悲痛得发狂了，最后他跃起身来，诅咒着阿特柔斯及其子孙，跑出了宫殿。他懵懵懂懂、不知不觉跑出了迈锡尼，躲进了荒漠。他在荒漠中待了很久，最后他去找厄皮鲁斯国的国王忒斯普洛托斯，后者给了他栖身之所。

阿特柔斯的罪恶行径惹怒了众神。为了惩罚阿特柔斯，众神降灾于阿耳戈利斯。肥沃的良田上竟不长禾苗。阿特柔斯管辖的国土上到处都是饥馑，成千上万的居民都饿死了。阿特柔斯去找预言家打听灾难的缘由。预言家告诉他，要想结束这场灾难，只有召堤厄斯忒斯回迈锡尼。阿特柔斯去希腊各地久久寻找兄弟，但是找不到他的避难之所。最后他找到堤厄斯忒斯年幼的儿子埃癸斯托斯，将他带回宫，当作儿子教养。

---

① 与阿特柔斯的儿子同名。

许多年过去了。有一次，阿特柔斯的儿子墨涅拉俄斯和阿伽门农偶然打听到堤厄斯忒斯藏身之所，他们抓住堤厄斯忒斯，并将他带回迈锡尼。这时阿特柔斯仍不肯和兄弟和解，他将堤厄斯忒斯关进牢房，并决定将他处死。阿特柔斯叫来埃癸斯托斯，交给他一把利剑，让他去牢房杀死关押在那里的囚犯。埃癸斯托斯一向认为阿特柔斯是自己的父亲，他不知道阿特柔斯派他去干的是可怕的弑父勾当。埃癸斯托斯一进牢房，堤厄斯忒斯当即认出他是自己的亲生儿子。他向儿子说明了自己的身份，父子二人立即在牢房里拟定了刺杀阿特柔斯的计划。尔后埃癸斯托斯回到宫中禀告阿特柔斯，说他已执行命令，杀死了囚犯。阿特柔斯心花怒放，他终于害死了自己的兄弟。他匆匆赶到海边向奥林波斯众神献祭。在他献祭的时候，埃癸斯托斯猛地将利剑刺进他的背部，这把剑正是阿特柔斯亲手交给埃癸斯托斯的那把，吩咐他用它去杀他的生父堤厄斯忒斯。埃癸斯托斯将父亲救出牢房，父子俩掌握了迈锡尼的统治权。阿特柔斯的儿子墨涅拉俄斯和阿伽门农只得亡命他乡。他们得到斯巴达国王廷达瑞俄斯的庇护，娶了廷达瑞俄斯的两个女儿，墨涅拉俄斯娶了像女神阿佛洛狄忒一样美丽的海伦，阿伽门农娶了克吕泰涅斯特拉。过了若干时日，阿伽门农重返迈锡尼，杀死了堤厄斯忒斯，执掌起原先由他父亲阿特柔斯执掌的王权。而墨涅拉俄斯在廷达瑞俄斯死后成了斯巴达的国王。

埃萨科斯和赫斯珀里亚

根据奥维德的长诗《变形记》转述。

厄萨科斯是特洛伊国王普里阿摩斯的儿子，是伟大的英雄赫克托耳的兄弟。他出生在林木葱郁的伊得山的山坡上，他的母亲是河神格拉尼科斯的女儿、美丽的神女阿勒克西洛厄。厄萨科斯在山林中长大，所以他不喜爱城市，不愿住在他父亲普里阿摩斯豪华的宫殿里。他喜爱在崇山峻岭和茂密森林中独居，喜爱空旷的原野。

厄萨科斯很少在特洛伊城露面，也不常参加特洛伊人的会议。尽管厄萨科斯离群索居，但是他的性格并不野蛮粗鲁，他彬彬有礼，他的心也能被爱情所打动。普里阿摩斯年少的儿子常常在森林中和田野上与美丽的神女赫斯珀里亚相遇。他狂热地爱上了这位神女。可是神女一看见厄萨科斯，立即就逃走。

有一天，厄萨科斯在刻布壬河河边遇见美丽的神女赫斯珀里亚正在阳光下晾晒自己柔软的秀发。神女一见青年，吓得拔腿就跑。厄萨科斯立即追了上去。

躲在草丛中的毒蛇突然在神女的脚上咬了一口，毒蛇牙中的毒液注入她的伤口。神女再也跑不动了，倒在跑上前来的厄萨科斯的怀中。厄萨科斯抱着死去的神女，痛苦得发疯了，他高声喊叫道：

“痛苦啊，痛苦啊！现在我是多么悔恨自己追赶你啊！我真不愿以这样沉重的代价追上你！赫斯珀里亚，是我和毒蛇一起害死了你！毒蛇给你以致命的创伤，可是罪魁祸首却是我。如果我不以自己的死为你的死赎罪，那我就比毒蛇还要歹毒！”

厄萨科斯从高高的悬崖上跳进惊涛拍岸、浪花飞溅的大海。海中神女忒提斯可怜不幸的青年，用海浪轻柔地接住他，在他沉入海底深渊过程中，又给他全身披上羽毛。尽管他一心只想死，可是死亡并未降临。待他浮上海面，他已变成一只海鸟。他满腔怒火，不愿违心地活着。他扇动起刚刚长出的翅膀飞上高空，接着又全力扎入大海，可是羽毛在他入水时保护了他。厄萨科斯一次又一次地向大海俯冲，打算死在大海的深渊中。可是他就是死不成！他只不过是在浪涛中不停地扎猛子而已！他的躯体渐渐消瘦，双腿变得干瘪细长，脖子也变得细长了，他最终变成一只潜鸭。

第二部　古希腊史诗

阿耳戈船英雄

关于阿耳戈船英雄远征的神话主要根据阿波罗尼奥斯的长诗《阿耳戈船英雄纪》转述。

佛里克索斯和赫勒

古代在玻俄提亚地区①有一座弥倪埃人的城邦，叫俄耳科墨诺斯，统治该城邦的是风神埃俄罗斯的儿子、国王阿塔玛斯。阿塔玛斯和乌云神女涅斐勒生了两个孩子：儿子佛里克索斯和女儿赫勒。后来阿塔玛斯对涅斐勒变了心，娶了卡德摩斯国王的女儿伊诺。伊诺厌恶丈夫初婚所生的子女，想方设法要害死他们。她吩咐俄耳科墨诺斯的农民把种子烤熟再播进地里。俄耳科墨诺斯人将烤熟的种子播下后，原先肥沃的良田却不长一棵禾苗。饥荒威胁着俄耳科墨诺斯的居民。这时候阿塔玛斯决定派使团去得尔福神示所，向箭神阿波罗的预言家询问土地颗粒无收的原因。奸诈的伊诺事先收买了使团成员，所以他们从得尔福神示所返回后带来的是假神谕：

“女预言家皮提亚给了这样的答复，”被收买的使团成员对阿塔玛斯说，“你把儿子佛里克索斯献祭诸神，诸神才会让你们的土地重新高产。”

为了免除俄耳科墨诺斯城所遭受的巨大灾难，阿塔玛斯决定牺牲自己心爱的儿子。伊诺心花怒放，她要害死佛里克索斯的阴谋就要得逞了。

献祭的一切都已准备就绪。年少的佛里克索斯眼看要死在祭司的屠刀之下了。正在这千钧一发之际，突然出现了一只金毛羊，这只羊是赫耳墨斯赠送的礼物。佛里克索斯的母亲神女涅斐勒派金毛羊来拯救自己的子女。佛里克索斯和妹妹赫勒骑上金毛羊，金毛羊驮着兄妹飞往遥远的北方。

金毛羊在高速飞行。从高空往下看，下方呈现出原野和森林，其间蜿蜒着一条条银光闪闪的河流。金毛羊飞越了群山，前边出现了大海。金毛羊飞行在大海上空。赫勒十分害怕，她在羊背上坐不稳了。赫勒终于掉进大海，永远喧闹的大海的浪涛将她吞没了。佛里克索斯救不了妹妹，赫勒淹死了。从此以后，赫勒落水身亡的这片海域就叫作赫勒斯滂②。

金毛羊驮着佛里克索斯不停地往前飞，最后降落在太阳神赫里阿斯的儿子、魔法家埃厄忒斯管辖的遥远的科尔喀斯③的法细斯河④的河岸上。埃厄忒斯教养佛里克索斯，待他长大成人之后，埃厄忒斯又将女儿卡尔喀俄珀嫁给他。那只救了佛里克索斯命的金毛羊则被献祭给伟大的宙斯。埃厄忒斯把金羊毛挂在战神阿瑞斯的圣林里，让一条从不合眼睡觉的喷火恶龙看守着。

关于金羊毛的事传遍了全希腊。佛里克索斯的父亲阿塔玛斯的后代知道，他们家族的兴衰荣辱将取决于能否拥有金羊毛，因此他们不惜任何代价要取得金羊毛。

伊阿宋的诞生与培养

国王阿塔玛斯的兄弟克瑞透斯在忒萨利亚⑤蔚蓝色的海湾的岸边建造了伊俄尔科斯城。这座城市渐渐变得繁荣昌盛，农业、商业和海运业为它带来了财富。克瑞透斯死后，儿子埃宋即位掌管伊俄尔科斯，可是他的异父同母兄弟、波塞冬的儿子珀利阿斯篡夺了他的权力，埃宋只得以平民百姓的身份留居该城。

---

① 位于希腊中部，忒拜是该地区最大城市。
② 即赫勒海，今达达尼尔海峡。
③ 希腊人称外高加索的黑海沿岸地区为科尔喀斯。
④ 即高加索的里昂河。
⑤ 希腊东北部地区。

不久，埃宋生了一个俊俏的男孩。他担心骄横狠毒的珀利阿斯谋害有权继承伊俄尔科斯王位的儿子，就决定把儿子藏起来。埃宋对外宣称，婴儿一出生就夭折，他还为婴儿举行了隆重的追荐亡魂的仪式；他亲自把儿子送到珀利翁山，交给最富智慧的马人喀戎。在精明强干的喀戎及其母亲菲吕拉、其妻卡里克罗的教育下，孩子在山林中、在山洞里渐渐长大。喀戎给他取名为伊阿宋。他教伊阿宋击剑、投枪、射箭、弹琴及自己所知的其他一切技能。伊阿宋机智灵活，膂力过人，英勇无敌，而外貌则像神祇一样俊美。

伊阿宋在喀戎身边生活了二十年。现在他终于下决心离开珀利翁山偏僻的山坡，去伊俄尔科斯，要求珀利阿斯归还伊俄尔科斯的统治权。

伊阿宋在伊俄尔科斯

根据品达罗斯的诗歌(皮提亚颂歌)转述。

伊阿宋来到伊俄尔科斯城，径直走到聚集着所有居民的广场上。伊俄尔科斯城的居民个个惊讶地望着这位英俊的青年。他们都以为，他不是阿波罗，便是赫耳墨斯，因为他太漂亮了。他的穿戴与伊俄尔科斯的居民都不同，他身上披着色彩斑斓的豹皮，只有一只右脚穿着鞋。伊阿宋一头柔软的鬈发披散在双肩，周身显示出如年轻的神一样的英俊和力量。他手持两支长枪，镇定地站在正在欣赏他的同胞中间。

这时候珀利阿斯乘坐一辆豪华的马车来到广场上。他朝青年瞧了一眼，发现青年只有一只脚穿着鞋，不由得一震。珀利阿斯害怕了，因为预言家曾经告诉他，一个从山区来伊俄尔科斯的人将威胁他的生命，这个人一只脚穿鞋。眼前这个人就是埃宋的儿子。埃宋的儿子必然要结果他的性命，或者使用暴力，或者使用计谋，总之，珀利阿斯是逃脱不了死亡的厄运了。

珀利阿斯掩饰起恐惧，高傲地询问陌生青年：

“小伙子，你出生在何方？属哪个家族？必须说实话，不许撒谎玷辱自己名誉，我可是可耻谎言的仇敌。”

伊阿宋镇定自若地回答珀利阿斯：

“智慧卓越的喀戎只教我真诚和正直，我始终忠诚他的教诲。我在喀戎的山洞里生活了整整二十年，从来不曾违背真理，没有丝毫过失。现在我回来了，回到故乡伊俄尔科斯，来见我的父亲埃宋。我来要求归还给我伊俄尔科斯的统治权。我听说，狡猾奸诈的珀利阿斯从我父亲手中夺走了这一权力。公民们，请带我去我伟大的祖先的宅邸。我不是外人，我就出生在这里，出生在伊俄尔科斯。我叫伊阿宋，是埃宋的儿子。”

伊俄尔科斯的居民向伊阿宋指出了他父亲的住所。伊阿宋一踏进门，埃宋立即认出自己的儿子。年老的埃宋双眼流出喜悦的热泪，看到儿子长成一个强壮英俊的小伙子，他感到满心欢喜。

伊阿宋归来的消息很快就传到埃宋另外两个兄弟——斐赖国王斐瑞托斯和墨塞尼亚的安法翁的耳朵里。他们立即带着各自的儿子阿德墨托斯和墨兰波斯赶到埃宋家。埃宋父子设宴款待他们，宴会持续了整整五天五夜。席间伊阿宋在言谈之中表露了想要回伊俄尔科斯统治权的愿望。他们赞同伊阿宋的想法，于是他们和伊阿宋一起去找珀利阿斯。伊阿宋要求珀利阿斯归还王权，并且答应不收回他从埃宋手中夺去的所有财产。珀利阿斯不敢拒绝伊阿宋的要求。

“好吧，我同意，”珀利阿斯说，“不过我向你提一个条件：你先得让冥间诸神发发慈悲。我梦见死于遥远的科尔喀斯的佛里克索斯的灵魂恳求我们去科尔喀斯夺取金羊毛。得尔福的箭神阿波罗也吩咐我去科尔喀斯。可是我年迈力衰，无法去建立如此伟大的功业；你年轻力壮，如果你建立了这一伟大功绩，我就把伊俄尔科斯的统治权归还给你。”

珀利阿斯掩饰起险恶的用心，对伊阿宋说了这一番话。他深信，如果伊阿宋真的去科尔喀斯夺取金羊毛，那他一定会丧命。

伊阿宋召集伙伴准备远征科尔喀斯

与珀利阿斯谈妥之后，伊阿宋立即着手做远航的准备。他跑遍了希腊各地，请功勋显赫的各路英雄参加去科尔喀斯夺取金羊毛的远征。全国所有伟大的英雄都响应伊阿宋的号召，就连宙斯的儿子、最伟大的英雄赫拉克勒斯也同意参加远征。现在各路英雄聚集伊俄尔科斯。他们中间有：雅典的骄傲——忒修斯，宙斯和勒达的儿子卡斯托耳、波吕丢刻斯及其朋友伊达斯和林叩斯，风神玻瑞阿斯与俄瑞提伊亚的儿子卡拉伊斯和仄忒斯，卡吕冬的墨勒阿革洛斯，膂力过人的安开俄斯，阿德墨托斯，忒拉蒙和其他许多英雄。在英雄行列中间还有歌手俄耳甫斯。在希腊从来不曾有过这么多英雄聚会。他们人人强健有力，个个都像神祇一样英俊飘逸，因而引来了伊俄尔科斯所有居民惊羡的目光。这样的英雄什么障碍不能克服？什么样的敌人不能战胜？什么艰险能使他们畏惧？

英雄们远航所需的大船已经造好。这艘大船是阿瑞斯托罗斯的儿子阿耳戈斯在女神雅典娜亲自帮助下建成的。雅典娜在大船的船尾镶上一块取自多多那圣地宙斯神示所圣林的圣橡木。这艘十桨大船华丽气派，起名为阿耳戈号。阿耳戈号航行起来轻快迅疾，在波涛中犹如一只海鸥。参加这次远航的英雄因船得名为阿耳戈船英雄。阿耳戈船英雄的远航不光得到雅典娜的保护，女神赫拉也亲自保护他们。赫拉痛恨珀利阿斯，因为他不向赫拉献祭。伊阿宋还享有赫拉的特别宠爱。因为有一次，赫拉为了考验这位年轻的英雄，扮成年迈的老太婆来到湍急的山溪岸边，含着泪花请求伊阿宋背她过河。伊阿宋小心谨慎地将老太婆背起来，送她过河。在过河时他左脚的鞋子丢了。从此以后，赫拉喜欢上了伊阿宋，时时处处帮助他。箭神阿波罗也在保护阿耳戈船英雄，因为他鼓励英雄去远征，他已预示英雄将幸运地获得成功。

英雄们聚集在伊俄尔科斯，打算推举伟大的赫拉克勒斯为首领，可是他拒绝了，提议选伊阿宋为首领。提费斯被选为舵手，林叩斯任领航，因为他不仅能看见地面上的一切，而且能看透地层下面。

起航的一切准备就绪。下水后的阿耳戈号已在波浪中轻轻摇荡，食物和淡水都已经装上船，向阿波罗和其他神祇敬献最后一次祭品的仪式亦已进行完毕，祭祀所得的是吉兆。一夜愉快的饯行宴会已经结束，充满艰险的远航的启碇时候到了。

天边刚刚显现出紫红色的朝霞，舵手提费斯立即喊醒阿耳戈船英雄。英雄们登上大船，两个人一排，在桨手的位置上就座。强健的桨手们协调一致地划起船桨。阿耳戈号骄傲地驶离港口，驶向宽阔的外海。航海家们张起雪白的风帆，海风鼓满白帆，大船轻快迅疾地航行于热情欢笑的波浪之间。光芒四射的太阳神赫里阿斯驾着白马拉的太阳车驰上了天空。阿耳戈号的白帆被染成粉红色，大海的波浪在晨曦中熠熠闪光。

俄耳甫斯拨动金竖琴的琴弦，辽阔的海面响起他那美妙的歌声。阿耳戈船英雄们个个听得出神。鱼群和海豚从海洋深处浮上水面，它们迷醉于俄耳甫斯的歌声，跟随劈波斩浪飞速航行的阿耳戈号游进，就像畜群听从甜美的牧笛声的召唤，紧紧跟随牧人一样。

阿耳戈船英雄在楞诺斯岛

顺利航行了不长一段时间，阿耳戈船英雄来到鲜花盛开的楞诺斯岛。统治这座海岛的是年轻的女王许普西皮勒。楞诺斯岛上没有一个男子，该岛妇女因丈夫负心而将他们统统杀死，当时只有老国王托阿斯，即许普西皮勒的父亲幸免于难，他的女儿救了他。

阿耳戈船英雄在楞诺斯岛靠了岸，派出一名使者进城联络，这时候岛上的人都集中在市内广场上商议对策。年轻的许普西皮勒提议不放阿耳戈船英雄进城，她担心阿耳戈船英雄们知道她们所犯的暴行。但是年老的波鲁克索提出异议，她坚持认为应放阿耳戈船英雄进城。

“谁来保护你们，如果敌人进攻楞诺斯岛？”波鲁克索问，“如果你们继续单身，老了谁来关心照顾你们？不行，你们应该放那些异乡人进城，让他们留在这里。”

楞诺斯岛的妇女听从了老太婆的话。她们立即派楞诺斯岛的一名妇女和阿耳戈号的使者一起去见英雄，请他们进城。

伊阿宋穿上雅典娜亲自为他织制的豪华的紫袍进城去了。许普西皮勒恭恭敬敬地接待伊阿宋，请他在自己宫中住下来。其他阿耳戈船英雄大都进城了，只有赫拉克勒斯和为数不多的几位英雄留在阿耳戈号上。

楞诺斯全岛洋溢着喜悦欢快的气氛。到处燃起为众神焚化祭品的篝火，庆祝活动和喜庆宴会一个接着一个。阿耳戈船英雄们似乎忘却了正等待他们去建立的伟大功勋。他们无忧无虑地在富裕的楞诺斯岛开怀畅饮，大吃大喝。最后，赫拉克勒斯悄悄把阿耳戈船英雄叫到大船停泊的海岸边。这位最伟大的英雄愤怒地训斥他们沉迷于寻欢作乐、吃喝享乐而忘却了建立功勋的重大责任。英雄们个个羞惭满面，心悦诚服地接受应得的训斥。他们决定立刻离开楞诺斯岛。阿耳戈号立即做好启航的准备。英雄们刚要登船准备划桨开船，成群的楞诺斯妇女突然拥到海边。她们恳求英雄们不要抛弃她们，恳求英雄们留在楞诺斯岛上。但是英雄们决心已定，楞诺斯妇女只得洒泪送别。英雄们登上阿耳戈号，齐心协力划桨，船桨击水，浪花飞溅，阿耳戈号像一只小鸟，飞向浩瀚的大海。

阿耳戈船英雄在库最科斯半岛

阿耳戈船英雄现在航行在普洛滂提斯[①]，他们顺路在库最科斯半岛

---

① 即今马尔马拉海。

作了停靠。这里居住着海神波塞冬的后裔多利俄涅人。统治他们的是国王库最科斯[1]。离库最科斯半岛不远有一座熊山，山上居住着一群六臂巨人。多利俄涅人凭借波塞冬的保护，与巨人毗邻而居却相安无事。国王库最科斯恭敬地接待阿耳戈船英雄，他们在欢乐的宴会上度过整整一天。直到第二天凌晨，阿耳戈船英雄才打算继续上路。他们刚上船，海湾对岸突然出现一群六臂巨人。巨人们往海里抛掷巨大的石块，他们撕下大片大片的山岩，一块块地堆在海中，用以堵塞阿耳戈船英雄出海的通路。赫拉克勒斯拿起自己的硬弓，朝巨人们一支接一支地射去致命的箭。其他阿耳戈船英雄以盾牌作掩护，握着长枪向巨人冲去。交战持续了不长时间，巨人们接二连三倒在地上或跌入海中，最后所有巨人都被消灭，没有一个幸免。

阿耳戈船英雄又出发了。海风鼓满船帆，阿耳戈号劈波斩浪顺利地航行了整整一天。夜晚来临，太阳神赫里阿斯从天空落下去了，夜幕笼罩了天地。这时风向变了，逆风又把阿耳戈号刮回离别不久的海岸。黑暗之中阿耳戈船英雄又靠上库最科斯海岸。库最科斯半岛的居民没能认出他们，把他们当作海盗，并在年轻国王率领下，向他们发起进攻。一场可怕的夜战爆发了。到处一片漆黑，英雄们和不久之前还是朋友的库最科斯人展开了拼杀。强壮有力的伊阿宋将长枪刺进年轻国王库最科斯的胸膛，国王惨叫一声倒在地上。不一会儿晨光女神厄俄斯的光线将东方染得一片通红。早晨降临了。交战双方互相认出来了，大家都感到惊骇可怕。原来朋友与朋友拼杀了一夜。阿耳戈船英雄和库最科斯居民为死者举行了三天的追悼仪式，为年轻国王恸哭了三天。国王的妻子美丽的克里忒(墨洛普斯的女儿)经受不住丈夫死亡的打击，饮剑自尽了。

---

①国王与半岛同名，均称库最科斯。

阿耳戈船英雄在密西亚

经过不长一段时间的航行，阿耳戈船英雄抵达密西亚海岸。他们靠岸停船，打算在此补充淡水和食物。强壮的英雄赫拉克勒斯走进离岸不远的树林，他要找棵大树来替换航行期间折断的船桨。他找到一棵高大的冷杉，强劲的双手抱住杉树，将树连根拔起。英雄扛起杉木朝海边走去。突然迎面跑来他的朋友波吕斐摩斯，波吕斐摩斯说，他刚刚听见年轻的许拉斯在呼喊他们俩。赫拉克勒斯拔腿跑去寻找许拉斯，但是怎么也找不到。赫拉克勒斯甚感忧伤。尽管他和波吕斐摩斯找遍了所有地方，最终还是徒劳。

灿烂的启明星刚升上天空，阿耳戈船英雄在这天色未明的时刻即已起身登程，由于黎明前天色昏暗，他们丝毫未发觉赫拉克勒斯和波吕斐摩斯不在船上。黎明的时候英雄们发现，他们最出色的两个伙伴不见了，大家都十分悲伤。伊阿宋痛苦地垂着头，似乎没听见同伴们的抱怨，仿佛不知道赫拉克勒斯和波吕斐摩斯已失踪。赫拉克勒斯最忠实的朋友忒拉蒙走到伊阿宋跟前，连珠炮似的指责道：

“就你一个人无动于衷。现在你可以幸灾乐祸了。赫拉克勒斯丢了，再没有人能与你争高低了。不行！如果你们不回去寻找赫拉克勒斯和波吕斐摩斯，我可不再和你们一起航行。”

忒拉蒙又冲向舵手提费斯，企图强迫他将阿耳戈号掉头开回去。玻瑞阿代兄弟竭力劝说忒拉蒙，可是忒拉蒙大怒欲狂，根本不听劝告，反而责怪大家有意将赫拉克勒斯和波吕斐摩斯抛弃在密西亚。这时海浪中突然冒出能预见未来的海神格劳科斯那缠满水草的脑袋。格劳科斯抓住阿耳戈号的船底，让船停下来，说：

“赫拉克勒斯和波吕斐摩斯是根据雷神宙斯的旨意留在密西亚的。赫拉克勒斯必须返回希腊为欧律斯透斯效力，去建立十二件伟大的功绩。波吕斐摩斯注定要在卡吕柏斯人的国家建筑光荣的城市喀俄斯。两位英雄留在密西亚，是因为他们要去寻找被神女们掳走的英俊的许拉斯。”

说罢，格劳科斯又沉入海中不见了。

现在英雄们都放心了。忒拉蒙和伊阿宋重又言归于好。英雄们各就各位，划动船桨。阿耳戈号在强壮的桨手们协调一致的划动下飞驰在海上。

阿耳戈船英雄在比堤尼亚[①]（阿密科斯）

第二天早晨，阿耳戈船英雄抵达比堤尼亚海岸。他们在这里并不像在库最科斯那样受到热情的款待。在比堤尼亚近岸地区居住着柏布律喀亚人，他们的国王是阿密科斯。阿密科斯强壮有力，是一位赫赫有名的无敌的拳击手，因而十分骄横。残暴的国王强迫所有来此的外乡人与他赛拳，毫不留情地挥起有力的拳头将他们击毙。阿密科斯一见面就讥笑阿耳戈船英雄，称这些伟大的英雄为流浪汉，让他们选出一位敢于与他较量的、最有力量的人与他赛拳。阿耳戈船英雄个个义愤填膺。宙斯与勒达的儿子波吕丢刻斯从人群中走出来。他镇定自若地接受柏布律喀亚人的国王的挑战。像堤丰一样威严可怖的阿密科斯身披黑色斗篷，肩扛粗大的木棒，站在波吕丢刻斯面前。他阴沉沉地打量了一下眼前的波吕丢刻斯，年轻的英雄神采飘逸，灿若星星。双方摆开架势，准备较量。阿密科斯将两副拳击护臂带[②]扔在地上。波吕丢刻斯不加选择，就近捡起一副护臂带，缠在自己的手臂上。拳击开始了。阿密科斯像一头狂怒的公牛扑向波吕丢刻斯。波吕丢刻斯灵活地进行反击，在阿密科斯的紧逼下没有后退半步。拳斗略略停歇，双方都想喘一口气。接着又开始，双方频频出拳。这时候阿密科斯挥起拳头，想给波吕丢刻斯的头部

---

① 小亚细亚西北部地区。

② 希腊人在拳击比赛时双手肘部以下缠上常常缀有铜刺的护臂带。这样一拳击中往往就能致命。

来一个猛烈的打击，可是年轻的英雄及时闪开了，转而朝阿密科斯的耳根狠命一拳，将他的颅骨都打碎了。阿密科斯倒在地上，垂死挣扎着。阿耳戈船英雄为波吕丢刻斯的胜利而高声欢呼，热烈庆贺。

柏布律喀亚人看到国王倒地死亡，立刻蜂拥着朝波吕丢刻斯扑来。波吕丢刻斯挥起拳头将冲在前头的两个柏布律喀亚人打倒在地。这时候阿耳戈船英雄们全都拿起武器投入战斗。安开俄斯沉重的大斧旋风般地在柏布律喀亚人群中飞舞，卡斯托耳闪光的利剑接连刺中许多敌人。阿耳戈船英雄个个都像雄狮。柏布律喀亚人逃窜了。英雄们久久地追击着。最后他们带着大量的战利品回到海边。得胜的阿耳戈船英雄们整整一夜在海边大吃大喝，俄耳甫斯则放声高唱胜利的赞歌。他在金竖琴的伴奏下歌唱战胜阿密科斯的年轻英雄、英俊的波吕丢刻斯——雷神宙斯的儿子。

阿耳戈船英雄在菲纽斯家

第二天早晨，阿耳戈船英雄继续上路。他们很快就驶抵色雷西亚[①]海岸。他们下船登岸，准备补充食物和淡水。他们看见岸上有一所房子，于是就朝这所房子走去。迎着阿耳戈船英雄从屋里走出一位盲老头。老头十分衰弱，颤巍巍地勉强移动着脚步。走到门口，他已累得跌倒在地。阿耳戈船英雄满怀同情将老人搀扶起来。英雄们从老人口中得知，他名叫菲纽斯，是阿革诺耳的儿子，原先是色雷西亚的国王。因为他滥用阿波罗赋予的预言本领，向凡人公开了宙斯的秘密，所以受到阿波罗的惩罚。阿波罗使菲纽斯失明，诸神又派来女首怪鸟哈耳庇厄吞食了他家中的所有食物，污损了他的房子，使屋内充满了难闻的恶臭。诸神曾经告诉菲纽斯，等到玻瑞阿斯长翼的儿子仄忒斯、卡拉伊斯与阿耳戈船英雄到来后，他才能摆脱诸神对他的这一惩罚。菲纽斯恳求英雄

① 巴尔干半岛东北部国家。

们将他从灾难中解救出来，央求玻瑞阿代兄弟帮他驱走哈耳庇厄怪鸟，因为他对玻瑞阿代兄弟来说并非外人，他娶了他俩的姐姐克勒俄帕特拉。

阿耳戈船英雄答应帮助菲纽斯。他们为菲纽斯准备了丰盛的饭菜，可是菲纽斯刚在桌边躺下[①]，准备解解饥饿，两只女首怪鸟就已经飞下来，毫不理睬阿耳戈船英雄的呐喊，啄光了所有食物，把屋里弄得臭不可闻，然后盘旋而起，飞离菲纽斯家。玻瑞阿代兄弟拍动强劲的翅膀朝哈耳庇厄怪鸟追去。他俩追了很久，最后在普罗提亚群岛附近追上了怪鸟。玻瑞阿代兄弟拔出利剑刚要砍杀哈耳庇厄怪鸟，诸神的女使者伊里斯扇动着彩虹般的翅膀从巍峨的奥林波斯山突然飞到他们面前。伊里斯不让玻瑞阿代兄弟砍杀女首怪鸟，伊里斯对他们说，诸神已吩咐哈耳庇厄怪鸟不得再次闯入菲纽斯家。这样，玻瑞阿代兄弟才飞返色雷西亚。

从此以后，普罗提亚群岛就称为斯特洛法斯[②]，意即回返群岛。

玻瑞阿代兄弟所追逐的哈耳庇厄怪鸟飞走之后，阿耳戈船英雄立即又为菲纽斯做了食物，现在这位老人终于能够压压可怕的饥饿感了。菲纽斯边吃边告诉阿耳戈船英雄，去科尔喀斯的旅途中他们还将遇到哪些艰险，应该如何去克服。菲纽斯还建议英雄们一到科尔喀斯就请求阿佛洛狄忒相助，因为只有她能帮助伊阿宋取得金羊毛。阿耳戈船英雄仔细倾听能预见未来的老人说话，竭力记下一字一句。

不久，玻瑞阿代兄弟回来，叙述了他们追逐哈耳庇厄怪鸟的经过。年迈的菲纽斯得知自己永远摆脱了哈耳庇厄怪鸟的骚扰，别提有多高兴。

撞　岩[③]

阿耳戈船英雄在菲纽斯家没作久留，他们急着赶路。阿耳戈号乘风

---

①希腊人通常不是坐在桌边而是一手扶着靠垫半躺着进餐。
②位于希腊南方的三个小岛，与墨塞尼亚西海岸隔海相对。
③希腊人认为，撞岩位于黑海的入口处。

破浪飞速前进。突然前方传来隐隐约约的轰鸣声。轰鸣声越来越清晰，越来越响亮。这声音像是被滚滚的雷声不时掩盖的、渐渐逼近的风暴的呼啸。撞岩终于出现了。阿耳戈船英雄看见撞岩先是分开，随后又相撞，并发出震耳欲聋的一声巨响。每一次相撞后，撞岩四周的海面巨浪翻滚，浪花飞舞。而撞岩分开的时候，撞岩之间的浊浪在猛烈的旋涡中翻腾、飞旋。

英雄们想起了菲纽斯的主意：先放出一只鸽子，如果鸽子能从撞岩之间飞过，那么阿耳戈号也能安然无恙地穿越撞岩。阿耳戈船英雄划动船桨，现在他们来到撞岩脚下。撞岩轰然相撞，接着便分开了。这时候欧斐摩斯放出一只鸽子。只见鸽子箭也似的向撞岩之间飞去。随着一声惊天动地的巨响，两岩相撞了。咸涩的水珠从头到脚溅了英雄们一身，而阿耳戈号仿佛被旋风裹挟，在浪涛中直打旋。鸽子安然飞过撞岩，只有尾尖一撮羽毛被撞岩夹去。阿耳戈船英雄高兴地大喊，接着齐心协力奋勇划桨。撞岩再度分开，泡沫飞溅的巨浪托起阿耳戈号，将它抛入两岩之间的水道。这时迎面又涌来一个浪头，将阿耳戈号往后抛掷。浪涛在四周翻滚、沸腾。船桨都划弯了。阿耳戈号船身在咔咔作响，似乎经不住巨浪的压力，马上就要沉没。这时一个大山似的巨浪腾空而起，它猛击阿耳戈号，这艘大船竟像破败的独木舟不停地打转。两座撞岩又在往一起靠拢，立即又要相撞，死亡的厄运似乎不可避免。在这当口，宙斯的爱女雅典娜赶来救助阿耳戈船英雄。她伸出一只强劲的手挡住一边的山岩，另一只手猛力一推阿耳戈号，阿耳戈号如同箭矢，飞出了撞岩之间的水道，只有船舵的末梢被撞岩击碎了。撞岩再度分开，停在海峡两边永远不动了。一旦有船通过撞岩，撞岩就不再移动，这一命运的安排终于应验了。阿耳戈船英雄一个个心花怒放，因为他们闯过了最危险的关口。现在他们可以相信，他们能够顺利地到达此次远征的目的地。

阿瑞提亚岛，抵达科尔喀斯

阿耳戈船英雄沿攸克辛海的海岸航行了很长时间。他们经过很多国家，见到许多民族。现在远处出现一个岛屿。阿耳戈号飞快地驶向岛屿，该岛已近在咫尺。突然岛上飞起一只大鸟，两翼在阳光照耀下闪闪发亮。大鸟飞临阿耳戈号上空，抖落一根羽毛。这根羽毛如同利箭，扎进船上英雄俄琉斯的肩膀，鲜血从伤口涌出，船桨从受伤的英雄手中掉落。伙伴们为俄琉斯拔出肩上的羽毛。阿耳戈船英雄惊奇地望着这根羽毛，发现它是根铜羽毛，尖利得像一支箭。这时候岛上又有一只大鸟盘旋而起，朝阿耳戈号飞来，不过这一回英雄克吕提俄斯早已弯弓搭箭在等候它。大鸟刚刚飞近阿耳戈号，克吕提俄斯就朝它放箭，中箭而死的大鸟坠落海中。阿耳戈船英雄发现这只鸟全身披着铜羽毛，顿时明白这就是斯廷法利斯湖怪鸟，而这些怪鸟所栖息的岛屿就是阿瑞提亚岛。安菲达玛斯建议大家戴上头盔，举起盾牌遮挡。在靠岸停船之前，阿耳戈船英雄先大喊大叫，并用长枪和利剑敲击盾牌。岛上飞起一大群怪鸟，群鸟飞到阿耳戈号上空，在高空朝英雄们抖落下尖利似箭的羽毛，那羽毛纷纷扬扬，密如雨下。英雄们借助盾牌遮挡，没再受到伤害。鸟群在阿耳戈号上空飞了一圈，很快就消失在海天相连处。

阿耳戈船英雄登上阿瑞提亚岛，准备安营歇息，这时候朝他们走来四个青年。他们衣衫褴褛，蓬头垢面，疲惫不堪。原来他们四个是佛里克索斯的儿子。他们离开科尔喀斯回俄耳科墨诺斯，途中夜遇风暴，沉船落水险遭不测，幸亏海浪将他们抛上阿瑞提亚岛，这才与阿耳戈船英雄相遇。意外相逢使英雄们喜不自禁，伊阿宋的喜悦之情更是不同旁人，因为这四个青年本是他的亲人。阿耳戈船英雄给他们拿来食品和衣服，并告诉他们，阿耳戈船英雄一行要去埃厄忒斯的王国觅取金羊毛。佛里克索斯的大儿子阿耳戈斯答应帮助阿耳戈船英雄，不过他告诉英雄们，国王埃厄忒斯是太阳神赫里阿斯的儿子，他强大而残暴，待人残酷无情。然而阿耳戈船英雄既然决心要取得金羊毛，那么任何艰难都不能阻挡他们。

第二天早晨，阿耳戈船英雄又登船起程。他们在海上又航行了很久。终于在遥远的天际出现了青蓝色的高加索峰峦，它们如同乌云聚集在天边。现在离科尔喀斯已经不远了。

阿耳戈号在船桨整齐划一的划动下轻快地前进。夕阳就要沉入大海，昏暗的阴影在波浪间飞掠。从阿耳戈号上空高处传来一阵振翅声。这是巨鹰飞向提坦神普罗米修斯被缚的山岩。海面上因为巨鹰振翅而刮起一阵大风。转眼巨鹰消失在远方，接着传来了普罗米修斯痛苦的呻吟。这痛苦的呻吟来自远方，不时被船桨击水的声音所淹没。

海岸已不甚遥远。眼前已是法细斯河的河口。阿耳戈船英雄奋力划桨溯河而上，然后在长满茂密的芦苇的一处河湾抛锚停泊。伊阿宋洒酒祭奠诸神以示感谢，并呼求科尔喀斯的神祇和死去英雄的灵魂帮助他完成艰险的事业。阿耳戈船英雄在船上安然入睡了。他们已经抵达目的地，来到了科尔喀斯，来到埃厄忒斯国王的都城附近，然而往后他们还将遇到许多艰难险阻。

赫拉和雅典娜求助阿佛洛狄忒

阿耳戈船英雄已抵达科尔喀斯，女神赫拉和雅典娜在高高的奥林波斯山上商议，如何帮助伊阿宋取得金羊毛。最后两位女神决定去找爱神阿佛洛狄忒，请求她吩咐儿子厄洛斯用金箭去射埃厄忒斯的女儿美狄亚的心，使她爱上伊阿宋。女神们明白，只有女巫师美狄亚能帮助伊阿宋成就艰险的业绩。

两位女神来找阿佛洛狄忒，这时她独自在家。阿佛洛狄忒坐在豪华的金宝座上，正用一把金梳子梳理一头松软美丽的鬈发。看到两位女神进屋，阿佛洛狄忒即起身热情迎接。爱神让来宾在赫菲斯托斯锻制的两把金椅子上坐定，然后询问起来访的缘由。两位女神告诉她，她们想帮助英雄伊阿宋，特来请求她吩咐厄洛斯去射美狄亚的心。阿佛洛狄忒答应了两位女神。来宾告辞了，阿佛洛狄忒则去寻找自己那淘气的儿子。这时候厄洛斯正与伽倪墨得斯博骰子。狡诈的厄洛斯赢了朴实的伽倪墨得斯，正在讥笑后者呢。阿佛洛狄忒走上前，搂住儿子，说：

“淘气鬼，你听我说。我让你去办一件事。赶快拿上你的弓箭，飞到地面去。你飞到科尔喀斯后，朝埃厄忒斯国王的女儿美狄亚的心射一箭，让她爱上英雄伊阿宋。如果你办成了这件事，我就把阿德拉斯忒亚从前为小宙斯做的玩具送给你。你现在立即就去，这件事必须尽快办好。”

厄洛斯请求母亲现在就把那件玩具给他，可是母亲知道儿子狡猾，在他完成交办的事之前，不肯给他那件玩具。厄洛斯深知在完成任务之前要从母亲手中得到玩具是不可能的，于是拿上弓箭，匆匆离开高高的奥林波斯山，拍击着在阳光下闪闪发光的金翅膀，飞往大地，飞向科尔喀斯。

伊阿宋在埃厄忒斯宫中

一清早阿耳戈船英雄都醒了。他们经过商议，决定让伊阿宋带着佛里克索斯的四个儿子去见国王埃厄忒斯，请求国王将金羊毛归还阿耳戈船英雄。如果骄横的国王拒绝交出金羊毛，那时只有动武了。

伊阿宋手持和平使杖前往埃厄忒斯的王宫。女神赫拉特地降下浓重的云雾，遮掩住伊阿宋及其同伴，免得科尔喀斯的居民使英雄难堪。待英雄们走到埃厄忒斯的王宫跟前，云雾即散尽，英雄们看见了埃厄忒斯的宫殿。王宫豪华壮观，宫墙高大，塔楼林立，直指青天。大理石装饰的宫门很是宽敞。数排白色圆柱组成的柱廊在阳光下闪闪放光。

埃厄忒斯的王宫及宫中所有豪华的摆设都是工匠之神赫菲斯托斯为感谢埃厄忒斯的父亲——太阳神赫里阿斯而亲手建造的，因为太阳神赫里阿斯曾驾着金马车将与巨灵大战得筋疲力尽的赫菲斯托斯从佛勒格刺田野上接回。大院四周有许多宫殿，国王埃厄忒斯及其王后住在最华丽的一座宫殿里。国王的儿子阿布绪耳托斯住另一座宫殿。因为阿布绪耳托斯英姿焕发，所以科尔喀斯人都叫他法厄同[①]。另有两座宫殿住着埃厄忒斯的大女儿——已故佛里克索斯的妻子卡尔喀俄珀和小女儿美狄亚。美狄亚是个神通广大的女巫师，是女神赫卡忒的祭司。

伊阿宋一行踏进埃厄忒斯王宫的大院，正巧美狄亚从自己住的宫中出来，她要去看望姐姐卡尔喀俄珀。看到外乡人进院，美狄亚情不自禁地惊叫了一声。卡尔喀俄珀听见美狄亚的叫声，也走出自己住的宫殿，看见了自己的四个儿子。卡尔喀俄珀看到儿子归来，惊喜地跑上前去。她搂住四个儿子亲吻着，她未曾想到还能见到儿子。埃厄忒斯听见喧闹声也走出宫殿，他将外乡人请到自己宫中，并吩咐仆人预备盛大的宴会。正当伊阿宋和埃厄忒斯互致宾主之意的时候，厄洛斯拍击着金翅膀从高高的奥林波斯山飞来了。他躲在圆柱后边，拉开弓，搭上箭，然后神不知鬼不觉地走到伊阿宋的背后，朝美狄亚的心射出一箭。金箭射中美狄亚的心，她立即对伊阿宋产生了爱情。

伊阿宋和同伴走进埃厄忒斯住的宫殿。国王请他们入席。席间阿耳戈斯告诉埃厄忒斯，他们兄弟四人途中翻船落水，被浪涛抛上阿瑞提亚岛，正当他们饿得奄奄一息的时候，被阿耳戈船英雄发现了。阿耳戈斯还说了伊阿宋等英雄来科尔喀斯的目的。埃厄忒斯听说伊阿宋来要金羊毛，当即眼冒怒火，双眉紧锁。他不信英雄们远航到此只是来要金羊毛的，他满腹狐疑：莫不是佛里克索斯的儿子们妄图篡夺科尔喀斯的统治权，为此引来希腊英雄？埃厄忒斯不断责难伊阿宋，想将他赶出宫殿，还扬言要处死伊阿宋。忒拉蒙胸中怒火升腾，刚要出言反击国王的威胁，可是伊阿宋及时将他拦住了。伊阿宋劝慰国王，竭力使他相信，他们来科尔喀斯只是要金羊毛，他向国王保证，只要国王肯将金羊毛给

---

①希腊语的意思是“熊熊燃烧的”。

他们，他愿先为国王效劳，赴汤蹈火，在所不辞。埃厄忒斯陷入沉思。最后他决计害死伊阿宋，他说：

“好吧，可以给你金羊毛，不过你必须先完成我交办的事：你套上喷火的铜腿公牛，用我的铁犁将阿瑞斯圣田翻耕一遍，再将龙牙播进这块地里，等龙牙长成披坚执锐的士兵，你就与他们厮杀，将他们统统打死。如果你能做到这件事，你就可以得到金羊毛。”

伊阿宋并未立即答应，过了一会儿他才轻声说道：

“埃厄忒斯，我同意，不过你也必须履行诺言。你知道，既然我服从命运的支配来到这里，来到科尔喀斯，我就不能拒绝你交办的事情。”

说罢，伊阿宋就和同伴一起离开了。

阿耳戈船英雄求助美狄亚

伊阿宋回到船上，向伙伴们讲述了进埃厄忒斯王宫后的情形以及国王交办的事情。阿耳戈船英雄们都沉思默想。怎么办呢？怎样才能完成埃厄忒斯交办的任务？最后阿耳戈斯说：

“朋友们，埃厄忒斯的女儿美狄亚就住在他的王宫里。她是神通广大的女巫师，只有她能帮助我们。我去求我的母亲，让她说服美狄亚来帮助你们。只要美狄亚肯帮忙，任何艰难险阻都不可怕了。”

阿耳戈斯话音刚落，一只被鸢追逐的白鸽飞到阿耳戈号上空。鸽子飞到伊阿宋身边，躲进他斗篷的衣襟里，而那只鸢也坠落在船上。

“这是诸神预示的吉兆，”预言家摩普索斯高声说道，“诸神亲自吩咐我们去向美狄亚求助。你们看，阿佛洛狄忒的圣鸟在伊阿宋的胸膛上得救了！你们应该想到菲纽斯说过的话。他不是建议过我们去恳求阿佛洛狄忒帮助吗？去恳求女神吧，她会帮助我们的。让阿耳戈斯快去见他母亲，他母亲会说服美狄亚帮助我们。”

阿耳戈船英雄听从了预言家摩普索斯的主意，他们向阿佛洛狄忒敬献了祭品，而阿耳戈斯匆匆赶赴埃厄忒斯宫中去见母亲。

与此同时，埃厄忒斯将所有科尔喀斯人召集到广场上。他将异乡人到来的消息普告臣民，吩咐他们严密监视阿耳戈号，不让一个阿耳戈船英雄逃跑。他决定，只等伊阿宋在阿瑞斯圣田上一死，便将阿耳戈号烧毁，并将船上所有英雄一同烧死，而对佛里克索斯的四个儿子，他要将其凌迟处死。

夜晚来临。科尔喀斯的都城沉入梦乡，全城寂然无声，唯有美狄亚的卧室不得安宁。一个个噩梦接连降临美狄亚头上，一幕比一幕令人心惊胆寒。一会儿她梦见伊阿宋在与铜腿公牛搏斗，而她美狄亚将成为他战胜公牛之后的奖品。一会儿她梦见自己在与喷火公牛争斗，并轻而易举地打败了公牛。她又梦见父母不肯把她嫁给伊阿宋，因为战胜公牛的不是伊阿宋。伊阿宋与埃厄忒斯之间发生了激烈的争吵，而这场争吵必须由她亲自来解决。她作出了有利于伊阿宋的判决，结果激怒了父亲，父亲暴怒地朝她大吼大叫。美狄亚泪痕满面，醒了，她想去找卡尔喀俄珀，可是又感到羞怯。她先后三次抓住门把手，可每次又都退了回去。美狄亚终于扑倒在床上号啕大哭。她的一个女仆听到哭声，跑去告诉卡尔喀俄珀。卡尔喀俄珀匆匆赶来，看见美狄亚躺在床上仍在大哭。

“我的妹妹啊，”卡尔喀俄珀说，“你为何哭泣？莫非你在为我儿子的命运流泪？莫非你已得知我们的父亲要害死他们？”

对于卡尔喀俄珀的提问美狄亚一声不吭，因为她并非为姐姐的儿子哭泣。最后她这样说：

“姐姐，我接连做了噩梦。死神威胁着你的四个儿子和与你儿子一起来的外乡人。要是诸神能给我以帮助他们的力量，那该多好啊！”

卡尔喀俄珀听了美狄亚的话，惊惧得发抖。她搂住美狄亚，恳求她帮助。卡尔喀俄珀知道，美狄亚能用巫术帮助伊阿宋。这时美狄亚说：

“听我说，姐姐，我可以帮那个外乡人的忙。让他明早到赫卡忒的神庙里来，我给他一道护身符，这护身符会帮助他成就功绩。不过，你必须保证守口如瓶，否则父亲会杀了我们大家。”

卡尔喀俄珀走了，留下美狄亚独自一人。她内心矛盾，顾虑重重。时而她害怕违抗父亲的意志，时而又下决心要帮助她所钟爱的伊阿宋。这当儿美狄亚甚至想服毒自杀。她取出盛毒药的盒子，打开盖子，可是女神赫拉又激起了她对活命的难以克制的渴望。她推开盛毒药的盒子，将种种疑虑抛到脑后，一心只想着伊阿宋，下定决心要帮助他。

朝霞初上，遥远的高加索山脉积雪的山峰染上了玫瑰色，这时阿耳戈斯跑来告诉阿耳戈船英雄，说美狄亚愿意帮助伊阿宋，请伊阿宋去赫卡忒神庙。旭日东升，伊阿宋和阿耳戈斯、预言家摩普索斯一起去赫卡忒神庙。女神赫拉使伊阿宋变得英姿勃勃、神采飘逸，连阿耳戈船英雄们看了都不禁注目欣赏。

美狄亚也一大早起床，取出装着神奇油膏的盒子，从中挑出“普罗米修斯油膏”。这种油膏是她用一种从普罗米修斯的血滴中长出的植物根部的汁液熬制的。任何人抹上这种油膏，就不会受到铁枪铜剑和烈火的伤害，身上会产生一股无人可匹敌的力量，一天之内都所向无敌。美狄亚决定将这种油膏送给伊阿宋。她叫上奴婢，动身去赫卡忒神庙。这时她满心喜悦，忘却了恐惧与烦恼，一心只盼着与伊阿宋会面。

赫卡忒神庙到了。美狄亚走进神庙，伊阿宋还未到。不一会儿伊阿宋赶到了。美狄亚看了伊阿宋一眼，她的心剧烈地跳动，竟然语塞了。

伊阿宋和美狄亚久久地相对无言，最后还是英雄打破沉默。他握住美狄亚的一只手，说：

“美丽的姑娘，你为何垂目向地？你为何怕我？莫非你认为我心怀叵测？不，我来此并无恶意。我是来求你保护。我只求你对我说实话；你要记住，赫卡忒不容许在她的神庙中说谎话，所有求助者的保护神宙斯也容不得谎言。告诉我，你愿不愿帮助我？如果你能帮助我，那么所有与我同来科尔喀斯的伟大英雄将在全希腊颂扬你的大名。你该记得，弥诺斯的女儿阿里阿德涅曾因帮助伟大的英雄忒修斯而获得多么巨大的荣光。”

美狄亚仍不作声，只是用满含爱情的目光望着伊阿宋。面带羞怯的美狄亚显得更加妩媚动人。她哆哆嗦嗦地从腰带里取出神奇的油膏，递给伊阿宋。她用低微的声音说道：

“听我说，伊阿宋，我就这样帮助你：夜里你到河里洗净身子；穿上黑衣裳，在河岸上挖个深坑，将一只黑羊抹上蜂蜜，置于坑边献祭赫卡忒。然后你就回船去。注意，不要回头观望。你将听到人声鼎沸和恶狗狂吠，不过你不必害怕，径直往前走。待早晨来临，你将自己的身子、长枪、盾牌和利剑都抹上这种油膏。油膏赋予你不可战胜的力量，你定能完成埃厄忒斯交办的事情。有一点你得记住：等泥土中长出一伙士兵，你就将石头扔到他们身上。他们会互相拼杀，这时你再向他们冲杀。拿着油膏，借助于它，你定能取得金羊毛。到那时你带上金羊毛，可以随便去哪儿。”

美狄亚停住不说了。一想到与伊阿宋分离，她的双眼蒙上了哀愁的雾翳。她满怀忧愁，垂首伫立，最后又轻声说道：

“伊阿宋，你将返回自己的故乡，可是你别忘了我，哪怕间或想起我美狄亚也好，因为我毕竟救过你。”

美狄亚又问起伊阿宋的身世，伊阿宋向她描述了伊俄尔科斯城邦及其所处的鲜花盛开的谷地。他邀请美狄亚和他一起去希腊，保证给予她崇高的荣誉，保证全伊俄尔科斯将像敬奉女神似的敬奉她。

“要是埃厄忒斯愿意和我结成友好的盟邦，那该多好啊！”伊阿宋感叹道。“要是他肯让你和我一起去我的故乡，那该多好啊！”

“这不可能，”美狄亚满怀悲伤地叹息道。“我父亲冷酷无情，铁石心肠。你就独自返回故乡吧，只是别忘了我。啊，当你忘却我，忘了我曾救过你的时候，如果狂风能展开翅膀将我送到伊俄尔科斯，使我能勾起你对我的思念，那我将多快乐！”

美狄亚双眼涌出了泪水。伊阿宋望着她，心中充满了对她的爱恋。他恳求美狄亚偷偷离开父亲家，和他一起逃往伊俄尔科斯。美狄亚愿意离开科尔喀斯，与伊阿宋分别使她感到恐惧，她担心自己忍受不住与伊阿宋的这种分别。一想到要与伊阿宋分别，美狄亚就失声痛哭。赫拉使她产生了跟随伊阿宋去天涯海角的愿望。女神希望美狄亚去伊俄尔科斯，她决定借助美狄亚之手杀死她所痛恨的珀利阿斯。

美狄亚和伊阿宋暂时分手了。伊阿宋答应一定再来赫卡忒神庙与美狄亚相见，到时再决定他俩今后怎么办。美狄亚喜滋滋地坐车回家去了，她明白伊阿宋爱她。

伊阿宋完成埃厄忒斯交给的任务

黑夜降临。伊阿宋穿上黑色衣衫前往法细斯河边。在这夜深人静的时候，他在湍急的河水中洗净身子。接着他在岸上挖了个深坑，遵照美狄亚的嘱咐向赫卡忒敬献了祭品。献祭刚结束，大地猛一抖动，赫卡忒双手举着燃烧的火炬出现在眼前。她身旁簇拥着可怕的妖魔和喷火的毒龙，令人生畏的一群地狱恶狗在她身旁狂吠、奔突。看到赫卡忒，附近的神女一个个惊呼奔逃。伊阿宋感到十分恐怖，但是他牢记美狄亚的话，连头也不回，径直朝阿耳戈号走去，朋友们正在船上等候他。

早晨来临，阿耳戈船英雄派出忒拉蒙和墨勒阿革洛斯去向埃厄忒斯要龙牙。埃厄忒斯将卡德摩斯斩杀巨龙后拔来的龙牙给了他俩，然后准备登车前往阿瑞斯圣田，去看看伊阿宋如何完成他交办的事情。埃厄忒斯穿上铠甲，戴上如太阳一样耀眼的头盔，拿起只有赫拉克勒斯才适用的沉重的长枪和盾牌，登上战车，驾车的是他的儿子阿布绪耳托斯。阿耳戈船英雄们也做好了去阿瑞斯圣田的准备。

伊阿宋先将长枪、利剑和盾牌抹上油膏，然后涂抹自己的身子。顿时他感到全身充满一股神奇的力量，肌肉变得坚硬如钢，全身如同钢铁铸就。阿耳戈船英雄驾着快船阿耳戈号来到阿瑞斯圣田的时候，埃厄忒斯已在那里等候，田野四周的山坡上站满了科尔喀斯居民。伊阿宋离船上岸，他像明星一样灿烂，盔甲熠熠生辉。他来到圣田，找到铁犁和铜牛轭，然后举起盾牌掩护身体，开始寻找喷火的神牛。突然，两头公牛跃出地洞，疯狂地吼叫着冲向英雄。团团烈火从牛嘴中喷出。伊阿宋手持盾牌护住身体，等待公牛袭击。公牛扑向英雄，两对牛角以异乎寻常的巨大力量猛烈撞击英雄的盾牌。任何人都经受不住这样的牴撞，然而伊阿宋毫不动摇，如山岩屹立。两头公牛吼叫着一次次地向英雄冲击，直搅得尘土飞扬，走石飞沙。伊阿宋伸出强有力的双手先后抓住两头公牛的犄角，将它们硬拉到犁杖旁。公牛拼命挣扎，朝伊阿宋喷火，可是他丝毫不受伤害，狂怒的公牛无法挣脱伊阿宋的手。伊阿宋在卡斯托耳和波吕丢刻斯的协助下将两头公牛套上犁杖。接着伊阿宋挥舞长枪，赶着公牛，耕完阿瑞斯圣田，并播下龙牙。播完龙牙，伊阿宋卸了公牛，威严地吆喝一声，又用长枪去扎公牛。两头公牛发疯似的跑了，躲进深深的地洞。任务现已完成一半，眼下需要等待，等地里长出士兵。伊阿宋走到法细斯河边，摘下头盔舀水解渴。

伊阿宋未歇息多久。只见地里冒出一锋矛尖，此后接二连三冒出许多矛尖，转眼间整块田野如同覆盖了一片铜硬发。这时土地仿佛抖动起来，地里冒出头盔和士兵的头颅。现在整块田野上站满了身披闪光甲胄的士兵。伊阿宋还记着美狄亚对他说过的话，他抓起一块巨石，单手举了起来，远远掷到由龙牙长成的士兵群中。这块巨石有如此之重，即使四个强壮的英雄也搬不动。龙牙长成的士兵手执兵器相互开始血腥的拼杀。伊阿宋紧握利剑冲向人群，将士兵一个接一个地砍倒在地，不一会儿田野死尸遍地，所有士兵都死在伊阿宋手下，没有一个幸免。

阿瑞斯圣田上尸横遍野，仿佛是锋利的镰刀割下的麦穗盖满了肥沃的良田。伊阿宋成功了。埃厄忒斯惊讶地望着伊阿宋，对伊阿宋超人的力量感到纳闷。这位国王威严可怖地皱起眉头，双目闪烁着怒火。他一言不发，登上战车，驰回城中，一路上只是思索如何害死这个奇怪的外乡人。伊阿宋回到船上，回到朋友们身边歇息，朋友们都赞颂他建立的伟大功绩。

美狄亚帮助伊阿宋觅取金羊毛

埃厄忒斯回到王宫，召集科尔喀斯最有名望的达官贵人商议。时间早已过了子夜，国王还在与他们商讨残害阿耳戈船英雄的计策。埃厄忒斯猜到，只有美狄亚能够帮助伊阿宋取得这样的成就。美狄亚也觉察到，她和伊阿宋面临着巨大的危险。她在自己豪华的宫殿里心神不定，毫无睡意。夜里她起床偷偷溜出埃厄忒斯的王宫。她沿着只有她一人所知的小径朝法细斯河岸边走去，那里熊熊燃烧着阿耳戈船英雄点燃的篝火。走到篝火旁边，她叫来伊阿宋及佛里克索斯的小儿子佛戎提斯。美狄亚将心中不祥的预感告诉了伊阿宋，并劝他立即和她一起去取金羊毛。伊阿宋穿戴好盔甲，当即前往阿瑞斯圣林。四周一片昏黑，只有挂在圣树上的金羊毛在林中闪着金光。美狄亚和伊阿宋走进圣林，这时可怕的毒龙探起身来，喷吐火焰。美狄亚召唤威力强大的睡眠之神许普诺斯相助。只见她口中念起可怕的咒语，一边往地上洒神奇的药水。毒龙马上趴卧地上，不过它那困乏的脑袋仍然昂着。这时美狄亚将催眠药水洒到毒龙身上，毒龙的大嘴闭上了，闪着火光的双眼也合上了，它被睡意所征服，伸直身子躺在挂有金羊毛的那棵大树底下。伊阿宋取下金羊毛，大步流星急匆匆赶回阿耳戈号。

诸位英雄惊喜地聚集在伊阿宋和美狄亚的身边，细看着金羊毛。可是刻不容缓，必须赶在埃厄忒斯知道金羊毛被盗之前离开科尔喀斯。伊阿宋砍断系船的缆绳，众英雄急忙拿起船桨，阿耳戈号转眼如离弦之箭飞速顺流而下，驶向大海。驶入大海，英雄们奋力划桨，阿耳戈号劈波斩浪，飞驰似鸟，离科尔喀斯越来越远。

一清早埃厄忒斯便得知金羊毛被盗，美狄亚和阿耳戈船英雄一起出逃，他大怒欲狂，将科尔喀斯人召到海边。可是阿耳戈号早已无影无踪。埃厄忒斯命令科尔喀斯人去追赶。他威胁说，如果追不回阿耳戈船英雄，就将他们处死。以埃厄忒斯的儿子阿布绪耳托斯为首的科尔喀斯人匆匆驾船去追赶阿耳戈船英雄。

阿耳戈船英雄返航

阿耳戈号来到宽广的外海，这时海上刮起了顺风。英雄们张起风帆，阿耳戈号乘风破浪快速航行在攸克辛海上。英雄们在海上航行了三天。远方终于出现了斯库提亚的陆地。阿耳戈船英雄决定沿依斯忒耳河溯流而上，然后沿其一条支流进入亚得里亚海[①]。阿耳戈船英雄抵达依斯忒耳河河口，发现河口及其所有岛屿上都驻有乘船抄近路先期到达的科尔喀斯的重兵。英雄们看到科尔喀斯军队人数众多，知道战胜不了他们，本方势单力薄，不能与装备精良、英勇善战的科尔喀斯军队交战。阿耳戈船英雄决定智胜敌军。他们与敌军首领阿布绪耳托斯谈判，说定如果邻近城邦的国王判定美狄亚必须返回科尔喀斯，那么他们愿意把美狄亚送到神庙，交还科尔喀斯人，不过金羊毛必须留给阿耳戈船英雄，因为伊阿宋履行了埃厄忒斯提出的交还金羊毛的条件。但是，进行这种谈判的目的是要赢得时间。美狄亚已经向伊阿宋保证，要把阿布绪耳托斯诱骗到岛上的神庙中。

伊阿宋假借美狄亚的名义派人给阿布绪耳托斯送去丰厚的礼物，并请他来偏僻的神庙与美狄亚会面。阿布绪耳托斯来到神庙，他刚踏进门，伊阿宋拔出利剑扑了上去，阿布绪耳托斯受了致命的创伤，倒在地上。伊阿宋和美狄亚合谋犯下了令人发指的罪行：他们在神庙里杀害了手无寸铁的阿布绪耳托斯。伊阿宋又将他的尸体剁成碎块，抛进依斯忒耳河的波涛。科尔喀斯人惊骇之余纷纷去捞自己首领的尸体碎块，阿耳戈船英雄乘机沿着依斯忒耳河向上游飞速逃遁。

阿耳戈船英雄在河上航行了很长时间，最后沿着依斯忒耳河的支流

---

① 古希腊人对欧洲地理知之甚少，以为依斯忒耳河（即多瑙河）与亚得里亚海有支流相通。

进入亚得里亚海，来到伊吕里亚岸边。海上刮起了可怕的风暴。浪花飞溅，排空巨浪犹如高山。狂风如同脱缰的烈马在海上飞驰，撕去了阿耳戈号上的风帆。阿耳戈号在巨浪的挤压下呻吟，两舷的船板压弯了，强健的桨手手中的船桨折断了。阿耳戈号就像一块木片在惊涛骇浪中漂荡。死亡威胁着阿耳戈船英雄。这时候，船尾传来一个声音，这声音发自船尾的那块多多那圣橡木。它吩咐阿耳戈船英雄去见女巫师喀耳刻，让她为伊阿宋和美狄亚洗刷残害阿布绪耳托斯的罪孽。阿耳戈船英雄刚掉转船头对准北方，风暴当即平息，英雄们这才明白，这是诸神的旨意。

阿耳戈船英雄经由厄里达诺斯河与洛达诺斯河进入第勒尼安海，他们在海上航行了很久，最后抵达埃厄忒斯的姐妹喀耳刻所居的神奇的海岛。喀耳刻为美狄亚和伊阿宋净罪，她先向宙斯敬献祭品，再用祭品的鲜血冲洗伊阿宋的双手，并在祭坛前恳请复仇女神不要再记恨两个杀人的罪人。喀耳刻也未拒绝为美狄亚洗刷可怕的罪过，因为女巫师根据美狄亚眼睛里透出的光芒知道她和自己一样，也是太阳神赫里阿斯的后裔。

阿耳戈船英雄又起程赶路。他们又经历了许多危难艰险。他们曾从斯库拉与卡律布狄斯之间穿过，要是没有宙斯的妻子赫拉救助，他们在此必死无疑。他们曾途经海妖塞壬所居的海岛，听到海妖那迷人的歌声，歌声具有不可抗拒的诱惑力，引诱他们上岛去。但是歌手俄耳甫斯拨动起金竖琴的琴弦，他的歌声战胜了海妖歌声的诱惑力。最后阿耳戈船英雄来到普兰克泰浮崖旁边。这里是一个狭窄的海峡，两侧巨大的山岩在海峡上空相接形成一个拱顶。海水在两壁的山岩之间汹涌，浮崖下边的浪涛在惊心动魄的漩涡中打旋，时而腾空而起，直逼拱顶。即使给宙斯送神食的鸽群也不能安然无恙地从浮崖下方飞过，每天总有一只鸽子在此处丧命。女神赫拉帮助阿耳戈船英雄渡过这道难关，她说服安菲特里忒平息普兰克泰浮崖下的浪涛，因此阿耳戈船英雄能安然穿越海峡。

阿耳戈船英雄经过漫长的航行来到淮阿喀亚人居住的海岛。他们在岛上受到国王阿尔喀诺俄斯的热情接待。本来他们在艰险的旅程之后可以在此好好休息，可是不到一天，海岛边又出现了科尔喀斯人的船队，他们要求交还美狄亚。要不是阿尔喀诺俄斯从中调停，一场血战在所难免。阿尔喀诺俄斯作出决定：如果美狄亚不是伊阿宋的妻子，那么必须将她归还科尔喀斯人。夜里阿尔喀诺俄斯的妻子阿瑞忒派使者去找伊阿宋，告诉他国王阿尔喀诺俄斯所作出的判决。伊阿宋和美狄亚当夜即举行了婚礼，于是第二天伊阿宋当着聚会的淮阿喀亚人和科尔喀斯人的面庄严发誓，说美狄亚是他的妻子。这时阿尔喀诺俄斯判定，美狄亚必须和她丈夫待在一起，科尔喀斯人只得一无所获地回去见埃厄忒斯。

阿耳戈船英雄在热情好客的淮阿喀亚人那里歇息之后又继续航行。他们顺利地航行了很长时间，淡蓝色的远方终于出现了伯罗奔尼撒的海岸。突然海上刮来一股可怕的旋风，将阿耳戈号卷往外海。旋风裹着阿耳戈号在无边无际的茫茫大海上久久地飞驰，最后将船抛上荒凉的海岸。阿耳戈号深深陷入水草密布的海湾的泥淖里。阿耳戈船英雄感到悲观失望。舵手林叩斯对生还希腊已不抱希望，低垂着头坐在船尾。英雄们沮丧地在海岸边徘徊，似乎失却了所有力量和勇气。他们都认为面前只有死路一条。这时候神女们又来帮助伊阿宋。她们告诉伊阿宋，阿耳戈号被旋风刮到了利比亚①，阿耳戈船英雄必须等安菲特里忒卸下马车的马以后才能将船抬出泥泞，扛到肩头，走出利比亚沙漠。可是阿耳戈船英雄不知道安菲特里忒什么时候才能将她车上的马卸下来。突然，他们看见海中跑上来一匹雪白的马，那马飞驰着穿过沙漠。阿耳戈船英雄明白，这匹马就是安菲特里忒从车上卸下的马。于是英雄们扛起

---

① 希腊人称埃及以西的非洲海岸为利比亚。

阿耳戈号，冒着酷暑，忍着饥渴的折磨，在沙漠中整整走了十二天。他们终于走到赫斯珀里得斯姐妹所居的国家。赫斯珀里得斯姐妹指点他们去赫拉克勒斯在山岩上凿出的泉眼。英雄们喝了泉水解了渴，然后带上泉水登上回故乡的旅程。可是这时候阿耳戈船英雄无论如何找不到出海的通道。他们现在所处的不是大海，而是特里同的湖泊。英雄们遵照俄耳甫斯的建议，向湖神敬献了三脚供桌。马上一位英俊的青年来到英雄们面前。他给了英雄欧斐摩斯一块泥土，以表示自己热情好客，接着又为阿耳戈船英雄们指出出海的通道。阿耳戈船英雄又献祭了一只公羊。湖神特里同亲自来领航，指引阿耳戈号绕过白色岩礁，闯过漩涡，进入宽阔的大海。离开大湖后，英雄们航行到克里特岛，他们打算在岛上补充淡水，然后再继续航行。可是雷神宙斯送给弥诺斯的青铜巨人塔罗斯不许他们上岸。塔罗斯巡视全岛，守卫着弥诺斯的领地。美狄亚施巫术将塔罗斯催眠。塔罗斯身上那枚堵血管的铜钉掉落了，血液像熔化的铅水涌流地上，巨人倒在地上死了。现在阿耳戈船英雄可以毫无阻挡地靠岸停船，补充淡水了。

在从克里特岛返回希腊的途中，欧斐摩斯将特里同赠与的泥块扔进大海，泥块长成一个海岛，阿耳戈船英雄称其为卡利斯忒岛。后来欧斐摩斯的子孙就住在这个岛上，该岛遂改为斐拉岛①。

此后阿耳戈船英雄在海上又遇到一场风暴。漆黑的夜里风暴肆虐。阿耳戈船英雄胆战心惊，他们随时都可能触礁沉没或在海岸山岩上撞得粉身碎骨。突然海空闪出一支金箭，耀眼的光芒照亮了四周，接着又闪出第二支、第三支金箭。原来这是阿波罗射出金箭为阿耳戈船英雄照亮航路。他们将船停靠在阿那斐岛，等待风暴平息。风暴终于停息，海上的浪涛也平静下来，并且刮起了顺风。阿耳戈号在蔚蓝的大海上平稳地航行。此后阿耳戈船英雄再未遇到艰险，不久他们回到日夜盼望的

---

①即今桑托林岛。

伊俄尔科斯港口。

阿耳戈船英雄回到伊俄尔科斯后，即向曾在艰险的旅途中帮助他们的众神敬献了大量的祭品。伊俄尔科斯全城欢欣鼓舞，庆祝阿耳戈船英雄远航归来，人人都赞颂阿耳戈船英雄及其首领伊阿宋，赞颂他们取回了金羊毛。

伊阿宋和美狄亚在伊俄尔科斯。珀利阿斯之死

根据奥维德的长诗《变形记》转述。

奸诈的珀利阿斯并未履行诺言，没有将应由伊阿宋继承的祖先的权力归还给伊阿宋。伊阿宋不甘屈辱，决意对珀利阿斯实施无情的报复。美狄亚愿从中协助。不久，复仇的机会来到了。伊阿宋那年迈的父亲埃宋得知美狄亚是神通广大的女巫师，于是想请美狄亚为他恢复青春。伊阿宋亲自来求美狄亚，让她使父亲变得年轻一些。美狄亚答应，只要女神赫卡忒肯协助，那她一定满足这个请求。

望月的日子到了，半夜里美狄亚身穿黑色衣衫，披头散发，赤脚走出家门。四周的一切都已进入酣甜的梦乡，到处都寂然无声。美狄亚披着月光默默地走着。走到三岔路口，她停住脚步，举起双手，大呼三声，然后跪倒在地，轻声念动咒语。她恳求夜、星辰、月亮、大地、风和山川相助，请求山林之神和夜神来到她面前。她祈求赫卡忒女神听她祈祷并给她以帮助。赫卡忒听见她的祈祷，于是马上一辆有翼飞龙拉着的神车来到美狄亚的面前。一连九天九夜，美狄亚乘坐这辆车子到高山丛林、河边海滨采集各种神奇的药草和树根。回到埃宋家之后，美狄亚设下两座祭坛，一座为赫卡忒而设，另一座为青春女神而设。她在祭坛前挖了两个坑，将两只黑羊分别置于两只坑边，祭献黑暗和巫术的主管女神赫卡忒，同时还祭洒了蜜酒和牛奶。美狄亚吁请冥间神祇哈得斯和佩耳塞福涅不要夺走年老的埃宋的生命。然后她吩咐将埃宋带来。她

让埃宋躺在神奇的药草上，施巫术将他催眠。她用一口铜锅熬制草药，锅里的汤药开了，泛起一层白色的药沫。美狄亚取来一根百年古树的枯枝，搅动锅内的汤药。枯枝马上发芽长叶并结出绿色的果实。汤药的泡沫滴落之处也都长出鲜花和青草。美狄亚看到草药已熬成，于是用剑切开老埃宋的喉咙，放尽他的老化的血液，再将药汁从切口处灌进他的血管。嗬，奇迹出现了！老人原先雪白的头发变黑了，皱纹消失了，一改枯槁的面容，脸颊上重新现出红润。埃宋醒后发现自己恢复了青春活力，变得朝气蓬勃。

美狄亚在成功地使老埃宋返老还童之后，决计对老珀利阿斯实施残酷的报复计划，因为珀利阿斯欺骗伊阿宋，没有归还伊俄尔科斯的统治权。

美狄亚说服珀利阿斯的女儿们同意对其父亲施返老还童之术，为使她们深信她的巫术，她牵来一只公羊，宰杀之后扔进煮着草药的铜锅中。宰杀的公羊刚扔进去，铜锅里随即跳出一只欢蹦乱跳的羊羔。珀利阿斯的几个女儿看到这一奇迹，便同意为其父亲施返老还童之术。

美狄亚又熬煮了草药，但已不是伊阿宋父亲使用的那种汤药。现在熬的药汁并无神奇的功效。美狄亚施巫术将珀利阿斯催眠，再将他的女儿们叫到他的卧室，吩咐她们切开父亲的喉咙。但是几个女儿都不敢下手。

“胆小鬼！”美狄亚高声喊道，“快拔出利剑，放掉你们父亲血管中的老血，我再给他输入富有青春活力的新血。”

珀利阿斯的女儿还是犹犹豫豫，不敢对熟睡的父亲下手。最后她们掉转脑袋，一个跟着一个挥剑朝父亲砍去。受了致命重伤的珀利阿斯惊醒了，从床上欠起身子，向女儿伸出无力的双手，呻吟着喊道：

“啊，女儿们，你们在干什么呀？是什么原因使你们对自己的父亲下毒手？”

珀利阿斯的女儿们吓得垂下了手，她们一个个脸色煞白，站在那里六神无主。美狄亚跑到珀利阿斯的床边，一刀刺进他的喉咙，接着又将他的尸身切成碎块，扔进沸腾的大锅。这时一辆有翼飞龙拉的车子驰进珀利阿斯的寝宫，美狄亚跳上车子，在珀利阿斯那几个吓得丧魂失魄的女儿的眼前消失了。

珀利阿斯的儿子阿德拉斯托斯为父亲举行了隆重的葬礼，葬礼之后还举行了纪念亡人的竞技比赛。参加这次竞技比赛的有希腊最伟大的一批英雄，赫耳墨斯亲自担任比赛的裁判。卡斯托耳、波吕丢刻斯和欧斐摩斯进行了驾车比赛，阿德墨托斯与摩普索斯比赛拳击，阿特拉斯与珀琉斯比赛摔跤。而在赛跑中伊菲克勒斯获得第一。

然而伊阿宋仍未获得伊俄尔科斯的统治权。阿德拉斯托斯不许他继续留在伊俄尔科斯，他把伊阿宋驱逐出伊俄尔科斯，因为伊阿宋的妻子美狄亚杀害了珀利阿斯。伊阿宋离别祖国，与美狄亚一起远走科林斯。

伊阿宋和美狄亚在科林斯。伊阿宋之死

根据欧里庇得斯的悲剧《美狄亚》转述。

杀死珀利阿斯之后，伊阿宋和美狄亚被逐出伊俄尔科斯，他俩在科林斯国王克瑞翁处找到栖身之所。美狄亚生下两个儿子。看起来伊阿宋和美狄亚即使在异乡也该能过上幸福的生活。可是无论是伊阿宋还是美狄亚，命中注定不会幸福。伊阿宋迷恋上克瑞翁的女儿格劳刻的美色，背叛了他在科尔喀斯接受美狄亚手中的神奇的油膏时对美狄亚立下的誓言，背叛了帮助他建立伟大功勋的恩人。伊阿宋决定娶格劳刻，国王克瑞翁也同意将女儿嫁给这位出名的英雄。

美狄亚得知伊阿宋变了心，感到悲观失望。美狄亚一如既往仍然爱着伊阿宋呢。现在她似乎变成一块无知无觉的石头木然坐在那里，沉浸在悲哀之中。她不吃不喝，也不听安慰。渐渐地，一股疯狂的愤怒攫住了她的心。美狄亚那桀骜不驯的性情是不可能罢休的。她，科尔喀斯国

王的女儿，光芒四射的太阳神的孙女，岂能在仇敌面前忍气吞声！岂肯忍受仇敌对她侮弄！愤怒之中的美狄亚是令人害怕的，她的报复必然无比残酷。啊，她美狄亚要报复伊阿宋，报复格劳刻，报复格劳刻的父亲克瑞翁！

狂怒之极的美狄亚不停地诅咒着。她咒骂两个儿子，咒骂伊阿宋。美狄亚十分痛苦，她恳求诸神立即用雷电夺走她的生命。除了报仇，她活着还有什么意义？美狄亚在呼唤死神，死亡才是痛苦的终结，死亡才能解脱她的苦难，伊阿宋为什么如此残酷地对待她，对待她这个救过他帮过他的恩人？她曾将巨龙催眠，帮他取得金羊毛；为了救他伊阿宋，她将自己的兄弟诱骗到埋伏地；为了伊阿宋，她还将珀利阿斯害死。美狄亚请宙斯和司法女神忒弥斯来作证，伊阿宋对她的所作所为是多么的不公正。美狄亚要向伊阿宋报复的决心越来越坚定了。

这时候克瑞翁来了。他立即对美狄亚说，她必须立即离开科林斯。克瑞翁也害怕美狄亚，知道盛怒之中的美狄亚是很危险的，知道她的巫术很厉害，她能害死他的女儿，害死他本人。

美狄亚为了赢得复仇的时间，故作服从克瑞翁，承认他有权驱逐她，但是她向克瑞翁提出唯一的请求——允许她在科林斯再待一天。克瑞翁答应了，他没有料想到，正是这个请求使他招来杀身之祸。不过，他接着就提醒美狄亚，如果第二天日出之后在科林斯还看到她，那就要将她和她的两个儿子都处死。美狄亚知道，她丝毫不必担心被处死，相反，他克瑞翁倒会丧命，因为她已向脸色苍白的女神塞勒涅及自己的保护神赫卡忒发誓，要置仇敌于死地。不能逃避死亡的不是她美狄亚，而是他们。她这位太阳神的孙女岂能成为西叙福斯后裔和伊阿宋的新娘的取笑对象！

伊阿宋假惺惺地对美狄亚说，他是为了她及她的两个儿子的利益和格劳刻结婚的，如果再婚之后诸神赐给他儿子，那么现在这两个儿子便可从异母兄弟身上找到依靠。美狄亚无法相信伊阿宋的表白，她谴责伊阿宋忘恩变心，并威胁他以诸神的怨怒，她再不听伊阿宋的任何辩解。现在美狄亚痛恨伊阿宋，尽管以前她如此爱他，因为爱他而抛弃父母、兄弟和祖国。伊阿宋悻悻地走了，美狄亚对着他的背影继续嘲讽和斥责。

这时候雅典国王埃勾斯恰好从得尔福去特洛曾路经科林斯。他热情地向美狄亚问好，问她为何如此忧伤。美狄亚诉说了自己的不幸，央求雅典国王为她这个被丈夫所抛弃的流亡者提供栖身之所。她向埃勾斯保证，只要他在雅典为她提供庇护之所，她就施巫术帮助他，使他子孙兴旺，不再像现在这样无儿无女。埃勾斯发誓一定给美狄亚以栖身之所。他向地神盖亚、美狄亚的祖父赫里阿斯及所有奥林波斯神立誓，绝不会把美狄亚出卖给她的仇敌。埃勾斯只对美狄亚提出一个条件，即她不能依靠他的帮助去雅典，只能自己设法去雅典，因为埃勾斯不愿与科林斯国王发生争执。

栖身之所有了着落之后，美狄亚着手实施既定的报复计划。她下决心不仅要害死克瑞翁及其女儿格劳刻，而且要杀害自己与伊阿宋所生的两个儿子。她打发女仆去叫伊阿宋。伊阿宋来了。美狄亚假装恭顺，装出听天由命和服从伊阿宋的决定的样子，她只求伊阿宋去说服克瑞翁，将她的两个儿子留在科林斯。这时两个儿子也来了。看到儿子，美狄亚哭了，她搂住儿子，吻着儿子。她爱自己的儿子，然而她强烈的复仇欲望超过了爱子之情。

怎样才能杀死格劳刻和克瑞翁呢？美狄亚想出一条计策，她以恳求格劳刻将她两个儿子收留在伊阿宋组成的新家庭里的名义，送给格劳刻一件珍贵的婚礼服和一顶金丝婚礼冠。这份礼物本身就是死亡的赠礼。格劳刻刚穿上礼服，戴上礼冠，礼服、礼冠上的毒药立即侵入她的肌体，而金冠则像铜箍一样勒住了她的头颅。礼服烧灼格劳刻的身子，她在惨烈的折磨中死去。父亲克瑞翁赶来相救，他抱住不幸的女儿，可是礼服又粘在他的身上。他竭力将礼服从身上往下撕，结果一块块皮肉连同礼服一起撕了下来。克瑞翁也被美狄亚送的礼物害死了。

美狄亚站在家门口，听说克瑞翁和格劳刻父女惨死，不由得暗暗高兴，但是他们的死并不能平息美狄亚复仇的渴望，她决定杀死自己的儿子，使伊阿宋受到更强烈的精神折磨。现在促使她狠心杀死儿子还有一个原因，那就是因为她知道，克瑞翁的亲属将对她的儿子进行报复，以清算他们母亲犯下的罪行，到那时她的儿子将会有什么样的遭遇。美狄亚匆匆进屋，屋内立即传来她两个儿子的哭喊声和呻吟。亲生母亲将他们杀死了。伊阿宋知道克瑞翁和格劳刻死在妻子美狄亚的手下之后，感到无比恐惧，他担心克瑞翁的亲属为了报仇去杀害他的两个儿子，于是匆匆赶回家去。家里大门紧闭，伊阿宋刚要破门而入，突然美狄亚乘坐太阳神赫里阿斯派来的、由飞龙拉着的车子出现在空中，她脚边躺着被她亲手杀死的两个儿子。伊阿宋惊骇不已。他恳求美狄亚留下儿子的尸体，以便由他亲自安葬。可是美狄亚连这点安慰也不给伊阿宋，她乘着华美的车子驰走了。

此后伊阿宋的余生残年再无欢乐。他一直找不到栖身之地。有一天，他路经伊斯特摩斯，来到搁置着已被阿耳戈船英雄献祭给海神波塞冬的阿耳戈号的海岸上。疲乏不堪的伊阿宋躺在船尾底下的阴凉处，打算好好休息一下，后来他睡着了。在他安然酣睡的时候，早已朽烂的阿耳戈号的船尾塌了下来，破烂的船板碎块埋葬了熟睡的伊阿宋。

特洛伊的故事

特洛伊神话故事系据荷马史诗《伊利亚特》，索福克勒斯的悲剧《埃阿斯》、《菲罗克忒忒斯》，欧里庇得斯的悲剧《伊菲革涅亚在奥利斯》、《安德洛玛刻》、《赫卡柏》，维吉尔的长诗《埃涅阿斯纪》，奥维德的长诗《列女志》，以及其他作家的作品的片断转述。

宙斯与勒达的女儿海伦

著名的英雄廷达瑞俄斯被兄弟希波科翁驱逐出王国。在长期的颠沛流离之后，他投奔埃托利亚[①]国王忒斯提俄斯，国王收留了他。国王看中英雄，把像女神一样美丽的女儿勒达嫁给他。后来宙斯的伟大儿子赫拉克勒斯打败希波科翁，将希波科翁及其儿子统统杀死，这时廷达瑞俄斯才带着美丽的妻子返回斯巴达[②]，执掌起斯巴达的王权。

勒达生养了四个子女。美丽的海伦和波吕丢刻斯是她与雷神宙斯所生，而克吕泰涅斯特拉和卡斯托耳则是她与廷达瑞俄斯的骨血。

海伦长相俊美，凡人女子无人可比，连女神见了都嫉妒。希腊到处都在赞扬海伦的绝色姿容。阿提刻的伟大英雄忒修斯得知海伦美若天仙，就将她从廷达瑞俄斯家拐走，海伦的兄弟波吕丢刻斯和卡斯托耳将她夺回，送归父亲家中。许多求婚者接二连三来廷达瑞俄斯宫中向世上最美丽的海伦求婚，谁都希望她能成为自己的妻子。廷达瑞俄斯犹豫不决，不知该将女儿海伦嫁给哪位英雄才好。他担心，如果将女儿嫁给某位英雄，那么其他求婚的英雄都会嫉妒这个幸运儿，并会与之争斗，触发一场巨大的内乱。最后足智多谋的英雄俄底修斯[③]给廷达瑞俄斯出了这样一个主意：

“让秀发拳曲的海伦自己做主，她愿做谁的妻子。让所有求婚者发誓，无论海伦选定谁做丈夫，其他人绝不能对他动武，而且在他遇到危难时全力给予帮助。”

廷达瑞俄斯采纳了俄底修斯的建议。所有求婚者都发了誓，而海伦从他们中间选定一人做丈夫，中选的就是阿特柔斯的儿子、英俊的墨涅拉俄斯。

墨涅拉俄斯娶了美丽的海伦。廷达瑞俄斯死后，墨涅拉俄斯即位，成了斯巴达国王。他在廷达瑞俄斯的王宫里过着无忧无虑的日子，没有料到与美丽的海伦的结合竟会给他日后带来如此众多的灾难。

珀琉斯和忒提斯

著名英雄珀琉斯是宙斯聪明的儿子埃阿科斯与河神阿索波斯的女儿埃癸娜所生的儿子。最伟大的英雄赫拉克勒斯的朋友忒拉蒙是珀琉斯的兄弟。珀琉斯和忒拉蒙出于嫉妒杀死了同父异母的兄弟，因此不得不亡命出逃。珀琉斯逃到富庶的佛提亚[4]。英雄欧律提翁收留了他，将自己三分之一的领地赠给他，还将女儿安提戈涅嫁给他。可是珀琉斯在佛提亚并未逗留多久。在卡吕冬狩猎期间，他不慎误杀欧律提翁。珀琉斯为这一不幸深感哀伤，于是离开佛提亚去伊俄尔科斯。然而在伊俄尔科斯等待他的还是不幸。伊俄尔科斯的国王阿卡斯托斯的妻子爱慕珀琉斯，唆使他背叛与阿卡斯托斯的友谊。珀琉斯拒绝了朋友之妻的无理要求，这下她恼羞成怒，反而在丈夫面前诽谤珀琉斯。阿卡斯托斯听信妻子的谗言，决定害死珀琉斯。有一天，他们去珀利翁山的森林里狩猎，在珀琉斯因狩猎疲倦睡着之后，阿卡斯托斯将诸神赠给珀琉斯的那把神奇的利剑藏了起来。珀琉斯只要有这把利剑在手，交战时便无人可以抵挡。阿卡斯托斯断定，现在珀琉斯失却了这把利剑，肯定会丧命，

---

① 位于希腊中西部。

② 伯罗奔尼撒半岛上拉科尼亚地区的主要城市。

③ 又译奥德修斯。荷马两大史诗《伊利亚特》和《奥德赛》中的主人公。

④ 忒萨利亚的城市，位于爱琴海珀伽萨湾海滨。

会被凶残的马人们撕成碎块。可是智慧的马人喀戎赶来帮助珀琉斯，他帮珀琉斯找回那把神奇的剑。当凶残的马人们冲向珀琉斯，想把他撕成碎块的时候，珀琉斯挥起利剑，轻而易举地将马人们击退了。珀琉斯逃脱了几乎是不可避免的死亡。随后珀琉斯对背叛友情的阿卡斯托斯进行报复。他在狄俄斯库里兄弟，即卡斯托耳和波吕丢刻斯的协助下夺取了富饶的伊俄尔科斯，杀死了阿卡斯托斯及其妻子。

提坦神普罗米修斯揭示了一个重大的秘密：宙斯与忒提斯神女结合，必定会生下一个比父亲更为强大的儿子，他将推翻父亲的统治。普罗米修斯向诸神建议，把忒提斯嫁给珀琉斯，这样忒提斯生下的便是一个伟大的英雄。诸神决定照此办理，不过提出一个条件：珀琉斯必须与忒提斯单独决斗，并且战胜她。

赫菲斯托斯把诸神的意愿告诉了珀琉斯，珀琉斯即前往忒提斯从深海出来常常到那里休息的山洞。珀琉斯躲在山洞里等候忒提斯。忒提斯浮出海面，走进山洞。珀琉斯扑上前去，伸出强有力的双手，抱住忒提斯。忒提斯拼命挣脱。她先后变成狮子、蛇、海水，但是珀琉斯始终没让她逃脱。忒提斯失败了，现在她必须做珀琉斯的妻子。

在马人喀戎宽敞的山洞里诸神向珀琉斯和忒提斯庆贺婚礼。婚礼宴会颇为豪华。奥林波斯山的所有神祇都前来参加这个婚宴。阿波罗的金竖琴奏起了激越的乐曲，缪斯女神们唱起了歌，赞美珀琉斯与忒提斯的儿子注定会获得无上光荣。众神开怀畅饮。时序女神和美惠女神在缪斯女神的歌声和阿波罗的琴声的伴奏下跳起了轮舞，女战神雅典娜和年少的女神阿耳忒弥斯在其中显得艳丽出众，而永葆青春的女神阿佛洛狄忒的美貌更是压倒群芳。如思维一样迅捷的诸神的使者赫耳墨斯和暂时忘却血腥厮杀的狂暴的战神阿瑞斯也参加舞蹈。众神赠给新郎新娘大量的礼品。喀戎送给珀琉斯一杆长枪，枪杆是用珀利翁山上的像钢铁一样坚硬的白蜡树做成的，大海的主宰波塞冬送给他几匹马，其他神送给他华美精致的头盔和甲胄。

宴会上众神喜气洋洋，唯有纷争女神厄里斯未出席这个婚宴。她独自孤单地在喀戎的山洞附近徘徊，心底隐藏着一股怨恨之情，怨恨不邀请她。纷争女神厄里斯终于想出向诸神报复，引起他们纷争的办法。她从赫斯珀里得斯姐妹遥远的果园中取来一个金苹果，在苹果上写了几个字：送给最美丽的女神。厄里斯悄悄走到筵席旁，神不知鬼不觉地将金苹果扔在筵席上。众神看到这个金苹果，拿起来，看到上边写的一行字。可谁是最美丽的女神呢？宙斯的妻子赫拉、女战神雅典娜和女爱神阿佛洛狄忒当即为此争吵起来。她们互不相让，谁都想要金苹果。于是，她们来找诸神和人类的君王宙斯，让他解决这场纷争。

宙斯拒绝当裁判。他拿起苹果，交给赫耳墨斯，吩咐他把三位女神带往特洛伊城郊，带到巍峨的伊得山的山坡上，让特洛伊国王普里阿摩斯的英俊的儿子帕里斯去断定，三位女神中谁最美丽，谁该得到金苹果。这样，珀琉斯的婚宴便以三位女神的争吵而告结束。三位女神的这场纷争必然给人们带来许许多多的灾难。

帕里斯的裁决

赫耳墨斯和三位女神飞速前往伊得山麓去见帕里斯。普里阿摩斯的儿子帕里斯此时正在那里放牧。在帕里斯出生前夕，他的母亲赫卡柏做了一个噩梦，梦见特洛伊全城要被大火烧毁。赫卡柏十分害怕，她把梦见的事告诉了丈夫普里阿摩斯。普里阿摩斯去请教预言家，预言家对他说，赫卡柏将生下一个儿子，这个儿子将是毁灭特洛伊的灾星。后来赫卡柏果真生了一个儿子，普里阿摩斯吩咐仆人阿革拉俄斯把新生儿送往伊得山，扔到密林中。可是普里阿摩斯的儿子并未死，一头母熊哺育了他。一年之后阿革拉俄斯发现他，将他抱回家当亲生儿子抚养，并给他起名帕里斯。帕里斯就在牧人中间长大，长成一个英俊非凡的青年。帕里斯的膂力在同龄伙伴中也是超群出众的。他不仅常常在猛兽和强盗袭击时救下畜群，而且常常拯救自己的同伴。正因为他膂力过人、胆识超群，所以伙伴们称他为阿勒克珊德洛斯(击败好汉的人)。帕里斯在伊得山的森林中日子过得倒也安定。他对自己的境遇颇为满足。

就在这样的时候三位女神和赫耳墨斯来找帕里斯。看见女神和赫耳墨斯，帕里斯挺害怕，想拔腿逃离，可是他怎能在迅疾如思维的赫耳墨斯面前逃走呢？赫耳墨斯拦住帕里斯，将苹果递给他，亲切地说：

“快拿着苹果，帕里斯。你看见你面前站着三个女神。你就把苹果交给她们之中最美丽的那个。宙斯命令你当解决三位女神纷争的裁判。”

帕里斯颇为窘迫。望着三位女神，他无法断定哪一位女神最美丽。这时候三位女神争先恐后上前说服青年，把苹果交给自己。她们向帕里斯保证，要给他巨大的奖赏。赫拉答应给他整个亚细亚的统治权，雅典娜许给他战斗胜利与光荣，而阿佛洛狄忒保证把宙斯和勒达的女儿——最美丽的凡人女子海伦嫁给他。帕里斯听了阿佛洛狄忒的许诺，未多加考虑便将苹果给了她。这样一来，帕里斯认为三位女神中最漂亮的是阿佛洛狄忒。从此以后，帕里斯成了阿佛洛狄忒的宠人，不论他想干什么，阿佛洛狄忒时时处处都帮助他。但是赫拉和雅典娜痛恨帕里斯，她们也痛恨特洛伊，痛恨特洛伊的所有人，她们决心摧毁特洛伊城，消灭该城的全体居民。

帕里斯返回特洛伊

与三位女神见面之后不久，帕里斯就离开伊得山的森林。事情是这样，普里阿摩斯看到妻子赫卡柏一直为失子哀伤，无以排解，于是他举办了一次盛大的竞技会，以追念他认为已死的儿子。这次竞技大会得胜者的奖品是普里阿摩斯国王牛群中最好的一头公牛。而这头公牛恰恰就在帕里斯放牧的畜群中。帕里斯舍不得与他所喜爱的公牛分离，于是亲自将牛牵到城里。帕里斯在特洛伊城内观看英雄们竞技比赛，他心中也燃起对胜利的渴望。于是他也参加比赛，并将所有对手打败，其中包括强壮有力的赫克托耳。

普里阿摩斯的几个儿子对于自己被这么个牧人打败耿耿于怀。普里阿摩斯的儿子得伊福玻斯拔出宝剑想刺死帕里斯。帕里斯吓得扑向宙斯的祭坛，向宙斯求救。普里阿摩斯能预见未来的女儿卡珊德拉在祭坛旁看到帕里斯，当即认出这个牧人的真实身份。普里阿摩斯和赫卡柏终于找到失散多年的儿子，感到满心欢喜，兴高采烈地将帕里斯接回王宫。尽管卡珊德拉警告普里阿摩斯，说帕里斯注定要成为毁灭特洛伊城的罪魁祸首，然而一切均属徒劳，谁都不相信卡珊德拉的预言。因为阿波罗注定卡珊德拉必遭悲哀的命运：无人相信她的预言，尽管她的预言次次应验。

帕里斯诱拐海伦

帕里斯回到父亲普里阿摩斯家已经过了许多日子。生活中发生的这次重大转折似乎使他忘却了阿佛洛狄忒在得到金苹果时对他所作的许诺。现在帕里斯是王子，再不是默默无闻的普通牧人。可是女神阿佛洛狄忒促使他想起美丽的海伦，还帮助自己宠爱的王子建造了一艘豪华的大船，于是帕里斯打算驾船去海伦的住地斯巴达城。普里阿摩斯那个能预知未来的儿子赫勒诺斯警告帕里斯，说他有杀身之祸，可是帕里斯对此不以为然。他登上大船，踏上了遥远的航程，沿着无边无际的茫茫大海驶往彼岸。卡珊德拉看到帕里斯的快船离开故乡的海岸，心中充满了绝望。能预卜未来的卡珊德拉双手伸向青天，高喊道：

“啊，灾难，伟大的特洛伊的灾难！我们大家的灾难！我看见神圣的伊利翁[①]被大火包围，它的子弟满身血污，纷纷葬身火海！我看见外乡人把哭哭啼啼的特洛伊妇女和姑娘带去奴役！”

虽然卡珊德拉这样高声大喊，可是没有人相信她的预言。没有人能

① 即特洛伊。因该城为伊罗斯所建，故曾命名伊利翁。

阻止帕里斯。

帕里斯的大船越驶越远了。海上刮起了可怕的风暴，然而风暴也不能将帕里斯阻挡。他途经他的未来敌人所居的富庶的佛提亚、萨拉弥斯和迈锡尼，最后抵达拉科尼亚的海岸。帕里斯在欧洛塔斯河河口泊船，并与朋友埃涅阿斯一起离船上岸。帕里斯装作一个毫无恶意的客人，与埃涅阿斯一同去见国王。

墨涅拉俄斯热情接待了帕里斯和埃涅阿斯。为了款待客人，墨涅拉俄斯设下丰盛的筵席。席间帕里斯首次见到美丽的海伦。满怀喜悦的帕里斯望着海伦，欣赏起她那非凡的美丽姿容。

帕里斯的英姿也使海伦一见倾心，他身穿阔气的东方人的衣衫，显得愈加俊美飘逸。不觉过了数日。墨涅拉俄斯有事得去克里特，临走他嘱咐海伦好好照料客人，让客人样样不缺，处处方便。墨涅拉俄斯不曾想到这两个客人将给他以怎样的侮辱。

墨涅拉俄斯走了，帕里斯立即决定利用他出门的这个好时机。在阿佛洛狄忒的协助下，帕里斯用甜言蜜语说服美丽的海伦离开丈夫家，随他一起逃往特洛伊。海伦经不住帕里斯的再三恳求，终于同意了。帕里斯偷偷把海伦带到船上，他把墨涅拉俄斯的妻子连同他的珍宝一起拐走了。为了表示对帕里斯的恋情，海伦把丈夫、故乡斯巴达、亲生女儿赫耳弥俄涅等一切统统忘却了。

帕里斯的大船载着丰富的收获离开欧洛塔斯河河口。大船劈波斩浪飞速驶往特洛伊海岸。帕里斯现在心花怒放，因为凡人女子中最美丽的海伦就在他身边。大船远离海岸，来到辽阔的外海，突然被强大的海神涅柔斯拦住。涅柔斯从海底深渊浮出海面，对他们说，帕里斯和整个特洛伊将遭毁灭。帕里斯和海伦面面相觑，可是阿佛洛狄忒出来安慰他俩，使他们将这可怕的预言置之脑后。大船在阿佛洛狄忒的庇护下在平静的大海上航行了三天。一路顺风，大船疾驶，他们很快就平安地回到特洛伊岸边。

墨涅拉俄斯准备对特洛伊发动战争

海伦和背信弃义的帕里斯刚刚离开墨涅拉俄斯的王宫，诸神即派其女使者伊里斯前往克里特，去找墨涅拉俄斯。伊里斯拍击起彩虹翅膀匆匆飞离奥林波斯山，转瞬来到墨涅拉俄斯面前，将发生的不幸告诉他。墨涅拉俄斯当即踏上归途，很快就回到斯巴达。得知海伦私奔，珍宝被盗，他大怒欲狂。墨涅拉俄斯立即去找兄弟阿伽门农，商议如何向恩将仇报的帕里斯报复。阿伽门农满怀同情地接待了自己的兄弟，建议他立即召集原先立誓要在危难时刻竭尽全力帮助他的各路英雄。阿伽门农提议率领这些英雄及其军队，对特洛伊发动战争。墨涅拉俄斯采纳了阿伽门农的建议，与他一起先去皮罗斯，去见年迈的国王涅斯托耳。

涅斯托耳是全希腊最有智慧的老人。他在漫长的一生中见过许许多多的英雄，亲自参与建立了许多伟大的功绩。涅斯托耳具有丰富的作战经验。他亲眼见过三代英雄。

涅斯托耳亲切接待了墨涅拉俄斯和阿伽门农。他对帕里斯的罪恶行径无比愤恨，决定亲自参加对特洛伊的征讨，还决定带儿子特拉绪墨得斯和安提罗科斯一起出征。涅斯托耳还答应与阿特里代兄弟①一起遍访希腊各路英雄，鼓动他们都来参加这场征战。

许多英雄决定参加这次远征。一部分英雄决定参战是因为感到自己发过誓，有义务参战，另一部分英雄则出于对建立战功的强烈渴望。决定出征特洛伊的有：堤丢斯的儿子——阿耳戈斯国王，像战神阿瑞斯一样强壮有力的狄俄墨得斯；优卑亚国王机敏的儿子帕拉墨得斯；弥诺斯神通广大的孙子——克里特国王伊多墨纽斯；赫拉克勒斯的朋友菲罗克忒忒斯。赫拉克勒斯临死之前将自己的毒箭给了菲罗克忒忒斯。据预言家称，没有这些毒箭就不能攻克特洛伊城。参加这次远征的

---

① 即墨涅拉俄斯和阿伽门农。

还有两位埃阿斯：一位是赫拉克勒斯的朋友忒拉蒙的儿子、萨拉弥斯国王大埃阿斯（他膂力过人，没有一位英雄能与之匹敌），另一位来自罗克里斯[①]的俄琉斯的儿子小埃阿斯。还有其他许多英雄参加这次远征。可是还必须让莱耳忒斯的儿子、伊塔刻岛的国王——聪明过人的俄底修斯参加远征。俄底修斯不愿离开伊塔刻，因为他不久前娶了美丽的珀涅罗珀，刚生了头生儿子忒勒玛科斯。他怎么肯抛弃安宁的生活和心爱的妻子儿子，远航去特洛伊城下呢？何况这一去说不定永远不能回故乡。所以俄底修斯得知墨涅拉俄斯和阿伽门农、涅斯托耳、帕拉墨得斯来到伊塔刻，就下决心要欺骗他们。他故意装疯，套上一头牛一头驴去耕地，往地里播盐粒。帕拉墨得斯首先看出俄底修斯的诡计，他决定迫使俄底修斯承认自己装疯。帕拉墨得斯抱来裹在襁褓中的忒勒玛科斯，将他放在俄底修斯耕作必然经过的犁沟中。俄底修斯停了下来。这时无论他要留在伊塔刻的愿望多么强烈，他也不能因此而伤害自己唯一的儿子。帕拉墨得斯就这样揭穿了俄底修斯的诡计，俄底修斯不得不告别故乡伊塔刻岛，告别妻子儿子，踏上远征特洛伊的征途，并且一去就是许多年。从此俄底修斯记恨帕拉墨得斯，决心对帕拉墨得斯进行报复，因为帕拉墨得斯迫使他参加这次远征。

阿喀琉斯

还有一位英雄必须召来这里参加远征，他就是国王珀琉斯与神女忒提斯所生的儿子阿喀琉斯。预言家卡尔卡斯向阿特里代兄弟预言，要想攻破特洛伊城，必须让阿喀琉斯参加远征，命运注定阿喀琉斯要建立永不磨灭的光荣业绩，他必定会成为特洛伊战争中最伟大的英雄。虽然阿喀琉斯会建立伟大的功勋，但是他不能生还故乡，他必然在风华正茂的时候被箭射死在特洛伊城下。神女忒提斯知道儿子的命运，她竭尽全力

---

①希腊中部一个地区，位于玻俄提亚与埃托利亚之间。

要使儿子免遭厄运。当阿喀琉斯还是婴孩的时候，她就将阿喀琉斯的身体涂上神食，放在火上烧烤，想把他锻炼成无懈可击的永生的人。有一天夜里，正当忒提斯把幼小的阿喀琉斯放到火上烤的时候，珀琉斯醒了。看到儿子处在火中，他惊恐万状。珀琉斯拔出宝剑冲向忒提斯。神女害怕了，吓得赶紧逃出珀琉斯的宫殿，躲到海底父亲涅柔斯的宫殿里。珀琉斯将阿喀琉斯交给朋友，马人喀戎教养。喀戎用熊脑和狮肝喂养阿喀琉斯。阿喀琉斯长成一个强健的英雄。六岁的时候，阿喀琉斯就打死过凶猛的狮子和野猪，不用猎狗他就猎捕过数头赤牝鹿，可见他奔跑速度之快疾。他使用各种兵器娴熟在行，无人可比。喀戎还教会他弹奏声音优美的竖琴，教会他歌唱。忒提斯从未忘却自己的儿子，常常从海底深渊浮上海面来与阿喀琉斯相见，她无时无刻不在关心自己的儿子。

阿喀琉斯长成英俊的小伙子了，有一天全希腊都在传播一个消息，说墨涅拉俄斯正在召集英雄，准备征讨特洛伊。忒提斯明白阿喀琉斯受到厄运的威胁，所以将他藏到斯库洛斯岛[①]上吕科墨得斯国王的王宫中。阿喀琉斯身穿女子衣衫，生活在国王的几个女儿中间。别人谁都不知道阿喀琉斯躲往何处。但是预言家卡尔卡斯将阿喀琉斯的藏身之地告诉了墨涅拉俄斯。俄底修斯与狄俄墨得斯立即收拾停当，上路赶往斯库洛斯岛。俄底修斯想出一条计策，两人装扮成商人，来到吕科墨得斯的王宫。他们在公主们面前摆出各种货物，有华贵的绫罗绸缎、金项链、金手镯、金耳环、金丝编织的披肩，随后又将剑、头盔、盾牌、护腿、铠甲等物摆在女用物品之间。公主们惊喜地细看起金首饰和华丽的衣料，而与公主站在一起的阿喀琉斯眼睛只盯着兵器。突然宫外传来战斗的呐喊，号角齐鸣，刀枪铿锵。这是狄俄墨得斯和俄底修斯的同伴一边呐喊，一边用剑敲击盾牌。公主们吓得四散奔逃，而阿喀琉斯抄起剑

---

①爱琴海中岛屿，在优卑亚岛的东北方。

和盾就迎着敌人冲上去，他以为敌人来袭击吕科墨得斯的王宫。俄底修斯和狄俄墨得斯就这样认出了阿喀琉斯。阿喀琉斯欣然答应参加对特洛伊的远征，他的挚友帕特洛克罗斯及明哲老人福尼克斯也与他一起出征。珀琉斯将诸神在他与忒提斯结婚时作为礼物送给他的盔甲，喀戎赠给他的长枪以及从海神波塞冬手中得到的马匹全都送给了儿子阿喀琉斯。

特 洛 伊

希腊英雄要攻打的特洛伊城城池坚固，实力强大。特洛伊城为伊罗斯所建，伊罗斯是宙斯的儿子达耳达诺斯与普勒阿得斯七姐妹之一的厄勒克特拉的曾孙。往昔达耳达诺斯从阿耳卡狄亚来投奔国王透克洛斯，透克洛斯将女儿嫁给他，并将部分国土作为嫁妆陪嫁，达耳达尼亚城也就建筑在这块土地上。达耳达诺斯有一个孙子叫特洛斯，特洛斯生了一个儿子叫伊罗斯。有一次，伊罗斯去佛律癸亚参加英雄竞技比赛，他接二连三很快就战胜了所有英雄，得到了五十个童男、五十个童女和一头花母牛的奖励。佛律癸亚国王吩咐他跟着花母牛走，母牛在哪里停下，他就在哪里筑城。据佛律癸亚国王说，神示已允诺让这座城获得巨大的光荣。伊罗斯照佛律癸亚国王说的做了。他跟随花母牛往前走，花母牛走到女神阿忒的山丘上停了下来，于是伊罗斯便在这个山丘上着手建城。他双手伸向青天，祈求宙斯给他降下祝福事业成功的吉兆。第二天早晨他走出帐篷，发现面前有一尊木雕的雅典娜神像，这便是将要建筑的新城的护城神像。在伊罗斯治理该城期间，只有位于山丘上这一部分城区有城墙围绕，而山脚下那部分城区则无城墙护卫，这一部分城区的城墙后由波塞冬和阿波罗建成，因为他俩根据诸神的吩咐，必须为特洛伊的国王、伊罗斯的儿子拉俄墨冬效劳。特洛伊城由波塞冬和阿波罗建成的一段城墙坚不可摧，只有英雄埃阿科斯代他俩砌的那一段城墙能被攻破。

在希腊英雄准备征伐特洛伊的时候，执掌特洛伊政权的是伊罗斯的孙子普里阿摩斯。当初赫拉克勒斯攻陷特洛伊城，国王拉俄墨冬的儿子皆被杀死，唯有幼子普里阿摩斯一人幸存。普里阿摩斯很富有，他与妻子赫卡柏所居的宫殿富丽堂皇。与普里阿摩斯住在一起的有他的五十个子女，其中儿子赫克托耳气度不凡，胆识超群，膂力过人。

特洛伊实力强大，希腊英雄与骁勇善战的特洛伊人交战必然艰苦卓绝，但是一旦战胜特洛伊人，攻下特洛伊城，那么将是威名远扬，缴获无算。

希腊英雄在密西亚

希腊英雄及其军队汇集奥利斯港，准备从这儿出发驶往特洛伊海岸。现在海边聚集着一支庞大的军队，全副武装的军人多达十万之众[①]。他们将分乘一千一百八十六艘战船开赴特洛伊城下。起航之前，各路军队的首领都聚集在祭坛旁边一棵百年老梧桐树的树荫下，向诸神献祭，祈求远航一帆风顺。突然从一个祭坛底下爬出一条可怕的血红色的大蛇。只见大蛇缠绕着梧桐树，很快爬到树梢。树梢上有一个鸟巢，巢内有八只雏鸟和一只雌鸟。大蛇吞下雌鸟和雏鸟，而它自己则变成了石头。站在大树底下的英雄都惊讶无比，他们不明白诸神的这一预兆说明什么。预言家卡尔卡斯揭开了这个预兆的含义。他告诉英雄，他们围攻特洛伊城得用九年时间，因为大蛇吞食了九只鸟。经过艰苦的努力，在第十年他们才能攻下特洛伊城。卡尔卡斯的话使希腊人无比兴奋。他们对此次远征的圆满结局充满信心，纷纷推船下水。大船一艘接一艘驶出了奥利斯港。桨手们协调一致地划起桨，这支庞大的船队飞速驶向亚细亚的海岸。

航行了不长一段时间，希腊船队来到密西亚的海岸边。这里是赫拉

---

① 此处军队人数系夸张，意在形容希腊与特洛伊之间这场战争规模之巨大。

克勒斯的儿子忒勒福斯管辖的地方。船队就停靠在他的领地旁边。希腊人原以为已经到达特洛伊的海岸，于是在忒勒福斯的领地上肆意劫掠破坏。忒勒福斯召集起队伍，亲自率军捍卫自己的领地。一场血腥的战斗开始了。

阿喀琉斯与忠实的朋友帕特洛克罗斯一起投入战斗。战斗中帕特洛克罗斯受伤了，但是他不顾伤痛，依然英勇地与阿喀琉斯并肩冲杀。

阿喀琉斯经过艰苦努力，终于击败忒勒福斯，迫使他逃窜。

迅即降临的黑夜使忒勒福斯有机会逃进城里，闭门固守。第二天清早，希腊人打扫战场，清理阵亡战士的尸体，这才发现头天与之激战的并非特洛伊军队，而是赫拉克勒斯之子、国王忒勒福斯属下的密西亚人。希腊人深感悲伤，因为他们并未与敌人交战，而是与盟友厮杀。希腊人与忒勒福斯缔结和约，忒勒福斯答应帮助希腊人。但是他拒绝与希腊军队一起去征讨特洛伊，因为他娶了特洛伊国王普里阿摩斯的女儿，他不愿与自己的岳父交战。

希腊人掩埋了阵亡将士的尸体，告别密西亚，又向特洛伊进发。希腊船队在辽阔的大海上遇到了可怕的风暴，惊涛骇浪犹如一座座高山，希腊人的战船仿佛是一块块轻飘飘的小木片任凭风浪来回抛掷。希腊船队迷航了。他们在大海上漂荡了很久，最后又回到奥利斯港。希腊的战船陆续返回告别不久的原先起航的港口，第一次出征就这样以失败而告终。

希腊人在奥利斯

根据欧里庇得斯的悲剧《伊菲革涅亚在奥利斯》转述。

希腊所有战船重又回到奥利斯港，希腊人将战船拖到岸上，海岸上形成了一个规模巨大的军营。许多英雄没有留在奥利斯，他们回自己故乡去了。全军统帅阿伽门农国王也离开了奥利斯。现在谁都不知道何时再出发远征特洛伊。现在怎么办呢？希腊军队需要一名领路去特洛伊的向导。这个任务只有不久前与之交战过的忒勒福斯能够胜任。可是忒勒福斯在交战时被阿喀琉斯刺伤大腿，无论怎样医治都毫无效果。伤势日重一日，疼痛已变得难以忍受。忒勒福斯痛苦到了极点，只得去得尔福向阿波罗求教如何医治创伤。女预言家皮提亚给了这样的答复：只有刺伤忒勒福斯的人能治愈他的创伤。忒勒福斯穿上破衣烂衫，拄着拐杖，装扮成乞丐，来到迈锡尼，走进阿伽门农的王宫；他决定请求阿伽门农去说服阿喀琉斯为他医治伤口。阿伽门农的妻子克吕泰涅斯特拉最先看见忒勒福斯。忒勒福斯向她说明了自己的身份，克吕泰涅斯特拉给忒勒福斯出了一个主意：等阿伽门农进屋，你就把他的儿子俄瑞斯忒斯从摇篮里抱出来，跑到祭台旁边，威胁阿伽门农，如果他不肯设法帮助医治伤口，就将他儿子的头在祭台上撞碎。忒勒福斯照克吕泰涅斯特拉的吩咐做了。阿伽门农害怕忒勒福斯把他儿子撞死，赶忙答应帮助他。再说他本来就愿意帮忒勒福斯忙，因为他知道只有忒勒福斯能为希腊人领航去特洛伊。阿伽门农派使者去见阿喀琉斯。阿喀琉斯好不惊讶，他丝毫不懂医道，怎么能医治忒勒福斯的伤口？这时最有智慧的英雄俄底修斯告诉阿喀琉斯，他不必懂医术，只要用刺伤忒勒福斯那杆长枪枪尖的铁就可治愈伤口。众人赶忙从阿喀琉斯的长枪上刮下一些铁屑，撒在忒勒福斯的伤口上，伤口立即愈合了。忒勒福斯欣喜若狂，他答应带领希腊军队去特洛伊，以报答救治之恩，而在此之前他一直拒绝当他们的向导。

现在向导已经找到，然而希腊船队仍然不能起航，因为海上一直刮着逆风。这逆风是女神阿耳忒弥斯刮起的，她记恨阿伽门农，因为后者曾射杀了她的神兽赤牝鹿。英雄们期盼风向改变，可是不能遂愿，海上风力不减，风向依旧。聚在奥利斯的英雄们无所事事，寂寞无聊。兵营中开始蔓延疾病，将士们怨声四起，长此下去是否会发生哗变也未可知。最后，预言家卡尔卡斯对希腊军队的首领们说：

“只有把阿伽门农美丽的女儿伊菲革涅亚献祭女神阿耳忒弥斯，女神才会对希腊军队开恩。”

阿伽门农回到奥利斯得知这件事后，感到很悲伤。为了保全女儿的性命，他甚至想干脆拒绝远征特洛伊。墨涅拉俄斯反复劝说阿伽门农服从阿耳忒弥斯的意志，阿伽门农经不住兄弟的再三请求，终于作出让步。他派人去迈锡尼告诉克吕泰涅斯特拉，说阿伽门农吩咐带伊菲革涅亚来奥利斯，说阿喀琉斯在出征之前打算与伊菲革涅亚订婚，而让伊菲革涅亚来奥利斯的真正原因则不许泄漏。去迈锡尼的人派出之后，阿伽门农对女儿的爱怜之情更加强烈了。他避开众人眼目，暗中另派一个报信人去通知克吕泰涅斯特拉，让她别带女儿来奥利斯。可是第二个报信人被墨涅拉俄斯抓获了。墨涅拉俄斯怒气冲冲地责备阿伽门农，因为后者的所作所为无异于对共同事业的背叛。墨涅拉俄斯没完没了地责备阿伽门农，兄弟之间发生了激烈的争吵。直到报信人进来报告，说克吕泰涅斯特拉带着伊菲革涅亚和幼小的俄瑞斯忒斯刚刚到达希腊人的军营附近，现在正停留在军营近旁的泉边，这场争吵才中止。

阿伽门农感到绝望了。莫非他命中注定要失去娇柔可爱的女儿伊菲革涅亚？难道他必须带女儿去受死，让女儿成为阿耳忒弥斯祭台上的牺牲品？墨涅拉俄斯看到兄弟痛苦万状，也想放弃让兄弟作出这种牺牲的要求。但是阿伽门农明白，卡尔卡斯会向全军将士宣布女神阿耳忒弥斯的意愿，那时人们将迫使他牺牲自己的女儿。即使卡尔卡斯不宣布女神的意愿，俄底修斯也会对众人说的，因为俄底修斯也知道女神的意志。

满腹悲伤的阿伽门农出来迎接妻子和女儿。他竭力想装出安详快乐的模样，可是并不能遂愿。伊菲革涅亚一眼就看出父亲郁郁不乐的神情，于是她向父亲询问，可是阿伽门农对她只字不说。阿伽门农对妻子也守口如瓶，只是劝她快回迈锡尼，他不希望妻子亲眼目睹女儿受死。最后阿伽门农离开妻子和女儿，去找卡尔卡斯，他想问问是否有办法挽救女儿。

阿伽门农刚走出帐篷，阿喀琉斯就进来了。他是来见迈锡尼的国王，要求立即发兵征讨特洛伊。阿喀琉斯对这样无所事事待在奥利斯感到厌烦，他属下的密耳弥多涅人也是群情激昂，纷纷要求：要么率领他们出征，要么放他们回家。克吕泰涅斯特拉得知来找阿伽门农的这位英雄的身份之后，立即把他作为女儿未婚夫来接待。阿喀琉斯觉得纳闷，他从来不曾对阿伽门农说过要娶他的女儿。克吕泰涅斯特拉知道阿喀琉斯从无想娶伊菲革涅亚的念头之后，实在尴尬得很，她简直不知道该对阿喀琉斯说些什么。正在这时，阿伽门农第二次派往迈锡尼报信的那个家奴进来了。他把阿伽门农召妻子、女儿来奥利斯的原因告诉克吕泰涅斯特拉。克吕泰涅斯特拉惊呆了，她面临着失去女儿的危险。她该向谁寻求保护？克吕泰涅斯特拉跪倒在阿喀琉斯面前号啕大哭，她抱住阿喀琉斯的两膝，恳求他看在他母亲忒提斯的面上救救她女儿。看到克吕泰涅斯特拉如此绝望，阿喀琉斯以能预见未来的老海神涅柔斯的名义发誓要帮助她。他发誓不让任何人碰一碰伊菲革涅亚。阿喀琉斯匆匆离开阿伽门农的营帐，回去穿铠甲。阿伽门农回来了，克吕泰涅斯特拉愤怒谴责他竟会坑害自己的亲生女儿。

阿伽门农能说什么呢？决定把亲生女儿献祭女神阿耳忒弥斯并非出自他本人的意愿。这样做实在是出于无奈。阿伽门农只能说，如果他答应妻子、女儿的要求，那么被激怒的希腊人就会杀死他和他的所有亲人，因为牺牲伊菲革涅亚是为了全希腊的利益。

军营中出现骚动。在阿喀琉斯宣布，他不允许将答应做她妻子的姑娘作为祭品献祭之时，密耳弥多涅人差点没用石块将他砸死。而俄底修斯属下的所有士兵则手持兵器冲向阿伽门农的帐篷。阿喀琉斯一手握利剑，一手执盾牌，守在帐篷门口，准备为保护伊菲革涅亚流尽最后一滴血。

眼见一场血腥的厮杀就要酿成，伊菲革涅亚立即出来制止。她大声宣布，为了共同的事业，她自愿在屠刀之下献身。她不愿违背宙斯伟大的女儿阿耳忒弥斯的意志。将她献祭吧，等希腊人攻破特洛伊城，特洛伊的废墟就是她永恒的纪念碑。她劝说阿喀琉斯别再保护着她，绝不要内讧、火并。伊菲革涅亚这种为了共同的利益毅然决定牺牲自我的精神使阿喀琉斯对她产生了爱情，虽说他怜悯这位美丽的姑娘，但服从她的意愿。

伊菲革涅亚泰然自若地走向女神阿耳忒弥斯的祭台。美丽端庄的伊菲革涅亚穿过多不胜数的士兵行列，来到祭台旁边站定。阿伽门农朝年少的女儿看了一眼，禁不住失声哭了，他撩起宽大的斗篷，遮住头，免得亲眼看到女儿受死的惨状。伊菲革涅亚镇定地站立在祭台旁边。在场所有的人听从传令官塔尔堤比俄斯的命令，绝对保持肃穆。卡尔卡斯从刀鞘中拔出宰杀牺牲的刀，放到一个金匣里。他在姑娘的头上套上一个花环，送往祭台的牺牲都要戴花环。随后阿喀琉斯走出队列，他端来圣水和掺盐的面粉。阿喀琉斯把圣水洒在伊菲革涅亚的身上和祭台上，又把面粉撒在姑娘的头上。他大声向女神阿耳忒弥斯吁求，祈求她保佑希腊军队顺利抵达特洛伊并打败敌人。卡尔卡斯拿起宰杀牺牲的刀，所有人都屏息不动。卡尔卡斯举起刀向伊菲革涅亚刺去。只见刀尖触及姑娘的身体，可是姑娘并没有呻吟着倒在祭台边。一个惊人的奇迹出现了：女神阿耳忒弥斯带走了伊菲革涅亚，代之出现在祭台边的是一只垂死挣扎的赤牝鹿，被卡尔卡斯宰杀的赤牝鹿的血染红了祭坛。为奇迹所震惊的所有将士不禁异口同声地呼喊起来。预言家卡尔卡斯欢乐地高声说道：

“这就是雷神宙斯伟大的女儿阿耳忒弥斯所要的祭品！希腊的将士们，你们该高兴了，女神预示我们航行一帆风顺，并能战胜特洛伊人。”

果然，阿耳忒弥斯送来的赤牝鹿在祭台上还未完全焚化，风向就变了，变成顺风了。希腊人匆匆开始准备远征。整个军营欢天喜地。阿伽门农赶回自己的营帐，向克吕泰涅斯特拉报告祭台边发生的事情，并催她返回迈锡尼。

女神阿耳忒弥斯从祭台边带走伊菲革涅亚，把她送到攸克辛海的岸边，送到遥远的陶里斯[1]。阿伽门农美丽的女儿伊菲革涅亚成了女神的女祭司。

希腊人远航特洛伊。菲罗克忒忒斯

根据索福克勒斯的悲剧《菲罗克忒忒斯》转述。

这次希腊人去特洛伊的航行非常顺利。海上一直刮着顺风，船队劈波斩浪高速前进。楞诺斯岛[2]的海岸遥遥在望，而这里附近，离楞诺斯岛不远的地方还有一座小岛——克律塞岛。在这座荒凉的小岛上建有小岛的庇护者、神女克律塞的祭坛。希腊人必须找到这个祭坛，并在祭坛上向神女献祭，因为他们曾听到预言：只有途中停靠克律塞岛并上岛献祭，他们才能攻下特洛伊城。岛上的祭坛还是伟大的英雄伊阿宋率领阿耳戈船英雄远航科尔喀斯觅取金羊毛的时候由伊阿宋建立的。当赫拉克勒斯因为受辱而要向拉俄墨冬报复，准备征伐特洛伊的时候，宙斯的这位伟大儿子也是在这个祭坛上献祭。赫拉克勒斯的朋友菲罗克忒忒斯知道这座祭坛的位置，他自告奋勇带领诸位英雄去祭坛。各路英雄的首领跟着菲罗克忒忒斯去了。小岛上荒无人烟，到处长满低矮的灌木丛。走了一会儿，他们总算看见了半已倒塌的祭坛。英雄们正朝祭坛走去，突然从灌木丛中爬出一条又粗又长的大蛇，这条蛇在这里是守卫祭坛的，它在菲罗克忒忒斯的脚上咬了一口。菲罗克忒忒斯大叫一声，倒在地上。等英雄们跑到他身边，已为时太迟，蛇毒已侵入体内。菲罗克忒忒斯剧疼难忍。一股股脓血不停地从伤口中涌出，周围的空气被污染得臭不可闻。菲罗克忒忒斯无法忍受痛苦的折磨，日夜不停地呻吟。不

---

①即今克里米亚。

②位于爱琴海北部。

幸的菲罗克忒忒斯的呻吟搅得希腊将士不得安宁，大家开始抱怨了。菲罗克忒忒斯伤口散发出的恶臭实在使他们无法忍受。最后希腊军队的首领们采纳俄底修斯的建议，决定将赫拉克勒斯的不幸的朋友随便扔到某处的海岸上。在船队航经楞诺斯岛的时候，希腊军队的首领们下令将昏睡的菲罗克忒忒斯抬到楞诺斯岛荒凉的海边。他们把菲罗克忒忒斯安置在山岩之间，身边摆着他的弓箭及衣物、食品。就这样他们抛弃了这位英雄，可是没有这位英雄的弓箭，希腊军队注定攻不破特洛伊城。菲罗克忒忒斯在这荒凉的海岸上足足受了九年苦难。后来希腊人不得已来岛上找菲罗克忒忒斯，央求他帮助。这是特洛伊战争进行到第十年的事了。

希腊军队撇下菲罗克忒忒斯之后又继续航行，他们终于来到特洛伊的海岸边，而在这里等待他们的是无穷无尽的危难，以及克服危难之后的伟大功勋。

九年围攻特洛伊

根据古希腊罗马众多作家的诸种作品转述。
其中帕拉墨得斯之死的情节系据奥维德的
长诗《变形记》转述。

希腊人欢呼雀跃，漫长的航程终于要结束了。可是等到驶近海岸边，他们发现特洛伊年老的国王普里阿摩斯的英勇善战的儿子赫克托耳早已率领强大的特洛伊军队严阵以待。希腊军队怎么能靠岸呢？怎样才能登陆呢？所有英雄心中都明白，第一个登上特洛伊海岸的人必死无疑。希腊将士犹豫再三，迟疑不决。英雄普洛忒西拉俄斯也是这样，他渴望建立丰功伟绩，本想首先跳上岸与特洛伊人厮杀，可是他不敢贸然从事，因为他也知道这样的预言：第一个踏上特洛伊土地的希腊人必定身亡。知道这个预言的还有俄底修斯。瞧，俄底修斯为了率领诸位英雄登陆，自己又不致死亡，便将盾牌抛到岸上，然后从船上灵巧地跳到盾牌上。普洛忒西拉俄斯看见俄底修斯已经跳到岸上，可是他并未注意到，俄底修斯并未直接踩在特洛伊的土地上，而是踩在自己的盾牌上。普洛忒西拉俄斯以为已经有一个希腊人首先踏上特洛伊的土地，这时他心中充满了对建立功勋的渴望，将祖国，将美丽年轻的妻子拉俄达弥亚，将所有一切都置之脑后。他从船上跳到岸上，拔出利剑冲向敌群。身强力壮的赫克托耳一抖手中沉重的长枪，刺中了年轻的普洛忒西拉俄斯的要害。普洛忒西拉俄斯倒在岸边死去了，他是第一个以自己的鲜血染红特洛伊土地的人。希腊将士一齐跳下战船，扑向敌群。一场血战天昏地黑，特洛伊军队动摇了，败退了，他们躲进易守难攻的特洛伊城。第二天，双方说定暂时休战，以便清理和安葬各自阵亡的将士。

希腊军队安葬了所有死者之后，着手建立坚固的营寨。他们将战船拖上岸，摆在西革翁山与洛忒翁山之间的海岸边，构成一道长长的营垒。他们在面对特洛伊方向这一边构筑了土墙，挖掘了壕沟，作为防御工事。而在营寨两头设下阿喀琉斯和大埃阿斯的营帐，以便时时监视敌军，防止特洛伊军队偷袭。在营寨中央耸立着阿伽门农豪华的中军大帐，他被希腊人选为联军统帅。在阿伽门农的营帐旁边有一块召开公民大会用的空地。足智多谋的俄底修斯也将自己的帐篷设在公民大会广场的旁边，以便随时能出席公民大会，了解军营内发生的任何重大事情。尽管他当初极不情愿参加这次远征，但是现在他却成了特洛伊人的劲敌，他希望希腊军队无论如何要攻下特洛伊，摧毁特洛伊。

希腊人设置并加固了营寨之后，便派墨涅拉俄斯国王和足智多谋的俄底修斯去与特洛伊人谈判。明哲的安忒诺耳在自己家中热情接待来使，设下丰盛的宴席款待墨涅拉俄斯和俄底修斯。安忒诺耳衷心希望双方签订和约，满足墨涅拉俄斯的两项合理要求。特洛伊国王普里阿摩斯得知希腊联军的使者到达，立即召开公民大会，准备答应墨涅拉俄斯的要求。墨涅拉俄斯和俄底修斯也出席了公民大会。墨涅拉俄斯在会上以简短而有力的言词提出了自己的要求，要求特洛伊人归还他的妻子海伦和被帕里斯窃去的珍宝。俄底修斯继墨涅拉俄斯之后作了发言。伊塔刻岛的这位足智多谋的国王鞭辟入里的发言使特洛伊人个个听得神情贯注。他说服特洛伊人满足墨涅拉俄斯的要求。特洛伊公民大会准备接受墨涅拉俄斯提出的一切条件。因为连美丽的海伦现在也后悔自己当初的轻浮，后悔自己不该为了帕里斯而离开丈夫墨涅拉俄斯的家。安忒诺耳也劝说众人满足墨涅拉俄斯的要求。他十分明白，特洛伊人与希腊人之间的战争将会带来多少灾难。但是普里阿摩斯的几个儿子，首先是帕里斯，不愿与希腊人媾和。难道要强迫他交出海伦？莫非要从他手中夺走所有掳来的珍宝？他不愿服从公民大会的决定，他的兄弟也都支持他。已为帕里斯收买的安提玛科斯甚至要求特洛伊人将墨涅拉俄斯绑起来斩首。但是普里阿摩斯和赫克托耳不允许，他俩不许人们伤害受雷神宙斯庇护的使节。公民大会意见分歧，无法形成一致的决议。

这时候特洛伊的预言家、普里阿摩斯的儿子赫勒诺斯站起来说，特洛伊人不必害怕与希腊人交战，众神已经答应帮助特洛伊人。特洛伊人听信了赫勒诺斯的话，就拒绝满足墨涅拉俄斯的要求。希腊使节只得一无所获地离开特洛伊城。现在特洛伊人与希腊人之间的一场血腥战争一触即发，不可避免了。

特洛伊人坚守易守难攻的特洛伊城不出，就连赫克托耳也不敢出城应战。希腊军队围住该城，他们先后三次实施强攻，但都没有成功。于是他们着手扫清特洛伊城的外围，攻占与特洛伊结盟的所有城邦。希腊军队水陆并进，对这些城邦先予讨伐。阿喀琉斯在这些征讨作战中英勇善战，表现非凡。希腊军队攻占了忒涅多斯岛、勒斯玻斯岛和珀达索斯、吕耳涅索斯等城邦。他们还摧毁了特洛伊境内的许多城市，占领了赫克托耳的岳丈厄斯提翁统治的忒拜城①。阿喀琉斯一天之内就斩杀了

①神话传说中的城市。与希腊玻俄提亚地区主要城市忒拜同名。

安德洛玛刻的七个兄弟，她的父亲厄斯提翁也战死。但是阿喀琉斯并不作践厄斯提翁的尸体，怕招来诸神的愤怒，他将厄斯提翁的尸体安葬了[①]。安德洛玛刻的母亲也被俘获，被带回希腊人的营寨。阿喀琉斯在忒拜城缴获了大量战利品。他俘虏了阿波罗的祭司克律塞斯的美丽的女儿克律塞伊斯，布里修斯的美丽的女儿布里塞伊斯。希腊将士把克律塞伊斯分给阿伽门农。

特洛伊城四周现在均已被希腊军队荡平。现在特洛伊人谁都不敢出城，因为一出城就可能被杀、被俘，被卖为奴隶。

在特洛伊城被围的九年中，城内居民受尽了苦难。许多英雄在此期间阵亡，居民们时时为此哀哭。可是最艰难的第十年还在前头，前头还有最大的苦难——特洛伊沦陷。

希腊军队九年苦战也历尽艰辛，许多将士牺牲了，许多英雄死于敌人之手。聪明过人的英雄帕拉墨得斯也丧命了，不过他并非死于敌人之手。足智多谋的俄底修斯出于仇恨与嫉妒将他害死了。帕拉墨得斯为希腊军队提出许多高明的建议，他不止一次为他们提供可贵的帮助。他用草药给希腊将士们治伤医病，他建立了灯塔，使出营的水军在漆黑的夜间能顺利返回泊地。希腊将士全都敬重帕拉墨得斯，乐于听取他的建议。正因为如此，俄底修斯憎恨他。俄底修斯知道，希腊将士信服帕拉墨得斯，胜过信服他俄底修斯。俄底修斯还记得当初自己为了逃避远征特洛伊而装疯卖傻，就是帕拉墨得斯揭穿了他的诡计。一想到此，他对帕拉墨得斯的仇恨就愈发强烈。俄底修斯长久以来一直处心积虑要陷害帕拉墨得斯。现在他终于有机可乘了，因为帕拉墨得斯建议希腊联军现在终止战争，返回故乡。俄底修斯想出一个阴险的计划。黑夜他将一袋金子偷偷塞进帕拉墨得斯的营帐，然后到处散布说帕拉墨得斯建议希

---

① 希腊人认为，死者如不得安葬，其灵魂必将永远漂泊，无处依附。故不让尸体安葬被认为是对死者的最大凌辱。

腊军队停止围攻特洛伊城不是无缘无故的，他之所以出这样的主意，是因为他已被普里阿摩斯收买。在希腊联军中有不少人对帕拉墨得斯不满。因为他们认为，如果听从帕拉墨得斯停止攻城的建议，那么他们就失去攻克特洛伊城之后获得大量战利品的机会。所有这些对帕拉墨得斯不满的人乐于相信俄底修斯的诽谤。俄底修斯看到许多人渐渐相信帕拉墨得斯已经叛变，于是他又散布谣言使众人深信普里阿摩斯确已收买帕拉墨得斯。另外他向阿伽门农报告，说帕拉墨得斯通过一个佛律癸亚籍的俘虏与普里阿摩斯联络，而这个佛律癸亚人在离开希腊人的军营去特洛伊的途中被俄底修斯手下的兵丁抓获并已处死。俄底修斯还假借普里阿摩斯的名义给帕拉墨得斯写了一封信，信中说，那袋金子是普里阿摩斯送给帕拉墨得斯的，作为他劝说希腊军队停止围攻、撤回故乡的酬劳。俄底修斯将此信交给佛律癸亚籍俘虏，吩咐他把信送给普里阿摩斯。这个佛律癸亚人刚刚走出希腊人的军营，俄底修斯手下的兵丁便一拥而上，将其杀害，而把信送给自己的国王。俄底修斯拿着这封信匆匆赶到阿伽门农的营帐。阿伽门农接到报告，立即召集希腊各部分军队的首领来自己的营帐。帕拉墨得斯应召前来，他丝毫不知自己面临着什么样的危险。俄底修斯在诸位首领面前指控帕拉墨得斯叛变。尽管帕拉墨得斯竭力分辩，说自己从无叛变的念头，但是毫无效果。俄底修斯建议搜查帕拉墨得斯的帐篷，以获取罪证。派去搜查的人果然在他的营帐里找到一袋金子。现在所有人都深信帕拉墨得斯是叛徒。于是立即成立法庭，判处帕拉墨得斯死刑，决定用石块将他砸死。无辜的帕拉墨得斯戴着沉重的锁链，被带到海边。帕拉墨得斯恳求希腊将士不要杀死他，不要对他这个毫无罪过的人处这样凶残难堪的死刑，可是一切都是徒然，没有人肯听他这个被强加了叛徒罪名的人的话。临刑之时帕拉墨得斯没有一声呻吟，没有一句怨言。临死时他只轻轻说了这样一句话：

“真理啊，我为你惋惜，你在我之前死亡了。”

说完这句话，希腊最高尚、最英明的英雄就辞世了，尽管他为希腊人提供了如此众多重大的帮助，但这并不能挽救他。后来希腊人为帕拉墨得斯的死付出了惨重的代价。帕拉墨得斯的父亲——优卑亚国王瑙普利俄斯为儿子的惨死向希腊人进行了报复。

阿伽门农不仅处死了帕拉墨得斯，而且要让他的灵魂永远四处漂泊。阿伽门农不让安葬帕拉墨得斯的尸体，将他暴尸于海岸，让凶禽猛兽来撕食。但是强大的大埃阿斯看不过去，他为帕拉墨得斯举行了葬礼，体面地安葬了帕拉墨得斯，因为大埃阿斯不相信帕拉墨得斯会叛变。

阿喀琉斯与阿伽门农不和

根据荷马史诗《伊利亚特》转述。

希腊军队围攻特洛伊的战争已经进行了九年。战争最激烈的第十年来临了。第十年的年初，阿波罗的祭司克律塞斯来到希腊人的军营。他向所有希腊将士，首先是他们的首领恳求，归还他的女儿克律塞伊斯，他愿支付巨额的赎金。大家听了克律塞斯的恳求，同意收取巨额赎金，将克律塞伊斯归还她的父亲。可是强大的国王阿伽门农听了勃然大怒，对克律塞斯说：

“老头子，快离开，别再到我们的战船旁边来，否则，虽说你是阿波罗的祭司，但也救不了你的命。我不会还你女儿，绝不还。她一辈子都得受奴役。当心别惹我生气，如果你还想活着回家的话。”

克律塞斯恐惧地离开了希腊人的军营，悲愤地走向海边，他在海边伸出双手向女神勒托的儿子阿波罗哀求：

“银弓之神啊，听听你忠实的仆人的哀告吧！你要用你的箭为我的忧伤与委屈向希腊人报仇。”

阿波罗听见了祭司克律塞斯的怨诉。他挎上弓和箭筒，飞速离开光明的奥林波斯山。金箭在箭筒里威严可怖地震响着。阿波罗胸中燃烧着怒火，驰向希腊人的军营；他的脸色比黑夜还要阴沉。他驰抵阿开亚人[①]的军营跟前，从箭筒中取出一支金箭，射向军营。阿波罗银弓的弓弦发出威严的嗡嗡声。紧接着又射出第二支、第三支箭……那箭如同冰雹，带着死亡飞向希腊人的军营。可怕的疫病袭击希腊军队，许多希腊将士倒毙了。到处燃起葬化的篝火，似乎是希腊人死亡的时候来临了。

瘟疫已经肆虐了整整九天。第十天，伟大的英雄阿喀琉斯根据赫拉的建议，召集所有英雄举行公民大会，商议对策，如何请求诸神开恩。待所有将士到会之后，阿喀琉斯首先发言，他对阿伽门农说：

“阿特柔斯的儿子，我们只得返航回故乡了。你也看到，我们的将士不仅在战斗中阵亡，而且会染上瘟疫而倒毙。不过，我们可以先问问占卜家，他们会告诉我们，我们怎么惹怒了银弓之神阿波罗，他为什么要给我们的军队降下可怕的疫病。”

阿喀琉斯刚说完这番话，曾多次向希腊人揭示诸神意志的预言家卡尔卡斯便站了起来。卡尔卡斯说，他可以说出远射之神发怒的原因，但是有一个条件，阿喀琉斯必须保护他不受国王阿伽门农的伤害。阿喀琉斯以阿波罗的名义发誓，保证保护卡尔卡斯。这时候卡尔卡斯才说：

“勒托的儿子阿波罗之所以发怒，是因为国王阿伽门农侮辱了他的祭司克律塞斯，阿伽门农驱逐了克律塞斯，不许他用高额赎金赎回女儿。我们只有将黑眼睛的克律塞伊斯归还她的父亲，再用一百头公牛向阿波罗献祭，那时阿波罗才会宽恕我们。”

听了卡尔卡斯这番话，阿伽门农怒火中烧，痛恨阿喀琉斯。但是看到自己无法拒绝将克律塞伊斯交还她父亲，不得已只好同意，不过他提出要求，他要独得克律塞伊斯的全部赎金。阿喀琉斯谴责阿伽门农自私贪财，阿伽门农听了更是火冒三丈。他扬言要行使权力，多占阿喀琉

---

① 即希腊人。

斯、埃阿斯或俄底修斯三人之中一人所分得的克律塞伊斯的赎金。

“奸诈的财迷，你真无耻！”阿喀琉斯高声嚷道。“尽管我们分得的奖赏从来都不能与你相比，你却还要抢夺属于我们的一份。我们来此作战并非为了我们自己，我们来此只是为了帮助你和墨涅拉俄斯。你想从我手中抢夺我因建立卓著的战功而应得的一份战利品。既然这样，那我不如返回故乡佛提亚，我不愿为你增加战利品和珍宝而战。”

“好呀，你回佛提亚去吧！”阿伽门农说。“所有国王之中，我最恨的就是你！就你无事生非，挑起争吵。我丝毫不怕你发怒。我告诉你，既然阿波罗希望把克律塞伊斯还给她父亲，那我就还，但是我要从你手中夺回女俘布里塞伊斯作为补偿。你会知道我的权力该有多么大！我要让所有人都不敢与我分庭抗礼！”

听了阿伽门农这番恫吓的话，阿喀琉斯简直暴跳如雷。忒提斯的儿子握住剑柄，从剑鞘中拔出一半利剑，就要扑向阿伽门农。突然阿喀琉斯觉得有人轻轻触摸他的头发。回头一看，他吓得打了一个趔趄。面前站着雷神宙斯的女儿雅典娜，当然其他人看不见她。雅典娜是赫拉派来的，宙斯的妻子不希望阿喀琉斯和阿伽门农之中有一人死亡，对这两位英雄她都一样宠爱。阿喀琉斯哆哆嗦嗦地问雅典娜：

“啊，雷神宙斯的女儿，你为什么离开光明的奥林波斯山？莫非你来此目的是为了看一看阿伽门农是如何逞狂吗？哼，他马上就要被自己的骄横所葬送！”

“不，强健的阿喀琉斯，”雅典娜说，“我来此并非为了这个。如果你还肯服从奥林波斯众神的意志，那么我是来为你制怒的。快别拔剑了，唇枪舌剑也就够了，你就狠狠抨击阿伽门农吧。相信我吧！不久将来你在这里，就在这个位置上，会因为所受的委屈而得到数倍的补偿。你就服从永生的众神的意志吧。”

阿喀琉斯服从了众神的意志，把剑插回剑鞘，雅典娜又回到光明的奥林波斯山上众神中间。

阿喀琉斯又对阿伽门农说了许多怒气冲冲的话语，他骂阿伽门农是吸血鬼、酒徒、胆小鬼、恶狗。阿喀琉斯将自己的权杖扔在地上，并以此发誓，求他帮助攻打特洛伊的时候会来临的，那时阿伽门农再来恳求为时就晚了，因为阿伽门农对他的侮辱太凶残了。皮罗斯英明睿智的老国王涅斯托耳竭力为争吵双方调解，但是白费，阿伽门农不听劝说，阿喀琉斯也不肯和解。珀琉斯的儿子带着朋友帕特洛克罗斯及英勇善战的密耳弥多涅人怒气冲冲地回自己的营帐去了，但胸中仍然燃烧着对阿伽门农的愤恨。

与此同时，阿伽门农命令将一艘快船推下海，吩咐将献给阿波罗的祭品和克律塞斯的美丽的女儿送到船上。这艘船由俄底修斯押船前往厄斯提翁所在的城市忒拜，而军营中的希腊将士则按照阿伽门农的命令向阿波罗敬献大量的祭品，祈求阿波罗宽恕，消除军中流行的瘟疫。

阿伽门农派出的海船在无边无际的茫茫大海上劈波斩浪飞速行进，最后终于驶抵忒拜港。希腊人落下帆，在码头上停好船。在俄底修斯带领下，一队希腊士兵离船上岸，护送克律塞伊斯前往她父亲的家。俄底修斯对克律塞斯说：

“啊，阿波罗的祭司！我遵照阿波罗的旨意送还你的女儿。我们还送来一百头公牛，以此献祭伟大的阿波罗，祈求他宽恕希腊将士，免除深重的灾难。”

年老的克律塞斯看到女儿归来喜出望外，他怜爱地搂住克律塞伊斯。人们立即着手向阿波罗献祭。克律塞斯向箭神央告道：

“银弓之神啊，请听我的祈求！以往你一直听我的央告，现在你也要听！快免除希腊人的巨大灾难，快制止致命的瘟疫！”

阿波罗听到克律塞斯的祈求，制止了希腊军营中流行的疫病。克律塞斯向阿波罗献祭之后举行了盛大的宴会。来忒拜的希腊人快快活活地开怀畅饮。少年们来回奔走，将客人们的酒杯斟得满满的。希腊少年们唱起了赞美阿波罗的颂歌，美妙的歌声四处传扬。宴会一直持续到日暮时分。第二天早晨，俄底修斯及其随从人员一觉醒来精神勃勃，他们又登上回大营的归程。阿波罗给他们派来了顺风。快船犹如海鸥，飞驰在波浪之间，很快就回到希腊人的军营。水手们将船拖上岸，然后各自回营帐。

在俄底修斯押船去忒拜期间，阿伽门农果然如他对阿喀琉斯威胁时所说的那样干了。他叫来塔尔堤比俄斯和欧律巴忒斯这两个传令官，让他们去领布里塞伊斯。他俩受阿伽门农派遣，不得已来到阿喀琉斯的营帐，阿喀琉斯这时正坐在营帐旁沉思。两人走到强健的英雄面前，但窘得说不出半个字。这时阿喀琉斯对他们说：

“两位传令官，你们好。我知道你们毫无过错，过错全在于阿伽门农。你们是来领布里塞伊斯的。帕特洛克罗斯，我的朋友，把布里塞伊斯交给他们。不过他们将会亲眼看到需要我来拯救希腊人于死亡的时刻的来临。那时候丧失理智的阿伽门农无法挽救希腊将士。”

阿喀琉斯洒下悲伤的眼泪，离开朋友，独自走到空旷的海边。面对大海，他张开双臂高声呼唤母亲忒提斯：

“我的母亲啊，既然你生下我这注定短命的儿子，那雷神宙斯为什么还要夺回我的荣誉？不，他从来就没给我荣誉。国王阿伽门农侮辱我，抢去了我因战功而应得的奖赏。我的母亲啊，你听见我的声音吗？”

神女忒提斯听见阿喀琉斯的呼唤，便离开海底深渊，告别涅柔斯华丽的宫殿。她像一朵轻飘的云彩很快从泡沫飞溅的浪涛中浮出。忒提斯来到岸上，坐在心爱的儿子身边，搂住了儿子。

“我的儿啊，你为什么哭得这样伤心？”忒提斯问道。“把你的痛苦告诉我吧。”

阿喀琉斯告诉母亲，阿伽门农粗暴地侮辱了他。他恳求母亲飞上光明的奥林波斯山，央求宙斯惩罚阿伽门农。让宙斯帮助特洛伊人，让特洛伊人把希腊军队赶回战船上去。让阿伽门农懂得，侮辱希腊最勇敢的英雄是多么的不明智。阿喀琉斯告诉母亲，宙斯不会拒绝她的请求。她只需对宙斯提一提那件往事，当初奥林波斯众神妄图推翻宙斯的统治，给宙斯戴上镣铐，是她忒提斯帮助了宙斯。那时候忒提斯请来百臂巨人布里阿瑞俄斯解救宙斯。奥林波斯众神一见到这位百臂巨人，当即面面相觑，再不敢加害宙斯。只要忒提斯提起这件往事，伟大的宙斯就不能拒绝她的请求。阿喀琉斯就这样央求母亲忒提斯。

“我心爱的儿子啊，”忒提斯痛苦地哭喊道，“我为什么要生下你，让你遭受那么多的苦难？是啊，你的寿命不会久长，你离生命尽头已经不远。现在你将不久于人世，你比别人都要不幸。啊，你别那样悲伤！我会去光明的奥林波斯山，我会恳求宙斯帮助你。你可得待在帐篷里，再别参加战斗。现在宙斯不在奥林波斯山，他与所有永生的神都去出席埃塞俄比亚人[①]举行的宴会了。等十二天之后宙斯回来，我要跪在他的脚下，但愿我能求动他！”

忒提斯告别悲愁的儿子，而阿喀琉斯回到英勇善战的密耳弥多涅人的营帐里。从这一天起，阿喀琉斯既不出席首领会议，也不参加战斗。他愁苦地坐在自己的帐篷里，尽管他渴望取得战斗荣誉。

十一天过去了。第十二天清早，神女忒提斯裹着灰蒙蒙的云雾从海底前往奥林波斯山。到了奥林波斯山，她跪倒在宙斯面前，抱住他的双膝，然后又伸出双手抚摩他的胡子，并向他恳求。

“啊，我的父亲！”忒提斯恳求道。“我求你帮助我为儿子复仇。从前我曾为你效劳，现在你应接受我的请求。在希腊人央求我儿子帮助之前，在他们重新对我儿子表示恭敬之前，你得让特洛伊人取胜。”

宙斯久久没有回答忒提斯，可是忒提斯再三央求他，最后宙斯长长地叹了一口气，说：

“忒提斯，你要知道，你的要求会激起赫拉的愤怒，她会恨我。本来她就一直责备我帮助特洛伊人作战。现在你赶快离开巍峨的奥林波斯

---

①神话传说中的民族，希腊人认为他们住在大地的最南端。

山，免得赫拉看见你。我答应满足你的要求，这就是我履行诺言的表征。”

说完宙斯就威严地皱起眉头，他头上的毛发也都竖了起来，整座奥林波斯山为之抖动。忒提斯放心了，匆匆离开奥林波斯山，返回海底。

宙斯来到众神聚首畅饮的宴会上。众神全都起身欢迎宙斯，没有一个人敢于坐着与他打招呼。当众神和人类之王在金宝座上坐定之后，赫拉便问他。赫拉看到忒提斯来找过宙斯。

“阴险的家伙，”赫拉对宙斯说，“刚才你与哪一个永生的神秘密磋商？你从来都对我隐瞒你的想法和打算。”

“赫拉，”宙斯说，“你别指望什么时候能全部了解我的想法。该知道的你会比所有其他神祇早知道，但是你别想打听我的所有秘密，连问都不要问。”

“啊，乌云的聚散者，”赫拉说，“你知道，我从来就不刨根问底打听你心中的秘密。你向来决定任何事情都不许我过问。不过我很担心，今天忒提斯来求你去为她的儿子阿喀琉斯报仇，求你杀害大批的英雄。我知道，你已答应满足她的请求。”

宙斯威严地瞧了赫拉一眼，他怨恨妻子时时处处窥视着他。他怒气冲冲地命令赫拉老老实实地坐着别吭声，如果她不想遭受惩罚，那就服从他的命令。赫拉害怕宙斯发怒，于是坐在金宝座上再不吭声。宙斯与赫拉的这场争吵吓得众神非同小可。这时候只有跛足的赫菲斯托斯站起身来责怪父母不该为凡人的事情争吵。

“如果往后我们为凡人的事情争吵，那么众神的飨宴再也不会有欢乐，”赫菲斯托斯这样说。他请求母亲赫拉服从宙斯的威力，因为宙斯发怒起来是很可怕的，他会把所有奥林波斯神都赶下宝座。

赫菲斯托斯对赫拉重提往事，当初雷电之神宙斯朝赫拉发火，他赫菲斯托斯急急跑去帮助母亲，结果被宙斯贬到地上。赫菲斯托斯取来一个大酒杯，斟满仙酒，端给母亲赫拉，赫拉脸上露出了笑容。赫菲斯托斯又用高脚酒杯从酒樽中舀出一杯杯仙酒，跛着脚送到诸神面前。看到跛脚的赫菲斯托斯一瘸一拐地在宴会厅中来回走动，众神都笑了。宴会重又呈现出喜悦的气氛，众神听着阿波罗金竖琴的琴声和诸位缪斯的歌声，一边无忧无虑地喝着酒，直喝到太阳下山。宴会结束后，众神各回各的卧室，不一会儿整座奥林波斯山沉入了安宁的梦乡。

公民大会。忒耳西忒斯

根据荷马史诗《伊利亚特》转述。

奥林波斯山上永生的神全都安然入睡了。希腊人的军营和特洛伊城也都沉入酣梦之中。但是雷神宙斯并未合眼，他在考虑如何为受辱的阿喀琉斯复仇。他终于决定让阿伽门农做一个幻梦。宙斯叫来幻梦之神，派他去希腊人的军营，到阿伽门农身边。宙斯对幻梦之神说：

“幻梦，你快迅速拍击翅膀，飞到阿伽门农面前，鼓动他率领希腊将士投入战斗。你对他说，今天他一定能攻占特洛伊城，因为赫拉已经说服所有的神都不帮助特洛伊军队。特洛伊城现在已面临毁灭。”

梦神匆匆驰往地面，他化作阿伽门农最敬重的长者涅斯托耳，进入了阿伽门农的梦中，并对他说了宙斯吩咐他说的那些话。阿伽门农惊醒了，但是梦中听见的那些话仍在耳边回响。这位迈锡尼国王起身匆匆穿上阔气的衣衫，手执金权杖，前往希腊战船搁置的海岸。这时候朝霞满天，预示着伟大的太阳神赫里阿斯就要飞上天空。阿伽门农叫来传令官，让他们召集所有将士来参加公民大会。强健的迈锡尼国王将各部分军队的首领叫到涅斯托耳的战船旁边，向他们讲述了宙斯的托梦。

众首领一致同意准备投入战斗。但是阿伽门农在将军队遣往特洛伊城外战场之前，打算先对他们作一番试探，他决定向公民大会提议返回故乡。在诸位首领商议的时候，将士们陆续来到会场。数不清的人群就像山洞里飞出来的蜂群一样聚集在一起。公民大会的会场上人流如潮，人声鼎沸。传令官们竭力维持秩序，让人们安静下来，以便诸位国王——

宙斯的后裔们能发言。人群总算安顿就绪，会场上终于安静下来。阿伽门农手持权杖首先站起来发言。他谈起了战争带来的沉重负担，谈到希腊人在特洛伊城下长期作战未能取胜，看来希腊军队无法攻破坚固的特洛伊城，不得不无功而还，撤回祖国。看来众神也希望希腊军队返回家乡。阿伽门农在会上说了这一番话。希腊将士听了心情无比激动，就像南风和东风刮过海面，海上腾起冲天的巨浪。将士们大喊大叫，争先恐后地冲向战船。他们奔跑的脚步声震动了大地，滚滚的尘土腾空而起。军营四处喊声震天，大家急急将战船推下水，谁都想早点返航回故乡。

希腊将士的喊声一直传到奥林波斯山。赫拉担心希腊人撤除对特洛伊城的围困，于是派雅典娜去希腊人的军营，阻止他们撤离。雅典娜如同一阵狂风，从奥林波斯山驰往希腊人的军营，她来到俄底修斯跟前，对他说：

“莱耳忒斯高贵的儿子，难道你们一致决定离开这里逃回故乡？莫非你们要把美丽的海伦留在这里，让普里阿摩斯和全体特洛伊人都高兴？你快去说服大家，不要放弃围困特洛伊！”

俄底修斯听见女神威严的声音，立即扔下斗篷，向战船跑去。他从迎面走来的阿伽门农手中拿过最高权力的标志——权杖，劝说所有首领和士兵，不要将战船推下水，快回去继续开公民大会。俄底修斯挥起权杖殴打那些吵嚷得特别厉害、急于离开特洛伊海岸的士兵。人们又都返回原先集会的场所。高声大喊的人群就像永不平静的大海的浪涛，撞击海岸的山岩，发出雷鸣似的巨响。最后大家都回到自己的位置，安静下来，只有忒耳西忒斯一人继续在大叫大嚷。①忒耳西忒斯常常毫无顾忌地反驳国王，他特别仇视俄底修斯及忒提斯的儿子阿喀琉斯。现在忒

---

① 荷马在《伊利亚特》中对忒耳西忒斯的描述迎合了贵族阶层的需求，反映了贵族阶层的观点。其实忒耳西忒斯只是表述了与特洛伊战争并无多大利害关系的普通士兵的意愿。士兵们都希望早日返回祖国。进行特洛伊战争纯粹是为了贵族首领们的利益。

耳西忒斯尖声喊叫并辱骂阿伽门农。他大喊大叫，说阿伽门农捞足了战利品和女奴，说士兵们俘虏了特洛伊的名人显贵，而阿伽门农却因此而大捞赎金。忒耳西忒斯呼吁大家尽快返回故乡，把阿伽门农一人撇在特洛伊城下。得让阿特柔斯的儿子明白，我们这些士兵是否在战斗中奋不顾身地帮了他的忙，原先我们是不是他的忠实奴仆。忒耳西忒斯竭尽所能怒骂阿伽门农。他还谴责阿伽门农侮辱阿喀琉斯，同时又指责阿喀琉斯胆怯畏缩。忒耳西忒斯的吵嚷声被足智多谋的俄底修斯听见了。俄底修斯走到他面前，声色俱厉地说道：

“蠢家伙，不许你辱骂国王们，不许你再说回国！我们业已开始的事业结局如何尚难逆料，但是你听着并且记住：我会说到做到的！如果我再听见你这个疯子骂国王阿伽门农，我不抓住你，不剥光你的衣服，不痛打你一顿，将疼得痛哭流涕的你撵回船上去，那我誓不为人，那我就不是忒勒玛科斯的父亲。”

俄底修斯威严地吼叫之后，挥起权杖朝忒耳西忒斯的背上猛击一下。忒耳西忒斯疼得泪如雨下。他的背上鼓起一道血红的印痕。忒耳西忒斯吓得瑟瑟发抖，皱眉蹙额，抬手抹去脸上的泪水。在场所有人望着忒耳西忒斯这副样子忍不住都大声地笑了，他们说：

“俄底修斯在会场和战场上建立了许多丰功伟绩，但是这次的功绩最伟大。他制服了这个饶舌的家伙！现在忒耳西忒斯再也不敢辱骂宙斯所宠爱的国王们了。”①

俄底修斯接着又对出席公民大会的人们发言，而雅典娜变成传令兵站在他身旁。俄底修斯劝说希腊将士不要撤离特洛伊，他说，如果不攻下特洛伊就返回故乡，那么蒙受耻辱的不光是阿伽门农，而且还有他们自己。难道他们能像孤儿寡母一样因为胆怯而逃回家乡？难道他们忘

---

① 讥笑忒耳西忒斯、赞扬俄底修斯的当然不可能是所有希腊将士，只能是那些贵族首领。忒耳西忒斯表达了普通士兵的愿望，他们十分同情他。他们知道，如果自己说出想法，也会有与忒耳西忒斯同样的遭遇。

却了卡尔卡斯的预言，忘了应该忍耐？莫非大家全都忘却了当初在奥利斯港宙斯降下的预兆？只有在战争的第十年希腊人方能攻克特洛伊城。俄底修斯这番话重又激起了大家建立战功的强烈欲望。希腊将士高声呼喊着赞同俄底修斯的意见，四周回荡着响亮的回声。这时候智慧的长者涅斯托耳站起身来，人们立即又安静了。涅斯托耳也建议希腊军队留下来与特洛伊人战斗。他提议在作战时按部落、家族编组军队，让部落、家族之间互相支援。这样一来，哪个部落的首领和将士勇敢，哪个部落的首领和将士畏怯，便可一清二楚。那时候人们也会明白，特洛伊城至今尚未攻克到底是什么原因，是因为众神有意为难，还是因为首领们不懂军事。阿伽门农对此表示同意。他命令将士们先去吃饭，然后准备投入不会有片刻歇息时间的血腥战斗。让那些待在战船旁边躲避参战的人倒霉去吧，让他们去喂恶狗和猛禽吧。

全军将士齐声高喊，那喊声仿佛狂风大作、巨浪滔天时的大海的轰鸣。公民大会很快就结束了，大家纷纷赶回营帐。军营到处炊烟袅袅。希腊将士在投入战斗之前先饱餐一顿，增强体力。他们人人向神献祭，祈求神在血战之时保护他们。阿伽门农向宙斯敬献了祭品。他在四周站着希腊最著名的英雄的祭台旁摆上一头肥壮的公牛，然后祈求宙斯保佑希腊人获胜，祈求宙斯在黑夜降临之前帮助他攻破坚固的特洛伊城，占领其国王普里阿摩斯的王宫，祈求宙斯保佑他用长枪刺穿赫克托耳的盔甲，将赫克托耳消灭。然而伟大的宙斯并不听阿伽门农的祈祷，他这一天为迈锡尼国王安排了许多挫折。献祭结束，吃喝完毕，涅斯托耳开始催促各部首领率军前往战场。

首领们匆匆赶回各自部队。传令兵们高声召集士兵。首领们将所属将士编成战斗队形，然后开赴特洛伊城下。大地在士兵和战马的脚下呻吟。整个斯卡曼德洛斯河①谷布满了军队。所有将士心中都燃烧着与

---

① 流经特洛伊城边的一条河流。

特洛伊人厮杀的欲望。雅典娜在队伍中来回奔跑，向士兵们灌输百折不挠的勇气，激励他们勇敢地投入战斗。各部首领乘坐战车行进在部队前头。阿伽门农尤其威严出众，俨然是雷神宙斯。士兵们迈着整齐的步伐，一列紧接一列，开赴特洛伊城下。

墨涅拉俄斯与帕里斯决斗

根据荷马史诗《伊利亚特》转述。

诸神的女使者伊里斯变成普里阿摩斯的儿子波利忒斯，匆匆离开奥林波斯山，飞速驰往特洛伊，向特洛伊人通报希腊大军逼近城下的消息。伊里斯飞抵特洛伊，这时特洛伊人正在召开全体公民大会。赫克托耳得知大军压境，立即宣布散会。

特洛伊军民及其盟友立即披挂，排成战斗队形。特洛伊城门大开，特洛伊人及其盟友所组成的军队从各座城门一批一批开出，他们一路呐喊，就像一行行迁飞的大雁。而希腊军队人不作声，马不嘶鸣，直逼特洛伊城下，而大军卷起的尘土遮蔽了整个原野。

两军相遇，暂未交战。这时从特洛伊军队的阵中走出英俊的帕里斯。他身披豹皮斗篷，肩挎弓和箭筒，腰间佩着锋利的宝剑，手中握着两杆长枪。帕里斯向希腊军队挑战，让对方出来一位英雄与他决斗。墨涅拉俄斯一见仇人帕里斯，立即跳下战车，手持寒光闪闪的兵器迎上前去。墨涅拉俄斯此时就像一头突然发现可心猎物的雄狮，满心欢喜地正视着帕里斯，因为现在可以向拐骗美丽的海伦的仇人复仇了。

帕里斯看到墨涅拉俄斯的身影，心头不禁猛一颤动，他害怕死亡，立即又退入本方战阵。赫克托耳责备弟弟胆怯。

“你真是色厉内荏，”赫克托耳对帕里斯说，“与其给我们大家带来耻辱，你还不如不出生。难道你没听见希腊人在耻笑你吗？你只敢拐骗墨涅拉俄斯的妻子海伦，只会给整个特洛伊带来灾难！现在你害怕墨涅拉俄斯！你早该知道你所拐骗的海伦的丈夫是怎样一位斗士！唉，特洛伊人要是再果断一些，那早就用石块把你这个罪魁祸首砸烂了。”

“赫克托耳，你有权责骂我，”帕里斯说，“不过你放心好了，我马上与墨涅拉俄斯决斗。你先命令特洛伊军队停下来。我要与墨涅拉俄斯在两军阵前为美女海伦厮杀。我们两人之中谁取胜，谁就把海伦带回自己家。”

赫克托耳见帕里斯这样说，便走到特洛伊军队中间，让军队停止前进。希腊人刚要朝赫克托耳放箭，有些人已经朝他投掷石块，这时阿伽门农喝住他们，阿伽门农大声喊道：

“慢着，希腊将士们，快住手，阿开亚的勇士们！戴着闪光头盔的赫克托耳有话要对我们说！”

双方全都安静下来之后，赫克托耳说，帕里斯提出用单独决斗来解决因海伦而起的争端。墨涅拉俄斯回答说：

“听我说，我们早该停止血腥的战争。让我和帕里斯厮杀，让我们二人中命运注定该死的那个死掉吧。此后你们就签订和约。现在我们就向诸神献祭吧。你们请老普里阿摩斯来；他的儿子全都奸诈狡猾，所以得让普里阿摩斯亲自在我们俩决斗之前发誓履行这个和约。”

听了墨涅拉俄斯的这一建议，大家都非常高兴。赫克托耳立即派传令兵去请普里阿摩斯。

与此同时，女神伊里斯变成普里阿摩斯的女儿——美丽的拉俄狄刻去找海伦，邀海伦上斯开亚城门上的城楼，以普里阿摩斯为首的特洛伊元老们正聚在城楼上，准备观看帕里斯和墨涅拉俄斯单独决斗。海伦穿上华丽的衣衫，在两个女仆的陪伴下，跟着伊里斯匆匆走去。海伦想起了前夫，想起了故乡，想起了可爱的斯巴达，忍不住泪珠滚落。特洛伊元老们看到海伦来到。海伦如此美丽，众元老惊喜地望着她，一边交头接耳，窃窃私语：

“是啊，为这样一位美丽绝伦的女人而进行一场血腥的战争，这既不能怪希腊人，也不能怪特洛伊人。她的美貌与永生的女神都难分高低。但是，不管她多么美丽，最好还是让她返回希腊，这样，我们及我们的子女们都不再受死亡的威胁。”

普里阿摩斯把海伦叫到身边，向她打听城墙下边那些希腊英雄的情况。海伦指着阿伽门农、俄底修斯、大埃阿斯、克里特国王伊墨纽斯向普里阿摩斯一一作了介绍。望着这些英雄，普里阿摩斯着实惊羡他们英俊的面容和威武强健的体魄。这时候赫克托耳派来的传令兵来请普里阿摩斯。普里阿摩斯立即站起身来吩咐套车，然后和安忒诺耳一起坐车出了斯开亚门，前往两军阵前。

阿伽门农和俄底修斯起立迎候老普里阿摩斯。他们向奥林波斯众神敬献了祭品，立下了遵守和约的誓言。此后普里阿摩斯对希腊和特洛伊双方的军队说：

“啊，英勇的特洛伊和希腊的勇士们，我现在要马上返回特洛伊城内。我不能观看我儿子帕里斯与强健的国王墨涅拉俄斯的决斗。只有宙斯知道他俩在这次决斗中谁将丧命。”

普里阿摩斯说完便离开战场。赫克托耳和俄底修斯量出了决斗的场地，然后将做好的阄放入头盔里，接着晃动头盔，谁的阄先掉出来，就由谁先投掷长枪。结果帕里斯的阄先掉出来。

帕里斯和墨涅拉俄斯全副武装走进决斗场，双方手中抖动着沉重的长枪。两人的眼中闪耀着阴森可怖的目光，目光中燃烧着仇恨、愤怒的烈焰。帕里斯猛一挥手将长枪投向墨涅拉俄斯。长枪击中墨涅拉俄斯的宽大的盾牌，可是并未将它击穿。尖利的枪尖遇到包覆在盾牌表面的铜皮就弯曲了。这时候墨涅拉俄斯高声向宙斯呼吁，祈求帮助他向帕里斯复仇，以使今后任何人都不敢对殷勤好客的东道主恩将仇报。墨涅拉俄斯举起长枪猛地投出，长枪击中帕里斯的盾牌。长枪透过盾牌，洞穿帕里斯身上的铠甲，刺破了他的长衣。幸亏帕里斯往旁边一跳，否则准得丧命。墨涅拉俄斯拔出宝剑，猛地朝帕里斯的头盔砍去，可是由于用力过猛，宝剑断成四截，震飞了。墨涅拉俄斯徒手扑向帕里斯，伸手抓住帕里斯的头盔，将他拉倒在地，拖往希腊人的战阵。头盔的皮带勒住了帕里斯的喉咙。要不是爱神阿佛洛狄忒及时赶来救助她的宠人，墨涅拉俄斯准能把帕里斯拖回希腊人的阵中。阿佛洛狄忒扯断了头盔上的皮带，结果墨涅拉俄斯手中只剩下一顶头盔。墨涅拉俄斯想再用长枪刺死倒在地上的帕里斯，可是阿佛洛狄忒降下浓雾遮蔽帕里斯，匆匆将他带回特洛伊城内。墨涅拉俄斯找不着帕里斯，他像一头凶猛的野兽在特洛伊人的阵中到处搜寻，可是谁也未将普里阿摩斯的这个儿子指给墨涅拉俄斯看，尽管所有特洛伊人都仇恨帕里斯。这时阿伽门农高声喊道：

“特洛伊人和希腊人，你们都听着！你们大家都看见墨涅拉俄斯取胜了，把海伦和被帕里斯掳去的珍宝都还给我们，而且还得向我们进贡。”

然而阿伽门农的话说完之后对方并无半点反应，因为战争注定不能就此结束。

潘达洛斯食言。决战

根据荷马史诗《伊利亚特》转述。

当墨涅拉俄斯与帕里斯决定单独决斗的时候，众神都聚在宙斯的宫殿中畅饮。女神赫柏来回为他们斟酒。众神一边饮酒，一边俯视着特洛伊。宙斯为了侮弄赫拉，故意说要中止特洛伊人与希腊人之间的这场血腥的战争，因为墨涅拉俄斯已经取胜了。可是赫拉请求宙斯派女战神雅典娜去特洛伊军中，让她撺掇某个人去撕毁誓约。宙斯假装违心地同意赫拉的请求。雅典娜变成一颗明亮的星星飞离奥林波斯山，陨落于特洛伊人军中。特洛伊人个个惊讶不已，不知道这一兆示的含义。这预兆血战重开，还是谕示宙斯认为他们应该签订和约？雅典娜变成安忒诺耳的儿子拉俄多科斯，走到名箭手潘达洛斯身边，说服他向墨涅拉俄斯射出能致命的一箭。潘达洛斯答应了，他举起弓，取出一支利箭，吁请阿波罗帮助，然后将箭射了出去。弓响箭飞，墨涅拉俄斯眼看就要死定了，可是雅典娜让箭偏离，结果射中墨涅拉俄斯身上有双层护甲保护的部位。利箭穿透护甲，扎进了墨涅拉俄斯的身体。伤口虽不很深，可是血流如注。阿伽门农看见兄弟受伤，十分惊恐。墨涅拉俄斯连忙安慰他。阿伽门农吩咐去请医生玛卡翁。玛卡翁为墨涅拉俄斯检查过伤口，敷了药。正当阿伽门农和其他希腊英雄为受伤的墨涅拉俄斯张罗奔忙的时候，特洛伊人已经向他们发起了进攻。阿伽门农匆匆赶到军中，整好队伍，作战前鼓动。

希腊军队中只听见首领们的口令声此起彼落，而士兵们只是在默默行进。特洛伊军队则大声呐喊着进攻。希腊军队由雅典娜统率，而指挥特洛伊军队的则是暴烈的战神阿瑞斯。白刃格斗开始了。胜利者的欢呼与垂死者的哀号混杂成一片。

在希腊军队的逼攻下，特洛伊军队开始败退，而希腊军队这时更加齐心协力地进攻。特洛伊军队的保护神阿波罗看到此情此景，心头燃起了愤怒的烈火，他高声吼叫道：

“特洛伊将士们，大胆地前进！不要以为希腊人是石头胸脯、钢铁身躯。你们看哪，伟大的阿喀琉斯今天并没有参战，他正怨恨地待在自己的营帐里呢。”

箭神阿波罗的喊声鼓舞着特洛伊军队。战斗变得越加残酷，双方许多英雄都已阵亡。雅典娜也在鼓动希腊将士。在这次战斗中，她赋予狄俄墨得斯以不可战胜的力量。很快，特洛伊军队终于支持不住了。

神箭手潘达洛斯发现了狄俄墨得斯，立即弯弓搭箭朝他射了一箭。箭射中狄俄墨得斯的肩膀，殷红的鲜血染红了他的铠甲。潘达洛斯欣喜若狂，以为狄俄墨得斯受了致命伤。他高声呼喊，激励特洛伊军队的士气，说狄俄墨得斯受了致命的创伤。狄俄墨得斯叫来斯忒涅罗斯，请他帮忙拔出身上的箭。他又大声吁求雅典娜帮助他杀死那个向他放箭的敌人。雅典娜出现在狄俄墨得斯面前，给予他巨大的力量和无敌的勇气，吩咐他勇敢地投入战斗，只是不要冒犯永生的神祇。不过，他可以向女神阿佛洛狄忒投掷长枪。现在狄俄墨得斯就像一头受了轻伤的狮子，以十倍的力量和疯狂投入了战斗。

英雄埃涅阿斯看见狄俄墨得斯在战斗中凶猛异常，赶忙在特洛伊士兵的队伍中找寻潘达洛斯。他劝潘达洛斯去迎战狄俄墨得斯。英勇无畏的潘达洛斯登上埃涅阿斯的战车，两人一起去对付狄俄墨得斯。

斯忒涅罗斯看见埃涅阿斯和潘达洛斯这两位著名的英雄乘着战车驰来，便向他的朋友狄俄墨得斯建议，避开他们的锋芒，不要与之硬拼。狄俄墨得斯愤怒地拒绝了战友的这个建议。埃涅阿斯的战车飞驰而至，潘达洛斯一挥手向狄俄墨得斯投出长枪。长枪击穿狄俄墨得斯的盾牌，直刺他的铠甲，但铠甲保护了他。潘达洛斯以为他已伤及性命，忍不住欢欣雀跃。这时候狄俄墨得斯投出了自己的长枪，潘达洛斯应声倒地身亡。埃涅阿斯立即跳到地上，一手执盾牌，一手握着粗长的长枪，准备保护潘达洛斯的遗体。可是狄俄墨得斯抓起一块两个人都抬不动的巨石，单手猛地掷向埃涅阿斯，巨石砸中了他的大腿。埃涅阿斯跪倒在地，要不是他母亲阿佛洛狄忒女神及时赶来救助，他必死无疑。阿佛洛狄忒用自己的战袍遮盖住埃涅阿斯，并想带他离开战场。

狄俄墨得斯冲向女神，用长枪刺伤女神柔嫩的手臂。阿佛洛狄忒大叫一声，松开了怀中的埃涅阿斯。但是阿波罗用一片黑雾罩住了埃涅阿斯。这时候狄俄墨得斯冲着女神阿佛洛狄忒威严地吼叫道：

“宙斯的女儿，快闪开！快离开血腥的战场！难道你迷惑了那么多柔弱的女子还不满足吗？”

女神阿佛洛狄忒离开战场，狄俄墨得斯又向埃涅阿斯发起进攻。堤丢斯的儿子连续三次向埃涅阿斯进攻，但都被阿波罗挡住。当狄俄墨得斯第四次向埃涅阿斯发起进攻的时候，阿波罗怒喊道：

“堤丢斯的儿子，你该醒悟了！快退避，别再冒犯永生的神祇！神祇的力量凡人永远不能匹敌！”

狄俄墨得斯听见阿波罗威严可怖的声音感到害怕，于是他后撤了。阿波罗将埃涅阿斯带到特洛伊城内自己的神庙里。女神勒托及阿波罗的孪生姐妹阿耳忒弥斯为埃涅阿斯治伤，阿波罗制造了一个埃涅阿斯的假象，留在战场上，结果双方围绕假象展开了激烈的争夺战。

阿佛洛狄忒女神被狄俄墨得斯刺伤之后离开了战场，来到勇猛的战神阿瑞斯坐着歇息的地方。阿佛洛狄忒痛苦地呻吟着，央求阿瑞斯把战车借给她，然后乘车飞速驰往奥林波斯山。到了那里，她泪流满面，跪倒在母亲狄俄涅脚下，向母亲诉说，狄俄墨得斯刺伤了她。狄俄涅为她擦净伤口，治好手臂。雅典娜和赫拉想嘲笑阿佛洛狄忒，故意对雷神宙斯说：

“阿佛洛狄忒是否又怂恿某个阿开亚妇女与她的某位特洛伊宠人私奔吧？也许她在抚摩那个阿开亚妇女时蹭破了自己的手臂？”

宙斯笑着把阿佛洛狄忒叫到跟前，对她说：

“亲爱的女儿，考虑喧嚣的战争不是你的事。你还是先管好爱情和婚姻这类事吧，战争就让勇猛的战神阿瑞斯和雅典娜去操心吧。”

在阿波罗设置的埃涅阿斯的假象四周，战斗仍在激烈地进行。阿波罗来到阿瑞斯面前，请他去制服狄俄墨得斯。血迹斑斑的战神听从了阿波罗的话。他变成色雷西亚英雄阿卡玛斯，去激励特洛伊军队的士气。战斗自然更加残酷了。埃涅阿斯伤愈之后又回到战场。特洛伊将士看到埃涅阿斯安然无恙，个个笑逐颜开。特洛伊人本已混乱的队伍重又变得齐整，他们又开始向希腊人逼近。希腊军队就像阵阵狂风无法驱走的、笼罩着群山的阴沉沉的乌云，严阵以待特洛伊军队来临。两位埃阿斯、俄底修斯和狄俄墨得斯不断地向希腊将士鼓动，阿伽门农穿戴光灿灿的甲胄在巡视军队。激烈的战斗又开始了，英雄们接二连三倒地身亡，死亡的阴影蒙上了他们的双眼。赫克托耳身先士卒，冲杀在特洛伊军队的最前头。战神阿瑞斯和会战女神、严厉可怕的厄倪俄亲自帮助赫克托耳。狄俄墨得斯看见阿瑞斯，立即后撤，并对希腊将士喊道：

“朋友们，赫克托耳作战如此勇猛，我们不必大惊小怪！因为战神阿瑞斯与他在一起，亲自帮助他作战。朋友们，急流勇退吧，不能与神祇交战。”

特洛伊军队对希腊军队的进攻越来越猛烈。赫拉克勒斯年轻的儿子特勒波勒摩斯被宙斯的儿子萨耳珀冬的长枪刺中而倒地死亡，不过萨耳珀冬也被特勒波勒摩斯刺中大腿。战友们好不容易将萨耳珀冬抬离战场，连扎在他腿上的长枪都来不及拔出。萨耳珀冬看见赫克托耳从他身边经过，便请求他给希腊人以迎头痛击。赫克托耳又投入战斗，用长枪刺死了许多希腊英雄。现在特洛伊军队的进攻更猛烈了。

女神赫拉看到战场上这种情况，赶忙叫来雅典娜，一起匆匆整装准备参战，以制服阿瑞斯。两位女神在赫柏的协助下将马匹套上豪华的战车。雅典娜穿上铠甲，戴上沉重的头盔，肩挎拴有女妖墨杜萨头颅的神盾，手握长枪，登上女神赫拉的车子，赫拉立即策马飞驰。她们驰离巍峨的奥林波斯山，发现宙斯独自坐在一个高高的山冈上。赫拉勒住马，对宙斯说：

“宙斯，残暴的阿瑞斯杀死了那么多英雄，难道你不生气吗？我可看见阿波罗和阿佛洛狄忒正为此幸灾乐祸呢。如果我去制服阿瑞斯，你不致生我的气吧？”

持盾的宙斯回答道：

“你去吧！让女战神雅典娜去与阿瑞斯对阵。没有一位神祇能像她那样重创阿瑞斯。”

赫拉继续策马疾驰。她们来到西摩伊斯河与斯卡曼德洛斯河的汇合处，她们跳下车，卸了马，再用一片黑雾罩住马。赫拉变成声音无比洪亮的男子斯屯托耳，号召希腊将士勇猛地与特洛伊人作战。雅典娜走近狄俄墨得斯。狄俄墨得斯正在擦拭潘达洛斯在他身上留下的伤口。雅典娜责备他逃避战斗，不敢与特洛伊人厮杀，说他的父亲光荣的斗士堤丢斯绝不会像他这样。狄俄墨得斯说：

“不，雷神宙斯明眸的女儿，我并不惧怕与特洛伊英雄交战。我只是牢记你对我的吩咐，不要与永生的神祇交战。”

雅典娜这时对狄俄墨得斯这样说：

“噢，堤丢斯的儿子，雅典娜的宠儿，现在你别再害怕阿瑞斯，也别害怕某位别的神。我要亲自当你的助手。你快去与阿瑞斯对阵。不久之前他还保证要帮助希腊人，可是现在这个不守信用的家伙却在帮特洛伊人作战。”

雅典娜登上狄俄墨得斯的战车，换下了车上的斯忒涅罗斯。女神的体重压得橡木车轴吱吱作响。雅典娜扬鞭策马冲向阿瑞斯，但是阿瑞斯看不见雅典娜，这时他正在剥取被他杀死的英雄珀里法斯身上的铠甲。阿瑞斯看见了站在雅典娜身旁的狄俄墨得斯，赶忙撇下珀里法斯的尸体，不再剥铠甲，并将长枪投向堤丢斯的儿子。可是雅典娜使他投出的长枪偏离了方向，从狄俄墨得斯身旁飞了过去。雅典娜使狄俄墨得斯的力气增长十倍，他的长枪刺中了阿瑞斯，而且又从伤口中把长枪拔出。阿瑞斯发出撕心裂肺的喊叫，就像上万名士兵在同声呐喊。所有特洛伊将士和希腊将士听到这一可怕的喊叫全都震惊了。暴烈的阿瑞斯裹着黑云飞速回光明的奥林波斯山去了。他坐到宙斯旁边，控告雅典娜帮助狄俄墨得斯刺伤了他。宙斯严厉地盯着儿子。他因阿瑞斯好战成性而痛恨他。宙斯对儿子说，阿瑞斯如果不是他的儿子，他早就把阿瑞斯打入黑暗的地狱。暴烈的阿瑞斯停止诉怨。宙斯叫来医术高超的医生派安为阿瑞斯诊治，派安很快就治愈了阿瑞斯的伤。赫柏为阿瑞斯洗净身体，给他穿上华贵的衣服。这时赫拉与雅典娜也回到奥林波斯山。这两位女神就这样制服了百战不厌的战神阿瑞斯。

特洛伊城下的激战仍在进行。希腊军队再次进攻特洛伊军队。埃阿斯、狄俄墨得斯、墨涅拉俄斯、阿伽门农和其他英雄杀死了许多著名的特洛伊勇士，并将死者华丽的铠甲剥下来。普里阿摩斯的儿子——

预言家赫勒诺斯眼看特洛伊人就要遭到彻底失败，于是央求赫克托耳及阿佛洛狄忒的儿子埃涅阿斯先鼓舞特洛伊人的士气，然后赶回特洛伊城里向雅典娜敬献丰厚的礼品，请求女神开恩。赫克托耳听从了兄弟。他重新激起特洛伊军队的士气，于是他们打退了希腊军队的进攻。

赫克托耳在特洛伊城内。赫克托耳告别安德洛玛刻

根据荷马史诗《伊利亚特》转述。

赫克托耳经由斯开亚城门退入特洛伊城内。他一进入城内，立即被妇女和儿童围住，他们纷纷向他打听自己丈夫和父亲的生死。赫克托耳什么也没说，只是吩咐他们向奥林波斯众神祷告。赫克托耳急急赶往普里阿摩斯的王宫。他的母亲赫卡柏在宫中迎接他，想给他端杯酒，让他喝了解解乏，可是赫克托耳拒绝了。他请母亲快去召集特洛伊妇女，让她们向雅典娜敬献阔气的衣袍和大量的祭品，祈求她制服凶猛的狄俄墨得斯。赫卡柏立即照儿子的要求去办了。赫克托耳又匆匆赶往帕里斯住的寝宫。

赫克托耳来到的时候，帕里斯正在悠闲地欣赏自己的兵器，被他拐来的海伦也在这里，她正在给女仆们分派活计。赫克托耳责备帕里斯，说在全体特洛伊人受到死亡威胁的时候，他却待在家中无所事事。帕里斯说，他正在为战斗做准备，说海伦也在要求他上阵作战。海伦热情有礼地招呼赫克托耳，请他坐下来歇一歇，消除一下激战之后的劳累，她又责备丈夫帕里斯眼下不该不知忧愁，不该不懂羞耻。海伦又抱怨说，特洛伊由于她遭受如此众多的灾难，但这不能怪她，而应该怪帕里斯。赫克托耳不肯在帕里斯的家里歇息，他急于回家，要在重返战场之前看望一下妻子和儿子。他无法预料此后能否再看到妻子和儿子，自己能否从战场上生还，说不定诸神注定让他死在希腊人的手下呢。

赫克托耳回到家里，但是不见妻子安德洛玛刻和儿子。女仆对他

说，他的妻子听说希腊人在逼攻特洛伊人，就带着儿子朝城墙上跑去，站在那里洒泪。

赫克托耳匆匆走出家门，急急奔往斯开亚城门。他在城门口遇到安德洛玛刻，贴身女仆抱着他的灿若启明星的漂亮的儿子阿斯堤阿那克斯跟在她后边。安德洛玛刻挽住赫克托耳的手，流着泪说：

“我的丈夫啊，你的勇敢会害了你！你既不可怜我，也不怜悯你的儿子。希腊人会打死你，我很快就会成为寡妇。赫克托耳啊，没有你，那我还不如死了，因为除了你我没有别的亲人了。你是我的一切，你是我的父亲、母亲、丈夫。可怜可怜我和儿子吧！不要出城作战了，你把特洛伊军队调到无花果树那边，因为只有那里的城墙会被攻破。”

头盔闪闪放光的赫克托耳这样回答妻子：

“所有这一切正是我所担心的。但是留在城内袖手旁观，不参加战斗，这对我来说是奇耻大辱。不行啊，为了我父亲的荣誉，我必须身先士卒，冲锋陷阵。我十分清楚，神圣的特洛伊城毁灭的日子不久就会到来。但我并不为此悲伤，令我悲伤的是你的命运，是某个希腊人将把你作为俘虏带走，你将在异国他乡被迫为外乡女人织布挑水。人们看到你哭哭啼啼的就会说：‘瞧，这就是特洛伊最骁勇善战的英雄赫克托耳的妻子。’听到人们这样说，你会更加悲哀。不，还不如让他们先打死我，免得我看见你被带走，免得我听见你的哭声。”

说完这番话，赫克托耳走向儿子，想抱一抱儿子，可是幼小的阿斯堤阿那克斯哭喊着躲进奶妈的怀里，他害怕赫克托耳头盔上飘动的马鬃盔饰。安德洛玛刻和赫克托耳朝着婴儿温存地笑了。赫克托耳摘下头盔，放在地上，抱起阿斯堤阿那克斯亲吻了一下。他将儿子高高地举起来，并向雷神宙斯及所有的神央求：

“啊，宙斯，还有你们，永生的众神，我恳求你们使我的儿子在同胞中间像我一样出名。让他长大后威武强壮，当特洛伊的国王。有朝一日他作战凯旋之后，让人们都称赞他，说他的勇猛气概胜过他的父亲。

让他使敌人闻风丧胆，使母亲心情欢乐。”

赫克托耳祝祷之后又把儿子递给妻子。安德洛玛刻把儿子搂在怀中，噙着泪水对着儿子微笑。赫克托耳的心肠软了，温存地搂住妻子，说：

“安德洛玛刻，不要那样悲伤。无论哪一个英雄都不能违反命运的安排，打发我去哈得斯的黑暗的冥国。无论是勇士还是胆小鬼，谁都不能逃避自己的命运。亲爱的，你回家去吧，去纺纱织布，照管好女仆。我们大丈夫将要为战事操心，而我将比所有的人更操心。”

赫克托耳戴上头盔，急匆匆朝斯开亚城门走去。安德洛玛刻也举步往家走，她时时回首，含着泪水望着赫克托耳渐渐远去。她泪痕满脸回到家中，女仆们都跟着她放声大哭，她们都不指望赫克托耳能从战场上活着回来。

在斯开亚城门中，帕里斯赶上了赫克托耳。帕里斯身穿光闪闪的铜铠甲，正赶往战场。

“我的兄弟，”赫克托耳对帕里斯说，“我知道，任何一个公正的人都不会不肯定你的战功，但是你往往不愿上战场。当我听到特洛伊人责骂你的时候，我常常感到很难受。现在我们快到军队里去吧。”

战斗在继续。赫克托耳与埃阿斯决斗

根据荷马史诗《伊利亚特》转述。

赫克托耳和帕里斯两人一起出了斯开亚城门。特洛伊将士看到两位英雄，个个都欢欣鼓舞。他们又重新振作起精神，于是激烈的战斗又开始了。赫克托耳、帕里斯和格劳科斯杀死了许多希腊英雄，希腊军队开始败退了。宙斯的女儿——明眸的女神雅典娜看到这一情况，立即驰往特洛伊。阿波罗在田野边上的一棵百年橡树下遇见了从奥林波斯山驰来的女神。他询问女神，她是不是赶去帮助希腊军队，接着他劝女神协助他制止这场战斗。雅典娜同意了。他俩决定制止战斗，策动赫克托耳提出与希腊英雄中最著名的一位单独决斗。两位神祇刚拿定主意，普里阿摩斯那个能预见未来的儿子赫勒诺斯立即就猜透了神祇的决心。他走到他的兄弟赫克托耳面前，建议他提出与某位希腊英雄单独决斗。赫勒诺斯告诉赫克托耳，他听见两位神祇决定要这样做，还听见神祇说，在这次决斗中赫克托耳命不该绝。

赫克托耳立即命令特洛伊军队停止战斗，阿伽门农也吩咐希腊军队停止战斗。喧嚣的战场寂静下来，疲乏不堪的将士们都席地而坐。雅典娜和阿波罗就像两只凶猛的鹞鹰飞起来，落在一棵百年的橡树上，观望特洛伊和希腊双方的军队。当战场上寂然无声的时候，赫克托耳高声挑战，让希腊军队派一位英雄与他单独决斗。他保证杀死对手后，绝不作践尸体，也不剥死者身上的盔甲，他要求对方如果取胜也保证这样做。希腊人听了赫克托耳的挑战，谁都不作声，谁都不敢出来与赫克托耳决斗。墨涅拉俄斯见状大发雷霆，他要亲自与赫克托耳决斗，可是被阿伽门农阻止了，阿伽门农担心兄弟死在赫克托耳手下，就连阿喀琉斯也不敢轻易与赫克托耳厮杀呢。长者涅斯托耳出来谴责希腊人。他那愤怒的话音刚落，希腊军队中立即站出九位英雄：阿伽门农、狄俄墨得斯、大小埃阿斯、伊多墨纽斯、墨里俄涅斯、欧律皮罗斯、托阿斯和俄底修斯。根据涅斯托耳的提议，他们通过抓阄来决定谁去与赫克托耳决斗。各人的阄都放入一个头盔中，涅斯托耳晃动起头盔，看谁的阄先从里面掉出。

英雄们恳求众神让大埃阿斯、狄俄墨得斯和阿伽门农三人之中有一人中选。结果中选的是大埃阿斯。武艺高强的大埃阿斯很是高兴，他穿上铠甲，迈步走往决斗的场地。魁梧、强壮、威严的大埃阿斯就像战神阿瑞斯一样走来了。他将硕大无朋的青铜盾牌举在胸前，一手抖动着沉重的长枪。特洛伊人看到大埃阿斯，无不胆战心惊，就连赫克托耳也觉心悸。两位斗士互相威严地望着对方。赫克托耳首先投出长枪，但是长枪未能击穿大埃阿斯的盾牌。接着大埃阿斯投出长枪，长枪穿透赫克托耳的盾牌，扎入了他的铠甲，划破了他的长衣。幸亏赫克托耳往旁边一闪，才得以逃脱死亡。两位英雄拔出长枪，重新决斗。赫克托耳的长枪虽又刺中大埃阿斯的盾牌，可是枪尖扎弯了。大埃阿斯的长枪再次刺穿赫克托耳的盾牌，划破他的头颈。赫克托耳并不中止决斗，他举起一块巨大的石块，砸向大埃阿斯的盾牌，包覆着青铜的巨大盾牌发出当的一声巨响。大埃阿斯抓起一块更大的巨石，猛地砸向赫克托耳的盾牌，将盾牌砸碎了，还砸伤了赫克托耳的脚。赫克托耳跌倒在地，可是阿波罗立即将他扶起来。

两位英雄各自拔出宝剑，要不是传令官及时赶到，用权杖隔开双方，双方肯定又是一场恶斗。

“两位英雄，先停止战斗！”两个传令官高声喊道。“我们全都看见了，你们都是伟大的勇士，宙斯对你们俩都一样喜爱。黑夜来临了，大家都需要休息。”

“传令官，”大埃阿斯对特洛伊一方的传令官说，“你刚才说的话该由赫克托耳说，因为是他提出单独决斗的。如果他想停止决斗，那我愿停止决斗。”

赫克托耳立即对大埃阿斯说：

“啊，忒拉蒙的儿子，众神赋予你魁伟的身材、过人的膂力和超群的智慧，你是希腊最伟大的英雄。今天我们暂且休战。我们还会在战场上相遇。现在我们在分别前互相赠送礼物，以纪念这次决斗。让特洛伊和希腊双方将士今后常常想起：两位英雄在决斗场上是仇敌，分别时却像一对好友。”

说罢，赫克托耳解下镶银的宝剑送给大埃阿斯，而大埃阿斯将贵重的紫红色腰带送给赫克托耳作礼物。两位英雄的决斗就这样结束了。特洛伊将士看到赫克托耳安然退出与强健的大埃阿斯的决斗，无不欢欣雀跃，他们喜气洋洋地簇拥着赫克托耳回特洛伊城里去了。希腊将士亲眼看到忒拉蒙的儿子大埃阿斯是这样一位英豪，大家也都无比欢欣。阿伽门农设下盛宴祝贺大埃阿斯，并请来所有首领作陪。各位首领开怀畅饮，宴会一直持续到晚上。

宴会结束之后，长者涅斯托耳在希腊首领会议上提议，休战一天，以殡葬阵亡英雄，并在军营和战船周围构筑带箭楼的寨墙，墙边挖条深深的壕沟，作为希腊军队的防御工事。首领们赞同涅斯托耳的建议，在黎明之前他们返回各自的营帐。

特洛伊一方也召开了首领会议。会上安忒诺耳提议将海伦和掠夺来的珍宝交还希腊人。但是帕里斯无论如何不肯交出海伦，他只同意交出从墨涅拉俄斯家劫来的珍宝，同时添上一份他本人给的礼物。国王普里阿摩斯建议，第二天早上派一名使者去希腊人的军营，转达帕里斯的设想，如果希腊人不同意这一设想，那么只得继续打下去，直到众神将最后的胜利给予某一方。特洛伊首领们采纳了普里阿摩斯的建议。第二天早晨，特洛伊人派出一名使者来见希腊人，但是希腊人拒绝了帕里斯的建议，他们只同意休战一天，以殡葬阵亡将士。

太阳尚未升起，特洛伊人和希腊人已动手殡葬阵亡的将士。他们运回尸体，将尸体放在篝火上焚化。此后希腊人在一天之内环绕军营筑成一堵带箭楼的高墙，墙外挖了一条深深的壕沟。连奥林波斯山的众神看了希腊人的这项工程也惊叹不已。可是海神波塞冬对希腊人很生气，因为他们在筑墙之前未向众神献祭。宙斯平息了波塞冬的愤怒，他建议波塞冬以后再摧毁希腊人筑的寨墙，让海岸重新变成沙滩。

希腊将士结束工程之后开始做晚饭。这时候从楞诺斯岛运酒来的船到达了。希腊将士个个眉飞色舞，纷纷买酒，军营中又喝起酒来。但是希腊人酒喝得并不安心。雷神宙斯以滚滚雷声预告他们将有许多灾难。希腊人喝着酒，但时时心惊肉跳，将酒洒出酒杯。他们在洒祭威严可怖的宙斯之前，谁都不敢喝一口。最后饮宴结束了，整座希腊军营都沉入梦乡。

特洛伊人的胜利

根据荷马史诗《伊利亚特》转述。

清晨，晨光女神厄俄斯飞上天空，东方燃起了彤红的霞光，这时宙斯将众神召集到光明的奥林波斯山上。他对众神说：

“永生的众神，你们听着！今天谁都不许离开巍峨的奥林波斯山去为希腊人或特洛伊人助战。谁不听我的话，我就把谁打入地狱的最底层，让他知道我比永生的众神都要厉害。如果你们想试试我的力量，那你们就取一根金链，将它坠到地面，你们都到地面上去，试试能不能用这根金链将我拉下奥林波斯山。我只需用一只手抓住金链，就可以把你们大家连同大地、海洋一起提上来。”

宙斯这番威胁性的话语使众神个个胆战心惊。女神雅典娜对宙斯说：

“伟大的雷神啊，我们都知道你有无限的力量，可我们全都为希腊人悲伤。莫非他们注定要灭亡？”

“我的女儿，”宙斯回答，“我并不想坑害所有希腊人。”

说完这句话，宙斯套上金鬃马，拿起金鞭子，穿着金衣服，登上金马车。他扬鞭催马，飞驰于大地与天空之间，前往高高的伊得山①。他飞落在山巅，观察希腊人和特洛伊人备战。

双方军队开赴战场，很快就遭遇了。惊心动魄的战斗再次爆发。时值正午，宙斯取出金天平，将特洛伊人和希腊人的命运的筹码放在天平上称。结果特洛伊人的命运筹码翘上了天，而希腊人的命运筹码沉到了地，这意味着特洛伊人将有好运，而许多希腊人将要死亡。伊得山上伟大的宙斯发出一声惊雷，将闪闪电光投向希腊人的阵中，希腊军队一片

---

① 小亚细亚的山脉，位于特洛伊城东、佛律癸亚的西南部。

惊惶。希腊将士纷纷逃窜，争先恐后地躲进营寨。战场上只剩下涅斯托耳。他的一匹马被帕里斯的箭射伤，人立起来在原地打转。涅斯托耳竭力想砍断挽具，可是未能成功。赫克托耳驾车朝他驰来。年老的涅斯托耳眼看就要丧命，幸亏狄俄墨得斯及时赶来救助。狄俄墨得斯还呼唤俄底修斯来帮助，可是俄底修斯未听见他的喊声。狄俄墨得斯将涅斯托耳扶到自己的战车上，然后驱车冲向赫克托耳。狄俄墨得斯向赫克托耳投出长枪，可是投偏了，长枪击中赫克托耳驭手的胸膛，驭手倒地身亡。赫克托耳的战马扭头逃跑。英雄阿耳刻普托勒摩斯跳上战车充当赫克托耳的驭手。如果希腊人看到狄俄墨得斯占了上风，他们大概会停止败退。可是这时候宙斯将闪电投掷于狄俄墨得斯的战马眼前，电光耀眼而可怕，战马禁不住回头奔逃。涅斯托耳劝说狄俄墨得斯不要恋战，因为宙斯不让他取胜。尽管狄俄墨得斯很想继续冲杀，但他还是听从了涅斯托耳的劝告，策马奔向正在奔逃的希腊人群。特洛伊人高声呐喊并向希腊人射出密集的箭。赫克托耳嘲笑掉头奔逃的狄俄墨得斯。狄俄墨得斯三次回头想交战，可是三次响起宙斯的可怕的滚滚雷鸣。赫克托耳明白，宙斯用雷鸣来预告特洛伊人将取得胜利。赫克托耳鼓励特洛伊将士乘胜追击，扬言要冲进希腊人的营寨，烧毁他们的战船。女神赫拉听到赫克托耳的威胁大为恼火，她恳求大地的震撼者波塞冬帮助希腊人，可是伟大的海神拒绝了。

激烈的战斗已推进到希腊人军营的寨墙跟前。赫拉提醒阿伽门农重新鼓舞希腊将士的士气。阿伽门农登上俄底修斯的战船，向将士们大声呼喊，号召他们英勇保卫自己的营寨。他还向宙斯恳求帮助，恳求他别让希腊人惨遭特洛伊人的毒手。宙斯动了怜悯之心，给希腊人送来吉兆：一只苍鹰飞临宙斯的祭台上空，将它爪子上抓着的一头小鹿投到祭台上。希腊将士看到这一吉兆，重又精神大振，向特洛伊军队发起反击。其中最勇敢的莫过于狄俄墨得斯。他独自杀死了许多特洛伊英雄。其他希腊英雄在战斗中也很勇猛，最突出的要算大埃阿斯的异母兄弟透克洛斯。他用弓箭接连射死许多特洛伊英雄。他还射中了普里阿摩斯的儿子戈耳古提翁。戈耳古提翁戴着头盔的脑袋垂下了，如同罂粟花被露珠压得垂下了头。他倒在地上。透克洛斯还打死了赫克托耳的驭手、他的朋友阿耳刻普托勒摩斯。赫克托耳大怒欲狂，向透克洛斯扑了过去。他举起一块巨石，砸中透克洛斯的肩窝，透克洛斯痛苦地呻吟。要不是大埃阿斯用盾牌护住兄弟并命令卫兵们将他抬到战船旁边，透克洛斯准得被赫克托耳结果了性命。

宙斯再次激发起特洛伊将士的勇气，一直把希腊军队逼到战船边。赫克托耳在敌群中勇猛冲杀，势不可挡。看到这种情况，赫拉又怜悯希腊将士了，她说服雅典娜驰往救助。雅典娜同意了。她穿上铠甲，与赫拉一起乘车离开光明的奥林波斯山。宙斯在高高的伊得山上看见飞驰的女神，心中充满了愤怒，他派众神的使者伊里斯去阻挡两位女神，并扬言要对她们动怒。赫拉和雅典娜害怕宙斯发怒，满腹悲愁地返回奥林波斯山。不一会儿，宙斯也回到奥林波斯山。当宙斯问起两位女神为何悲伤，赫拉禁不住宙斯的威吓，只得照实回答：她们在为希腊人忧愁。宙斯告诉赫拉，在阿伽门农未与阿喀琉斯和解，未给予他丰厚赠礼以表示歉意以前，特洛伊人将一直节节取胜。

太阳下山了，黑夜笼罩大地。流血的战斗暂时终止。根据赫克托耳的提议，特洛伊军队不撤回特洛伊城，就在战场上就地宿营，而特洛伊城由少年和老头负责守卫。赫克托耳希望第二天能取得彻底胜利，把希腊军队驱逐出特洛伊。特洛伊人在战场上燃起不计其数的篝火，它们如同群星在茫茫暗夜中闪烁。

阿伽门农试图与阿喀琉斯和解

根据荷马史诗《伊利亚特》转述。

特洛伊军队连连获胜，这使阿伽门农愁肠百结，他派传令官去召集各部分军队的首领来商议对策。首领们到齐后，阿伽门农首先沮丧地开口发言，说现在不得不撤离特洛伊，返回希腊，因为这看来是宙斯的意愿。狄俄墨得斯愤怒反驳阿伽门农说，如果阿伽门农想撤，那他不妨独自一人离开特洛伊，而其他首领留下来继续战斗，直至攻破特洛伊城。涅斯托耳也建议不要撤离。这位长者还建议阿伽门农举办宴会，在宴会上讨论下一步的行动，同时派出部分军队保卫营寨的安全。

阿伽门农采纳了涅斯托耳的意见。他派七位首领率领七百名青年士兵警卫希腊军营。其他首领均聚在阿伽门农的营帐中饮宴。在宴会上涅斯托耳又建议阿伽门农与阿喀琉斯和解。阿伽门农听从了涅斯托耳，当着诸位首领宣布，他要送给阿喀琉斯大量的礼物，归还他布里塞伊斯，等凯旋回国之后再将一个女儿嫁给他，还要划出一批城市作为嫁妆。诸位首领一致赞同阿伽门农的决定，决计派大埃阿斯、俄底修斯、福尼克斯及传令官欧律巴忒斯和荷狄俄斯前往阿喀琉斯的营帐与其谈判。这几位英雄深得阿喀琉斯的喜爱。出发前，涅斯托耳面授机宜，给他们作了许多指点。

当阿伽门农的使者来到阿喀琉斯的营帐前的时候，阿喀琉斯正在弹奏竖琴，吟唱英雄颂歌。他的朋友帕特洛克罗斯也坐在他身旁。阿喀琉斯热情接待诸位英雄，并设下丰盛的宴会招待。酒足饭饱之后，俄底修斯开口向珀琉斯的儿子道明来意，劝他与阿伽门农和解。俄底修斯介绍了特洛伊军队在赫克托耳率领下向希腊军队步步进逼的战况，数列了阿伽门农为了与他和解而答应给予他的礼物。俄底修斯提醒阿喀琉斯不要忘记他父亲送他出征时对他的叮咛嘱咐，不要忘记父亲告诫他避免内讧。然而阿喀琉斯仍拒绝与迈锡尼国王阿伽门农和解，他无法忘却当初阿伽门农对他的侮辱。阿喀琉斯说，即使阿伽门农给他的礼物与埃及忒拜的全部财富一样多，他也决不与阿伽门农和解。阿喀琉斯倔强耿直，他甚至扬言要回佛提亚。深为希腊军队的命运担忧的福尼克斯仍在苦口婆心地劝说阿喀琉斯与阿伽门农和解。他恳请阿喀琉斯千万不要像墨勒阿革洛斯在库勒忒斯人与埃托利亚人大战时那样干。然而阿喀琉斯仍缄口不作应答。这时大埃阿斯扭头招呼俄底修斯和他一起立刻离开阿喀琉斯的营帐，回去将阿喀琉斯的答复通报全体首领。大埃阿斯用激将法这最后一招也未能奏效，阿喀琉斯依然毫不妥协，他只是说，如果赫克托耳烧毁希腊人的战船，攻到他的营帐和战船旁边，那时他就与赫克托耳对阵。

诸位英雄默默地走了，只有福尼克斯留在阿喀琉斯那里。大埃阿斯和俄底修斯回到阿伽门农的营帐，将阿喀琉斯的答复转告诸位首领。首领们听了都默不作声。最后狄俄墨得斯建议暂时别再去打扰阿喀琉斯，因为阿伽门农答应给他礼物，这无疑平添了他目空一切的傲慢气势。狄俄墨得斯提议美美吃上一顿，睡上一觉，恢复一下体力，以便第二天继续浴血奋战。

俄底修斯和狄俄墨得斯夜袭敌营。瑞索斯的神马

根据荷马史诗《伊利亚特》转述。

整个希腊军营已沉入酣梦，唯有阿伽门农不能成眠。他躺在床上左思右虑，辗转反侧，不时发出沉重的叹息。眼望着营寨四周特洛伊人熊熊燃烧的篝火，耳听着特洛伊军营中悠扬的笛声和不绝的欢声笑语，阿伽门农甚感惊讶。再看一眼希腊人的营寨，不禁心头揪紧，痛苦得直扯自己的头发。最后，阿特柔斯的儿子起身披上狮皮，拿起长枪，去找涅斯托耳。他打算与皮罗斯国王一起商量挽救希腊将士的办法。阿伽门农半路遇上墨涅拉俄斯。墨涅拉俄斯也不曾睡着，他也为那些为了他的事情而来特洛伊城下的希腊将士所面临的厄运而焦虑不安。弟兄二人决定召集首领会议。墨涅拉俄斯去召集诸位英雄，阿伽门农去找涅斯托耳。涅斯托耳听到阿伽门农朝他走来的脚步声，可是由于夜暗而未看清是阿伽门农，于是他大声呵喝，不许阿伽门农悄悄走近。阿伽门农立即

自报姓名，他走到涅斯托耳身边，向他叙述了心中的忧虑，请求他一起去参加会议。涅斯托耳立即起身，与阿伽门农一道去召集各位英雄。他俩叫来了俄底修斯，接着又去叫狄俄墨得斯。狄俄墨得斯头枕盾牌正在睡觉，身边的地上插着一杆长枪。他们四人召集齐各位英雄，又前去查哨，看到守夜的卫兵们坐在那里精神振作地凝视着夜暗，谛听着特洛伊军营里的动静。首领们越过壕沟，坐在寨墙外边的田野上。这时候涅斯托耳提议派几名将士潜入特洛伊的军营，探听他们下一步的行动：他们是继续向希腊人进攻呢，还是准备撤回特洛伊城内？狄俄墨得斯立即自告奋勇要去执行这一危险的任务，并提议再选一位英雄与他同行。许多英雄都要与狄俄墨得斯一起去。这时阿伽门农吩咐狄俄墨得斯自己挑选一位同伴。狄俄墨得斯选了雅典娜的宠儿俄底修斯。他深信，俄底修斯多谋善断、机智灵敏，他俩去，哪怕陷入火海也能安然脱险。狄俄墨得斯与俄底修斯赴会时未带兵器，诸位首领将自己的兵器给了他们，狄俄墨得斯和俄底修斯披挂停当了。

正当希腊人派出侦探前往特洛伊军营打听虚实的时候，特洛伊人也在商议派探子前来探听希腊军营的戒备情况。欧墨得斯的儿子、出名的善奔跑的多隆要求前去执行这项任务。他打定主意直接潜入到希腊人的战船边，窃听希腊军队首脑会议的内容。多隆拿上武器，披上狼皮便朝希腊人的营寨走去。多隆很快即被狄俄墨得斯和俄底修斯发现。狄俄墨得斯和俄底修斯卧倒在地，让过多隆，然后像两只追扑野兔或羚羊的猎狗朝多隆猛追。

“站住！”狄俄墨得斯冲着多隆大喝一声。“要不我就投出长枪，你就无法逃避死亡。”

狄俄墨得斯投出长枪，但是让长枪在多隆的肩头上飞过。多隆吓得面无人色，赶忙停下脚步。狄俄墨得斯和俄底修斯将他捆绑起来。多隆恳求饶命。两位英雄详细盘问多隆：为什么来希腊人的军营？谁派他来的？特洛伊人及其盟邦的军队在军营中是如何配置驻扎的？多隆期望两位英雄放他一条生路，于是将一切都对他们说了，还向他们指出了拥有神马和金盔甲的色雷西亚国王瑞索斯不久之前率领前来的色雷西亚军队的驻扎地点。然而，狄俄墨得斯和俄底修斯并未放过多隆。两位英雄剥下多隆的头盔和狼皮铠甲，夺走他的兵器。俄底修斯将多隆的武器摆好，准备在返回时带走，接着两位英雄便朝色雷西亚人的营地快步走去。

他俩悄悄摸到睡在营地中央、躺在神马旁边的瑞索斯国王身旁。狄俄墨得斯就像一头冲入羊群的雄狮，扑向熟睡之中的色雷西亚将士。他一人就砍杀了十二个色雷西亚勇士，还砍死了国王瑞索斯。俄底修斯解下瑞索斯的神马的缰绳，将它们牵出色雷西亚人的营地。狄俄墨得斯还想把载有金盔甲的战车赶回来，但女神雅典娜出现在他面前，对他说：

“你该考虑回希腊军营了，堤丢斯的儿子。是回去的时候了。否则，等某个与你为敌的神祇唤醒特洛伊人，你就不得不狼狈而逃。”

狄俄墨得斯听了女神的话，纵身跃上瑞索斯的一匹神马。俄底修斯跨上另一匹神马，两位英雄就急急驰回希腊人的军营。

阿波罗看见雅典娜帮助狄俄墨得斯和俄底修斯，于是他立即前往特洛伊人的军营，唤醒了瑞索斯的亲戚希波科翁。希波科翁翻身起床一看，神马不见了。他立即喊瑞索斯，可是无人答应。特洛伊人的军营里一片恐慌。闻声跑来的人们看到狄俄墨得斯和俄底修斯造成的惨象无不胆战心惊。而狄俄墨得斯和俄底修斯顺路捡起多隆的兵器，返回希腊军队首领聚首等待他们的地方。俄底修斯将他俩如何逮住多隆，狄俄墨得斯如何杀死色雷西亚国王瑞索斯及十二名著名英雄，他们又是如何获得瑞索斯的神马的经过叙述了一遍。诸位英雄将狄俄墨得斯和俄底修斯赞扬了一番。希腊所有将士得知他俩立下如此功绩，个个为之欢欣鼓舞。人们把瑞索斯的神马拴在狄俄墨得斯的营帐旁边，俄底修斯则将多隆的武器搬到自己的战船上。

希腊人在寨墙边的战斗

根据荷马史诗《伊利亚特》转述。

东方刚露出鱼肚白，宙斯便派司纷争的女神去希腊人的军营。女神登上俄底修斯的巨大战船，威严地高声大喊，在将士们心中煽起厮杀的渴望。国王阿伽门农身穿华丽的铠甲，晃动着手中沉重的长枪，也在高声鼓动英雄们投入战斗。希腊英雄们徒步开赴战场。特洛伊将士勇敢地迎战，赫克托耳身先士卒，战绩卓著。士兵们在战场上勇猛冲突，犹如一群群凶猛的豺狼。司纷争的女神望着腥风血雨的战场，心中痛快欢畅。其他神祇都已离开战场，回光明的奥林波斯山上的宫殿去，一路抱怨宙斯帮助特洛伊军队。而宙斯正喜气洋洋地观战。在这场战斗中，阿伽门农勇猛顽强，他用沉重的长枪刺死了许多特洛伊英雄，斩杀了普里阿摩斯的两个儿子——伊索斯和安提福斯。这弟兄俩战斗中同乘一辆战车。阿伽门农不久以前在希腊军营中见过他们俩，他曾被阿喀琉斯从伊得山麓抓到希腊军营。现在由于特洛伊人救援不力，普里阿摩斯这两个儿子均遭厄运了。阿伽门农还杀死了安提玛科斯的两个儿子。安提玛科斯的两个儿子哀求阿伽门农饶他们一条活命，然而没有成功。阿伽门农恨他们的父亲安提玛科斯，因为他受帕里斯贿赂，提议将出使特洛伊的墨涅拉俄斯处死。阿伽门农杀了他俩，又冲向战斗最激烈的地方。如同大火吞噬森林，树木在火海中纷纷倒下，特洛伊英雄接二连三被阿伽门农砍倒于地。战车在场上隆隆驰突，可是车上的英雄早被阿伽门农挑下车来，僵卧于尘土之中。特洛伊军队终于动摇了，逃跑了，但逃到斯开亚门前又稳住了阵脚。

宙斯看见特洛伊军队败退，当即吩咐女神伊里斯去找赫克托耳，告诉他，让他看见阿伽门农受伤时即投入战斗；再告诉他，宙斯将赋予他以巨大的力量，他可以将希腊军队一直逼到战船近旁。伊里斯立即执行宙斯的命令。赫克托耳跳下战车，鼓舞特洛伊人的士气。与此同时，阿伽门农仍在接二连三地砍杀特洛伊英雄。他又杀死了安忒诺耳的儿子伊菲达玛斯。安忒诺耳的长子科翁想为兄弟报仇，他用长枪刺伤了阿伽门农的肘部，可是阿伽门农挥剑砍下了他的头颅，安忒诺耳的长子倒在自己弟弟尸体的旁边。阿伽门农伤口剧痛难忍，无法继续战斗，只得退出战场。

赫克托耳发现阿伽门农乘车退走，立即大声鼓动本方将士，自己也投入战斗。赫克托耳接连杀死希腊许多英雄。希腊人又面临着死亡的厄运。这时俄底修斯唤来狄俄墨得斯增援，两位英雄有力地反击特洛伊军队的进攻。狄俄墨得斯看见赫克托耳渐渐逼近，便朝他投出长枪，长枪击中了赫克托耳的头盔。可是阿波罗不让长枪穿透头盔，这才使赫克托耳逃脱了本已不可避免的死亡。但是赫克托耳受了这猛烈的一击，禁不住倒在地上晕了过去。当狄俄墨得斯冲过人群去捡长枪的时候，赫克托耳醒了，他跳上战车，逃离死地。狄俄墨得斯大怒欲狂：这一次他又未能结果赫克托耳。狄俄墨得斯举起长枪刺死一名特洛伊英雄，当他俯身剥取死者铠甲的时候，恰巧被帕里斯看见，帕里斯放箭射伤了他。帕里斯心花怒放。狄俄墨得斯在俄底修斯的盾牌的掩护下拔出身上的箭，可是他已无法继续作战，只得撤离战场。

这时候特洛伊人将俄底修斯团团围住，就像猎犬围住走出森林的雄狮。雄狮被围，照例要咆哮显威。俄底修斯也这样站立着，用长枪反击向他进攻的特洛伊将士。特洛伊许多英雄都死在俄底修斯的手下。他刺死了索科斯的兄弟卡洛波斯。索科斯要为兄弟报仇，他投出长枪击中俄底修斯的盾牌，长枪击穿盾牌，扎伤了俄底修斯的肋骨。俄底修斯虽已负伤，但仍击退了索科斯。在索科斯逃跑时，他的长枪刺中索科斯的背部。俄底修斯刺死索科斯之后，这才拔出身上的长枪，热血从伤口中涌出。特洛伊人发现俄底修斯已经受伤，便都向他冲来。伊塔刻的国王大声求援，大埃阿斯匆匆赶来相助，他用如塔楼一样高大的盾牌护住俄底修斯。狄俄墨得斯乘机搀着俄底修斯冲出敌群，送他到战车上。这样俄底修斯也撤出战斗。大埃阿斯则投入战斗，他用长枪刺杀特洛伊将士多名。与此同时，帕里斯用箭射伤了希腊英雄玛卡翁的右肩。涅斯托耳根据伊多墨纽斯的请求将受伤的玛卡翁送回希腊军营。赫克托耳的驭手刻布里俄涅斯看见大埃阿斯在逼攻特洛伊军队，便将这情况报告赫克托耳。赫克托耳立即驰往增援。宙斯使大埃阿斯心生恐慌，大埃阿斯将巨大的盾牌甩在背上，开始慢慢撤退，就像被一群猎狗和勇敢的牧人驱赶的狮子，慢慢离开畜群。

大埃阿斯在慢慢撤退，他不时停下来，以盾牌作掩护，对攻到身边的特洛伊人作一番抵挡。英雄欧律皮罗斯看见正在退却的大埃阿斯，立即上前支援。可是他又被帕里斯的箭射伤，被迫撤离战场。幸亏一群希腊人前来救援，大埃阿斯才安然无恙地撤回营寨。

军营中，阿喀琉斯正站在战船的船尾观战。他看见涅斯托耳运回一位受伤的英雄，便叫来朋友帕特洛克罗斯，让他去找涅斯托耳打听，负伤的是不是玛卡翁。帕特洛克罗斯急急来到涅斯托耳的营帐，果然发现负伤的是玛卡翁，人们正在为他准备饮食。皮罗斯国王涅斯托耳看见帕特洛克罗斯，立即邀他一起吃喝，可是帕特洛克罗斯谢绝了，他急着回去向朋友阿喀琉斯报告。涅斯托耳将特洛伊人逼攻希腊人的情况、希腊英雄受伤的情况都告诉帕特洛克罗斯，并请他与阿喀琉斯一起出兵救援。他建议帕特洛克罗斯去向阿喀琉斯借盔甲，穿上他的盔甲，率领密耳弥多涅人投入战斗，这样，特洛伊人就可能把他当成阿喀琉斯，因而停止战斗，这时希腊军队则可以摆脱繁难的战斗，稍作歇息。帕特洛克罗斯接受涅斯托耳的建议，回去见阿喀琉斯，他下定决心要说服阿喀琉斯准许他参战。在回去的路上，帕特洛克罗斯遇见了腿上还留着箭、伤口在冒血的欧律皮罗斯。帕特洛克罗斯十分怜悯这位英雄。他将欧律皮罗斯搀扶到战船上，拔出他腿上的箭，又为他敷上草药。欧律皮罗斯将特洛伊军队进逼希腊军队的战况又对帕特洛克罗斯述说了一遍。

战斗仍在激烈进行。寨墙与壕沟已难以保护希腊将士。不过特洛伊军队还无法立即跃过壕沟，占领后边躲藏着希腊士兵的寨墙。赫克托耳企图乘着战车越过壕沟，可是战马不敢跨越，掉头向一侧跑去。这时候特洛伊军队根据英雄波吕达玛斯的建议，分为五个大队，由各自首领指挥发起冲击。特洛伊军队的首领将战车留在壕边，徒步投入战斗。只有英雄阿西俄斯没有下车。他想在追击败退的希腊人的过程中，率领所属大队顺势突入希腊军营，一举攻到战船旁边。可是他在寨墙旁边遭到波吕波厄忒斯和勒翁透斯这两位拉庇泰英雄的反击。两位英雄就像两棵粗壮的橡树，守卫在寨墙的大门口。这两位拉庇泰英雄英勇地反击来袭的敌人，这时寨墙上又飞出冰雹似的石块和飞蝗般的箭。拉庇泰人击退了阿西俄斯，消灭了特洛伊许多英雄。可是赫克托耳和波吕达玛斯率领的大队特洛伊将士又逼近寨门。这时候宙斯降下了重要预兆。特洛伊军队上空突然出现一只苍鹰，苍鹰爪子上抓着一条蛇。那蛇扭动着身子，朝鹰的胸脯咬了一口。苍鹰一声惨叫，将蛇扔到特洛伊军队的人群中，转眼飞得无影无踪。波吕达玛斯看见这个不吉利的征兆，便向赫克托耳建议，暂停战斗，不要急着去攻占希腊人的军营。但是赫克托耳不听他的建议，率领所属大队进抵寨墙跟前。

这时候宙斯刮起可怕的狂风，飞沙走石直扑希腊人的战船。尽管狂风大作，但希腊人仍然英勇地守卫着自己的营寨。特洛伊人开始捣毁寨墙上的雉堞，摇撼支撑堞楼的木桩，想把堞楼拆除。希腊将士立即用石块、箭矢和长枪迎击这些特洛伊人。两个埃阿斯都在鼓动希腊将士坚定地守住营寨。强健的萨耳珀冬用盾牌作掩护，手执两杆长枪，攻到营寨门前，同时还呼喊吕喀亚英雄格劳科斯来助战。墨涅斯透斯守卫着营门，他派人去叫两位埃阿斯来救援。大埃阿斯、他的兄弟透克洛斯及潘狄翁赶来支援墨涅斯透斯。大埃阿斯举起一块巨石猛地砸向已经爬上寨墙的英雄厄庇克罗斯。透克洛斯用箭射伤了格劳科斯。可是萨耳珀冬仍不后退。他成功地摧毁了一段寨墙，但大埃阿斯和透克洛斯合力将他击退。萨耳珀冬鼓励吕喀亚将士发动新的进攻，他们再次冲到墙跟前，但是希腊军队严密防守，未让吕喀亚军队攻占寨墙。虽然吕喀亚人未攻下寨墙，可是希腊人也未能将他们赶走。双方势均力敌，谁也不占上风。最后首先突入希腊军营的还是赫克托耳。他抓起一块两人合力用杠杆勉强方能撬动的巨石，砸向希腊军营的大门。如此巨大的石头砸着，无论大门还是门闩都承受不住，只听见轰隆一声巨响，营门被砸成碎片。赫克托耳怒目圆睁，冲进了军营，特洛伊军队紧随赫克托耳也攻入了希腊军营。希腊人的寨墙被攻破了。希腊将士纷纷逃窜，冲向战船。整个营寨内一片惊惶。

海船旁的战斗

根据荷马史诗《伊利亚特》转述。

海船旁的战斗开始了。现在宙斯不再袖手观战，因为他深信没有哪一位神祇敢再帮助希腊军队。海神波塞冬看到战况，立即离开他观战的色雷西亚的山顶，赶回自己的宫殿。群山被海神愤怒奔跑的脚步震得发抖。波塞冬回到宫中，立即将海马套上车，劈波斩浪驰往特洛伊。海马擦着浪尖飞驰，转眼便将海神送到特洛伊。波塞冬将海马和车子留在海岸边一个宽敞的山洞里，并用金链绊住海马的马脚。然后他变成卡尔卡斯，来到大小埃阿斯面前，鼓励他们继续战斗。波塞冬用权杖触了触他们俩，给他俩的四肢注入了巨大的力量。两个埃阿斯明白，是海神变成卡尔卡斯在与他们说话，于是他们俩又斗志昂扬地投入战斗。波塞冬从希腊将士身边走过，激励他们勇猛作战。一队队将士聚集在两个埃阿斯身边，他们的盾牌挨着盾牌，头盔挨着头盔，手中紧握长枪，等待特洛伊人来进攻。特洛伊人在赫克托耳的率领下又发起了进攻。

犹如山巅崩塌的巨石，势不可挡地滚向山谷，直到谷底才静止不动，赫克托耳手执长枪盾牌，一路势如破竹，直冲希腊人的阵地。他站在希腊人闭合的阵前，鼓励特洛伊将士突破希腊人的战阵。激烈的战斗开始了。战斗中希腊许多英雄阵亡，波塞冬的孙子安菲巴科斯也已丧命。波塞冬为此大怒。他鼓动克里特国王伊多墨纽斯为他的孙子复仇。伊多墨纽斯穿戴上金光闪闪的盔甲，如同宙斯的闪电，冲向战场。伊多墨纽斯遇上了墨里俄涅斯，后者的长枪刚刚被普里阿摩斯的儿子得伊福玻斯的盾牌碰折了，正回去取一支新枪。伊多墨纽斯给了他一支长枪，于是两位英雄一起奔赴希腊军队的左翼。

特洛伊人看见伊多墨纽斯过来，便朝他扑去。伊多墨纽斯猛烈冲向特洛伊人，将他们击溃。普里阿摩斯的儿子得伊福玻斯看到特洛伊人被伊多墨纽斯打退，立即请埃涅阿斯来救援。他们又召来帕里斯和阿革诺耳，一起向伊多墨纽斯进攻。惨烈的战斗围绕伊多墨纽斯展开，许多英雄赶来支援他。英雄们的铜胸甲由于兵器的猛烈撞击而响成一片。

赫克托耳正与保卫战船的两个埃阿斯厮杀。两个埃阿斯并肩顽强战斗，就像两头共轭的犍牛，齐心协力、步调一致地拉着犁杖深耕。在他俩四周有许多勇士在拼杀。而在他们后方的罗克里斯人则使用弓箭和投石器在向特洛伊军队反击。特洛伊军队眼看就要稳不住阵脚，英雄波吕达玛斯建议赫克托耳召唤最勇猛的英雄来助战，并一起商议是攻上战船，还是撤退。赫克托耳前去召唤英雄，可是许多英雄都找不到了，他们中一些人倒毙在希腊战船旁边，另一些人受伤之后离开了战场。唯有帕里斯仍在抗击希腊人的进攻。赫克托耳开口谴责帕里斯，但是他的谴责是不公正的，因为帕里斯作战非常勇敢，许多英雄负伤，阵亡的比负伤的更多，这并非他的过错。帕里斯请赫克托耳率领特洛伊人继续战斗。他们如同狂风一样投入战斗，可是希腊人在他们的进攻面前毫不怯懦。忒拉蒙的儿子埃阿斯看见赫克托耳，便挑衅地叫他再走近希腊将士的队伍。正在这时候，大埃阿斯头上出现了一只苍鹰，希腊人看到这一吉兆，高兴得大声欢呼。然而赫克托耳率领的特洛伊军队仍呐喊着向希腊人步步进逼。希腊人也高喊着回击特洛伊人，双方喊声直冲云霄，震动天宇。

涅斯托耳正与玛卡翁一起坐在营帐里，他听见呐喊，便拿起盾牌和长枪出了营帐。他要去见阿伽门农。他遇上了拄着长枪行走的、受伤的阿伽门农、狄俄墨得斯和俄底修斯三人。他们正要去观察战场。他们看见战斗已推进到战船近旁，心中都很焦虑不安。看到他们原先筑成的保卫自己、抵御特洛伊人进攻用的寨墙已被摧毁，首领们无不感到哀伤。他们不知道该如何帮助自己的军队，如何使他们摆脱灭亡的厄运。阿伽门农已准备下令将战船推下水，但被俄底修斯劝阻了，俄底修斯担心，如果将战船推下水，那么希腊士兵更多地想到的是逃跑，而不是战斗。狄俄墨得斯提议，大家穿上铠甲到军队中去，以此提高士气，当然不要直接参加战斗，免得再次受伤。

这时候女神赫拉看到希腊人连连受挫，决定施计相助。她决计让宙斯沉入梦乡，在他睡着的时候，设法让希腊人获胜。

赫拉离开奥林波斯山，急急飞往楞诺斯岛，在那里找到了睡眠之神许普诺斯。赫拉久久地劝说许普诺斯将雷神宙斯催眠，可是遭到拒绝，因为他害怕宙斯发怒。最后赫拉还是说服了睡眠之神。赫拉和许普诺斯一起飞速来到伊得山顶。许普诺斯变成一只歌喉悦耳动听的小鸟，避开宙斯的目光，悄悄躲在一棵大树上，使计让宙斯进入沉沉的酣睡状态。然后他离开高高的伊得山，飞去找大地的震撼者波塞冬，告诉他宙斯正在睡觉。

波塞冬听了十分高兴，更使劲地鼓动希腊人投入战斗。阿伽门农、狄俄墨得斯和俄底修斯忘却了伤痛，亲自为希腊军队编排战阵。在海神波塞冬亲自率领下，希腊军队又迎头反击特洛伊军队。大海沸腾了，浪涛喧嚣着涌到希腊人的战船旁和帐篷边，希腊军队就像滚滚的波涛向特洛伊军队发起了进攻。惊心动魄的战斗再度展开。赫克托耳向大埃阿斯投出长枪，可是并未扎伤他。而大埃阿斯投出的巨石却击中了赫克托耳的胸部，赫克托耳就像一棵被宙斯的闪电击中的橡树，轰然倒在地上，手中的长枪掉了，巨大的盾牌压在他的身上。希腊将士立即蜂拥而上，但特洛伊英雄们护住了赫克托耳，将他抬离战场。他们将昏迷的赫克托耳放在克珊托斯河岸边，并往他的脸上洒些水。赫克托耳深深地吸了一口气，睁开了双眼，微微欠起身子，口中吐出鲜血。赫克托耳一仰头又昏了过去。希腊将士看见大埃阿斯用巨石砸死了赫克托耳，于是更同心协力向特洛伊人扑去。战斗进入白热化状态。双方军队许多英雄都在这个回合的作战中阵亡了。特洛伊军队开始败退，直退到希腊军营的寨墙外才稳住阵脚。

这时候伊得山顶上的宙斯睡醒了。他看见特洛伊人在败退，看见希腊人在波塞冬的率领下发起追击，心中十分恼怒。他严厉责备赫拉，扬言要用金链拴住她，将她悬在天地之间，因为她唆使波塞冬帮助希腊人。但是赫拉指着天地和斯堤克斯河发誓，波塞冬并非受她鼓动而去帮助希腊人。

赫拉疾速飞回奥林波斯山，她在宴会上亲自奉劝诸神不要违抗宙斯的意志。她又告诉战神阿瑞斯，他的儿子阿斯卡拉福斯已被得伊福玻斯所杀。阿瑞斯顿时失声痛哭，他怒容满面地跳起来，穿上铠甲，准备立即奔赴战场去报杀子之仇。可是雅典娜将他阻住，提醒他不要违背伟大的宙斯的意志。这时赫拉将阿波罗及诸神的使者伊里斯叫到跟前，告诉他们宙斯命令他俩去伊得山顶见他。

阿波罗和伊里斯来到伊得山，宙斯即命令伊里斯去告诉波塞冬，说宙斯命令他离开战场。一眨眼，伊里斯就来到波塞冬面前，向他传达了宙斯的命令。波塞冬不肯服从兄弟的意志，说他与宙斯平起平坐，说宙斯只能对自己的儿子女儿发号施令，而不能对他下命令。但是最后波塞冬还是服从了，离开了战场，不过他威胁说，如果宙斯往后继续怜惜特洛伊，那么他将永远与宙斯为敌。

宙斯又吩咐阿波罗拿上他的神盾去威吓希腊人，并让赫克托耳重新恢复体力。当阿波罗像鹞鹰似的落在赫克托耳身旁的地上，赫克托耳已经开始苏醒。

“赫克托耳，快起来！”阿波罗说。“我是阿波罗，宙斯派我来帮助你。快回军队去，率军向希腊人进攻，我将亲自战斗在特洛伊人的最前列。”

阿波罗向赫克托耳胸中输入了强大的力量。赫克托耳站起身，走向特洛伊人的队伍。特洛伊将士看到赫克托耳安然无恙，无不欢欣鼓舞。希腊人发现赫克托耳又在敌方队伍中出现，一个个大惊失色。特洛伊人稳住了阵脚，整顿好队伍，又开始向希腊人进逼。浴血的战斗越来越残酷。希腊将士英勇地反击特洛伊人的进攻，直到阿波罗挥动起宙斯的神盾。看见阿波罗挥起神盾，希腊人心中立即充满惧怕，他们再无勇气，纷纷逃跑了。特洛伊人乘机追击，而阿波罗填平了寨墙外相当于投射长枪那么远的一段壕沟，为特洛伊人铺平了道路。希腊人一直退到战船边才停下来祈求众神救护。年老的涅斯托耳向宙斯哀告道：

“宙斯啊，你该记起希腊人曾经向你敬献祭品，祈求你让他们幸运地返回故乡。奥林波斯众神啊，免除希腊人死亡吧！别让特洛伊人取得最终的胜利！”

宙斯听到涅斯托耳的祈求，便从天顶投下雷霆。特洛伊人将这雷霆当作吉兆，于是就像高过战船的惊涛骇浪一样冲向希腊人。战船边的战斗激烈地展开了。大埃阿斯顽强抵抗，保卫着战船。他的兄弟透克洛斯与他并肩作战，举着弓箭射向特洛伊英雄。透克洛斯正要用箭射杀赫克托耳，可是宙斯保护了普里阿摩斯的儿子。透克洛斯的弓从手里掉落下来，弓弦绷断了，箭矢散落地上。他心生恐惧，知道这是诸神的意志。大埃阿斯建议兄弟抛弃弓箭，改用长枪作战。

战斗愈来愈激烈。战船四周已经是血流成河。希腊人用盾牌筑成一道铜墙，用以保护自己的战船。希腊英雄们勇猛战斗，取得了很大的战绩，可是特洛伊人的进攻势头却有增无减。看起来这似乎不是一场旷日持久的战争，倒像是对阵两军的首次交锋。大埃阿斯手执一根粗大的竿子从这条船跃到那条船上，来回抗击特洛伊人。他大声吼叫着鼓励希腊英雄冲锋陷阵。赫克托耳就像一只追扑候鸟的鹞鹰，勇猛地追杀希腊将士。赫克托耳一手攀住普洛忒西拉俄斯的战船的船尾，大声呼喊特洛伊人，让他们递给他火把，他要点火焚烧这艘战船。现在就连最强健的大埃阿斯也阻挡不住特洛伊人的进攻，十分勉强地用长枪反击敌人。特洛伊人纷纷朝他放箭。大埃阿斯举着盾牌的左手累得发麻了。他呼哧呼哧地喘着粗气，全身的汗水像溪流一样淌下来。他开始后退了。赫克托耳冲上前来，挥起利剑，斩断了大埃阿斯手中长枪的枪尖。大埃阿斯明白，烧毁希腊人的战船，这是宙斯的意志。的确如此，特洛伊人点燃了普洛忒西拉俄斯的战船，战船着火了，大火吞噬了整艘战船。看起来，希腊人全军覆没的命运就要来临，就在这千钧一发的生死关头，希腊军队得到了不曾企求的援救。

帕特洛克罗斯的功绩及死亡

根据荷马史诗《伊利亚特》转述。

当特洛伊军队攻入希腊军营的时候，帕特洛克罗斯正坐在受伤的欧律皮罗斯身边，他见状惊惧得一跃而起，高喊着匆匆跑到阿喀琉斯的营帐里。他眼中流淌着悲苦的泪水，走到阿喀琉斯面前。阿喀琉斯问他：

“帕特洛克罗斯，你为什么像跟着母亲要母亲抱的小女孩一样哭泣呀？你听到佛提亚有什么坏消息吗？或许你在为死在战船旁的希腊人痛哭？快把你痛苦的原因告诉我，丝毫别隐瞒。”

“珀琉斯的儿子啊，”帕特洛克罗斯回答道，“希腊人蒙受了巨大的灾难！最英勇的希腊英雄都受伤了。难道你就不能帮帮希腊人？如果你不愿去救助，那么就让我率领你属下的密耳弥多涅人去援救吧。把你的盔甲借给我。特洛伊人也许会把我误认为你而因此停止战斗。使用这股新生力量我们定可将特洛伊人驱离战船边。”

帕特洛克罗斯就这样向阿喀琉斯恳求，他不知道自己这是在自找死亡。

阿喀琉斯看到希腊人陷入困境。他听见战场上只有赫克托耳一人的声音。这意味着除他之外希腊军队中再无伟大的英雄在战场上驰骋。阿喀琉斯不希望希腊军队覆没。他答应把自己的武器借给帕特洛克罗斯，并说定，一旦他自己的战船受到威胁，帕特洛克罗斯方可投入战斗，那时帕特洛克罗斯可以出兵反击特洛伊军队，不让他们焚烧战船。但是阿喀琉斯不准帕特洛克罗斯率领密耳弥多涅人去特洛伊城下，他担心自己的挚友会阵亡。

两位朋友正说着，突然阿喀琉斯发现自己的一艘战船被赫克托耳点燃。他怒吼道：

“帕特洛克罗斯，快！我看见战船中间冒起了烈焰。你快武装起来！我要亲自集合起密耳弥多涅人去作战！”

帕特洛克罗斯匆匆穿上阿喀琉斯的铠甲，只是未拿阿喀琉斯的长枪，因为这支长枪特别沉重，只有阿喀琉斯一人能用。阿喀琉斯的驭手奥托墨冬在为阿喀琉斯套车。阿喀琉斯整好了队。密耳弥多涅人全都渴望着投入战斗，就像凶残的豺狼，随时准备扑向小鹿。阿喀琉斯鼓励属下将士英勇战斗，多立战功，让阿伽门农知道当初他侮辱希腊最伟大的英雄是多么无知轻率。密耳弥多涅人高声呐喊着扑向敌人，军营里到处响起惊天动地的喊声。特洛伊人看见穿着阿喀琉斯的铠甲的帕特洛克罗斯，以为是阿喀琉斯不计阿伽门农旧恶，赶来援救希腊军队。现在特洛伊人个个都想逃跑了。帕特洛克罗斯冲到战斗最激烈的地段，举起长枪，向正在普洛忒西拉俄斯战船附近作战的特洛伊人刺去。特洛伊人吓得连连后撤。

但是特洛伊人并未立即撤离希腊营寨，他们只是从战船边撤离。希腊人追击特洛伊人，许多特洛伊英雄在此时丧生。特洛伊军队无法再在希腊营寨内坚持。希腊英雄一个个都像凶残的豺狼，扑向特洛伊将士。

特洛伊人越过壕沟，冲向野外，此时又有许多人丧命。大埃阿斯一心要杀赫克托耳。赫克托耳虽然知道眼看到手的胜利又要丧失，但仍不撤退，他竭力阻挡追击特洛伊军队的希腊人。最后他力不从心，只得退却，战马飞奔，战车载着他飞跃壕沟，回到野外。

帕特洛克罗斯鼓动希腊将士追击逃敌，自己也策马冲向壕沟。神马拉着战车跃过壕沟，又在原野上奔驰起来。帕特洛克罗斯在寻找赫克托耳，可是后者早已乘车逃脱了。特洛伊军队在原野上急急逃窜，扬起了滚滚尘土，他们逃向特洛伊城内。然而帕特洛克罗斯还是截住了部分败兵，将他们赶回到战船旁边，并用长枪刺死了其中许多人。萨耳珀冬看到如此众多的英雄惨遭帕特洛克罗斯的毒手，于是号召所属的吕喀亚人停下来，稳住阵脚。他要与帕特洛克罗斯厮杀。萨耳珀冬跳下战车，等待帕特洛克罗斯。帕特洛克罗斯也跳下战车。两个英雄互相扑向对方，仿佛是在高高的山岩顶上嘶叫着争夺猎物的两只鸢。宙斯看见了这场决斗，他不由得怜悯他的儿子萨耳珀冬，想挽救他的生命。女神赫拉听见宙斯的怨言，奉劝他不要去救儿子。她告诉宙斯，许多神祇的儿子都在特洛伊城下作战，而且许多人已经阵亡。如果宙斯前去拯救自己的儿子，那么其他神祇也要去救自己的儿子。如果萨耳珀冬命中注定要死亡，那么他宙斯只得听凭萨耳珀冬惨遭帕特洛克罗斯杀害。宙斯听了赫拉的劝告，他向特洛伊田野洒下一片染血的露水，以此悲悼必定死在帕特洛克罗斯手下的儿子。

帕特洛克罗斯首先投出长枪，扎死了萨耳珀冬的忠实仆人。萨耳珀冬也急忙投出长枪，可是并未击中帕特洛克罗斯，却将帕特洛克罗斯的战车的一匹辕马射杀了。两个英雄再次举枪投掷，可是萨耳珀冬又投偏了，而帕特洛克罗斯的长枪却正中萨耳珀冬的胸部。吕喀亚国王萨耳珀冬就像一棵被樵夫齐根伐倒的橡树，訇然倒地。萨耳珀冬大声呼唤朋友格劳科斯：

“我的朋友格劳科斯，你要号召吕喀亚将士为自己的国王萨耳珀冬英勇战斗，你自己也要为我作战。如果我身上的盔甲被希腊人剥取，那么这将是你永远无法洗刷的耻辱。”

萨耳珀冬胸中发出一声垂死的呻吟，死神塔那托斯便合上了他的双眼。格劳科斯听到朋友的呼唤，悲痛欲绝。他心如刀绞，因为他自己也受伤了，无法去帮助朋友。他呼唤神祇，求神祇医治他的创伤。阿波罗听见格劳科斯的恳求，便来治愈他的创伤。格劳科斯召集吕喀亚人及特洛伊的英雄埃涅阿斯、阿革诺耳、波吕达玛斯和赫克托耳，去抢夺萨耳珀冬的尸体。诸位英雄匆匆聚到一起来帮助格劳科斯。帕特洛克罗斯也召请希腊英雄来支援。最先赶来的是两个埃阿斯。围绕萨耳珀冬的尸体展开了激烈的争夺战。宙斯在儿子尸体上空布下了一片黑暗，使这场战争变得更加惨烈。

短兵相接，刀枪叮当作响，仿佛许许多多的樵夫在山上的森林中砍伐树木。萨耳珀冬的尸体卧在地上，盖满了灰尘和血污，插满了箭矢。宙斯目不转睛地望着战场，他在考虑：是让帕特洛克罗斯死在儿子尸体旁边，还是让他再建立一些伟大的功绩，把特洛伊人逐到城墙脚下。宙斯决定再延长帕特洛克罗斯的生命，于是他先唤起赫克托耳心中的恐惧。赫克托耳首先逃跑，其他将士也就跟着他逃跑。希腊人剥下了萨耳珀冬身上的盔甲，帕特洛克罗斯吩咐将盔甲送回战船。这时候宙斯叫来阿波罗，吩咐他抱回萨耳珀冬的尸体，洗去灰尘和血污，涂上香膏，再穿上华丽的衣裳。然后由睡神和死神两兄弟将萨耳珀冬的尸体送回吕喀亚，以便死者的兄弟和朋友将他隆重地安葬。阿波罗执行了宙斯的命令。

这时候帕特洛克罗斯已将特洛伊人驱赶到城墙脚下，可他这是在迎着死亡飞奔。他又杀死了特洛伊的许多英雄。要不是阿波罗在执行宙斯命令之后登上特洛伊城的高高的城楼，帕特洛克罗斯准能攻破特洛伊城。帕特洛克罗斯三次攀登特洛伊城墙，三次都被阿波罗击退。在他第四次冲向城墙的时候，阿波罗冲他威严地喊道：

“勇敢的帕特洛克罗斯，快撤离城墙！摧毁伟大的特洛伊的注定不是你，而是阿喀琉斯！”

帕特洛克罗斯后撤了，他不敢惹怒远射之神阿波罗。

赫克托耳一直撤到斯开亚城门才勒住战马。他犹豫不决，他应该向帕特洛克罗斯进攻呢，还是应该下令部下进城坚守。这时候阿波罗变成赫卡柏的兄弟来到赫克托耳面前，建议他在开阔地上向帕特洛克罗斯进攻。赫克托耳采纳了这个建议，当即吩咐驭手刻布里俄涅斯拨转马头回去。帕特洛克罗斯看见赫克托耳乘车驰来，便跳到地上，右手抓起一块巨石，左手握着长枪，等待赫克托耳驰近。等赫克托耳来到跟前，帕特洛克罗斯投出巨石，砸中了驭手刻布里俄涅斯的脑袋。刻布里俄涅斯就像纵身跃入海中的潜水员，立即从车上栽了下来。帕特洛克罗斯嘲讽道：

“刻布里俄涅斯这一下扎得真利索！要是从船上扎入海中，他准能捞到很多牡蛎。我总算开了眼界，特洛伊真有潜水高手！”

帕特洛克罗斯高声说毕就冲向刻布里俄涅斯的尸体。赫克托耳跳下战车，与帕特洛克罗斯交战，争夺驭手的尸体。于是在刻布里俄涅斯尸体旁边展开了一场血腥的厮杀。希腊人和特洛伊人的厮杀就像东风欧洛斯与南风诺托斯在峡谷的林中拼斗；两风相斗时，大树弯腰拱背，沙沙作响，树枝互相抽打，到处是橡树、松树、云杉折断的声音。两军激战了很久，太阳已经西斜。帕特洛克罗斯发起三次冲击，每次都刺死九名特洛伊英雄，当他发起第四次冲击的时候，隐藏在黑暗中的阿波罗出来与他作对了。阿波罗站在帕特洛克罗斯身后，朝他的背和双肩猛击数掌。帕特洛克罗斯顿时两眼昏黑。接着，阿波罗又击落他头上的头盔，这头盔曾经在伟大的珀琉斯头上闪闪放光，现在却在地上滚动。帕特洛克罗斯手中的长枪折断了，沉重的盾牌也掉在地上。这时阿波罗解开帕特洛克罗斯的铠甲，丧失了力量和武器的帕特洛克罗斯就这样直挺挺地站在特洛伊人面前。对于手无寸铁的帕特洛克罗斯，特洛伊英雄欧福耳玻斯也不敢正面进攻，他从背后用枪刺中帕特洛克罗斯的脊背，便立即躲进特洛伊人群。帕特洛克罗斯为了避免杀身之祸，渐渐退往希腊人的队伍。赫克托耳看到帕特洛克罗斯已经受伤，赶上去又给了他致命的一枪。就像一头狮子将争饮溪水的野猪扑倒在小山溪边一样，赫克托耳就这样杀死了帕特洛克罗斯。普里阿摩斯的儿子赫克托耳欣喜若狂，他杀死了阿喀琉斯的朋友帕特洛克罗斯——一位可能摧毁坚固的特洛伊城的英雄。帕特洛克罗斯倒在地上，临死，他对赫克托耳说：

“赫克托耳，现在你可以为胜利而自豪了。借助宙斯和阿波罗的力量你获得了胜利。是神祇战胜了我，他们先剥下了我的铠甲。众神要胜我易如反掌。可像你这样的人就是来二十个，我照样可以用长枪将他们统统刺死。阿波罗和欧福耳玻斯先加害于我，你不过是在他们之后击中了我。你得记住我的话：你活不了多久，死神已经来到你身边。命运注定你会死在阿喀琉斯手中。”

说罢，帕特洛克罗斯就咽气了。他的灵魂静悄悄地飞往哈得斯的冥国，心中却在抱怨不该这样早就与年轻力壮的躯体分离。

赫克托耳对着已经死亡的帕特洛克罗斯大声喊道：

“帕特洛克罗斯，你何必要预言我的死期呢？说不定阿喀琉斯被我的长枪刺中而先丧生呢。”

赫克托耳从帕特洛克罗斯身上拔出自己的长枪，接着又扑向奥托墨冬，他想夺取阿喀琉斯的神马。

争夺帕特洛克罗斯尸体的战斗

根据荷马史诗《伊利亚特》转述。

墨涅拉俄斯看到躺在尘土中的帕特洛克罗斯的尸体，立即冲了过去，他绝不容许特洛伊人污辱为他拼杀的英雄的遗体。墨涅拉俄斯像一头威猛的雄狮，一手执盾，一手晃动着沉重的长枪，在帕特洛克罗斯身边来回走动。

曾经用长枪刺中帕特洛克罗斯脊背的欧福耳玻斯想抢夺帕特洛克罗斯的尸体。他怀着一定要夺回尸体和为兄弟之死向斯巴达国王墨涅拉俄斯复仇的强烈欲望，冲向墨涅拉俄斯。

他的长枪击中了墨涅拉俄斯的盾牌，但未能将盾牌击穿，而墨涅拉俄斯的长枪猛地刺中了欧福耳玻斯的喉咙。年轻的欧福耳玻斯咕咚一声栽倒在地。墨涅拉俄斯剥下欧福耳玻斯身上贵重的铠甲，可是阿波罗又鼓动赫克托耳向墨涅拉俄斯进攻。赫克托耳扑向墨涅拉俄斯。后者不愿撇下帕特洛克罗斯的尸体退走，他知道这样做会招来所有希腊将士的谴责，不过他又担心被特洛伊人包围。墨涅拉俄斯决定召大埃阿斯来支援。他在特洛伊人的进逼下慢慢撤退，一边呼喊大埃阿斯。赫克托耳已经抓起帕特洛克罗斯的尸体，剥取他身上的阿喀琉斯的铠甲，这时大埃阿斯正巧赶到。赫克托耳只得撇下尸体撤离。格劳科斯看见这种情形，便责备普里阿摩斯的这个儿子畏缩怯懦，惧怕希腊英雄。格劳科斯的谴责迫使赫克托耳回首再次投入战斗。赫克托耳召回奉命前往特洛伊城送帕特洛克罗斯的铠甲的手下兵丁，然后自己穿上这副铠甲。宙斯眼见赫克托耳穿着阿喀琉斯的铠甲，心想："不幸的人啊，死到临头你还不知不觉。你穿上了令万人害怕的英雄的铠甲。现在我要为你的妻子安德洛玛刻永远不能从你手中接过阿喀琉斯的铠甲再赏给你一次胜利。"宙斯拿定主意之后，为了表示要想到做到，又威严地皱起了眉头。

赫克托耳这时浑身充满不可抑制的力量和勇气。他急步走到队前，鼓动英雄们英勇战斗。墨涅拉俄斯这时也高声呼喊本方英雄来保护帕特洛克罗斯的遗体。最先赶到的是俄琉斯的儿子小埃阿斯，接着来到的有伊多墨纽斯、墨里俄涅斯和其他英雄。诸位英雄用盾牌围成一圈，守护着帕特洛克罗斯的尸体，然而特洛伊将士把他们击败了，帕特洛克罗斯的尸体再次被特洛伊人夺得。强壮有力的大埃阿斯赶来驱散了特洛伊军队，夺回了尸体，并刺死抓住两脚在拖尸体的特洛伊英雄。争夺帕特洛克罗斯尸体的战斗又趋激烈，特洛伊人再次乱了阵脚。这时阿波罗又激励埃涅阿斯投入战斗，埃涅阿斯喝住了正在败退的特洛伊军队。战斗更加惨烈，血流遍地，尸体狼藉。战斗如同毁灭一切的烈火一样猛烈。宙斯又将黑暗撒布在帕特洛克罗斯尸体的四周。周围一片漆黑，天空似乎已无日月。其实也只有帕特洛克罗斯尸体周围是黑魆魆的，战场上其他地方依然是阳光普照，不见一丝云彩。争夺帕特洛克罗斯尸体的战斗在黑暗中进行着。

阿喀琉斯的神马在远离战斗的地方为主人的好友之死流下悲痛的眼泪。无论驭手奥托墨冬怎样吆喝驱赶，它们只是低垂着头，站在原地一动不动。它们的鬃毛一直垂到地面。宙斯看到神马这副悲痛的情状，不由得想："不幸的神马啊，我们为何要把你们赠给珀琉斯呢？难道是要让你们像人类一样痛苦吗？整个宇宙之中最为不幸的生灵也就是人类。不过你们不必忧愁，你们永远不会落入赫克托耳手中。我赋予你们力量，你们就拉着奥托墨冬离开战场。我再给特洛伊人一次胜利，只在今天太阳下山之前。"

宙斯给神马输入了巨大的力量，于是它们拉着奥托墨冬驰离了战场。阿喀琉斯的驭手举起沉重的长枪，刺死了阿瑞托斯。他剥下了阿瑞托斯的铠甲，心中感到欣慰，也算为帕特洛克罗斯之死报了些许仇。

围绕帕特洛克罗斯尸体的战斗仍在激烈进行。女神雅典娜变成英雄福尼克斯，驾着血红色的云彩来到正在激战的希腊英雄身边，为英雄们鼓劲。墨涅拉俄斯对福尼克斯(他未认出是雅典娜)说，让雅典娜赶在其他神祇之前先来援助。变作福尼克斯的女神听了很高兴，即向墨涅拉俄斯身上注入不可战胜的力量。而阿波罗则在为特洛伊人鼓劲。血腥的厮杀变得愈来愈残酷了。宙斯抖了抖神盾，响起一声惊雷。希腊诸位英雄心中顿生恐惧。大埃阿斯看到希腊军队败退，心中感到忧愁。他向宙斯恳求，恳求宙斯驱散黑暗，恳求他不要加害于希腊人，即使他宙斯要毁灭希腊军队，那么也要让他们在光天化日之下死去。宙斯听到大埃阿斯的央求，驱散了黑暗，太阳再度当空照耀。大埃阿斯请墨涅拉俄斯快去寻找涅斯托耳的儿子安提罗科斯，打发他去告诉阿喀琉斯，说帕特洛克罗斯已经阵亡，尸体有可能被特洛伊人抢去。墨涅拉俄斯同意大埃阿斯的要求，找到了安提罗科斯，将帕特洛克罗斯的死讯告诉他。安提罗科斯听了之后无比惊恐，在此之前他还不知道帕特洛克罗斯已经阵亡。涅斯托耳这个年轻的儿子流洒着悲痛的眼泪，急急去找阿喀琉斯。与此同时，帕特洛克罗斯尸体旁边的战斗越来越激烈。大埃阿斯建议墨涅拉俄斯和墨里俄涅斯把帕特洛克罗斯的尸体抬回营寨，而他自己则断后掩护。特洛伊人一看到两位英雄抬起帕特洛克罗斯的尸体，立即就像一群疯狗朝他们扑了上来。可是当大埃阿斯转身对着他们，这些特洛伊人立即吓得面无人色，裹足不前。战斗就像毁灭城市、毁灭周围一切的大火一样猛烈地持续着。墨涅拉俄斯抱着帕特洛克罗斯的尸体缓慢地走着。大埃阿斯费力地抵挡着埃涅阿斯和赫克托耳率领的特洛伊军队的进攻。

这时候阿喀琉斯正坐在营帐边，为帕特洛克罗斯久久不归而忧虑。希腊将士再度败退使他十分不安。他已怀疑帕特洛克罗斯是不是阵亡了。突然涅斯托耳的儿子泪流满面地朝他跑来。他给阿喀琉斯带来了帕特洛克罗斯阵亡的噩耗。阿喀琉斯顿时感到难以形容的哀痛。他双手捧起灶坑中的灰烬，撒在自己头上。灰烬落满了他全身的衣服。阿喀琉斯倒在地上，痛苦地揪扯着头发。年轻的安提罗科斯也在哭泣。他抓住阿喀琉斯的一只手，防备他因极度悲痛而自杀。阿喀琉斯高声号啕着。神女忒提斯听见他的哭声，不禁跟着号哭。她的所有姐妹——海中神女们匆匆赶到她身边，也都一起恸哭。

“姐妹们，”忒提斯高声说道，“我多么痛苦啊！我为什么要生下阿喀琉斯呢？我为什么要将他抚养成人？为什么要放他去特洛伊城下呢？我永远也不可能看到他回珀琉斯的明亮的王宫了。短短的一生他都在遭受折磨，而我却爱莫能助！我现在就去打听，他到底在为什么悲伤！”

忒提斯带着众姐妹匆匆来到号啕大哭的阿喀琉斯面前。她哭着搂住心爱的儿子的头，问道：

“你为什么如此高声痛哭？快把缘由细细告诉我。宙斯满足了你的要求，已将希腊军队赶到战船旁边。现在希腊将士希望的只是你能助他们一臂之力。”

“亲爱的母亲，这些我都已知道，”阿喀琉斯说，“可这又有什么可高兴的！我失却了帕特洛克罗斯。我爱他胜过爱任何人，我珍惜他就像珍惜我自己的生命。赫克托耳打死他，还抢去了他穿的众神赠给珀琉斯的铠甲。如果我不能用我的长枪刺死赫克托耳，如果赫克托耳不为帕特洛克罗斯之死付出生命的代价，我就不愿再活在人间。”

“可是这样，你会跟着帕特洛克罗斯丧命！”忒提斯惊喊道。

“既然我不能拯救朋友，那现在就应该让我去死！帕特洛克罗斯临死肯定呼喊过我。让仇恨消亡吧，它会使明智的人变得疯狂。我要忘却对阿伽门农的愤恨，再上战场，杀掉赫克托耳。我不惧怕死亡！谁都避免不了死亡，就连伟大的赫拉克勒斯都未能逃脱死亡，尽管他深受父亲宙斯宠爱。我准备在命运注定我丧生之处死去，但我在死之前必须获得伟大的光荣。母亲，你别再阻拦我！你无论如何阻拦不住我！”

阿喀琉斯就这样回答母亲。神女忒提斯只求儿子一件事：在她未从赫菲斯托斯那里为他取回新铠甲之前，不要去参加战斗。

不一会儿，海中神女们都没入海中。忒提斯让她们回去把特洛伊城下发生的事情禀告父亲涅柔斯。忒提斯自己则登上巍峨的奥林波斯山，去找赫菲斯托斯。

这时候希腊英雄们仍在奋力抵抗特洛伊人的进攻。赫克托耳如同一股烈火追击着希腊人，他接连三次企图抢夺墨涅拉俄斯手中的尸体，可是每次都被两个埃阿斯击退。要不是赫拉派出的众神的女使者伊里斯赶来向阿喀琉斯报信，帕特洛克罗斯的尸体准会被赫克托耳抢去。伊里斯鼓动阿喀琉斯去保护朋友的尸体。可是阿喀琉斯无法投入战斗，因为他没有铠甲。这时候伊里斯吩咐阿喀琉斯就这样不穿铠甲、赤手空拳登上希腊军营的寨墙，借此威吓住进攻的特洛伊人。

阿喀琉斯走向寨墙。雅典娜将神盾置于他的肩上，又用金色的云彩和奇异的金光罩在他的头上，阿喀琉斯头上映出的金光直射天空。阿喀琉斯登上寨墙，威严地一声怒吼，雅典娜和着他的吼声也是一声高喊。特洛伊军队一片惊惶。吼声吓得战马掉头就跑。驭手们看到阿喀琉斯头上的金光，一个个惊惧不已。阿喀琉斯威严地连喊三次，每次都使特洛伊全军陷入极度慌乱。慌乱之中又有十二名特洛伊英雄丧生。其中有几个是撞在枪尖上，另外几个被马蹄踩死。希腊人抬起帕特洛克罗斯的尸体，放在担架上，高声哭喊着，抬着担架走向阿喀琉斯的帐篷。阿喀琉斯跟在人群后边，望着他曾亲自派去参加浴血战斗的朋友，高声地大哭。

女神赫拉命令太阳神赫里阿斯提前降落到大洋河上。黑夜来临，战斗停息，希腊军营进入梦乡。这时特洛伊人却聚在野外商议。他们全都站着，谁都不敢坐下来，因为害怕阿喀琉斯来袭击。波吕达玛斯建议特洛伊军队先撤回特洛伊城内，不要原地坐等天明，遭阿喀琉斯的进攻。如果在开阔地上受到阿喀琉斯的进攻，那么很多英雄都将死在他的手下。如果特洛伊人站在城上守卫，那么阿喀琉斯只能驾着快马拉的车，围绕特洛伊城徒然奔忙而无法攻破城池。可是赫克托耳拒绝采纳波吕达玛斯的建议，他下令军队在野外设营，派出岗哨在营帐前警卫。赫克托耳仍抱有幻想，他要再度袭击希腊人的战船，将希腊军队驱逐出特洛伊地区。赫克托耳宣称，如果阿喀琉斯决定再次参战，那么他就无法回避与他赫克托耳对阵。那时候他和阿喀琉斯两人之中总有一人会战胜对手而凯旋。雅典娜蒙蔽了特洛伊人的理智，他们就这样在野外设营驻扎下来。

在希腊营寨内，阿喀琉斯双手抚着死者的胸部哀哭。他沉痛地哽咽着，仿佛是一头被猎人掳走幼狮的母狮，这头母狮觅食归来发现窝中的幼狮不见了，于是它大声哀号着在林中四处走动，寻找掳走它子女的猎人的足迹。

“众神啊众神！”阿喀琉斯扬声说道。“我为什么要向帕特洛克罗斯的父亲保证，要和帕特洛克罗斯一起返回故乡？不，我们两人的鲜血注定要染红特洛伊的土地。我的父亲珀琉斯及慈爱的母亲都不能看到我出征归来，安返故乡。亲爱的帕特洛克罗斯啊，让我也死吧，但是在我向赫克托耳复仇和为你举行隆重的葬礼之前不能死。”

阿喀琉斯吩咐朋友们洗去帕特洛克罗斯身上的血污，再抹上香膏。朋友们照办了。他们将帕特洛克罗斯的遗体放在华丽考究的床上，盖上一层薄麻布，随后又盖上一条豪华的罩袍。密耳弥多涅人为帕特洛克罗斯哀哭了整整一夜，被阿喀琉斯和帕特洛克罗斯虏获来的特洛伊妇女和达耳达尼亚妇女也陪着哭了一夜。

忒提斯求助赫菲斯托斯。阿喀琉斯重新武装

根据荷马史诗《伊利亚特》转述。

神女忒提斯急速飞上光明的奥林波斯山，来到赫菲斯托斯的铜宫前。忒提斯来到的时候，赫菲斯托斯正在铁匠铺里干活。他满头是汗，一下子铸好了二十只三脚供桌。这些供桌都安装着金轮子，能自动滚到众神面前，也能自动滚回来。现在赫菲斯托斯剩下的活儿就是给这些供桌装上带花纹的把手。匠神正在锻打做把手用的铁条，这时神女忒提斯悄悄走进宫来。赫菲斯托斯美丽的妻子卡里斯看见忒提斯，上前亲切地挽住她的手，说：

“忒提斯，快进屋，你难得来看望我们。什么事使你来我们这里？”

卡里斯呼唤赫菲斯托斯，让他快出来见忒提斯。赫菲斯托斯一听是当初他被赫拉抛下奥林波斯山时救过他的命的神女忒提斯来了，立即应声作答。他直起身子，离开铁砧，将所有工具收在一起，放到银铸的小

箱里。他又用一块湿海绵擦去手、胸、颈、脸上的汗水和烟炱，穿上衣服，拄着粗拐杖，出来见忒提斯。

两个用金子铸成的像活人一样的女仆搀扶着赫菲斯托斯走了出来。赫菲斯托斯握着忒提斯的手问道：

“神女，告诉我，你需要什么？只要做得到，一切我都愿意替你做。”

忒提斯含着泪水告诉赫菲斯托斯，她的儿子失却了众神送给他父亲珀琉斯的那副铠甲，赫克托耳打死了帕特洛克罗斯，阿喀琉斯现在正为挚友之死哀伤，他渴望为朋友报仇，可是又没有武器装备。忒提斯请求赫菲斯托斯为她儿子铸造武器。赫菲斯托斯听后立即答应为阿喀琉斯打制一套能令所有人惊讶的精良非凡的装备。

赫菲斯托斯返回铁匠铺，将风箱接到火炉上，然后下令往炉中送风。风箱依照赫菲斯托斯的意愿，时而平稳、时而急促地往火炉里送风，炉中腾起了熊熊的烈焰。赫菲斯托斯将铜、锡和贵重的黄金投进炉膛。接着他又安好铁砧，拿起巨大的铁锤和铁钳。他先为阿喀琉斯锻制了一面盾牌。盾牌上铸有大地、海洋和缀有太阳、月亮和星星的天空的图案。而这群星星中包括有昴星团、毕星团、猎户座和大熊星座。他又在盾牌上铸打出两座城市，一座城市里正在举行婚礼。街上迎亲队伍来来往往，青少年翩然起舞，而妇女们站在家门口观看。广场上正在举行公民大会，会上有两个公民在为谋杀罪的罚金争论。其他公民也分成两派，各支持一方。几个报信人正在安定公民们的情绪。城邦元老们围坐成一圈，手执权标陈述自己对所争论问题的意见。圈子中央放着两塔兰[①]金子，预备赏给最后能公正地判断诉讼双方是非的人。另一座城市遭敌方围困。被围一方让妇女、儿童和老人守城，而青壮年则在城外设伏。英武威严的阿瑞斯和雅典娜统率着设伏的将士。两名暗探伏在前

---

①重量单位。当时尚无金币，故以重量计量。

边监视敌情。这时前边出现了被敌方掠去的畜群。设伏一方的人们上前夺回了被抢的牛羊。敌营中的敌兵听到呐喊，赶紧前来支援。于是血腥的厮杀便展开了，而司仇恨、纷争的女神和可怕的死神则在激战的士兵中间来回奔跑。赫菲斯托斯还在盾牌上铸出一片耕地，农夫们在扶犁耕作。每当耕到田边地头，仆人们便为他们端上葡萄酒。赫菲斯托斯又在盾牌上铸打出丰收的盛况。一些人在割麦，另一些人在捆扎，而孩子们在拾麦穗。田地的主人正喜悦地望着这一派丰收的景象。旁边有一些妇女正在为割禾人准备午饭。近旁还铸有采摘葡萄的图景。小伙子和少女们挎着篮子运葡萄。一个英俊的小伙子在弹奏竖琴，一群青年男女正围着他跳舞。赫菲斯托斯还铸上一群牛羊，两头狮子在向畜群袭击。牧人们竭力驱赶狮子，可是那些牧羊狗不敢追扑狮子，只是在汪汪狂吠。旁边还有一群银白色的绵羊在谷地上吃草，那里有牛栏、羊圈和牧人住的窝棚。最后，赫菲斯托斯还铸上一圈手拉着手在跳环舞的男女青年和在一旁观看的农民。盾牌四周又铸上围绕大地流动的大洋河。锻制好盾牌之后，赫菲斯托斯又为阿喀琉斯打制了如同明亮的火焰一样熠熠闪光的胸甲，带金羽饰的沉重的头盔，用柔性的锡做成的腿甲。

工程结束后，赫菲斯托斯将这些装备送给忒提斯。忒提斯像一只急飞的鹞鹰，立即离开奥林波斯山，飞往远方的大地，以便尽快将铠甲送到儿子手中。

阿喀琉斯与阿伽门农和解

根据荷马史诗《伊利亚特》转述。

在朝霞初上的清早，忒提斯拿着盾牌、铠甲来到儿子身边，这时阿喀琉斯仍在对着尸体哀哭。忒提斯一边竭力安慰儿子，一边将带来的铠甲拿给他看。所有密耳弥多涅将士没有一人敢正视铠甲，因为铠甲实在太耀眼。阿喀琉斯两眼放光，拿起铠甲细细观看。阿喀琉斯决定立即奔赴战场与特洛伊人决战。他担心帕特洛克罗斯的尸体会腐烂变形。这时神女安慰儿子，她答应保护尸体，把仙酒和神食灌入尸体，这样一来，帕特洛克罗斯的肤色会更有光泽。接着她又建议儿子去与希腊军队的首领们商议作战方案。

阿喀琉斯沿着海岸走去，召集所有希腊将士来参加公民大会。不一会儿所有人都聚集到阿伽门农的营帐旁边，没有人留在帐篷里和战船上。俄底修斯和狄俄墨得斯瘸着腿走来了，正备受伤痛折磨的阿伽门农也走出营帐。全军将士到齐并安静下来之后，阿喀琉斯提出要与阿伽门农和解。他催促大家立即与特洛伊人战斗。希腊将士眼见阿喀琉斯与阿伽门农之间的敌意终于冰释，无不欢欣鼓舞。阿伽门农站了起来，他意识到自己的过错。他说，是纷争女神蒙蔽了他。纷争女神双脚轻柔地踩过凡人的脑袋，将人们网进她的罗网。就连宙斯也曾被她蒙蔽。阿伽门农答应将原先允诺要给阿喀琉斯、以取得和解的所有礼物立即送给他。可是阿喀琉斯已经不要礼物，他只考虑战斗，只想到向赫克托耳复仇，他号召大家立即投入战斗。但是足智多谋的俄底修斯建议阿喀琉斯不要匆忙从事。他说先让战士们吃饱喝足，有了力气再投入战斗。现在阿喀琉斯则应接受礼物，接回归还他的布里塞伊斯。阿伽门农采纳了俄底修斯的建议。他请俄底修斯带上几名小伙子亲自去搬礼物和接布里塞伊斯，又派传令官塔尔堤比俄斯去扛一头野猪来，为他与阿喀琉斯的和解而向众神献祭。尽管阿喀琉斯请求众人不要再为礼物一事操心，而应关心下一步的战斗，可是徒费口舌。阿喀琉斯只希望希腊人现在立即投入战斗，为死者报仇，晚上再一起开怀畅饮。现在他拒绝饮宴，挚友的遗体还躺在他的营帐里，大仇未报，他根本就没有吃喝的念头。但是俄底修斯还是劝住阿喀琉斯，推迟战斗开始的时间。俄底修斯从阿伽门农的帐篷里搬来了礼物，其他英雄又带来了女奴和布里塞伊斯。

人们各自都回帐篷去了。密耳弥多涅人拿着阿伽门农给的礼物走向战船。阿喀琉斯也与众人一起向战船走去。过了不久，希腊军队的首领们来看阿喀琉斯，请他进点食，增加一点体力，阿喀琉斯还是拒绝。阿伽门农、墨涅拉俄斯、俄底修斯、涅斯托耳、伊多墨纽斯和福尼克斯等人就留在阿喀琉斯身边，千方百计宽慰这位伟大的英雄，可是他一心只想着帕特洛克罗斯，他叹了口气说道：

“帕特洛克罗斯啊，以前每次战斗之前你都让我进食，可是现在你却已中枪僵卧。现在我即使听到我父亲逝世，或者是我那留在斯库洛斯岛的心爱的儿子涅俄普托勒摩斯身亡的噩耗，都不可能这样悲痛。我原指望我一人战死异乡，以为你能返回佛提亚，并将我那年少的儿子也带回佛提亚呢。”

阿喀琉斯说着又痛哭起来。围在他身边的英雄也都连连叹息，各人都想起了留在故乡的亲人。宙斯在奥林波斯山上看到阿喀琉斯哀哀欲绝的样子，吩咐雅典娜赶往英雄的营帐，用仙酒神食浇洒阿喀琉斯的胸膛。雅典娜立即像一只雄鹰飞离奥林波斯山，来到英雄的营帐，用仙酒神食浇洒阿喀琉斯的胸部，以免他体力耗尽。

阿喀琉斯与特洛伊人交战

根据荷马史诗《伊利亚特》转述。

希腊人披挂停当，一队接一队开出军营。他们就像大风吹动的团团雪花急急奔向战场。希腊军队人数众多。头盔、长枪、盾牌在阳光下闪闪放光。海岸在战士们的脚下抖动。珀琉斯的儿子阿喀琉斯已经整装完毕。他穿上赫菲斯托斯为他制造的甲胄，肩挎利剑，手执如同圆月一样放光的盾牌，他又从枪架上取下一支只有他一人能使用的沉重的长枪。他戴上灿若星辰的头盔，走出营帐。阿喀琉斯两眼放射出愤怒的凶光，他的心仍然受着无法平息的哀痛的煎熬。驭手为阿喀琉斯套好车，奥托墨冬跳上战车，手中握着马鞭和缰绳。阿喀琉斯也跃上战车。驱车出战的途中，他对神马吁求道：

“克珊托斯和巴利俄斯，美丽的波达耳革[①]的孩子们，你们要将我从战场上活着送回来，可不能像对待帕特洛克罗斯那样，将我抛尸于战场！”

神马克珊托斯低下头，突然用赫拉赐予它的预测未来的能力，对阿喀琉斯说起了人话：

“伟大的阿喀琉斯，今天我们会载着你活着从战场归来，但是你的末日已经临近。帕特洛克罗斯阵亡也不是我们的过错，是箭神阿波罗害死了他，阿波罗要让赫克托耳得胜。尽管我们能像仄费洛斯[②]一样飞驰，但是你注定要死在阿波罗和凡人男子的手下。”

阿喀琉斯愤怒地喊道：

“克珊托斯，你为什么要预言我的死亡？我自己知道我注定要死在这片远离父母的地方。但是我在特洛伊人的鲜血还未浸透大地之前，在还未为帕特洛克罗斯报仇雪恨之前，绝不离开战场！”

阿喀琉斯说毕便策马奔赴战场。希腊将士已在田野上列成阵势，并向据守在特洛伊城外高地上的特洛伊人发起进攻。

这时候宙斯派女神忒弥斯去召集众神来商议。所有神祇都聚到宙斯的宫中，就连河川神祇和水泽神女们也都赶来了。雷神宙斯对在座的众神说，他自己不再介入这场战争，只在奥林波斯山顶观战。其他所有神祇均可任意支持一方，参与战争。宙斯担心特洛伊人抵挡不住阿喀琉斯猛烈的逼攻，担心阿喀琉斯可能违反命运的安排而攻克特洛伊城。此后众神立即前往地面。赫拉、雅典娜、波塞冬、赫耳墨斯和赫菲斯托斯站在希腊人一边，而阿佛洛狄忒、阿耳忒弥斯、勒托、阿瑞斯、阿波罗和河神克珊托斯[③]则支持特洛伊人。

---

① 司旋风的捷足女神。
② 西风神。
③ 即斯卡曼德洛斯河的河神。

奥林波斯山的众神刚刚靠近双方军队，女神厄里斯立即点起战火。雅典娜在希腊军队中奔走并威严地喊叫。与此同时响起了战神阿瑞斯如狂风怒号的吼声。两军相遇了。天空响起了宙斯投出的滚滚惊雷。海神波塞冬摇撼起整个大地。群山从山顶到山脚一齐摇动，坚固的特洛伊城墙和希腊人的战船也晃动不止。冥国的主宰哈得斯惊惧不已，从宝座上跳起来，担心大地裂开，冥国的可怕惨景暴露出来，那些惨象就连永生的神祇见了都会不寒而栗。现在惨烈的战斗爆发了。阿喀琉斯一心只想与赫克托耳对阵厮杀。

阿波罗变成普里阿摩斯的儿子吕卡翁，走到埃涅阿斯面前，对他说，他是女神阿佛洛狄忒的儿子，丝毫不用害怕与卑微的海中神女忒提斯的儿子阿喀琉斯交战。安喀塞斯的儿子受到这一鼓舞，便英勇地冲上前去。女神赫拉看见阿波罗帮助埃涅阿斯作战因而感到害怕。波塞冬建议众神不要立即介入战斗，先坐在以前赫拉克勒斯筑在海边的土堤上，等阿瑞斯和阿波罗介入之后再投入战斗。站在希腊人一方的众神采纳了波塞冬的意见，坐在远离战场的地方。支持特洛伊人的神祇则坐在卡利科罗涅山的岩石上。

埃涅阿斯与阿喀琉斯相遇了。阿喀琉斯一见面就讥讽安喀塞斯的儿子，说埃涅阿斯在他面前已经败退过一次，建议埃涅阿斯赶快躲入本方阵中。可是埃涅阿斯反唇相讥，阿喀琉斯拿他当婴儿来吓唬纯属徒劳。埃涅阿斯提醒忒提斯的儿子，别忘了他埃涅阿斯出身于英雄辈出的家族。埃涅阿斯希望尽快交战。他举起有力的手，猛地向阿喀琉斯投出长枪，可是长枪未能击穿阿喀琉斯的盾牌。阿喀琉斯偏了一下盾牌，其实多此一举，他不曾料到，赫菲斯托斯铸造的盾牌人手的力量是无法击穿的。阿喀琉斯的长枪也击中了埃涅阿斯的盾牌，枪尖击穿了盾牌，可是埃涅阿斯一躬腰，长枪便从他的头顶上方划过。埃涅阿斯吓得两眼发黑，刚才他差点送了命。这时候阿喀琉斯拔出利剑，而埃涅阿斯抱起一块巨石。要不是海神波塞冬不愿让埃涅阿斯死亡，埃涅阿斯这次真难逃厄运。波塞冬急急赶来救助埃涅阿斯。他捡起阿喀琉斯的长枪，放在他的脚下。大地的震撼者波塞冬在阿喀琉斯眼前布上浓重的黑暗，又用强劲有力的手把埃涅阿斯远远抛离沸腾的战场。波塞冬走到埃涅阿斯面前，对他说，只要阿喀琉斯还活着，他就不让埃涅阿斯上前沿。接着波塞冬驱散了阿喀琉斯眼前的黑暗。忒提斯的儿子看到自己的长枪就在脚边，而埃涅阿斯却不见了，他着实感到惊奇。阿喀琉斯明白，众神在保护埃涅阿斯，不过他深信，埃涅阿斯从此再不敢与他交战了。

阿喀琉斯勇猛地冲杀，刺死了特洛伊许多英雄，同时他在寻找赫克托耳。阿波罗不让赫克托耳去进攻阿喀琉斯，只让他待在后方队伍中。可是这时候，阿喀琉斯用长枪刺死了普里阿摩斯的儿子波吕多洛斯。波吕多洛斯是特洛伊国王幸存的儿子中的最年轻者，深得父亲的宠爱。赫克托耳眼见弟弟丧生，忘却了阿波罗的嘱咐，立即冲向阿喀琉斯。阿喀琉斯一见赫克托耳，可怕的双眼闪射出喜悦的光芒。

“瞧，他就是以深重的哀伤刺激我心的那个家伙！”阿喀琉斯喊道。“行啦！现在我们俩在战场上再也不能回避了。快走近前来，以便我能尽快打发你去哈得斯的冥国！”

赫克托耳说：

“现在还不知道鹿死谁手呢。阿喀琉斯，我虽不如你强壮有力，可是已有神祇告诉我，我们两人之中谁注定要丧命。你要知道，我的长枪也是锐利的。”

赫克托耳投出长枪，可是雅典娜吹了一口气，将长枪吹得偏离了方向，落在阿喀琉斯的脚边。阿喀琉斯扑向赫克托耳，可是阿波罗及时赶来救援，用一团浓雾裹住赫克托耳。阿喀琉斯朝赫克托耳连冲三次，可是每次长枪都未刺中赫克托耳。阿喀琉斯第四次发起冲击，他威严地吼道：

“恶狗，又让你逃脱死亡！又是阿波罗救了你！只要神祇中有我的护佑者，我定能很快就追上你。”

阿喀琉斯愤怒地扑向其他特洛伊英雄，许多人都在他致命的长枪之下丧了命。他就像一团狂暴的烈火在特洛伊人的战阵中无情地肆虐。就像在打麦场上脱粒的时候犍牛的蹄子踩得麦粒飞溅，敌人的身体、盾牌和头盔在阿喀琉斯战马的脚下碎裂飞散。疯狂的阿喀琉斯浑身燃起对战斗荣誉的渴望，他的双手沾满了鲜血。特洛伊军队溃退了。阿喀琉斯在斯卡曼德洛斯河边追上了特洛伊军队，并将其拦腰截断。于是一部分特洛伊人逃向特洛伊城，可是赫拉降下浓雾，挡住了他们的视线，看不清败逃的通路。另一部分特洛伊人跑到河岸，许多人跳入河中以求逃生。由于士兵纷纷跃入河中，斯卡曼德洛斯河泛起了层层波浪。跳河的人有一些想泅水逃命，有一些则竭力躲入陡岸底下。阿喀琉斯手执利剑跃入河中，挥剑砍杀逃命的特洛伊人。他生俘了十二名特洛伊小伙子，用皮带缚住他们的双手，吩咐密耳弥多涅士兵将他们押回军营，而他自己又去追杀特洛伊败军。

阿喀琉斯在斯卡曼德洛斯河边追上了曾被他在葡萄园中俘获并卖到楞诺斯岛做奴隶的普里阿摩斯年轻的儿子吕卡翁。不幸的吕卡翁抱住阿喀琉斯的双膝，恳求宽恕，愿意支付巨额赎金。可是阿喀琉斯心中正燃烧着为朋友帕特洛克罗斯报仇的强烈欲望，他并不怜悯吕卡翁。既然杰出的勇士帕特洛克罗斯已经身亡，他阿喀琉斯也会被敌人击中而丧命，那么他为什么还要怜恤吕卡翁？珀琉斯的儿子举起利剑刺进吕卡翁的脖颈，吕卡翁倒地身亡。阿喀琉斯抓起吕卡翁的脚，将尸体抛入斯卡曼德洛斯河喂鱼去了。

阿喀琉斯越战越猛。他威胁特洛伊人说，无论他们怎么献祭河神斯卡曼德洛斯，斯卡曼德洛斯都不能使他们摆脱他狂怒的攻击，他要一举歼灭所有特洛伊人，为帕特洛克罗斯及所有阵亡的英雄报仇。听了阿喀琉斯傲慢无礼的话，河神愤恨至极。这时候阿克西俄斯河的河神的儿子阿斯忒洛珀俄斯决定奋起抵抗阿喀琉斯。阿斯忒洛珀俄斯同时向阿喀琉斯投出两支长枪，其中一支擦伤阿喀琉斯的右臂肘部。阿喀琉斯也向阿斯忒洛珀俄斯投出沉重粗长的长枪，长枪投偏了，深深扎进河岸的地里。阿斯忒洛珀俄斯企图拔出扎在地里的长枪，但是不能遂愿，这根长枪即使摆在那里他都扛不起来。阿喀琉斯拔出利剑冲向阿斯忒洛珀俄斯，举剑将他刺死，并将尸体抛进斯卡曼德洛斯河。接着阿喀琉斯又杀死了许多特洛伊英雄。斯卡曼德洛斯河的河神克珊托斯在漩涡中高声喊道：

"阿喀琉斯，快把特洛伊人从我的河中赶走，你到原野上去杀他们，别在河中杀！特洛伊人的尸体堵住了我出海的通道。不要再在我的河道中杀戮特洛伊人了！"

"克珊托斯，在将他们赶回特洛伊城、在我与赫克托耳厮杀之前，我不会停止杀戮！"阿喀琉斯回答河神。

克珊托斯转而向阿波罗大声吁求：

"远射之神啊，你没有执行宙斯给你的命令！难道宙斯不曾命令你在夜幕笼罩山峦和原野之前保护好特洛伊人？"

斯卡曼德洛斯河的河水汹涌起来，河水发出可怕的吼声，将死者的尸体冲上河岸，而活着的特洛伊人都被河神藏进河边的洞穴。波浪在跃入水中的阿喀琉斯四周激荡，他再也站不稳了。阿喀琉斯伸手抓住长在河岸上的一棵悬铃木，可是树木马上被斯卡曼德洛斯河的河水冲倒，横在河上，就像一座独木桥。阿喀琉斯跳上岸，在原野上奔跑。河中腾起的可怖的浪头紧追不舍，要把阿喀琉斯吞没。阿喀琉斯几次欲与浪涛搏斗，然而他这个凡人怎能与永生的河神拼搏呢！波涛追上他，浪头凶猛地拍打他的肩头，冲刷着他脚下的土地。阿喀琉斯终于面对苍天大声悲叹：

"雷神宙斯啊，命运本应注定我被阿波罗的箭射死在特洛伊城下，莫非现在却要我像一个涉水过河的放猪娃一样可悲地淹死在湍急的山溪中吗？啊，我宁愿死在特洛伊最伟大的儿子赫克托耳手下！"

珀琉斯的儿子刚说完这番话，波塞冬和雅典娜便出现在他面前。两位神使阿喀琉斯振作起精神，吩咐他勇敢战斗，直到把特洛伊人赶回城去，把赫克托耳杀死。并说他一定能取得胜利，凯旋而归。雅典娜往阿喀琉斯胸中注入了不可战胜的力量。现在河神斯卡曼德洛斯无法独自与阿喀琉斯争斗，于是他又叫他的弟弟小河神西摩伊斯来支援。斯卡曼德洛斯掀起更高的、覆着水藻的巨浪来对付阿喀琉斯。巨浪就像高墙，包围了阿喀琉斯。女神赫拉担心阿喀琉斯遭受灭顶之灾，立即派儿子赫菲斯托斯去帮助阿喀琉斯与西摩伊斯作战。原野上燃起了赫菲斯托斯的熊熊烈火。被阿喀琉斯杀死的特洛伊人的尸体也烧着了。被西摩伊斯掀起的浪涛打湿的荒野很快便干燥。赫菲斯托斯又点燃了河，两岸的悬铃木、山毛榉和柳树起火了，就连湿润碧绿的芦苇、睡莲都燃烧起来。水中的鱼儿四下逃窜，躲到深水中，以逃避这能烧毁一切的烈焰。西摩伊斯发火了，他高声呼喊赫菲斯托斯：

“赫菲斯托斯啊，没有一位神祇有能力与你抗争！我从来都不敢与你对阵！快把大火扑灭，我永远不再帮助特洛伊人！就让珀琉斯的儿子把他们统统消灭！”

大火将河水烧得越来越烫，河水都沸腾了。河水不再流动，热浪烤得斯卡曼德洛斯疲乏不堪。河神向女神赫拉哀求，让她制止儿子。河神凭着众神发誓，永远不再援助特洛伊人，哪怕是希腊人纵火焚烧特洛伊城。赫拉劝住儿子，赫菲斯托斯熄灭了大火。

众神之间发生了激烈的纷争，他们纷纷冲向战场，大地在他们脚下呻吟。宙斯看到众神开始互相厮杀，不禁面露笑容。战神阿瑞斯向雅典娜发起进攻，他要向雅典娜复仇，因为雅典娜不久以前帮助英雄狄俄墨得斯刺伤了他。阿瑞斯挺枪刺中雅典娜的神盾，可是未能将神盾刺穿。雅典娜抱起一块巨石，砸中阿瑞斯的脖子，将他砸倒在地。阿瑞斯身上的铠甲发出一片铿锵的响声，他的头发也被尘土所遮盖。这时候爱神阿佛洛狄忒赶来救助阿瑞斯，她奋力搀扶着阿瑞斯离开战场。可是雅典娜的长枪又刺中阿佛洛狄忒的胸脯，阿佛洛狄忒跌倒在地上。这时海神波塞冬又向阿波罗挑战，但是远射之神阿波罗并不应战。阿波罗不敢与宙斯的兄弟、大地的震撼者波塞冬战斗。女神阿耳忒弥斯责备兄弟阿波罗逃避与波塞冬作战。赫拉听见她的责备，顿时怒火万丈。赫拉抓住阿耳忒弥斯的双手，夺下她的弓，并用弓殴打她。阿耳忒弥斯的箭散落一地，她泪水汪汪，就像一只小鸽逃避鹞鹰一样逃走了。女神勒托捡起箭，拾起弓，去追赶女儿。阿耳忒弥斯登上奥林波斯山，痛哭着向宙斯诉说，赫拉侮辱了她。其他神祇也都返回奥林波斯山，其中一些神因为胜利而洋洋自得，另一些神则满腹怨恨。阿波罗很快又驰回特洛伊，他担心希腊人违反命运安排而摧毁特洛伊城墙。

年迈的普里阿摩斯从高高的城楼上看见阿喀琉斯在战场上到处追逐特洛伊人。他下令打开城门让特洛伊将士回城躲避。阿波罗则赋予英雄阿革诺耳以大无畏的英勇气概，激励他回首与阿喀琉斯厮拼，阿波罗自己裹着一团浓雾，站在他的身旁，准备随时为他挡开阿喀琉斯的长枪。阿革诺耳抖动着长枪，等待阿喀琉斯接近。他猛一挥手，向阿喀琉斯投出长枪，可是长枪遇到阿喀琉斯的护腿甲弹开了。这时阿喀琉斯向阿革诺耳猛扑过来。阿波罗立即用一团黑雾罩住阿革诺耳，帮助他逃脱了这难以避免的死亡。这时阿波罗变成阿革诺耳的模样，撒腿在原野上奔跑起来。阿喀琉斯不知其中奥妙，竟去追赶阿波罗。就这样，阿波罗救了特洛伊人，为他们撤回特洛伊城内赢得了时间。

特洛伊将士躲进城内。激烈的战斗和奔逃使他们十分疲劳，现在他们站在城墙上饮水解渴，擦去身上的汗水。战场上只剩下赫克托耳一人，他仿佛被不可避免的命运所束缚，站立在斯开亚城门口。

阿喀琉斯与赫克托耳决斗

根据荷马史诗《伊利亚特》转述。

阿喀琉斯久久地追逐着阿波罗。最后阿波罗停住脚步，在阿喀琉斯面前露出自己的真面目。阿喀琉斯怒火满腔。要是他能向阿波罗报仇，那该多解恨啊！阿喀琉斯撇下阿波罗，转身朝特洛伊城墙飞奔而去。他就像秋天夜空中最明亮的那颗星——即预示不幸、被人们称为天狼星的耀眼的星星，从原野上奔向特洛伊城墙。年迈的普里阿摩斯看见阿喀琉斯飞奔而来，惊惧得向赫克托耳哀求：

“我亲爱的儿子啊，你快进城来！别与珀琉斯的儿子厮拼了，他比你强壮！快进城！拯救全体特洛伊人的希望都寄托在你身上了！你该想一想，阿喀琉斯杀害了我多少儿子。你该怜悯一下我这年迈不幸的老人。宙斯在我行将就木的时候给我带来如此可怕的灾难。我必将亲眼目睹儿子们死亡，女儿们受奴役，无辜的婴孩被杀戮。我自己也要被杀死在家门口，而我亲自喂养的狗还要舔食我的鲜血。赫克托耳，可怜可怜我吧！”

赫克托耳老迈的母亲赫卡柏也恳求儿子撤回城内。她要儿子不要忘记她从小对他的哺育和抚爱。莫非赫克托耳让她眼睁睁看着他丧生，尸体被拖到密耳弥多涅人的战船旁边让狗撕食，而她和安德洛玛刻都不能为他举哀送葬?

可是赫克托耳不改初衷，他将盾牌靠在城楼的突出部，身子倚着盾牌，等待仇敌到来。赫克托耳不能回避与阿喀琉斯决战。普里阿摩斯的儿子担心特洛伊人责怪他错估自己的力量，断送了特洛伊。因为早在阿喀琉斯投入战斗之前，波吕达玛斯就建议坚守特洛伊城不出。现在赫克托耳只有与阿喀琉斯决战这一条路，或者取胜，或者死亡。赫克托耳头脑中也曾闪过这样一个念头：放下武器，迎上前去，答应阿喀琉斯，归还美丽的海伦，奉还帕里斯从墨涅拉俄斯家掠夺来的珍宝，再送上伟大的特洛伊的所有财富的一半。不过，赫克托耳立即打消了这个念头。他知道，阿喀琉斯不会与他媾和，只会像杀害无能为力的女人那样杀死他这个赤手空拳的人。

阿喀琉斯越走越近了。赫克托耳心怀恐惧，拔腿逃避威严的阿喀琉斯。他围绕特洛伊城奔逃，疯狂的阿喀琉斯紧紧追赶，就像鹞鹰追扑衰弱的小鸽。两位英雄围绕特洛伊城奔跑了三圈。

两位英雄疾跑如飞。赫克托耳几次想躲到城墙脚下，以便特洛伊人能用箭矢击退阿喀琉斯，可是阿喀琉斯不容他接近城墙。要不是阿波罗为赫克托耳鼓劲，伟大的阿喀琉斯早就追上普里阿摩斯的儿子了。在他俩第四次跑过斯卡曼德洛斯河源头的时候，宙斯将他们的死亡之签分别投入金天平的两个秤盘。结果赫克托耳的签沉向哈得斯的冥国。阿波罗撇下了赫克托耳，雅典娜却跑到阿喀琉斯身旁。她吩咐阿喀琉斯停下来别追了，并保证让他战胜赫克托耳。雅典娜变成赫克托耳的兄弟得伊福玻斯，来到赫克托耳面前。她劝赫克托耳与阿喀琉斯拚杀，还答应助他一臂之力。赫克托耳停下脚步，两位英雄相遇了。赫克托耳首先开口说道：

“珀琉斯的儿子，我不再奔逃了。让我们来较量一下，看看是你杀死我，还是我战胜你。在我们决战之前，我要叫众神来作证！如果宙斯让我获胜，我保证在你死后不侮辱你的遗体。请你也遵守这一协定。”

但是阿喀琉斯蛮横地说：

“不！不共戴天的仇敌，别提什么协定！正如狮子与人，狼和羊之间不可能有什么承诺，我们之间也绝不可能有什么协定。快鼓起你全部力量，使出你所有本领。你再也逃脱不了！你必须偿还杀死帕特洛克罗斯和我其他朋友而欠下的血债！”

阿喀琉斯发力向赫克托耳投出长枪。赫克托耳突然伏倒在地，躲过这致命的一枪。雅典娜立即拾起阿喀琉斯的长枪，再递给阿喀琉斯。赫克托耳的长枪投中了阿喀琉斯盾牌的中心，可是长枪碰到赫菲斯托斯打造的盾牌便像一根轻飘飘的芦苇弹飞了。赫克托耳再无长枪，他垂下双眼大声向得伊福玻斯呼救，可是不见他的踪影。这时赫克托耳明白，雅典娜欺骗了他，他注定要死了。赫克托耳拔出利剑冲向阿喀琉斯。阿喀琉斯也朝赫克托耳扑来，并用长枪刺中赫克托耳的头颈。赫克托耳受了致命伤，倒在地上。不过他还能对得意洋洋的阿喀琉斯说上几句：

“我恳求你，阿喀琉斯，为了你的亲人及你自己的生命，不要把我的遗体扔给密耳弥多涅人的狗撕食，你把我的遗体还给我的父母，他们会给你数不胜数的赎金。”

“办不到！你这条可鄙的狗，向我哀求那是白费口舌！”阿喀琉斯说道。“如果我怒不可遏，我会亲手撕碎你的尸体。没人会把狗从你尸体旁边赶开，即使答应给我许许多多的礼物，甚至给我与你体重相等的黄金。普里阿摩斯和赫卡柏永远不可能为你举哀送葬！”

赫克托耳临死对阿喀琉斯说了最后几句话：

“啊，我知道，你对我的哀求无动于衷！你胸膛里是颗铁石之心。但是你该害怕众神发怒！帕里斯得到阿波罗的帮助，会在斯开亚城门口用箭射死你。”

赫克托耳说完这番话便咽气了。他的灵魂抱怨着不幸的命运，飞往哈得斯的冥国。

阿喀琉斯召来所有希腊英雄庆祝他的胜利。人们对摊手摊脚躺在地上的、身材魁伟、面貌英俊的赫克托耳都很惊羡。他们走上前去用长枪扎赫克托耳的尸体。现在再不是赫克托耳焚烧希腊人战船那时候了，现在要刺赫克托耳已是轻而易举的事。

得意忘形的阿喀琉斯想出一个恶毒的主意。他在赫克托耳双脚上扎了两个孔，用结实的皮带穿过两脚的跟腱，将尸体倒拴在战车上。他跳上战车，高举着从赫克托耳身上剥下的铠甲，策马奔驰在原野上。赫克托耳的尸体倒拖在车后的地上。原野上扬起滚滚尘土，赫克托耳的头颅磕碰着地面，美丽的头颅被灰尘沾得乌黑。

赫卡柏站在特洛伊城墙上看见阿喀琉斯在作践她儿子的尸体。她痛苦得揪扯自己灰白的头发，扯下身上的披风，捶打胸脯。普里阿摩斯也号啕大哭。他恳求放他出城，他要去恳求得胜的阿喀琉斯想想自己年老的父亲珀琉斯，可怜可怜他这年迈的老人。安德洛玛刻听见特洛伊人悲痛的哀号，吓得手中的梭也掉了。她匆匆跑上城墙，看见丈夫的遗体倒拖在阿喀琉斯战车后边的尘土中。赫克托耳不幸的妻子当即昏倒在特洛伊妇女的怀中。她身上披的阿佛洛狄忒送的贵重的披风也掉了，头发也披散了。醒来之后她又放声大哭。现在她在世间再无丈夫，她那美丽的儿子阿斯堤阿那克斯也再没有父亲，可怜的孤儿将无依无靠地成长。难以形容的悲痛撕碎了她的心，周围的特洛伊妇女也都失声痛哭。特洛伊的伟大的保卫者阵亡了。

帕特洛克罗斯的葬礼

根据荷马史诗《伊利亚特》转述。

希腊将士回到战船旁边。阿喀琉斯未让密耳弥多涅人回各自的帐篷。他命令他们驱车围绕帕特洛克罗斯的遗体绕行三周。英勇的密耳弥多涅人高声痛哭着徐徐绕行，阿喀琉斯也大放悲声。他手抚死者的胸膛高声叹道：

“英勇无畏的帕特洛克罗斯，你该高兴了！答应你的事，我说到做到了！我把赫克托耳的尸体拉到你的灵床旁边，还要把尸体丢给狗撕食。我要把俘来的十二个特洛伊青年杀死在火葬用的火堆旁，为你报仇。”

阿喀琉斯把赫克托耳的尸体毫无遮盖地扔在帕特洛克罗斯灵床边的地上。珀琉斯的儿子举行盛大宴会招待自己属下的密耳弥多涅将士。希腊首领们劝说阿喀琉斯去阿伽门农的营帐。他们劝他洗去战尘，去参加阿伽门农设下的宴会，劝了很久，可是阿喀琉斯仍然拒绝。他只是请求阿伽门农吩咐希腊将士预备火葬的火堆。

希腊英雄们举行了宴会，会后各自返回营帐安睡，唯有阿喀琉斯不能成眠。他躺在永远喧嚣的大海的岸边痛楚地呻吟着。最后他也沉入梦乡。梦中帕特洛克罗斯的幽灵来到他面前，恳求他尽快举行葬礼，以便他帕特洛克罗斯的灵魂能在哈得斯的冥国得到安息。帕特洛克罗斯嘱咐阿喀琉斯，把他的骨灰埋葬在阿喀琉斯将来要埋葬的同一个坟墓中。阿喀琉斯和帕特洛克罗斯两人的骨灰必须置于忒提斯给的同一个罐中。阿喀琉斯梦中把手伸向帕特洛克罗斯的幽灵，可是幽灵一声悲叹便消失了。阿喀琉斯醒来后又为朋友高声哀哭。所有密耳弥多涅将士与他一起垂泪。他们一直哭到太阳神的先驱——晨光女神厄俄斯出现为止。

一清早，阿伽门农便派希腊士兵去巍峨的伊得山砍伐火葬所需的木柴。希腊士兵执行了国王的命令，在海岸上堆起一堆高高的劈柴。密耳弥多涅人割下自己的头发盖在帕特洛克罗斯的尸体上，然后排起队伍，庄严地抬出尸体，将尸体安放在柴堆上。阿喀琉斯也割下头发塞在帕特洛克罗斯的手中，而原先他准备将自己的头发献给斯珀耳刻俄斯河[①]的河神，只要他能返回故乡。接着，阿伽门农根据阿喀琉斯的要求，让所有士兵都去战船旁边，柴堆边只留下希腊军队的首领。他们宰杀了许多牛羊祭奠帕特洛克罗斯，用牛羊的油脂覆盖住帕特洛克罗斯的尸体，然后又在灵床四周摆上一罐罐蜂蜜和香油。他们还杀了四匹马和两只狗，又把阿喀琉斯亲手杀死的十二个特洛伊青年的尸体也放在柴堆上。赫克托耳的尸体也摆在柴堆旁边。女神阿佛洛狄忒守护着他的尸体，她已用香膏涂抹过尸体。阿波罗在尸体上方布上一块乌云，免得灼热的阳光晒干赫克托耳的尸体。

一切准备就绪，阿喀琉斯去点篝火，可是没有点着。这时阿喀琉斯向风神玻瑞阿斯和仄费洛斯求助，恳求他们扇旺篝火。众神的使者伊里斯急速驰往所有风神在一起饮宴的仄费洛斯的宫中，请他们前来帮助珀琉斯的儿子。玻瑞阿斯和仄费洛斯卷起团团乌云，可怕地呼啸着奔驰在大海上空。他们的气息在海面上激起惊涛骇浪。他们很快便飞抵特洛

---

①忒萨利亚南部的河流。

伊，吹旺了篝火。整整一夜篝火上升腾着冲天的烈焰。阿喀琉斯用双底酒杯舀出葡萄酒洒祭，一边呼唤帕特洛克罗斯的灵魂。

清晨，高高的一堆劈柴都已燃尽，篝火渐渐熄灭。精疲力竭的阿喀琉斯倒在行将熄灭的篝火边的地上，他被不可抵御的睡意征服了。希腊首领们的说话声惊醒了阿喀琉斯。诸位首领根据阿喀琉斯的要求，用酒浇灭了余烬的炭火，将帕特洛克罗斯的骨灰收集起来放进金罐。此后他们构筑了一个架子，将骨灰罐置于架中，又在上边填土，筑起一个高大的坟茔。

安葬之后阿喀琉斯举行了隆重的葬后竞技大会，以纪念死者。最先进行的项目是赛车，参加这个项目的有阿德墨托斯的儿子欧墨罗斯、狄俄墨得斯、墨涅拉俄斯、涅斯托耳的儿子安提罗科斯和墨里涅俄斯。狄俄墨得斯因为有雅典娜帮助，扬鞭策马首先抵达终点。其次是涅斯托耳的儿子安提罗科斯。本来墨涅拉俄斯跑在他前头，可是安提罗科斯施计夺走了第二名。最后到达的是墨里涅俄斯。而英雄欧墨罗斯这个最著名的驭手却遭到惨败。女神雅典娜不希望他获胜，故意折断他战车的辕杆。欧墨罗斯栽到地上，摔得头破血流。阿喀琉斯向所有参赛者颁发了丰厚的奖品。他给涅斯托耳也送去奖品，他现在虽年老力衰，手脚不灵，没有参加赛车，可以前他曾战败许多强健的英雄而连连夺魁。接着进行的是拳击比赛，参赛的是强壮的英雄厄珀俄斯和欧律阿罗斯。厄珀俄斯将欧律阿罗斯击倒在地，夺得了拳击比赛的胜利。大埃阿斯与俄底修斯比赛摔跤。他们俩势均力敌，僵持了很久，最后还是不分胜负，于是两人各得一份奖品。小埃阿斯、俄底修斯和安提罗科斯接着进行赛跑。小埃阿斯像一阵轻风快捷地跑在前头，其后是俄底修斯。这时俄底修斯恳求雅典娜让他得胜。雅典娜接受俄底修斯的恳求，让小埃阿斯滑了一跤。俄底修斯最先跑到终点，取得头奖。此后狄俄墨得斯与大埃阿斯比武。两位英雄交手了，但是希腊将士害怕他俩失手误杀对方，让他们停止比武，各得一份奖品。在投掷铁饼比赛中波吕波厄忒斯战胜所有对手，获得第一。往后是射箭比赛，靶子是绑在高高的杆子顶端的一只鸽子。射手射中鸽子为胜者。英雄透克洛斯上前一步，弯弓搭箭，射了出去。可是这一箭射断了绑鸽子的细绳，鸽子飞上天空，但马上被墨里俄涅斯一箭射中了。墨里俄涅斯获得射箭比赛的奖品。投掷标枪比赛的奖品被阿伽门农夺得，他投掷标枪的本领无人能比。

各项比赛都已结束。英雄们也都散了，整个希腊军营都沉入酣梦，只有阿喀琉斯一人没有入睡。心中的悲哀无法消除，他仍在为朋友之死哀哭。他从床上起来，久久地在海边徘徊。当天空燃起朝霞的时候，他将马套在车上，接着又把赫克托耳的尸体绑在车后，他策马驱车拖着普里阿摩斯不幸的儿子的尸体，绕着珀特洛克罗斯的坟丘奔驰了三圈。此后他扔下尸体，自己回帐篷去了。

普里阿摩斯在阿喀琉斯的营帐里。赫克托耳的葬礼

根据荷马史诗《伊利亚特》转述。

众神在光明的奥林波斯山上看着阿喀琉斯作践赫克托耳的尸体。阿波罗对阿喀琉斯的这种行为很不满意。众神打算让赫耳墨斯去夺回赫克托耳的尸体，但是女神赫拉、雅典娜及海神波塞冬竭力反对。赫克托耳的尸体无遮无盖搁在阿喀琉斯的营帐旁边已经十一天了。阿波罗谴责众神听凭失去了同情与良心的阿喀琉斯侮辱赫克托耳的尸体。阿波罗与赫拉爆发了激烈的争吵。宙斯出面制止了这场争吵。宙斯派众神的使者伊里斯去找神女忒提斯。宙斯决定让忒提斯去找阿喀琉斯，转达他宙斯的命令：让普里阿摩斯以高昂的赎金从阿喀琉斯手中赎回赫克托耳的尸体。在特洛伊人中，宙斯最喜爱的便是赫克托耳。

伊里斯快捷如思维，急急去找忒提斯，她一眨眼便来到忒提斯面前。忒提斯身边围着一群海中神女，她正为儿子的命运洒泪。她从伊里斯口中得知宙斯的意愿，立即穿上黑色的丧服，登上高高的奥林波斯

山。众神彬彬有礼地迎接她。雅典娜为她在宙斯身旁安排了座位，赫拉亲自为她端来一金杯香气四溢的仙酒。宙斯将自己的愿望告诉忒提斯，忒提斯立即回到地面，走进她儿子的帐篷。她坐在忧郁的阿喀琉斯身旁，怜爱地抚摩着儿子的手，告诉他，宙斯和所有神祇都为赫克托耳的事怨恨他，要求他准许普里阿摩斯赎回赫克托耳的尸体。阿喀琉斯服从了众神的意志。

与此同时，宙斯又派众神的使者伊里斯去找普里阿摩斯。伊里斯拍着彩虹的翅膀来到普里阿摩斯王宫，可怜的老人还摊手摊脚地躺在地上为儿子之死淌泪。老人的四周坐着他的所有儿子，一个个都在号啕大哭。伊里斯走到老人身边，以宙斯的名义吩咐他带上大量赎金去希腊军营找阿喀琉斯。伊里斯向普里阿摩斯保证，赫耳墨斯会送他去希腊军营。

听了女神的话，普里阿摩斯当即从地上站起来，吩咐儿子预备装礼物的马车和他要乘的战车，然后朝宫内走去。他走进宫殿，叫来年老的妻子赫卡柏，告诉她，他打算去希腊军营。赫卡柏一听就害怕，她央求丈夫不要去送死，可是普里阿摩斯安慰她，说他是根据奥林波斯众神的意志，去见阿喀琉斯。普里阿摩斯挑选了大量的礼物，着手做出发的准备。他责备儿子们拖拖拉拉。儿子们害怕普里阿摩斯发火，赶忙将骡子套到车上，并将装礼物的大箱抬到车上，然后又将马匹套到战车上。普里阿摩斯上了车，扬鞭策马出发了。走在他战车前面的是骡子拉着的礼物车，赶骡的是使者伊代俄斯。为普里阿摩斯送行的人个个痛哭流涕，似乎普里阿摩斯此去必死无疑。

普里阿摩斯出城来到旷野。宙斯派儿子赫耳墨斯去迎候他。赫耳墨斯系上有翼鞋的鞋带，手执能合上凡人双眼的权杖，驰往特洛伊。普里阿摩斯在河边饮马，饮骡，这时赫耳墨斯变成一个英俊青年来到他面前。普里阿摩斯很是害怕，以为这个青年要杀死他，抢他的礼物。可是赫耳墨斯说他是阿喀琉斯的仆役，是来接普里阿摩斯去希腊军营的。老人听了很高兴，赶忙拿出一个贵重的酒杯送给赫耳墨斯，可是他拒绝了。赫耳墨斯上了普里阿摩斯的车，然后又策马急急赶路。希腊军营的大门口站着卫兵，可赫耳墨斯让他们都沉沉睡着。他打开门闩，推开营门，领着普里阿摩斯悄悄进入军营。他又打开密耳弥多涅人的营门。在普里阿摩斯抵达阿喀琉斯的营帐门口之后，赫耳墨斯才袒露自己真实身份，并吩咐普里阿摩斯放心大胆地进营帐。普里阿摩斯留下伊代俄斯看守礼物，自己走进阿喀琉斯的帐篷。阿喀琉斯刚刚吃过饭。普里阿摩斯神不知鬼不觉地走进来，跪倒在阿喀琉斯面前，向他哀求：

“伟大的阿喀琉斯啊，想想你那与我一般年迈的老父亲。说不定他的城池也曾遭到邻国围困，无人为他解脱灾难。我也是个不幸的人，我几乎丧失了所有的儿子。你又杀死了我的最英勇机智的儿子赫克托耳。就是为了他，我才到你的战船旁边来。同情一下我的苦难吧。请收下我送来的大量赎金吧。你瞧，我的处境是多么不幸。我忍受着任何凡人不曾遭受过的苦难。我不得不来吻杀死我儿子的凶手的手啊。”

普里阿摩斯的话唤起了阿喀琉斯对父亲的怀念。想到父亲，阿喀琉斯不禁也痛哭起来。普里阿摩斯伸出双手，伏在地上为儿子哀哭。最后阿喀琉斯站起身来，扶起普里阿摩斯，并对他说：

“不幸的人啊，你一生看到过许多苦难！可你怎敢独自一人来见杀死你许多儿子的人呢？是啊，你胸中有一颗坚强如铁的心。不过，你尽可放心，快别再哭泣，坐到这里来。众神注定人们一生要受许多苦难，只有他们永生的神从不感受悲伤。别再流泪了，眼泪并不能使赫克托耳死而复生。起来吧，快坐到这里来！”

“不，阿喀琉斯，”普里阿摩斯说，“你不把赫克托耳还给我，我不坐。快收下礼物，让我看一看我儿子的遗体。”

阿喀琉斯怒气冲冲地望着普里阿摩斯说：

“老人，你小心别惹怒我！我自己知道应该把赫克托耳的尸体还给你。这是宙斯的旨意，我母亲忒提斯已将此事告诉我。我还知道是神领你来这里，否则你不敢到希腊人的军营里来。你别说了！我担心自己一怒之下违反宙斯‘怜惜哀求者’的训示。”

阿喀琉斯说毕便走出营帐。他叫来朋友，让他们将普里阿摩斯的马和骡卸了套，再把伊代俄斯领进营帐。此后阿喀琉斯的女仆们洗净赫克托耳的遗体，给他穿上华贵的衣服。阿喀琉斯亲自抱起尸体，放到装饰豪华的灵床上，他的朋友们再把灵床抬到车上。阿喀琉斯恳求帕特洛克罗斯的灵魂不要因为他把赫克托耳的遗体归还其父亲而生气。他允诺把普里阿摩斯带来的部分礼品献给帕特洛克罗斯。做完这一切，阿喀琉斯回到营帐里对年老的普里阿摩斯说，他已将赫克托耳的遗体归还。阿喀琉斯备下丰盛的晚餐，邀请普里阿摩斯用餐，以恢复体力。晚餐上普里阿摩斯惊羡地望着神一般英俊威武的阿喀琉斯，而阿喀琉斯望着头发花白、相貌可敬的老人，听着他充满智慧的言谈，也感到惊讶。

晚餐结束后，普里阿摩斯请求阿喀琉斯让他睡上一觉，以解困乏，因为自从赫克托耳死后，他还从未合过眼。阿喀琉斯吩咐在营帐前为普里阿摩斯和伊代俄斯设置两张舒适豪华的床榻。普里阿摩斯准备躺下安歇，阿喀琉斯问他，安葬儿子他需要几天时间，并保证在此期间不发动进攻。普里阿摩斯说需要十天。阿喀琉斯向他保证，在这十天内他自己不投入战斗，而且还要阻止希腊军队投入战斗。阿喀琉斯亲切地握了握普里阿摩斯的手，以安慰老者，然后与他告辞。

所有将士都已安然入睡，连奥林波斯山上的众神也睡着了，只有赫耳墨斯没有睡。他来到普里阿摩斯的床边，叫醒他，吩咐他立即离开希腊军营，因为赫耳墨斯担心有人看见普里阿摩斯，会扣留他，让他为自己交付昂贵的赎金。普里阿摩斯害怕了，他从床榻上起来，并叫醒伊代俄斯。赫耳墨斯套上马和骡，悄悄地领着他们离开希腊军营。他一直把普里阿摩斯送到斯卡曼德洛斯河边才离去。

清晨，普里阿摩斯驱车来到特洛伊城下。最先看见他的是卡珊德拉。卡珊德拉看到赫克托耳的尸体不禁放声大哭，哭声引来了特洛伊人。特洛伊城门口聚集着一大群人，站在最前头的是赫卡柏和安德洛玛刻，她俩号啕大哭，揪扯着自己的头发。所有特洛伊人也都号哭着，拥向赫克托耳的灵车。在普里阿摩斯的请求下，人群闪开，让普里阿摩斯入城。

安德洛玛刻放声大哭，她在为丈夫、她的唯一保护人哀哭。现在她明白，特洛伊将要陷落，希腊人会把所有特洛伊妇女掳去奴役。希腊人还会杀死她的儿子阿斯堤阿那克斯解恨，因为赫克托耳杀死了许多希腊英雄。安德洛玛刻抱怨赫克托耳在远离她的地方阵亡，未给她留下她会永远牢记的临终遗嘱。赫卡柏也在为心爱的儿子之死号哭洒泪。

海伦也为赫克托耳哀哭。她从来不曾受过赫克托耳的责备和埋怨。心情温和的赫克托耳总是为她辩护，由于他的庇护，其他人也不曾欺侮她。在这人人都仇视她的特洛伊，她的唯一的朋友和安慰者现在已经离世了。

普里阿摩斯吩咐准备火葬的篝火。整整九天，特洛伊人从伊得山运来木柴。第十天，他们把赫克托耳的遗体搁在篝火上焚化。把骨灰放入金罐，安放到墓穴里，然后在墓穴上盖了石板，筑起坟丘。在特洛伊人筑坟丘的时候，哨兵一直监视着希腊人的动向，防止他们突然袭击。安葬之后普里阿摩斯在自己宫中举行了盛大的葬后宴。

就这样，特洛伊人安葬了伟大的赫克托耳。

与阿马宗人作战。彭忒西勒亚

根据奥维德的长诗《列女志》和维吉尔的
长诗《埃涅阿斯纪》转述。

赫克托耳死后，特洛伊人最艰难的时日来临。他们再没有比较强悍的保卫者。特洛伊人不敢出城到开阔地上与希腊人厮杀。没有哪位英雄能与阿喀琉斯单个较量。看样子伟大的特洛伊城的末日就要来到。就在这时候，突然出现一支援军。女王彭忒西勒亚率领英勇善战的阿马宗女兵骑着快马从遥远的攸克辛海驰援特洛伊。彭忒西勒亚想通过与希腊人交战赎清自己失手误杀姐妹的罪过。[①]阿瑞斯的这个女儿夸口要消灭希腊所有出名的英雄，把希腊军队赶出特洛伊，烧毁希腊人的战船。特洛伊人无限喜悦地欢迎阿马宗人的到来。普里阿摩斯像接待亲生女儿一样接待彭忒西勒亚，为她设下盛大的宴会洗尘。

第二天阿马宗人身穿闪闪放光的铠甲，率领特洛伊军队出城抗击希腊人。普里阿摩斯面向青天举起双手，恳求众神赐予本方胜利。然而众神并不理会他的请求。血腥的战斗开始了。彭忒西勒亚与其他阿马宗女将犹如一股狂风在希腊人的阵中冲杀，彭忒西勒亚接连刺杀了许多英雄。希腊军队动摇了，他们开始撤退。彭忒西勒亚把他们一直逼到战船旁边。阿马宗人最后的胜利已近在眼前。突然阿喀琉斯和大埃阿斯驰来增援希腊军队。他俩原先未参加战斗，两人张开双手躺在帕特洛克罗斯的墓丘旁边，在为失去朋友悲痛。他们听到战斗的喧杂声，立即披挂上阵，他们就像两头凶猛可怕的雄狮扑向战场，阿马宗人和特洛伊人抵挡不住了。彭忒西勒亚看见强壮的阿喀琉斯，毫无畏惧地上前与他厮杀。她向阿喀琉斯投出长枪，可是长枪碰到阿喀琉斯的盾牌便断成几截震飞了。阿马宗人的女王又投出第二支长枪，可是仍未伤及阿喀琉斯。阿喀琉斯怒不可遏，冲上去一枪刺中彭忒西勒亚的胸脯。彭忒西勒亚自觉受了致命伤，她使出最后的力气去拔宝剑，可是强健的阿喀琉斯一枪将她连人带马都刺死。战马倒在地上，彭忒西勒亚摊手摊脚地躺在战马旁边。阿喀琉斯摘下她的头盔，看到战神阿瑞斯的女儿超凡脱俗的美貌，他惊呆了。死后的彭忒西勒亚像女神阿耳忒弥斯一样美丽。阿喀琉斯站在被他刺死的彭忒西勒亚的遗体旁边，感到自己已被对死者的爱所征服。阿喀琉斯站在彭忒西勒亚身边，沉浸在悲伤之中，这时忒耳西忒

---

① 彭忒西勒亚在一次狩猎时误杀自己的姐妹，女神阿耳忒弥斯对此一直耿耿于怀。因为在特洛伊战争中阿耳忒弥斯支持特洛伊人，所以彭忒西勒亚也率军支援特洛伊人，想以此求得女神的谅解。

斯走到他面前，像以往一样责骂阿喀琉斯。忒耳西忒斯故意侮辱阿喀琉斯的感情，他用长枪扎破了美丽的彭忒西勒亚的眼睛。阿喀琉斯勃然大怒，挥起拳头照着忒耳西忒斯的脸就是一拳，这重重的一拳竟当场打死了忒耳西忒斯。狄俄墨得斯看到阿喀琉斯打死了他的亲戚，怒从中来。幸亏众多希腊人竭力劝解，才劝住了两位英雄。

阿喀琉斯抱起彭忒西勒亚的尸体离开了战场。后来希腊人将彭忒西勒亚和其他十二个阿马宗人的尸体连同武器装备一起还给特洛伊人，特洛伊人为死者举行了隆重的葬礼，他们将尸体全都放在篝火上焚化了。

阿喀琉斯来到勒斯玻斯岛。他在岛上向阿波罗、阿耳忒弥斯以及他俩的母亲勒托敬献了丰富的祭品，恳求他们为他洗刷因杀害忒耳西忒斯而沾染的血污。后来聪明过人的俄底修斯奉阿波罗之命，为他洗清了罪责。

与埃塞俄比亚人作战。门农

根据荷马史诗《奥德赛》、赫西俄德的长诗《神谱》、
维吉尔的长诗《埃涅阿斯纪》转述。

彭忒西勒亚死后，特洛伊人更是难以抵抗希腊人的进攻。可是又有一支军队突然赶来支援特洛伊人。门农率领一支庞大的埃塞俄比亚军队从环绕整个陆地的、灰蒙蒙的大洋河岸赶到特洛伊。门农是美丽的晨光女神厄俄斯与提托诺斯所生的儿子，本是普里阿摩斯的亲戚。门农英俊出众，任何凡人都不能与他相比。他身穿赫菲斯托斯亲自制造的金盔甲，在特洛伊军队中就像一颗启明星那样灿烂夺目。

晨光女神的强健的儿子门农与阿喀琉斯对阵真可谓棋逢敌手。特洛伊城下又展开了一场激烈的恶战。站在特洛伊军队阵前的是门农，而率领希腊人的便是阿喀琉斯。但是阿喀琉斯回避与门农交手。忒提斯

的儿子心中清楚，如果他杀死门农，那么自己立即会被阿波罗的箭射死。门农冲向年老的涅斯托耳。年迈力衰的涅斯托耳怎能与年轻力壮的门农厮杀？

涅斯托耳拨转马头企图逃跑，可是帕里斯拉弓搭箭射中涅斯托耳的其中一匹战马。涅斯托耳眼看自己受到难以逃脱的死亡的威胁，赶忙呼唤儿子安提罗科斯来救援。忠实的儿子匆匆赶来救助父亲。他拿定主意宁可自己死，也不许门农杀害父亲。安提罗科斯抱起一块巨石，朝门农砸去。但是赫菲斯托斯打造的头盔保护了女神厄俄斯的儿子。门农挺枪刺中安提罗科斯的胸脯，安提罗科斯被刺透心脏，倒在地上，为保护父亲付出了自己的生命。涅斯托耳看到儿子阵亡，顿时号啕大哭。门农不顾涅斯托耳另一个儿子特拉绪墨得斯及其朋友斐柔斯朝自己攻来，要去剥取安提罗科斯身上的铠甲。这时涅斯托耳自己冲上前去护住儿子的尸体。可是门农并不与老人交手，不忍心加害年迈的涅斯托耳。希腊人与埃塞俄比亚人为争夺安提罗科斯的尸体而展开猛烈的拼杀。涅斯托耳召唤阿喀琉斯来助战。阿喀琉斯得知安提罗科斯已阵亡，感到惊讶和愤慨。在所有希腊人之中，他最喜爱的就是安提罗科斯，帕特洛克罗斯死后，安提罗科斯就是他最亲密的朋友。阿喀琉斯置一切于不顾，忘却了继门农之后自己必然身亡，立即投入战斗。门农看到阿喀琉斯冲上前来，便朝他掷去一块巨石，可是巨石被阿喀琉斯的盾牌弹得远远的。阿喀琉斯的长枪击中门农的肩膀，但门农不顾伤痛，挺枪刺伤阿喀琉斯的手。两位英雄拔出利剑，互相砍杀。这两位英雄势均力敌，旗鼓相当，他们都是女神的儿子，都穿着赫菲斯托斯打造的铠甲。他们一手执盾掩护，一手挥剑砍杀。众神在高高的奥林波斯山上观看这场决斗。两位英雄的母亲——厄俄斯与忒提斯都在为自己的儿子向宙斯求情。宙斯拿出金天平，将两位英雄命运之签放在天平上称量。门农的签沉下去了，命运注定他要死在阿喀琉斯手下。厄俄斯女神号啕大哭，她将失去亲爱的儿子。最后阿喀琉斯举起沉重的长枪，刺中门农的胸脯。一团表示哀痛的黑雾遮掩了厄俄斯。她派自己的儿子——诸位风神驰往战场，风神们把门农的尸体运到遥远的埃塞波斯河①的岸边。年轻的神女们为他哀哭，并为他建造了陵墓。

众神把其他埃塞俄比亚人变成飞鸟。从此之后这些飞鸟每年都飞到埃塞波斯河边门农的墓地，哀悼自己的国王。

希腊人隆重厚葬了安提罗科斯。他的骨灰放入罐内，后来又把骨灰罐埋入阿喀琉斯、帕特洛克罗斯的同一个墓丘。

阿喀琉斯之死

阿喀琉斯的心中升腾着对特洛伊人的刻骨仇恨。他决心要为朋友帕特洛克罗斯和安提罗科斯之死无情地报仇。阿喀琉斯如同一头狂怒的雄狮，勇猛冲杀，接二连三地砍倒特洛伊英雄。特洛伊人仓皇逃窜，急急退入特洛伊城内躲避。狂暴的阿喀琉斯紧紧追击敌人。无情的命运驱赶着他奔向无法幸免的死亡。他追击特洛伊人一直追到斯开亚城门口。

要不是阿波罗来到，他定能冲入神圣的特洛伊城，该城定会毁灭。阿波罗威严地一声大喝，喝住了阿喀琉斯。然而阿喀琉斯并不服从阿波罗。他常常为阿波罗多次从他手下救走赫克托耳及其他特洛伊人而愤恨呢。阿喀琉斯还扬言要用长枪袭击阿波罗。无情的命运使阿喀琉斯失去了理智。他准备攻击阿波罗。阿波罗见状大怒，一时忘却了当初在珀琉斯和忒提斯的婚礼上他所作的要保护阿喀琉斯的承诺。他用一团黑云裹住身子，让任何人都看不见他，然后将帕里斯射出的箭引向阿喀琉斯的脚踵，因为伟大的英雄阿喀琉斯只有脚踵会受伤②。阿喀琉斯的脚踵被箭射中，这对他是一次致命的创伤。他感到死亡临近，拔出

---

① 位于小亚细亚。

② 忒提斯生下阿喀琉斯之后，捏住他的脚踵将他放到斯堤克斯河水里浸泡，所以阿喀琉斯的身体坚硬如铁，刀箭不入，唯有脚踵未沾河水，易受伤害。

箭，倒在地上。他严厉谴责阿波罗坑害他，因为他知道，没有神的帮助，任何凡人都不能杀死他。阿喀琉斯再次鼓起力量，像一头垂死的雄狮，从地上站起身来，又杀死了许多特洛伊人。然而他的四肢渐渐发凉，死亡愈来愈近。他拄着长枪，摇摇晃晃地站住，冲特洛伊人威严地喊道：

“你们倒霉了，你们一定要完蛋！我就是死后也要向你们报仇！”

他的吼声吓跑了特洛伊人。可他自己更加虚弱了。他耗尽了最后的力气，跌倒在地上。他的金铠甲发出一声轰响，大地为之震动。阿喀琉斯死了。可是特洛伊人连已死的阿喀琉斯都不敢接近。他们连他的尸体都害怕，因为阿喀琉斯生前着实使特洛伊人吓得魂魄俱丧。特洛伊人渐渐回过神来，接着围绕最伟大的英雄的遗体又展开了残酷的搏斗。希腊最强健的英雄参加了对特洛伊人的这次战斗。阿喀琉斯四周尸体堆积如山，但他那魁梧的身体躺在那里一动不动，他已听不见战斗的呐喊与喧杂。参战者脚下尘土飞扬，鲜血流淌成河。看起来，这场战斗永远不会止息了。突然宙斯投出霹雳，平地卷起狂风，特洛伊人被阻止了。宙斯不愿让特洛伊人夺得阿喀琉斯的尸体。强健有力的大埃阿斯抱起阿喀琉斯的尸体冲向战船，俄底修斯作掩护，抗击特洛伊人的进攻。发自特洛伊人的队伍的箭矢和投枪密如乌云，飞向俄底修斯，但是俄底修斯仍然无所畏惧地抵挡着特洛伊人的进攻，一步一步地撤退。

大埃阿斯把阿喀琉斯的尸体抱到战船旁边。希腊将士将尸体洗净，再抹上香膏，然后放到装饰豪华的灵床上。希腊将士围着灵床，大声哀哭最伟大的英雄，他们痛苦地揪扯着自己的头发。忒提斯听见哭声，带着自己的姐妹——海中神女们从海底深渊来到地面。得知心爱的儿子死亡，忒提斯撕心裂肺地哀号起来，那凄惨的哭声使得希腊将士个个战抖。要不是年老的涅斯托耳叫住他们，他们可能吓得都跑到战船上去了。忒提斯、海中神女和希腊将士为阿喀琉斯整整哀哭了十七天。诸位缪斯从巍峨的奥林波斯山来到地面，她们为悲悼死者唱起哀歌。永生的众神也在奥林波斯山上哀悼这位英雄。死后第十八天，人们点起篝火，将阿喀琉斯的尸体焚化。为了悼念这位最伟大的英雄，希腊人在他身边堆放了很多祭品。所有希腊将士都身穿华丽的铠甲，出席了这次葬礼。篝火燃尽后，他们收集起阿喀琉斯的骨灰，装入狄俄尼索斯送给忒提斯的金罐。这只金罐已装有帕特洛克罗斯的骨灰。人们把阿喀琉斯、帕特洛克罗斯、安提罗科斯安葬在同一个墓穴中。坟上垒起高大的墓丘，在海上打老远就能看见这座坟墓，希腊人以此表明长眠于这个墓丘下的英雄们享有无上的光荣。

葬礼之后举行了缅怀死者的竞技大会。忒提斯从海里送来许多贵重的礼物，这些礼物作为奖品奖给竞技获胜的英雄。礼物是如此豪华贵重，要是伟大英雄阿喀琉斯还活着，他也会惊喜不已。

大埃阿斯之死

根据索福克勒斯的悲剧《埃阿斯》转述。

阿喀琉斯身后留下赫菲斯托斯打造的那副金铠甲。忒提斯吩咐把这副铠甲送给保护阿喀琉斯遗体功劳最大的英雄。

这样一来，不是大埃阿斯，便是俄底修斯得到这副铠甲。这两位英雄为此发生争执。如何解决这场争执呢？两位英雄都配得到这份奖品。最后决定由被俘的特洛伊人投票裁决。这时候雅典娜又来帮她所宠爱的俄底修斯。在雅典娜帮助下，阿伽门农和墨涅拉俄斯暗中偷换了大埃阿斯的签，并且故意数错特洛伊俘虏投票的票数，结果俄底修斯得到铠甲。大埃阿斯深感悲愤。他走回自己的帐篷，思谋着要向阿特柔斯的两个儿子和俄底修斯报复。

夜里，整座希腊军营都沉入酣梦，大埃阿斯手持利剑走出帐篷，他打算去杀阿伽门农和墨涅拉俄斯。可是女神雅典娜让大埃阿斯突然发疯。雅典娜对大埃阿斯自信自己的力量，拒绝众神的帮助，早已心怀怨恨。发疯的大埃阿斯冲入畜群，在黑暗中大肆砍杀牲畜，自以为在砍杀希腊人。剩下的牲畜他都赶回自己的帐篷，他还以为赶回去的是俘虏。他在帐篷里折磨这些牲畜，对它们受折磨和惨死感到快乐。这时他把牲畜当成了阿特柔斯的儿子。最后，大埃阿斯渐渐清醒了。当看清帐篷里躺满了打死的牲畜，他感到无比惊惧。惊恐的大埃阿斯请问别人到底发生了什么事情。人们向他述说了事情的经过，伟大的英雄心中充满了难以言表的痛苦。他决心以死来洗刷自己所遭受的耻辱。他把儿子欧律萨刻斯和随他一起来特洛伊的萨拉弥斯将士托付给兄弟透克洛斯，然后带上从赫克托耳手中得来的宝剑走向海边，说是去祈求众神宽恕，要把宝剑献给哈得斯和黑夜女神。

希腊军营中到处传说大埃阿斯头晚干的事。人们发现了打死的牛羊和牧人的尸体。俄底修斯根据血印查出是大埃阿斯所为。阿伽门农和墨涅拉俄斯怒火冲天，下决心惩罚大埃阿斯。

正在这时候，透克洛斯派来的报信人到了。他告诉大埃阿斯的朋友们，让他们保护伟大的英雄大埃阿斯，因为死亡正威胁着大埃阿斯，不过只在当天威胁大埃阿斯，只要这天安然度过，那么以后任何危险对大埃阿斯都不构成威胁。不久透克洛斯也亲自来了。听说他的兄弟已去海边，他立即跑去寻找，他担心大埃阿斯发生不幸。果然，他遇见的已不是活着的兄弟。透克洛斯在海边找到的只是大埃阿斯的尸体，大埃阿斯已经饮剑身亡。继阿喀琉斯之后，最强健勇猛的希腊英雄大埃阿斯就这样死亡了。

墨涅拉俄斯和阿伽门农不让透克洛斯安葬兄弟的尸体。透克洛斯与阿特柔斯两个儿子眼看要发生公开的敌对，希腊军营中就要发生内讧，这时俄底修斯出面调解。他劝阿伽门农准许透克洛斯安葬为希腊人建立了卓著功勋的大埃阿斯。于是在阿喀琉斯的墓丘旁边耸起了一座新坟，忒拉蒙的儿子大埃阿斯就在这座墓中安息。

菲罗克忒忒斯。特洛伊的末日

根据索福克勒斯的悲剧《菲罗克忒忒斯》转述。

阿喀琉斯和大埃阿斯死后，希腊军队继续顽强围攻特洛伊，然而他们无法用武力攻破该城。有一次，俄底修斯暗中埋伏，听见了普里阿摩斯的儿子——预言家赫勒诺斯的预言，并设计将他俘获。这样，俄底修斯打听明白，只有菲罗克忒忒斯带着赫拉克勒斯的毒箭和阿喀琉斯年轻的儿子涅俄普托勒摩斯一起加入希腊军队，希腊人方能攻克特洛伊城。俄底修斯决定立即登上遥远的路途，去找那两位英雄。

俄底修斯来到斯库洛斯岛找国王吕科墨得斯，毫不费力地说服了阿喀琉斯的儿子参与攻打特洛伊的战争。英俊的涅俄普托勒摩斯也像父亲一样，渴望建立伟大的战功。他立即与俄底修斯一起上路了，尽管他的母亲得伊达弥亚含着眼泪劝他别去。

制服菲罗克忒忒斯的事着实要困难得多。他孤身一人居住在楞诺斯岛附近的荒凉的克律塞岛上的一个山洞里，山洞有两个洞口，一个洞口朝东，另一个洞口朝西。冬天太阳照进这两个洞口，将洞内晒暖，夏天风从两个洞口吹入，吹散洞中的暑热。菲罗克忒忒斯常常挨饿。他用弓箭射杀野鸽，所以获取食物相当艰难。脚上的伤口十分疼痛，不幸的人儿只能勉强移动脚步去取水，而击石取火更是不易。菲罗克忒忒斯在这荒岛上缺衣少食，忍受诸般艰难困苦，这种日子足足熬了十年。偶尔有船停靠克律塞岛，可是谁都不愿带他去希腊。造成所有这些苦难的罪魁祸首是阿特柔斯的两个儿子和俄底修斯，所以菲罗克忒忒斯对他们怀有刻骨仇恨。他恨不能用箭将他们统统射死。

俄底修斯知道，如果他被菲罗克忒忒斯看见，那么肯定难逃一死，所以他决定用计制服菲罗克忒忒斯。他劝年轻的涅俄普托勒摩斯去见菲罗克忒忒斯，就说他从特洛伊城下来，他不愿再围困特洛伊，是因为希腊军队的首领们侮辱他。如果菲罗克忒忒斯请求带他回希腊，那就答应他，这样就可以将他连人带弓箭一齐掳上船。那时再带他来特洛伊城下就比较容易。涅俄普托勒摩斯不愿用欺骗的手段行事，但俄底修斯说得他相信，只有这个办法才能引诱菲罗克忒忒斯上船。涅俄普托勒摩斯只得答应这么做了。

战船驶抵克律塞岛，涅俄普托勒摩斯带上几名兵丁上了岸，前往菲罗克忒忒斯居住的山洞。当时菲罗克忒忒斯不在洞里，不过很快他就回来了。

菲罗克忒忒斯大声呻吟着走回山洞，伤口的疼痛折磨得他十分难受。看到来人，他异常高兴。当他知道站在面前的是阿喀琉斯的儿子涅俄普托勒摩斯，更是喜出望外。涅俄普托勒摩斯将俄底修斯编造的谎话给这位受难者说了一遍，又将阿喀琉斯、帕特洛克罗斯、大埃阿斯的不幸身亡告诉他。菲罗克忒忒斯得知他最亲密的几位英雄已经离世，心中感到无限悲痛。他同意随涅俄普托勒摩斯去希腊，还将自己的弓箭交给阿喀琉斯的儿子保管，嘱咐他别让俄底修斯偷走。菲罗克忒忒斯主动催促涅俄普托勒摩斯启航去希腊。

突然一名士兵跑来报告，说英雄福尼克斯及忒修斯的两个儿子正赶来要用武力将菲罗克忒忒斯押往特洛伊。尽管菲罗克忒忒斯听到这个消息吓得几乎晕倒在地，但是他仍急急往海边挪动。涅俄普托勒摩斯亲眼目睹菲罗克忒忒斯所遭受的折磨，再也无法蒙骗他，于是将实情向菲罗克忒忒斯和盘托出。涅俄普托勒摩斯准备将弓箭还给他，可就在这时候俄底修斯从藏身之处跑出来，阻止了涅俄普托勒摩斯。菲罗克忒忒斯想起身逃跑，从山崖顶上跃入大海，他不愿成为不共戴天的仇人俄底修斯及阿特柔斯的儿子手中的驯服工具。可是俄底修斯命令手下兵丁抓住菲罗克忒忒斯，将他押回战船。菲罗克忒忒斯陷于绝望。涅俄普托勒摩斯不忍心眼睁睁看着他遭受荼毒，于是把弓箭还给不幸的人。俄底修斯的整个阴谋破产了，他立即撒腿逃命，因为他知道，中了赫拉克勒斯的箭，那死得是很痛苦的。

涅俄普托勒摩斯再次试图劝说菲罗克忒忒斯随他一起去特洛伊，帮助希腊军队攻取该城。然而菲罗克忒忒斯断然拒绝，他无法忘记阿伽门农、墨涅拉俄斯和俄底修斯给他造成的巨大痛苦。看来他们只得空手离开克律塞岛了，除非由涅俄普托勒摩斯再次对菲罗克忒忒斯进行诱骗。

突然赫拉克勒斯闪烁着永生神祇的光彩出现在菲罗克忒忒斯的面前。他劝菲罗克忒忒斯去特洛伊城下，那里有一位最伟大的英雄答应为他治好经久不愈的创伤，保证让他在攻打特洛伊城的战斗中获得巨大的荣誉。菲罗克忒忒斯服从朋友的意志，他自愿登上俄底修斯的战船，起程去特洛伊，伟大的功勋正在特洛伊等待他。

涅俄普托勒摩斯来到特洛伊城下，在这里建立了许多功绩。阿喀琉斯这个儿子的力量和胆魄无人能与之相比。许多特洛伊英雄都死在涅俄普托勒摩斯手下。他在惨烈的决战中杀死了赫拉克勒斯的后裔——忒勒福斯的儿子欧律皮罗斯。欧律皮罗斯的母亲被贵重的礼物——宙斯为美丽的伽倪墨得斯栽培的金葡萄藤所收买，派儿子去援助普里阿摩斯。在门农死后，如神祇一样英俊的欧律皮罗斯便是特洛伊城最英勇善战的保卫者。然而母亲的贪财坑害了他。

菲罗克忒忒斯抵达特洛伊城下之后不久，便用箭射伤了特洛伊战争的罪魁祸首帕里斯。菲罗克忒忒斯使用的是赫拉克勒斯留下的毒箭，因而帕里斯身上的箭伤是不可医治的，他必定被巨大的痛苦折磨至死。箭头的毒汁侵入他的肌体，而且愈来愈深。帕里斯离开特洛伊城进入森林，受尽可怕的折磨后死在林中。他就死在他作为普通牧人无忧无虑地生活过的地方。牧人们找到了他的尸体，为昔日的伙伴之死失声痛哭。他们堆起高大的篝火，将帕里斯的尸体搁在篝火上焚化。牧人们收集起他的骨灰，装入罐子，埋入坟墓。

特洛伊人保卫城池的任务日趋艰难。可是希腊军队仍然未能用武力攻下特洛伊。俄底修斯这时决定冒险潜入城内。他用鞭子抽打自己的脸，使自己变得面目全非，然后穿上破衣烂衫，扮成一个乞丐，混进特洛伊城，探听特洛伊人下一步的动向。所有特洛伊人都看见可怜的乞丐在熙熙攘攘的街上求乞，只有海伦一人认出他是俄底修斯。海伦把他叫到自己家中，为他洗净身体，并发誓绝不向特洛伊人说出他的真实身份。俄底修斯将一切都打听明白，然后杀死许多守城卫兵，顺利返回希腊军营。俄底修斯和狄俄墨得斯两人还进行了一次更大的冒险。他们悄悄溜进特洛伊城，潜入雅典娜的神庙。神殿中矗立着一尊从天上掉下来的护城木雕神像。希腊人无论如何必须取得这尊神像，因为只要这尊神像还在特洛伊城内，特洛伊城就攻不破。两位无畏的英雄冒着极大的危险偷走了神像。归途中他们杀死了许多特洛伊人，终于回到军营。

特洛伊的陷落

主要根据维吉尔的长诗《埃涅阿斯纪》转述。

尽管护城神像已到手，可希腊军队仍然不能攻破特洛伊城垣。这时候俄底修斯建议希腊人智取。他提议建造一匹能在马腹中隐匿许多强健英雄的巨大的木马。其他希腊军队统统撤离特洛伊海岸，躲到忒涅多斯岛[①]的背面。等到特洛伊人将木马拖到城内后，马腹中的英雄在夜间从马腹中出来，为秘密返回的希腊军队打开特洛伊城门。俄底修斯肯定，只有用这种方法才能夺取特洛伊城。

看到过宙斯降下的征兆的预言家卡尔卡斯也劝说希腊人采用这条计策。最后希腊人终于采纳了俄底修斯的建议。著名画师厄珀俄斯和他的徒弟在女神雅典娜的帮助下，建造了一匹巨大的木马。涅俄普托勒摩斯、菲罗克忒忒斯、墨涅拉俄斯、伊多墨纽斯、狄俄墨得斯、小埃阿斯、墨里俄涅斯、俄底修斯及其他几位英雄钻进木马。整个马腹内挤满

---

① 爱琴海上的岛屿，近特洛伊海岸。

了全副武装的勇士。厄珀俄斯在诸位英雄进入马腹之后，将入口遮堵得严严密密，使人根本想不到马内竟藏有众多勇士。然后希腊人将军营内的所有建筑尽皆烧毁，登上战船，离岸驶往外海。

被围困的特洛伊人在高高的城墙上看见了希腊军营中的异常动向。但是他们久久不能明白到底发生了什么情况。突然特洛伊人无比惊喜地看到希腊军营腾起滚滚浓烟。他们知道希腊人撤离特洛伊了。特洛伊人欢天喜地拥出城外，前往希腊人的营寨。希腊人的军营果然成了空营，营内有些地方尚有一些设施仍在燃烧。特洛伊人好奇地在狄俄墨得斯、阿喀琉斯、阿伽门农、墨涅拉俄斯及其他英雄的营帐的遗址间来回走动。他们坚信，现在战争结束了，一切灾难都已过去，大家可以一心埋头于和平劳动了。

特洛伊人突然惊奇地站住，他们看见了一匹木马。他们望着木马，却猜不透这奇特的设施究竟为何物。一些人提议将木马推入大海，另一些人则认为应将它拉回城内，置于卫城之上。人们争执不休，这时阿波罗的祭司拉奥孔来到争论双方面前。他竭力说服本国同胞将木马摧毁。拉奥孔认定马腹内隐藏着希腊英雄，认定这是俄底修斯想出来的某种军事计谋。拉奥孔不相信希腊军队真的永远撇下特洛伊回去了。他反复劝说特洛伊人不要相信这木马是什么好东西。不管怎么说，拉奥孔反正对希腊人存有戒心，即使他们给特洛伊人送礼物，他也不相信。拉奥孔举起粗长的长枪朝木马投去。木马猛一抖动，马腹中传出兵器撞击的隐隐响声。可是众神蒙住了特洛伊人的心窍，这时他们视而不见，听而不闻，仍然决定将木马运回城内。命运的安排必然要兑现了。

站在木马四周的特洛伊人正要走上前去，突然传来高声喊叫声。原来是牧人们押着一名被缚的俘虏走来了。其实这个人是故意自投罗网。他就是希腊人西农。特洛伊人围住他，侮弄他。西农默默地站着，胆怯地望着四周的特洛伊人。最后他终于开腔了，伤心地抱怨自己的厄运，边说边淌眼泪。他的泪水打动了普里阿摩斯及所有特洛伊人的心。

他们细细盘问他，他是什么人，为什么独自留下来。这时候他将俄底修斯事先为他编造的欺骗特洛伊人的谎言述说了一遍。西农说，自己是伊塔刻国王俄底修斯最痛恨的帕拉墨得斯的亲戚，所以俄底修斯想方设法陷害他。希腊人决定停止围攻特洛伊后，俄底修斯说通卡尔卡斯，让他向人们宣示，说众神要求用人来献祭，方可保证希腊人顺利返回故乡。卡尔卡斯故作犹豫，似乎难以选定献祭的人选，最后指定他西农作祭品。希腊人将他捆绑起来押往祭台。可是他挣断绳索，逃脱了不可避免的死亡。他在茂密的芦苇丛中躲了很久，等待希腊人撤离，返航回国。希腊人撤离后，他从藏身之处出来，自愿落入牧人手中。特洛伊人相信了这个狡猾的希腊人的谎言。普里阿摩斯下令给他松绑，问他希腊人留在营中的这匹木马是怎么回事。西农等的正是这句话。他请众神作证，自己说的句句都是实话。然后他说，希腊人留下木马是为了祈求暴烈的雅典娜宽恕，因为希腊人盗窃特洛伊的护城神像使她怒火万丈。按西农的话说，如果特洛伊人将这匹木马拖回城内，那么它将成为特洛伊的强大的保卫者。特洛伊人连西农这些谎话也都信了。西农机巧地扮演了俄底修斯为他派定的角色。

这时雅典娜又以一件离奇的怪事使特洛伊人更加深信西农说的是实话。海上突然出现两条巨大的毒蛇。毒蛇急速朝岸边游来，浪涛间盘旋着一圈圈蛇身。蛇头上血红的肉冠高高地耸起，双眼闪耀着火光。两条毒蛇爬上岸，爬到拉奥孔向海神波塞冬献祭的地方。所有特洛伊人吓得四散逃窜。毒蛇朝拉奥孔的两个儿子追去，将他们缠住。拉奥孔赶忙去救儿子，可是他自己也被两条巨蛇缠住。毒蛇尖利的毒牙撕咬拉奥孔及其儿子的身子。可怜的拉奥孔奋力挣脱毒蛇缠绕，一边想解救两个儿子，可是一切皆属徒劳。毒液已深深侵入体内，四肢都在抽搐。拉奥孔和两个儿子经受着可怕的痛苦折磨。拉奥孔感觉到死亡临近，不由得高声喊叫。他亲眼目睹两个毫无过错的儿子惨死，然后他也身亡了。拉奥孔因为违背神的意志，想拯救自己的祖国，结果招来杀身之祸。两条毒蛇咬死拉奥孔父子之后便爬走了，躲到雅典娜神像的托板下边。

拉奥孔的死使特洛伊人更加坚信，应该把木马拖回城内。他们拆毁一段城墙，因为木马太大，无法通过城门。特洛伊人吹吹打打，载歌载舞，欢天喜地地用粗绳拖着木马向城内走去。木马过城墙豁口时碰撞在城墙上，先后停了四次，马腹内希腊人的兵器相撞发出清晰的轰响，可是特洛伊人都未听见。最后他们将木马拖到卫城。能预见未来的卡珊德拉看见卫城内出现一匹木马，感到惊恐不安。她向人们预告，特洛伊城将要毁灭，可是人们对她的预言嗤之以鼻，因为人们从来都不相信她的预言。

待在马腹内的英雄们大气都不敢喘，他们警觉地倾听着外界传来的每一个响声。他们听见海伦模仿他们妻子的嗓音在呼喊他们的名字。俄底修斯用力捂住一位英雄的嘴，不让他答话。英雄们听见了特洛伊人的欢呼声，听见他们为庆贺战争结束而在城内到处举杯把盏的嘈杂声。黑夜终于来临，一切都已沉寂，特洛伊全城沉入梦乡。他们听见西农贴着木马的说话声，西农来报告，现在英雄们可以走出马腹了。

在此以前西农已在特洛伊城门口点燃一堆篝火，这是给隐藏在忒涅多斯岛背后的希腊人的信号，让他们立即赶到特洛伊城。马腹内的英雄小心翼翼地走出木马，尽量避免弄出响声，最先出来的是俄底修斯和厄珀俄斯。英雄们分散到酣梦沉沉的城内各条大街，他们纵火焚烧房屋，血红的火光照亮了行将毁灭的特洛伊。其他希腊英雄也赶来助战，他们通过城墙豁口冲入城内。你死我活的决战开始了。特洛伊人随手操起家什进行自卫。他们将燃烧的原木、房柱、家具投向希腊人，挥舞着刚刚还用来烤肉欢宴的铁叉与敌人拼杀。希腊人对谁都不怜悯，特洛伊大街上妇女和孩子们在奔逃哀号。最后希腊人终于攻到普里阿摩斯那有塔楼高墙护卫的王宫跟前。特洛伊人困兽犹斗，英勇抵抗。他们把整座塔楼推倒，压到希腊人身上。希腊军队发起更加猛烈的进攻。阿喀琉斯的儿子涅俄普托勒摩斯举起斧子劈开宫门，首先冲进王宫。其他英雄和士兵紧随其后也冲入宫中。普里阿摩斯的王宫充满妇女、儿童的号哭声。他的女儿和儿媳都聚在祭坛边，她们以为在这里能得到神的保护。普里阿摩斯穿戴上盔甲想去保护她们，即使保护不了，那就在战斗中倒下，可是赫卡柏恳求老迈的普里阿摩斯到祭坛边寻求庇护。他，一个年迈力衰的老人，怎能与身强力壮的英雄们搏杀呢！

突然，涅俄普托勒摩斯冲了进来，他在追逐普里阿摩斯的受了致命重伤的儿子波利忒斯。涅俄普托勒摩斯投出的长枪将波利忒斯击倒在他父亲脚边的地上。普里阿摩斯也向涅俄普托勒摩斯投出长枪，可是他的长枪像根轻飘无力的芦苇，落在阿喀琉斯儿子身上的铠甲上便弹飞了。涅俄普托勒摩斯愤怒地揪住普里阿摩斯灰白的头发，将利剑刺进他的胸膛。普里阿摩斯就这样死在他居住了这么多年并在那里统治伟大的特洛伊的王宫中。普里阿摩斯的众多儿子无一幸免于死，就连他的孙子——赫克托耳的儿子阿斯堤阿那克斯也惨遭毒手：希腊人从可怜的安德洛玛刻手中夺过阿斯堤阿那克斯，将他从高高的特洛伊城墙上扔了下去。墨涅拉俄斯进宫杀死了正在睡觉的得伊福玻斯，帕里斯死后，海伦成了他的妻子。火头上的墨涅拉俄斯本来还要杀掉海伦，幸亏被阿伽门农阻止。女神阿佛洛狄忒重新在墨涅拉俄斯胸中唤起对海伦的爱情，他高高兴兴地把海伦带回了自己的战船。

普里阿摩斯能预见未来的女儿卡珊德拉躲在雅典娜的神庙中避难。俄琉斯的儿子小埃阿斯在那里找到了她。卡珊德拉紧紧贴在雅典娜的神像上，双手死死抱住神像。小埃阿斯粗暴地抓住卡珊德拉，猛力一拉，结果连人带神像一起摔倒在地上，神像打碎了。希腊将士痛恨小埃阿斯，伟大的女神也恨他，后来她对小埃阿斯作了残酷的报复。

所有特洛伊英雄之中只有两人幸免于难，一个是埃涅阿斯，他背着年老的父亲安喀塞斯，抱着年幼的儿子阿斯卡尼俄斯，逃出了特洛伊城。另一个是特洛伊英雄安忒诺耳。希腊人宽恕了他，因为安忒诺耳自始至终都劝特洛伊人将鬈发秀美的海伦和被帕里斯偷来的墨涅拉俄斯的珍宝归还希腊人。

特洛伊城的大火久久延烧。滚滚浓烟直冲云天。众神也为伟大的特洛伊的毁灭而悲痛。特洛伊的大火老远都能看见。四郊的人们根据烟柱和夜间映红天空的火光得知，长期以来一直都是亚细亚最强大的城市特洛伊，已经覆灭了。

希腊人返回故乡

主要根据欧里庇得斯的悲剧《安德洛玛刻》和
《赫卡柏》转述。

希腊人在特洛伊城内掠夺到大量的战利品，这些战利品是对他们在十年战争中所遭受的种种苦难的补偿。希腊人的战船装满了许许多多的金银、家什及数不胜数的美丽的女俘。

战船靠上赫勒斯滂彼岸的时候，希腊人的面前出现了阿喀琉斯的灵魂。阿喀琉斯要求把普里阿摩斯美丽的女儿波吕克塞娜献祭给他，因为原先指定她要嫁给阿喀琉斯。阿伽门农不肯让出波吕克塞娜，卡珊德拉也求阿伽门农怜悯她的姐妹。可是俄底修斯坚持要将波吕克塞娜献祭阿喀琉斯，他说阿喀琉斯在特洛伊战争期间为希腊人立下了伟大的功劳。波吕克塞娜本人也准备死在宰牲刀下。她心中明白，这样她可以避免日后在异乡受沉重奴役。波吕克塞娜镇定自若地走向祭坛，涅俄普托勒摩斯手握宰牲刀正站在祭坛边等候她。波吕克塞娜不让杀她的那个小伙子碰她的身体，她不愿作为奴隶前往哈得斯的冥国。波吕克塞娜自动走到祭坛边，自己动手撕开胸前的衣衫。涅俄普托勒摩斯悲伤地叹了一口气，将剑刺进她的胸膛，一腔热血染红了祭祀阿喀琉斯的祭台。

将波吕克塞娜献祭阿喀琉斯之后，希腊人又起航登上遥远的归途。一路上他们经受了许许多多的磨难，许多英雄未能看见故乡的海岸就在异乡丧生了。

早在攻克特洛伊城的当口，盛怒的雅典娜就挑起了希腊将士之间及阿特柔斯两个儿子之间的纷争。墨涅拉俄斯打算立即起程返回希腊，可是阿伽门农要求希腊人留在特洛伊地区，直至向雅典娜献祭之后求得她宽恕。阿伽门农不知晓，任何方法都已不能平息雅典娜心中的怒火。两兄弟的争吵持续了整整一天。第二天早晨，部分希腊战船载着分得的大量战利品，驶离特洛伊地区。最先离去的人当中有涅斯托耳、狄俄墨得斯、涅俄普托勒摩斯、伊多墨纽斯和菲罗克忒忒斯。此后不久，墨涅拉俄斯也起航离去，他在勒斯玻斯岛追上了狄俄墨得斯和涅斯托耳。俄底修斯也起航驶离特洛伊地区，可是在忒涅多斯岛他与同伴发生争吵，结果又折返特洛伊与阿伽门农会合。

会聚在勒斯玻斯岛的英雄们起程驶往优卑亚岛，他们在该岛的赫菲斯托斯海角向海神波塞冬献祭，而后又继续航行。四天之后，狄俄墨得斯抵达阿耳戈斯，涅斯托耳回到皮罗斯。伊多墨纽斯、菲罗克忒忒斯和涅俄普托勒摩斯也都顺利返回故乡。

墨涅拉俄斯此后又经历了许多磨难。在靠近阿提刻东端的苏涅斯海角，阿波罗用箭射杀了墨涅拉俄斯的舵手佛戎提斯。墨涅拉俄斯只得靠岸停船，为他的舵手举行了隆重的葬礼，此后才继续航行。当他的船队绕航拉科尼亚西南端的玛勒亚海角的时候，宙斯又在海上刮起猛烈风暴。大海上腾起排空巨浪。墨涅拉俄斯的部分战船被风暴卷到克里特岛，撞碎在海岸的山岩上，船上的希腊人历尽艰辛才得以活命。其他战船，其中包括墨涅拉俄斯所乘的战船，在海上漂荡了很久，最后漂到埃及的海岸。墨涅拉俄斯在异国他乡流浪了七年，在这漫长的年月他到过西顿人、埃塞俄比亚人和其他许多民族聚居的地方。他还到过塞浦路斯、腓尼基及遥远的牛羊数不胜数的利比亚。墨涅拉俄斯收到大量的礼物，积攒了大笔财产。在埃及，福翁的妻子波吕达谟娜送给海伦一种用神奇的草药汁熬制的良药。这种药用酒送服便能忘却最沉重的悲伤。后来墨涅拉俄斯离开埃及返航回故乡，途中停靠法洛斯岛。墨涅拉俄斯为等顺风在该岛一停就是二十天。法洛斯是一个荒岛，船上的食品就要用尽，眼看他们都得饿死。这时海神普罗透斯的女儿厄多忒亚救了墨涅拉俄斯及其同伴。厄多忒亚来到墨涅拉俄斯面前，教会他如何抓住海神普罗透斯，迫使他说出众神的意愿。一清早，晨光女神厄俄斯刚刚飞上天空，墨涅拉俄斯便带领三个强健勇敢的同伴前往海边。厄多忒亚带着四张海豹皮已在那里等候。厄多忒亚将海豹皮蒙在墨涅拉俄斯及其同伴们的身上，并在他们的鼻子上涂了一层神食，免得他们闻到海豹皮的腥臭。墨涅拉俄斯及其同伴裹着海豹皮，躺在海岸上一动不动。最后普罗透斯带着一群海豹浮出海面。普罗透斯数了数海豹，然后静静地躺在沙滩上睡着了。这时候，墨涅拉俄斯率领同伴扑向普罗透斯。激烈持久的搏斗开始了。普罗透斯先后变成雄狮、毒蛇、豹子、野猪、流水和树木，但是墨涅拉俄斯及其伙伴仍然牢牢地抓住他。最后老海神屈服了，恢复了原形，问墨涅拉俄斯要向他打听什么事情。墨涅拉俄斯问老海神，是哪位神祇在怨恨他墨涅拉俄斯，不给他送来顺风。普罗透斯吩咐墨涅拉俄斯返回埃及，向众神献上百牛大祭，只有那样众神方能怜悯他，护佑他顺利返回家乡。普罗透斯向墨涅拉俄斯预告了他与海伦日后的命运，并将每个希腊英雄离开特洛伊返乡途中将要遇到的祸福一一告知他。墨涅拉俄斯照普罗透斯的吩咐行事，他返回埃及，向众神献祭；众神为他送来顺风，他顺利回到故乡斯巴达，此后他安度晚年，活了很久。墨涅拉俄斯和海伦夫妇死后被送到福岛，从此他俩无忧无虑地永远生活在福岛。

阿伽门农在回乡途中经历了千难万险。他与伙伴们顺利抵达优卑亚海岸。这时在该岛的赫拉海角刮起了巨大的风暴，这是女神雅典娜派来的风暴，因为女神痛恨希腊人。雅典娜尤其憎恨俄琉斯的儿子小埃阿斯。许多战船在此触礁沉没。小埃阿斯的战船也撞得粉碎。要不是大地震撼者波塞冬怜悯小埃阿斯，那他也会葬身于大海。海神波塞冬命令海浪将小埃阿斯抛上赫拉海角的礁石上，小埃阿斯这才捡得一条活命。

可是他的傲慢转眼又将他自己葬送。他狂妄地喊叫，他的获救并非依靠众神的帮助，他的生还甚至是违拗众神意志的。海神波塞冬听见了他亲自救下的小埃阿斯的粗暴无礼的话。波塞冬愤怒地举起三叉戟，扎向小埃阿斯站立的山岩。山岩裂成两半，一半发出惊心动魄的轰隆声，带着小埃阿斯一起塌入大海。小埃阿斯就这样葬身于刚刚被波塞冬救离的大海。阿伽门农的船队好不容易避开风暴，最后抵达故乡的海岸。但是，阿伽门农返回富有黄金的迈锡尼并未得到快乐，他那变了心的妻子克吕泰涅斯特拉虐杀的毒手正在等待他。

俄底修斯的故事

俄底修斯与神女卡吕普索

根据荷马史诗《奥德赛》转述。

俄底修斯离开特洛伊城下，返回故乡伊塔刻①，途中遭受了许多深重的灾难，经历了许多九死一生的艰险。他丧失了所有部属，他的同伙全都在途中遇难，没有一人逃脱厄运。经过长期漂泊之后，俄底修斯来到神女卡吕普索的俄古癸亚岛②。俄底修斯在颇有魔力的女巫师卡吕普索处受了漫长的七年之苦。到了第八年，俄底修斯怀念故乡，思念妻儿，恳求卡吕普索放他回故乡，可是卡吕普索不允许。后来奥林波斯众神可怜他。在众神的会议上，宙斯根据女儿雅典娜的请求，不顾海神波塞冬仍在海上到处追逐，决定把俄底修斯送回故乡。俄底修斯曾弄瞎波塞冬的儿子、独目巨人波吕斐摩斯的眼睛，因此惹怒了波塞冬，遭到波塞冬的追捕。

求婚者胡作非为，侵吞俄底修斯的财产

众神作出决定，送俄底修斯回故乡，女战神雅典娜当即离开高高的奥林波斯山，前往地面，飞往伊塔刻岛。她变成塔福斯人的国王门忒斯，朝俄底修斯家走去。她在俄底修斯家中遇到一群狂暴的求婚者，他们都是来向俄底修斯的妻子珀涅罗珀求婚的。他们坐在宴会厅里等待奴仆们为他们准备酒宴，一边在掷色子。俄底修斯的儿子忒勒玛科斯最先看见雅典娜，他上前欢迎假扮的门忒斯。他把雅典娜领进屋，单独安

---

①希腊西方爱奥尼亚海中的岛屿。
②希腊人认为位于西方大海中央的一个岛屿。

排在离求婚者稍远的一张桌子边。饮宴开始了。等到酒酣耳热，求婚者们又叫歌手斐弥俄斯为他们唱歌助兴。在斐弥俄斯歌唱的时候，忒勒玛科斯避开求婚者，附耳悄声对假门忒斯诉说这些求婚者给他带来的灾难。忒勒玛科斯非常悲伤，父亲这么多年还不回来，一旦父亲回来，那么他相信，所有这些灾难都会结束。忒勒玛科斯问客人，他是什么人，叫什么名字。雅典娜自称是门忒斯，还说她认识俄底修斯，说忒勒玛科斯很像父亲。接着她又装作对俄底修斯家的事一无所知的样子问忒勒玛科斯，他们家是在举行婚礼呢，还是在庆贺什么节日？为什么客人们这样胡作非为？忒勒玛科斯将自己的苦水都向客人倒了出来。他向假扮的门忒斯细细述说，这些蛮横的求婚者如何逼迫他母亲从他们中间选择一人做丈夫，这些人在他家如何胡作非为，如何糟蹋他的家产。雅典娜听了他的述说，建议他去向伊塔刻岛居民寻求保护，让他召集公民大会，在会上对那些求婚者提出控诉。雅典娜还建议忒勒玛科斯去皮罗斯找年老的涅斯托耳，去斯巴达找墨涅拉俄斯，向他们打听父亲俄底修斯的下落。雅典娜为忒勒玛科斯出过主意之后便走了。她变成一只飞鸟，从忒勒玛科斯的视野中消失了。忒勒玛科斯这才知道，他刚刚是在与一位神交谈。

正在这时候，珀涅罗珀走出卧室，下楼去宴会厅。她听到斐弥俄斯在唱关于英雄们从特洛伊返回故乡的歌。珀涅罗珀请求斐弥俄斯不要再唱这凄凉的歌，唱首别的歌。可是忒勒玛科斯打断了母亲的话。他说，选这首歌并不是歌手的过错，而是宙斯的抉择，宙斯鼓动他唱这首歌。忒勒玛科斯请母亲回内室，做妇人们应该做的事情，比如纺纱织布、监督女奴、整理房舍等。他请求母亲不要过问与她无关的事务，并说在他父亲俄底修斯家中做主的该是他忒勒玛科斯。珀涅罗珀听从了儿子。她驯服地返回内室，关在室内，思念起俄底修斯，不由得悲伤地哭了，最后女神雅典娜让她进入酣甜的梦中。

珀涅罗珀走后，求婚者久久争论着谁该成为她的丈夫。忒勒玛科斯打断了他们的争论。他说要召开公民大会来制止他们糟蹋他家的财产。忒勒玛科斯用众神发怒来威吓求婚者。可是这种威吓对求婚者并未起什么作用，他们依然大喊大叫，又唱又跳，一直闹到深夜，夜深之后求婚者才各自离去。

俄底修斯忠实的女仆、从小由她照料的年老的欧律克勒亚把忒勒玛科斯送回卧室。忒勒玛科斯躺在床上，可是一整夜他都未能合眼，反复考虑着雅典娜给他出的主意。

第二天清早，忒勒玛科斯吩咐传令官召集公民大会。公民们很快就到齐。忒勒玛科斯手持长枪来到公民大会会场，他身后跟着两只狗。忒勒玛科斯那样英姿勃勃，与会者无不惊羡。伊塔刻的长老们纷纷为他让路，他坐到父亲原先坐的位置上。忒勒玛科斯向公民提出请求，请求保护他不再受那些侵吞他家产的求婚者的纷扰。他恳求公民们以宙斯和司法女神忒弥斯的名义帮助他。

忒勒玛科斯怒冲冲地说完这番话，坐下来，垂着头，两眼淌出泪水。全场一片肃静，这时求婚者安提诺俄斯起来猛烈反驳忒勒玛科斯。他谴责珀涅罗珀玩弄计谋，逃避与求婚者之一结婚。原先她曾对求婚者许诺，等她织好华贵的寿衣，她就挑选一位求婚者做丈夫。珀涅罗珀白天的确在织寿衣，可是夜里她又拆掉日间所织。安提诺俄斯扬言说，珀涅罗珀若不选一位求婚者做丈夫，所有求婚者都不离开俄底修斯家。安提诺俄斯甚至要求忒勒玛科斯把母亲打发回她父亲家。他想借此胁迫珀涅罗珀选一个求婚者结合。忒勒玛科斯拒绝将母亲驱逐出家门，他请求宙斯为他遭受求婚者的侮辱和祸害作证。宙斯听见他的话，降下了神示。公民大会会场上空出现了两只苍鹰，鹰飞到会场正中上空便互相扑啄，直撕啄得胸脯和头颈鲜血流淌，此后立即又从惊讶不已的与会者的眼中消失了。能根据飞鸟预卜未来的预言家哈利忒耳塞斯向与会者宣告，这一征兆预示着俄底修斯很快就要归来，那时求婚者都得遭殃。俄底修斯回来谁都认不出他，他将残酷地惩罚那些掠夺他家产的人们。这就是哈利忒耳塞斯对与会者宣告的内容。可是一名求婚者——欧律玛科斯起来高声讥讽飞鸟占卜师。他还扬言说，求婚者要打死俄底修斯本人。欧律玛科斯高傲地宣称，求婚者什么都不惧怕，无论是忒勒玛科斯，还是占卜师用来吓唬他们的飞鸟，他们一概都不怕。

忒勒玛科斯不再劝说求婚者停止胡作非为。他请求公民们拨给他一艘快船，让他乘快船去皮罗斯找涅斯托耳，他希望能从涅斯托耳口中打听到一点有关父亲的消息。支持忒勒玛科斯的只有俄底修斯的朋友、有理智的门托耳一人；他谴责公民们听任那群求婚者如此欺凌忒勒玛科斯。公民们坐在那里默不作声。这时求婚者中间站起勒俄克里托斯。他嘲笑忒勒玛科斯，并威胁说，如果俄底修斯回来之后企图驱赶求婚者，那就叫他丧命。勒俄克里托斯狂妄至极，竟擅自解散了公民大会。

忒勒玛科斯满腹悲伤地走到海边，向雅典娜祈求。女神变成门托耳来到他面前。女神吩咐他暂且别去管那些求婚者，因为求婚者冥顽不化，自食恶果，很快就要完蛋。女神答应为忒勒玛科斯找一艘船，送他去皮罗斯。女神吩咐他回家去筹备远航所必需的一切。

忒勒玛科斯听从女神的吩咐。回到家中，他又遇见求婚者正准备大吃大喝。安提诺俄斯一见面就嘲笑他，还抓住他的手，让他一起吃喝。忒勒玛科斯愤怒地抽回手，临走又用众神发怒来威吓求婚者。忒勒玛科斯叫来忠实的女仆欧律克勒亚，他走进俄底修斯的宽大的库房，要在此选取远航所需的物品。忒勒玛科斯只对欧律克勒亚一人说了自己决定去皮罗斯的事，请她在自己出门期间代为照顾母亲。忠实的女仆恳求忒勒玛科斯不要离开伊塔刻，她担心俄底修斯的儿子会客死他乡。然而忒勒玛科斯主意已定，不会动摇。

与此同时，雅典娜变成忒勒玛科斯，走遍全城，招来二十名年轻的桨手，又去找诺蒙借船。诺蒙乐意地将自己一条最好的大船借给他们。现在起航的一切准备工作都已就绪。雅典娜隐身走进宴会厅，将那些正在大吃大喝的求婚者统统送入沉沉的梦中。接着她又变成门托耳，带着忒勒玛科斯离开了宫殿，把他带到海边的船上。忒勒玛科斯的伙伴们很快将欧律克勒亚准备好的物品搬来，装到船上。忒勒玛科斯和假扮的门托耳一起登上大船。雅典娜召来顺风，大船轻快地驶向外海。

忒勒玛科斯拜访涅斯托耳和墨涅拉俄斯

根据荷马史诗《奥德赛》转述。

女神雅典娜使忒勒玛科斯的航行一帆风顺。第二天早晨，太阳神赫里阿斯赶着雪白的神马刚刚驰上天空，忒勒玛科斯的快船就已抵达皮罗斯城[①]。忒勒玛科斯正好遇上涅斯托耳的全体臣民在向海神波塞冬献祭。皮罗斯人在祭坛旁边宰了许多公牛，而后举行了豪奢的盛宴。皮罗斯居民分坐九张桌子，每张桌子五百人。仆人们已经开始分送食物，突然涅斯托耳看见一群异乡人走近前来，为首的是雅典娜变成的门托耳。皮罗斯年迈的国王立即热情欢迎外乡人。他的儿子皮西斯特拉托斯邀请忒勒玛科斯一行入席。皮西斯特拉托斯递给雅典娜一杯酒，请她洒酒献祭海神波塞冬，因为本次盛宴就是为敬奉波塞冬而举行的。雅典娜很满意，年轻的皮西斯特拉托斯把第一杯酒敬给了她。

宴会结束后，涅斯托耳问异乡人，他们从哪里来。忒勒玛科斯告诉他，他是俄底修斯的儿子，到皮罗斯来打听父亲的下落。涅斯托耳得知面前这位青年就是他最敬重的足智多谋的英雄俄底修斯的儿子，感到喜出望外。涅斯托耳十分惊奇，忒勒玛科斯不仅外貌酷肖其父亲，而且也像他父亲一样富有智慧。涅斯托耳向忒勒玛科斯讲述了希腊英雄返航途中所遭遇的种种灾难。可是关于俄底修斯的情况他却一点也不知道。涅斯托耳对忒勒玛科斯遭受的胡作非为的求婚者的凌辱侵害十分同情。智慧的老人建议他尽快回家，不过回家之前先去拜访墨涅拉俄

---

① 伯罗奔尼撒南部墨塞尼亚地区的城市。

斯，因为墨涅拉俄斯最晚回国，可能知道一些俄底修斯的消息。涅斯托耳相信，众神，特别是雅典娜，一定会帮助俄底修斯的儿子打听到他父亲的下落。

黑夜来临。忒勒玛科斯打算回船过夜，但是涅斯托耳不放他走。涅斯托耳要俄底修斯的儿子在他宫中住一夜。门托耳也建议忒勒玛科斯在涅斯托耳宫中过夜。门托耳自己则要回船，他说他要去考科涅斯人的国家催讨一笔旧债。说完这些话，这个假门托耳突然变成一只海鹰，从惊讶不已的皮罗斯人的眼中消失了。涅斯托耳和所有在场的人都明白了，女神雅典娜亲自在帮助忒勒玛科斯。

第二天早晨，涅斯托耳将一头牛犊的两只角包上黄金，献祭给伟大的女神雅典娜。献祭和宴会结束以后，涅斯托耳的儿子们套好车。忒勒玛科斯和涅斯托耳的小儿子皮西斯特拉托斯一起上车，前往墨涅拉俄斯家。

骏马飞奔。傍晚他们抵达英雄狄俄克勒斯居住的斐赖城。狄俄克勒斯留皮西斯特拉托斯和忒勒玛科斯过夜，第二天早晨，朝霞初上，他们又继续登程，傍晚就抵达斯巴达。

他们到达斯巴达的时候，墨涅拉俄斯宫中正在举行盛大的婚礼。墨涅拉俄斯把女儿嫁给阿喀琉斯的儿子涅俄普托勒摩斯，这门亲事早在特洛伊城下他就答应了。墨涅拉俄斯同时也为儿子墨伽彭忒斯举行婚礼。客人们在欢乐地畅饮。歌手们弹奏竖琴助兴，两名少年随着琴声起舞。就在这饮宴正酣的时刻，忒勒玛科斯和皮西斯特拉托斯乘坐马车来到墨涅拉俄斯王宫门口。墨涅拉俄斯的仆人们迎上前来，看见来的是外乡人，便跑去问墨涅拉俄斯，是否让来人进宫。墨涅拉俄斯吩咐快为客人卸马，请他们入席。墨涅拉俄斯在半生奔波途中历尽艰辛，当然他也常常受到别人的热情招待，所以他对任何客人都不拒之于门外。仆人跑出来照国王的吩咐行事，他们为客人卸了套，领他们进宫。忒勒玛科斯和皮西斯特拉托斯在漂亮的浴室中洗过澡，穿上干净的衣服，走进宴会厅。他俩每走一步都被眼前看到的宫中不同寻常的豪华富丽所震惊。墨涅拉俄斯热情招呼两位外乡人，请他们坐在自己身旁。

墨涅拉俄斯的筵席很是丰盛。王宫的富丽和筵席的丰盛都使忒勒玛科斯惊奇，他转身对皮西斯特拉托斯悄声说，他从来都不曾见过如此富有气派的场面，他认为只有宙斯的宫殿可能比这里更加富丽堂皇。听到忒勒玛科斯这样称赞，墨涅拉俄斯微笑着说，凡人不能与永生的神祇相比，如果说他王宫中拥有巨大的财富，那么他为获取这些财富所付出的劳动也很巨大，他所遭受的艰险也很可畏。虽说他经历了巨大的艰险，但与俄底修斯所遭遇的艰险比较，则显得微不足道。墨涅拉俄斯正说着，忒勒玛科斯一听到关于他父亲的事，便哭了起来。正在这时候，秀发鬈曲的海伦进来了。她身后跟着一群手拿金纺锤和装着毛线的金边银匣子的女奴。海伦看了一眼外乡人，对其中一人酷肖俄底修斯感到惊讶。她把自己这个发现告诉了墨涅拉俄斯。皮西斯特拉托斯听海伦这么说，便直言告诉她，坐在她面前的这位的确是俄底修斯的儿子忒勒玛科斯。墨涅拉俄斯无比高兴，因为坐在他身旁的是为他历尽艰辛的亲密朋友的儿子。墨涅拉俄斯谈起了俄底修斯的功绩，谈起希腊人在特洛伊城下所遭受的不幸。海伦也插言说起了俄底修斯。他们对俄底修斯的回忆又使忒勒玛科斯流泪。皮西斯特拉托斯也哭了，他想起了在特洛伊城下丧生的兄弟安提罗科斯。墨涅拉俄斯心中也充满了因怀念阵亡战友而引起的悲痛。这时候海伦为了给宴饮者消愁解忧，增添快乐，往酒杯里掺入神奇药草的汁液。这种能消愁解忧的药汁就是埃及王后波吕达谟娜赠给她的。可是这时候宴会该结束了，不一会儿国王墨涅拉俄斯和宾客都去歇息了。斯巴达国王准备第二天再与忒勒玛科斯交谈。

第二天一早，墨涅拉俄斯走出卧室，来到忒勒玛科斯过夜的居室，问他来斯巴达的缘由。忒勒玛科斯回答说，他来斯巴达是要打听父亲的下落。墨涅拉俄斯向俄底修斯的儿子讲述了自己的种种奇遇，又将海神普罗透斯泄露的有关希腊英雄离开特洛伊之后的命运说了一遍。根据普罗透斯当时所说，俄底修斯现在困在神女卡吕普索的岛上。关于忒勒玛科斯父亲的情况，墨涅拉俄斯能说的仅此而已。斯巴达国王劝忒勒玛科斯在他宫中待上十二天，可是忒勒玛科斯请求国王不要挽留，让他赶快回家。墨涅拉俄斯和忒勒玛科斯一直谈了很长时间。

他俩还在交谈，客人们又聚到国王宫中，快乐的宴会又该开始了。

求婚者企图害死忒勒玛科斯

根据荷马史诗《奥德赛》转述。

忒勒玛科斯在皮罗斯和斯巴达期间，求婚者偶然从来人诺蒙口中得知，忒勒玛科斯已离开伊塔刻。求婚者都很害怕，他们以为忒勒玛科斯去皮罗斯和斯巴达求援。安提诺俄斯建议求婚者装备一艘战船，出海守候忒勒玛科斯，以便出其不意地将其打死。所有求婚者都立即赞同这个主意。他们招募桨手，来到海边，装备了一艘战船，起航朝阿斯忒里斯岛方向驶去，准备在那里伏击忒勒玛科斯。

珀涅罗珀知道了他们的恶毒阴谋，感到很绝望。她事先也不知道忒勒玛科斯出走。她准备派仆人去找俄底修斯的老父亲莱耳忒斯，告诉他孙子所面临的危险。但是老女仆欧律克勒亚将她劝阻了。欧律克勒亚劝珀涅罗珀向女神雅典娜求助。王后听从了欧律克勒亚，便向女神献祭，向女神求助。此后她躺在豪华的眠床上睡着了。女神雅典娜接受了她的请求。雅典娜派她的姐妹伊佛提墨的幻影来到珀涅罗珀的梦中。伊佛提墨告诉珀涅罗珀，忒勒玛科斯不会死亡。当珀涅罗珀问起丈夫的命运时，伊佛提墨闭口不答，她的幻影就像轻柔的薄雾倏地消散不见了。珀涅罗珀醒了，她知道这是众神托梦给她。

俄底修斯离开神女卡吕普索

永生的众神商定：让雅典娜去帮助忒勒玛科斯，使他能安然返回故乡，不许求婚者袭击他；让赫耳墨斯去俄古癸亚岛，命令神女卡吕普索放了俄底修斯。宙斯当即派赫耳墨斯去找卡吕普索。

赫耳墨斯脚蹬插翅靴，手持权杖，迅疾如思维，即刻飞离奥林波斯山。他像一只海鹰飞掠大海，转眼来到俄古癸亚岛。这是一个美丽的海岛，岛上遍长悬铃木、白杨、红松、雪松和柏树。草地上覆盖着嫩生生的青草，草丛中散发着紫罗兰和百合花的芳香。四股清泉浇灌着全岛，发自清泉的小溪奇妙地逶迤穿行于树木之间。岛上有个清凉的山洞，神女卡吕普索就居住在里面。洞口爬满葡萄藤，藤上挂着一串串熟透的葡萄。赫耳墨斯进洞时，卡吕普索正坐在那里用金梭织一条图案奇妙的披肩。俄底修斯不在洞中，他独自坐在海边山岩上，极目远眺大海。他双目垂泪，思念着故乡伊塔刻。俄底修斯就这样忧愁孤独地打发一天又一天。

卡吕普索看见赫耳墨斯进洞，立即起身迎接。她又让座，又端仙酒神食。赫耳墨斯用过仙酒神食之后，便将众神和人类之王宙斯的意愿转达给神女卡吕普索。卡吕普索得知自己必须与俄底修斯分手，不禁神色黯然。她本想把俄底修斯永远留在岛上，赐给他永生。可是她不能违抗宙斯的意志。

赫耳墨斯走后，卡吕普索来到俄底修斯独自闷坐的海边，对他说：

“俄底修斯，快擦干你的双眼，别再伤心了。我放你回祖国。快拿上斧头去砍树，扎一个结实的木筏。你乘坐木筏上路，我给你送来顺风。如果这么做符合众神的意愿，那你定能返回故乡。”

“女神啊，”俄底修斯说，“你这不是打发我回家乡，你似乎别有所图。难道乘这种木筏我能横渡波涛汹涌的大海吗？就是高速航行的大船也不是都能安然横越大海的。不，女神，要是你凭众神的名义发誓不想坑害我，那我才敢登上木筏。”

“俄底修斯啊，人们说的一点不假，你真是凡人中最足智多谋、最有远见卓识的人！”卡吕普索惊叹道。“我以斯堤克斯河水向你发誓，我绝不想害死你。”

卡吕普索和俄底修斯一起回到山洞。在进餐时她又劝俄底修斯留下来。她许诺要让俄底修斯获得永生。她说，如果他俄底修斯知道归途中要遭遇多少艰险，那他一定会留在她身边。然而俄底修斯思乡心切，归心似箭，卡吕普索任何允诺都不能使他忘却故乡和妻儿。

第二天早晨，俄底修斯着手扎木筏。他一连干了四天，砍倒树木，削去枝杈，将原木捆扎起来，再钉上木板。木筏终于扎好了，他又在木筏上支起桅杆，挂上白帆。卡吕普索为他送来路上必需的物品，然后与他告别。俄底修斯张起帆，顺风鼓满白帆，木筏驶向大海。

俄底修斯借助昴星团和大熊星座来辨认航向，在海上航行了十八天。远方终于现出一片陆地，这是淮阿喀亚人居住的斯刻里亚岛。这时候从埃塞俄比亚归来的波塞冬看见了俄底修斯的木筏。大海的主宰勃然大怒，他挥起三叉戟拍打海水。海上掀起了可怕的风暴。天空乌云密布，四周一片漆黑。狂风掀起巨浪，从四面八方袭来。俄底修斯心惊胆战，这时他甚至羡慕在特洛伊城下光荣捐躯的英雄。一个巨浪压上木筏，将俄底修斯卷进大海。他深深沉入海底，好不容易又浮出海面。神女卡吕普索临别赠与的衣裳妨碍了他的行动。他总算追上木筏，抓住它，费尽力气又登上木筏。狂风猛烈地将木筏四处抛掷。时而凶暴的北风神波瑞阿斯将它驱逐，时而南风神诺托斯将它颠簸，时而喧闹的东风神欧洛斯将它戏弄，戏弄之后，又将木筏抛给西风神仄费洛斯。木筏四周腾起如山的巨浪。

女海神琉科忒亚看到俄底修斯处于如此危急之中，她变成潜鸭钻出大海，来到俄底修斯的木筏上，接着又恢复原形。琉科忒亚吩咐俄底修斯脱掉衣服，跳进大海，游上岸去。女神还给了他一件能救生的奇异的衣服。说罢，琉科忒亚又变成潜鸭飞走了。可是俄底修斯不敢离开木筏。这时候海神波塞冬掀起一个滔天巨浪，打到木筏上。犹如狂风吹散草垛，巨浪将原木扎成的木筏击散，将原木冲向四面八方。俄底修斯好不容易抓住一根原木，骑了上去。他匆匆脱下身上的衣服，将琉科忒亚给的外套裹到身上，然后跳进大海，朝海岛游去。波塞冬看到这一情景，高声喊道：

“哼，这下够你受了！在没人救你以前，你就在汹涌的大海中泡着吧。现在你可心满意足了！”

波塞冬说毕便驱赶海马回水下宫殿去了。雅典娜赶来救助俄底修斯。她禁止除波瑞阿斯以外所有风神再刮风，她平息波涛澎湃的大海。

俄底修斯在汹涌的大海上漂流了两昼夜。第三天大海才趋平静，俄底修斯在浪峰上看见陆地已经不远，他欣喜若狂。可是他游近海岸的时候，听见了拍岸的涛声。海浪呼啸着在海岸山岩和水下礁石之间摔打撞击。看来俄底修斯难逃一死了，他会在山岩上撞得粉身碎骨，但是雅典娜又救了他。俄底修斯刚抓住一块岩石，海浪猛地将他裹住，将他卷回海中。现在俄底修斯靠近海岸游动，寻找易于上岸的地方。最后他看见一条河的河口，他恳求河神帮助。河神听见他的恳求，止住河水流动，帮助俄底修斯上岸。强健的英雄登上岸，可是长时间的漂流耗尽了他的体力，他倒在地上晕了过去。俄底修斯勉强醒了过来。他脱下琉科忒亚给的衣服，头也不回地将它扔进水中。衣服很快漂走，重又回到女海神手中。俄底修斯在海岸边发现两棵枝叶繁茂的橄榄树，树底下有一大堆枯叶。他钻进枯叶堆，借以抵御夜寒，女神雅典娜使他进入深沉的酣梦。

俄底修斯和瑙西卡

根据荷马史诗《奥德赛》转述。

在俄底修斯钻在枯叶堆中睡觉的时候，雅典娜则去淮阿喀亚人[①]的

① 神话传说中的民族。据希腊人想象，这个民族所居的岛屿位于大海的最西部。

城市。她走进国王阿尔喀诺俄斯的王宫，变成航海家底马斯的女儿，来到公主瑙西卡的梦中。女神雅典娜责备瑙西卡不关心自己的衣着。她提醒年已及笄的公主，婚嫁的日子已为时不远，应该为自己的亲人和送亲的伴娘准备好干净的衣服。女神催促瑙西卡率领女奴去海边水塘洗衣服。雅典娜说完便告别公主回光明的奥林波斯山去了。

黎明时分瑙西卡醒了，她对梦中所见很是惊讶。她立即去找双亲。母亲阿瑞忒坐在火炉旁边，一群女仆围着她，她正在纺紫红色的毛线。瑙西卡在门口遇见父亲，他正要去出席淮阿喀亚长老会议。瑙西卡走到父亲面前，请求他拨一辆骡车，她要去河边洗衣服。

"我们积了许多脏衣服，"瑙西卡说，"我要去洗衣服。你应该穿浆洗得干干净净的衣服出席会议，你的儿子们也想穿得整整齐齐的去参加淮阿喀亚姑娘们的舞会。就我一个人为衣服的事操心。"

瑙西卡堂堂正正地说这些话，却闭口不谈一心盼望的婚事，姑娘家羞于启口谈自己的婚事。可是阿尔喀诺俄斯猜透了女儿心底的奥秘，他朝女儿亲切地笑笑，吩咐女仆们为她套车。瑙西卡匆匆做好准备。王后阿瑞忒又给了她食品和葡萄酒，以便女儿和女奴们饿了好充饥。阿瑞忒还给了她一金盒香膏，供她们浴后涂抹身子之用。

瑙西卡及其女仆兴高采烈地往海边去了。她们来到水塘边，将衣服洗好漂净，晾在海边沙滩上。干完之后，年轻姑娘们又在河中洗了澡，在身上涂抹香膏。接着，她们吃了一些食物，然后在河边嬉戏，抛掷彩球娱乐。这当儿雅典娜立即想出一个叫醒俄底修斯的妙法。瑙西卡将球抛向女伴，隐身的雅典娜将球猛地一击，那球便掉到海里。姑娘们一个个大喊大叫，吵醒了俄底修斯。俄底修斯犹豫不决，不知出来好，还是躲在藏身之处不出来好。最后他还是用树枝遮掩住身子，朝姑娘们走去。俄底修斯身上缠满海藻水草，模样甚是可怕。姑娘们吓得四散奔逃，只有瑙西卡一人留在原地，女神雅典娜给她注入了胆量。俄底修斯不敢上前，远远地恳求美丽的姑娘帮助，说：

“啊，美丽的姑娘，我伸出双手向你求助。你像女神阿耳忒弥斯一样美丽。你就是女神吧？如果你是凡人，那么你的双亲有你这样一个女儿太幸运了！你的美貌使我想起了在得罗斯岛阿波罗祭坛边曾经使我惊异的那株挺拔匀称的棕榈。美丽的姑娘，你怜悯怜悯我吧！我在波涛汹涌的大海上漂流了二十天。随便给我一块什么布吧，让我遮掩一下赤裸的身体！愿永生的众神因为你对我的帮助而满足你的一切愿望！让众神赐予你一个美满的婚姻！”

“外乡人，”瑙西卡说，“根据你的言谈我知道你不是一个普通的人，众神赐予你以智慧。但是无论名门显贵还是寒门庶民，宙斯都同样赐给幸运与厄运。对于宙斯给予你的一切你都要忍耐承受。你在我们这里一切都会应有尽有。我指给你进城的路径。我是淮阿喀亚人国王阿尔喀诺俄斯的女儿。”

瑙西卡叫来女仆，吩咐她们给俄底修斯拿几件干净的衣服和一些食品。俄底修斯在河里洗了澡，涂上香膏，穿上她们给的衣服。雅典娜使俄底修斯变得容光焕发、英姿勃勃，当他坐在海边，瑙西卡甚至认为他是一位神祇降临尘世。美丽的公主真乐意选这样一位男子做丈夫。女仆为俄底修斯摆上食物和酒浆，他解除了折磨已久的饥饿感。

这时候她们做好了回城的一切准备。瑙西卡让俄底修斯跟在自己身后。她请俄底修斯只做到一点：不要和她及女仆一起入城，他得等在城门外雅典娜圣林边阿尔喀诺俄斯的园林中，让她先进城回宫。公主担心淮阿喀亚人看见她和一个英俊的外乡男子在一起而说三道四，说她选中外乡人做未婚夫。另外，瑙西卡告诫俄底修斯，进宫后先跪拜王后阿瑞忒，向她求助，因为她足智多谋，像女神一样受到人们的爱戴。瑙西卡说毕赶着骡子往城里走去。女仆和俄底修斯跟在后边走着。公主不时勒住骡子，以便俄底修斯和女仆们跟上她。

俄底修斯在国王阿尔喀诺俄斯宫中

根据荷马史诗《奥德赛》转述。

瑙西卡回到王宫，兄弟们出来迎接她，帮她卸下骡子，把装衣服的篮子搬进去。瑙西卡回到内室，她的保姆欧律墨杜萨已经为她准备好丰盛的晚餐。

俄底修斯在城门口等了一会儿，然后向城内走去。女神雅典娜为他蒙上一团浓雾，使他不被人们看见，免得某个淮阿喀亚人来伤害这位英雄。雅典娜变成一位淮阿喀亚姑娘来到城门口与俄底修斯相遇。俄底修斯向她打听去阿尔喀诺俄斯王宫的路径，雅典娜自愿送他前往，告诫他不要向路上遇到的人问讯，因为据她说，淮阿喀亚人不怎么热情好客。俄底修斯默默跟在雅典娜后边。繁华的市容，停着一艘艘大船的码头，宽阔的市内广场，高不可攀的城墙，这一切都使他惊讶。最后他们来到王宫跟前。雅典娜在告别时再次像瑙西卡一样劝他先去向王后阿瑞忒求助。雅典娜为他出了这个主意之后便离开了。

原先俄底修斯对繁华的市容感到惊讶，而现在阿尔喀诺俄斯富丽堂皇的宫殿更使他惊叹不已。整座王宫均用光闪闪的黄铜铸成。宫墙顶上饰有铁制饰物。王宫的大门系用纯金浇铸，门楣是用白银制作，门槛则是铜的。大门两边各有一只栩栩如生的狗，一金一银，都是赫菲斯托斯亲自铸造的。俄底修斯走进王宫。他看见宫内靠墙摆着装饰豪华的长凳，上边铺着名贵的毡毯。在一些底座上矗立着手擎火把的青年金塑像。阿尔喀诺俄斯的王宫实在是奇妙无比。可是最神奇的还是宫内的御苑。苑中无论冬夏均有各种各样果实挂满枝头。温暖的西风吹拂着果木。御苑中还有葡萄园，一串串成熟的葡萄终年飘香。苑内还有两股清泉，其中一泉就在王宫的门槛边涌出。俄底修斯久久为这一切所惊愕，后来他终于抬脚走进宴会厅。厅内坐着阿尔喀诺俄斯、阿瑞忒及淮阿喀亚的显贵们。他们正用芬芳的美酒洒祭锻冶之神赫菲斯托斯。裹着浓雾的俄底修斯走到阿瑞忒面前，跪倒在她的脚下。眨眼间雅典娜驱散了俄底修斯四周的浓雾，人们看见了这位伟大的英雄。人们一下子都惊呆了。这时俄底修斯高声恳求王后帮助他这个可怜的漂泊者。说完之后他便后退几步，作为一个求助者，照例坐到炉边的灰烬上。阿尔喀诺俄斯根据淮阿喀亚最年长的一位老人的建议，挽着俄底修斯的手，让他坐到自己身边。仆人们为俄底修斯摆上食物和酒，所有在场者都向漂泊者的保护神宙斯洒酒献礼。阿尔喀诺俄斯邀请在场所有宾客出席第二天他为来人举行的盛大宴会，他认为这是一位神祇扮成凡人来看望他。但是俄底修斯劝阿尔喀诺俄斯打消这种念头。他告诉国王，离开神女卡吕普索的海岛之后，一路上他经受了许许多多的磨难，他还告诉国王，他在海边遇上公主瑙西卡，是瑙西卡帮了他的忙。阿尔喀诺俄斯专心听着俄底修斯的叙述，他被俄底修斯的聪明才智所打动，禁不住高声喊道：

"奥林波斯山英明的众神啊，如果你们能赐予瑙西卡和这位外乡人一样的丈夫，那我一定给他大量的财物作嫁妆！不过，异乡人呀，我们不会违背你的意愿将你留在我们的岛上。我们一定要把你送到故乡。淮阿喀亚人从不惧怕任何艰险遥远的海路！"

夜已深，宴会结束了。王后阿瑞忒吩咐为俄底修斯准备床铺，俄底修斯很快就沉沉入睡，整个王宫也都进入梦乡。

第二天早晨，阿尔喀诺俄斯吩咐所有淮阿喀亚人来商议，如何送俄底修斯回家乡。雅典娜扮作传令官，亲自走遍全城，将公民召集到广场上。阿尔喀诺俄斯带领俄底修斯来到广场，并将他安排在自己身旁。全体公民很快都到场了。淮阿喀亚人惊奇地望着俄底修斯。雅典娜使这位英雄变得难以形容的英俊和高贵。阿尔喀诺俄斯转身对与会者说道：

"公民们，你们听我说！一位外乡人来到我们这里，他恳求我们帮助他返回家乡。我们从来都未拒绝帮助外乡人。我们要装备一艘大船，送我们的客人回家乡。我要邀请所有出航护送的人到我宫中赴宴，我还要邀请所有长老。我要在宫中举行盛大宴会，以款待这位客人。叫歌手得摩多科斯来赴宴，让他用美妙的歌声为诸位客人助兴。”

阿尔喀诺俄斯说完这番话，立即有五十二名桨手去为出航准备大船。所有长老跟随阿尔喀诺俄斯去王宫。国王的仆人们宰了两头牛、十二只羊、八头猪，准备了丰盛的宴会。国王的一个仆人将盲歌手得摩多科斯领到宴会上。客人们都在桌边就座，喜气洋洋的宴会开始了。待到人们酒足饭饱，得摩多科斯取下挂在头顶上方钉子上的竖琴，他拨弄琴弦，吟唱起关于俄底修斯与阿喀琉斯这两位伟大英雄在庆祝宴会上争吵的歌。俄底修斯听了这段吟唱，心头涌起悲伤的往事，两眼滚出泪珠。为了不使淮阿喀亚人看到自己流泪，俄底修斯撩起紫红的罩衫，遮住自己的脸。得摩多科斯吟唱完了。俄底修斯擦去泪水，双手捧起金酒杯，洒酒献祭永生的众神。得摩多科斯又吟唱起英雄们在特洛伊城下所建立的功勋，俄底修斯又淌泪了。在场的人们谁都不曾注意到俄底修斯在淌眼泪，只有国王阿尔喀诺俄斯在为外乡人为何淌泪而纳闷，他终于悟出客人流泪的缘由。

待所有客人吃饱喝足之后，阿尔喀诺俄斯请所有人去广场参加竞技比赛。所有人都跟随国王去了，英雄俄底修斯与国王并肩而行。淮阿喀亚的青年们进行各种项目的比赛：跑步、摔跤、跳跃、拳击、掷铁饼。比赛行将结束时，英俊强健的欧律阿罗斯走到国王的儿子、英姿超群的拉俄达摩斯面前，让他邀请看来体格强健的外乡人参加竞技比赛。开始拉俄达摩斯犹豫不决，后来他走到俄底修斯面前，彬彬有礼地邀请他参加比赛。然而俄底修斯推辞了，他因思念家乡正郁郁寡欢。欧律阿罗斯一听俄底修斯拒绝参加比赛，便开口讥讽道：

“浪游者！我看得出，你肯定不能与年轻力壮的竞技家们较量。你大概是一个闯荡江湖的商人，只会做做生意。”

俄底修斯威严地皱起眉头对欧律阿罗斯说：

“欧律阿罗斯，你出言不逊！从你身上我倒看出，众神总不让人十全十美。比如你吧，众神给了你英俊的相貌，但并没有给你智慧。你恶语将我侮辱，但是我要告诉你，我可是经验丰富的竞技家。我参加过很多战斗，经受过不少苦难，遇到过许多危险，耗尽了力气，但我感到身上还有力量。”

俄底修斯说完这番话，抓起一块巨石，一使劲，单手掷了出去。巨石呼啸着从淮阿喀亚人的头顶飞过。他们赶紧弯腰俯身，只怕巨石擦到脑袋，可是那巨石飞过人群，落在远处。任何一个青年掷铁饼也掷不了那么远，尽管铁饼比起这块巨石来不知要轻多少倍。雅典娜变成淮阿喀亚老人指着巨石落地之处说，任何一个淮阿喀亚人，无论他多么强壮有力，都不可能将巨石投到那么远的地方。俄底修斯听了心花怒放，高声说道：

“淮阿喀亚青年们，你们把铁饼掷到我投巨石那么远的地方吧！如果你们能掷到那么远的地方，那么我再投掷一次，可能投得比第一次更远。我愿和你们大家比赛拳击、摔跤和跑步，只是不与拉俄达摩斯角斗，我不能恩将仇报、加害于热情款待我的主人。”

国王阿尔喀诺俄斯对俄底修斯说：

“外乡人，我看得出，粗鲁的欧律阿罗斯对你的讥讽才促使你要与所有竞技者角斗，向我们显示你那巨大的力量。其他所有项目你可能都能胜过我们，但跑步一项你占不了上风，因为众神赋予淮阿喀亚人不可战胜的飞毛腿，同时还使我们成了世上最优秀的航海家。此外，我们都喜好歌咏、音乐、欢乐的舞蹈和豪华的盛宴。现在就让那些舞技精妙娴熟的青年到这里来，你会信服，我们有理由为自己的艺术而骄傲。”

阿尔喀诺俄斯吩咐去为歌手得摩多科斯取竖琴。仆人当即取来竖琴，得摩多科斯从仆人手中接过竖琴，叩响金琴弦，唱起欢乐的歌。青年们随着歌声跳起欢快的舞蹈。俄底修斯惊喜地望着青年们，他们优美的舞姿使他惊羡得难以形容。舞蹈结束后，阿尔喀诺俄斯吩咐所有长老每人送给俄底修斯一套华贵的衣服和一塔兰黄金作礼物。欧律阿罗斯另外还得送一份厚礼给俄底修斯，以赔言语冒犯之罪。欧律阿罗斯当即解下腰间名贵的宝剑递给俄底修斯，说：

"啊，外乡人！如果我出言冒犯了你，那就让那些话被风吹散吧。你忘了它吧！愿众神保佑你平安返回家乡，早日见到你的妻子和所有家人。"

"愿众神也保佑你，欧律阿罗斯！"俄底修斯回答道。"请你永远别后悔：为了赎回你对我的侮辱，你把宝剑送给我。"

太阳下山了，所有人都匆匆返回阿尔喀诺俄斯的王宫。俄底修斯回到阿尔喀诺俄斯为他安排的客房，把收到的所有礼物放入阿瑞忒送给他的一个华美的箱子里，用绳子将箱子捆缚停当，打了一个喀尔刻教给他的奇妙的绳结。俄底修斯换上华贵的衣服，前往宴会厅。瑙西卡已在那里迎候他。公主对他说起充满离别愁恨的话：

"英俊的外乡人啊，你现在很快就要回故乡去了，回乡之后别忘了我呀！因为我救了你的命。"

"啊，美丽的瑙西卡！"俄底修斯对她说。"如果宙斯能让我平安返回故乡，那我每天都向你祈祷，就像向女神祈祷一样，因为你救了我。"

俄底修斯说完就在阿尔喀诺俄斯旁边落座，欢乐的宴会便开始了。宴会其间俄底修斯请求得摩多科斯唱一唱希腊人在特洛伊城下制造的木马。得摩多科斯唱了起来，可是俄底修斯又流下悲伤的泪水。阿尔喀诺俄斯发现外乡人淌泪，便令得摩多科斯停止歌唱。他问俄底修斯，为什么每次听到歌唱特洛伊城下英雄们的功绩他都要洒泪。他请外乡人说出自己是什么人，谁是他的父母。阿尔喀诺俄斯许诺，不管他是什么人，自己都要送他回故乡。他保证履行诺言，尽管他知道，违背海神波塞冬的意志送浪游者回乡，淮阿喀亚人将会受到海神什么样的惩罚。波塞冬曾威胁淮阿喀亚人，他会让送浪游者回乡的船撞上山岩，还要用大山永远封锁淮阿喀亚人的城池。阿尔喀诺俄斯知道这一个后果，但仍然决定送俄底修斯回故乡。现在阿尔喀诺俄斯就是想知道坐在身旁的外乡人到底是什么人，所以他请俄底修斯说出自己的身份，详细叙述自己历经的一切奇遇。

“阿尔喀诺俄斯国王，”俄底修斯说道，“你想打听我所经历的一切磨难，你想知道我的身份、籍贯和我父亲的姓名。我告诉你吧，我叫俄底修斯，是莱耳忒斯的儿子，伊塔刻岛的国王。你已经知道我离开神女卡吕普索的海岛之后的经历，那么现在我再把我离开特洛伊城之后一路遭遇的种种艰险说给你听。现在你就听着吧！”

接着俄底修斯便讲述自己不平凡的遭遇。

俄底修斯述说自己离开特洛伊后的遭遇

喀孔涅斯人①和食忘忧果的民族②

起航离开特洛伊后我们一路顺风——俄底修斯这样开始讲述——我们在无边无际的大海上平稳地航行，后来我们抵达喀孔涅斯人的土地。我们占领了他们的都城伊斯玛洛斯，杀死了所有男子，虏获了妇女，摧毁了城市。我一直劝我的同伴赶快起航返回故乡，可他们不听。就在这时候，逃出城的居民从四郊搬来了救兵，向我们进攻。他们人数多极了，多得像森林中的树叶，草地上的春花。我们与喀孔涅斯人在战船旁厮杀了很久，最后还是败给他们，只得仓皇逃命。我们每艘战船平均丧失了六名勇敢的桨手。在起航驶向外海之前，我们三次呼唤已不能与我们同行的伙伴，此后我们怀着丧友的悲痛和自己得救的喜悦驶往外海。

刚到外海，宙斯便派来了北风，海上波浪滔天，天空乌云密布，四周一片昏黑。狂暴的玻瑞阿斯三次撕碎桅杆上的风帆。最后我们费尽

---

①② 均为神话传说中的民族。

力气将船划到一个荒凉的海岛。我们在岛上等了两天两夜，风暴总算过去。第三天，我们竖起桅杆，张起风帆，继续上路。然而我们未能回到我们所衷心热爱的故乡。我们遭到风暴袭击，偏离了航线。漂流到第十天，我们终于又在一个海岛靠了岸。这是食忘忧果人居住的海岛。我们在海岸上点起篝火，开始做饭。我派三名同伴去打听，岛上居住的是什么人。食忘忧果的人热情接待了三个来者，为他们端来香甜的忘忧果。我的三个同伴刚吃下忘忧果，立即忘却了自己的故乡，再也不想返回伊塔刻岛，他们只想永远留在食忘忧果人的岛上。我们强行把那三人拉回船上，捆绑起来，以免他们逃跑。我当即命令属下奋力划桨，尽快离开食忘忧果人的海岛。我担心其他同伴吃下忘忧果后也忘记自己的祖国。

俄底修斯在库克罗普斯的岛上。波吕斐摩斯

根据荷马史诗《奥德赛》转述。

我和同伴经过长时间的航行之后来到了凶残成性、不知王法的库克罗普斯的居住地。这些人不事农耕，可是土地自动为他们提供丰富的衣食。库克罗普斯巨人穴居山洞，他们只知自己的家庭，从不召开公民大会。我们并不是贸然登上他们的海岛。我们先驶进附近一个小岛的海湾。尽管这个小岛无比富饶，可在此以前从无一人涉足。岛上有许多野山羊，它们从来没有见过人，所以见到我们并不害怕。我们停船靠岸，在岸上安稳地睡了一夜，第二天早晨起来猎捕山羊。我们每一艘船都分到九只山羊，我为自己那艘船要了十只羊。猎羊之后我们在岸边又吃又喝，歇了整整一天。库克罗普斯的岛上的人声、羊叫声不时传入我们的耳朵。第三天早晨，我决定乘自己的船去库克罗普斯的海岛，以便弄清岛上住的是什么民族。我们很快就渡过一条不甚宽阔的海峡，来到岸边。我们看见水边有个山洞，洞口长满月桂树，还有一堵巨石堆成的围墙。我带领十二个可靠的同伴，拿上食物和盛酒的皮囊，走进一个库克罗普斯住的山洞。后来我们才知道，这个库克罗普斯凶残得可怕，他独自离群索居，独自放羊。他及所有库克罗普斯与其他民族的人都不一样，库克罗普斯是力大无比、额上只长一只眼睛的巨人。我们进洞的时候，巨人不在家，出去放羊了。

山洞中一个个篮子里盛着很多干奶酪，一个个木桶和大杯里盛着凝乳。洞里砌有关羊羔和大羊的羊栏。同伴们劝我拿上干奶酪，赶上最肥硕的羊羔和母羊，赶快回船去，可惜我没有听他们的话。我很想看一看那个独目巨人。独目巨人终于回来了。他将一大捆木柴扔在洞口的地上。看见他，我们吓得躲进洞内最暗的角落里。库克罗普斯将羊赶进洞，用一块巨石挡住洞口，然后开始挤羊奶。挤完奶，他生起火准备做饭。这时候他发现我们在洞中，于是高声粗暴地吼道：

"你们是什么人？从哪里来？你们是闲来无事在海上到处漂泊、到处作恶的强盗吧？"

"我们是希腊人，"我回答说，"从特洛伊来。被风暴刮到这里。我们恳求你将我们当客人热情招待。你也知道，宙斯会惩罚那些侮辱和不招待漂泊者的人。"

"看得出，你是远道而来的异乡人，"库克罗普斯朝我凶狠地吼道，"因为你以为我会害怕你们所敬奉的神。宙斯与我有什么相干！我才不怕宙斯发怒呢！我不打算怜悯你们！我想怎么干就怎么干！说！你们的船在哪儿？"

我知道他问我们战船的意图，于是这样回答：

"我的船被狂风刮到岸边礁石上撞碎了，只有我和我的同伴死里逃生。"

库克罗普斯听了不作声。他霍地伸出两只大手，抓住我的两个同伴，将他俩在地上摔死。接着他将两具尸体烤熟，撕成碎块，吃了下去。我们吓得难以形容，赶忙恳求宙斯拯救。库克罗普斯吃完这顿令人惊惧的晚餐之后，摊手摊脚躺在地上，安然入睡了。我想趁机杀了他，我已拔出利剑，但是看到堵在洞口的巨石，我明白这样做救不了我们。早晨降临，独目巨人又杀死了我的两个同伴，吃了之后便赶着羊群出了山洞，临走又用巨石将洞口堵死。我久久思考着脱身的办法，最后终于想出来了。我在洞内发现一根像桅杆一样长短的大原木，库克罗普斯大概想用它做棍子。我用剑砍下原木的细端，将它削尖，在炭火上烤焦，藏好。傍晚，库克罗普斯赶着羊群回来了。他又杀了我的两个同伴，吃过令人作呕的晚餐，他想躺下睡觉。可这时我走到他身边，端给他一大杯酒。喝了一杯，他还要喝，他对我说：

"再给我倒酒，告诉我你叫什么名字，我要为你准备一份礼物。"

我给他倒了第二杯，可他还要喝，我又给他斟上第三杯。送上第三杯酒的时候，我对他说：

"你想知道我的名字吗？我叫'谁也没'。"

"嗯，'谁也没'，你听着，我最后吃你，这就是我给你的奖赏，"库克罗普斯笑着对我说。

喝干第三杯酒，他就醉倒在地睡着了。这时我向同伴们使了个眼色，我们扛起那根削尖的原木，在火堆上烧红，用它烫瞎独目巨人的那只眼睛。库克罗普斯疼得大声惨叫，他从眼窝中拔出这根还在冒烟的尖木，向其他独目巨人求救。那些库克罗普斯跑来问他：

"波吕斐摩斯，你怎么啦？谁欺侮你了？有人抢走你的羊群啦？你为什么喊醒我们？"

波吕斐摩斯尖声喊叫着回答：

"谁也没坑害我！"

所有独目巨人都生气了，他们朝波吕斐摩斯高声说道：

"既然谁也没欺侮你，那你何必尖声吼叫？如果你害病了，那是宙斯的意志，谁也无法改变。"

说罢，那些库克罗普斯就走了。

天亮了。波吕斐摩斯大声呻吟着搬开了堵在洞口的巨石，抚摩着每一只羊的背，逐一向洞外放羊。这时候为了救同伴，我将羊三只三只绑在一起，并在中间那只羊肚下绑上我的一个同伴。而我自己则双手抓住波吕斐摩斯最心爱的那只大羊的浓密的羊毛，悬在羊肚下。羊群带着缚在肚子底下的我的伙伴们从波吕斐摩斯身边出了洞。我悬身其下的那只羊走在最后边。波吕斐摩斯拦住这只羊，抚摩一阵，抱怨自己不幸，怨恨胆大包天的“谁也没”坑害了他。最后他终于放了这只羊。就这样，我们逃脱了几乎不可避免的死亡。我们赶着波吕斐摩斯的羊群匆匆回到船边，船上的伙伴们正等着我们。我未容同伴们哀悼此次丧生的战友。我们赶着波吕斐摩斯的羊群很快上了船，立即解缆离岸。等船驶出一段距离，但还能听见喊声的时候，我朝独目巨人波吕斐摩斯高声喊道：

“库克罗普斯，你听着！你的残忍招致了宙斯的惩罚。从今往后你再不能杀害和吞食不幸的旅人了。”

独目巨人听见我的喊声，愤怒地举起一块岩石，投向海中，差一点砸断我们的船艏。岩石入水激起汹涌浪涛，巨浪托起我们的战船，将船抛到岸边。但是我用竹篙将船撑离岸边，继续向大海航行。驶出一段距离后，我又朝波吕斐摩斯喊道：

“告诉你，波吕斐摩斯，是伊塔刻国王俄底修斯弄瞎了你的眼睛！”

听了这句话，野蛮的库克罗普斯愤怒地高声说道：

“预言家对我说的话真应验了！我本以为俄底修斯是一个威严的巨人，不像你这样是一条不起眼的小虫！”

波吕斐摩斯向他的父亲波塞冬请求，求他惩罚我，因为我弄瞎了他的眼睛。他又抓起一块更大的岩石，投向海中。岩石落在船尾后边。巨浪托起我的战船，将它远远抛向前方的大海。就这样，我们逃离了独目巨人的海岛，顺利返回其他战船正在等待我们的小岛。我们在岛上向众神敬献了大量的祭品，又在岛上过了一夜。第二天，我们怀着对不幸身亡的同伴的悲哀之情，起航驶向无边无际的茫茫大海。

俄底修斯在埃俄罗斯的岛上

不久我们来到埃俄罗斯居住的岛屿。这个岛屿整个浮在海面上，四周环绕着坚不可摧的铜墙，岛边是突兀于海浪中的陡壁悬崖。岛上住着埃俄罗斯及其妻子和六个儿子、六个女儿。埃俄罗斯日子过得无忧无虑，十分幸福。他整日与妻子、儿女在富丽堂皇的宫中饮酒作乐。埃俄罗斯天天设宴，款待我们整整一个月，终日听我讲述英雄们在特洛伊城下建立功绩的故事。

最后我请求他放我回故乡，他答应了。临别他送给我一个用银带子扎住袋口的大皮口袋。口袋中装着听从埃俄罗斯支配的各种风。唯有西风仄费洛斯留在外面，它得把我们的战船送到故乡伊塔刻。埃俄罗斯不许我在抵达故乡之前解开皮口袋。然而伟大的宙斯注定我不能返回家乡。船航行至第十天，伊塔刻岛已隐约可见，这时众神却让我沉沉睡着了。我的同伴们纷纷议论开了，说既然我不让解开皮口袋，那么埃俄罗斯装在口袋里送给我的一定是很多金银。我的同伴们为好奇心所驱使，解开了皮口袋。各种风冲出口袋，海上骤起可怕的风暴。听见风声我醒了过来，绝望得真想跳进大海，但是我还是听从命运安排，裹上斗篷躺倒在船尾。

风暴将船又刮回埃俄罗斯的岛屿。我带一个同伴前往埃俄罗斯的宫殿，请求他再次帮助我们返回故乡。可是埃俄罗斯看见我很生气，把我逐出宫门，还说永远不会帮助像我这种被众神仇视和追缉的恶人。我流着痛苦的泪水，离开了埃俄罗斯的宫殿。

俄底修斯在莱斯特律戈涅斯人处

根据荷马史诗《奥德赛》转述。

我们又出海登程。航行了六昼夜，终于抵达一个不知名的海岛。我们驶进平静的港湾，我率领的十一艘船在此处靠岸，我的同伴们将船拖上海边沙滩。我乘坐的那艘船搁在港湾入口处旁边。我登上山岩向四周眺望。不见畜群，也不见农田，只见远处飘有一股袅袅青烟。我派了三个同伴前去打听，这个岛上居住的是什么人。三个同伴出发了。他们在一座小城附近的井边遇到一个身材高大的姑娘，姑娘领着他们进了城，来到她的父亲莱斯特律戈涅斯人的国王安提法忒斯的王宫。他们在宫中看见国王如山一样高大的妻子。王后派人叫回正在主持长老会议的国王。国王跑回宫，抓住我的一个同伴，将他撕成碎块，用人肉做了一顿饭。另两个同伴逃离王宫，回到船上。安提法忒斯召集莱斯特律戈涅斯人，冲到海边。他们撕下大块大块的山岩，砸向我们的大船。缆绳绷断的声音和被山岩砸中行将死亡者的惨叫声响成一片。莱斯特律戈涅斯人砸死了十一艘船上的所有人，把这些人串在尖棍上，运回城中。我乘坐的战船好不容易逃离该地。十二艘船现在只剩下我这一艘了。

俄底修斯在女巫师喀耳刻的岛上

根据荷马史诗《奥德赛》转述。

我们为死去的同伴抛洒悲哀的泪珠，在浩瀚无边的大海上久久地航行。最后我们来到埃埃亚岛①，这个岛上居住着太阳神赫里阿斯的女儿、长着一头秀发的女巫师喀耳刻。我们在平静的海湾旁边的岸上待了两天。第三天，我挎上宝剑，拿上长枪朝海岛腹地走去。我站在高高的山岩上，看见远方有一缕青烟从森林后边袅袅升起。我决定回船，派几名同伴去打听，是谁居住在这个岛上。回船的路上我用长枪刺死一只高大的鹿。我将鹿扛回船，我们做了一顿丰盛的晚餐；吃了肉，喝了酒，我们在阵阵涛声中入睡了。第二天早晨，我把我的伙伴分成两队，一队以我为首，另一队由欧律罗科斯统领。我们采取拈阄决定谁去该岛腹

---

① 神话传说中的海岛。希腊人认为该岛位于遥远西方的大海边缘。

地，拈阄结果该由欧律罗科斯率领十二名伙伴去。

他们出发了，很快便来到喀耳刻的宫殿。宫殿旁边有不少驯熟的狮子和狼在走动，它们看见我的伙伴，立即跑过来表示亲热，就像家犬对主人一样，喀耳刻是用一种神奇的药酒将它们调教得如此驯服的。这时候，我的伙伴们听见宫中传出嘹亮的歌声，他们将喀耳刻从宫中叫出来。喀耳刻走出宫殿，热情邀请他们进宫。进宫之后喀耳刻给他们端来一杯杯酒，酒中掺有神奇的草药汁。我的伙伴们喝下药酒，喀耳刻用权杖对他们每个人点了一下，结果他们都变成了猪，不过还都保留着理性。喀耳刻将猪赶进畜栏，将橡实抛给这些流着痛苦的泪水的猪作食物。只有欧律罗科斯一人逃脱厄运，他并未和同伴们一起进宫。

欧律罗科斯跑回船上，惶恐地讲述了我的同伴们所遭遇的不幸。我一心只想救同伴，立即赶往喀耳刻的宫殿。途中我遇到变成英俊少年的赫耳墨斯，他教给我解救同伴的方法，并送给我一种具有特效的草根，这种草根可使喀耳刻的魔法对我不起作用。我来到喀耳刻的宫殿，她热情迎接我，带我进宫，将我安顿在装饰豪华的椅子上，给我端来有魔力的药酒。我放心地喝下药酒。她用权杖点了点我，说：

“现在你去猪栏，与别的猪一起躺着吧。”

我则依照赫耳墨斯的吩咐，拔出宝剑冲向女巫师，以要杀死她相威逼。喀耳刻跪倒在我面前。

“啊，你是什么人？”她惊呼道。“到现在为止，凡是喝了我有魔力的药酒的，都未能逃脱厄运。啊，我知道了，你是足智多谋的俄底修斯！赫耳墨斯早就告诉过我，说你要到我这里来。你快将剑插入剑鞘！”

我收起剑，逼迫喀耳刻发誓不对我作恶。她向我立下永不违背的誓言。发誓之后她又要我留下来休息一番。我同意了。在我休息的时候，喀耳刻的女仆们——河川之神的女儿们准备了丰盛的食品。我歇息之后，穿上华贵的衣服，走进宴会厅，坐到摆满美味佳肴的桌边，陷入深深的忧愁之中。由于悲愁我什么都咽不下去。喀耳刻问我为何悲愁。

我回答说，在她将我的同伴恢复原形之前，我什么都不吃。喀耳刻立即从猪栏中放出猪，给它们涂上神奇的油膏，我的同伴们恢复了原形，甚至比原先更英俊、更强壮。同伴们看见我，高兴得难以形容，那种高兴场面连喀耳刻看了也大受感染。女巫师请我去海边，将留在船上的同伴也带到她的宫里来。我当即答应她的请求，把所有同伴接到她的宫里，尽管欧律罗科斯劝他们不要相信奸诈的女巫师的话。等到我们欢聚在喀耳刻的宫殿里，她即为我们举办了盛宴。

我们在喀耳刻的宫里住了整整一年。刚到一年，我即请求喀耳刻放我们回故乡，女巫师同意了。她告诉我，在回故乡之前我必须去一趟哈得斯的冥国，向忒拜的预言家忒瑞西阿斯的鬼魂打听一下自己的命运。喀耳刻向我详细述说了去冥国入口处的路径，告诉我应如何献祭，如何招来死者的鬼魂。听了女巫师的指点，我便召集同伴，准备上路。我们集合时的吵嚷声惊醒了睡在宫殿屋顶上的厄尔珀诺耳。他匆忙起身，忘了自己是在屋顶上，听见同伴们的喊声抬腿就跑，结果从高高的屋顶摔到地面上，当即摔死了。看见自己的伙伴不幸丧身，我们都失声痛哭。我们无法立即为他举行葬礼，我们必须尽快出发踏上遥远的路途，前往大地的尽头，去哈得斯的冥国。

俄底修斯前往哈得斯的冥国

根据荷马史诗《奥德赛》转述。

我把此次的去向告诉我的伙伴们，他们听了都吓坏了，不过他们都服从我的命令，登上大船，我们便起航驶往遥远的北方。女巫师喀耳刻为我们送来了顺风，顺风驱使着我们的大船高速航行。我们终于来到灰茫茫的大洋河的水域，停靠在铿墨里俄人[1]凄凉的国土的岸边，这里的

---

① 神话传说中的民族，说是居住在极西北的大地边缘。

人从来不曾见过太阳神赫里阿斯的光辉。这个国家永远笼罩着阴冷的浓雾，永远裹着一层浓重的夜幕。我们将船拖上岸，拿上喀耳刻赠送的、向冥国神祇献祭用的两只羊，前往阿刻戎河、科库托斯河和皮里佛勒革同河[①]汇合处的高高的山岩旁边。一到该地，我便用利剑挖了一个深坑，用蜜、酒、水在深坑边作了三次祭洒，再把大麦粉撒在坑中，然后在深坑边宰杀了牺牲，让牺牲的鲜血滴入坑中。顿时死者的鬼魂成群结队地聚集到坑边，他们为谁先饮羊血而争吵不休。鬼魂群中有姑娘、小伙子，有老头老太，也有在战场上丧生的壮年男子。我和同伴们胆战心惊。我们焚化了祭品，大声召唤冥王哈得斯及其妻子佩耳塞福涅。我手持宝剑，坐在深坑旁边，不许死者的鬼魂接近深坑。年轻的厄尔珀诺耳的鬼魂最先走近前来。他的魂灵先于我们抵达冥国门口。厄尔珀诺耳恳求我将他的遗体安葬，使他的灵魂能在哈得斯的冥国得到安宁。我答应满足他的请求。接着我母亲安提克勒亚的鬼魂飘到坑边。当初我离开伊塔刻的时候，她尚健在。尽管我异常痛苦，但我也不许她到坑边去吸食羊血，因为必须让预言家忒瑞西阿斯第一个饮用。忒瑞西阿斯的鬼魂终于飘然而至。他饮过羊血，他那无形体的魂灵转向我，告诉我，大地的震撼者波塞冬因为我弄瞎他儿子波吕斐摩斯的眼睛而痛恨我。不过，忒瑞西阿斯向我预言，我可以违逆波塞冬的意愿回到家乡，只要我的同伴们不去触犯特里那喀亚岛上太阳神赫里阿斯的牛群。如果我的同伴打死公牛，那么他们必然都遭灭亡，只有我一人能幸免，而我则需经受千难万险，最后方能返回故乡。我先得向求婚者报仇，而后必须拿起船桨，四方漂泊，直至遇到一个不懂航海、不曾见过船舶的民族。当我遇到的人问我为何肩扛铁锹，那么我就可以知道这个人便属于那个民族。我必须在这个国家向波塞冬献祭，此后才能重返家乡。回家之后我还必须向众神敬献大量的祭品，从那以后我才能在伊塔刻平静地生

① 此三条河均为冥河，后两条河汇入阿刻戎河。

活，安度晚年。这就是预言家忒瑞西阿斯说的预言，说完他便离去了。我在此见到许多鬼魂。我母亲的灵魂喝了羊血之后对我叙述了在她辞世之前家乡伊塔刻的情况，她让我放心，说我的父亲莱耳忒斯及珀涅罗珀、年轻的忒勒玛科斯都健在安好。我想拥抱亲爱的母亲，三次伸出双手，可是她那轻淡的影子三次都飘隐了。我在哈得斯的冥国见到许多英雄的幽灵，我无法一一列举，他们的事一个通宵也说不完。现在夜已深，我该就此打住，大家都该就寝了。

俄底修斯这样说，可是在场的人都恳求他继续讲下去，连王后阿瑞忒和国王阿尔喀诺俄斯也这样请求。他们准备听俄底修斯一直说到黎明。于是俄底修斯又继续说自己的奇遇。

我在哈得斯的冥国看到了阿伽门农的鬼魂。他悲愤地控诉了妻子克吕泰涅斯特拉与奸夫埃癸斯托斯在他回家的当天将他杀害的罪行。阿伽门农的灵魂告诫我，回家之后不要立即相信我的妻子珀涅罗珀。我在那里还看见阿喀琉斯、帕特洛克罗斯、安提罗科斯和大埃阿斯的鬼魂。阿喀琉斯开头悲愤地抱怨冥国的岁月毫无欢乐，他宁愿做人间最贫穷卑贱的雇农，也不愿当冥国的国王，但是当他从我口中得知儿子涅俄普托勒摩斯建立了丰功伟绩，心情也变得略为喜悦些。我想与伟大的大埃阿斯和解，当初为争夺阿喀琉斯的盔甲，我曾严重地伤害他，可是他对我不说半个字，默默地离开了。我还见到了冥府判官弥诺斯，亲眼目睹坦塔罗斯和西叙福斯遭受苦难。末了，最伟大的英雄赫拉克勒斯的灵魂来到我面前，赫拉克勒斯本人则在奥林波斯山永生的众神中间。我还想等待其他昔日英雄的灵魂到来，可是那些鬼魂怒吼狂叫，吓得我掉头跑回船上。我害怕女神佩耳塞福涅派戈耳工女妖墨杜萨来。

我们匆匆将船推到灰茫茫的大洋河中，急急逃离铿墨里俄人的国家。不久我们便安抵埃埃亚岛，我们在岸边停了船，然后都安然入睡。

俄底修斯途经海妖塞壬的海岛，通过斯库拉与卡律布狄斯之间的水道

根据荷马史诗《奥德赛》转述。

第二天，我们安葬了厄尔珀诺耳的遗体，在他的坟上垒起高大的墓丘。得知我们返回埃埃亚岛，女巫师喀耳刻很快来到海边，她身后跟着女仆，为我们送来很多精美的食品和葡萄酒。我们在海岸边大吃大喝，直到黑夜降临。等我的同伴们躺下睡觉之后，喀耳刻告诉我，航行途中还有哪些危难，教我如何摆脱。

朝霞初上，我便叫醒同伴。我们将船推下水，桨手们一齐划动船桨，大船朝外海驶去。顺风鼓满船帆，我们平稳地航行在大海上。离海妖塞壬的岛屿已经不远，这时我对同伴们说道：

"朋友们，现在我们就要经过海妖塞壬的海岛了。海妖会用歌声引诱航经此地的水手，然后凶狠地将他们残害。海妖的岛上到处都是被她们残害的死者的白骨。现在我用柔软的蜂蜡堵住你们的耳朵，免得你们听见海妖的歌声，招来杀身之祸。你们把我绑在桅杆上，女巫师喀耳刻允许我听海妖塞壬的歌声。如果我被海妖的歌声迷惑，要求把我从桅杆上解开，那你们就把我捆得更结实些。"

刚说到这里，劲吹的顺风突然停了。同伴们落下船帆，划动船桨。海妖塞壬的海岛已经看得见了。我用蜂蜡堵住同伴的耳朵，他们将我结结实实地绑在桅杆上，我连一个关节都松动不得。我们的船在海岛旁边急速航行，岛上飘来海妖那迷人的歌声。

"啊，伟大的俄底修斯，快来吧！"海妖们唱道，"快将船开到我们这里，倾听我们的歌声。没有一个水手经过这里不听我们美妙的歌声的。欣赏过甜美的歌声，告别我们时他已知晓许多事情。我们通晓一切，知道众神使希腊人在特洛伊所遭受的苦难，也知道大地上发生

的一切。”

我为海妖的歌声所迷醉，示意同伴们将我从桅杆上解下来。但是他们牢记我事先的告诫，反而将我捆绑得更加结实。当海妖塞壬的海岛从我们的视野中消失之后，同伴们方才将耳中的蜂蜡取出，将我从桅杆上解下。

我们的大船平稳地继续朝前航行，突然我听见远方传来可怕的涛声，看见一股烟雾。我知道那是卡律布狄斯。同伴们惶惶不安，放下了手中的船桨，船停了下来。我走到他们身边，为他们鼓劲壮胆。

“朋友们，我们经受过许许多多灾难，我们闯过了许许多多难关，”我这样说道，“现在我们面临的危险并不比在波吕斐摩斯的山洞里所经历的更可怕。鼓起勇气，奋力划桨！宙斯会帮助我们摆脱死亡。让船尽量远离水雾冲天、涛声如吼的水域，贴近山岩航行！”

同伴们受到鼓舞，竭尽全力划动船桨。关于斯库拉的事我只字不提。我知道，斯库拉只能夺走我六个同伴，可是在卡律布狄斯我们有可能全部丧生。我忘却了喀耳刻的告诫，手执长枪等待斯库拉来袭击。我瞪着双眼搜索，可是徒然。

大船沿着狭窄的海峡高速航行。我们看见卡律布狄斯在大口大口喝海水，波涛在它嘴边沸腾，而在它深深的腹内，水草和泥土不停翻滚，如同开锅。当它往外喷吐的时候，四周的海水一片沸腾，波涛澎湃，涛声震天，水珠直飞山岩顶上。望着卡律布狄斯，我吓得面无人色。正在这时候，斯库拉探出六个脖子，六张长有三排利牙的大嘴咬住了我的六个同伴。我只看见他们的手脚在空中一闪，听见他们在向我呼救。斯库拉就在岩洞口将他们吞食了，可怜的同伴们徒然向我呼救。我们费了九牛二虎之力总算闯过了卡吕布狄斯和斯库拉的关口，继续朝太阳神赫里阿斯的海岛特里那喀亚驶去。

俄底修斯在特里那喀亚岛[1]上。俄底修斯的海船沉没

不久远方出现了太阳神赫里阿斯的海岛。我们离该岛越来越近，我已听见赫里阿斯的牛羊清晰的叫声。这时我记起了忒瑞西阿斯的预言和女巫师喀耳刻的告诫，劝说伙伴们绕开海岛，不要在该岛停留。我想躲避一次巨大的危险。可是欧律罗科斯对我说：

"俄底修斯，你太无情了！你自己如同铜铸，不知疲劳。我们可累坏了，多少个昼夜我们已不曾合眼，眼下你禁止我们上岛歇一歇，吃点东西增加体力。夜间在海上航行很危险。大船夜里遇上狂风恶浪，虽有众神护佑，往往也难免沉没。不行，我们必须靠岸，明天一早再继续上路。"

其他同伴也都赞成欧律罗科斯的意见，我知道我们难以避免厄运。我们靠上岛，将船拖到岸上。我逼迫同伴们向我发誓，不宰杀赫里阿斯的神牛。我们做好晚饭，吃晚饭时大家想起被斯库拉吞噬的伙伴，一个个都伤心落泪。吃过晚饭，我们全都躺在岸上安然入睡。

夜里宙斯掀起可怕的风暴。狂暴的玻瑞阿斯在怒号，天空布满了乌云，本已黑暗的夜色变得更加浓黑。早晨我们把战船拖到海边的岩洞里，以免被风暴摧毁。我再次告诫同伴们不要去碰赫里阿斯的牛群，他们答应照办。整整刮了一个月的逆风，我们无法上路。我们储存的食品终于用尽，只得靠狩猎捕鱼获取食物。我的同伴们愈来愈严重地受到饥饿的折磨。有一次，我独自深入海岛的腹地，想单独向众神做一次祈祷，祈求众神赐予我们顺风。在僻静之处我向奥林波斯众神恳求，恳求他们满足我的要求。不知不觉之中，众神使我沉沉睡熟了。在我睡着的时候，欧律罗科斯怂恿我的伙伴们宰杀赫里阿斯的几头公牛。他说，回到故乡之后，他们为赫里阿斯修建一座阔气的神庙，献上珍贵的礼品，

---

① 希腊人时常将西西里岛称作特里那喀亚岛。

可以求得太阳神的宽恕。即使众神因为他们宰杀公牛加害于他们，那么被大海吞没也比饿死强。

我的同伴们听从了欧律罗科斯。他们从牛群中挑出几头肥壮的公牛宰杀了，将部分牛肉献祭众神。因为我们已经没有面粉和酒，故以橡树叶代替面粉，以水代酒来献祭。向众神献祭之后，他们便在篝火上烤牛肉。这时候我醒了，回头向战船走去。打老远我就闻到烤牛肉的气味，顿时想到出事了。我吓得高声喊道：

“奥林波斯的伟大的众神啊，你们为什么要让我睡着？我的同伴犯下了深重的罪孽——宰杀了赫里阿斯的公牛。”

与此同时，神女兰珀提厄将发生的事情告诉了赫里阿斯。伟大的太阳神大怒，他向众神控告，说我的同伴侮辱他，还扬言要去哈得斯的冥国永不回来，使众神和人类永远见不到阳光。宙斯为了平息太阳神的怒火，答应用闪电击毁我的战船，淹死我的所有伙伴。

我虽责备同伴不该宰杀公牛，可是已经无补于事。众神降下可怕的征兆。剥下的牛皮像活的一样自己走动，正在烘烤的牛肉发出哞哞的叫声。风暴又肆虐了六天，我的同伴天天都要宰杀赫里阿斯的公牛。第七天，风暴终于止息，刮起了顺风。我们立即起航。可是特里那喀亚岛刚刚从视野中消失，宙斯即在我们头顶上空布上黑沉沉的乌云。仄费洛斯呼号着袭来，海上骤然掀起可怕的风暴。桅杆如同一茎芦苇被吹折，倒在船上。桅杆倒下，砸碎了舵手的脑袋，舵手坠落海中丧生了。接着宙斯的电光一闪，把战船击成碎片，所有同伴均被大海吞没，只有我一人逃得性命。我好不容易抓住一截桅杆和战船的龙骨，并将其缚在一起。后来风暴停息，刮起了南风，南风将我径直送到卡律布狄斯。这时候，卡律布狄斯正在哗哗地大口大口喝海水。我勉强抓住长在卡吕布狄斯近旁山岩上的无花果枝条，悬在可怕的卡律布狄斯上方。我久久地等待它将桅杆和龙骨随同海水一起再吐出来。最后桅杆和龙骨终于浮出怪物的大口。我松开枝条，跳到我的战船的残骸上，就这样从卡律布狄斯的嘴边逃脱了死亡。由于宙斯保佑，我又逃过了斯库拉的毒手。斯库拉未能察觉我随着汹涌大海的波涛漂过。

我在无边无际的大海上漂流了九天，后来海浪将我冲到神女卡吕普索的海岛。阿尔喀诺俄斯和阿瑞忒，关于在神女卡吕普索的海岛上的情形我已经对你们说过，此后我经受了种种巨大的危险，终于来到你们岛上的情况我也讲过。要是我再赘述，显然不合适，你们听起来也乏味。

俄底修斯就这样结束了述说。

俄底修斯回到伊塔刻

根据荷马史诗《奥德赛》转述。

第二天，淮阿喀亚人做好了起航的准备。他们将送给俄底修斯的大量礼物装上船。阿尔喀诺俄斯亲自指导各项准备工作。一切准备就绪之后，阿尔喀诺俄斯在王宫中向宙斯献祭，然后又举行了告别宴会。俄底修斯急不可耐地盼着黄昏来临。眼见太阳西斜，黄昏将临，俄底修斯别提有多高兴。暮色已经浓重，这时他向国王阿尔喀诺俄斯及美如女神的王后阿瑞忒告别。然后朝大船走去。仆人们抬着礼盒、葡萄酒及路上吃的食物，跟在俄底修斯身后。俄底修斯登上大船，躺到专门为他铺设的床上。强壮的桨手划起船桨，大船离岸驶向外海。众神让俄底修斯沉沉睡着了，途中他一直都在安睡。大船在海上疾飞如鹰，第二天黎明便抵达伊塔刻的海岸，停在水泽神女的山洞附近。淮阿喀亚人将熟睡的俄底修斯小心翼翼地抬到岸上，安放在沙滩上，所有送给他的礼物也摆在他的身边。此后淮阿喀亚人便起航登上归途。波塞冬看见这艘返航的船只心中勃然大怒，淮阿喀亚人竟敢违反他的意愿将俄底修斯送回家乡。波塞冬向宙斯控告淮阿喀亚人。宙斯建议兄弟惩罚他们，待船入港的时候，让船变成高高的山岩。波塞冬驰往淮阿喀亚人的海岛，等候那艘大船归来。远方的海面上出现了那艘大船。海岸上聚集着一大群人，准备迎接归来的水手。大船已经驶到港湾入口处，突然变成了山岩。人们将这起怪事禀告阿尔喀诺俄斯。阿尔喀诺俄斯明白，波塞冬说到做到，他原先就威胁过，如果淮阿喀亚人通过海路送漂泊者回故乡，他将严加惩处。阿尔喀诺俄斯叫来所有居民，吩咐他们向波塞冬献祭，以求宽恕，求波塞冬别用高山阻挡进港入城的水道。淮阿喀亚人竭力恳求波塞冬息怒，并发誓永远再不送漂泊者回故乡。

与此同时，躺在海边的俄底修斯睡醒了。他未认出故乡伊塔刻，因为女神雅典娜将四周的一切蒙上了浓雾。俄底修斯又绝望了，他以为淮阿喀亚人将他撇在某个荒岛上，于是又高声抱怨自己悲惨的命运。

他环顾四周，看见自己身旁摆着淮阿喀亚人送的礼物，礼物一样都不少。俄底修斯闷闷不乐地沿海边走着，遇见一个英俊的青年。他问青年，这是什么国家。从这位青年口中他才意外地知道已经回到伊塔刻。青年也问俄底修斯的身份。谨慎的俄底修斯回答说，他是个漂泊者，是克里特人士，为报仇打死了伊多墨纽斯的儿子阿耳喀罗科斯，因此逃出克里特。他想搭乘腓尼基人的海船去皮罗斯或厄利斯，可是奸诈的腓尼基人趁他睡着的时候，掳走了他的全部财物，将他抛弃在这里的海岸上。青年听了俄底修斯编的故事，微微一笑，突然他改变了自己的模样。这时站在俄底修斯面前的已是女神雅典娜。女神称赞俄底修斯小心谨慎，同时鼓励他要振作精神，并答应现在要给他以帮助。女神说，如果说在此以前她未随时随地帮助他，那么也是事出无奈，她不想惹怒波塞冬。雅典娜吩咐俄底修斯不要向任何人公开自己的身份。只是俄底修斯仍不相信自己已回到伊塔刻。于是雅典娜驱散笼罩伊塔刻岛的浓雾，俄底修斯这才认出是故乡。他扑倒在地，欣喜若狂地亲吻起故土。雅典娜将俄底修斯变成一个丑陋可怜的乞丐。他脸上、肩上的皮肉起皱，骨瘦如柴，一头美丽的鬈发尽皆脱落，两眼暗淡无光，眼睑上疤痕累累。雅典娜又给他穿上污秽不堪、千疮百孔的破衣服，在他肩上挎一个补丁打补丁的讨饭袋，往他手中塞了一根打狗棒。雅典娜嘱咐他将淮阿喀亚人赠送的礼物藏到山洞里，然后就以这副乞丐的模样去见放猪的欧迈俄斯，女神自己则立即前往斯巴达，去把俄底修斯的儿子忒勒玛科斯接回伊塔刻。

俄底修斯和欧迈俄斯

根据荷马史诗《奥德赛》转述。

俄底修斯来到牧猪人欧迈俄斯的住处，欧迈俄斯正独自坐在门口干活。一群看门狗看到俄底修斯，立即狂吠着扑了上来。要不是欧迈俄斯跑来驱散群狗，它们定会将俄底修斯撕成碎块。

“流浪汉，”欧迈俄斯未认出俄底修斯，所以这样说，“俄底修斯的丧生已折磨着我，要是你被狗咬死，岂不是让我雪上加霜，更加痛苦吗？快随我进屋，吃点东西，再歇一歇。”

俄底修斯朝欧迈俄斯用粗糙的石头砌就的小屋走去。屋前院子里有一排猪圈。欧迈俄斯领着俄底修斯进了屋，让这位流浪者在盖着羚羊皮的树枝堆上坐下来。然后，欧迈俄斯到猪圈里捉来两只小猪，宰好烤熟。他又倒了一木杯的葡萄酒，全都摆到桌子上。欧迈俄斯一边忙碌，一边悲苦地诉说疯狂的求婚者的罪恶，说他们比海盗还要凶狠，弄得俄底修斯家近乎倾家荡产，宰杀了他家不计其数的牲畜。俄底修斯仔细听着欧迈俄斯诉说，心中琢磨着如何向求婚者复仇。进餐时俄底修斯向欧迈俄斯打听主人的下落，牧猪人说，主人已经离世。这时俄底修斯发誓说他的主人一定会回来，而且很快就会回家。尽管俄底修斯发誓赌咒，可是欧迈俄斯并不相信。欧迈俄斯问这位漂泊者是什么人，于是俄底修斯将预先编造的苦难经历细细说了一遍。

他说几位兄长欺侮他，分遗产时故意不分给他，后来他娶了一位继承了巨大遗产的女人，因而致富。他参加过特洛伊战争，返乡途中来到埃及。埃及人几乎杀死了他的所有同伴，因为同伴们洗劫了埃及人的城市。他恳求埃及国王宽恕，总算求得一条性命。他在埃及熬了七年，后来渡海来到腓尼基。有个腓尼基人劝他去利比亚，于是他们一起出发了，可是宙斯用霹雳击毁他们的船，只有他一人死里逃生，海浪将他抛到忒斯普洛托斯人[①]国家的海岸。岛上的忒斯普洛托斯人的国王隐约对他说起，俄底修斯携着大批礼物正在返回故乡途中。最后，他乘坐忒斯普洛托斯人的海船去杜里支亚[②]。可是忒斯普洛托斯人企图将他卖为奴隶，他费尽周折终于在船停靠伊塔刻岛的时候逃脱了。所有编造的故事欧迈俄斯听了都相信，只是不信关于忒斯普洛托斯人国王说起俄底修斯情况的那一节。欧迈俄斯责备这位流浪者，说他编造俄底修斯的情况只是想从俄底修斯的亲人手中骗取赏赐。但是俄底修斯说：

“听着，欧迈俄斯，如果俄底修斯回来，那你给我一身新衣服；如果是我欺骗你，那你把其他牧猪人都叫来，把我从山岩顶上投入大海，使流浪汉们往后不敢再编造谎言。”

不一会儿，其他牧猪人全都赶着猪群回来了。他们宰杀了一头肥猪，坐下来吃晚饭。吃晚饭时，欧迈俄斯将这位漂泊者待为宾客，将最肥壮的肉块给他，最先为他斟酒。

他们在无忧无虑地吃喝，外边骤起风暴，下起大雨，天气凉了。可是俄底修斯连件晚上睡觉用以遮身的斗篷都没有。于是他对牧人们讲了一个故事，想以此提醒他们给他一件斗篷。

“听着，欧迈俄斯，诸位，你们也听我说。”俄底修斯开腔说道。“有一次，墨涅拉俄斯、俄底修斯和我率军在特洛伊城外设伏。夜晚芦苇丛中十分寒冷，鹅毛大雪纷纷扬扬，我忘了带斗篷，后来我将这一情况告诉了俄底修斯。他立即想出一条计策。他欠起身，推醒卧在身旁的战士，说自己做了一个噩梦，醒来颇觉害怕，他们离舰船太远，应该派

---

①居住于希腊西北部的厄皮鲁斯岛上的民族。
②位于阿卡耳那尼亚地区的城市。

个人去向阿伽门农讨援兵。一个士兵立即站起来，抖落身上的斗篷，匆匆回舰船搬援兵。于是我拾起斗篷，盖在身上，安安稳稳地睡到天明。”

欧迈俄斯明白了暗示，他为俄底修斯在灶炕旁边铺了床铺，铺上羊皮，并将自己冬天穿的斗篷送给俄底修斯盖。俄底修斯美美地睡着了。欧迈俄斯并不待在屋内，他挎上剑，拿上长枪，披上斗篷，去照看山岩脚下的畜群。

忒勒玛科斯回到伊塔刻

根据荷马史诗《奥德赛》转述。

再说女神雅典娜。她告别变成乞丐模样的俄底修斯之后，匆匆驰往斯巴达，很快便到达了目的地。她走进墨涅拉俄斯的王宫，径直来到忒勒玛科斯和皮西斯特拉托斯睡觉的卧室。皮西斯特拉托斯正在安睡，可是忒勒玛科斯却睡不安宁。即使在梦中，忒勒玛科斯也在思念父亲，为父亲悲伤。雅典娜走到俄底修斯儿子的床边，对他说：

“忒勒玛科斯，你该返回你扔下所有财产的故乡去了。无耻的求婚者在糟蹋你的财产，如果你不回家，他们会把你家的财产毁尽。你应想到女人会变心。如果你的母亲真的答应嫁给欧律玛科斯，那么她就会忘掉你，往后只关心她与再婚丈夫所生的子女。快回家吧。不过你得记住一条，求婚的人们已设下埋伏准备害你。为避免遭他们的伏击，你须在夜间绕过海岛，黎明时即在偏僻隐蔽之处靠上伊塔刻岛的海岸。随后你让船驶往城内，自己徒步去找牧猪人欧迈俄斯，找到欧迈俄斯之后，再派人去把你回来的消息报告珀涅罗珀。”

雅典娜说完这番话便离开了。

忒勒玛科斯立即叫醒皮西斯特拉托斯，催促他立即起身回皮罗斯。可是皮西斯特拉托斯劝忒勒玛科斯等天亮再走，夜里与墨涅拉俄斯不辞而别不行。忒勒玛科斯听从了皮西斯特拉托斯的建议。不久，晨光女神厄俄斯飞上天空，早晨来临了。国王墨涅拉俄斯来看两位青年。俄底修斯的儿子在门口迎接墨涅拉俄斯，请求立即准许他回伊塔刻。墨涅拉俄斯不再挽留忒勒玛科斯，只是请他稍等片刻，以便筹办礼物，同时请他在起程之前填饱肚子。

墨涅拉俄斯命令家奴赶紧准备饭食。接着他叫来海伦和儿子墨伽彭忒斯，三人一起前往家中的珍宝库。墨涅拉俄斯为忒勒玛科斯挑选了几样礼物，海伦也选了一样礼物，即她亲自织制的豪华的礼服，准备送给忒勒玛科斯未来的新娘。

两位年轻的英雄吃过早饭，收下墨涅拉俄斯的赠礼，准备上路了。墨涅拉俄斯端着一杯酒走出王宫，他呼唤着众神，祭洒在地上，他请两位青年转达他对年老的涅斯托耳的问候。忒勒玛科斯上了车，双手握住缰绳，这时突然有一只鹰飞到王宫上空，鹰爪上抓着一只白鹅。墨涅拉俄斯的仆人们大喊大叫，跟着鹰奔跑。那鹰振翅飞上高空，消失于王宫的右方。大家都知道，这是神的预兆。忒勒玛科斯请求墨涅拉俄斯解释这个预兆。斯巴达的国王陷入沉思，海伦代他回答：

“你们听我说！奥林波斯山的众神已向我授意。就像老鹰抓住白鹅，将其撕碎一样，俄底修斯回家之后也要这样杀死那些求婚者。说不定他已回到家乡，正在准备杀掉那些求婚者呢。”

“啊，美丽的海伦！”忒勒玛科斯惊喜地喊道。“如果伟大的宙斯能让你所说的应验，那我还乡之后定将你作为女神敬奉。”

忒勒玛科斯说毕扬鞭策马，马匹沿着通往皮罗斯的大道飞速奔驰。

途中两位青年在英雄狄俄克勒斯的斐赖城里过了一夜，第二天抵达皮罗斯。忒勒玛科斯劝说皮西斯特拉托斯不要进宫去见涅斯托耳；他担心老人又要使他俩耽搁一天。皮西斯特拉托斯同意，他领着朋友直奔大船，尽管他知道这样做定会使父亲涅斯托耳不快。皮西斯特拉托斯甚至还催促忒勒玛科斯尽快解缆起航，免得父亲知道他回来，亲自出马来挽留他。忒勒玛科斯的伙伴们匆匆支起桅杆，刚要解缆离岸，只见预言家忒俄克吕摩诺斯跑到船边。他因犯了杀人罪，害怕报复，逃出阿耳戈斯。忒俄克吕摩诺斯请求忒勒玛科斯让他搭船去伊塔刻，到了伊塔刻，死者的亲属对他便无可奈何了。忒勒玛科斯答应了他的请求，让忒俄克吕摩诺斯上了船。这时大船离岸起航，风顺船疾，匆匆驶向外海。

这时候俄底修斯仍在牧猪人欧迈俄斯处。清早，俄底修斯想去城里行乞，他甚至想求那些求婚者收留他当仆役。可是欧迈俄斯劝他不要这样做，他告诉俄底修斯，那些求婚者既暴躁，又凶残。于是俄底修斯向他仔细打听父亲莱耳忒斯和妻子珀涅罗珀的情况。欧迈俄斯将详情一一道出，他没有想到面前这位不是什么普通的浪游者，而是俄底修斯本人。最后俄底修斯请欧迈俄斯说说他来伊塔刻的经历。欧迈俄斯愉快地答应了，他对俄底修斯说，自己是国王克忒西俄斯的儿子，出生在绪里亚岛。有一次，腓尼基商人来到绪里亚岛。商人们诱使他父亲的一个腓尼基籍的女奴将他从父亲身边拐走，答应事成之后带她回故乡。女奴同意了，偷偷将他带出王宫，送到腓尼基商人的船上。商人们起航向腓尼基驶去。在海上航行了六天，第七天，女神阿耳忒弥斯用箭射死了背叛的女奴。腓尼基人在伊塔刻岛停船，把幼小的欧迈俄斯卖给了莱耳忒斯。

俄底修斯仔细倾听欧迈俄斯的叙述。一直说到深夜，欧迈俄斯才结束讲述。他俩躺下睡觉，可是睡了没有多少时间，天边很快燃起朝霞，他们该起身了。

就在这个早晨，忒勒玛科斯也回到了伊塔刻。他依照雅典娜的吩咐，在隐蔽之处靠了岸，下了船；他请朋友珀拉俄斯收留忒俄克吕摩诺斯一段时间，然后自己准备去找欧迈俄斯。突然头上出现一只老鹰，鹰爪上抓着一只小鸽。忒俄克吕摩诺斯握住忒勒玛科斯的手，悄悄对他说：

“忒勒玛科斯，这是吉兆。在伊塔刻没有一个家族能比你的家族更强盛。你们会永远统治整个伊塔刻。”

这个预言使忒勒玛科斯无比欢欣。他让同伴们划船去城内港湾，自已喜气洋洋地去找牧猪人欧迈俄斯。

忒勒玛科斯走访欧迈俄斯。俄底修斯和忒勒玛科斯

根据荷马史诗《奥德赛》转述。

俄底修斯和欧迈俄斯早早就醒了。他们做好早饭，坐下来刚开始吃，突然欧迈俄斯的一群看门狗欢叫着扑向来人忒勒玛科斯，向他表示亲热。俄底修斯听见了脚步声，忒勒玛科斯转眼间便来到了欧迈俄斯的家门口。欧迈俄斯立即起身迎接。他流淌着喜悦的热泪，拥抱进门的忒勒玛科斯，亲吻他。忒勒玛科斯的归来使欧迈俄斯如此欣慰，仿佛父亲看到阔别归来的独生子。俄底修斯站起身，想给进门的儿子让坐。可是忒勒玛科斯亲切地对他说：

“漂泊者，你坐吧！不必担心，欧迈俄斯会给我准备座位的。”

欧迈俄斯匆匆为忒勒玛科斯准备座位，又为他端来食物和酒浆。用餐期间忒勒玛科斯问欧迈俄斯，这位浪游者从何处来，是谁带他来伊塔刻的。欧迈俄斯将自己从俄底修斯口中听来的编造的经历对他说了一遍，并请求忒勒玛科斯将漂泊者接回自己家中。可是忒勒玛科斯不能答应。他如此稚嫩，如何去对付成群狂暴的求婚者呢？他只答应回头派人给浪游者送来新衣和利剑，帮助他返回故乡。俄底修斯怜悯忒勒玛科斯，他假装一无所知，向忒勒玛科斯打听求婚者如何狂暴，又问他，伊塔刻的民众及他的亲戚待他是否也很凶狠。

“宁可因武力驱赶凶恶的求婚者不成而被杀于自己家中，也不能忍受侮辱，听凭自己的家产横遭劫掠，”俄底修斯末了这样说。

对此忒勒玛科斯能说什么？他只能说，他是个独生子，势单力孤，难以与成群凶恶的求婚者匹敌，更何况他们处心积虑还想杀害他。忒勒玛科斯甚至不敢将自己归来的消息告诉珀涅罗珀。他打发欧迈俄斯进城去，悄悄将他回来的消息告诉母亲，而且不能让求婚者知道。再由珀

涅罗珀派一名忠实的女仆，将消息转告终日为孙子的命运担惊受怕的年老的莱耳忒斯。

欧迈俄斯匆匆出门去完成忒勒玛科斯委托的任务。他刚出门，不为忒勒玛科斯所见的女神雅典娜便出现在俄底修斯面前；她将俄底修斯召到茅舍外边，在院墙边用权标将他一触，使他恢复了原形，吩咐他向忒勒玛科斯说明自己的身份。

俄底修斯回到茅舍，忒勒玛科斯一看，惊呆了；俄底修斯如此英伟尊贵，忒勒玛科斯简直以为一位永生的神祇出现在他面前。

“啊，浪游者！”忒勒玛科斯惊呼道。“现在你换了一副模样来到我的面前！你是一位永生的神祇！怜悯我们吧！我们会向你献上大量的祭品。”

“不，我不是神祇！”俄底修斯回答。“我是你的父亲俄底修斯，为了我，你遭受凶恶的求婚者们的凌辱。”

俄底修斯爱怜地拥抱儿子，满含热泪亲吻忒勒玛科斯。可是忒勒玛科斯无法立即相信父亲真的回到故乡。因为刚刚看见他还是一个不幸的老流浪汉。怎么能说变就变？难道凡人能创造这样的奇迹？忒勒玛科斯现在是满腹疑虑。还是俄底修斯打消了他的疑虑，告诉他是女神雅典娜将他变成浪游者，现在女神又使他恢复了原貌。这时忒勒玛科斯才相信，站在面前的真是父亲。他搂住父亲，喜悦的泪水夺眶而出。父子相会最初的喜悦过去之后，忒勒玛科斯问父亲，他怎么回到故乡，搭乘谁的快船回到伊塔刻的。俄底修斯告诉儿子，是淮阿喀亚人送他回到故乡，他将淮阿喀亚人赠送的礼物藏在深深的山洞里，后来女神雅典娜遇见他，打发他来找欧迈俄斯。接着俄底修斯向忒勒玛科斯细细打听求婚者的情况。他听了，满腔怒火，恨不得立刻就向求婚者报仇。可是这办得到吗？求婚者人数很多，他们来自四面八方，整整有一百十六人。俄底修斯和忒勒玛科斯父子二人难道能与人多势众的求婚者公开挑战吗？然而俄底修斯自有强大的帮手，任何凡人，即使人数众多，都不能与他们抗争，帮手便是雷神宙斯及其女儿雅典娜。

俄底修斯决定在他们的帮助下如此行事：忒勒玛科斯进城去见那帮求婚者，俄底修斯本人则扮成穷流浪汉，和欧迈俄斯一起随后进城，装作去求乞。不管求婚者对他如何粗暴欺凌，俄底修斯都将一味忍受。此后，忒勒玛科斯根据父亲的眼色行事：收起所有武器，只留下父子二人要用的枪剑和盾牌。关键是不能走漏俄底修斯归来的消息，不许任何人知道这一点，连珀涅罗珀也不能例外，因为不是所有男女奴仆都依然忠诚于俄底修斯的。俄底修斯和忒勒玛科斯商议了很久。

这时候忒勒玛科斯的舰船已驶抵城中，船上的伙伴立即派人去向珀涅罗珀报告，说她的儿子已经归来。

欧迈俄斯在王宫门口遇到报信人，于是两人一起去见珀涅罗珀。报信人大声向珀涅罗珀禀报，说她儿子已经归来。欧迈俄斯则俯身轻声向她述说了忒勒玛科斯吩咐他说的一切。珀涅罗珀得知儿子又回到她身边，别提有多高兴。

忒勒玛科斯归来的消息很快便传到那帮求婚者的耳朵里。他们个个惊慌不安，全都聚集到广场上商议对策。安提诺俄斯建议杀掉忒勒玛科斯，因为他是他们的唯一障碍。但是安菲诺摩斯不同意这样做。他怕惹怒宙斯，建议先向众神请示。如果众神降下吉兆，那他愿亲自动手杀死忒勒玛科斯，如果不是吉兆，那他建议大伙都别对忒勒玛科斯下手。求婚者都赞同安菲诺摩斯的意见，于是他们一起前往俄底修斯的王宫。

求婚者的代言人墨冬向珀涅罗珀报告了求婚者的阴谋。珀涅罗珀走到求婚者面前，痛斥他们奸诈凶残。她特别斥责了安提诺俄斯忘恩负义，因为俄底修斯曾将他的父亲从愤怒的民众手中救出。欧律玛科斯赶忙安慰珀涅罗珀，说求婚者绝对不会加害于忒勒玛科斯。可是欧律玛科斯嘴上虽然这样说，心中只想害死忒勒玛科斯。

与此同时，欧迈俄斯回到自己的茅舍。女神雅典娜又把俄底修斯变成浪游者，免得欧迈俄斯认出他。这位牧猪人将在城中的见闻说了一遍，然后为大家举火做晚饭。吃过晚饭之后，大家都躺下睡觉。

俄底修斯扮成浪游者回到王宫

根据荷马史诗《奥德赛》转述。

第二天，天边刚染上明亮的紫红色霞光，忒勒玛科斯便出发进城。临走他吩咐欧迈俄斯送那位浪游者进城，让他能讨得一点吃的。回到家，忒勒玛科斯先见到年老的奶妈欧律克勒亚。她看见忒勒玛科斯进屋，高兴得难以形容，她哭着搂住了忒勒玛科斯。所有女仆闻声都出来迎接俄底修斯的儿子。珀涅罗珀得知儿子归来，也迎了出来。她搂住儿子，问他外出期间打听到什么消息。忒勒玛科斯什么也没说，他急于去市政广场接忒俄克吕摩诺斯来自己家。

忒勒玛科斯来到市政广场，那帮求婚者将他团团围住，争先恐后地向他致意、问好，可他们心底想的却是如何害死他。不久，忒俄克吕摩诺斯与珀拉俄斯也来到广场。忒勒玛科斯不在城中这段时间，珀拉俄斯收留了忒俄克吕摩诺斯。

忒勒玛科斯当即邀请忒俄克吕摩诺斯去自己家，并与他一起离开广场。回家之后，两人在考究的大理石澡堂里洗完澡，然后一起坐下来进餐。珀涅罗珀走出来，带着活计在他们的桌边落了座。忒勒玛科斯向母亲讲述了自己皮罗斯和斯巴达之行的情况。听说忒勒玛科斯丝毫没有打听到父亲的消息，珀涅罗珀感到很悲伤。忒俄克吕摩诺斯安慰珀涅罗珀，要她相信，俄底修斯已经回到伊塔刻，他大概藏在某处，在筹划杀死求婚者的好办法。忒俄克吕摩诺斯说，如果俄底修斯没有回伊塔刻，那么神祇不会在忒勒玛科斯回家途中降下吉兆。

珀涅罗珀与忒勒玛科斯、忒俄克吕摩诺斯叙谈的时候，那帮求婚者在院子里投掷铁饼和标枪取乐。不久，牧人们赶来了供求婚者大吃大喝用的肥羊。求婚者一窝蜂似的拥进俄底修斯家，他们动手烤羊肉。代言人墨冬呼唤他们进宴会厅。

与此同时，俄底修斯和欧迈俄斯正朝城内缓缓走来。俄底修斯一副衰弱不堪的乞丐样，拄着拐棍走着。他们走到离城不远的城内居民取水的泉边，遇见了牧人墨兰提俄斯。无耻的墨兰提俄斯看见欧迈俄斯和一个浪游者在一起走，于是便开口讥讽他俩：

“瞧，无赖领着无赖！愚蠢的欧迈俄斯，你领着乞丐去哪里呀？他要是敢在俄底修斯家露面，小心让求婚者打断肋骨！”

墨兰提俄斯说毕，朝俄底修斯使劲踢了一脚，可是俄底修斯一动不动。他强压怒火，免得一时性起，失手打死他。欧迈俄斯警告墨兰提俄斯，等俄底修斯回来，他不会有好下场。可是墨兰提俄斯口出狂言，说他期待俄底修斯归来的希望必然要落空，忒勒玛科斯很快也要被那帮求婚者杀掉，而他欧迈俄斯将被卖给外乡人做奴隶。墨兰提俄斯边说边走了。

欧迈俄斯和俄底修斯继续慢慢走自己的路。最后他们终于走到俄底修斯的王宫门口。宫中传来琴声和歌声，现在正是求婚者们盛宴的高潮。欧迈俄斯与俄底修斯高声说笑着走进院子。宫门口粪堆上躺着俄底修斯的那条老猎狗阿耳戈斯。它一听见主人的声音，立即竖起耳朵。忠实的阿耳戈斯嗅出是自己的主人，摇着尾巴想站起来上去迎接，可是它已经无力动弹。被所有人遗弃的老狗已经奄奄一息。俄底修斯认出了自己忠实的猎狗，忍不住眼泪夺眶而出，他赶忙用手抹去泪水，免得被欧迈俄斯发现。阿耳戈斯微微一动，终于咽了气。它等待主人二十年，现在尽管主人是一副乞丐打扮，它还是一眼就认出来。

欧迈俄斯先走进宴会厅，在忒勒玛科斯身边坐下来。俄底修斯在欧迈俄斯之后走了进去，但是他并未到宾客中间，而是背靠大门坐在门口。忒勒玛科斯立即拿起面包和肉，让人送给俄底修斯，并转告他，尽可大胆地向宾客乞讨。俄底修斯站起身，逐一向所有客人乞讨，大家全都向他施舍，只有安提诺俄斯一人拒绝。然而俄底修斯坚持要他施舍。

残暴粗鲁的安提诺俄斯发火了，将俄底修斯撵走。俄底修斯从他身边走开时轻声说道：

“是啊，我看得出，你的头脑不如你脸面漂亮，因为你舍不得给我一块面包，何况还是别人的面包！”

安提诺俄斯大怒，抓起板凳用力掷向俄底修斯，击中了俄底修斯的脊背。俄底修斯虽然受了如此猛烈的一击，但是他纹丝不动，仍然如山岩屹立，接着他威严地摇了摇头，依旧坐到门口，并说：

“为了保护自己的财产而遭殴打并非不得了的事。只要复仇女神肯保护乞丐，那么等待安提诺俄斯的将是葬礼，而不是婚礼。”

安提诺俄斯听了俄底修斯这句话更是怒不可遏，不过这时其他求婚者全都责备安提诺俄斯不该欺侮进屋的浪游者，因为永生的神祇往往扮成云游四方的浪游者来到人间，这类事情发生过不止一次。忒勒玛科斯看到父亲受安提诺俄斯欺凌，心中也很悲愤，可是他牢记事先的约定，强压下心中的怒火。

珀涅罗珀也知道了安提诺俄斯欺侮可怜的浪游者的事，因此对暴虐的安提诺俄斯更加痛恨。她叫来欧迈俄斯，向他细细打听浪游者的来历，当得知俄底修斯曾经作客于浪游者的父亲家时，不禁高声感叹道：

“啊，我相信俄底修斯归来之后会和忒勒玛科斯一起残酷无情地向求婚者们报复！”

珀涅罗珀话音刚落，忒勒玛科斯立即打了一个响亮的喷嚏。这个吉兆使珀涅罗珀很高兴，现在她深信，这些求婚者早晚都得死在自己丈夫手下。

她吩咐欧迈俄斯将浪游者带来，她要向他打听俄底修斯的下落。可是俄底修斯拒绝立即来见珀涅罗珀，他请求等到晚上再来，他不想招来求婚者更强烈的愤恨。珀涅罗珀表示同意。

求婚者在酒宴上越闹越厉害。

黑夜降临。欧迈俄斯早就回家去了。求婚者却迟迟不散。突然门口出现一个乞丐，他是伊塔刻全岛出名的贪吃好喝的酒鬼，名叫伊洛斯。他看见门口坐着一个流浪汉，立即轰他，可是俄底修斯就是不走。这时候伊洛斯威胁说，如果他不立即离开，就打死他。一场争吵开始了。安提诺俄斯听见那两人的吵闹声，就想借机和求婚者一起消遣取乐，他蓄意挑动伊洛斯与浪游者厮打。他声称给胜者一个炸羊肚作奖赏，此外还允许胜者天天来行乞。求婚者们围住伊洛斯和俄底修斯，唆使他俩一决高低。俄底修斯同意与伊洛斯较量，不过他先让求婚者立誓不帮伊洛斯。求婚者发了誓。于是俄底修斯脱下身上的破衣服，再将破衣服系腰上。那些求婚者惊奇地望着俄底修斯强健的身体、肌肉发达的两臂、宽阔的肩膀和胸膛。伊洛斯吓得不得了，可是不与俄底修斯搏斗已不可能，因为奴仆们抓住他，为他束好腰，又把他推到俄底修斯面前。伊洛斯直吓得两腿发抖，几乎站立不住。俄底修斯望了他一眼，心中在犹豫：是一拳将他结果了呢，还是仅仅将他击倒在地？俄底修斯断定，击拳过猛定将引起求婚者的怀疑；因此当伊洛斯对着他的肩膀击了一拳之后，他只是朝伊洛斯耳朵上方的头部回了一掌。伊洛斯跌倒在地，疼得哇哇大叫。俄底修斯抓住他的一只脚，将他拖出宴会厅，拖到院子里，然后把他安置在门外墙脚边，把要饭用的破口袋挂在他肩上，将那根讨饭棍塞到他手里。俄底修斯就这样教训了伊洛斯一顿，因为伊洛斯胆敢将他这位漂泊者赶出他自己的家。求婚者个个无比兴奋，俄底修斯为他们赶走了死乞白赖的伊洛斯。他们兴冲冲地上前向俄底修斯祝贺，其中安菲诺摩斯给他端来一杯酒，祝愿众神再次赐予他财富和幸福。安菲诺摩斯是求婚者中最为和善的一个，他常常阻止其他求婚者打架闹事，并自始至终保护忒勒玛科斯。俄底修斯知道了这些情形，他想挽救安菲诺摩斯，劝他离开这群求婚者回到父亲身边去，因为俄底修斯很快就要归来，那时所有求婚者都有死亡的危险。可是安菲诺摩斯不听俄底修斯的忠告，依旧迎着死亡滑去。

这时候，女神雅典娜鼓动珀涅罗珀出去见那些求婚者，使求婚者心中燃起更加强烈的与她结婚的欲望，使俄底修斯和忒勒玛科斯更加珍视她的忠贞与爱情。珀涅罗珀立即叫来欧律诺墨，吩咐她找两个女仆来，陪她去宴会厅见求婚者。欧律诺墨出去后，女神雅典娜让珀涅罗珀小睡了一会儿。在她睡着的时候，女神雅典娜将她打扮得如此美丽，使她就像爱神阿佛洛狄忒一样光彩照人。两个女仆进来叫醒珀涅罗珀，珀涅罗珀起身去见求婚者。他们看见俄底修斯的妻子走进宴会厅，一个个喜不自禁。珀涅罗珀把忒勒玛科斯叫到面前，责备他不该听任别人在他家中欺侮不幸的浪游者。忒勒玛科斯恭顺地听着母亲的责怪。这时候求婚者之中的欧律玛科斯转向珀涅罗珀，赞美她的姿容。珀涅罗珀听了他的话，回答说，她再无往昔的美貌，自从俄底修斯别她而去之后，她即已憔悴；只有当俄底修斯归来，她才可能恢复昔日的娇美。她谴责求婚者逼迫她与他们之中的某个人结婚，谴责他们大吃大喝糟蹋俄底修斯的家产。她说往昔的风俗可不是这样，那时候求婚青年都竭力送礼物给姑娘，以促使她们答应婚事，他们也绝不浪费别人的财产。可是求婚者对珀涅罗珀的谴责无动于衷，他们漠然听完她的话，只是打发仆人去取来大量礼物，送给珀涅罗珀，他们也想通过送礼来求得她应允婚事。珀涅罗珀默默收下礼物，带着女仆回内室去了。

珀涅罗珀刚走，求婚者便吩咐女仆拿三个大灯台来，点燃灯火，将宴会厅照得通亮。女仆们一一照办。俄底修斯叫仆人们去忙别的活儿，他来照管灯台。可是其中一个女仆墨兰托却出言不逊，讥讽和辱骂俄底修斯。俄底修斯威胁这个狂妄的女仆，说要到珀涅罗珀面前告她。这下那些女仆都害怕了，她们急急离开宴会厅。俄底修斯开始照管灯台的灯火。欧律玛科斯为了给求婚者取乐，开始讥笑俄底修斯，说：

“我看这个浪游者是某位神祇专门派来为我们的宴会增光的。厅内的亮光并非发自灯台，而是发自他那一毛不长的秃头。”

求婚者听了大笑，欧律玛科斯更是得意忘形，语气变本加厉。俄底修斯平静地回答他：

“欧律玛科斯，你真是狂妄自大、目空一切。你自以为有多大能耐，其实只是因为山中无老虎，才能让猴子称大王。如果现在俄底修斯回来，那你就要倒霉，那时你急于逃跑，连这座宽阔的大门你都会感到太窄。”

欧律玛科斯气得火冒三丈，他抓起一只凳子，猛地砸向俄底修斯。俄底修斯灵巧地闪开了。凳子砸在斟酒的奴仆手上，奴仆惨叫一声倒在地上，手中的大酒杯也掉了。厅内响起求婚者的叫骂声。他们非常恼火，说自从来了这个浪游者，宴会上便争吵不断。可是忒勒玛科斯说，争吵的原因并非在此，而是因为大家都喝醉了，所以宴会该结束。尽管忒勒玛科斯的话他们听了很不以为然，但是也只好就此作罢。他们又斟满一杯，喝完之后便散席了。

求婚者散去之后，俄底修斯对忒勒玛科斯说，现在该把宴会厅内的武器搬走。忒勒玛科斯叫来欧律克勒亚，命令她将所有女仆都关在各自的房间里，免得她们看见搬走武器，这些武器要集中起来，否则会被烟熏坏。欧律克勒亚照忒勒玛科斯的吩咐做了。忒勒玛科斯和俄底修斯从厅内往外搬武器，女神雅典娜点燃自己的灯台暗中为他俩照路。忒勒玛科斯看到四处灯光明亮却不见灯台，觉得奇怪，他问俄底修斯，这灯光发自何处。可是俄底修斯不让儿子多问，他怕儿子刨根问底会惹怒女神。搬走所有武器后，俄底修斯前往珀涅罗珀的卧室。珀涅罗珀迫不及待地盼着这位浪游者到来，以便向他打听俄底修斯的消息。忒勒玛科斯则返回自己的卧室，很快便安然入睡了。

俄底修斯与珀涅罗珀

忒勒玛科斯走后，珀涅罗珀带着女仆来到宴会厅。女仆为她在火炉边摆了一把镶银的象牙椅，然后去收拾求婚者走后留下的杯盘刀叉。女仆墨兰托又痛骂俄底修斯，赶他出门，还威胁说，如果他不马上离开，就用燃着的木头砸他。俄底修斯忧郁地望着她说：

“你何必对我发火？不错，我是个乞丐。现在命运注定我如此，可是我也有过富贵的时候，只是宙斯将我的一切尽皆剥夺。你也可能变得容颜枯槁而使你的女主人厌恶。瞧着吧，俄底修斯一回来，你就得为自己的粗鲁无礼吃苦头。即使俄底修斯不回来，家中还有忒勒玛科斯，他知道女奴们的举止言行。任何事情都瞒不了他！”

听了俄底修斯这番话，珀涅罗珀怒斥墨兰托：

“你像条恶狗，见人就咬！你当心，我知道你的行径！你得为你的恶行送命。难道你不知道是我把这位浪游者叫来的吗？”

珀涅罗珀吩咐为俄底修斯在炉火旁设座，待他坐定，她就详细打听俄底修斯的消息。浪游者对她说，他曾亲自将俄底修斯作为客人招待，那时候俄底修斯因为在去特洛伊的途中遇上风暴，所以在克里特岸边停泊。珀涅罗珀听到这位浪游者在二十年前见过俄底修斯，忍不住失声痛哭。为了验证他说的话是否属实，珀涅罗珀问他，当初俄底修斯是什么样的衣着。要描述自己的穿着，对这位浪游者来说简直是易如反掌。他将俄底修斯当初的服饰细细作了一番描述，珀涅罗珀听了自然相信他。浪游者让珀涅罗珀相信，俄底修斯还活着，不久之前他到过忒斯普洛托斯人的国家，从那里又乘船去多多那祈求神示。

“俄底修斯很快就会回来！”这位浪游者说。“年终之前，甚至在新月出现之前，俄底修斯就会回来。”

珀涅罗珀自然乐于相信他的话，可是她无法相信，要知道她已经等了多少年，可俄底修斯至今未回来。珀涅罗珀吩咐女仆为浪游者准备软和的床铺。俄底修斯道了谢，随后又请求让老女仆欧律克勒亚先替他洗脚。

欧律克勒亚十分愿意为这位浪游者洗脚，因为他的身材、容貌，甚至嗓音，在她看来都像她亲自哺育过的俄底修斯。欧律克勒亚端来一铜盆水，俯身准备为浪游者洗脚。突然她看见他脚上的伤疤。这道伤疤她很熟悉。当初俄底修斯和奥托吕科斯的儿子们一起在帕耳那索斯山上打猎，被野猪深深咬了一道口子，落下这道伤疤。欧律克勒亚根据这道伤疤认出了俄底修斯。由于吃惊，她忙中出错打翻了铜脚盆。她热泪盈眶，用高兴得发抖的声音说道：

“俄底修斯，是你吧，我亲爱的孩子？我怎么早没认出来呀！”

欧律克勒亚想告诉珀涅罗珀，她的丈夫终于回来了。但俄底修斯急忙捂住她的嘴，轻声对她说：

“是的，我是你奶大的俄底修斯！可你现在不要吭声，不要泄露我的秘密，否则你会害了我。你可当心，别将我回来的消息告诉任何人！否则，尽管你是我的奶妈，我也会毫不留情地严厉惩罚你。如果女仆们从你口中知道我回来的消息，我也要惩罚她们。”

欧律克勒亚发誓严守秘密。俄底修斯归来使她无比高兴，她又端来一盆水，为他洗了脚。珀涅罗珀毫无察觉，因为女神雅典娜控制住了她的注意力。

俄底修斯又坐到火炉旁，这时珀涅罗珀悲叹抱怨起自己的悲惨命运，又将不久前做的梦细说了一遍。她梦见一只老鹰撕碎了她家中的所有白鹅，伊塔刻的所有女人都与她一起为白鹅之死痛哭。突然那只鹰又飞回来，落在王宫的屋顶上，说起了人话：“珀涅罗珀，这不是梦，而是将要实现的事情的预兆。白鹅，那是求婚者，而我是俄底修斯，我很快就会回家。”

俄底修斯对珀涅罗珀说，她的梦就像她亲眼所见一样清楚明白，不必再去推敲。可是珀涅罗珀连这样的梦都不相信，她不信俄底修斯最终会回来。她告诉浪游者，自己决计要在第二天试试求婚者，要把俄底修斯的弓拿出去，让他们用弓箭去射预设的靶子，谁射中了，她就选谁做丈夫。浪游者建议珀涅罗珀不要推延这种比试，然后又补了一句：

“在求婚者射中靶子之前，俄底修斯就会归来。”

珀涅罗珀就这样与浪游者交谈着，丝毫没有想到对方就是俄底修斯。夜已深了。尽管珀涅罗珀很想与浪游者作通宵交谈，但她不得不回自己卧室。她站起身，在侍女陪伴下返回卧室，女神雅典娜使她沉入酣甜的梦乡。

俄底修斯铺好牛皮床垫、羊皮褥子，上了床，可是难以成眠。他始终在考虑如何向求婚者复仇。女神雅典娜来到他床边，安慰他，答应帮助他，并说他的一切灾难马上都要结束。

雅典娜终于使俄底修斯睡着了。可是睡了没多久，他就被珀涅罗珀的大哭声吵醒，珀涅罗珀在抱怨众神未让俄底修斯回故乡。俄底修斯站起来，整理好床铺，走到院子里，恳求宙斯给他降下吉兆，就将他在今天早上最先听到的几句话作为预兆。宙斯接受俄底修斯的祈祷，天空响起滚滚雷声。俄底修斯最先听到的是磨面女奴说的话。她希望今天是那帮求婚者在俄底修斯家大吃大喝的最后一天。俄底修斯兴奋无比。现在他知道雷神宙斯要帮助他向求婚者复仇了。

俄底修斯诛戮求婚者

根据荷马史诗《奥德赛》转述。

早晨，成群的女仆来到宴会厅，动手收拾打扫，为求婚者们的宴会做准备。欧律克勒亚分派女仆们去挑水、擦洗地板、换新的紫红色的椅罩、洗濯餐具。不一会儿，忒勒玛科斯走出卧室，向欧律克勒亚问过那位浪游者夜间安歇的情况，便前往市政广场。欧迈俄斯、菲罗提俄斯、墨兰提俄斯赶来了供求婚者大吃大喝的猪、羊、牛。欧迈俄斯和菲罗提俄斯热情有礼地问候浪游者，他俩都可怜这位无家可归、到处流浪的人。菲罗提俄斯想起了俄底修斯，他可怜自己的主人。望着眼前这位浪游者，他不禁想到：莫非他的主人也在异国他乡不得已也如此流浪？欧迈俄斯和菲罗提俄斯向众神祈祷，祈求众神让俄底修斯返回家乡。俄底修斯想安慰两位忠实的仆人，他对菲罗提俄斯说：

“我凭宙斯及俄底修斯宫中的圣火起誓，不待你们离开此地，俄底修斯就会回来，你会亲眼看到他如何收拾那帮狂暴的求婚者。”

欧迈俄斯和菲罗提俄斯对浪游者颇为彬彬有礼，可是粗鲁的墨兰提俄斯却又来欺侮他，并扬言说，如果他不离开俄底修斯家，就要将他打死。俄底修斯什么也没说，只是威严地皱起了眉头。

求婚者又络绎不绝地来到俄底修斯家。他们处心积虑要害死忒勒玛科斯，可是神降下的预兆使他们不敢贸然下手。求婚者坐到桌旁，宴会又开始了。忒勒玛科斯在门边给俄底修斯摆了一张桌子一个凳子，吩咐给他端来食物和酒，这时俄底修斯年轻的儿子威严地说道：

“浪游者，你就坐在这里，安安心心地和我的客人们一起吃喝吧！你放心，我不允许任何人欺侮你！我的家不是那种什么恶棍都可以来的酒馆，而是国王俄底修斯的王宫。”

安提诺俄斯听了忒勒玛科斯说的话，骄横地叫道：

“朋友们，随忒勒玛科斯怎么吓唬我们吧。要不是宙斯降下凶兆，我们一定将他制服，叫他再不敢如此喋喋不休讨人嫌！”

忒勒玛科斯丝毫不理睬这种威吓。他默不作声地坐在那里，等待俄底修斯使眼色。女神雅典娜更猛烈地煽起求婚者的狂妄与蛮横，以使俄底修斯胸中复仇的欲望变得更加强烈。在她的煽动下，求婚者克忒西波斯高声嚷道：

“你们听我说！忒勒玛科斯给了浪游者不少酒和食物。我们也得给他一点，我已准备了给他的东西。”

克忒西波斯说着抓起一只牛脚朝俄底修斯猛烈投去。俄底修斯勉强躲过。这时忒勒玛科斯冲着克忒西波斯威严地喝道：

“没有投中，是你走运！否则我的长枪定会准确击中你，那样你的父亲不得不为你准备葬礼，而不是什么婚礼。我对你们大家再说一遍，我不许在我家中侮辱客人！”

求婚者都默不作声，阿革拉俄斯开口劝他们不要再欺侮浪游者。

女神雅典娜突然使那些求婚者发出毫无理智的哄笑，女神使他们头脑发昏，丧失理智。求婚者放声狂笑，他们脸色发白，双眼噙泪，心头郁闷，如同压着巨石。他们如同一群野兽吞食带血的生肉。由于神经错乱，他们又开始讥讽忒勒玛科斯。可是忒勒玛科斯默不作声地坐着，毫不理睬他们的讥笑。珀涅罗珀在内室也听见求婚者在丰盛的宴会上大喊大叫。像女神雅典娜和珀涅罗珀的丈夫俄底修斯所设的这种待客宴会，恐怕世人从来没有见过。

珀涅罗珀终于起身前往存放俄底修斯的宝物的库房。她从库房中拿出俄底修斯的一张硬弓。这张弓原先是欧律托斯[①]的，欧律托斯的儿子伊菲托斯把弓送给了俄底修斯。珀涅罗珀拿着弓和装满箭的箭筒来到宴会厅。她站在圆柱旁边，对求婚者说：

“听我说，我给你们拿来了俄底修斯的这张弓。你们谁能拉开弓，让射出的箭穿过十二个圆环，我就嫁给谁。”

珀涅罗珀把弓交给欧迈俄斯。看到主人的弓，欧迈俄斯失声痛哭了，他把弓拿给求婚者。忠实的菲罗提俄斯也哭了。他们为俄底修斯掉泪，这使求婚者们很生气。这时候忒勒玛科斯将挂有圆环的竹竿插进土里，并将它们竖齐。他想先试着拉拉弓，可是连拉三次都未能拉开。他还想拉第四次，这时俄底修斯朝他点了一下头，于是他不再试了。求婚者们决定依次去试着拉这张硬弓。第一个出来试的是勒伊俄得斯，可是这弓着实太硬，他都不能使弓稍稍弯一弯。这时候安提诺俄斯叫墨兰提俄斯去拿些脂油来擦擦弓。安提诺俄斯心想，擦过脂油的弓拉起来会容易些。然而求婚者的所有努力都不能奏效，他们谁都未能拉开弓。

这时候欧迈俄斯和菲罗提俄斯走出宴会厅，俄底修斯也跟着出去。他在院子里叫住两位忠实的仆人，给他们看自己脚上被野猪咬伤留下的疤痕，向他俩公开了自己的身份。两位仆人无比兴奋，连连亲吻俄底修斯的手和脚。俄底修斯对他们安慰了一番。然后他吩咐欧迈俄斯，当俄

---

① 俄卡利亚的国王。

底修斯接过弓，他就跑去告诉欧律克勒亚，让她把女仆们锁在房内，千万别放她们出来。俄底修斯吩咐菲罗提俄斯牢牢关住王宫的大门。吩咐完毕，俄底修斯返回宴会厅，安然地坐在门边的位子上。

等俄底修斯回到宴会厅，欧律玛科斯已将弓擦过脂油，正放在火上烤。烤过之后，欧律玛科斯又试着拉弓，可是仍然拉不开。求婚者看到他们所有人的努力都是徒劳，于是决定先留下弓，等明天再拉，眼下还是先痛痛快快地吃喝。这时俄底修斯冷不丁站起来，请求他们让他试试这张弓。求婚者们听到这个请求，纷纷挖苦俄底修斯，但心底里还是害怕这个浪游者会使他们出丑。珀涅罗珀坚持要他们把弓交给浪游者。忒勒玛科斯打断母亲的话，让母亲回自己内室，他让欧迈俄斯把弓交给俄底修斯。当欧迈俄斯要交弓的时候，求婚者一个个大喊大叫。欧迈俄斯不敢给他了，可是忒勒玛科斯严厉斥责他，命令他把弓交给俄底修斯。欧迈俄斯把弓交给了俄底修斯，自己匆匆去找欧律克勒亚，向她转达俄底修斯的嘱托。这时菲罗提俄斯已将宫门紧紧关闭。

俄底修斯接过弓，细细打量，就像歌手歌唱前仔细端详自己的竖琴一样。俄底修斯毫不费力就拉开了弓，绷紧了弓弦，接着他伸出指头弹了弹弓弦，看它是否还坚韧。弓弦发出嗡嗡的响声。求婚者一个个脸色发白。这时天空滚过一阵雷鸣，这是宙斯给俄底修斯的暗示。俄底修斯心中充满喜悦。他抓起一支箭，坐在凳子上没起身，便放箭射向目标。离弦的箭穿过了十二个圆环。俄底修斯转身对忒勒玛科斯高声说道：

“忒勒玛科斯，你的客人没让你丢丑！你看到了，我没费多大劲就拉开了弓。的确，我的力气还没都使出来！现在我们要为求婚者另外准备一顿饭菜。现在宴会上要用另一把竖琴来演奏！”

俄底修斯皱起眉头，给忒勒玛科斯使了个眼色。忒勒玛科斯便佩上利剑，握起长枪，穿着闪闪发光的铜铠甲，站到俄底修斯身旁。

俄底修斯脱掉身上的破衣，站到门槛上，将箭筒里的箭倒在脚边的地上，他朝求婚者吼道：

“第一个目标我已成功地射中。现在我又选中了一个新的目标，这个目标还没有人射中过。箭神阿波罗会帮助我射中这个目标的！”

俄底修斯说毕便向安提诺俄斯射出一箭。这一箭正中安提诺俄斯的喉咙并将其穿透，当时安提诺俄斯正要喝干一杯酒。安提诺俄斯血流满身，他身子一歪，撞翻了桌子，即刻倒地身亡。求婚者呐喊着跳了起来，他们冲过去取原先挂在四周墙上的武器，可是武器不见了。这时俄底修斯又冲他们威严地吼道：

“哼，卑鄙的恶狗！你们以为我不会回来了？以为你们胡作非为可以不受惩罚了？不，现在你们都要完蛋！”

欧律玛科斯苦苦哀求俄底修斯饶恕他们，他们愿意加倍偿还被他们侵吞的财物，可是白费口舌，俄底修斯丝毫不听。他全身燃烧着复仇的强烈欲望。求婚者们明白哀求无效，只得奋力自救。他们拔出佩剑，躲在桌子后边竭力躲避俄底修斯射来的箭矢。欧律玛科斯手持利剑冲向俄底修斯，可是箭矢贯穿他的胸部，他也倒地死去。安菲诺摩斯又扑向俄底修斯，可是他被忒勒玛科斯的长枪刺中身亡。忒勒玛科斯结果了安菲诺摩斯之后，匆匆跑去取武器。他从库房里取来四顶头盔、四张盾牌、八杆长枪，以供俄底修斯、欧迈俄斯、菲罗提俄斯和自己之用。在忒勒玛科斯去取武器之时，俄底修斯朝求婚者射出一支接一支的箭，每支箭都射杀一个求婚者，求婚者接二连三倒地死去。忒勒玛科斯搬来了武器。俄底修斯披挂起来，而忒勒玛科斯、欧迈俄斯和菲罗提俄斯手持长枪与他并肩战斗。

叛主的奴仆墨兰提俄斯发现忒勒玛科斯去搬取武器，于是他也悄悄潜往兵器库，从中取出十二张盾牌和十二支长枪，因为忒勒玛科斯急于给父亲送兵器，忘了锁上库房门。现在求婚者也是全副武装。俄底修斯看见他们转眼间一个个披坚执锐，心中也慌了。他知道有人为求婚者送武器。幸亏欧迈俄斯发现了又潜往兵器库取武器的墨兰提俄斯，并将此情况告诉俄底修斯。俄底修斯命令欧迈俄斯和菲罗提俄斯抓住正在库房中的墨兰提俄斯，用绳索将他捆绑结实，关在那里。欧迈俄斯和菲罗提俄斯悄悄接近兵器库，待墨兰提俄斯往外搬武器的时候，上前将他扭住，按倒在地，再将他的双手双脚反捆起来，然后把他悬在库房的房梁上，并讥讽他说：

“墨兰提俄斯，现在你守着武器吧！我们为你安排了柔软舒适的床铺，这下你可别睡过头。”

说毕，他俩拿起武器匆匆前去支援俄底修斯，此时俄底修斯和忒勒玛科斯正在抵抗求婚者们的进攻。

正在这时候，雅典娜变成门托耳，来到俄底修斯面前。俄底修斯呼唤门托耳来助战，但是求婚者威胁门托耳，说是如果他帮助俄底修斯，他们就要杀死他。

雅典娜对求婚者愈加痛恨。她责备俄底修斯与求婚者厮杀不如在特洛伊作战那么勇猛，说完，她突然变成一只燕子飞起来，又落在求婚者头顶上方的房梁上。求婚者接连三次向俄底修斯进攻，朝他，朝忒勒玛科斯及两个忠实的仆人投掷长枪，但是雅典娜使他们的长枪都投偏。而俄底修斯及其同伴每次都能击中四名求婚者。菲罗提俄斯的长枪扎中了骄横的克忒西波斯，他高兴得大声喊道：

“出口伤人的恶棍，现在你可以闭嘴了！你那样客气地送给俄底修斯牛脚，现在我也回敬你一份像样的礼物。”

求婚者接二连三被击中倒地死亡。雅典娜突然在他们头顶上方抖了抖那张可怖的神盾。求婚者吓得发疯似的四下逃窜，就像夏天牧场上的牛群遭到成群的牛虻袭击。俄底修斯、忒勒玛科斯、欧迈俄斯和菲罗提俄斯就像鹞鹰追扑白鸽一样追杀求婚者。求婚者上天无路，入地无门。勒伊俄得斯跑到俄底修斯面前，乞求他宽恕，可是俄底修斯毫不留情地挥剑砍下了他的头颅。在忒勒玛科斯请求下，俄底修斯只宽恕违心为求婚者唱歌的歌手斐弥俄斯，还有躲在牛皮底下的求婚者的代言人墨冬。俄底修斯命令他们俩到院子里等他。俄底修斯仔细检查，看求婚者当中是否有人漏网，但是他们都已死亡，没有一人逃脱。

这时候俄底修斯让人去叫欧律克勒亚。欧律克勒亚听说主人召唤，立即跑来，她看见主人浑身血污，站在求婚者的尸体中间，仿佛是一头撕食过公牛的雄狮。俄底修斯吩咐欧律克勒亚将那些犯有同情求婚者的罪行的女仆都叫来。欧律克勒亚叫来了十二名女仆。女仆们来后遵奉俄底修斯的命令，将求婚者的尸体搬出去，堆放在宫殿的柱廊里，她们边干边高声大哭。女仆们抬完尸体，又将宴会厅擦洗干净，等她们干完这一切之后，俄底修斯下令将她们统统处死。所有这些犯罪的女仆都被吊死了，她们以死赎清了背叛俄底修斯和珀涅罗珀的罪行。叛主的墨兰提俄斯最后也被凌迟处死。

女仆们和墨兰提俄斯受到应得的惩罚之后，俄底修斯吩咐欧律克勒亚取来熏香，将整个宴会厅熏上一遍。俄底修斯的全体女仆都出来了，她们围住自己的主人，上前吻他的手和脚，都为主人归来而高兴。俄底修斯又看到了自己的家人，他也忍不住掉泪了。

俄底修斯与珀涅罗珀相认

根据荷马史诗《奥德赛》转述。

家人们都在向俄底修斯致礼问好，这时欧律克勒亚跑到珀涅罗珀的卧室，叫醒她，向她报告喜讯：她的丈夫终于回来了，他杀死了所有求婚者，终于报了仇。可是珀涅罗珀根本不信，她还以为欧律克勒亚在取笑她。欧律克勒亚反复告诉女主人，说俄底修斯真的回来了，珀涅罗珀与之交谈了很久的那个浪游者就是俄底修斯，她从他脚上的伤疤早就认出来了，可是俄底修斯吩咐她将他归来的消息瞒着珀涅罗珀。尽管欧律克勒亚反复说明，珀涅罗珀还是认为俄底修斯独自一人无法杀尽所有求婚者。最后珀涅罗珀答应去宴会厅。来到宴会厅后，她犹豫不决，是该投入俄底修斯的怀抱呢，还是先细细盘问，以彻底弄清这位浪游者是否真是自己丈夫。珀涅罗珀在浪游者身旁坐下，凝神望着他，忽而觉得这就是俄底修斯，忽而又怀疑。忒勒玛科斯看到她犹豫不决，便责备她。

“亲爱的母亲啊，”忒勒玛科斯说道，“难道你的心像石头一样硬？你的丈夫终于回来了，而你却坐着一言不发。全世界未必能找出第二个如此无礼地对待阔别归来的丈夫的妻子。”

“我的儿啊，你看到了，我是由于激动而说不出半个字，”珀涅罗珀对儿子说，“如果这位浪游者真是俄底修斯，那么只要说出我与俄底修斯两人知道的一个秘密，我们自然相认。”

俄底修斯笑了笑，对忒勒玛科斯说：

“我的儿啊，不要使你的母亲坐立不安。她只要细细问过我，便会相信我是俄底修斯。我穿着这件破衣，她难以认出我。现在我们必须决定如何暂时保守秘密，不让城中居民知道求婚者已统统被杀，以免引起骚动。因为我们杀死了门第高贵的青年，他们的亲人会向我们报仇的。”

俄底修斯吩咐所有男女仆人在斐弥俄斯的竖琴伴奏下唱起歌，跳起欢快的舞蹈，让城中居民以为宫中正在举行庆典。他们立即照办，在宫前经过的人果然都以为宫中在为珀涅罗珀和某位求婚者举行结婚喜宴。

俄底修斯洗完澡，穿上华贵的衣服，又回到殿堂，坐到珀涅罗珀对面。雅典娜已使他变得神采奕奕。为了消除珀涅罗珀的怀疑，俄底修斯决定向她说出那个只有他俩知道的秘密。他叫来欧律克勒亚，吩咐她为自己准备床铺，这时珀涅罗珀对她说：

“好吧，欧律克勒亚，你为他准备床铺吧，不过不要将床安排在俄底修斯自己原先建的卧室里。你把他那豪华的床从卧室里搬出来，再为他重新铺设被褥。”

“哦，王后！”俄底修斯惊呼道。“谁能搬得动我亲自制作的床？你也知道，那张床是用长在宫中的一棵橄榄树的大树墩制成的。我亲手砍掉树干，在四周砌上墙，直接用树墩制作成床，再在床上镶嵌了金银与象牙。不过，可能在我外出期间有人锯掉树墩，搬动过床铺？”

现在珀涅罗珀知道面前坐着的确是俄底修斯。因为只有他们二人知道床铺的秘密。珀涅罗珀号啕大哭，她扑到俄底修斯怀中，柔情地亲吻他。俄底修斯含泪抱住忠实的妻子，将她搂在胸怀，连连亲吻，就像风暴中幸存的水手，被海浪抛上海岸后连连亲吻大地一样。俄底修斯和珀涅罗珀互相搂抱着，久久地哭泣着。要不是女神雅典娜禁止晨光女神厄俄斯飞上天空，以此延长了黑夜，他俩一定会被朝霞撞见。

俄底修斯和珀涅罗珀离开宴会厅回自己卧室。忒勒玛科斯下令男女奴仆停止歌唱舞蹈，不一会儿整座王宫进入了梦乡。可是俄底修斯和珀涅罗珀并未睡觉。俄底修斯讲述着自己的险恶经历，忠实的珀涅罗珀用心地听他述说，她也向丈夫诉说了他不在的这些年她所遭受的求婚者的欺凌。

求婚者的灵魂在哈得斯的冥国

根据荷马史诗《奥德赛》转述。

赫耳墨斯使用金权杖从求婚者的尸体中唤出他们的灵魂，他能用这根权杖合上人们的双眼，使之入睡，也能用它驱走睡魔。求婚者们的灵魂哀怨地尖叫着跟随赫耳墨斯飞行。他们的叫声就像蝙蝠的尖叫声，当蝙蝠群中有一只蝙蝠从悬停的岩石上坠落时，整群蝙蝠就会在黑暗的岩洞中惊飞，同时发出这种尖叫声。

求婚者的灵魂排成一行，跟着赫耳墨斯在黑暗的道路上鱼贯飞行。赫耳墨斯领着他们一直往前飞，飞过了白茫茫的大洋河，飞过了太阳神赫里阿斯的宫门，飞过了睡神们居住的国土，飞过了琉卡斯山岩①。最后他们到达死者鬼魂所居的、长有阿福花的草地。最先来迎接求婚者灵魂的是伟大的阿喀琉斯的灵魂，与他一起前来的还有帕特洛克罗斯、安

---

①据希腊人认为，这是位于哈得斯冥国入口处的一块白色岩石。

提罗科斯和大埃阿斯的灵魂。求婚者的灵魂将他们团团围住。这时国王阿伽门农的灵魂也飞来了。阿伽门农认出了求婚者的鬼魂群中的安菲墨冬，当初阿伽门农来伊塔刻请俄底修斯一起远征特洛伊时，安菲墨冬把他当作客人来款待。阿伽门农问安菲墨冬：

“告诉我，为什么你们成群结队来到黑暗的冥国？你们是死于风暴，还是在抢夺和劫掠别人的家产财物时被人打死的？”

安菲墨冬说，他们以为俄底修斯不会还乡而向珀涅罗珀求婚，而珀涅罗珀仍然忠于俄底修斯，根本不愿听什么结婚的事。后来俄底修斯回来了，他残酷无情地惩罚他们，因为他们在他家中作威作福，吃穷了他的家产。阿伽门农听说俄底修斯顺利克服了所有艰险，感到十分高兴，他惊叹道：

“亲爱的俄底修斯啊，你多么幸福！你那忠实的妻子珀涅罗珀无上光荣，人们将歌颂她，永远记住她！而我的命运则完全不同。我的妻子出卖了我。人们将永远记住她的丑行。”

俄底修斯在莱耳忒斯家

一清早，俄底修斯、忒勒玛科斯、欧迈俄斯和菲罗提俄斯穿上闪闪发光的盔甲，手持盾牌和长枪，出发去见莱耳忒斯。俄底修斯叮嘱珀涅罗珀无论如何不要出宫，因为他知道，求婚者被杀的消息很快就会传遍全城。

俄底修斯一行裹着浓雾飞速穿过城区来到城外原野。不一会儿他们就来到莱耳忒斯家，莱耳忒斯和他的奴隶及一位年老的女仆住在一起。俄底修斯让同伴先进屋准备饭菜，自己直接去园中寻找莱耳忒斯。俄底修斯遇见年老的父亲正在干活，在为一棵小树松土。他身上的衣服尽是补丁，脚上穿着草鞋，头上低低地扣着一顶破羊皮帽，两手戴着手套。看到老父亲，俄底修斯落泪了。眼见父亲衣衫褴褛，像个乞丐，他感到很可怜。俄底修斯心生犹豫，是马上上前向父亲说明自己是他儿子呢，还是先不透露身份，看父亲是否能认出他？

最后他决定先不说出身份，他走到父亲面前，装作不认识，像遇到普通花匠那样与他交谈，问他这座园子主人是谁，叫什么名字。俄底修斯将自己的来历随意编了一通，把自己说成外乡人，然后说：

“我曾经在自己家中款待过俄底修斯，还送给他许多礼物。现在我来接受他的盛情款待。请你告诉我，我是否真的到了伊塔刻？”

莱耳忒斯眼中滚出大颗大颗的泪珠，他回答说：

“外乡人啊，你的确已到伊塔刻，可是你碰不到俄底修斯。一帮凶恶的人占据着他的家。俄底修斯大概已经死了。我是他的父亲。告诉我吧，你是谁？从哪里来？”

俄底修斯继续编造，说了个假名字，接着又说起俄底修斯，说他招待俄底修斯的那个日子已经过去五年了。莱耳忒斯听了这句话，心中无限悲伤。他双手捧起泥土，撒在自己头上，难以忍受的痛苦使得他大声恸哭。俄底修斯不忍心再看父亲痛苦的惨状，扑上去搂住父亲，高声喊道：

“父亲！我是你的俄底修斯呀！根据众神的意愿我回到了伊塔刻！你别再哭了！我已惩罚了糟蹋我家产的那帮求婚者！”

莱耳忒斯并未立即相信，他要对方拿出根据，证明站在他面前的确是他的儿子。这时俄底修斯给他看自己脚上的伤疤，并将莱耳忒斯在他小时候送给他的所有果树名称都说了一遍。这时老人眼中流出了喜悦的泪水，他紧紧搂住俄底修斯，高声呼喊道：

“伟大的天父宙斯！既然恶人都已以死赎罪了，那么在光明的奥林波斯山上还是有众神存在！不过我仍担心伊塔刻的所有居民会到这里来为他们亲人之死报仇。”

俄底修斯安慰父亲，领他进屋，家里已准备好饭菜。莱耳忒斯洗了澡，换上洁净的新衣裳，女神雅典娜使这位老人变得精神健旺，容颜不老。大家高高兴兴坐下来用餐。这时候老奴多里俄斯带着几个儿子回来了。多里俄斯进门看见坐着进餐的客人，惊讶得站住了，接着他马上就认出这是俄底修斯。他扑向俄底修斯，热烈地吻俄底修斯的手和脚，一边连连祈求众神赐福予他。莱耳忒斯老人家中这顿饭吃得真是开心。

市民的骚乱以及他们与俄底修斯的和解

与此同时，俄底修斯归来并杀死全部求婚者的消息传遍了全城。求婚者的亲人带领全体市民愤怒地呐喊着跑到俄底修斯的王宫前面，抬出了求婚者的尸体。然后他们聚集在市政广场上商讨对策。安提诺俄斯年老的父亲欧珀忒斯煽动市民起来反对俄底修斯，为求婚者的死亡向他报仇。只有歌手斐弥俄斯和代言人墨冬出来劝说市民不要为难俄底修斯，因为他俩亲眼看见众神支持俄底修斯，求婚者们的死那是宙斯的意志。预言家哈利忒耳塞斯也挺身为俄底修斯辩护。他提请市民们注意，当初他和门托耳曾建议市民们阻止求婚者在俄底修斯家胡作非为。事到如今，罪责理应在市民自己身上。还是顺从俄底修斯为好，免得招来更多的灾难。部分市民听从了哈利忒耳塞斯，另一部分以欧珀忒斯为首的市民则跑去取武器。

这一情形被高高的奥林波斯山上的女神雅典娜看见，她开口问父亲宙斯：

“父亲宙斯，把你的决定告诉我！你现在是要激发一场大战呢，还是让敌对双方和解？”

“我亲爱的女儿，”宙斯回答雅典娜，“你自己曾经断定，俄底修斯应该向求婚者复仇。现在他报了仇，而且也有权报仇。他应该继续做伊塔刻的国王。我们要让人们忘却求婚者的死这件事，让伊塔刻仍与从前一样充满慈爱，让伊塔刻变得和平与富饶。”

宙斯说了这席话，雅典娜立即驰往伊塔刻。大群市民已接近莱耳忒斯的住宅。多里俄斯的一个儿子发现人们蜂拥而至，于是屋内所有的人即刻武装起来，就连年老的莱耳忒斯和多里俄斯也拿起了武器。他们出门来到外边。这时女神雅典娜变成门托耳来到俄底修斯面前。俄底修斯认出是女神，他心中暗自高兴，他对忒勒玛科斯说：

“我的儿子，现在你用行动来证明你还牢记自己出身于光荣的家族，世间最勇敢的家族！”

“亲爱的父亲，”忒勒玛科斯高声说道。“你将看到我不会辱没你那光荣的家族！”

莱耳忒斯也听见了他们父子的对话，喜悦之情溢于心头，他感叹道：

“众神啊，你们赐予我多么美好的日子！我多么高兴啊！我的儿子与我的孙子在争论谁更勇敢呢！”

雅典娜走到莱耳忒斯跟前，吩咐他不必瞄准就把长枪投向敌人，只需吁请雅典娜和宙斯帮助。莱耳忒斯抖了抖长枪便投了出去。长枪穿透欧珀忒斯的铜头盔，击碎了他的颅骨，欧珀忒斯倒地身亡。俄底修斯和忒勒玛科斯冲向敌人。要不是女神雅典娜出来威严地大喝，伊塔刻所有居民都将丧命。雅典娜大声喊道：

“伊塔刻的公民们，快停止战斗！立即散开，免得再流血！”

伊塔刻全体公民心中极度害怕，他们听见女神的喊声，放下手中的武器，一个个匍匐在地。待到回过神来，他们立即撒腿逃命。俄底修斯高声喊叫了一声，拔腿便追。但是宙斯投下闪电，电光打在雅典娜面前的地上，于是雅典娜马上止住俄底修斯，说：

“莱耳忒斯神勇的儿子，控制住你的心！停止血腥的厮杀，免得惹怒雷神宙斯！”

俄底修斯无比高兴，他停下来不再追杀奔逃的伊塔刻公民。不久，扮成门托耳的女神雅典娜说服伊塔刻公民与国王俄底修斯缔结了永久的和平，双方发誓永不违约。

阿伽门农和儿子俄瑞斯忒斯

阿伽门农之死

根据埃斯库罗斯的悲剧《阿伽门农》转述。

阿伽门农临出发远征特洛伊时对妻子克吕泰涅斯特拉说，一旦攻克特洛伊，结束流血的战争，立即将消息传递给她。阿伽门农事先派出的仆人那时将依次点燃各座山巅的烽火，通过烽火依次传递消息，这样克吕泰涅斯特拉将最先知道伟大的特洛伊被攻破的消息。

围攻特洛伊的战争持续了九年。第十年来临了，据预言称，特洛伊城将在这一年陷落。现在克吕泰涅斯特拉随时都可能得到特洛伊城已攻克、她丈夫就要归来的消息。为避免丈夫归家弄得她措手不及，她每天晚上都要派一名男仆登上高大的王宫的屋顶。这个男仆通宵不得合眼，站在屋顶上睁大眼睛盯着黑漆漆的四周。无论是风狂雨暴的夏夜，还是大雪纷飞、寒风凛冽的冬夜，这个奴仆总是站在屋顶上。日子一天天流逝，受王后差遣的这个奴隶天天都在等候约定的信号。克吕泰涅斯特拉也在等待信号，不过她并非为了热烈欢迎丈夫归来，根本不是！她早已交上新欢埃癸斯托斯而忘却了阿伽门农，她预谋要在阿伽门农得胜回国的当天将他杀害。

时值黑夜。不久东方开始发白。早晨临近了。突然，那个奴仆发现遥远的山巅上出现明亮的火光。这火光正是盼望已久的信号。

特洛伊城攻克了，阿伽门农很快就会归来。这个奴仆很高兴，因为繁难的守更现在总算结束了。他急急去向克吕泰涅斯特拉报告喜讯。可是这个消息对她来说哪有欢乐可言？

为避免怀疑的阴影落到自己头上，克吕泰涅斯特拉故作喜悦之状，叫上一群女仆，一起去向众神敬献致谢的祭品。阴险奸诈的克吕泰涅斯特拉内心却在盘算如何害死阿伽门农。

城中居民已经聚集在阿伽门农的王宫门口。特洛伊城终于被攻克的消息很快也传到他们的耳朵。

一群长老想在王宫门口迎接阿伽门农，尽管他们有时仍感怀疑，他们的国王是否真的很快回来。信使归来驱散了他们心中的疑云。他向人们宣告，阿伽门农已经离家不远。克吕泰涅斯特拉故伎重演，假装喜悦，她匆匆回宫，似乎去做迎接丈夫的准备，其实并非准备迎接丈夫，而是谋杀丈夫。

远方终于出现乘车而来的阿伽门农，在他身后跟随的是凯旋的军队。战士们头戴花冠、披红挂绿，其后行进的是装载着无数战利品和女俘的车队。普里阿摩斯的女儿卡珊德拉郁郁寡欢地与阿伽门农并排坐在一辆车上。居民们高声欢呼着欢迎国王。克吕泰涅斯特拉出宫迎着阿伽门农走去，她已吩咐将进宫的道路都铺上紫红色的地毯，像迎接神祇一样迎接阿伽门农。阿伽门农担心自己接受这样的礼遇会招来神的愤怒。阿伽门农脱下鞋子赤足朝宫中走去，心怀叵测的克吕泰涅斯特拉紧跟在他后边，诉说着她如何盼他归来，如何为夫妻分离而痛苦。可是走到王宫门口，克吕泰涅斯特拉停住脚步，大声喊道：

“宙斯啊，宙斯！快满足我的祈求！帮助我完成我预定的事！”

说完这句话，克吕泰涅斯特拉便进了宫。

城中的居民默默地聚在阿伽门农的王宫旁边。他们心情沉重地预感到将有巨大的不幸，所以都不散去。

突然宫中传出阿伽门农临死的可怕的惨叫。在阿伽门农洗完澡走出澡堂的时候，克吕泰涅斯特拉将他劈死了。她将一件宽大的长衣扔到他身上，阿伽门农如同裹在渔网里，根本无法自卫。克吕泰涅斯特拉连劈三斧，将丈夫劈死了。

克吕泰涅斯特拉手握鲜血染红的斧子，衣服上沾着斑斑血迹，来到民众面前。在场的全体居民都被她的暴行所震惊，而她却感到自豪，仿佛成就了伟大的功业。可是良心的责备渐渐攫住了她，她害怕自己不得不因这起杀人罪而受苦，害怕心肠铁石的复仇者总有一天要来为阿伽门农报仇。

这时埃癸斯托斯也走出王宫。他已穿上王袍，手中拿着权杖。全体民众感到极为愤恨。要不是克吕泰涅斯特拉护着他，他们准会把他撕成碎块。深为阿伽门农之死哀痛的民众渐渐散去。埃癸斯托斯和克吕泰涅斯特拉回宫去了，他俩为自己阴谋得逞、夺得王权而欢天喜地。但是命运注定他们不能逃脱报复，他们的暴行必将受到严厉的惩罚，他们注定难逃残酷惩罚的厄运。

俄瑞斯忒斯为父报仇

根据埃斯库罗斯的悲剧《奠酒人》转述。

阿伽门农死后已过去许多年。有一天，两个衣着如同浪游者的青年来到王宫近旁的阿伽门农的墓前。其中一人看上去约摸十八岁光景，他腰佩一把利剑；另一个略略年长些，他手持两杆长枪。年纪轻的小伙子走到墓前，从头上割下一绺头发，放到墓上。他就是阿伽门农的儿子俄瑞斯忒斯，阿伽门农遇难那一天，他被自己的奶妈救出，远远地逃离故乡，由福喀斯国王斯特洛菲俄斯收留，抚养成人。与他一起的是他的朋友、斯特洛菲俄斯的儿子皮拉得斯。俄瑞斯忒斯刚向父亲献祭完毕，宫门口便出现一群身穿缁衣的女奴。她们径直朝阿伽门农的墓地走来，其中一人便是被害国王的女儿厄勒克特拉。她与其他女奴一样，穿着黑色的衣服，她的头发剪得短短的，国王的女儿与其他女奴简直没有丝毫差别。俄瑞斯忒斯和皮拉得斯急忙躲到墓后，他们要看看这些女奴到底要干什么。女奴们走到墓前，放声哀哭，接着围绕坟墓走了三圈。这些女奴是克吕泰涅斯特拉派来的，因为她夜里做了个噩梦，害怕阿伽门农的鬼魂对她发怒。女奴们受命来求阿伽门农的鬼魂发善心。可是她们心里都痛恨克吕泰涅斯特拉，因为她杀害了阿伽门农，而且平时还欺压她们。克吕泰涅斯特拉欺压她们是因为她们都是被俘的特洛伊女人，看见她们就会使她想起被自己谋杀的丈夫。

厄勒克特拉来到墓前，听从女奴们的劝告，不求阿伽门农的灵魂发慈悲，相反吁求众神对克吕泰涅斯特拉实施报复。厄勒克特拉不可能不这样做，她对犯了杀夫之罪的母亲满怀仇恨。

献祭结束，女奴们刚准备离去，厄勒克特拉突然发现墓上有一绺头发。这绺头发与她自己的头发极其相似，于是她立即猜出这是俄瑞斯忒斯的头发。厄勒克特拉拾起头发，心中思忖：俄瑞斯忒斯为什么不亲自来？为什么只让别人送来自己的一绺头发呢？这时候俄瑞斯忒斯悄悄走到姐姐身边喊了她一声。厄勒克特拉未能立即认出弟弟，因为当初分别时他还只是一个小孩。俄瑞斯忒斯将姐姐亲手为他织制的衣服拿给她看，厄勒克特拉见了，喜出望外。俄瑞斯忒斯告诉姐姐，他是按照阿波罗的旨意来此地，阿波罗在得尔福神示所命令他去向母亲和埃癸斯托斯报杀父之仇。阿波罗还扬言，如果俄瑞斯忒斯不执行他的命令，就让他发疯。俄瑞斯忒斯叫姐姐多加小心，不要向任何人泄露他已回到故乡的消息。

厄勒克特拉回宫后过了一会儿，俄瑞斯忒斯和皮拉得斯前去敲宫门，他们告诉开门的仆人，说是要见克吕泰涅斯特拉，有要事相告。仆人叫来克吕泰涅斯特拉，于是俄瑞斯忒斯对她说，福喀斯国王让他来禀报，俄瑞斯忒斯已经死亡，国王不知该如何处置他的尸体。听到这个消息，克吕泰涅斯特拉别提有多高兴：唯一能来惩罚她杀夫之罪的人现在终于死了。她赶忙派人将俄瑞斯忒斯死亡的消息报告已在城内的埃癸斯托斯，他立即匆匆赶进宫，连平时形影不离的卫士也没带一个。埃癸斯托斯是匆匆赶来送死的。他刚踏进宫门，即被俄瑞斯忒斯一剑刺倒在地。一名男仆吓得跑去找克吕泰涅斯特拉求援。克吕泰涅斯特拉心中明白，她犯下的暴行就要受到清算。

突然俄瑞斯忒斯手握带血的利剑朝她走来。克吕泰涅斯特拉跪倒在俄瑞斯忒斯脚边，乞求他饶恕，她好歹是他的母亲，用自己的乳汁哺育了他。但是俄瑞斯忒斯无法怜悯母亲，他必须执行阿波罗的命令。他抓住母亲一只手，将她拖到埃癸斯托斯的尸体旁，将她杀死。俄瑞斯忒斯就这样为父亲报了仇。

市民们听说克吕泰涅斯特拉和埃癸斯托斯相继被杀身死，于是都惊惧地聚集到王宫门前。没有一位公民为人人痛恨的暴君埃癸斯托斯及奸诈阴险的克吕泰涅斯特拉之死表示一点同情。宫门打开，人们看见了埃癸斯托斯和克吕泰涅斯特拉浑身是血的尸体，而俄瑞斯忒斯手握利剑站在尸体旁边。俄瑞斯忒斯虽然杀了两个人，但他自觉无罪，因为他是执行阿波罗的命令，为父亲报仇。但是心肠铁石的复仇女神们突然来到俄瑞斯忒斯面前。她们个个头上都缠绕着毒蛇，眼中闪烁着可怕的凶光。看见复仇女神，俄瑞斯忒斯浑身打战。他感到自己正渐渐失去理智。他走出王宫，在复仇女神的追逐下逃往得尔福的阿波罗神庙，希望阿波罗能保护他，因为他去是执行阿波罗的意志的。

阿波罗和雅典娜使俄瑞斯忒斯摆脱复仇女神的追捕

根据埃斯库罗斯的悲剧《复仇女神》转述。

俄瑞斯忒斯受复仇女神们追捕，颠沛流离，历尽千辛万苦，终于来到得尔福，坐在阿波罗神庙内的翁法罗斯石①旁边。即使他到了阿波罗的神庙，可怕的复仇女神也照样追来，但是箭神阿波罗将她们催眠，她们怒目圆睁的双眼终于合上了。

阿波罗背着复仇女神悄悄来到俄瑞斯忒斯面前，吩咐他去雅典，向

① 得尔福神庙中的一块圆石。希腊人认为这块圣石所处地点是大地的中心。

女神雅典娜的古神像祈求保护。阿波罗答应帮助不幸的俄瑞斯忒斯，并让自己的兄弟赫耳墨斯当他的向导。俄瑞斯忒斯站起来，轻手轻脚地走出神庙，随赫耳墨斯一起前往雅典。

他刚离开，克吕泰涅斯特拉的灵魂便从地下来到阿波罗的神庙。她看见复仇女神们都睡着了，便将她们叫醒，责备她们不去追捕杀母的凶手。她催促复仇女神立即去追赶业已逃走的俄瑞斯忒斯，别让他有一刻的安宁。可是复仇女神们仍然睡得死死的，梦中还说着呓语，时而大喊大叫，仿佛在追捕逃跑的凶手。最后其中一个女神好不容易总算先醒过来，她叫醒其他女神。她们发现俄瑞斯忒斯已经逃走，一个个怒气冲天。她们谴责阿波罗从她们手中夺走凶手，阿波罗举起银弓威吓她们，把她们逐出神庙。复仇女神满怀愤怒，乱纷纷、急匆匆地循着足迹去追赶俄瑞斯忒斯。

这时候俄瑞斯忒斯已经抵达雅典，坐在女神雅典娜的雕像旁边，双手搂着雕像。不久复仇女神们又追寻到这里。她们到处寻找俄瑞斯忒斯。复仇女神们怒不可遏，恨不得把这个可怜的人儿撕成碎片，可是她们又怕损坏雅典娜的圣像。

雅典娜听见她们恶声恶气地大喊大叫，便以闪光的神像出现在她们面前。复仇女神们严正要求雅典娜将凶手交出来，她们要对杀母凶手俄瑞斯忒斯进行残酷的折磨。俄瑞斯忒斯则恳求雅典娜保护。他提醒雅典娜不要忘记，他的父亲阿伽门农死于阴险毒辣的克吕泰涅斯特拉的毒手。难道他向母亲报仇是随心所欲？他这么做是执行阿波罗的命令！俄瑞斯忒斯恳求雅典娜亲自对他作出判决。

雅典娜接受了俄瑞斯忒斯的请求。她挑选了一些雅典的长老组成法庭来审判这个案件。这个法庭称为阿瑞俄帕戈斯法庭，从此一直存在于雅典城，并设在阿玛宗人进攻忒修斯时扎营的小山上。这座小山从那时候起便称为阿瑞斯山，因为阿玛宗人曾在此向战神阿瑞斯献祭。

雅典娜选定的法官到齐了，法官们投票时以石子作票子用的两个投票罐也抬到现场，于是庭审便开始。女神雅典娜也作为法官参与审判。四周聚集着许多市民，他们都想亲耳听听法官们是如何断案的。复仇女神们对俄瑞斯忒斯提出控告，并坚决要求法庭判他有罪。阿波罗亲自出庭为俄瑞斯忒斯辩护，他从容地为俄瑞斯忒斯辩护，证明俄瑞斯忒斯的行为无罪，因为他对克吕泰涅斯特拉实施报复是因为后者犯有令人发指的罪行——谋杀亲夫、谋杀国王、伟大的英雄阿伽门农。当然，俄瑞斯忒斯说到底只是执行了他的命令。听完原告和辩护人的发言，法官们开始表决。

在表决之前已经说定，如果投原告和被告的票数相等，俄瑞斯忒斯也将被判为无罪。清点票数结果是投原被告的票数相等。票数之所以会相等，是因为雅典娜为俄瑞斯忒斯无罪投了一票，她说自己没有母亲，只有宙斯这个父亲，所以要支持俄瑞斯忒斯。

俄瑞斯忒斯就这样被判无罪，复仇女神们必须停止对他的追究。

复仇女神们怒不可遏，因为法庭剥夺了她们严厉惩罚罪人的权利。她们扬言要把整个阿提刻变为废墟，变成灾难的深渊。但是雅典娜平息了她们的怒火，她劝复仇女神们永远留在阿提刻的一个神圣的山洞中，所有雅典人都将虔敬地供奉她们。

威严的复仇女神们同意了。市民们以雅典娜及其祭司为首，欢天喜地、热热闹闹地把复仇女神送到她们的圣地——阿瑞斯山脚下的山洞中。

复仇女神从此成了整个阿提刻的保护神，人们也改称她们为欧墨尼得斯①。

俄瑞斯忒斯去陶里斯窃取阿耳忒弥斯的圣像

根据欧里庇得斯的悲剧《伊菲革涅亚在陶里斯》转述。

俄瑞斯忒斯并未摆脱复仇女神的追捕。因为不是所有复仇女神都

---

① 意即宽厚行善的女神们。

服从阿瑞俄帕戈斯法庭的判决。有几个复仇女神一如既往继续追捕俄瑞斯忒斯，使他日夜不得安宁。俄瑞斯忒斯受尽折磨，最后只得再次逃往得尔福的阿波罗神庙。阿波罗吩咐他前往遥远的陶里斯，将那里的阿耳忒弥斯圣像运回来。这件事颇为危险。祖祖辈辈居住在陶里斯的陶洛人从来都将来陶里斯的外乡人作为祭品向阿耳忒弥斯神像敬奉的。所以俄瑞斯忒斯也可能遭受这样的厄运。

尽管如此，俄瑞斯忒斯仍然踏上遥远的征途。无论会付出什么代价，俄瑞斯忒斯都在所不惜，他一心只想摆脱复仇女神的追逐。他和朋友皮拉得斯顺利航抵陶里斯，他将船隐蔽在海边岩礁之间，独自前往阿耳忒弥斯的神庙。俄瑞斯忒斯压根儿没有想到，这个神庙里的女祭司就是他的姐姐，即当初希腊人曾想将她献祭阿耳忒弥斯女神的伊菲革涅亚。俄瑞斯忒斯和皮拉得斯白天不敢窃取神像，他们准备等夜里再动手。可是他们被一群牧人发现，牧人向他们发起进攻，经过长时间的搏斗，他俩最终被捆绑着押去见国王。国王决定将二人献祭阿耳忒弥斯。

清早他俩被捆绑着押到神庙。伊菲革涅亚丝毫没有想到她将受命亲手杀害自己的弟弟。夜里她做了一个可怕的梦，梦见她父亲的王宫被地震震塌了，只剩下一根廊柱还矗立着，廊柱上垂挂着一绺淡黄色的鬈发，她用圣水洗净这廊柱，似乎准备用它献祭。伊菲革涅亚以为弟弟俄瑞斯忒斯已经死亡，所以她要趁这个时候祭奠已死的弟弟。献祭的时候到了，国王的仆人将双手被缚的俄瑞斯忒斯和皮拉得斯押到伊菲革涅亚面前。她详细盘问他俩是什么人，来自何方。当她得知他俩是希腊人后，便向他们打听阿伽门农的命运和俄瑞斯忒斯的近况。俄瑞斯忒斯和皮拉得斯没有多少可喜的消息可以告诉她。

伊菲革涅亚最后决定只将一人用来献祭，而派另一人去希腊给俄瑞斯忒斯送信，让俄瑞斯忒斯知道他的姐姐伊菲革涅亚还活在人间。到这时俄瑞斯忒斯才与姐姐相认。俄瑞斯忒斯和伊菲革涅亚都为意外相逢而高兴。可是怎样才能获救呢？如何逃离陶里斯呢？

伊菲革涅亚决计采取欺骗的办法。她对陶洛人的国王说，阿耳忒弥斯的雕像已被亵渎，必须送到海中洗净，用于献祭的两个外乡人也得去海里净罪。陶洛人的国王同意了。

伊菲革涅亚率领神庙的神职人员浩浩荡荡前往俄瑞斯忒斯藏船的海边。神职人员抬着阿耳忒弥斯的神像，国王的仆役们押着被缚的俄瑞斯忒斯和皮拉得斯。一到海边，伊菲革涅亚吩咐国王的仆役离开，因为他们不能观看秘密的净罪仪式。国王的仆役离去之后，伊菲革涅亚为弟弟及其忠诚的朋友松了绑，然后一起匆匆上船。国王的仆役们后来心生怀疑，为什么净罪仪式持续了这么久。他们走到海边，十分惊讶地看到海边停着一艘船，俄瑞斯忒斯想用这艘船带走伊菲革涅亚。仆役们扑向俄瑞斯忒斯，想从他手中夺回他们的女祭司。战斗开始，俄瑞斯忒斯和皮拉得斯将国王的仆役们打得狼狈逃窜。俄瑞斯忒斯带着伊菲革涅亚及随从们登上大船。水手们划动船桨，大船驶向外海。可是他们注定不可能如此容易就离开陶里斯。

海上刮起可怕的风暴，他们的船又被刮回岸边。要不是女神雅典娜赶来搭救，落到陶洛人国王手中的船上的希腊人肯定都得丧命。雅典娜来到国王面前，吩咐他不仅将伊菲革涅亚、她的弟弟及其所有随从，甚至于阿耳忒弥斯神庙的所有女执事都放回希腊去。国王听从了女神。现在伊菲革涅亚可以返回故乡，返回女神阿耳忒弥斯当初将她摄走的地方。

俄瑞斯忒斯回归途中十分顺利。回到故乡之后，他杀死了埃癸斯托斯的儿子，即那个在他出航期间篡夺了王位的阿勒托斯。俄瑞斯忒斯将姐姐厄勒克特拉嫁给忠实的朋友皮拉得斯，皮拉得斯在陶里斯曾准备代他死在伊菲革涅亚的宰牲刀下。伊菲革涅亚归来之后做了建在阿提刻海边、离雅典不远的阿耳忒弥斯神庙的女祭司。

忒拜的故事

俄狄浦斯的童年、青年时代，俄狄浦斯返回忒拜

根据索福克勒斯的悲剧《俄狄浦斯王》转述。

卡德摩斯的儿子、忒拜国王波吕多洛斯与妻子尼克提斯生有一个儿子，叫拉布达科斯，并由他承袭了忒拜的王位。继拉布达科斯之后接任王位的是拉布达科斯的儿子拉伊俄斯。有一次，拉伊俄斯去拜访珀罗普斯国王，并在皮萨做客待了很久。珀罗普斯热情款待拉伊俄斯，可是拉伊俄斯以怨报德，拐走了珀罗普斯年少的儿子克律西波斯，将他带回忒拜。狂怒而又悲伤的珀罗普斯对拉伊俄斯发出诅咒，咒语中要求众神严惩拐走他儿子的骗子，让骗子的亲生儿子杀死骗子。克律西波斯的父亲这样诅咒拉伊俄斯，这个咒语一定会应验。

拉伊俄斯回到有七座城门的忒拜城，娶了墨诺刻俄斯的女儿伊俄卡斯忒为妻。拉伊俄斯在忒拜无忧无虑地生活了很久，只有一件事使他心里不踏实：他一直没有子女。最后他决定去得尔福向阿波罗请教无子息的原因。阿波罗的女祭司皮提亚给了拉伊俄斯一个可怕的答复。她说：

"拉布达科斯的儿子，众神会满足你的愿望，你会有一个儿子的，不过你要知道，你将来会死在亲生儿子手中。珀罗普斯的诅咒一定会应验！"

拉伊俄斯惊恐不已。他久久思考着如何逃脱不可避免的厄运，最后他下定决心，一待儿子降生，立即将他杀死。

不久，拉伊俄斯的妻子果然生了一个男婴。残暴的父亲用皮带捆住新生儿的双脚，用尖铁棒刺穿婴儿的脚掌，然后叫来一名奴仆，令其将

婴儿扔到喀泰戎山上的森林里，让凶猛的野兽撕食。然而这个奴仆并未执行拉伊俄斯的命令。他可怜婴儿，偷偷将他送给科林斯国王波吕玻斯的奴隶。这个奴隶当时正在喀泰戎山上为主人放牧牛羊。奴隶将男婴抱去见国王波吕玻斯，而这位国王正巧没有子女，当即决定将男孩作为自己的继承人收养。国王波吕玻斯为男孩取名俄狄浦斯，意为“肿脚的”。

就这样，俄狄浦斯在波吕玻斯和墨洛珀夫妻的抚育下长大成人了，夫妻俩都说俄狄浦斯是自己的亲生骨肉，俄狄浦斯也认为他们是自己的亲生父母。俄狄浦斯长大成人后，在一次宴会上，他的一个朋友喝醉后说他是个养子，这使他大吃一惊。他心中萌生疑惑，于是他去找波吕玻斯和墨洛珀，久久恳求他们说出实情。但是波吕玻斯和墨洛珀丝毫不说。于是俄狄浦斯决定去得尔福神示所探究谁是自己生身父母这一秘密。

他打扮成普通浪游者的模样，出发去得尔福。一到得尔福，他便向预言家打听他的身世。光灿灿的阿波罗借女预言家皮提亚之口对他说：

“俄狄浦斯啊，你的命运非常可怕！你会杀害自己的亲生父亲，还会娶自己的亲生母亲为妻，并与她生下为众神所诅咒、为万民所仇视的子女。”

俄狄浦斯听后恐惧无比。他应如何逃避弑父娶母这个可怕的厄运呢？因为预言家并未告诉他亲生父母姓甚名谁。俄狄浦斯决定再不回科林斯了。要是波吕玻斯和墨洛珀真是自己的生身父母，那该怎么办？难道自己真要成为杀害波吕玻斯的凶手和墨洛珀的丈夫吗？他决计永远做一个无亲无故、没有后代、没有祖国的浪游者。

然而命运的安排岂能逃避？俄狄浦斯哪里知道，他愈是竭力逃避厄运，结果反而愈忠实地走着厄运为他指定的道路。

离开得尔福之后，俄狄浦斯成了无家可归的流浪汉，他不知道该往何处去，于是随意踏上一条最近的路。这条路正巧通向忒拜。沿着这条路走到帕耳那索斯山脚下，来到三条道路会合处的狭窄的山谷里，俄狄浦斯遇上须发灰白、相貌庄严高贵的老者乘坐的车子，传令官赶着车，车后跟着几名奴仆。传令官粗暴地斥责俄狄浦斯，命令他让路，还举鞭抽打他。俄狄浦斯被激怒了，揍了传令官一拳，并准备从车子旁边挤过去，可是车上的老者突然挥起手杖照俄狄浦斯的头上就猛击一下。

这下可把俄狄浦斯气得七窍生烟，他挥起手中的打狗棒狠命地朝老者打去，老者当即仰面朝天，倒地身亡。接着他又扑向老者的仆人，将他们尽皆杀死，只有一名奴隶侥幸悄然溜之大吉。命运的安排就这样兑现了，俄狄浦斯不知底细，失手打死了生父拉伊俄斯。这个老者正是拉伊俄斯，他正去得尔福问阿波罗，他怎样才能使忒拜摆脱嗜血的斯芬克斯的侵害。

俄狄浦斯泰然自若地继续走自己的路。他认为自己虽然杀人但却无罪，因为不是他先动手，他不过是自卫。俄狄浦斯沿着原先选定的道路不停地赶路，最后他终于走到忒拜城。

忒拜全城笼罩着阴郁凄凉的气氛。卡德摩斯的故城接连遭受两个灾难。堤丰与厄喀德那所生的可怕的斯芬克斯盘踞在忒拜城边的斯芬吉翁山上，不停地要求给它送祭品；而这当儿随国王拉伊俄斯外出的一个奴隶又带回消息，说国王被一个不知名的人打死了。俄狄浦斯眼见忒拜居民遭受苦难，于是决定要为他们消除灾难，亲自去找斯芬克斯。

斯芬克斯是个有巨大的狮身，有尖利的狮爪，有一双巨大羽翼的可怕的女首怪物。众神决定，斯芬克斯要一直待在忒拜城边，直到有人猜出那个谜语为止。这个谜语还是缪斯众女神告诉斯芬克斯的。斯芬克斯强迫所有经过此处的人猜这个谜语，可是谁也猜不出谜底，于是这些人都在斯芬克斯坚硬似铁的利爪的挤压之下丧命了。许多英勇的忒拜人试图拯救忒拜城，使其百姓免遭斯芬克斯的残害，但结果他们都牺牲了。

俄狄浦斯来到斯芬克斯面前，斯芬克斯给他出了这道谜语：

“告诉我，什么生物早晨走路用四条腿，白天走路用两条腿，晚上走路用三条腿？世上所有生物中只有这种生物走路有这样的变化。在它要用四条腿走路的时候，他的力量比其他时候要小，移动速度也最慢。”

俄狄浦斯不假思索，立即回答：

“这是人！年幼的时候就是人生的早晨，这时候人力气小，用四肢爬行速度当然慢。白天，即人生的盛年，这时他用两条腿行走，而晚上即是人生的暮年，这时他年迈力衰，需用拐杖支撑，所以他是用三条腿行走。”

俄狄浦斯猜出了斯芬克斯出的谜语。于是斯芬克斯振翅飞离山岩，扑向大海。众神有话在先，如果有人猜中谜语，斯芬克斯必须死亡。所以俄狄浦斯就这样解救了忒拜。

俄狄浦斯回到了忒拜，忒拜的百姓都热烈地推选他为国王，因为在拉伊俄斯死后代他执掌王权的克瑞翁事先决定，谁能从斯芬克斯手下拯救忒拜，谁就应当成为忒拜的国王。俄狄浦斯即位后娶了拉伊俄斯的寡妻，与她生了两个女儿——安提戈涅和伊斯墨涅、两个儿子——厄忒俄克勒斯和波吕尼刻斯。命运安排的后半部分这样也就应验了，俄狄浦斯成了自己生母的丈夫，并与她生了四个子女。

俄狄浦斯在忒拜

根据索福克勒斯的悲剧《俄狄浦斯王》转述。

俄狄浦斯即位以来深受人民爱戴，他英明地管理着忒拜。长期以来忒拜国泰民安，王室也很安宁。可是命运注定俄狄浦斯必遭不幸。瞧，巨大的灾难终于降临忒拜。箭神阿波罗给忒拜城降下一种可怕的疫病。这种疾病无论年老年少都不能幸免。忒拜城似乎成了一座大坟场。街头上和广场上躺着来不及掩埋的尸体。到处都是痛苦的呻吟和悲惨的哀号，妻子母亲的哭声随处可闻。肆虐忒拜的不仅是可怕的疫病，同时还有严重的饥馑，因为田地颗粒无收，牲畜大批倒毙。那情景看起来简直是到了伟大的卡德摩斯故城的末日。居民徒劳地向众神献祭，祈求众神救助。众神不听他们的祈祷，灾难愈演愈烈。

成群的市民来找国王俄狄浦斯，请求他帮助，告诉他们该如何摆脱威胁着他们生命的灾难，因为上一次俄狄浦斯曾经帮助他们除掉了斯芬克斯。俄狄浦斯本人也为忒拜居民及自己的家人发愁，他已派伊俄卡斯忒的兄弟克瑞翁去得尔福请示阿波罗，如何摆脱灾难。克瑞翁应该很快就回来，俄狄浦斯望眼欲穿地盼着他归来。

克瑞翁终于回来了。他带回了预言家的答复。阿波罗吩咐将那个因自己的罪孽招致忒拜受害的罪人赶走。忒拜居民必须驱逐或处死罪人，以抵偿杀害国王拉伊俄斯的血债。可是怎样才能找到杀害拉伊俄斯的凶手呢？要知道拉伊俄斯被杀于途中，况且他的随从除了一名奴隶之外也都被杀。俄狄浦斯下定决心无论如何要找到凶手，不管他是谁，无论他躲到何处，哪怕他藏在他自己的王宫中，哪怕他是自己的至亲好友。俄狄浦斯召集全体公民，商议寻找凶手的方法。民众指出，只有预言家忒瑞西阿斯能够帮助找到凶手。盲预言家忒瑞西阿斯被带来了，俄狄浦斯请他说出凶手的姓名。这位预言家能对他说什么呢？他虽知道谁是凶手，但他不能说出凶手的名字。

“啊，你放我回家吧，我们两人分挑命运赋予我们的重担会轻松一些，”忒瑞西阿斯说。

但是俄狄浦斯坚持要他回答。

“可鄙的家伙，你不肯说！”俄狄浦斯喊道。“你如此顽固，连石头都会被你激怒。”

忒瑞西阿斯僵持了很久，迟迟不肯说出谁是凶手，最后他受不了俄狄浦斯怒骂斥责，终于说：

“俄狄浦斯啊，是你自己玷污了你所统治的国家。你本人就是你要寻找的杀人凶手！你因不知原委娶了我们大家最敬重的妇女，你娶的是自己的母亲。”

听了忒瑞西阿斯这番话，俄狄浦斯简直大怒欲狂。他骂忒瑞西阿斯是撒谎的小人，扬言要处死他，说他是受克瑞翁怂恿才这么说的，而克瑞翁是想篡夺他的王权。忒瑞西阿斯深知自己说的是实情，他平静地听凭国王怒骂。他知道，俄狄浦斯虽然是明眼人，但看不见自己亲手铸成的、本人也不愿意看见的罪恶。俄狄浦斯不知道他自己生活在罪恶之中，不知道他是自己的敌人，是自己家庭的敌人。忒瑞西阿斯不怕任何威胁，大胆地对俄狄浦斯说，凶手就在这里，就在自己面前。尽管凶手初来乍到，好像是个外乡人，实际上他生来就是忒拜人。凶手将交厄运：明眼人将变成盲人，富豪将变成穷汉，他将丧失一切，离开忒拜，流亡他乡。

公民们心惊胆战地仔细听着忒瑞西阿斯的述说，他们知道他从不说假话。

俄狄浦斯满怀愤怒，指责克瑞翁教忒瑞西阿斯如此撒谎，他责备克瑞翁妄图篡夺忒拜的统治权。这时候伊俄卡斯忒进来，俄狄浦斯把忒瑞西阿斯的话对她说了一遍，并谴责她的兄弟心怀叵测，图谋不轨。他问伊俄卡斯忒，拉伊俄斯是怎么死的，拉伊俄斯的独生子是怎样被扔到喀泰戎山上的林中的。伊俄卡斯忒对俄狄浦斯一一述说了事情的经过。这时候俄狄浦斯心中产生疑问，对某种可怕的事情的不祥预感揪住了他的心。

“宙斯啊！”俄狄浦斯惊呼道。“你存心要我遭受不测的厄运啊！唉，莫非能看清事情的不是我，而是盲人忒瑞西阿斯？”

俄狄浦斯又问起那个幸存的奴隶的情况，问他现在何处，是否还活着。他终于打听到，那个奴隶现在喀泰戎山上放牧畜群。俄狄浦斯立即派人去找那个奴隶。他要了解所有事实，不管事实本身有多么可怕。

派去找奴隶的人刚走，科林斯来的信使便来了。信使带来了科林斯国王波吕玻斯病逝的消息。这么说，波吕玻斯不是被儿子所杀。如果俄狄浦斯是波吕玻斯的儿子，那么意味着命运的安排并未应验，因为命运注定俄狄浦斯要杀害父亲。也许俄狄浦斯不是波吕玻斯的儿子？俄狄浦斯心存侥幸：他已逃脱了注定的命运。可是信使将他的这一丝希望摧毁了。信使告诉俄狄浦斯，波吕玻斯不是他的亲生父亲。当俄狄浦斯还是个幼小的婴儿的时候，是信使从拉伊俄斯的牧人的手中得到这个婴儿，是他亲自将婴儿抱给科林斯国王波吕玻斯的。

俄狄浦斯恐惧地听着信使述说，可怕的真相愈来愈明朗了。

再说那个牧人。开始他什么都不肯说，他想隐瞒一切。可是俄狄浦斯威胁他，如果他隐瞒事实真相，那就要受到严厉惩罚。

牧人害怕惩罚，供认他当初送给信使的男孩是拉伊俄斯的儿子，虽说父亲一定要这男孩死亡，可是牧人可怜不幸的婴孩。

俄狄浦斯多么希望自己还是个无辜的婴儿时就死掉，他着实抱怨牧人未让他死在襁褓里。现在俄狄浦斯一切都明白了。他已经从伊俄卡斯忒的叙述中知道拉伊俄斯死亡的经过，知道是他自己杀害了父亲；同时他从牧人的话中得知，他就是拉伊俄斯与伊俄卡斯忒的亲生儿子。无论俄狄浦斯怎样竭力逃避，命运的安排还是应验了。俄狄浦斯绝望地走进王宫。他是杀害父亲的凶手，是自己母亲的丈夫，从同一个母亲这点来说，他的儿子既是他的儿子，同时又是他的兄弟。

宫里等待俄狄浦斯的又是一个新的打击。伊俄卡斯忒经受不住所有可怕的现实的打击而自杀，吊死在卧室中。俄狄浦斯痛苦得发疯了，他扯下伊俄卡斯忒衣服上的金属扣，用扣子的尖端将自己两眼刺瞎。他不愿再看见阳光，不想看见孩子，也不愿再看到故乡忒拜。现在对他来说，一切都完了，在他的生活中再不可能有欢乐。俄狄浦斯恳求克瑞翁将他赶出忒拜，他只求克瑞翁一条：照顾一下他的儿子。

俄狄浦斯之死

根据索福克勒斯的悲剧《俄狄浦斯在科罗诺斯》转述。

克瑞翁并未立即将俄狄浦斯逐出忒拜。俄狄浦斯在宫中又住了一些时日，他躲开众人，独自沉浸在难言的痛苦之中。但是忒拜的百姓害怕，俄狄浦斯留在忒拜会招来众神对全国的愤怒，他们要求把盲人俄狄浦斯立即赶出忒拜。俄狄浦斯的儿子厄忒俄克勒斯和波吕尼刻斯也不反对这一决定。他们俩也想掌握忒拜的统治权。忒拜居民终于将俄狄浦斯驱逐出国，而他的两个儿子与克瑞翁分享了权力。

双目失明、衰弱不堪的俄狄浦斯离乡背井，四处流浪。要不是他的女儿，心灵高尚、精神坚毅的安提戈涅忘我悉心侍奉，孤独无助的俄狄浦斯必死无疑。她随父亲一起流浪。不幸的老人在安提戈涅的搀扶下从一个国家走到另一个国家。安提戈涅小心谨慎地搀着父亲爬过高山，穿过密林，在艰难的路途中她与父亲患难与共。

经过长期的颠沛流离，俄狄浦斯最后来到阿提刻的雅典城附近。安提戈涅不知道该把父亲带往何处。不远的前方显现出沐浴在初升的太阳的光芒之中的城墙和城楼。近旁是常春藤和葡萄藤缠绕的苍翠的月桂树林。林间偶尔有一些橄榄树闪现出簇簇银绿。林中飘来夜莺甜美的歌声。小溪在绿色的山谷中流淌，发出响亮的叮咚声，遍地开放着白色星形的水仙花、黄色的香气馥郁的番红花。受尽苦难的俄狄浦斯坐在绿树林中一棵月桂树的树荫下的石头上，安提戈涅想去打听此处的地名。一个乡民正好经过，他告诉俄狄浦斯，这儿是科罗诺斯，离雅典城不远①，俄狄浦斯坐着的这座树林是欧墨尼得斯②的圣林，而四周的大片土地是波塞冬和普罗米修斯的圣地，从林中看得见的那个城市是雅

① 科罗诺斯离雅典城大约 7 公里。

② 即复仇诸女神。

典，掌管该城的是埃勾斯的儿子、伟大的英雄忒修斯。听到这里，俄狄浦斯请这位乡民派人去找国王忒修斯，就说俄狄浦斯打算帮忒修斯一个大忙，只要国王肯收留他一段时间。那位乡民难以相信，一个衰弱不堪的瞎眼老人竟能帮助雅典城强大的国王！

乡民满腹狐疑前往科罗诺斯，他去告诉乡亲，坐在欧墨尼得斯圣林中的一位瞎眼老人说是能帮助国王忒修斯。

俄狄浦斯得知自己身处复仇女神的圣林，心中明白结束一切磨难的最后时刻已经不远了。阿波罗早就向他预言，他在经受长期的颠沛流离之苦后将死在伟大的女神们的圣林中，谁肯收留他，谁将得到巨大的奖赏，而将他驱逐出家乡的人们将受到众神的严厉惩罚。现在他明白，所谓伟大的女神们就是不舍地追逐他终生的复仇诸女神欧墨尼得斯。俄狄浦斯深信，现在他将要得到安宁了。

这时候科罗诺斯的居民匆匆赶往林边，他们想知道谁敢于进入那座圣林，要知道他们自己连可怕的女神的名字都不敢说出口，这片圣地他们连正眼瞧上一眼都不敢。俄狄浦斯听见科罗诺斯人说话声，立即要安提戈涅将他带到圣林深处，可是当科罗诺斯人责怪他亵渎圣林时，他又从树林中走出来，并告诉他们，说自己是俄狄浦斯。这下他们都慌了。站在他们面前的竟是俄狄浦斯！在希腊有谁不知道俄狄浦斯的可怕命运，谁不知道拉伊俄斯不幸的儿子无意中犯下的那些可怕罪行！不行，科罗诺斯人不能让俄狄浦斯留在此地，他们担心惹怒众神。他们不听俄狄浦斯父女苦苦哀求，要求老盲人立即离开科罗诺斯。莫非在这神圣的雅典，全希腊到处称颂的、有求必应、从不拒绝前来祈求庇护的人们的圣城，俄狄浦斯还是找不到栖身之所？俄狄浦斯来这里可不是凭自己意愿，何况他的到来必将给雅典人带来好处。末了，俄狄浦斯恳求他们至少等忒修斯来后再说。让雅典国王忒修斯决定是收留他，还是赶他走。

科罗诺斯人同意等国王忒修斯来后再说。这时候远处出现一辆马车，车上坐着的是头戴忒萨利亚式宽檐遮面女帽的妇女。安提戈涅仔细一看，这位妇女好像是她的妹妹伊斯墨涅。车子愈驶愈近，安提戈涅定睛细看，果然是伊斯墨涅。

"父亲！"安提戈涅说道。"我看见你的女儿伊斯墨涅乘车来了，你马上会听见她的声音。"

马车来到俄狄浦斯身旁，伊斯墨涅跳下车，投入父亲怀抱。

"父亲，我可怜的父亲！"伊斯墨涅惊呼道。"我终于又能拥抱你和安提戈涅。"

伊斯墨涅的到来使俄狄浦斯很高兴，现在两个女儿都在他身边，一个是忠实的同行者和帮手安提戈涅，一个是从来不忘父亲、时时打发人来通报忒拜消息的伊斯墨涅。

伊斯墨涅来找俄狄浦斯是要向他报告最为痛心的消息。俄狄浦斯两个儿子起初共同执掌王权。后来小儿子厄忒俄克勒斯独占王位，并将哥哥波吕尼刻斯赶出忒拜。波吕尼刻斯前往阿耳戈斯，在那儿找到靠山。现在他正带着军队进攻忒拜，打算决一死战：或者夺回王权，或者战败阵亡。伊斯墨涅还告诉父亲，得尔福的神示说，兄弟二人谁得到父亲的支持，谁就能获胜。伊斯墨涅肯定地说，与厄忒俄克勒斯一起执政的克瑞翁很快就会到此地来武力挟持俄狄浦斯。可是俄狄浦斯不愿支持任何一方，他对两个儿子都很痛恨，因为他们只图王权，不思尽孝。当初他被逐出忒拜，两个儿子对此均无异词，现在俄狄浦斯自然不愿帮助他们。不行，他们别想依靠父亲的帮助取得忒拜的统治权。俄狄浦斯要留在这里，他要成为雅典的保卫者！

科罗诺斯人向俄狄浦斯建议，如果他决定永远定居雅典，那他得向复仇女神献祭，以求她们开恩。俄狄浦斯恳请让别人代为献祭，因为他身体衰弱，双目失明，无法献祭。这时伊斯墨涅自愿代为献祭，于是她去了复仇女神的圣林。

伊斯墨涅刚离开，忒修斯便带着侍从来到圣林边。他热情问候俄狄浦斯，一口答应为他提供庇护。忒修斯知道这个外乡人命运悲惨，遭受了许许多多不幸。忒修斯亲身体验过流落异乡、寄人篱下的日子的艰难，所以他不能拒绝保护不幸的流浪者俄狄浦斯。

俄狄浦斯感谢忒修斯，同时表示也要保护忒修斯。他说，自己的坟墓将永远是保卫雅典人的可靠屏障。

俄狄浦斯命中注定不能立即得到安宁。忒修斯刚走，克瑞翁带着一小队人马从忒拜赶到科罗诺斯。他想控制俄狄浦斯，以保证自己和厄忒俄克勒斯能战胜波吕尼刻斯及其盟友。克瑞翁先是试着劝说俄狄浦斯与他一起回忒拜，他保证回忒拜后俄狄浦斯可以无忧无虑地生活在亲人中间，得到亲人们的悉心关怀和照顾。然而俄狄浦斯的决心毫不动摇，再说他也不相信克瑞翁的花言巧语。俄狄浦斯知道是什么原因迫使克瑞翁来劝他返回忒拜。不，他绝不和克瑞翁一起回去，绝不将胜利送到那些使他遭受了如此众多苦难的人手中。

克瑞翁见俄狄浦斯劝说不动，于是就威胁他，说要用武力挟持他回忒拜。俄狄浦斯不怕他施暴，因为他现在拥有忒修斯及全体雅典人的保护。这时克瑞翁幸灾乐祸地告诉这位无依无靠的瞎眼老人，他的女儿伊斯墨涅已被抓获；他还扬言要抓走俄狄浦斯唯一的依靠——富有自我牺牲精神的女儿安提戈涅。克瑞翁说干就干，立即下令抓走安提戈涅。安提戈涅徒然地向雅典人呼救，徒然地伸出双手向父亲求助，她还是被押走了。现在俄狄浦斯真是束手无策了，他们夺走了代他看路的眼睛。他吁请复仇女神作证，他诅咒克瑞翁，希望克瑞翁遭受与他同样的命运，让克瑞翁也丧失子女。而克瑞翁既然动了手，就下决心干到底。他抓住俄狄浦斯，想把他带走。这时候科罗诺斯人出来保护俄狄浦斯，可是他们人少势单，无法与克瑞翁的队伍抗争。科罗诺斯人大声呼救，忒修斯听见喊声带领随从匆匆赶来。

忒修斯被克瑞翁的强暴激怒了。克瑞翁胆敢在这里，在复仇女神的圣林边绑架俄狄浦斯及其女儿，岂非欺侮雅典无人？克瑞翁胆敢武力挟持受雅典保护的人，莫非把他忒修斯不放在眼里？难道忒拜人教他克瑞翁如此目无王法、胡作非为？不行！忒修斯知道，忒拜人容不得这种不法暴行。是克瑞翁本人败坏了自己城市和国家的名誉，尽管他年事已高，可行事却像没有理智的毛头小伙子。忒修斯喝令克瑞翁立即交出俄狄浦斯的两个女儿。克瑞翁在忒修斯面前竭力为自己的行为辩解，说什么他相信，雅典不会收留一个弑父娶母的罪人。可是忒修斯斩钉截铁，依然要克瑞翁把俄狄浦斯的两个女儿交还俄狄浦斯，并说如果俄狄浦斯父女不团聚，他别想离开此地。克瑞翁终于屈服了，不一会儿，年老的俄狄浦斯搂着两个女儿向慷慨豁达的雅典国王道谢，并祈求众神赐福予他。

忒修斯对俄狄浦斯说：

“听我说，俄狄浦斯，在克瑞翁到来之前我在这里向波塞冬献祭，祭坛边坐着一个青年，他想和你谈谈。”

“可这个青年是什么人呢？”俄狄浦斯问。

“不知道。青年来自阿耳戈斯。你想一想，你在阿耳戈斯有没有什么亲人？”忒修斯说。

俄狄浦斯听到这句话便喊道：

“啊，忒修斯，你别让我与这个青年说话！从你的话中我已经明白，那是我所痛恨的儿子波吕尼刻斯。他的话只会给我带来痛苦。”

“可是他是作为一个恳求者来的，”忒修斯说。“你不能拒绝见他，不能惹怒众神。”

安提戈涅听说波吕尼刻斯来了，也劝父亲听听他要说些什么，尽管他对父亲犯有重大过失。俄狄浦斯同意听听儿子要说的话，忒修斯便去叫波吕尼刻斯。

波吕尼刻斯来了。他双眼含泪。看见父亲双目失明，一身破衣烂衫，苍苍白发随风抖动，脸上印着长期饥饿困苦留下的痕迹，波吕尼刻斯不由得失声痛哭了。波吕尼刻斯现在才明白，当初他对父亲是多么残酷。他向父亲伸出双手，说：

“父亲，你哪怕对我说一个字也行，别不理睬我！说呀，别这样不理不睬！姐妹们，你们劝劝父亲，别让父亲半个字不说就叫我走。”

安提戈涅请他先告诉父亲自己的来意，她相信俄狄浦斯不会不理儿子的。

波吕尼刻斯将自己的经历说了一遍。他被弟弟赶出忒拜，于是来到阿耳戈斯，娶了阿德拉斯托斯的女儿，找到了帮助他向弟弟夺取本该属于他长子的王权的援兵。

“父亲啊，”波吕尼刻斯接着说。“我们所有奋起反对忒拜的人都恳求你，为了你的生活，为了你的子女，跟我们一起走吧，我们央求你捐弃前嫌，协助我们向厄忒俄克勒斯复仇，他驱逐我，夺走我的祖国。如果神示准确，那么这场争夺的胜利将归于你所支持的一方。垂怜我，依了我吧！我以众神的名义求你了，跟我走吧。我会把你送回你的故居，而在这里的异国他乡，你是个乞丐，和我一样的乞丐。”

俄狄浦斯根本不听儿子说的。儿子的哀求打动不了他。波吕尼刻斯眼下需要他只是为了攻取忒拜。当初难道不是波吕尼刻斯将他赶出忒拜的吗？难道不是他使父亲成了流浪汉吗？俄狄浦斯身穿破衣烂衫难道不该是他的缘故吗？两个儿子对父亲忘却了儿辈们应尽的职责，只有两个女儿依然忠于他，始终关心他，尊敬他。

“不，我不会帮助你去毁灭忒拜。你在攻下忒拜之前就会倒在血泊之中，你的弟弟厄忒俄克勒斯也将和你一起丧命！”俄狄浦斯大声说道。“我要再次诅咒你们，让你们记住应该敬重亲生父亲。快滚吧，众叛亲离的家伙，从此你再没有父亲！你就带着我的诅咒滚吧！你就在与兄弟的决斗中死去吧！谁驱逐你，你就杀掉谁！我要吁求复仇女神和战神阿瑞斯，他们会煽动你们兄弟互相残杀，借此惩罚你们。去告诉你的所有伙伴，俄狄浦斯一视同仁，分给两个儿子的礼物是均等的。”

“我多么痛苦啊！我多么不幸呀！”波吕尼刻斯呼喊道。“我怎能将父亲的答复告诉我的伙伴呢！我只能默默去迎接自己的命运！”

波吕尼刻斯走了，他未能求得父亲的宽恕和保护；他走了，他不听安提戈涅的请求，安提戈涅请求他返回阿耳戈斯，不要发动会给他自己、兄弟及忒拜城带来毁灭的战争。

俄狄浦斯的最后时刻临近了。晴朗的天空雷声滚滚，电光闪闪。所有在复仇女神的圣林旁边的人都伫立不动，他们都为宙斯发出的可怕的凶兆所震惊。接着又是一声惊雷，又是一道炫目的电光。众人吓得发抖了。

俄狄浦斯把女儿叫到面前，对她们说：

“孩子啊，快请忒修斯来！宙斯的这阵惊雷告诉我，我很快就得去哈得斯的冥国。别再拖延，快派人去请忒修斯！我的末日到了！”

俄狄浦斯刚说到这里，天上又响起一阵雷声，仿佛要证实他的话。忒修斯匆匆来到复仇女神的圣林边。听见忒修斯的声音，俄狄浦斯说：

“雅典的主宰，我的末日来临了，宙斯的雷霆和闪电预告了我的永逝，但我想在死之前履行对你所作的承诺。我要亲自带你去我将死亡的地点，但是你不要对任何人说出我的墓址，我的坟墓会保卫你的城市，它比许许多多的盾牌和长枪都更有效。等会儿我要告诉你我在这里不能说的事。你要保守这个秘密，只有在你临终的时候方可将秘密告诉你的长子，你的长子到时候再告诉他的继承人。走吧，忒修斯，走吧，孩子们。现在我这个盲人来当你们的向导，因为我有赫耳墨斯和佩耳塞福涅伴送。”

忒修斯、安提戈涅和伊斯墨涅跟着俄狄浦斯往前行，俄狄浦斯仿佛是个明眼人，带领着他们。他走到通往鬼魂所居的黑暗的冥国的一条下坡路旁边，坐在一块石头上。临死之前他搂住两个女儿，对她俩说：

“孩子，从今往后你们再没有父亲了。死神塔那托斯已经抓住了我。照顾父亲的这副重担压在你们肩上的时间不会更久了。”

安提戈涅和伊斯墨涅抱住父亲号啕大哭。突然从地底下传来一个神秘的声音：“快点，快点，俄狄浦斯！你为什么还迟迟不走？你拖得太久了！”俄狄浦斯听见这神秘的声音，将忒修斯叫到面前，把两个女儿的手放到他手中，请求忒修斯做她们的保护人。忒修斯发誓一定履行俄狄浦斯的请求。这时俄狄浦斯命令两个女儿离开，她们不能看往后发生的事情，不能听他现在要告诉忒修斯的秘密。安提戈涅和伊斯墨涅走了。没走多远，她们又回过头来想再望父亲一眼，可是他不见了，只有忒修斯一人双手捂着眼睛站立着，仿佛看见了可怕的幻影。接着，安提戈涅和伊斯墨涅看到忒修斯屈膝下跪，做起祈祷。就这样，俄狄浦斯结束了多灾多难的一生，没有一个凡人知道他是怎么死的，没有一个凡人知道他的墓地所在。他没有痛苦，没有呻吟，去了哈得斯的冥国，没有一个凡人能像他这样前往冥国。

七雄攻忒拜

根据埃斯库罗斯的悲剧《七雄攻忒拜》和
欧里庇得斯的悲剧《腓尼基妇女》转述。

当初，失明的俄狄浦斯被逐出忒拜之后，他的两个儿子和克瑞翁分享了权力。他们每人每年轮流执政。厄忒俄克勒斯后来不愿与哥哥波吕尼刻斯分享王权，他把哥哥赶出有七座城门的忒拜，一人独霸了忒拜的统治权。波吕尼刻斯远走阿德拉斯托斯国王统治的阿耳戈斯。

阿德拉斯托斯国王出身于阿密塔翁家族。英雄阿密塔翁生有两个儿子——伟大的预言家墨兰波斯和比阿斯，他们分别娶了普洛托斯国王的两个女儿。事情的原委是这样的：普洛托斯的两个女儿惹怒了众神，众神惩罚她们，使她们发了疯。在疯病发作时，她们认为自己是母牛，于是哞哞大叫着在城郊的田野和树林中奔跑。墨兰波斯知道医治普洛托斯女儿疯病的良方，他愿替她们治病，但有一个要求，即普洛托斯必须将其三分之一的领地送给他。普洛托斯不答应，结果灾难加重了，其他妇女也渐渐染上疯病。普洛托斯只得又去找墨兰波斯。可是这次他要求的不是三分之一领地，而是两个三分之一。一个三分之一给自己，另一个三分之一给兄弟比阿斯。普洛托斯只得同意。墨兰波斯率领一队青年进山追寻发疯的妇女，经过长时间的追逐，他们终于抓回所有发疯的妇女及普洛托斯的两个女儿，并将她们治愈。事后，普洛托斯把两女儿分别嫁给墨兰波斯和比阿斯。

墨兰波斯生子安提法忒斯，安提法忒斯生子俄伊克勒斯，俄伊克勒斯生子安菲阿拉俄斯。比阿斯生子塔拉俄斯，塔拉俄斯生子阿德拉斯托斯，生女厄里费勒。当墨兰波斯和比阿斯的后代安菲阿拉俄斯和阿德拉斯托斯长大成人后，他们之间发生了纠纷。阿德拉斯托斯只得出走西库翁[1]，投奔波吕玻斯。阿德拉斯托斯娶了国王波吕玻斯的女儿，并继承了波吕玻斯的王位。没过多久，阿德拉斯托斯回到故乡阿耳戈斯，他与安菲阿拉俄斯和解，并让自己的姐姐厄里费勒嫁给安菲阿拉俄斯。阿德拉斯托斯和安菲阿拉俄斯互相发誓，今后如有争执，请厄里费勒仲裁，他俩将永远无条件服从她的裁决。安菲阿拉俄斯没有想到，这个誓言成了他和他的家族毁灭的祸根。

波吕尼刻斯于深夜来到阿德拉斯托斯的王宫门前，他想寻求阿德拉斯托斯的庇护和帮助。波吕尼刻斯在王宫旁遇见了俄纽斯的儿子、英雄堤丢斯。堤丢斯因在故乡杀死叔叔和堂兄弟而出逃阿耳戈斯。两位英雄发生激烈的争吵。生性暴躁的堤丢斯听不得一点反对意见，他已绰起武器。波吕尼刻斯也不相让，他用盾牌作掩护，一手也拔出了宝剑。两位英雄互相冲杀，两把利剑刺得包铜皮的盾牌当当直响。他们就像两头狂怒的狮子，在黑暗中厮杀。阿德拉斯托斯听见厮杀的声音走出王宫。看见两个青年舍命搏斗，他大感震惊。波吕尼刻斯在铠甲外面披着一张狮皮，而堤丢斯则披着一张巨大的野猪皮。阿德拉斯托斯想起了预言家对他说的话，说他一定要将女儿嫁给狮子和野猪。他赶紧隔开两位英

---

① 伯罗奔尼撒北部科林斯湾滨海城市。

雄，将他们带回王宫，待为宾客。不久，他便将女儿得伊皮勒许配波吕尼刻斯，将阿耳癸亚许配堤丢斯。

波吕尼刻斯和堤丢斯做了阿德拉斯托斯的女婿，他们请求阿德拉斯托斯帮助他们复国。阿德拉斯托斯同意帮助他俩，他只提出一个条件，要英勇善战的斗士和伟大的预言家安菲阿拉俄斯一同出征。

他们决定先出兵攻打忒拜。安菲阿拉俄斯拒绝参加这次征讨，因为他知道，英雄们进行这次征战与众神的意志相悖。他是宙斯和阿波罗的宠人，他不愿违背众神的意志而激怒众神。无论堤丢斯怎样劝说，安菲阿拉俄斯始终不肯改变主意。堤丢斯怒不可遏，要不是阿德拉斯托斯从中调解，两位英雄真可能永远成为死对头。波吕尼刻斯为了迫使安菲阿拉俄斯最终能出征，采取依计行事。他决定先争取厄里费勒支持自己，让她以自己的决定迫使安菲阿拉俄斯出征攻打忒拜。波吕尼刻斯知道厄里费勒贪财，所以他许诺将忒拜首任国王卡德摩斯的妻子哈耳摩尼亚的珍贵的项链送给她。厄里费勒受这一珍贵的礼物诱惑，作出了她的丈夫必须参加征讨的决定。这下安菲阿拉俄斯不能再拒绝了，因为他曾亲口发誓，永远服从厄里费勒的一切裁决。厄里费勒为了得到珍贵的项链，就这样把自己的丈夫送往必死无疑的绝境；她不知道，这根项链会给它的主人带来巨大的灾难。

许多英雄都愿意参加这次征战。其中有普洛托斯的后裔、如神一样强健有力的卡帕纽斯和厄忒俄克勒斯[①]，著名的阿耳卡狄亚女猎手阿塔兰塔的儿子、年轻英俊的帕耳忒诺派俄斯，还有光荣的希波墨冬及其他许多英雄。波吕尼刻斯又向迈锡尼求助，迈锡尼的君主本已答应参战，可是伟大的雷神宙斯以凶兆阻止了他。尽管如此，一支庞大的军队还是集结起来了。七位头领率部征讨忒拜，阿德拉斯托斯则任联军统帅。英雄们在走向死亡。他们不听预言家安菲阿拉俄斯规劝，安菲阿拉俄斯劝

---

① 与俄狄浦斯之子、忒拜国王厄忒俄克勒斯同名。

他们不要发动这场战争。现在英雄们心中只燃烧着一种欲望：到忒拜城下作战。

军队出发了。安菲阿拉俄斯与家人告别，他拥抱儿女，又拥抱年少的儿子阿尔克迈翁和还抱在保姆手中的年幼的安菲罗科斯。临上车，他又叮嘱阿尔克迈翁向他的母亲复仇，是她将他的父亲送往死地。安菲阿拉俄斯满怀悲愁登上战车，他知道这是在和子女诀别。安菲阿拉俄斯立在车上，转身向着妻子厄里费勒，拔出利剑指着她咒骂，因为她逼他去送死。

军队顺利抵达涅墨亚[①]。士兵们渴不可耐，四处寻找水源，可是不见一个泉眼，因为神女们遵照宙斯的命令堵塞了所有泉眼，宙斯忌恨英雄违背他的意愿发动这场征讨。后来他们遇见了怀抱涅墨亚国王吕枯耳戈斯年幼的儿子俄斐尔忒斯的原楞诺斯岛的女王许普西皮勒。许普西皮勒在该岛妇女屠杀男子的时候救下了父亲托阿斯，因此被楞诺斯岛的妇女卖为女奴。昔日的楞诺斯岛的女王，现在是吕枯耳戈斯的女奴，是他儿子的保姆。许普西皮勒把幼小的俄斐尔忒斯放在草地上，自己去为士兵们指点掩在林中的泉水。她和士兵们刚走，树丛中爬出一条巨蛇，缠住了孩子。士兵们和许普西皮勒听见哭喊立即跑回来，吕枯耳戈斯夫妇也闻声赶来相救，可是俄斐尔忒斯已被巨蛇勒死了。吕枯耳戈斯拔出利剑扑向许普西皮勒，要杀死她，但堤丢斯保护了她。堤丢斯正要与吕枯耳戈斯厮杀，但是被阿德拉斯托斯和安菲阿拉俄斯劝阻了，他俩不让他们为此流血。英雄们安葬了俄斐尔忒斯，并在葬礼时举行了军事竞技会，这便是涅墨亚竞技会的开端[②]。安菲阿拉俄斯明白，俄斐尔忒斯之死对于全军是一个凶兆，他的死预示着全体英雄的覆没。安菲阿拉俄斯称俄斐尔忒斯为阿耳刻摩洛斯（死亡的引路人），并建议诸位英雄停

---

①位于伯罗奔尼撒北部阿耳戈利斯的城市。

②据另一传说，涅墨亚竞技会系赫拉克勒斯在杀死涅墨亚狮子之后创立。

止征讨忒拜，可是英雄们依然如故，不听劝告，固执地迎着毁灭走去。

大军穿过森林茂密的喀泰戎山的峡谷，进抵阿索波斯河岸，逼近忒拜城下。各路军队的头领没有立即攻城。他们决定先派堤丢斯进忒拜城与被围者谈判。堤丢斯来到城内，忒拜显贵们正在厄忒俄克勒斯家大吃大喝。忒拜人根本不听堤丢斯的话，他们笑嘻嘻地邀请堤丢斯入席。堤丢斯大怒，他不顾自己孤独一人身处敌群，大胆提出决斗，并逐个战胜了所有对手，这是因为雅典娜在帮助自己的宠人。怒火在忒拜人的胸中燃烧，他们决心除灭这位伟大的英雄。他们派出五十名青年，在迈翁和吕科丰率领下设伏于堤丢斯回营必经之路上，打算对其进行突然袭击。但是堤丢斯在这次交战中又安然无恙，他将突袭的青年都杀了，根据众神的意志他只放了迈翁，让他回去向忒拜人报告堤丢斯的壮举。

此后从阿耳戈斯来的英雄与忒拜人之间的敌对情绪愈加激烈了。联军的七位首领向战神阿瑞斯、其他各位战神及死神塔那托斯献了祭。他们将双手在献祭的血水中浸湿，然后立誓，不攻破忒拜城池，宁愿血洒忒拜大地，阵亡于忒拜城下。阿耳戈斯军队准备攻城了。阿德拉斯托斯将联军分成七部分，每位首领率军攻打一座城门。

嗜血成性、如同凶猛的毒龙的强大的堤丢斯率领部下攻打普洛提得斯门。他头盔上的三根冠状饰物在飘动，手中的盾牌上绘有繁星满天的夜空图案，正中是夜的眼睛——一轮圆月。身材魁伟、如同巨人的卡帕纽斯在厄勒克特拉城门对面布下自己的军队。他威胁忒拜人说，即使众神抵挡，他也要攻破城门；他还说，就是雷神宙斯那摧毁一切的愤怒也不能将他阻挡。卡帕纽斯的盾牌上的图案是一个双手高擎火炬的赤身裸体的英雄。普洛托斯的后代厄忒俄克勒斯将自己的军队安置在涅伊门前，他的盾牌上绘的图案是：一人沿着楼梯跑上被围城市的城楼。下方有一行文字：“战神阿瑞斯也不能战胜我。”负责攻打雅典娜门的是希波墨冬，他那如太阳一样闪光的盾牌上绘着喷火的堤丰。希波墨冬威猛的呐喊声中充满了愤怒，他的双目射出致命的凶光。年轻英俊的帕耳忒诺派俄斯率领部属攻打玻瑞阿代门。他的盾牌上的徽标是斯芬克斯脚踩一个垂死的忒拜人。预言家安菲阿拉俄斯负责攻打戈摩罗伊得斯门。安菲阿拉俄斯仇恨战争的罪魁祸首堤丢斯，骂他是杀人犯，毁灭城市的凶手，传播愤怒的使者，杀人犯的帮凶，一切恶行的策划者。他仇视这次征战，谴责波吕尼刻斯带领外国军队去摧毁他的故城忒拜。安菲阿拉俄斯知道，后代将会诅咒这次战争的参加者。他还知道，自己将要在这场战争中丧命，忒拜的土地将要吞噬他的尸体。安菲阿拉俄斯的盾牌上没有任何徽记，他本人的外貌比任何徽记都更具威严。最后第七座城门由波吕尼刻斯负责攻打。他的盾牌上绘的是一位女神，正领着一个全副武装的英雄，而盾牌上刻着一句铭文："我带这位男子胜利返回故城，返回其祖辈的故居。"

强攻坚不可摧的忒拜城的一切准备工作均已就绪。

忒拜人也做好了反攻的准备，国王厄忒俄克勒斯派出著名英雄率领军队分头把守每一座城门。他本人负责防守将由他兄弟波吕尼刻斯攻打的城门。阿斯塔科斯英勇善战的儿子墨兰尼波斯是由卡德摩斯斩杀的毒龙的龙牙长成的武士的后代，他受命抵御堤丢斯。厄忒俄克勒斯派阿耳忒弥斯的宠人波吕丰忒斯去抵抗卡帕纽斯。克瑞翁的儿子墨伽柔斯率领军队驻守在普洛托斯后代厄忒俄克勒斯负责攻打的城门旁。俄诺耳之子希珀耳比俄斯奉命抗击希波墨冬。阿克托耳抵御帕耳忒诺派俄斯，而负责抵抗安菲阿拉俄斯的是力大如青壮、智慧赛长老的勒伊斯屯。参战的忒拜英雄之中还有海神波塞冬的儿子——英勇善战、所向无敌的珀里克吕墨诺斯。

大战开始之前，国王厄忒俄克勒斯先向预言家忒瑞西阿斯询问战争的结局。忒瑞西阿斯告诉他，如果将克瑞翁的儿子墨诺叩斯献祭阿瑞斯（因为阿瑞斯至今仍因卡德摩斯杀害他的圣物毒龙而耿耿于怀），忒拜人方能获胜。年轻的墨诺叩斯得悉这一预言，登上忒拜城墙，面向原先毒龙所栖的山洞，将利剑刺入自己的胸膛。克瑞翁的儿子就这样死了，为了拯救他的祖国忒拜，他自愿牺牲自己的生命。

忒拜人注定会获胜。愤怒的阿瑞斯终于变得心慈，众神也站到了遵循众神的旨意和相信众神的预兆的忒拜人一边。不过，忒拜人的胜利并非一蹴而就。他们起先出城与阿耳戈斯军队在阿波罗的圣殿旁进行交战，可是他们顶不住敌军的进攻，不得不败退，重新躲进城内。阿耳戈斯人乘胜追击并开始强攻忒拜城。傲慢的卡帕纽斯自恃有超人的神力，他将云梯靠上城墙，眼看就要突进城内，但是宙斯不能容忍有人违逆他的意志冲进忒拜城。他向站在城头的卡帕纽斯投下闪电。宙斯的闪电将卡帕纽斯击死，他全身着火，他那燃烧的尸体掉下城墙，落在城下阿耳戈斯人的脚边。

年轻的帕耳忒诺派俄斯也在围攻忒拜的战斗中阵亡。这是强壮有力的珀里克吕墨诺斯举起一块如山的巨石，从城头砸向帕耳忒诺派俄斯，巨石正中他的头颅，将他击倒身亡。

阿耳戈斯人从城下后撤，他们深信不能强攻忒拜。现在忒拜人可以欢欣雀跃了，因为忒拜城巍然屹立，毫不动摇。

后来敌对双方商定，由波吕尼刻斯和厄忒俄克勒斯两兄弟单独决斗，以决定谁来掌握忒拜的统治权。俄狄浦斯的两个儿子都已做好决斗的准备。厄忒俄克勒斯披坚执锐，全身熠熠闪亮，走出城门；波吕尼刻斯也走出阿耳戈斯人的军营，迎上前去，骨肉相残的战斗马上就要开始，兄弟俩心中燃烧着仇恨的烈火。两雄相争，必有一死。可是铁石心肠的伟大的命运诸女神选定了另外一种结局。复仇诸女神也不曾忘却俄狄浦斯的诅咒，未忘却拉伊俄斯的罪孽及珀罗普斯的诅咒①。

两兄弟就像两只争夺猎物的狂怒的雄狮开始了激烈的厮杀。他们用盾牌掩护身体，不停地搏杀，满含仇恨的两双眼睛紧盯着对方的一举

---

① 俄狄浦斯之父拉伊俄斯在仄托斯和安菲翁夺走忒拜政权后，被迫出走伯罗奔尼撒，在此他将珀罗普斯的儿子克律西波斯掳走，以致这孩子自杀身亡。拉伊俄斯因此受到珀罗普斯的诅咒。参见第 1 部珀罗普斯一节。

一动。这时候厄忒俄克勒斯一个磕绊，波吕尼刻斯立即投出长枪，刺伤了他的大腿，血从伤口涌出。但是波吕尼刻斯在投掷长枪时暴露了自己的右肩，厄忒俄克勒斯毫不迟疑地举起长枪刺向他的肩膀。枪尖刺中波吕尼刻斯的铠甲便弯了，枪杆也折断了。现在厄忒俄克勒斯手中只剩下宝剑了。他猛地一弯腰，抱起一块巨石，朝兄弟掷去，巨石砸中波吕尼刻斯的长枪，将长枪砸断了。这下兄弟俩都只有短剑了。他们盾牌紧靠着盾牌，继续挥剑拼杀，两人身上伤痕累累，鲜血染红了铠甲。厄忒俄克勒斯猛地后退一步，波吕尼刻斯猝不及防，举起了盾牌，厄忒俄克勒斯看准这一机会举剑刺中他的腹部。波吕尼刻斯跌倒在地上，可怕的伤口血如泉涌，他的双眼蒙上了死亡的阴影。厄忒俄克勒斯洋洋得意，跑到被他刺死的兄弟身边，打算剥取他身上的铠甲。这当儿波吕尼刻斯鼓起最后的力量，欠起身举剑刺中兄弟的胸部，与此同时，波吕尼刻斯的灵魂也离开躯体飞向哈得斯的冥国。厄忒俄克勒斯犹如被砍断的橡树，轰然倒在兄弟的尸体上，他们的鲜血流在一起，染红了四周的土地。忒拜人和阿耳戈斯人面对骨肉相残的这一可怖结局都目瞪口呆了。

围城者和被围者之间的休战并未持续多长时间，很快双方又开始了血腥的战斗。在这次战斗中众神均袒护忒拜人。希波墨冬、普洛托斯的后裔厄忒俄克勒斯先后阵亡，不可战胜的堤丢斯也被英勇善战的墨兰尼波斯刺成致命伤。堤丢斯尽管受了致命的重伤，仍然奋力向墨兰尼波斯报仇，投出长枪将他刺死。雅典娜看到堤丢斯满身血污、气息奄奄，便恳求宙斯让她去救自己的宠人，甚至还恳求赐予他永生。雅典娜匆匆朝堤丢斯跑去。可是这时候安菲阿拉俄斯砍下墨兰尼波斯的头颅，掷给垂死的堤丢斯。堤丢斯怀着疯狂的愤怒，抓起头颅，劈开颅骨，像野兽似的喝起敌人的脑浆。雅典娜看到堤丢斯如此狂暴和凶残，猛一哆嗦，转身离他而去，行将咽气的堤丢斯望着雅典娜的背影只轻轻地说出最后一个请求：将他自己未能得到的永生赐予他的儿子狄俄墨得斯。

忒拜人大败阿耳戈斯人，阿耳戈斯人在忒拜城下全军覆没。安菲阿拉俄斯也在此次战事中殒命。他乘着由巴同驾驭的战车匆忙逃跑，强健善战的珀里克吕墨诺斯紧紧追赶。眼看追上了这位伟大的预言家，珀里克吕墨诺斯扬起长枪就要刺，突然宙斯投下一道电光，发出一声惊雷，大地开裂，将安菲阿拉俄斯连人带车一起吞没。所有阿耳戈斯英雄中只有阿德拉斯托斯一人逃得性命。他骑着迅疾如风的快马阿里翁，躲进雅典城，尔后又从雅典城跑回阿耳戈斯。

忒拜人兴高采烈，忒拜城得救了。他们隆重安葬了本方阵亡英雄，而让与波吕尼刻斯一起来的阿耳戈斯英雄和所有将士暴尸旷野。企图加害自己祖国的波吕尼刻斯横尸战场，未曾埋葬。

阿耳戈斯阵亡英雄的母亲、妻子知道英雄们尸体仍未安葬。她们满怀悲伤，和阿德拉斯托斯一起去阿提刻，恳求国王忒修斯为她们排忧解难，迫使忒拜人交还死者遗体。她们在厄琉西斯城的得墨忒耳女神的神庙旁遇上了忒修斯的母亲，便恳求她去说服儿子，让她的儿子去要还阿耳戈斯将士的遗体。忒修斯犹豫再三，最后决定帮助阿耳戈斯妇女及阿德拉斯托斯。正在这时候，忒拜国王克瑞翁的使者来到了，他要求忒修斯不要帮助阿耳戈斯妇女，并把阿德拉斯托斯驱逐出阿提刻。

忒修斯听后勃然大怒。克瑞翁怎么能对他如此颐指气使？难道他自己无权做主吗？于是忒修斯率军征讨忒拜，打败了忒拜人，迫使他们交还阿耳戈斯所有阵亡将士的尸体。他们在厄琉忒耳附近点燃七堆篝火，将士兵的尸体在篝火上焚化。各位首领的尸体则运到厄琉西斯焚化，骨灰由他们的母亲或妻子带回故乡阿耳戈斯。

只有被宙斯的雷电击死的卡帕纽斯的骨灰仍留在厄琉西斯。卡帕纽斯的尸体是神圣的，因为他是被雷神亲自打死的。雅典人点起一堆巨大的篝火，将卡帕纽斯的尸体置于火上。当篝火燃旺，火舌舔到英雄尸体的时候，卡帕纽斯的妻子欧阿德涅（伊菲托斯的女儿）来到厄琉西斯。她无法忍受失去心爱丈夫的哀痛，穿上华贵的丧服，登上俯临篝火的悬崖，纵身跳进火堆。

欧阿德涅就这样殉情了，她的灵魂与丈夫的灵魂一起前往哈得斯的冥国。

安 提 戈 涅

根据索福克勒斯的悲剧《安提戈涅》转述。

忒拜人战胜阿耳戈斯人之后举行了隆重豪华的葬礼，安葬了所有阵亡将士。不过，克瑞翁和其他忒拜人不许埋葬波吕尼刻斯的尸体，因为他引狼入室，带领外国军队来进攻忒拜。波吕尼刻斯的尸体躺在城墙旁边的原野上，听任野兽猛禽撕食。他的灵魂注定永远漂泊而不能在鬼魂所居的冥国获得安宁。

俄狄浦斯高尚的、准备作出任何自我牺牲的女儿安提戈涅，看到兄弟波吕尼刻斯遭此侮辱，心中无限悲痛。她决心不顾一切，要安葬波吕尼刻斯的遗体。克瑞翁扬言，谁胆敢举行葬仪埋葬波吕尼刻斯，便处死谁，但是这种威胁吓不倒安提戈涅。安提戈涅叫妹妹伊斯墨涅与她一起去操办，可是胆怯的伊斯墨涅害怕惹怒克瑞翁，不敢帮助安提戈涅。她甚至竭力劝说安提戈涅不要逆着忒拜国王的意志行事，并提醒她不要忘记她们的母亲和兄弟遭受的命运。难道她安提戈涅还想坑害自己和妹妹吗?

安提戈涅不听伊斯墨涅的劝告，准备独自履行做姐妹的义务，她愿毫无怨言地承受一切后果，只要波吕尼刻斯不再暴尸旷野。安提戈涅终于将决心付诸现实。

克瑞翁很快就知道有人违反他的命令。一名卫兵向他报告，有人偷偷走到波吕尼刻斯的尸体跟前，用土掩埋了尸体，还举行了葬仪。克瑞翁大怒欲狂，威胁那个卫兵，如果他和伙伴找不到为波吕尼刻斯举行葬仪的人，那就得遭受严刑拷打；他向宙斯发誓，说到做到，绝不手软。

卫兵来到波吕尼刻斯的尸体躺卧的地方。他和其他卫兵一起扒掉了尸体上的泥土，然后坐到不远的高坡上，以免闻到尸体腐烂的臭气。时值正午，风暴骤起，狂风卷起尘土，遮天蔽野。风暴过后，卫兵们发现一位姑娘俯在尸体之上哀哀哭泣，那哭声就像雌鸟发现雏鸟惨遭毒手而发出的悲鸣。现在姑娘正在洒祭冥间众神，卫兵抓住她，带她去见克瑞翁。这位姑娘正是安提戈涅。

克瑞翁见到安提戈涅迎头就是一顿怒斥，同时要她认罪。安提戈涅不想否认自己的过错，她虽违抗了克瑞翁的命令，但执行了众神的意志和法律。她埋葬了兄弟的尸体，履行了做姐妹的义务。死亡不能使她惧怕，她渴求死亡，因为她的生命充满了悲伤。愤怒之中的克瑞翁扬言不仅要处死安提戈涅，而且要处死伊斯墨涅，他认定伊斯墨涅是安提戈涅的帮凶。

安提戈涅听说克瑞翁要处死伊斯墨涅，吓得发抖了。难道她会成为葬送妹妹的罪魁祸首？仆人们去抓伊斯墨涅。瞧，伊斯墨涅已出现在王宫的门口。她为姐姐的命运伤心得两眼泪珠滚滚。

一向懦弱的伊斯墨涅得知姐姐将被处死，在回答克瑞翁的逼问时她勇气倍增，决心与安提戈涅共命运。她斩钉截铁地告诉克瑞翁，自己也参加了为波吕尼刻斯举行的葬仪。

安提戈涅不愿让丝毫无辜的伊斯墨涅与自己一起受难。伊斯墨涅枉然地恳求她：

“姐姐啊，不要抛弃我，别说我不该与你一起死！没有你，我活着还有什么意义？不要再为难我了！”

可是安提戈涅对她说：

“不，你不应该和我一起死！你不该将没做过的事揽在自己身上！我一人死就够了！你选择生，让我选择死！”

伊斯墨涅恳求克瑞翁宽恕安提戈涅，她恳求他想一想，他要处死的是自己儿子的未婚妻。然而伊斯墨涅的央求不能触动克瑞翁。他回答说，他不允许儿子海蒙娶罪犯为妻。不行，安提戈涅必须处死，海蒙与她将是生死两分离。克瑞翁命令仆役将安提戈涅和伊斯墨涅带到宫中，严加看守，以防她们逃跑。仆役们将俄狄浦斯的两个女儿带走了。市民们站在那里默默无言，他们同情安提戈涅，知道她立了一功。安提戈涅说得对，如果不是对贪权的克瑞翁的恐惧封住民众的嘴，民众会说她安葬波吕尼刻斯是无罪的。

克瑞翁的儿子、年轻的海蒙得知他的未婚妻面临着被处死的厄运，赶忙来找父亲，请求他宽恕安提戈涅。海蒙知道全体百姓都怜悯无辜的安提戈涅，都为她执行众神旨意的善举而将受死抱怨。海蒙规劝父亲不要执迷不悟，而应承认自己一时懵懂。

"忒拜的人们全都认为安提戈涅毫无过错！"海蒙大胆地对克瑞翁说。"父亲，我看你爱好不义！你违背了众神制定的法律！"

克瑞翁愈加怒火升腾，他认为海蒙因为爱安提戈涅而竭力为她辩护。他愤怒地对儿子吼道：

"哼，你考虑问题就像妇人的一名可鄙的奴仆！"

"不对！"海蒙说。"你永远不会看到我会同情坏人坏事。我这是为你着想！"

克瑞翁根本不听海蒙的话，他说他已下定决心要处死安提戈涅。

海蒙听见父亲作出这样的决定，便说：

"如果她死了，那一定会导致另一个人死亡。"

可是克瑞翁怒极而不能自制，他命令武士将安提戈涅押来，当着海蒙的面处死。

"不，她不会当着我的面受死的！"海蒙高声说道。"父亲，往后你永远看不见我了！你一人可以在你的善于阿谀奉承、溜须拍马的朋友之间胡作非为了！"

海蒙说完便走了。市民们提醒克瑞翁，海蒙如此怒气冲天地离开他，注定是一种灾难，可是克瑞翁依然我行我素。

安提戈涅被押来接受可怕的死刑。克瑞翁决定将她活活埋入拉布达科斯家族的陵墓。安提戈涅走上生命的最后旅程，向阿刻戎河的岸边走去。她将活着被砌入坟墓，不是禁锢在活人中间，而是待在死人中间，让她既不死，也不活。亲朋好友不来护送，临死也无人哀哭她。从此她再也看不见明媚的阳光。

安提戈涅刚被押走，盲预言家忒瑞西阿斯便由孩童领着来见克瑞翁。在献祭时众神曾向克瑞翁预示了种种凶兆。死者的尸体不得安葬，听任猛禽恶狗抛散腐尸的碎块，这使众神无比愤怒。克瑞翁执迷不悟，不听忒瑞西阿斯忠告，不愿安葬波吕尼刻斯的尸体。他说，即使宙斯的神鹰将尸块叼到雷神的宝座旁边，波吕尼刻斯的尸体依然不许安葬。克瑞翁责怪忒瑞西阿斯被人收买，出于自私的目的来向他出馊主意。忒瑞西阿斯大怒，他对克瑞翁厉声说，他干的一切都是犯罪：亵渎众神，将安提戈涅活着砌入坟墓，作践波吕尼刻斯的尸体，违犯了众神制定的法律。众神将因此惩罚他。克瑞翁的整个家族将陷入悲哀，克瑞翁最亲爱的人将遭受惩罚。复仇女神将无情地对克瑞翁实施报复。任何力量都不能使他摆脱这可怕的报复。

预言家忒瑞西阿斯的这番话使克瑞翁害怕了。他收回了不许安葬波吕尼刻斯尸体的成命。他亲自赶到城外，为波吕尼刻斯举行葬仪，并恳求哈得斯和赫卡忒不要生他和忒拜人的气。举行葬礼之后，克瑞翁带领侍从前往拉布达科斯家族的陵墓，把安提戈涅从墓中带回家。可是太迟了！安提戈涅扯下身上的衣服，搓成绳索，在墓中上吊自尽了。克瑞翁遇见海蒙在墓中对未婚妻抚尸痛哭。克瑞翁徒然劝说儿子离开坟墓。海蒙当着父亲的面将利剑刺进自己的胸膛，倒毙在未婚妻的尸体之上。克瑞翁绝望了，他失去了最后一个儿子。他对着儿子的尸体放声痛哭。

与此同时，报信人将海蒙自杀身亡的消息带给了克瑞翁的妻子欧律狄刻。欧律狄刻默默听完报告，回到宫中内室，她也像海蒙一样饮剑自尽了。欧律狄刻刚刚自杀，克瑞翁便回到王宫门口，手中抱着儿子的尸体。在王宫门口等待他的又是一个可怕的消息——他的妻子死了。高傲贪权的克瑞翁的精神彻底垮了。他绝望地呼唤着死神，让死亡来结束他的痛苦。克瑞翁丧失了他爱的所有亲人。

后辈英雄出征

根据多种作品转述。

七雄攻打忒拜的战争已过去十年。在此期间，在忒拜城下阵亡的英雄们的儿子都已长大成人。他们决定为父辈的失败向忒拜人报仇雪恨，再次踏上征程。参加这次战争的有阿德拉斯托斯的儿子埃癸阿琉斯、安菲阿拉俄斯的儿子阿尔克迈翁、堤丢斯的儿子狄俄墨得斯、波吕尼刻斯的儿子忒耳珊得耳、帕耳忒诺派俄斯的儿子普洛玛科斯、卡帕纽斯的儿子斯忒涅罗斯、希波墨冬的儿子波吕多洛斯以及墨涅斯透斯的儿子欧律阿罗斯。这次征战条件与以往不同，众神都庇护出征的后辈英雄。

得尔福神示说，如果安菲阿拉俄斯的儿子阿尔克迈翁参加这次征讨，后辈英雄定能取胜。

波吕尼刻斯的儿子忒耳珊得耳自告奋勇去劝说阿尔克迈翁，不要拒绝参加这次征战。阿尔克迈翁犹豫了很久。他在未实现父亲最后一个意愿、未为父亲之死向母亲报仇之前，不能轻易出征忒拜。忒耳珊得耳也像父亲波吕尼刻斯一样，拿定主意先去取得阿尔克迈翁的母亲厄里费勒的支持。他将雅典娜亲自为卡德摩斯的妻子哈耳摩尼亚织的华贵的衣服送给厄里费勒，以此收买她。厄里费勒迷上这件衣服，就像从前迷上哈耳摩尼亚的项链一样，于是坚持要阿尔克迈翁及其兄弟安菲罗科斯参加这次征战。

后辈英雄率领军队离开了阿耳戈斯。这支军队人数不多，但必定会所向披靡。堤丢斯的儿子狄俄墨得斯被推选为这支军队的统帅，他像父亲一样强壮有力、英勇无畏。英雄们怀着为父报仇的强烈愿望，意气风发地登上了征途。

在忒拜附近的波特尼亚，他们向安菲阿拉俄斯的神示所的预言家询问这次战争的结局。预言家回答，他定会看见安菲阿拉俄斯荣誉的继承人阿尔克迈翁胜利地进入忒拜的城门。后辈英雄们会取得这场战争的胜利。只有上次征讨忒拜战争的幸存者阿德拉斯托斯的儿子埃癸阿琉斯一人应在此次征战中阵亡。

后辈英雄的军队终于抵达七座城门的忒拜城外。他们先扫清外围，然后着手围城。忒拜人在现任国王、厄忒俄克勒斯之子、狂暴的拉俄达玛斯的率领下出城反击围攻，血腥的战斗开始了。在这次战斗中埃癸阿琉斯被拉俄达玛斯的长枪击中身亡，但拉俄达玛斯也被阿尔克迈翁刺死。忒拜人败退，躲入坚不可摧的忒拜城。

忒拜人败退入城后派人与阿耳戈斯人谈判，但是当夜他们根据忒瑞西阿斯的建议，带上妻子儿女，躲开围城者，悄悄撤出忒拜，前往北方的忒萨利亚。途中在神女忒尔孚萨的泉边，曾经长期帮助忒拜人、多次使忒拜人免遭覆灭之灾的预言家忒瑞西阿斯不幸身亡。

忒拜人经过长途跋涉，终于来到忒萨利亚的赫斯提俄提斯，并在该地定居。

后辈英雄攻陷忒拜，忒拜城被夷为平地。他们瓜分了大量战利品，把最珍贵的一部分战利品，其中包括忒瑞西阿斯的女儿、女预言家曼托，作为礼物献给了得尔福的神示所。

后辈英雄凯旋返乡，而波吕尼刻斯的儿子忒耳珊得耳留下重建忒拜城，并成了掌管忒拜的国王。

阿尔克迈翁

根据荷马史诗《奥德赛》转述。

阿尔克迈翁出征忒拜归来之后便履行父亲的意愿，为父亲之死向母亲报仇。阿尔克迈翁亲手杀害了母亲，母亲临死诅咒弑母的儿子，诅咒将收留他的那个国家。

复仇诸女神仇恨阿尔克迈翁，无论他逃往何地，复仇女神都要追缉他。不幸的阿尔克迈翁长期流浪，到处寻找栖身之地，企图洗刷杀母的罪孽。最后他来到阿耳卡狄亚的普索菲斯城。该城国王斐勾斯为他净罪。阿尔克迈翁娶了斐勾斯的女儿阿耳西诺厄，打算在普索菲斯安心度日。可是命运注定他不得安宁。母亲临死的诅咒仍使他担惊受怕。严重的饥馑和可怕的鼠疫在普索菲斯城肆虐，死亡的阴影笼罩全城。阿尔克迈翁去得尔福神示所，女预言家皮提亚告诉他，他得离开普索菲斯，去找河神阿刻罗俄斯，只有这位河神能为他净罪，那时他方能在其母亲诅咒时尚未出现的土地上找到安身之所。阿尔克迈翁告别妻子阿耳西诺厄、儿子克吕提俄斯，离开斐勾斯的家，出发去找河神阿刻罗俄斯。顺路他拜访在卡吕冬的俄纽斯，受到热情款待。阿尔克迈翁还到过忒斯普洛托斯人的住地，但是忒斯普洛托斯人害怕招来众神的愤怒，将他驱逐出境。阿尔克迈翁最后来到阿刻罗俄斯河①边，河神阿刻罗俄斯为他洗净了弑母的罪孽，并把女儿卡利洛厄嫁给他。阿尔克迈翁在河口一个由泥沙淤积而成的岛上住了下来。这个岛屿便是母亲诅咒阿尔克迈翁时尚未出现的土地。

可是即使在这个岛上，厄运仍不放过阿尔克迈翁。卡利洛厄知道波吕尼刻斯和忒耳珊得耳父子曾将珍贵的项链和雅典娜亲自织成的衣服送给了厄里费勒，便要求丈夫去把这两件宝贝取来给她。卡利洛厄哪里知道，这两件宝物会给它们的拥有者带来死亡。阿尔克迈翁去普索菲斯，要求斐勾斯将项链和衣服送给他。他对斐勾斯说，他要把这两件珍宝送给得尔福神示所，以求得箭神的宽恕。斐勾斯听信了他的谎言，把两样宝贝送给了他。但是阿尔克迈翁的一个奴仆向斐勾斯道出真情。

---

① 中希腊西部阿卡耳那尼亚与埃托利亚两地区的界河。

斐勾斯大怒，叫来儿子普洛诺俄斯和阿革诺耳，命令他俩预先在路边设伏，在阿尔克迈翁回阿刻罗俄斯河口途中突然将他刺杀。两兄弟执行了父亲的命令，将阿尔克迈翁杀掉了。

阿尔克迈翁的前妻阿耳西诺厄仍然爱着丈夫，她知道了丈夫的死讯。悲痛之中她诅咒自己的两个兄弟。两兄弟将她带到阿耳卡狄亚，去见国王阿伽珀诺耳，并诬陷她杀害了阿尔克迈翁，结果阿耳西诺厄被处死了。

卡利洛厄得知阿尔克迈翁被杀，决心向斐勾斯的两个儿子及斐勾斯本人报杀夫之仇。可是谁能担当复仇重任呢？卡利洛厄的两个儿子阿卡耳南和安福忒洛斯还是躺在摇篮中的婴孩。卡利洛厄向宙斯哀求，将她的两个儿子立即变成强壮的青年，宙斯接受了她的请求，一夜之间两个儿子果然长大成人。他俩前往忒革亚去找国王阿伽珀诺耳，在那里杀死了斐勾斯的两个儿子。后来他们又到普索菲斯城杀了斐勾斯本人。当初厄里费勒从波吕尼刻斯和忒耳珊得耳手中得到的两件宝物就这样葬送了斐勾斯及其全家。

阿卡耳南和安福忒洛斯夺得了珍贵的项链和雅典娜织的衣服，征得母亲同意之后，将两件宝物献给了得尔福的阿波罗。阿卡耳南和安福忒洛斯并不在故乡居住。他们迁居以阿卡耳南的名字命名的阿卡耳那尼亚，在该地建立了一个新王国。

译文名著精选书目

傲慢与偏见	〔英〕简·奥斯丁 著 王科一 译
简·爱	〔英〕夏洛蒂·勃朗特 著 祝庆英 译
基督山伯爵	〔法〕大仲马 著 韩沪麟 周克希 译
少年维特的烦恼	〔德〕歌德 著 侯浚吉 译
茶花女	〔法〕小仲马 著 王振孙 译
呼啸山庄	〔英〕艾米莉·勃朗特 著 方平 译
悲惨世界	〔法〕雨果 著 郑克鲁 译
堂吉诃德	〔西班牙〕塞万提斯 著 张广森 译
红与黑	〔法〕司汤达 著 郝运 译
雾都孤儿	〔英〕狄更斯 著 荣如德 译
欧叶妮·葛朗台／高老头	〔法〕巴尔扎克 著 王振孙 译
莎士比亚四大悲剧	〔英〕莎士比亚 著 孙大雨 译
泰戈尔抒情诗选	〔印〕泰戈尔 著 吴岩 译
乱世佳人	〔美〕玛格丽特·米切尔 著 陈良廷等 译
鲁滨孙历险记	〔英〕笛福 著 黄杲炘 译
安娜·卡列尼娜	〔俄〕列夫·托尔斯泰 著 高惠群等 译
十日谈	〔意〕薄伽丘 著 方平 王科一 译
福尔摩斯探案精选	〔英〕柯南·道尔 著 梅绍武 屠珍 译
老人与海	〔美〕海明威 著 吴劳等 译
漂亮朋友	〔法〕莫泊桑 著 王振孙 译
巴黎圣母院	〔法〕雨果 著 管震湖 译
双城记	〔英〕狄更斯 著 张玲 张扬 译
最后一片叶子	〔美〕欧·亨利 著 黄源深 译
瓦尔登湖	〔美〕梭罗 著 徐迟 译
一九八四	〔英〕奥威尔 著 董乐山 译
复活	〔俄〕列夫·托尔斯泰 著 安东 南风 译
三个火枪手	〔法〕大仲马 著 郝运 王振孙 译
苔丝	〔英〕哈代 著 郑大民 译
变色龙	〔俄〕契诃夫 著 朱逸森 译
钢铁是怎样炼成的	〔俄〕奥斯特洛夫斯基 著 王志冲 译
浮士德	〔德〕歌德 著 钱春绮 译
太阳照常升起	〔美〕海明威 著 赵静男 译
莎士比亚喜剧五种	〔英〕莎士比亚 著 方平 译
理智与情感	〔英〕简·奥斯丁 著 武崇汉 译
罪与罚	〔俄〕陀思妥耶夫斯基 著 岳麟 译
羊脂球	〔法〕莫泊桑 著 郝运 王振孙 译
鼠疫	〔法〕加缪 著 刘方 译
青年艺术家画像	〔爱尔兰〕乔伊斯 著 朱世达 译

我是猫	〔日〕夏目漱石 著 刘振瀛 译
神曲	〔意〕但丁 著 朱维基 译
红字	〔美〕霍桑 著 苏福忠 译
到灯塔去	〔英〕伍尔夫 著 瞿世镜 译
格列佛游记	〔英〕斯威夫特 著 孙予 译
大卫·考坡菲	〔英〕狄更斯 著 张谷若 译
道连·葛雷的画像	〔英〕王尔德 著 荣如德 译
童年/在人间/我的大学	〔俄〕高尔基 著 高惠群等 译
城堡	〔奥地利〕卡夫卡 著 赵蓉恒 译
汤姆·索亚历险记	〔美〕马克·吐温 著 张建平 译
九三年	〔法〕雨果 著 叶尊 译
铁皮鼓	〔德〕格拉斯 著 胡其鼎 译
卡拉马佐夫兄弟	〔俄〕陀思妥耶夫斯基 著 荣如德 译
远大前程	〔英〕狄更斯 著 王科一 译
马丁·伊登	〔美〕杰克·伦敦 著 吴劳 译
名利场	〔英〕萨克雷 著 荣如德 译
嘉莉妹妹	〔美〕德莱塞 著 裘柱常 译
细雪	〔日〕谷崎润一郎 著 储元熹 译
哈克贝里·芬历险记	〔英〕马克·吐温 著 张万里 译
儿子与情人	〔英〕劳伦斯 著 张禹九 译
野性的呼唤	〔英〕杰克·伦敦 著 刘荣跃 译
牛虻	〔英〕伏尼契 著 蔡慧 译
包法利夫人	〔法〕福楼拜 著 周克希 译
达洛卫夫人	〔英〕伍尔夫 著 孙梁 苏美 译
永别了，武器	〔美〕海明威 著 林疑今 译
喧哗与骚动	〔美〕福克纳 著 李文俊 译
猎人笔记	〔俄〕屠格涅夫 著 冯春 译
圣经的故事	〔美〕房龙 著 朱振武等 译
希腊神话	〔俄〕库恩 编著 朱志顺 译
格林童话	〔德〕格林兄弟 著 施种等 译
月亮和六便士	〔英〕毛姆 著 傅惟慈 译
失乐园	〔英〕弥尔顿 著 刘捷 译
海底两万里	〔法〕儒勒·凡尔纳 著 杨松河 译
丧钟为谁而鸣	〔美〕海明威 著 程中瑞 译
安徒生童话	〔丹麦〕安徒生 著 任溶溶 译
了不起的盖茨比	〔美〕菲茨杰拉德 著 巫宁坤等 译
虹	〔英〕劳伦斯 著 黄雨石 译
摩格街谋杀案	〔美〕爱伦·坡 著 张冲 张琼 译
坎特伯雷故事集	〔英〕乔叟 著 黄杲炘 译
战争与和平	〔俄〕列夫·托尔斯泰 著 娄自良 译
环游地球八十天	〔法〕儒勒·凡尔纳 著 任倬群 译
人生的枷锁	〔英〕毛姆 著 张柏然 张增健 倪俊 译